補閑集

역주 보한집

고려시화총서 ❸

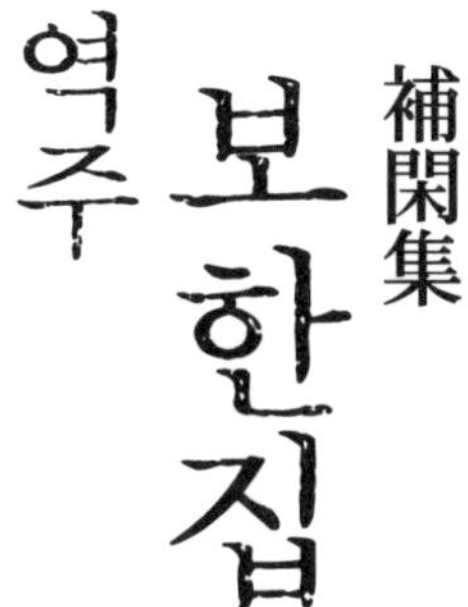

역주 補閑集 보한집

최 자 지음 / 박성규 역주

보고사

차 례

『보한집(補閑集)』에 대하여

1

　『보한집』은 고려 중기에 최자(崔滋, 1188~1260)가 편찬한 시화집(詩話集)으로 우리나라 비평문학사에 있어 중요한 의미를 지니는 역저이다. 이 책은 무인 집권시대에 무인들의 비문명적인 정치형태에 적대적인 생각을 가졌던 지식인 6명과 모의하여 죽림고회(竹林高會)를 만들어 이 모임을 주도했던 미수(眉叟) 이인로(李仁老, 1152~1220)의 『파한집(破閑集)』을 보완하여 출간된 것이다.

　최자가 활동했던 시기는 전기(前期)의 귀족중심 사회의 폐해를 극복하려던 여러 움직임 가운데 상대적으로 소외계층이었던 무인들이 쿠데타를 일으켜 왕정을 무너뜨리고 형성된 무인집권체제가 백년 가까이 장기화 돼가던 고려 중엽에 해당된다. 횡포한 무인 집권자들에 의해서 국체(國體)가 존폐 위기에 놓여 있던 시기에 지식인으로 문인으로 활동했던 최자가 『보한집』을 통하여 인문문화의 정화(精華)라고 할 수 있는 전대와 당대의 문학작품과 문인지식인들의 문학활동을 재단하고 비평했다는 것은 예사로운 일이 아닐 것이다.

　문학작품을 비평한다는 것은 단순히 문학작품의 형식과 내용을 들여다보는 것이 아니다. 오직 작품 속에 깃들어 있는 작가정신을 명징하게 살펴보고 그것이 하나의 삶의 진리로 빛날 수 있는가를 판단하는 행위라고 할 수 있다. 문학 비평서로서의『보한집』도 그러한 비평행위에 바탕을 두고 이루어진 것이라고 본다면 문학작품을 통하여 전대와 동시대 지식인들의 시대정신을 살피는 일을 등한시 하지는 않았을 것이다. 이런 맥락에서 비평서로서의『보한집』은 당대는 물론 후대의 독자들에게 유익한 정신적 자양분을 제공하고, 아울러 시대의 방향을 결정짓는 하나의 잣대로서의 역할을 했다고 볼 수 있다. 그렇다면 최자는『보한집』속에서 당대의 정치, 문화, 사회에 공통으로 관류하던 사상과 정서를 파악하려는 노력을 부단히 기울였으리라고 본다. 우리는 그러한 구체적 근거로서『보한집』에서 최자가 확립한 문학사상과 문학이론을 제시할 수 있을 것이다. 어느 시대에 발생하여 유행한 문학장르나 문체는 결국 그 시대의 이념과 정서라는 토양에서 배양된 것으로 볼 수밖에 없기 때문에 우리나라 최초로 비평문학의 구현태로서 등장한『보한집』에서 고려 중엽의 사유체계와 서정세계를 확인할 수 있을 것이다.

2

최자가 생존했던 시기는 무인정권의 횡포한 무단정치와 몽고 군사들의 막심한 침탈행위로 인해 생사의 기로에 놓여 있던 고려가 회생하기 위해 새로운 전환을 모색할 수밖에 없었던 변혁기에 해당된다. 그러므로 이 같은 난해한 현실에 진출하여 관료로 문인으로서 적극적으로 활동했던 최자의 생애를 이해하기 위해서는 무엇보다도 당대 역사해석에 있어 첨예한 시각이 요구된다고 할 수 있다.

고려는 그 전기에 지배층을 형성하고 있던 문신들이 나약한 문치주의(文治主義)를 추구하고 내세적 세계관을 지향하는 불교가 국교로 신봉되었다. 이러한 정치이념과 불교지상주의로는 냉혹한 지배이데올로기가 요구되는 현실정치에 적극적으로 대응하기가 어려웠기 때문에 자연적으로 내부에서 분란이 끊임없이 일어나 강건한 봉건체제를 형성하지 못하고 표류해 갔다. 그러므로 고려 전기에는 결국 시대의 개혁을 주장하는 소수 혁신론자들의 생각을 적극적으로 수용하지 못하고 오히려 보수적인 사유와 정치체제에 안존하였으므로 체제 존립을 위협하는 심각한 국면을 자초(自招)할 수밖에 없었다. 이러한 중세기적 암울하고 공동화된 정치현실은 고려 중엽에 이르러 무인들이 일으킨 쿠데타에 의해 충격적인 변전을 초래하게 되었다. 무인들이 쿠데타를 일으키면서 새로운 질서체제를 추구한다는 구호를 내걸었지만 무인들 자체의 정치역량이 부족하고 현실개혁의지에 있어 한계를 보이기 마련이었으므로 그들이 치세하던 백년 가까운 기간 동안에 정치, 사회, 문화 등 여러 방면에 걸쳐 많은 부조리와 역류현상이 빚어졌다. 이 같은 시대상황 아래에서 문인은 쿠데타 이전까지 자신들이 누리고 있던 자유와 권리의 폭을 크게 축소 당하였다. 또한 문인들은 새로운 정치사회 환경에 적응하기 위해 노력을 기울여야 했으며, 이울러 무력에 의해 형성된 무인집정기의 명분을 밝히는 일에 참여할 수밖에 없었다. 최자도 바로 이러한 무인집권기에 살아가면서 먼저 명심해야 할 것은 어떠한 현실에서도 선대에서부터 유지돼 온 화려한 문벌을 유지 계승해야 하는 의무를 저버릴 수 없다는 것이었다. 현실적으로 전시과(田柴科) 체제 아래에서의 호구지책 마련을 위해서라도 자신의 정치적 입지를 확보해야 했기 때문에 어쩔 수 없이 무인집정자들과 친밀한 유대관계를 가져야만 했다. 최자가 70세 너머까지 생애에 걸쳐 부조리한 세상을 벗어나지 못하고 살아가면서 스스로 감내해야 했던 좌절과 불우는 이러한 그의 현실적 처지에서 그 원인을 구할 수 있을 것이다.

최자는 고려 전기의 대표적 문벌인 해주 최씨(崔氏), 인주 이씨(李氏), 경주 김씨(金氏) 등의 3대 가문 가운데 해주 최씨 가문 출신으로 우리나라 최초로 사학(私學)을 일으켜 유학을 진작시킨 문헌공(文憲公) 최충(崔沖, 984~1068)은 그의 6대조이다. 그 뒤로 문화공(文和公) 유선(惟善), 양평군(良平公) 사재(思齊) 등으로 이어지며, 증조부는 약(淪), 조부는 윤인(允仁), 아버지는 민(敏)이었다. 최자의 가문은 최충 이후로 세 명의 장원과 세 명의 상국(相國), 네 명의 공신(功臣) 그리고 십여 명의 재상을 배출한 명문거족이었다. 최자는 이러한 가문의 후광을 받으며 관료로 중앙정계에 진입하는 데 성공하여 타고난 능문능리(能文能吏)의 자질로 목민(牧民)에 남다른 능력을 발휘했고, 일면으로는 당시의 대표적인 지식인으로 위난에 직면했던 고려정부를 지탱하는 동량(棟梁)으로서 크게 기여하기도 했다. 그러나 그가 관계에 진출하여 당시 부당하게 권력을 탈취하여 무단정치를 일삼던 최충헌 일가(一家)에게 절대적으로 신복(臣服)했기 때문에 부당한 시대를 비판적으로 수용하지 못한 한계성은 부정할 수 없을 것이다.

이러한 사실은 최자 한 개인에게만 국한된 것이 아니고, 당시 급박하고 복합적인 시대상황에 처했던 대다수의 지식인들에게도 적용될 수 있다. 그렇지만 우리는 최자가 보였던 이 같은 현실긍정적인 처세에도 불구하고 그를 단순히 부조리한 현실에 자족(自足)했던 중세 지식인으로 단정 지을 수만은 없으리라고 본다. 왜냐하면 그는 자신이 처했던 열악한 현실에 대하여 저항적이거나 비판적인 행동을 보이지는 못했지만 그가 비극적이고 부정적인 현실에 대해서 냉정하게 관찰하고 고뇌

한 지식인이었기 때문이다. 이러한 사실은 그가 남긴 문학작품 가운데 우리나라 부문학(賦文學)의 대표적 작품으로 알려지고 있는「삼도부(三都賦)」와「상여피염파 이선국가급 부(相如避廉頗以先國家急賦)」에서 유추할 수 있다. 그는 이 두 작품에서 각각 '강도(江都)의 정의대부(正義大夫)'와 '상여(相如)가 염파(廉頗)를 피한 고사'를 통하여 왜곡된 정치현실에서 분비된 부조리한 현상을 타파하기 위해서는 신의와 도덕을 중시하는 왕도정치(王道政治)의 실현이 절실함을 말하고 있다. 그는 이 작품에서의 우회적인 표현을 통하여 당시의 무비판적이고 침체된 현실 속에서 엄연한 역사적 진실이 무엇인가를 자각하고 있음을 살필 수 있다. 따라서 그는 이 작품들에서 궁지에 몰려 있는 고려의 운명을 어떻게 하면 다시 회생시킬 수 있는가 하는 당대적 문제에서 나아가 고려 개국 이후부터 전개된 역사의 흐름을 성찰하는 가운데 고려 건국 당시에 태조 왕건이 내세웠던 왕도정치의 정통성 회복과 피폐한 오늘의 무단정치에서 벗어나 신의와 도덕이 존중되는 발전적 미래를 제시하고 있다.

최자의 이러한 현실인식은 같은 시대의 대표적 지식인인 이규보(李奎報 : 1168~1241)와 진화(陳澕 : 1200년 전후로 생존) 등이 당시 무인들이 자행하던 부당한 정치현실에 참여하면서 급진적이고 저항적인 행동으로 대처해 나가기보다는 그러한 왜곡되고 비문명적인 현실을 올바로 성찰하는 가운데 우리 역사에 대한 새로운 인식을 통해 도덕과 정의에 바탕을 둔 미래를 개척하기 위해 문명의식(文明意識)을 강조했던 고도의 정신적 경개와 궤를 같이 한다고 하겠다.

이 같이 최자가 암울하고 참담한 현실을 고뇌하면서도 현저한 저항 자세를 보이지 않은 것에는 그 한계성을 살필 수 있지만 이러한 사실에 구애되어 그를 단순히 부당한 시대에 함몰돼 간 지식인으로 간주할 수만은 없을 것이다. 당시의 현실을 살다간 지식인들이 현실적 부조리에 아무런 양심적 행동을 취하지 않거나 그러한 사실에 오히려 편향적인 태도를 취했다고 해서 우리는 현재적 시각에서 그들을 무비판적이고 곡학아세한 인물로 규정하게 된다. 그러나 최자가 앞에서 언급한 그의 두 편의 부작품에서 암시하고 있듯이 최자를 비롯한 많은 지식인들이 일단의 부당한 위정자들과 무리지어 현실을 조작 왜곡하는 일에 앞장 서기 보다는 오히려 시대의 흐름을 올바로 성찰하고 개선해 나가려는 생각을 가지고 현실에 참여했기 때문에 고려중기의 무인집권시대를 단순히 암흑시대로 본다거나 고려 중기의 지식인들은 모두 곡학아세한 사람으로 단정할 수만은 없을 것이다. 따라서 최자의 처세양상이나 현실인식도 이러한 시각에서 이해하는 것이 타당하리라고 본다.

최자는 『보한집』을 편찬할 정도로 문학에 대한 감식안이 높았고, 창작역량도 뛰어났기 때문에 고려 중엽의 문학을 주도했던 이규보에게 자신의 뒤를 이을 문인으로 지목되었는데, 이는 그가 문학활동에 있어 발군의 실력을 보였기 때문일 것이다. 그러므로 그가 훌륭한 문학작품들을 많이 창작하여 문집인 가집(家集) 10권을 남겼다고 하지만 당시에 목판본으로 출판되지 않아 그런지 모르지만 현재에는 전하지 않고 있다. 지금 남아 있는 작품으로는 서거정(徐居正, 1420~1488)이 편찬했던 『동문선(東文選)』에 부(賦) 2편, 칠언고시 1수, 오언율시 2수, 칠언율시 4수, 칠언배율 2수, 칠언절구 2수, 제고(制誥) 7편, 표전(表牋) 2편, 서(序) 1편, 치어(致語) 1편, 비명(碑銘) 1편 등 적은 수의 작품과 함께 시화집인 『보한집』이 전하고 있을 따름이다.

3

최자가 무인집권시대에 문학 비평서인『보한집』을 편찬하게 된 동기는 어디에 있을까. 그 동기는 여러 가지로 추론할 수 있을 것이다. 첫째는 최자가 쓴「보한집서(補閑集序)」에서 살펴볼 수 있다.

> 학사 이인로가 대략 글을 모아 엮어서는 파한(破閑)이라고 이름 붙였는데 진양공(晉陽公) 최이(崔怡)가 그 책이 널리 많은 글을 모아서 이루어지지 못하였다고 하여 나로 하여금 그것을 보충하여 완성하라고 했다. 이에 억지를 부려 약간의 숨겨지고 잊혀졌던 글을 모으고, 근체시 약간 수를 찾기도 하였으며, 혹 스님이나 아녀자들에 관한 한두 가지 우스갯소리를 담고 있는 시까지도 모았는데 그 시편들이 비록 훌륭하지 않더라도 함께 실어 모두를 세 권으로 나누어 엮었다. 지금에 와서 시중상주국(侍中上柱國) 최공(최이의 아들인 최항(崔沆)을 가리킨다-필자 주)이 선친의 뜻을 존중하여 그 원본을 찾기에 삼가 엮어서 올린다.

위의 글을 보면『보한집』이 최자의 자의에 의해서 나온 것이 아니라는 것을 알 수 있다. 당시 최고 권력자인 최이의 명을 받아 소략하게 이루어진 이인로의『파한집』의 내용을 보완하기 위해 편찬됐다는 것이다.

무인들이 난을 일으켜 정권을 장악하게 되면 자신들의 약점인 인문적 지식을 보완해 줄 문인들의 도움이 필요함을 절실히 느끼기 마련이다. 최충헌이 무인난 초기의 혼란스럽게 명멸하던 무인세력들을 평정하여 최고 권력자로서의 확고한 위치를 차지하게 되어 문인들과 교류하는 일에 관심을 가지게 되자 많은 문인들이 그의 주위에 모여들었다. 관료로 진출한 최자도 그러한 분위기 속에서 자연스럽게 아버지 최충헌의 뒤를 이어 권좌에 오른 최이와 협력관계를 유지할 수밖에 없었다.

최자가 평소에 이인로의 『파한집』에 대해서 불만을 가지고 있던 최이의 요청에 의해서 『보한집』을 편찬했다는 것을 보면, 두 사람의 관계가 심상치 않았음을 알 수 있다. 최이가 『파한집』이 가지고 있는 여러 가지 미비점들을 미리 파악하고 그것을 최자에게 보완을 명령했다는 것에서 보더라도 최이가 평소에 문학에 대한 관심이 많았고 창작 역량도 갖추고 있었다는 것을 알 수 있다. 또한 최이가 최자에게 그러한 명을 내린 것은 당대에 창작이나 비평 역량에 있어 최자를 가장 믿을 만한 사람으로 인식하고 있었기 때문이라고 할 수 있다.

그렇다면 최이가 『파한집』의 내용이 소략하고 기대에 미치지 못했다고 한 이유는 무엇일까. 무엇보다도 이인로가 『파한집』에서 무인들의 통치체제를 옹호하고 그들의 문예의식을 반영하고 있지 못하기 때문일 것이다. 『파한집』의 편찬자인 이인로는 무인난이 일어나기 전에 살았던 인물로서 무인난 전후 정치, 사회의 격변을 올바로 파악하고 있었기 때문에 무인정권을 비판할 수 있는 평가기준을 가지고 있었다. 또한 그가 무인난을 만나 많은 어려움을 겪었던 소위 구시대 사람이었으므로 무인집권자들에게 결코 호의적이지 않았다. 이인로가 편찬한 『파한집』 속에는 자연적으로 무인들의 비문명적인 정치행위에 대한 비판적인 생각을 드러내게 되었다. 실제 『파한집』을 살펴보면 그렇게 유추할 수 있는 내용들이 자주 발견된다. 그러므로 최충헌의 뒤를 이어 무인정권의 기반을 더욱 공고하게 다져야 했던 최이로서는 자신의 정치체제에 어긋나는 것이면 무조건 파기하거나 개선을 명령할 수밖에 없었기 때문에 『파한집』을 대신할 새로운 시화집의 편찬을 신뢰할 만한 최자에게 명령을 내렸을 것이다. 그의 명에 따라 편찬된 『보한집』을 보고 최이가 만족했는지는 모르겠지만 최자로서는 최이의 생각을 충실히 반영하기 위해서 최선을 다했으리라고 추측된다.

최근에 박현규 교수가 발굴한 중국 국가도서관장본인『보한집』에 실려 있는 이장용(李藏用)의「보한집발문」에 보면, 최이의 아들로 정권을 승계한 최항이『보한집』의 내용이 당대의 문화를 찬양하는 것으로 채워져 있는 것을 너무 좋아하여 늘 가까이 두고 암송했으며, 이를 목판본으로 간행했다고 한다. 이를 보면 최자가『보한집』을 편찬할 때 무인들의 문예의식을 충실히 반영하는 데 힘을 기울였고 따라서 편찬을 명한 최이도 만족스러워 했다는 것이다. 여기에서『보한집』의 편찬동기가 일차적으로 무인들의 문예의식을 반영하여 널리 세상에 알리는 데 있다고 하겠다.

그러나 설령『보한집』이 최이의 명에 따라서 편찬되었더라도 편찬자인 최자가 뛰어난 창작역량을 지녔고 문학이론에 관심이 깊었던 만큼『보한집』편찬 작업이 우리 문학사나 문학의 본질을 성찰하는 일과는 무관하다고는 할 수 없다. 최자는『보한집』서문에서 문학의 형식과 수사라는 심미적 문제를 작품비평의 잣대로 제시하면서 최자 당대까지의 우리나라의 중요한 문인들을 열거하고 있다. 최자의 이러한 언급은 결국 우리문학의 우수성과 역사적 정통성을 강조하는 것으로 여기에서『보한집』의 편찬동기와 의도가 확연하게 드러난다.

무엇보다도 최자가 우리나라의 문학사적 흐름에서 삼국시대 이후부터 고려 전기에 이르기까지 1,300여 년에 걸쳐 축적된 문학적 성과가 심대하고, 작가들의 창작 역량 또한 상당히 고조되어 있어 당대까지의 우리나라의 작품과 작가를 평가하여 새롭게 정리해야 할 시점에 이르렀음을 자각했던 데에서『보한집』이 설계되었으리라고 본다.

더욱이 무신난 이후로 무인집권자들에 의해서 문학이 장려되어 문인들의 문학 활동이 활발하게 이루어지게 되자 문인들이 정치에 대한 관심을 접고 문학에 대한 본질의 문제에 대해서 성찰하는 시간을 갖게 되었으므로 문학비평에 눈을 뜨게 된 것 또한 『보한집』 편찬의 직접적인 동기였다.

당시의 문인들이 문학비평에 대해서 관심을 가지고 문학의 본질문제를 깊이 헤아리고 작품에 나타난 작가의 심미적 상상력을 논하기 시작한 데는 무엇보다도 중국 송나라의 사실적(寫實的)이고 설리적(說理的)인 문학적 사조에 크게 영향을 받았기 때문이었다. 송나라 때 주자(朱子)에 의해 성리학이 시작되어 만물의 존재 근거인 이(理)를 인간과 사물의 원리적 보편성을 설명하는 범주로 삼아 사물의 존재의의를 추구하였으므로 학문이나 문학에 대한 이해태도도 자연스럽게 설리적 경향을 보이게 되었다. 『보한집』 서문에서 문학의 궁극적인 목적이 유가의 도를 드러내는 데 있다고 한 것처럼 최자가 이러한 도학적 문학관을 『보한집』 편찬의 기본 정신으로 삼았다고 하겠다.

이상의 논의를 통해서 최자가 『보한집』을 편찬하게 된 동기는 우리 문학을 통시적, 문예론적으로 살펴보면서 당대를 우리 문학 변전의 새로운 시점으로 삼기 위한 것에 있다고 할 수 있다.

4

『보한집』이 처음 출간된 시기는 일반적으로 최자가 서문에서 언급했던 갑인년인 1254년(고종 41)으로 본다. 그러나 이종문, 박현규 양 교수의 연구결과에 의하면, 출간 연도는 그 다음해인 을묘년(1255) 이후라고 한다. 최자가 자신이 쓴 『보한집』 서문에서 『보한집』을 완성한 연도를 갑인년이라고 명시하였으나 실제 서술된 내용을 검토해 보면 갑인년 이후에 진행된 사실이 실려 있고, 『보한집』의 끝에 붙인 이장용의 발문(跋文)이 을묘년 7월에 쓰였다는 사실을 보더라도『보한집』이 출간된 해가 갑인년이 아니라는 것은 분명해진다. 여기에서 보면 최자가 『보한집』을 일차적으로 완성한 뒤에도 계속해서 수정, 보완 작업을 해오가다가 1255년 7월 이후에야『보한집』을 간행했다는 사실을 알 수 있다.

『보한집』의 초간본 형태는 지금 전하고 있는 단권 형식의『보한집』이 아니었던 것 같다. 최자의「속파한집서(續破閑集序)」와 이장용의「보한집발문」에 의하면 처음 간행될 때『보한집』3권 뒤에 이장용의 집에서 소장하고 있던 정서(鄭敍)의『습기잡서(習氣雜書)』를 부록으로 덧붙여 문인들에게 읽을거리를 제공했다고 한다. 이장용은『습기잡서』를『보한집』과 비슷한 신화류(新話類)라고 하여 시화집과 같은 내용의 글로 암시하고 있는데, 만약 이 책의 성격이『파한집』,『보한집』과 같은 시화집류라고 한다면, 우리나라 시화집의 효시를『파한집』이 아니라 정서의 『습기잡서』라고 수정해야 할 것이다. 정서는 고려 인종과 동서 사이로 일찍부터 문명을 날렸고, 1151년인 의종 5년에 동래로 귀양 가서 연주지사(戀主之詞)인「정과정곡(鄭瓜亭曲)」을 지어 우리 문학사에 큰 자취를 남긴 인물로 이인로(1152~1220)보다 30년 가까운 문단의 선배였다. 여기에서 보면 문학에 뛰어난 능력을 지녔던 정서의『습기잡서』가 지금 전하고 있지 않지만『파한집』이전에도 비평문학에 대한 관심과 비평 활동이 있어왔다는 개연성을 부정하기는 어렵다.

『보한집』초간본에 대한 자세한 기록이나 그 실체를 지금 확인할 수 없다. 그 후에 나온『보한집』간행본은 1493년인 성종 24년경에 간행된 것으로 볼 수 있다. 경상감사로 있던 이극돈(李克墩)이 경상도 함양에 있던 인쇄소에서 간행한 것으로 되어 있는데, 이 '함양본(咸陽本)'을 공식적으로는 제2판으로 볼 수 있다. 그 다음으로는 1659년인 효종 10년에 경주 부윤으로 있던 엄정구(嚴鼎耉)가 이상공(李相公)의 부탁으로 조속(趙涑)의 집에서 간행했다. 지금 우리가 볼 수 있는 고본으로서의『보한집』은 바로 이 '경주본(慶州本)'이다. '경주본'은 목판본으로 판란은 사주쌍란이며, 본문의 1면은 11행 21자로 소자쌍행이다. 판구는 백구이고, 어미는 상하이엽화문어미(上下二葉花紋魚尾)이다. 근세에 들어 활자본, 영인본으로 간행된『보한집』은 모두 이 '경주본'을 저본으로 삼고 있다. 지금까지 목판본으로 세 번 정도 간행되었고, 근세 이후로 여러 차례에 걸쳐 활자본과 영인본이 간행된 것을 보면『보한집』이 고려 중엽에 간행된 뒤로 시화집으로서 폭넓은 독자층을 가지고 있었다고 볼 수 있다.

『보한집』은 상권, 중권, 하권 등 3책 1권으로 이루어져 있으며, 서술 방식에 있어 각 권마다 분장(分章)되어 기술하고 있다. 상권은 52장, 하권은 45장, 하권은 49장으로 모두 146장으로 구성되어 있는데 각 권별로 그 내용을 살펴보면 다음과 같다.

	상권	중권	하권	계
시평류	39	43	35	107
수필류	13	2	14	39
계	52	45	49	146

위의 내용분석표에 의하면 시평류의 내용이 107장이고, 수필류의 내용이 39장에 지나지 않는다. 여기에서 시평으로 분류된 내용 가운데 대부분이 여러 문인들과 최자 자신의 작품이나 창작활동에 대한 평가와 그 공능(功能)에 관계되는 것으로 이루어져 있다. 더욱이나『보한집』을 시평류와 기문일사(奇聞逸事)의 소개가 반반으로 구성되어 있는『파한집』과 비교해 본다면,『보한집』이 본격적인 시화집 형식을 갖춘 최초의

시회집으로 볼 수 있다.

『보한집』의 내용 가운데 수필류로 분류된 것은 풍물, 기행, 이적(異蹟), 부도(浮屠), 괴담 등으로 구성되어 있는데 그 대부분이 지식인들의 행적이나 호사가들이 좋아할 만한 재미있고 괴이한 얘기들로 이루어져 있다. 그러나 『보한집』에 서술된 이러한 내용적 특성을 보면 『보한집』을 시화집의 전범으로 간주하기는 쉽지 않다. 왜냐하면 전형적인 시화집이라면 오로지 문인의 창작활동과 문학작품 품평에 관련된 것으로만 채워져 있어야지 여기에 편찬자 자신의 문학이나 자신의 사사로운 삶에 대한 내용을 끼워 넣어서는 안 되기 때문이다. 시화의 발원지인 중국의 시화집이 그러한 원칙을 지키고 있어 시화집으로서의 전범으로 인정받고 있는 데 반하여 『파한집』이나 『보한집』은 중국 시화집이 가지고 있는 그러한 원칙을 지키지 않고 시화집으로서 파격적인 모습을 보이고 있다. 그러나 우리나라의 시화집이 중국의 그것에 비해서 유별스런 모습을 보인다고 해서 우리의 시화집이 왜곡되었거나 저급하다고 평가한다는 것은 옳지 않다고 본다.

우리나라가 한자를 표기수단으로 삼고 중국에서 나온 문학 장르를 빌려와 수용한다고 해서 반드시 중국의 그것을 철저하게 준수하고 답습해야 하는 것은 아니다. 아무리 중국에서 생성된 문학 장르를 그대로 수입해 들여올 수밖에 없더라도 우리의 고유정서와 문화적 전통에 따라서 얼마든지 개성적이고 한국적인 모습으로 변화 발전시켜 우리의 문학으로 거듭나게 할 수 있어야 한다. 이런 측면에서 본다면 『보한집』이 원조가 되는 중국의 시화집과는 편찬 방법이나 서술 체제에 있어 다른 양상을 보이고 있다고 해서 이를 비판적인 시각으로 봐서는 안 될 것이다. 오히려 중국문학을 변용시켜 우리식의 문학으로 만들어 우리의 정서와 문화를 제대로 표현하는 자주적 수용태도를 높이 평가해야 할 것이다.

5

최자는 『보한집』에서 당대의 문예사조를 얘기하는 데 힘을 기울였다. 그는 자신이 활동하고 있던 고려조 중엽의 문학이 사람들에게 감화를 주고, 시대를 올바로 견인하기 위해서 문학이 담아야 할 최고의 가치가 '도(道)'에 있다는 사실을 강조하였다.

> 문이란 것은 도를 밟아 들어가는 문[文者, 蹈道之門]과 같은 것으로서 경전에 어긋나는 내용의 글은 쓰지 말아야 한다. 그러나 글을 지을 때 기운을 고무시키고 말을 자유롭게 구사하고자 하며, 때로는 듣는 사람을 감동시키며 혹 험난하고 괴이한 것에 간여하기도 한다. 하물며 시를 지을 때에 비(比)와 흥(興)과 풍유(諷諭)를 바탕으로 삼기 마련이므로 반드시 괴이한 것에 우탁(寓托)한 뒤에야 기운이 힘차 보이며, 뜻이 심원하고 말이 드러나게 되어 보는 이의 마음을 감동시킬 만하고, 은밀한 뜻을 드러내어 마침내 바른 데로 돌아가게 된다.

최자는 위에서 문학이 도를 표현하기 위해 필요한 관문에 해당된다고 하여 문과 도의 종속관계를 말하고 있다. 여기에서 최자가 재도지기(載道之器), 문이재도(文以載道)라는 도학적 문학관을 추종하고 있음을 확인할 수 있다. 그러므로 최자는 문이란 것은 궁극적으로 도를 구현하기 위한 중요한 수단에 지나지 않는다는 유가의 문학관을 그대로 수용하고 있는 것이다. 위 인용문의 마지막 부분에서 작가가 시를 짓는 궁극적인 목적이 사람의 마음을 바른 데로 돌아가게 하는 데에 있다

[歸於正]라고 한 것도 결국 문학의 역할은 사람의 성정(性情)을 순정(醇正)한 데로 귀일하게 하는 데 있다는 것이다. 이는 곧 문학의 중요한 기능이 인간을 교화하는 수단임을 강조한 도학적 문학관과 일치한다. 그러나 최자는 문학작품이 대상을 제대로 표현하기 위하여 수사적 기교가 필요하다는 사실을 간과하지 않고 있다. 이는 문학이 가지고 있는 수사적 기능과 사사로운 개인의 정서를 표현하는 것에 부정적인 생각을 가지고 있던 성리학자들의 문학관과는 상당한 차이를 보이고 있다. 최자의 이러한 문학관은 오히려 중국 당나라 고문가들이 문학에 대해서 가지고 있던 고문정신(古文精神)과 그 궤를 같이 한다고 하겠다.

당나라의 유명한 유학자이자 고문가였던 한유(韓愈)를 중심으로 한 고문운동가들이 당시의 문학을 개혁하기 위하여 벌인 운동이 고문복고운동이다. 이들이 유가 경전의 내용을 문학작품 속에 담아내야 한다는 생각을 가지게 된 것은 당시의 문학이 도를 표방하여 사람의 진정한 삶을 얘기하기 보다는 수식 위주의 화미한 형식주의를 추종하고, 실질적이지 못한 공허한 내용을 담는 데 치우쳐 있었기 때문이었다. 그러므로 이들 고문운동가들은 문학의 공용성(功用性)을 중시하면서 문학과 사회의 연계성에 관심을 보였다. 이들은 사람의 정서를 표현하는 문학의 본질을 인정하면서 문학이 인간의 참된 삶을 구현하기 위한 인륜교화(人倫敎化)를 그 궁극적인 목표로 삼아야 한다는 생각을 가지고 있었다. 최자도 이러한 당나라 고문가들의 문학관과 비슷한 관점을 가지고 있었던 것으로 볼 수 있는데, 이러한 사실은 『보한집』 중권에 최자가 백거이(白居易)의 문학정신을 옹호한 대목에서 확인할 수 있다.

백낙천(白樂天)의 시가 『시경』의 풍(風)·아(雅)·송(頌)에 비교해 보면 그 뜻의 깊고 얕음에 있어 차이가 날 뿐이지 백성을 교화하는 데 있어서

는 둘이 다 같다. 두목(杜牧)은 자신의 문장이 뛰어남을 자부하여 백낙
천의 시가 순수하지 못하고 천박함을 지적하여 우롱하였다. 당시 탐욕스
럽고 부도덕한 짓에 익숙한 사람들이 모두 두목의 의견을 좇아 백낙천의
문학을 요란스러울 정도로 비방하였다.…… 옛날 사람들이 백공(白公)을
인재(人才)라고 한 것은 그의 시문에 나타낸 말이 온화하고 평이하며,
풍속을 말하고 사물의 이치를 서술한 것이 인정(人情)에 들어맞기 때문
이었다.

최자는 백낙천의 문학이 형식이나 내용에 있어 문학의 전범이 되는
『시경』 풍·아·송의 시와 비교하면 내용의 깊이에 있어서는 비교 대상
이 되지는 않지만 백성을 교화하는 내용을 담고 있는 것에서는 양쪽이
한가지라고 하였다. 백낙천은 한유 등의 고문가들이 주창했던 고문정
신을 수용하여 시에 있어서 낭만적이고 유미한 시풍을 배격하고 시속
에 현실적 삶의 문제를 묘사한 사회시(社會詩)를 즐겨 씀으로써 첨예한
현실인식을 드러내었다. 두목이 백낙천의 시를 속되다고 비방한 것은
백낙천의 문학이 풍류나 순수한 서정세계를 정취 있게 그리지 않고 대
부분 애곡되고 부조리한 사회현상을 사실적으로 묘사하는 데 치우쳤기
때문일 것이다. 그러나 최자는 두목의 의견을 비판하면서 백낙천이 쉽
고 평이한 서술방식으로 인륜교화를 위해서 작품을 창작한 사실을 높
이 평가하였다.

6

『보한집』에서 최자는 당시에 알려진 문학이론을 소개하고 그 이론에
기대어 작품을 품평하였다. 당시에 새로우면서도 개성 있는 문학이론

으로 등장한 것은 최자와 동시대의 문인이었던 이규보의 '신의론(新意論)'이다. 이규보 이전에 활동했던 문인들이 작품을 창작할 때 우선시했던 것은 기존의 문학작품의 서술형식과 작품내용을 표절하여 얼마나 재치 있고 절묘하게 시문을 구성하느냐에 있었다. 그러므로 작가가 작품을 지을 때 자신만의 상상력으로 독창적으로 작품을 짓는 데 주의를 기울이기 보다는 이전의 문인이 지었던 시문에서 시상(詩想)을 암시 받고 적절한 시어를 따와서 자신의 작품을 완성하려고 했다. 이렇게 이루어진 작품을 독자들이 접하고는 재치 있고 절묘하게 표절한 사실에 대해서 감탄하였다 그러나 작품 속에 그 작가만의 독특한 문학정신이나 정서를 찾아볼 수 없어 사람들에게 감동을 주지 못할 뿐만 아니라 작품의 생명력 또한 짧을 수밖에 없었다.

문학의 본질과 존재 가치를 생각하는 작가라면 자기만의 특유하면서도 독창적인 생각을 작품에 담아 읽는 사람들에게 진한 감동을 주기 위해 혼신의 힘을 다할 것이다. 최자가 『보한집』을 편찬하던 고려중엽에 문학의 표현형식과 서술내용에 대한 반성이 일어나기 시작했는데 그 한가운데 섰던 사람이 이규보였다. 무인난 이후 문인들이 정치적 굴레에서 떠나 문학의 가치에 대해서 고뇌하기 시작함으로써 문학의 표현 방법과 내용의 문제로 심각하게 고민하였다.

이규보는 종전까지 문인들이 작품 속에서 자기만의 목소리를 내지 못하고 고전이나 이전의 작가들의 작품에 깃든 오의(奧義)를 그대로 따오거나 도습(蹈襲)하는 일을 당연시 했던 비문학적인 창작경향에서 벗어나 진정으로 개성이 넘치고 작가의 살아 있는 목소리를 들을 수 있는 작품을 창작하기 위해서 고민하였다. 이러한 문학에 대한 자신의 이론을 반영하기 위해서 이규보는 신의론이라는 새로운 이론을 제시하였다.

여기에서 보면 신의론이란 이전까지의 대부분의 문인들이 사어(辭

語)와 성률(聲律)을 미려하게 꾸미고 맞추는 데 치중하여 오히려 내용
의 참신성 추구에 소홀했던 반문학적(反文學的) 현상에서 벗어나기 위
해서 창안한 이론이었다. 이규보는 자신의 문학에 대한 이 같은 생각
을 실제 작품의 창작과정에서 반영하기도 했지만 신의론을 시 창작 이
론으로 확립하기 위해서 혼신의 노력을 기울였다. 이규보는 그의 작품
인 '시벽(詩癖)', '논시중미지약언(論詩中微旨略言)', '구시마문(驅詩魔文)'
등을 통하여 신의론의 필요성을 역설하기도 하고, 신의론에 충실한 창
작활동이 얼마나 힘들고 어려운가를 자기 경험을 근거로 하여 역설하
기도 했다.

　최자는 누구보다도 이규보의 새로운 문학이론인 신의론을 올바로
이해하고, 이를 수용하여 널리 문단에 알리는 일에 열중하였다. 그러
므로『보한집』에서 다양한 문학이론을 소개하는 가운데 가장 관심을
가지고 집중적으로 소개한 것은 바로 신의론이라고 하겠다. 최자는 이
규보가 신앙처럼 내세우고 있는 신의론이 어떤 성격을 지닌 것이며,
실제 작품 창작에서 어떻게 적용되고 있는가를『보한집』중권에서 소
개하고 있다.

　　장원(壯元) 김신정(金莘鼎)이 문순공(文順公) 이규보의 「유어(遊魚)」
　라는 시를 칭송하였다. 그 시에 …… 라고 했다. 또 문순공의 「문앵(聞鶯)」
　이라는 시를 소개하였다. 그 시에 …… 라고 했다. 그가 나에게 두 시 가운
　데 어느 것이 낫다고 생각하느냐고 물었다. 내가 대답하기를 "「문앵」 시
　는 뜻이 얕아 시의 바탕이 깊지 않지만, 「유어」 시는 내용이 웅심(雄深)하
　며 비(比)와 흥(興)을 갖추고 있어 앞의 시보다 훨씬 낫습니다."라고 했
　다. 이에 김 장원이 말하기를, "그렇지 않소. 고금에 걸쳐 앵무새를 두고
　읊은 시가 많지만 모두가 문순공의 시에는 미치지 못했다고 하겠소. 오직
　공만이 새로운 뜻을 천착했다고 할 수 있소."라고 했다. 대체로 시에 담

긴 뜻이 웅심하더라도 그러한 시의(詩意)를 이미 다른 시인이 사용한 것이라면 이 시는 새롭다고 할 수 없다. 비록 시의 뜻이 깊지 못하여 천근(淺近)할지라도 그 속에 독창적인 생각을 담고 있다면 이는 좋은 시라고 할 수 있소”라고 했다. 지금 김공의 말을 듣고 보니 그의 말이 옳다.

여기에서 최자는 문학작품 감상력이 뛰어난 김신정과의 한시 품평에 대한 논의를 통하여 작품평가에 있어 가장 중요한 잣대가 ‘신의’라는 것을 강하게 시사하고 있다. 고금을 막론하고 훌륭한 시로 평가 받으려면 무엇보다도 내용이 웅심해야 하고 수사적 기법으로 비와 흥이 절묘하게 이루어져야 한다는 사실은 누구나 다 아는 사실이다. 그러나 정말로 훌륭한 시가 되기 위해서 갖추어야 할 가장 중요한 요건이 작품 속에 그 작가만의 새로운 생각이 깃들어 있어야 한다는 것이다.

최자는 설령 그 시속에 담긴 시의가 비천하고 표현기법이 졸렬하게 이루어졌더라도 시인 자신의 독창적이고 새로운 목소리가 들어 있다면, 오히려 절창이라고 일컬어지는 작품을 모방하여 시의가 웅심하고 비와 흥이 절묘하게 이루어진 시보다도 우위에 둘 수 있다고 하였다. 최자는 자신이 신봉하다시피 한 신의를 용사이론(用事理論)과 대비시켜 말함으로써 창작에 있어서 신의의 중요성을 더욱 강조하고 있다.

이러한 신의와 용사의 관계는『보한집』의 중요한 논의 가운데 하나이다. 이 용사론은 이인로의『파한집』의 중요한 문학이론이기 때문에 신의와 용사를 비교한다는 것은『파한집』과『보한집』에서 각각 제시한 문학이론의 특징을 비교하는 것과 같은 의미이다. 이인로는 작품을 창작할 때 자신이 평소에 독서했던 전적이나 널리 알려져 익숙하게 알고 있던 유명한 시구들의 시어나 그 속에 깃든 시의를 적절하게 끌어들여 사용하였다.

　　학사 이인로가 말하길, "내가 방문을 걸어 잠그고 들어앉아 황정견과 소식이 남긴 두 문집을 읽고 난 뒤에야 시어가 올바르게 되고 운율이 아름다워져서 시를 이루면 삼매에 들 수 있다."라고 했다. 문순공이 말하길, "나는 옛사람의 말을 그대로 본받지 않고 나름대로 새로운 뜻을 창출한다."라고 했다.

　『보한집』 중권에서 이 같이 이인로와 이규보의 창작태도를 비교함으로써 용사와 신의의 의미를 간명하게 얘기하고 있다. 여기에서 이인로는 작품을 창작할 때 자신이 평소에 독서했던 전적에 들어 있는 내용이나 널리 알려져 익숙하게 알고 있던 유명한 시구들의 시어나 그 속에 깃든 시의를 적절하게 끌어들여 사용한다는 것이다. 반면에 이규보는 문인의 필독서인 경사집(經史集)을 읽어 인격을 도야하고 지식을 넓혀 나가는 바탕으로 삼지만 시를 지을 때 그러한 것을 생경하게 끌어들여 그대로 모방 내지는 표절하지 않는다는 것이다.

　최자의 이러한 언급은 당시의 문인들에게 시 창작에 있어 당시까지 아무런 저항감 없이 해오던 용사 위주의 창작경향에서 벗어나 작품 속에 작가의 진정한 목소리를 전할 수 있는 신의에 충실한 창작태도를 강조하는 것이다. 여기에서 보면 최자가 이규보를 당대에 새로운 바람을 일으키는 문인으로 인식하고 그가 문학에 대해서 깊이 성찰한 끝에 내놓은 신의론에서 앞으로의 문학이 나아갈 방향을 설정하려 했다고 할 수 있다.

일러두기

1. 본 역서는 조선조 효종 10년(1659)에 간행된 중각본(重刻本)을 원본으로 하였다.

2. 한글로 번역하는 것을 원칙으로 하고, 평이한 문장으로 직역에 충실하고자 했으나 경우에 따라서는 의역하기도 했다.

3. 이 책을 번역함에 있어 지금까지 역간(譯刊)된 여러 종의 번역서를 참고하여 전문(全文)의 번역에 완벽을 기하고자 했다.

4. 원문에서 잘못된 부분은 각주에서 그 이유를 밝히고 바로잡았다.

5. 원문에 부기(附記)된 주(註)의 원문과 번역문은 각각 글자체를 작게 하여 해당 원문과 번역문에 병기(倂記)하였다.

6. 원문에 나오는 내용 가운데 독자의 이해를 돕기 위해 각주가 필요할 경우 각주를 달되 그렇지 않은 경우에는 가급적 풀어서 기술했다.

文者, 蹈道之門, 不涉不經之語. 然欲鼓氣肆言, 竦動時聽, 或涉於
險怪. 況詩之作, 本乎比興諷喩, 故必寓託奇詭, 然後其氣壯其意深其
辭顯. 足以感悟人心, 發揚微旨, 終歸於正. 若剽竊刻畵, 誇耀靑紅, 儒
者固不爲也. 雖詩家有琢鍊四格, 所取者, 琢句鍊意而已. 今之後進, 尙
聲律章句, 琢字必欲新, 故其語生. 鍊對必以類, 故其意拙, 雄傑老成
之風, 由是喪矣. 我本朝以人文化成, 賢儁間出, 贊揚風化. 光宗顯德
五年, 始闢春闈, 擧賢良文學之士, 玄鶴來儀. 時則王融趙翼徐熙金策,
才之雄者也. 越景顯數代間, 李夢游柳邦憲以文顯, 鄭倍傑高凝, 以詞
賦進, 崔文憲公沖, 命世興儒, 吾道大行. 至於文廟時, 聲明文物粲然大
備, 當時冢宰崔惟善以王佐之才, 著述精妙, 平章事李靖恭崔奭參政文
正李靈幹鄭惟産學士金行瓊盧坦, 濟濟比肩, 文王以寧. 厥後朴寅亮崔
思齊思諒李顓金良鑑魏繼廷林元通黃瑩鄭文金緣金商祐金富軾權適高
唐愈金富轍富佾洪瓘印份崔允儀劉羲鄭知常蔡寶文朴浩朴椿齡林宗庇
芮樂全崔誠金精文淑公父子吳先生兄弟李學士仁老兪文公升旦金貞肅
公仁鏡李文順公奎報李承制公老金翰林克己金諫議君綏李史館館允甫
陳補闕澕劉沖基李百順兩司成咸淳林椿尹于一孫得之安淳之, 金石間
作, 星月交輝, 漢文唐詩於斯爲盛. 然而古今諸名賢編成文集者, 唯止

數十家, 自餘名章秀句, 皆埋沒無聞. 李學士仁老 略集成編, 名曰破
閑, 晉陽公以其書未廣, 命子續補. 强拾廢忘之餘, 得近體若干聯, 或至
於浮屠兒女輩, 有一二事可以資於談笑者, 其詩雖不嘉, 并錄之, 共一
部分爲三卷, 而未暇雕板. 今侍中上柱國崔公, 追述先志, 訪採其書, 謹
繕寫而進. 時甲寅四月日, 守太尉崔滋序.

  문(文)이란 것은 도(道)를 밟아 들어가는 문(門)의 역할에 지나지 않
으므로 불경(不經)한 말에 간여해서는 안 된다. 그러나 글을 지을 때는
기운을 고무하고 말을 자유롭게 구사하고자 하며, 때로는 듣는 사람을
감동시키고자 하여 혹 험하고 괴이한 것에 간여하기도 한다. 하물며
시를 짓는 것은 비(比)1)와 흥(興)2)과 풍유(諷諭)3)에 바탕을 두므로 반드
시 기궤(奇詭)한 것에 부친 뒤에야 기운이 힘차며, 뜻이 심원하고 말이
명료해진다. 따라서 그 글이 보는 이의 마음을 감동시킬 만하고, 은밀
한 뜻을 드러내어 마침내 바른 데로 돌아가게 된다.
  만약 글을 지을 때 남의 것을 몰래 훔쳐 오고 고치고 꾸미는 것에
치우치며[剽竊刻畵], 과장되고 요란스러워 절제되지 않은 것[跨耀靑紅]
은 선비들이 진실로 범하지 않는 것들이다. 비록 시가(詩歌)에는 탁련
사격(琢鍊四格)4)이 있으나 취할 만한 것은 탁구(琢句)와 연의(鍊意)일

---

1) 비(比):『시경(詩經)』의 육의(六義) 가운데의 하나. 육의 중에 풍·아·송(風雅頌)은
   시체(詩體)를 의미하고, 부·비·흥(賦比興)은 시작법(詩作法)에 해당됨. 여기에서의
   비(比)는 시적대상을 다른 사물에 비유하여 사태를 보다 명료하게 표현하는 것으로
   직유법(直喩法)에 가까움.
2) 흥(興):이는 수사법에 있어 연상법(聯想法)에 해당되는 것으로 객관적인 설명이 불
   가능한 사실에 대하여 작자가 주관적인 연상으로 읊은 것을 이름. 은유법(隱喩法)에
   가까움.
3) 풍유(諷諭):비와 흥을 겸비한 것으로 사물을 묘사함에 있어 추상적 의미를 취하는
   것임. 곧 풍자성(諷刺性)이 깃든 시작법을 이름.
4) 탁련사격(琢鍊四格):시의 연구(聯句)를 다듬는 네 가지 격식을 말함. 여기에는 연

따름이다. 그러나 지금의 후진(後進)들은 성률(聲律)과 장구(章句)를 숭상하며 글자를 다듬어 반드시 새롭게 하고자 함으로 그 말이 자연스럽지 못하다. 대우(對偶)를 단련함에 있어서는 반드시 같은 말로 대를 맞추려고 하여 그 뜻이 졸렬해지기 마련이므로 웅걸(雄傑)하고 노성(老成)한 기풍은 이로 말미암아 잃게 되는 것이다.

우리나라는 인문(人文)으로써 교화(敎化)가 이루어졌으니, 어질고 준걸한 사람들이 간간이 나타나서 풍화(風化)를 찬양하였다. 광종 현덕(顯德)[5] 5년에 비로소 과거를 열어 어질고 훌륭한 인재를 뽑았으니, 비길 데 없는 위용(威容)을 갖춘 선비들이 모여 들었다. 이때 왕융(王融), 조익(趙翼), 서희(徐熙), 김책(金策) 등이 큰 재주를 가졌던 인물들이다.

경종에서 현종에 이르기까지 두어 대 사이에는 이몽유(李夢遊), 유방헌(柳邦憲)이 문(文)으로 두드러졌고, 정배걸(鄭倍桀), 고응(高凝)은 사부(辭賦)로 진출하였으며, 문헌공(文憲公) 최충(崔沖)은 세상에 이름난 학자로 유학을 일으켰으니 이에 우리의 도학이 크게 행해졌다.

문종 때에 이르러서는 성명(聲明)과 문물(文物)이 찬란하게 빛났으니 당시의 재상이었던 최유선(崔惟善)은 왕을 보좌하는 재주로 저술이 정묘(精妙)하였으며, 평장사(平章事) 이정공(李靖恭)·최석(崔奭)과 참정(參政)이던 문정공(文正公) 이영간(李靈幹), 정유산(鄭惟産), 학사(學士) 김행경(金行瓊), 노탄(盧坦) 등이 서로 견줄 만하였으니, 이는 마치 주(周)나라의 문왕(文王)이 어진 선비들을 만나 나라를 편안하게 다스린 때와 같았다.

자(錬字), 탁구(琢句), 연의(錬意), 연격(錬格) 등이 있는데, 시론서(詩論書)에서 탁구는 연자만 못하고, 연자는 연의만 못하며, 연의는 연격만 못하다고 함.

5) 현덕(顯德) : 중국 후주(後周)의 왕인 세종(世宗)의 연호(年號, 954~958)로 현덕 5년은 고려 광종 9년(958)에 해당됨.

그 뒤로는 박인량(朴寅亮), 최사제(崔思齊)·사량(思諒) 형제, 이오(李
顗), 김량감(金良鑑), 위계정(魏繼廷), 임원통(林元通), 황영(黃瑩), 정문
(鄭文), 김련(金緣), 김상우(金商祐), 김부식(金富軾), 권적(權適), 고당유
(高唐愈), 김부철(金富徹)·부일(富佾) 형제, 홍관(洪瓘), 인빈(印份), 최윤
의(崔允儀), 유희(劉羲), 정지상(鄭知常), 채보문(蔡寶文), 박호(朴浩), 박
춘령(朴春齡), 임종비(林宗庇), 예낙전(芮樂全), 최함(崔諴), 김정(金精),
문숙공(文淑公) 부자,6) 오선생(吳先生) 형제,7) 학사(學士) 이인로(李仁
老), 문안공(文安公) 유승단(俞升旦), 정숙공(貞肅公) 김인경(金仁鏡), 문
순공(文順公) 이규보(李奎報), 승제(承制) 이공로(李公老), 한림(翰林) 김
극기(金克己), 간의(諫議) 김군수(金君綏), 사관(史館) 이윤보(李允甫), 보
궐(補闕) 진화(陳澕), 유충기(劉沖基), 이백순(李百順), 안순지(安淳之) 등
의 찬란한 인물들이 간간이 나타나 별과 달이 서로 빛을 자랑하는 것과
같았으니, 한문(漢文)과 당시(唐詩)가 이들에 의하여 번성하게 되었다.

그러나 고금의 여러 명현(名賢)들 가운데 문집을 엮어 놓은 사람은
오직 수십 명에 그쳤으니, 나머지 명장(名章)과 수구(秀句)는 모두 인멸
되어 들을 수가 없다. 학사 이인로가 대략 글을 모아 엮어서는 『파한(破
閑)』8)이라고 이름하였는데, 진양공(晉陽公)9)이 그 책이 널리 많은 내용

---

6) 문숙공(文淑公) 부자 : 고려 중기의 학자로 시호가 문숙공인 최유청(崔惟淸, 1095~
   1174)과 평장사를 역임한 최당(崔讜, 1135~1211) 부자를 이름.
7) 오 선생 형제 : 고려 중기의 문인이었던 형 오세문(吳世文)과 아우 오세재(吳世才)
   형제를 가리킴. 고창 오씨(高敞吳氏)의 시조로 한림학사를 지낸 학린(學麟)은 그들의
   조부임.
8) 『파한(破閑)』: 고려 중기의 문인인 이인로(李仁老, 1152~1220)가 편찬한 시화집『파
   한집(破閑集)』을 이름. 모두 상·중·하 세 권으로 되어 있는데 이는 우리나라 시화집
   의 효시로서 문학사적 의의가 큰 작품임. 이 책은 그의 사후 고려 원종 원년(1260)에
   아들 세황(世黃)에 의해 간행되었음.
9) 진양공(晉陽公) : 고려 고종 때 권신이었던 최우(崔瑀, ?~1249)의 봉호(封號). 뒤에
   이(怡)로 개명하여 최이로 불렸음. 충헌(忠獻)의 아들로 아버지를 이어 고려 중기 무

을 수집하여 편찬된 것이 아니라고 하여 나에게 그것에 이어서 자료들을 더 모아 보충하라고 명했다. 이에 숨겨지고 잊혔던 글을 약간 모으고, 근체시(近體詩)[10] 몇 수를 얻었으며, 혹 스님이나 아녀자들의 한두 가지 일이이라도 우스갯거리가 될 만한 것은 그 시가 비록 좋지 못해도 함께 실었는데 모두를 일부(一部)로 하여 세 권으로 나누었다. 아직까지 인쇄에 올릴 겨를이 없었더니 지금에 와서 시중상주국(侍中上柱國) 최공(崔公)[11]께서 선친의 뜻을 추술(追述)하여 그 원본을 찾기에 삼가 엮어서 올린다. 때는 갑인년[12] 4월, 수태위(守太尉) 최자(崔滋)가 서문을 쓰다.

　　인의 무단정치를 철저하게 주도했던 인물임. 그는 정방(政房)정치를 단행하여 왕권을 무력화 하였는데 이는 결국 고려가 쇠퇴하는 데 결정적인 원인이 되었음.

10) 근체시(近體詩) : 고체시에 대한 말로 고체시에 비해 각 시구를 구성하는 음절의 억양장단(抑揚長短)의 배열방법인 운율을 비롯하여, 전시(全詩)의 구수(句數)와 각구(各句)의 성격이 규식화된 시를 이름. 곧 시에 있어서 성운(聲韻)의 해화(諧和)와 형식의 아름다움을 극도로 추구한 시 형식임. 여기에는 율시(律詩)와 절구(絕句)가 있는데 금체(今體)라고도 함. 이는 중국 육조(六朝) 말엽 심약(沈約, 441~513)의 「사성보」(四聲譜)에서 시작된 것임.

11) 최공(崔公) : 최우의 아들인 항(沆, ?~1257)을 이름. 초명은 만전(萬全). 승려로 있다가 환속하여 1249년 아버지 최우가 죽자 정권을 이어 받았음. 아버지 우의 무단정치를 혁파하고 기울어가는 고려정부를 회생시키려는 노력을 보이기도 했으나 결국 아버지의 전철을 답습하다가 실각하였음.

12) 갑인년(甲寅年) : 고려 고종 41년(1254)에 해당됨.

보한집 상권

補閑集 上卷

[상-1]　孫知樞拚, 以太祖聖製示予曰, 宜載補閑. 對曰, 此書欲集瑣言爲遺閑耳, 非撰盛典也. 知樞曰, 爲儒臣, 辭撰聖訓可乎. 聞之蹴然, 載諸編首. 太祖當干戈草創之際, 留意陰陽淨屠, 參謀崔凝諫云, 傳曰, 當亂修文, 以得人心, 王者雖當軍旅之時, 必修文德. 未聞依浮屠陰陽, 以得天下者. 太祖曰, 斯言朕豈不知之, 然我國山水靈奇, 介在荒僻, 土性好佛神欲資福利. 方今兵革未息, 安危未決, 旦夕恮惶, 不知所措, 唯思佛神陰助, 山水靈應, 儻有效於姑息耳, 豈以此爲理國得民之大經也. 待定亂居安, 正可以移風俗美教化也. 長興五年甲午, 征百濟大克, 獲河內三十餘郡, 及渤海國人皆歸順, 乃命有司刱開泰寺, 爲華嚴道場. 親製願文手書, 略曰, 生遇百罹, 未堪多難. 兵纏兎郡, 災擾辰韓, 人莫聊生, 室無完堵云云. 證天有誓, 剗平巨擘, 拯塗炭之生民, 恣農桑於鄕里. 上憑佛力, 次仗玄威, 二紀之水擊火攻, 身蒙矢石, 千里之南征東討, 親枕干戈. 丙申秋九月, 於崇善城邊, 與百濟兵交陣, 一呼而兇狂瓦解, 再鼓而逆黨氷消, 凱唱浮天, 歡聲動地云云. 萑蒲寇竊, 溪洞微兇, 改悔自新, 尋懷歸順. 某也志在於捊奸除惡, 濟弱扶傾, 不犯秋毫, 不傷寸草云云. 答佛聖之維持, 酬山靈之贊助, 特命司局, 刱造蓮宮, 乃以天護爲山號, 以開泰爲寺名云云. 所願佛威庇護, 天力扶持云云. 淸泰二年, 新羅敬順王來朝上書, 略曰, 本國禍亂將構, 曆數已窮, 幸觀天子之光, 願作庭臣之禮. 三年百濟王甄萱入朝, 上許住南宮, 討其子神劍之罪. 後奉御崔遠表駕, 略曰, 神劍之自取滅亡, 蓋爾罪不容天地, 羅王之自來賓服, 由盛德遠屆遐荒云云. 智方之簪紳也, 曾輻湊於上國, 逆子之兵革也, 今瓦解於南方. 而陛下聞隣之急, 徑往救之, 仁勇也, 隣王來附, 曲待悉親, 智信也, 忘萱小嫌, 接而恩信, 寬仁也, 誅諸逆子, 慰撫殘民, 義明而仁治矣. 以此爲帝王垂統之五常, 胡不有子孫遵先於萬世云云. 太祖文章筆法天縱多能, 然此帝王家餘

事, 不足歸美. 觀信書訓書及崔遠表, 其盛德可知.

지추(知樞)[13] 손변(孫抃)[14]이 태조[15]께서 지은 글을 나에게 보이며 말하길, "마땅히 『보한집』에 실어야 할 것이오."라고 했다. 이에 내가 대답하기를, "이 책에 자질구레한 얘기들을 모은 것은 한가로움을 돕자는 것이지 성전(盛典)을 모아서 싣자는 것이 아닙니다."라고 하니, 지추가 말하기를, "신하된 도리로 성상(聖上)의 훈계(訓戒)를 모아 싣는 것을 거절하는 것이 옳다고 생각하는지요."라고 하였다. 내가 그 말을 듣고는 마음이 움직이어 그 글을 이 편의 첫 머리에 싣기로 했다.

태조께서 무력으로 통일을 이룬 건국 초에 음양(陰陽)[16]과 불교에 뜻을 두고 있었다. 참모(參謀) 최응(崔凝)[17]이 간언하기를,

> 전(傳)에 말하옵기는, '전란을 당하면 글을 닦아서 백성의 마음을 모아야 하며, 왕은 비록 전쟁의 마당에 이르러서도 반드시 글을 닦아서 덕을 길러야 한다.'고 하였습니다. 그러하오니 아직 불교나 음양에 의지해서

---

13) 지추(知樞) : 고려 때 왕명(王命)의 출납이나 궁중의 숙위(宿衛) 등을 맡아보던 관청인 중추원(中樞院)에 속한 종2품 벼슬. 곧 중추원 지원사(知院事)를 이름.

14) 손변(孫抃, ?~1251) : 고려 중기의 문신. 초명(初名)은 습경(襲卿). 예부시랑(禮部侍郎), 상서좌복야(尙書左僕射) 등의 관직을 역임했음.

15) 태조(太祖) : 고려 제1대 왕인 왕건(王建, 877~943)을 가리킴. 자는 약천(若天). 신라를 935년에 합병하고, 936년에 후백제를 멸망시켜 역사상 두 번째 통일왕조를 이루었음. 재위기간은 918~943년.

16) 음양(陰陽) : 천지사이에 만물을 만들어 내는 두 기(氣)를 말함. 「추명(秋名)」에, '陰蔭也, 氣在內, 奧陰也. 陽揚也, 氣在外, 發揚也.'라고 하였듯이 음은 드러나지 않아 기운이 내재하는 것이고, 양은 기운이 떨쳐 밖으로 드러난 것이니 이들은 우주만물을 구성하는 기본 원소(元素)라고 할 수 있음. 여기에서는 이런 것을 바탕으로 하여 만들어진 풍수지리설(風水地理說), 음양도참설(陰陽圖讖說)을 이름.

17) 최응(崔凝, 898~932) : 신라 말과 고려 초에 활약했던 문신. 문장에 능하여 궁예의 총애를 받았으나, 뒤에 왕건에게 기부(寄附)하여 고려 초기의 문물제도 확립에 크게 기여했음. 벼슬은 광평시랑(廣平侍郎)에 올랐고, 시호는 희개(熙愷).

천하를 얻었다는 말은 들어보지 못했습니다.

라고 했다. 태조가 이에 대답하기를,

이 말을 내가 어찌 모르겠소. 그러나 우리나라는 산수(山水)가 신령스 럽고 기괴하며 거칠고 외진 지경에 놓여 있으니, 일찍부터 부처와 신명 (神明)을 신봉하여 복리(福利)의 바탕을 삼았다고 하겠소. 아직 전쟁이 끝나지 않았고, 나라의 안위(安危)가 결단나지 않아 아침저녁으로 황망 하고 괴로워 어찌할 바를 모를 지경이오. 그러니 오직 부처와 신명의 도 움과 산수가 주는 영험이 임시변통의 효과가 있으리라고 생각할 따름이 지 어찌 부처와 신명으로써 나라를 다스리고 백성의 인심을 얻기 위한 대경(大經)으로 삼을 수 있겠소. 전란이 평정되기를 기다렸다가 때가 되 면 바로 풍속을 순화시키고 교화(敎化)에 힘쓸 수 있을 것이오.

라고 했다.

장흥(長興)[18] 5년인 갑오년에 백제를 쳐서 크게 이겨 하내(河內)[19] 30여 군(郡)을 차지하였고, 또 발해국 사람들이 모두 귀순함에[20] 태조 께서 유사(有司)에게 명하여 개태사(開泰寺)[21]를 지어 화엄도량(華嚴道 場)[22]으로 삼도록 했다. 태조께서 원문(願文)을 짓고 손수 썼는데 그 글

---

18) 장흥(長興) : 중국 오대(五代)의 후당(後唐) 명종(明宗)의 연호(930~934). 장흥 5년은 고려 태조 17년(934)에 해당됨.

19) 하내(河內) :『고려사』권2 태조 17년조에, '九月丁巳, 自將征運州, 與甄萱戰, 大敗 之, 熊津以北三十餘城, 聞風自降.'이라고 하였으니 하내는 지금의 충남 공주를 중심 으로 한 금강(錦江) 지역의 여러 고을을 가리키는 듯함.

20)『고려사』권2 태조 17년조에, '秋七月, 渤海國世子大光顯, 率衆數萬, 來投…….'라 고 한 기록에서 발해국 세자 대광현(大光顯)이 발해 국민 수만 명을 이끌고 고려 태 조에게 투항했음을 알 수 있음.

21) 개태사(開泰寺) : 지금의 충남 논산군(論山郡) 연산면(連山面) 천호리(天護里)에 있 던 절로, 후백제를 토벌한 기념으로 고려 태조 23년(999) 12월에 세워졌음.

22) 화엄도량(華嚴道場) : 화엄종(華嚴宗)은 불교종파의 하나.『화엄경(華嚴經)』을 소의

은 대강 이러하다.

 사람이 태어나 살아가면서 많은 재앙을 맞이하지만 거듭해서 밀려오는 재난에 대해서는 이겨낼 방도가 없도다. 현토군(玄兎郡)[23]이 전란에 휩싸여 있고, 진한군(辰韓郡)[24]은 재난을 당하여 안정을 되찾지 못하고 있으니 백성들은 편히 지낼 겨를이 없고 집집마다 온전하게 남아 있는 것 없도다. …… 하늘을 두고 맹세하노니, 침입자의 무리들을 물리쳐 도탄에 빠져 있는 백성들을 건져내 그들이 농경과 양잠에 힘쓰게 할 것이로다. 먼저 부처님의 힘에 의지하며 다음으로 하늘의 위세에 의지하여 이기(二紀)[25]에 걸쳐 수격(水擊)과 화공(火攻)을 무릅쓰고 천리 길을 원정하였으며, 남과 동을 정벌하느라 스스로 방패와 창을 베개 삼았도다. 병신년[26] 가을 9월에 숭희성(崇喜城) 가에서 백제군을 맞아 싸우게 되었을 때 한번 크게 외쳐 흉악한 무리들을 무찔렀고, 다시 북을 울리어 진격하니 반역의 무리들이 얼음 녹듯 사라졌도다. 개선하여 외치는 소리가 하늘을 울리고 기쁨에 넘치는 환호성이 땅을 진동했도다. …… 관포(蘻蒲)[27]에서 노략질하던 무리와 계동(溪洞)[28]의 천박한 무리들이 잘못을

(所依)로 하여 세운 종지(宗旨). 신라시대 의상(義湘)이 당에 건너가 지엄(智儼)의 문하에서 배워와 우리나라 화엄종의 비조(鼻祖)가 되었음. 조선조에 와서 조계종(曹溪宗)으로 통합되었음.

23) 현토군(玄兎郡) : 중국 전한(前漢)의 무제(武帝)가 기원전 107년에 세운 한사군(漢四郡 : 낙랑군樂浪郡, 임둔군臨屯郡, 진번군眞番郡, 현토군) 중 하나로 압록강 상·중류 지역에 위치했음. 5세기 초에 고구려의 공격을 받아 멸망하고 고구려의 영토로 편입되었음.

24) 진한군(辰韓郡) : 고대 부족국가시대 우리나라 남부에 위치했던 세 부족[마한(馬韓), 진한(辰韓), 변한(弁韓)] 중의 하나. 지금의 경상도 지방 대부분을 차지하여 뒤에 신라 건국의 기틀이 되었다고 하나 아직 정설(定說)이 되지 못하고 있음.

25) 이기(二紀) : 한 기(紀)는 12년으로 24년을 이름.

26) 병신년(丙申年) : 태조 19년(936)으로 이해 9월에 일리(一利 : 지금의 경북 성주지방)에서 후백제 신검(神劍)의 군사를 대파하여 항복을 받음으로써 후백제를 멸망시켰음.

27) 관포(蘻蒲) : 물에서 자라는 풀 이름. 완포(莞蒲)라고도 함. 여기에서는 수초가 무성하게 자라는 남쪽 지방을 가리키고 있는 듯함.

뉘우쳐 새롭게 충성을 다짐하여 귀순해 왔도다. 나의 뜻은 간사함을 억
누르고 사악함을 없애며, 약한 자를 도우고 기울어지는 자를 붙들어 주
어 추호라도 잘못을 저지르지 않고, 아무리 작은 것이라도 상하지 않게
하는 데 있도다. …… 부처의 성력(聖力)이 사그라들지 않는 것에 보답하
고, 산령(山靈)의 도움에 수응(酬應)하기 위해서 특별히 사국(司局)에게
명하여 새 연궁(蓮宮)29)을 짓게 하였으니, 이에 산 이름을 천호산(天護
山)30)이라 하고, 절 이름을 개태사라고 하는도다. 우리의 소원은 부처의
위력이 우리를 도우시고 하늘의 힘이 늘 우리와 함께 하시는 데 있도다.

라고 했다.

청태(淸泰)31) 2년에 신라 경순왕(敬順王)32)이 고려에 귀순하여 글을
올렸는데 그 내용은 대략 다음과 같다.

본국에 화란(禍亂)이 장차 일어날 것 같고, 이미 나라의 운세가 다했는
데 다행히 천자의 광채를 뵙게 되었으니, 원하옵건대 군신(君臣)의 예를
갖추었으면 합니다.

라고 했다.

그 3년에 후백제(後百濟) 견훤(甄萱)33)이 고려조에 항복하여 귀순하

---

28) 계동(溪洞) : 중국 광서성 서남쪽에 위치한 9계 10동(九溪十洞)을 이름, 이곳이 깊은
산중이라 묘족(苗族) 같은 소수민족들이 모여 살고 있었던 것에 빗대어 이 글에서는
후백제의 잔당들이 준동하고 있는 곳을 의미함.
29) 연궁(蓮宮) : 연꽃이 피는 집이란 뜻으로 절을 이름.
30) 천호산(天護山) : 지금의 논산군 연산면에서 동쪽으로 5리 정도 떨어져 있는 산. 신
라와 백제의 결전장이었던 황산벌이 이곳에 있었음. 일명 황산(黃山)이라고도 함.
31) 청태(淸泰) : 중국 오대(五代) 후당(後唐)의 왕인 민제(閔帝)의 연호(934~936).
32) 경순왕(敬順王) : 신라 마지막 왕인 김부(金傅, ?~978)를 이름. 신라의 말기적 폐해
가 극심했을 때 왕위에 올랐으나 나라를 다시 일으키지 못하고 결국 935년에 고려
왕건에게 신라의 국권을 바치고 귀부(歸附)했음.
33) 견훤(甄萱, ?~936) : 후백제의 왕(재위기간 900~935). 신라 말엽의 혼란을 틈타 새

니 태조께서 그를 남궁(南宮)에 머무르게 하고, 그의 아들 신검(神劍)[34]의 죄를 다스렸다. 뒤에 봉어사(奉御使) 최원(崔遠)이 표(表)[35]를 올려 치하하였다.

신검이 스스로 길을 택한 것은 대개 그의 죄가 천지에 용납되지 않은 까닭이며, 신라 경순왕이 스스로 찾아와 입조(入朝)하게 된 것은 폐하의 높고 훌륭하신 덕이 멀리 변방에까지 미쳤기 때문이옵니다. …… 지혜로운 나라의 고관들의 출입이 우리나라에 항상 끊일 사이가 없고 반역자들과의 싸움은 이제 남쪽에서 와해(瓦解)되었습니다. 폐하께서 이웃 나라의 위급함을 들으시고 그 길로 달려가 그들을 위난에서 건져 주셨으니 그것은 어진 용맹(勇猛)이시고, 이웃 나라의 왕이 내조(來朝)하여 붙좇으매 간곡이 맞이하여 친절을 다하였으니 이는 지혜롭고 미더운 것이며[智信], 견훤의 작은 혐의를 잊고 그를 맞이하여 은혜를 베푼 것은 너그럽고 어지신 것이오며[寬仁], 모든 반역의 무리를 응징하고 남은 백성을 위로하여 어루만지시니 의로움이 일월 위 이 밝게 빛나고, 어짊[仁]이 세상에 두루 미친 것이옵니다. 이로써 제왕의 왕통을 드리울 오상(五常)[36]으로 삼았으니, 어찌 후대의 자손들이 만세토록 선왕의 가르침을 따르지 않겠사옵니까.

로운 시대를 열고자 하여 출중한 정치력과 용병술을 구사했으나 가문의 내홍(內訌)으로 좌절되고 말았음.

34) 신검(神劍) : 후백제 2대 왕(935~936). 견훤의 맏아들로 부왕(父王)을 금산사(金山寺)에 유폐시키고 탈권(奪權)하여 고려 왕건에 맞섰으나 패배, 고려에 항복하여 왕건의 회유책에 의하여 벼슬을 받았음.

35) 표(表) : 한문 문체의 하나. 자의(字意)는 '標也'라고 해서 사리를 밝혀서 임금에게 알린다는 뜻임. 따라서 표는 진정(陳情)이라는 본의에서 발전하여 추천, 경하(慶賀), 위안(慰安), 사사(辭謝)를 위한 문체로 쓰였음. 서사형식으로는 산문과 사륙변려문(四六騈儷文)이 있음.

36) 오상(五常) : 사람이 지켜야 할 5가지. 인(仁)·의(義)·예(禮)·지(智)·신(信)을 이름. 『한서(漢書)』「동중서전(董仲舒傳)」에, '仁義禮智信, 五常之道, 王者, 所當修飭也.'

라고 했다.

태조의 문장과 필법(筆法)은 하늘이 낸 것으로 더없이 뛰어나지만, 이는 제왕에게 있어서 여사(餘事)에 속하는 일로서 자랑할 만한 것이 못된다. 그러나 위에서의 신서(信書)와 훈서(訓書)[37] 그리고 최원의 표문(表文)에서 태조의 성덕을 알 수 있다.

상-2   光宗尙儒雅, 擧賢良文學, 時玄鶴來儀於含元殿, 文士皆作贊頌. 學士趙翼頌曰, 伊鶴軒昻, 稟精于陽. 有白斯羽, 則惟汝常. 匪白匪黃, 玄乃衣裳. 之禽之色, 厥表何祥. 惟我后德, 過百皇王. 崇文重道, 急用賢良. 仙翰色純, 厥祥允當. 含元肅穆, 望天高翔. 覽文德輝, 豈周鳳凰. 飮啄率度, 羽儀載光. 諸福畢至, 四方其昌. 於萬斯年景祚無疆. 學士雙冀典試春闈, 亦以玄鶴呈祥, 爲詩題.

광종(光宗)[38]이 유아(儒雅)를 숭상하여 어질고 훌륭한 문인들을 뽑았는데 그때 함원전(含元殿)[39]에는 높은 위용을 갖춘 학자들이 모여들었다. 문사(文士)들이 모두 당시의 왕성한 문운(文運)을 찬양하는 찬송(贊頌)[40]

---

37) 훈서(訓書) : 고려 태조가 남긴 훈요십조(訓要十條)를 가리킴. 여기에는 당시 성행하던 호국불교·토속신앙·풍수지리·도참사상·왕위의 적자승계 따위가 반영되어 있어 태조의 사상적 배경과 정책의 요체를 살필 수 있는 중요한 자료가 된다고 하겠음. 이는 후대의 왕들이 감계(鑑戒)로 삼도록 내린 것인데, 여기에는 국가의 번영과 호국에 대한 태조의 의지가 깃들어 있음.

38) 광종(光宗, 925~975) : 고려 4대 왕, 재위기간은 949~975, 태조의 셋째 아들. 광덕(光德)이라는 연호(年號)를 사용하여 중국에 대한 자주의식을 보이기도 했고, 고려 초기 과거제 실시를 통한 왕권 확립과 국력 증강 등의 치적을 남겼음. 만년에는 참언을 크게 믿어 많은 사람들을 무고하게 살육했음.

39) 함원전(含元殿) : 고려 때의 전각(殿閣)으로 군신회의를 열어 중요한 군국기무(軍國機務)를 논의하던 곳이었음. 뒤에는 신악(新樂)을 듣고 연회를 베푸는 장소가 되었는데, 인종 16년에는 정덕전(靜德殿)으로 개칭됐음.

을 지었는데, 학사(學士)[41] 조익(趙翼)[42]이 지은 찬송문에 이르기를,

> 우뚝한 저 학은 양의 정기를 품었네. 깃털의 흰 빛은 너의 변함없는 뜻이리라. 희지도 누렇지도 않은 너의 검은 겉모습이 바로 너의 옷이네. 그 겉모습이 어찌 상스러움을 나타내리. 오직 우리 임금의 덕이 백위(百位)의 왕에 뛰어나 문을 숭상하고 도를 중하게 하여 급히 현량한 학자를 등용시켰네. 엄숙하고 드높은 함원전에서 하늘을 바라보며 높이 날아오르네. 문덕(文德)이 빛남을 보니 어찌 주(周)나라만이 봉황이 있으리오. 마시고 쪼는 일에도 법도를 따르니 깃털에 광채 가득히 실렸네. 모든 복이 다 이르니 사방이 번창하네. 아, 만세토록 큰 복조(福祚)가 끝이 없으리.

라고 했다. 학사 쌍기(雙冀)[43]가 과거를 맡아 주관하였는데[典試春闈][44] 한 「검은 학이 상스러움을 준다[玄鶴呈祥]」는 것으로 시제(詩題)로 삼았다.

---

40) 찬송(贊頌) : 한문문체의 하나인 찬과 송을 이름. '찬'은 좋은 것을 찬미하고 올바른 것을 기술한다는 뜻으로 사언구(四言句)로 이루어져 있음. '송'은 성덕을 칭송하고 신명(神明)에게 고하는 글로 여기에는 정체(正體)와 변체(變體)가 있고 형식은 대체로 4언체 격구압운(隔句押韻)을 이룸.

41) 학사(學士) : 고려 때의 관직. 제 관전(諸官殿)에 속하여 있던 것으로 문신 가운데 뛰어난 학자로 뽑혀서 왕에게 시중하던 한림학사(翰林學士)를 가리킴. 지공거(指貢擧)의 속칭(俗稱)이기도 하였음.

42) 조익(趙翼) : 고려 전기의 문신, 벼슬은 한림학사(翰林學士)에 오름. 고려 초기의 문물제도 정립에 공이 큼. 『고려사』에는 조익(趙翌)으로 되어 있음.

43) 쌍기(雙冀) : 중국 오대(五代)의 후주(後周) 사람. 956년에 고려에 귀화(歸化)하여 광종의 총애를 받아 벼슬이 한림학사(翰林學士)에 이르렀음. 광종 9년(958)에 당나라의 관리 임용제도를 참조하여 과거제도를 창설하는 데 기여하였고, 여러 번에 걸쳐 과거시험을 주관하는 지공거가 되어 많은 인재를 배출했음.

44) 춘위(春闈) : 나라의 과거시험을 주관하는 관청이 예부(禮部)였는데, 예부가 대궐의 남쪽에 위치했기 때문에 춘관(春官)이라고 불렀음. 따라서 춘위는 '과거시험'을 이름.

상-3 王輪寺三重子, 其袖一蠹篇來示予, 乃光宗代侍中文貞公崔
承老, 禁中雜著詩藁也. 惜其國初文字, 幸不湮沒到于今, 取其中四韻
絶句四首載之. 長生殿後百葉杜鵑花應製云, 去年曾是滿朱欄, 今日芳
姿又一般. 但願此花開萬轉, 微臣長奉聖人歡. 東池新竹云, 金籜初開
粉節明, 低臨輦路綠陰成. 宸遊何必將天樂, 自有金風撼玉聲. 百濟進
白鵲讚云, 皚皚雪色好飛鳴, 來自江南僅十程. 看爾羽毛偏潔朗, 只應
來瑞我時淸. 謝宣獎入唐文字兼頒內庫酒果詩云, 多幸千年遇至尊, 不
才忝職在西垣. 文章敢望同諸彦, 寵渥須誇示後昆. 銘感極來徒有泪,
喜歡深處却無言. 尋思報答終難得, 但祝南山拜聖恩. 又有重陽讌御
製, 走筆頌美詩, 以此知光廟弄翰捷疾, 煥乎有文. 方其時, 金虎不偃,
未暇嚮學, 而宸翰猶若是, 況大平己久, 世世君王當淸燕之際, 黃竹白
雲之作, 不爲不多. 然補閑所載, 皆卿大夫高僧逸士所作, 豈宜與天章
同列而評. 當別部收錄, 卓其雲漢之瞻望.

　　왕륜사(王輪寺)[45]의 삼중자(三重子)[46]가 소매 속에 좀이 슬은 원고 뭉
치를 넣어 가지고 와서 나에게 내보였는데, 그것은 광종 때 시중(侍
中)[47]이었던 문정공(文貞公) 최승로(崔承老)[48]가 대궐에서 지은 잡저(雜

---

45) 왕륜사(王輪寺) : 개성 송악산에 있던 사찰로 고려 태조 2년(919)에 창건. 당시 송도
　　십대(十大) 사찰 중의 하나로 교종선(敎宗禪)을 이곳에서 시행했음.

46) 삼중자(三重子) : 고려 중기의 스님인 삼중대사(三重大師)를 이름. 당시 승과(僧科)
　　에 합격하면 선종(禪宗)의 법계(法階)로는 대선(大選), 대덕(大德), 대사(大師), 중대
　　사(重大師), 삼중대사(三重大師), 선사(禪師), 대선사(大禪師)로, 교종(敎宗)의 법계
　　로는 수좌(首座), 승통(僧統)으로 승진하게 됨.

47) 시중(侍中) : 고려 때의 최고위직 벼슬인 문하시중(門下侍中)을 말함. 직책은 수상
　　(首相) 격으로 국무를 총리하였으며, 품계는 종1품이었음.

48) 최승로(崔承老, 927~989) : 고려 초기의 문신. 신라 육두품 은함(殷含)의 아들로 아
　　버지를 따라 고려로 귀순했음. 태조에게 시무책 28조를 올려 고려왕조 기초 작업에
　　큰 역할을 했음. 시호는 문정(文貞).

著)와 시고(詩藁)였다. 다행하게도 고려조의 글이 없어지지 않고 지금까지 보전된 것을 아깝게 여겨 그 가운데서 사운절구(四韻絕句) 네 수를 취하여 여기에 싣는다. 「장생전[49]후백엽두견화(長生殿後百葉杜鵑花)」라는 응제시(應製詩)[50]에 이르기를,

> 지난해 일찍 붉은 난간에 가득 피었던 저 꽃,
> 오늘 보니 그 아름다운 모습 한결같네.
> 원하기는 이 꽃이 피고 지고 영원하듯,
> 천한 이 몸 성인의 기쁨 길이 받들었으면.

> 去年曾是滿朱欄,　　　今日芳姿又一般.
> 但願此花開萬轉,　　　微臣長奉聖人歡.

이라고 했다.

「동지신죽(東池新竹)」이라는 시에 이르기를,

> 비단 껍질 처음 열리자 흰 마디 분명한데,
> 나직이 임금님 가시는 길에 녹음을 이루었네.
> 왕이 노니는데 하필이면 천악만을 주장하리오,
> 절로 가을바람에 옥구슬 소리 떨치네.

> 金籜初開粉節明,　　　低臨輦路綠陰成.
> 宸遊何必將天樂,　　　自有金風撼玉聲.

---

49) 장생전(長生殿) : 고려의 전각(殿閣). 광종 16년(965)에 세자 책봉 기념잔치를 여기에서 베풀었고, 목종 12년(1009)에는 천추전(千秋殿)의 화재로 헌의왕후(獻懿王后) 유씨(劉氏)가 머물었던 곳임.

50) 응제시(應製詩) : 왕의 명에 의해서 시문(詩文)을 짓는 것을 이름. 왕이 운(韻)을 염출(拈出)하면 즉석에서 시를 지어 바쳤음.

라고 했다.

　「백제 진백작찬(百濟進白鵲讚)」이라는 시에 이르기를,

　　　눈처럼 흰 모습에 울며 날아오르기 좋아하더니,
　　　강남에서 날아오기 겨우 십정(十程)[51]이네.
　　　보나니 너의 깃털 맑고 깨끗함이여,
　　　다만 오는 상서(祥瑞) 맞이하여 우리 세상 맑게 했으면.

　　　皚皚雪色好飛鳴,　　　來自江南僅十程.
　　　看爾羽毛偏潔朗,　　　只應來瑞我時淸.

라고 했다.

　「사선장입당문자 겸 반내고주과시(謝宣漿入唐文字兼頒內庫酒果詩)」라
는 시에 이르기를,

　　　다행스럽게도 지존을 뵈와,
　　　재주 없는 몸이 직책 더럽히며 서원(西垣)[52]에 있네.
　　　문장에 있어 감히 여러 선비들과 같기를 바랄까마는,
　　　총애가 두터우니 반드시 후손에게 자랑거리 될세.
　　　감동함이 지나치면 다만 눈물 흘릴 따름이고,
　　　기쁨이 깊어지면 오히려 할 말을 잃네.
　　　보답의 길 생각해도 끝내 찾지 못하니,
　　　다만 남산수(南山壽)[53]를 축원하며 성은에 절하네.

------

51) 십정(十程) : 한 정(程)은 한 치의 10분의 1이므로 10정은 아주 짧은 거리임.
52) 서원(西垣) : 국가 최고의결기관인 삼성(三省 : 중서성, 문하성, 상서성)의 하나인 중
　　서성의 별칭. 중서성이 대궐의 서쪽에 위치했기 때문에 붙여진 이름임.
53) 남산수(南山壽) : 사시장철 푸름을 잃지 않는 남산과 같이 오랫동안 수를 누리는 것

多幸千年過至尊,　　不才忝職在西垣.

文章敢望同諸彦,　　寵渥須誇示後昆.

銘感極來徒有泪,　　喜歡深處却無言.

尋思報答終難得,　　但祝南山拜聖恩.

라고 했다.

중양절(重陽節)[54] 잔치에서 왕이 직접 붓을 달리어 아름다운 시절을 칭송하는 시를 지었는데, 이로써 광종이 글을 짓는 데 빠르고, 문장의 구성에 있어 뛰어남을 알 수 있다. 그때는 나라가 채 정비되지 않아 안정을 되찾지 못했고 학문에 힘쓸 겨를이 없었는데도 왕의 글이 이와 같으니 하물며 태평스런 시절이 오래 지속되고 임금이 훌륭한 잔치를 베푸는 때를 맞아 황죽(黃竹)[55]과 백운(白雲)[56]의 작품이 많이 나오지

을 이름. 이 말은 『시경』「소아(小雅)·천보(天保)」의, '상현달이 차는 것과 같이, 아침 해가 떠오르는 것과 같으이. 남산과 같이 수 누리시어, 이지러지거나 무너지지 마시기를[如月之恒, 如日之升, 如南山之壽, 不騫不崩]'에 근거하고 있음.

54) 중양절(重陽節) : 음력 9월 9일의 중구절(重九節)로 월과 일이 모두 양의 수라서 붙여진 이름임. 국가에서는 고려 이래로 정조(正朝), 단오(端午), 추석(秋夕)과 함께 임금이 참석하는 제사를 올렸고, 사가(私家)에서도 제사를 지내거나 성묘(省墓)를 하였음. 이 날에는 전통적으로 교외로 나가서 풍국(楓菊) 놀이를 하거나 등고회(登高會)를 가졌는데, 시인·묵객들은 국화를 감상하는 상국(賞菊)놀이와 술잔에 국화를 띄우는 범국(泛菊) 또는 황화범주(黃花泛酒)하며 시를 짓고 술을 나누는 시주(詩酒)의 행사를 가지기도 했음.

55) 황죽(黃竹) : 『시경』에는 빠져 있지만 『시경』의 시체(詩體)와 유사한 시의 편명(篇名)으로 모두 3장으로 구성되어 있는 황죽시(黃竹詩)를 말함. 이에 관한 기록은 중국 주(周) 나라 5대 왕인 목왕(穆王)에 대해 기술해 놓은 「목천자전(穆天子傳)」에 나옴. 이 시의 내용은 인군(仁君)의 덕을 칭송하고, 백성의 삶을 걱정하는 것이 주를 이룬다고 함.

56) 백운(白雲) : 「백운요(白雲謠)」를 말함. 목왕이 곤륜산(崑崙山)의 요지(瑤池)에서 서왕모(西王母)와 함께 잔치를 베풀었을 때 서왕모가 목왕을 위해서 지은 노래로 그 내용은 이별의 안타까움을 구가한 것임. 그 노래를 소개하면, '白雲在天, 丘陵自出. 道里悠遠, 山川間之. 將子無死, 尚復能來.'

않았다고는 할 수 없을 것이다. 『보한집』에 실은 것은 고승(高僧), 일사(逸士)들이 지은 작품이니 어찌 임금의 글[天章]과 같은 반열(班列)에 두어 평할 수 있겠는가. 마땅히 따로 수록하여 저 하늘의 높은 은하수를 바라보는 것 같이 해야 할 것이다.

상-4 成宗十五年八月, 車盖幸東京頒赦, 凡有奇才異能隱滯丘園者, 勅有司搜訪無遺, 又收籍內外義夫節婦孝子順孫, 旌表門閭, 錫物段有差. 時有敬順王入朝日, 不來者已鮐背矣. 猶爲白衣作詩, 獻內相王融云, 九天光動轉星辰, 日旆龍旗竝海巡. 黃葉鷄林曾索寞, 我太祖作興, 新羅崔致遠知必受命, 上書有, 鷄林黃葉, 鵠嶺靑松之語. 羅王聞而惡之, 卽帶家隱居伽耶山海印寺終焉. 其鑑識之明, 見於上書中, 羅人沈服之. 乃以公昔所居, 名爲上書莊, 後高士李能逢·吳世才·安淳之, 相續而寄居. 烟花今復上園春. 又云, 閭閻光彩旌忠孝, 丘壑喧傳訪隱淪. 縱昔未隨周老佐, 幸今親覩漢儀新. 上自東京還過興禮府, 御大和樓, 宴群臣有唱和, 流傳于世.

　성종(成宗)[57] 15년 8월에 어가(御駕)가 동경(東京 : 지금의 경주)에 행차하여 죄인들을 사면하고, 유사(有司)에게 명을 내려 특이한 재주와 남다른 능력을 가지고 있으면서도 구석진 마을에 묻혀 지내는 자가 있으면 빠짐없이 찾아내도록 하였다. 또 내외에 걸쳐 의부(義夫), 절부(節婦), 효자(孝子), 순손(順孫)을 찾아내어 그들의 문려(門閭)에 정표(旌表)를 세우고, 상품을 차이 나게 내렸다.

　경순왕이 고려에 입조하던 날 같이 따라오지 않은 사람은 힘없는 늙은이[鮐背][58]들뿐이었다. 오히려 경순왕이 일반 백성의 몸으로 시를 지

---

57) 성종(成宗) : 고려 제6대왕인 왕치(王治, 960~997)를 말함. 재위기간(982~997) 중에 유학의 진작에 힘써 문치주의(文治主義)를 지향했음.

어 내상(內相)[59]이었던 왕융(王融)[60]에게 바쳤는데 이르기를,

> 구천[61]의 빛 움직여 좋은 시절 맞이하니,
>
> 일패(日旆)와 용기는 함께 바다를 순행하네.
>
> 누른 잎의 계림은 일찍이 삭막하더니,

우리 태조께서 일어났을 때 신라 최치원(崔致遠)[62]이 태조께서 반드시 천
명을 받으리라는 것을 알고 글을 올렸는데, 그 글 속에 '계림에는 누른 잎
이요, 곡령에는 푸른 소나무로다.[鷄林黃葉, 鵠嶺靑松]'라는 말이 있었다.
신라 왕이 이 사실을 듣고 그를 미워하니 즉시 가족들을 데리고 가야산(伽
倻山) 해인사(海印寺)로 거처를 옮겨 숨어살다가 생을 마쳤다. 그의 밝은
지인지감(知人之鑑)은 그가 올린 글[上書]에서 볼 수 있는 것으로 신라 사

---

58) 태배(鮐背) : 복어의 등짝으로, 연로한 늙은이를 일컫는 말. 사람이 늙어 나이가 많
아지면 몸에 복어의 등짝에 나타나는 시커먼 무늬 같은 검버섯이 핀다는 것에서 유래
한 말임. 태배지년(鮐背之年)은 90세를 가리키는 말이기도 함. 이 말은『시경·대아
(大雅)』「생민지십(生民之什)」행위(行葦)의, '黃耈台背, 以引以翼(台와 鮐는 통용)'
에서 유래한 것임.

59) 내상(內相) : 한림학사(翰林學士)의 이칭(異稱). 중국 당나라의 정치가이자 학자인
육지(陸贄, 754~805 시호는 선宣으로 흔히 육선공陸宣公이라고 부름)가 젊은 시절
에 한림학사에 임명되었으나 능력이 출중하고 황제에게 인정을 받아 재상을 제쳐 두
고 나라의 중요한 기무(機務)를 관장했으므로 당시 사람들이 그를 내상(內相)이라고
불렀던 데에서 유래된 것임. (『당서(唐書)』 권157 「육지전(陸贄傳)」)

60) 왕융(王融) : 고려 초기의 문신. 광종부터 성종 때까지 12회에 걸쳐 지공거(知貢擧)
로 과거를 주관하여 많은 인재를 발탁했음. 벼슬은 평장사(平章事)에 이름.

61) 구천(九天) : 하늘을 가운데를 중심으로 아홉 방향으로 나누어서 이르는 말. 중앙을
균천(鈞天), 동쪽을 창천(蒼天), 동북쪽을 변천(變天), 북쪽을 현천(玄天), 서북쪽을
유천(幽天), 서쪽을 호천(昊天), 서남쪽을 주천(朱天), 남쪽을 염천(炎天), 동남쪽을
양천(陽天)이라고 했음. (『회남자(淮南子)』 천문훈天文訓)

62) 최치원(崔致遠, 857~?) : 신라 말엽의 문인. 자는 고운(孤雲). 신라 육두품 출신으로
12세에 당나라에 들어가 18세에 과거에 급제하여 문명을 떨친 뒤 당나라의 선진 문물
을 익혀 29세에 신라로 귀국하였지만 신라 말기의 세기말적인 난세를 만나 자신의
뜻을 펴지 못하고 가야산에 들어가 은거했음. 우리나라 한문학의 비조(鼻祖)로 불릴
만큼 한문학에 일가를 이루어 저서로『계원필경집(桂苑筆耕集)』,『중산복궤집(中山
覆簣集)』등을 남겼음. 고려 현종 때 문창후(文昌侯)로 추봉됐음.

람들이 크게 탄복하였다. 이에 공이 옛날 살던 곳을 상서장(上書莊)[63]이
라고 이름하였는데, 뒤에 고사(高士)들인 이능봉(李能逢), 오세재(吳世
才)[64], 안순지(安淳之)[65] 등이 서로 이어서 거기에 기거하였다.

지금 상원(上園)[66]에는 다시 아름다운 봄 경치 완연하네.

九天光動轉生辰,　　　　日旆龍旗竝海巡.

黃葉鷄林曾索漠,

> 我太祖作興, 新羅崔致遠知必受命, 上書有, '鷄林黃葉, 鵠嶺靑松之語.' 羅
> 王聞而惡之, 卽帶家隱居伽耶山海印寺終焉. 其鑑識之明, 見於上書中, 羅
> 人沈服之. 乃以公昔所居, 名爲上書莊, 後高士李能逢·吳世才·安淳之,
> 相續而寄居.

煙花今復上園春.

라고 했다. 또 이르기를,

마을에 서린 광채는 충효를 알리고,

골짜기의 시끄러움은 은사[隱淪][67] 찾는 소리일세.

비록 옛날의 주로(周老)[68]를 따를 길 없으나,

---

63) 상서장(上書莊) : 지금의 경북 경주시 인왕동에 있는, 최치원이 임금에게 글을 올렸
   던 집으로 전해지고 있어 경상북도 기념물 46호로 지정됐음.

64) 오세재(吳世才) : 고려 중기의 문인. 자는 덕전(德全). 명종 때 과거에 올랐으나 시류
   에 적응하지 못하여 야인으로 생을 마쳤음. 죽림고회의 일원으로 참여하였고, 나이
   가 30세 이상이나 어린 이규보와 망년우(忘年友)를 맺는 파격을 보인 인물임. 그의
   시는 호기(豪氣)가 넘치는 강건(剛健)한 시풍이 특징임.

65) 안순지(安順之) : 고려 중기의 문신. 이름은 치민(置民). 순지는 그의 자(字). 호는
   기암(棄菴), 수거사(睡居士), 취수선생(醉睡先生). 이인로, 이규보 등 당대문인들과
   친했고, 묵죽(墨竹)을 잘 그렸음.

66) 상원(上園) : 대궐 안에 있는 동산을 가리킴. 상림(上林)이라고도 함.

67) 은륜(隱淪) : 선인(仙人)을 가리킴. 은륜은 다섯 신인(神人), 즉 신선(神仙), 은륜, 사
   귀물(使鬼物), 선지(先知), 주응(鑄凝) 중의 하나로 유은침륜(幽隱沈淪)을 말함.

68) 주로(周老) : 중국 고대의 철학자인 노자(老子)가 초나라에서 태어났으나 주로 주나
   라에서 활동했으므로 붙여진 이름임. 그의 성은 이(李)씨이고 이름은 이(耳), 자는 담

다행히 지금 한의(漢儀)의 새로운 경지[69] 볼 수 있네.

閭閻光彩旌忠孝,　　　丘壑喧傳訪隱淪.
縱昔未隨周老往,　　　幸今親覩漢儀新.

라고 했다.

성종께서 동경(東京)에서 돌아오는 길에 흥례부(興禮府)[70]를 지나 대화루(大和樓)[71]에 나시어 군신(群臣)에게 잔치를 베풀고는 시를 창화(唱和)하였는데, 그 시가 지금 세상에 전해 오고 있다.

상-5　　姜仁憲公邯贊, 太平七年壬午, 擢甲科第一人, 顯宗統和二十七己酉, 爲翰林學士. 是年十一月, 契丹聖宗親將兵而至, 上幸錦城, 以河拱辰請降, 丹帝還師. 凡策皆出姜邯贊, 上以詩慰奬曰, 庚戌年中有虜塵, 干戈深入漢江濱. 當時不用姜君策, 擧國皆爲左衽人. 今俗傳

(聃)으로 노담(老聃)이라고도 함. 그가 지었다고 하는 『도덕경』에서는 유가(주로 맹자)의 도덕이나 지혜에 의하여 인위적으로 인간을 지배하려고 하는 사상에서 벗어나 무위자연(無爲自然)으로 회귀하고자 하는 무욕의 삶을 말하고 있음. 노자는 중국 민족사상의 저변을 이루고 있는 노장사상을 일으킨 인물로 그가 동북아의 문화 형성에 끼친 영향은 지대함.

69) 한의(漢儀)의 새로운 경지 : 한나라의 의례(儀禮)가 새롭다는 뜻임. 이는 진(秦) 나라의 패권정치에 환멸을 느껴 상산(商山)으로 들어갔던 사호(四皓 : 동원공東園公, 기리계綺里季, 하황공夏黃公, 녹리선생甪里先生)가 한나라가 일어나 문물을 쇄신하자 태자의 시위(侍衛)가 되어 다시 환속한 고사에 기댄 것임.

70) 흥례부(興禮府) : 경남 울산(蔚山)의 옛 이름. 고려 초에 명명(命名)된 것으로 원래 흥려부(興麗府)였는데 흥례부라고도 불렀음.

71) 대화루(大和樓) : 울산 서쪽 5리쯤에 있던 누각. 『신증동국여지승람』 권22에, '성종이 동경(東京)에서 출발하여 흥려부를 지나 대화루에 나아가 신하들에게 잔치를 베풀어 시를 주고받았다. 바다 가운데서 큰고기를 잡았는데 이때부터 왕이 편치 못하다가 개경에 돌아와 죽었다.'(高麗成宗, 自東京過興禮府, 御大和樓, 宴群臣相酬唱. 又捕大魚於海中, 自是, 王不豫, 還京逢薨.)는 기록이 보임.

云, 有一使臣夜入始興郡, 見大星隕于人家, 遣吏往審之. 其家婦適生
男子. 使心異之, 因求其子而養, 是爲姜公, 及爲相. 宋使有鑑識者, 來
見公曰, 文曲星不現久矣, 不知何在, 今公卽是. 乃下階禮之. 此說荒唐,
然今古搢紳相傳, 又任相國宅有記, 故載之.

　인헌공(仁憲公) 강감찬(姜邯贊)[72]은 대평(大平)[73] 7년인 임오년에 갑
과(甲科)[74]에 일등으로 발탁되었고, 현종(顯宗) 통화(統和)[75] 27년인 을
유년에 한림학사가 되었다. 이해 11월 글안의 성종(聖宗)[76]이 직접 군
사를 거느리고 쳐들어오니 현종이 금성(金城)[77]으로 피난하고, 하공진
(河拱辰)[78]이 항복을 청하였으므로 성종이 군사를 거두어 돌아갔다. 이
러한 모든 책략은 다 강감찬에게서 나온 것으로 현종이 위로하는 시를

---

72) 강감찬(姜邯贊, 948~1031) : 고려 전기의 명장. 본관 금주(衿州 : 서울 관악구 봉천
　　동), 초명은 은천(殷川). 1019년 거란의 소배압(蕭排押)이 10만 대군을 거느리고 귀주
　　를 침략했을 때 크게 격파하여 귀주대첩을 이루었음. 관직은 문하시중(門下侍中)에
　　오름. 저서에 『낙도교거집(樂道郊居集)』, 『구선집(求善集)』 등이 있다고 하나 전하지
　　않음. 시호는 인헌(仁憲).
73) 대평(大平) : 대평흥국(大平興國)의 약칭으로 송나라 태종(太宗)인 조경(趙炅)의 연
　　호(976~983). 대평 7년은 곧 고려 성종(成宗) 원년인 982년에 해당됨.
74) 갑과(甲科) : 과거의 최종 시험인 전시(殿試)의 성적에 의하여 갑·을·병(甲乙丙)으
　　로 나누는 등급의 하나. 갑과에서는 3인을 뽑아 첫째를 장원(壯元), 둘째를 아원(亞
　　元) 또는 방안(榜眼), 셋째를 탐화랑(探花郎)이라고 했음.
75) 통화(統和) : 중국 북송(北宋) 초 요(遼)나라 성종(聖宗)의 연호(983~1012). 통화 27
　　년은 1009년(목종 12)에 해당됨.
76) 성종(聖宗) : 요나라 6대 왕으로 경종(景宗)의 장자(長子). 이름은 야율융서(耶律隆
　　緒). 제위에 오르면서 국호를 다시 글안(契丹)이라 했음. 정치를 잘하여 국력과 군사
　　를 크게 일으켰음. 재위기간 49년(983~1031).
77) 금성(金城) : 지금의 전남 나주(羅州)의 옛 이름.
78) 하공진(河拱辰, ?~1011) : 고려 전기의 문신. 진주 하씨(晉州河氏)의 시조. 글안의
　　성종이 고려를 침입하였다가 그를 볼모로 데려가 회유책을 썼으나 본국으로 탈출하
　　기만을 꾀하였으므로 연경(燕京)에서 살해되었음. 관직은 상서좌사랑중(尙書左司郎
　　中)에 올랐음.

지어 이르기를,

> 경술년[79]에 오랑캐의 침입이 있어,
> 적군이 깊숙이 한강 가에 이르렀네.
> 당시에 강군의 책략 쓰지 않았더라면,
> 온 나라 사람들이 오랑캐[左衽人][80] 되었으리.
>
> 庚戌年中有虜塵,　　　干戈深入漢江濱.
> 當時不用姜君策,　　　舉國皆爲左衽人.

라고 했다.

　지금 세상에 전하는 얘기가 있다. 한 사신(使臣)이 밤에 시흥군(始興郡)에 들어가는데 큰 별이 인가에 떨어지는 것을 보고는 별이 떨어진 곳에 사람을 보내어 살펴보게 하니 마침 그때 그 집 아낙이 사내아이를 낳았다. 사신이 마음속으로 괴이하게 생각하여 그 아이를 데려다 키우니 이 아이가 바로 강공(姜公)으로 뒤에 재상에까지 이르렀다. 송나라에서 온 사신 중에 지인지감(知人之感)이 있는 자가 있어 공을 보고 말하길,

> 문곡성(文曲星)[81]이 오랫동안 나타나지 않아서 어디에 있는지 궁금했는데 지금 보니 공이 바로 문곡성이구려.

라고 하고는 이에 뜰 아래로 내려가 예(禮)를 올렸다. 이러한 속설(俗說)은

---

79) 경술년 : 고려 현종 원년(1010)에 해당됨.

80) 좌임(左衽) : 옷깃이 왼쪽으로 덮이는 복식(服飾)을 말함. 이것은 야만인들이 주로 하던 복식으로 이 말이 전하여 야만인, 미개인 등의 뜻으로 쓰였음.

81) 문곡성(文曲星) : 별 이름으로 문성(文星) 또는 문창성(文昌星)이라고도 함. 이 별은 9성(九星) 중에 문운(文運)을 주도하는 것으로 상징됨.

심히 황당한 것이라고 할 수 있으나 고금에 걸쳐 이 얘기가 여러 학자들 사이에서 전해 왔고, 또 임상국(任相國)의 댁에 이 사실을 기록한 것이 있으므로 여기에 싣는다.

상-6 崔文憲公沖有二子, 常戒之曰, 士以勢力進, 鮮克有終, 以文行達, 乃爾有慶. 吾幸以文行顯, 誓以淸愼終于世. 乃作訓子孫文傳之, 中葉不謹, 失其本. 有二詩. 其一曰, 家世無長物, 唯傳至寶藏. 文章爲錦繡, 德行是珪璋. 今日相分付, 他年莫散忘. 好支廊廟用, 世世益興昌. 文憲公之孫中書令思諏, 作訓儉文遺子平章溙, 溙之孫持示子. 今已三十餘年, 但記, 吾祖令公, 常用木器, 八字, 忘其餘. 不知其卷子今誰傳之.

문헌공(文憲公) 최충(崔沖)[82]에게 두 아들[83]이 있었는데 늘 훈계하여 말하기를,

선비가 세력으로 진출하면 좋은 결과를 얻기 어렵다. 그러나 문행(文行)으로 현달하면 곧 너희들에게 경사가 있을 것이다. 나는 다행히 문행으로써 세상에 드러났으니 맹세코 욕심 없이 신중하게 이 세상을 마칠 것이다.

라고 하고는 이에 자손에게 훈계하는 글을 지었는데, 그 글이 전해오다가 중엽에 와서 제대로 보전되지 못하여 그 원본이 사라져버렸다.

82) 최충(崔沖, 984~1068) : 고려초의 문신. 자는 호연(浩然), 호는 성재(惺齋), 월포(月圃), 방회재(放晦齋). 사학십이도(私學十二徒)의 하나인 문헌공도(文憲公徒)의 창시자로 유학의 진작에 힘써 해동공자(海東孔子)로 불렸음. 23년간 고위직에 머물렀고, 9년간 수상직을 역임하면서 해주최씨(海州崔氏)가 고려의 최대 귀족가문으로 성장할 수 있는 기반을 닦았음. 시호는 문헌(文憲).
83) 두 아들 : 유길(惟吉)과 유선(惟善, ?~1075)을 가리킴.

거기에 실려 있던 두 수의 시 가운데 한 시에 이르기를,

집 안에 대대로 전해오는 물건 없으나,
오직 지극한 보물 몰래 전해 왔네.
문장이 금수(錦繡)가 되고,
덕행은 바로 규장(珪璋)[84]이네.
오늘 너희에게 이 말 전하노니,
명심하여 뒷날에 잊지 말기를.
나라의 동량되어 헌신하면,
대대로 더욱 번창할 것이네.

家世無長物,　　唯傳至寶藏.
文章爲錦繡,　　德行是珪璋.
今日相分付,　　他年莫散忘.
好支廊廟用,　　世世益興昌.

라고 했다.

문헌공의 손자인 중서령(中書令)[85] 최사추(崔思諏)[86]가 「훈검문(訓儉文)」을 지어 아들인 평장사(平章事) 최진(崔溱)[87]에게 남겼는데, 진의 손자가 나에게 그것을 보여줬다. 그 일이 이미 30여 년 전에 있었던 일이므로 다만 기억하고 있는 것은, "나의 조부님 영공께서는, 항상 목기

---

84) 규장(珪璋) : 예식을 거행할 때에 복식에 사용하기 위하여 옥으로 만들었던 장식품. 뜻이 전하여 사람의 인품이 고상한 것에 비유됨.
85) 중서령(中書令) : 고려 때 국가의 행정을 총괄하던 문하부(門下府)의 우두머리. 종1품으로 보했음.
86) 최사추(崔思諏, 1034~1115) : 고려 전기의 문신으로 유길(惟吉)의 아들. 자는 가언(嘉言). 관직은 문하시중에 올랐음. 시호는 충경(忠景).
87) 최진(崔溱) : 고려 전기의 문신. 인종 때 문하시랑평장사를 역임.

를 사용하셨다.[吾祖令公, 常用木器]"라고 한 여덟 자뿐으로 그 나머지
는 기억에 없다. 그 책이 지금 누구에게 전해지고 있는지 모르겠다.

상-7　　文憲公, 於成宗在位二十五年乙巳擢第春官, 爲甲科第一, 位
至內史令. 其子文和公惟善, 當顯宗二十二年庚午, 爲御試乙科獨元.
文宗七年辛丑, 改內史爲中書, 父子皆拜爲中書令. 次子惟吉, 以門蔭
累遷, 守司空左僕射攝尙書令. 及二十二年丁未上賜宴國老, 文和公
兄弟扶持文憲公入赴, 當時以爲盛事. 翰林學士金行瓊, 作詩賀之曰,
紫綬金章子及孫, 共陪鳩杖醉皇恩. 尙書令侍中書令, 乙狀元扶甲狀
元. 曠代唯聞四人到, 一門今有兩公存. 家傳冢宰猶爲罕, 世襲魁科最
可尊. 幾日搢紳相藉藉, 今朝街路更喧喧. 聯翩功業流靑史, 雖禿千毫
不足言.

　문헌공이 성종 즉위 후 25년이 되는 을사년에 춘관(春官)[88]에서 주
관하는 과거에 급제하여 갑과(甲科) 장원으로 올랐었는데 벼슬이 내사
령(內史令)에 이르렀다. 그의 아들 문화공(文和公) 유선(惟善)[89]은 현종
22년 경오년에 어시(御試) 을과(乙科)에 홀로 장원하였다. 문종 7년인
신축년에 내사령을 고쳐 중서령으로 하니 부자가 모두 중서령을 역임
한 셈이다. 둘째 아들 유길(惟吉)[90]은 문음(門蔭)[91]으로 관직에 진출하

---

88) 춘관(春官) : 예부(禮部)의 별칭. 남궁(南宮)이라고도 하는데, 예부가 대궐의 남쪽에
　　있었기 때문에 붙여진 이름임. 춘관은 주로 예악(禮樂)·제사(祭祀)·연향(宴饗)·조
　　빙(朝聘)·학교(學校)·과거(科擧) 등을 관장하던 관서로 육조(六曹)의 하나였음
89) 유선(惟善, ?~1075) : 고려시대 문신인 취유선을 말함. 벼슬은 문하시중에 올랐음.
　　시호는 문화(文和)
90) 유길(惟吉) : 고려 전기의 문신인 취유길을 말함. 벼슬은 상서령(尙書令)에 올랐음.
91) 문음(門蔭) : 인재 등용의 한 방법으로 공신(功臣) 또는 당상관(堂上官)의 자손을 과

여 거듭 벼슬이 높아져 수사공(守司空),[92] 좌복야(左僕射)[93]에서 상서령(尙書令)[94]까지 겸하였다.

22년 정미년[95]에 이르러 임금이 국로(國老)들을 위한 잔치를 베풀었다. 그 자리에 문화공 형제가 문헌공을 부축하여 모시고 들어오니 당시 사람들이 경사스런 일이라고 했다. 한림학사 김행경(金行瓊)[96]이 하례(賀禮)하는 시를 지어 이르기를,

> 자수(紫繡)[97]와 금장(金章)[98]인 아들과 손자,
> 구장(鳩杖)[99]을 모시고 황은(皇恩)에 취하였네.
> 상서령이 중서령을 모시고,

거에 의하지 않고 관리로 채용하던 것을 말함. 문음으로 음사(蔭仕)하던 관원을 음관(蔭官) 또는 남행궁(南行宮)이라 불렀음.

92) 수사공(守司空) : 고려시대 3공(三公)의 하나로 정1품 벼슬이었음. 수(守)는 위계(位階)가 직계(職階)보다 낮은 경우에 붙이는 말임.

93) 좌복야(左僕射) : 고려시대 3성(三省)의 하나로 나라의 백관(百官)을 총령(摠領)하던 상서성(尙書省)의 정2품 벼슬로 상서령 다음 가는 직위였음.

94) 상서령(尙書令) : 고려관직. 상서성의 최고 벼슬로 종1품이었음.

95) 정미(丁未) : 이 글에서 22년이라고 한 것은 최자의 오기(誤記)임. 정미년은 문종 21년에 해당되는 것으로『고려사(高麗史)』세가(世家) 문종 21년(丁未)에 보면, '戊戌, 宴國老於閤門, 賜衣物'이라고 하였음.

96) 김행경(金行瓊) : 고려 전기의 문신. 시에 능하여 이름을 떨쳤음. 관직은 평장사(平章事)에 올랐음.

97) 자수(紫繡) : 고려 때 정4품 이상의 관리가 차던 호패(號牌)에 달린 자색의 수실을 말함. 곧 높은 벼슬아치를 상징하는 말임.

98) 금장(金章) : 쇠로 된 인장을 말하는 것으로 높은 벼슬아치를 의미함.

99) 구장(鳩杖) : 비둘기 모양을 장식한 노인의 지팡이. 속설에 의하면 한나라 고조가 항우(項羽)와 경색간(景索間)에서 싸우다가 힘에 부쳐 숲속으로 달아나 항우의 추적을 받게 되었는데 항우가 고조가 달아난 곳에 와 보니 아무 흔적이 없고 더욱이나 나무 위에 있던 비둘기가 그 울음소리를 그친 것을 보고는 고조가 숨어 있지 않으리라고 추측하여 수색하지 않아서 고조가 그곳을 벗어나 제위에 오르게 되었음. 이로부터 비둘기를 영물이라 하여 비둘기의 모양으로 장식한 지팡이를 노인들이 의지하는 지팡이로 삼았다고 함.(『수경(水經)』「제수 주(濟水注)」)

을장원이 갑장원을 부액(扶腋)했네.

옛날에 오직 네 사람이 났다는 얘기 들었는데,

한 가문에 지금 두 사람이 남아 있네.

집안에 재상 벼슬 잇기 드문 일인데,

대대로 장원급제니 우러러 볼 만하네.

몇 날이나 벼슬아치들 모여 떠들 것인지,

오늘 아침 길거리는 더욱 요란했네.

이어온 공업(功業)은 청사에 전할 것이니,

비록 천 자루의 붓으로도 다 말할 수 없네.

紫繡金章子及孫,	共陪鳩杖醉皇恩.
尙書令侍中書令,	乙壯元扶甲壯元.
曠大唯聞四人到,	一門今有兩公存.
家傳冢宰猶爲罕,	世襲魁科最家尊.
幾日搢紳相藉藉,	今朝御路更喧喧.
聯翩功業流靑史,	雖禿千毫不足言.

라고 했다.

상-8　　鄭中丞敍雜書, 載崔侍中惟善閨情詩云, 黃鳥曉啼愁裏雨, 綠楊晴弄望中春. 又梳詩云, 入用宜加首, 何曾在匣中. 非特才華贍給, 足以知位極人臣也. 今觀侍中集中, 如加首之句頗多, 鄭何取此一聯, 知位極人臣也. 始公於顯廟二十二大平十年, 赴簾前試, 上謂侍臣曰, 華國文章花月亦與其末, 朕欲幷試要其捷疾. 先放賦題君猶舟, 及賦畢就方寫, 乃署詩題御苑種仙桃. 公卽應題直書名紙曰, 御苑桃新種, 移從閬苑仙. 結根丹地上, 分影紫庭前. 細葉看如畵, 繁英望欲然. 品高

鷄省樹, 香按獸爐烟. 天近先春茂, 晨淸帶露鮮. 是應王母獻, 聖壽益千年. 詩與賦俱稱旨, 御手批爲牓元. 詔入翰林直除七品, 明年庚辰爲禮部員外郞兼掌誥, 累遷至中書令卒. 配饗於廟庭, 則其位極人臣之兆, 惟此詩的矣.

중승(中丞)[100] 정서(鄭敍)[101]의 『잡서(雜書)』에 시중(侍中) 최유선(崔惟善)의 규정시(閨情詩)가 실려 있는데, 그 시에 이르기를,

새벽녘 꾀꼬리 울음 우니 수심 속에 비 내리고,
푸른 버들 희롱 속에 무르익은 봄날 기다리네.[102]

黃鳥曉啼愁裏雨,　　　綠楊晴弄望中春.

라고 했다. 「빗[梳]」이라는 시에 이르기를,

쓰고 나면 머리에 꽂아야 하노니,
어찌 일찍이 상자 속에 두었던고.

入用宜加首,　　何曾在匣中.

---

100) 중승(中丞) : 고려 때 어사대(御史臺, 뒤에 사헌부로 개칭)에 딸린 직관으로 종4품 벼슬. 논집(論執), 시정(時政), 풍속, 규찰(糾察), 탄핵 등의 일에 종사하였음.
101) 정서(鄭敍) : 고려 전기의 문신. 호는 과정(瓜亭). 의종 때 동래에 유배되어 20년 가까이 지내면서 임금을 사모하여 지은 10구체의 정과정곡(鄭瓜亭曲)이 유명함. 관직은 내시낭중(內侍郞中)에 올랐음. 저서에 『과정잡서(瓜亭雜書)』가 있음.
102) 이 연구가 허난설헌의 시집인 『난설헌시집(蘭雪軒詩集)』에 「춘일유감(春日有感)」이라는 시제의 제2연에 그대로 전재되어 있음. 그 시 전문을 소개하면, '章臺迢遞斷腸人, 雙鯉傳書漢水濱. 黃鳥曉啼愁裏雨, 綠楊晴裊望中春. 瑤階冪歷生靑草, 寶瑟凄涼閑素塵. 誰念木蘭舟上客, 白蘋花滿廣陵津.' 『난설헌시집』은 난설헌 허초희(許楚姬, 1563~1589)의 시를 그녀의 사후에 남동생인 허균(許筠)이 편찬한 것으로, 지금까지 『난설헌시집』에 실린 시가 허초희의 작품인지 그 진위여부에 대해 끊임없이 거론되어 왔는데, 이러한 경우를 보더라도 충분히 의혹을 살만하다고 하겠음.

라고 했다.

이러한 시를 보면, 최유선은 재주가 뛰어날 뿐만 아니라 벼슬이 인신(人臣)으로서 가장 높은 데까지 오르리라는 것을 알 수 있다. 지금 시중(侍中)의 문집(文集)을 보면, "쓰고 나면 마땅히 머리에 꽂아야 하노니.[入用宜加首]"와 같은 시구가 자못 많은데 정(鄭)이 어찌 이 일연(一聯)의 시구를 취하여 공의 벼슬이 인신(人臣)으로서 최고의 지위에 오르게 되리란 사실을 미리 알고 있었던가.

공이 처음 현종 22년인 태평(太平)[103] 10년에 염전시(簾前試)[104]에 나아갔는데, 현종이 시신(侍臣)에게 말하기를,

> 나라를 빛낼 만한 문장에는 달빛과 꽃이 그 말미(末尾)에 곁들이는 법이니 내가 그의 그침 없는 문장력을 시험해보고자 한다.

라고 하고는 먼저 '임금은 물에 뜬 배와 같다.'라는 뜻의 군유주(君猶舟)라는 부제(賦題)를 내니 공이 시 짓기를 끝내고 곧바로 시지(詩紙)에 옮기려고 하는데, 다시 '대궐 화단에 선도를 심다.'라는 뜻의 「어원종선도(御苑種仙桃)」라는 시제를 내걸었다. 공이 곧 시제에 응하여 바로 명지(名紙)[105]에 썼다. 그 시에 이르기를,

> 어원에 새로 심은 도화(桃花) 꽃은,

---

103) 태평(太平) : 요나라 성종의 연호(1021~1031)로, 태평 10년은 1030년임.

104) 염전시(簾前試) : 고려 때 최종시험인 감시(監試)에 합격한 자들에 대하여 임금이 다시 직접 시·부·논(詩賦論)으로 보인 시험을 말함. 이것을 복시(覆試) 또는 염전중시(簾前重試)라고도 함. 이런 시험을 맡아 보던 지공거가 임금 앞에서 응시자들이 제출한 시권(試卷)을 읽었으므로 특별히 독권관(讀卷官)이라고 하였음.

105) 명지(名紙) : 과거에 응시할 때 시험관이 배부하는 종이를 이름. 여기에 자신의 성명과 친가, 외가의 가계(家系)를 적은 뒤에 답안을 작성함.

낭원(閬苑)[106]의 선도(仙桃)를 옮겨 왔는가.

뿌리는 붉은 땅[丹地][107] 위에 서렸고,

대궐 뜰 앞에서 꽃 그림자 나누네.

가느다란 잎은 그림을 보는 것 같고,

꽃떨기는 붉어서 불붙으려는 듯하네.

고상한 기품이야 계성수(鷄省樹)[108]와 같고,

향기는 수로(獸爐)[109]의 연기를 띠었네.

하늘이 가까우니 봄이 오기 전에 무성하고,

새벽이 청명(淸明)하니 맑은 이슬 머금었네.

이 꽃은 서왕모(西王母)[110]가 바친 것이려니,

성수(聖壽) 천년을 더욱 누리소서.

御苑桃新種,　　移徒閬苑仙.

結根丹地上,　　分影紫庭前.

細葉看如畵,　　紫英望欲然.

品高鷄省樹,　　香接獸爐烟.

---

106) 낭원(閬苑) : 신선이 사는 곳을 이르는 말. 당나라 시인 이상은(李商隱)의 시에, '蓬
島煙霞閬苑鐘'이라는 시구가 있음.

107) 붉은 땅[丹地] : 신선이 사는 곳을 말함. 낭원선아(閬苑仙娥)는 곤륜산(崑崙山) 속
에 있는 아름다운 선인(仙人)을 뜻함.

108) 계성수(鷄省樹) : 중서성(中書省)의 이칭. 중서성의 경내에 계서수(鷄棲樹)가 있었
던 것에서 나온 말임. 계서수는 쥐엄나무로 한국과 중국에 주로 자라는 수종임.

109) 수로(獸爐) : 짐승의 형상을 본떠서 지은 화로. 주로 화로의 다리나 몸통 부분에 사
자의 모양을 새겼음.

110) 서왕모(西王母) : 중국 곤륜산에 살았다고 하는 전설적인 선인(仙人). 성씨는 양
(楊) 또는 후(侯). 이름은 회(回). 사람 모양에 호랑이 이빨을 가졌고, 머리를 늘어뜨
렸으며 피리를 잘 불었다고 함. 금모(金母), 요지금모(瑤池金母), 요지성모(瑤池聖
母) 등으로도 불림. 원래는 역병, 형벌 등을 주관하던 신이었으나 뒤에 온건하면서
도 자상한 여신으로 이미지가 바뀌었음. 주나라 목왕(穆王)이 베푼 술자리에서 이별
을 아쉬워하며 지어서 불렀다고 하는 「백운요(白雲謠)」는 유명함.

天近先春茂,　　　　晨淸帶露鮮.
是應王母獻,　　　　聖壽益千年.

라고 했다.

　시와 부(賦)가 모두 현종의 뜻에 부응하는 것으로 현종께서 직접 비점(批點)[111]을 내려 장원으로 삼았다. 공을 한림(翰林)에 들게 하여 바로 칠품(七品)의 벼슬에 제수(除授)했으며, 이듬해 경진년에 예부원랑(禮部員外郎)[112] 겸 장고(掌誥)[113]가 되었으며, 거듭 자리를 옮겨 중서령(中書令)에 이르렀다. 공이 세상을 마치자 묘정(廟廷)에 배향(配饗) 되었으니,[114] 곧 인신(人臣)으로서 가장 높은 지위에 오르리라는 조짐은 오직 이 시가 적중시킨 것이다.

상-9　　慶源李氏, 自國初世爲大官, 至昌和公子淵. 有子曰顥, 爲慶源伯, 頲顗顔三子, 皆爲宰相. 一女是仁睿太后, 兩女俱爲宮主. 弟僕射子祥, 有二子, 曰預, 曰頍, 爲宰相. 其孫皆婚宗室, 貴戚之盛今古罕比. 初顥在諫垣, 時陰陽者流各執圖讖, 互言裨補. 上問之, 顥對曰, 陰陽本乎大易, 易不言地理裨補, 後世詭誕者曲論之, 以至成文字惑衆人, 況圖讖荒虛怪妄, 一無可取, 上心然之. 頲顥頍子孫今尤顯達. 昌和公以龍首入黃扉, 掌試得人, 崔平章奭金平章良鑑參政崔思訓朴寅亮學士崔澤魏齊萬等, 皆門生. 有人作詩云. 庭下芝蘭三宰相, 門前桃

---

111) 비점(批點) : 시나 문장 등을 보고 임금이 잘된 부분의 요소(要素)와 묘행(妙行)에 점을 찍어 표시하는 것을 말함.
112) 예부원외랑(禮部員外郎) : 고려 때 예조(禮曹)에 속해 있던 정6품의 관직.
113) 장고(掌誥) : 임금이 내리는 글인 제고(制誥)를 관장하던 지제고(知制誥)를 이름.
114) 묘정(廟廷)에 배향(配饗) 되었으니 : 시중 최유선이 사후에 문종(文宗)의 묘정에 배향된 것을 이름.

李十公卿.

경원이씨(慶源李氏)는[115] 고려 초기부터 대대로 높은 벼슬을 지냈다. 창화공(昌和公) 이자연(李子淵)[116]에 이르러서는 그의 아들 가운데 호(顥)[117]가 경원백(慶源伯)에 추증(追贈)되었고, 정(頲),[118] 의(顗),[119] 안(顔) 등 세 아들은 모두 재상이 되었다. 딸 하나는 바로 인예태후(仁睿太后)[120]이며, 나머지 두 딸도 모두 왕의 비(妃)[121]가 되었다. 자연의 아우인 복야(僕射) 이자상(李子祥)이 예(預)[122]와 오(頗)[123] 두 아들을 두었는데, 이들도 모두 재상이 되었다. 그의 손자들도 모두 종실(宗室)과 혼사를 맺었으니, 귀척(貴戚)의 번성함으로는 고금에 걸쳐 비할 데 없을 정도였다.

처음 의(顗)가 간원(諫垣)에 있을 때 음양가(陰陽家)의 무리가 각자 도

---

115) 경원이씨(慶源李氏) : 경원은 지금의 인천(仁川)의 고려 때 이름. 인천은 백제 때 미추홀로 불리다가 인주(仁州)로 개칭됐으며, 조선조 태종 13년(1413)에 인천군(仁川郡)으로 바뀌었음. 따라서 지금의 인천이씨는 경원이씨 또는 인주이씨라고도 함.

116) 이자연(李子淵, 1003~1086) : 고려 전기의 문신. 벼슬은 평장사(平章事)를 역임. 왕실과의 인척관계로 세력을 장악하기도 했음. 고려초 경주김씨 김근(金覲), 해주최씨 최충(崔沖)과 함께 삼대 문벌(三大門閥)을 형성했음. 시호는 장화(章和).

117) 이호(李顥) : 고려 전기의 문신. 자겸(資謙)의 아버지. 관직은 호부랑중(戸部郎中)을 지냄.

118) 이정(李頲, ?~1077) : 고려전기의 문신. 자는 백약(百藥). 관직은 평장사(平章事)에 올랐음. 시호는 정헌(貞憲).

119) 이의(李顗) : 고려 전기의 문신. 시문(詩文)에 뛰어났음. 관직은 재상에까지 올랐음.

120) 인예태후(仁睿太后) : 문종(文宗, 1019~1083)의 후비(后妃). 순종(順宗), 선종(宣宗), 숙종(肅宗), 의천(義天) 등을 낳았음.

121) 나머지 …… 비(妃) : 이자연의 두 딸이자 인예왕후(仁睿太后)의 동생인 문종의 후비 인경현비(仁敬賢妃)와 인절현비(仁節賢妃)를 말함.

122) 이예(李預) : 고려 전기의 문신. 관직은 평장사에 올랐음.

123) 이오(李頗, 1050~1110) : 고려 전기의 문신. 호는 금강거사(金剛居士). 시문에 능했고, 관직은 평장사에 올랐음. 시호는 문량(文良).

참설(圖讖說)[124]을 고집하여 서로 나라를 도울 수 있다고 주장했다. 왕이 음양설에 관하여 물으니 의가 대답하여 말하길,

음양은 대역(大易)에 바탕을 두고 있는 것으로 역에는 지리(地理)가 시대를 도운다고 말하지 않았사옵니다. 후세에 헛된 것으로 남을 속이기 좋아하는 자들이 이것을 왜곡(歪曲)되게 논하고 문자로까지 만들어 세상 사람들을 현혹시킨 것이옵니다. 하물며 도참(圖讖)은 허황(虛荒)되고 괴상망측한 것이므로 하나도 취할 것이 없사옵니다.

라고 하니, 왕이 그 말을 듣고 옳게 여겼다. 정, 의, 오의 자손들은 지금까지 크게 현달하였다.

창화공(昌和公)[125]은 장원으로 재상에 올랐고, 과거시험을 주관하여 인재들을 얻었다. 평장사(平章事) 최석(崔奭)[126]과 김량감(金良鑑),[127] 참정(參政) 최사훈(崔思訓)과 박인량(朴寅亮)[128] 그리고 학사 최택(崔澤)

---

124) 도참설(圖讖說) : 왕의 운명과 인간세사의 미래를 예언하는 일종의 미신으로 「하락도서(河洛圖書)」와 「참(讖)」을 합해서 일컫는 명칭임. 「참」이란 말은 변말[隱語], 예언 따위로서 주(周)나라의 혼란기에 시작되어 당나라에 와서 크게 유행했고, 우리나라에서는 삼국시대부터 시작되어 고려와 조선조에 거쳐 성행했음.

125) 창화공(昌和公) : 이자연의 시호인 장화공(章和公)의 오기(誤記)임. 이자연은 문종 5년(1051) 4월에 지공거(知貢擧)가 되어 최석(崔錫, 錫은 奭의 初名) 등 22명을 천거했음. 『고려사(高麗史)』 권27 지(志)에, '文宗五年四月, 李子淵知貢擧擧取進士, 下詔賜乙科崔錫等, 七人……'라고 하였음.

126) 최석(崔奭) : 고려 전기의 문신. 시문에 뛰어나 최유선(崔惟善), 이정공(李靖恭) 등과 함께 당대를 대표하는 문인으로 이름을 떨쳤음. 시호는 예숙(睿肅).

127) 김량감(金良鑑) : 고려 전기의 문신. 벼슬은 수태위(守太尉)에 오름. 시호는 문안(文安).

128) 박인량(朴寅亮, ?~1096) : 고려 전기의 문신. 자는 대천(代天), 호는 소화(小華). 시문에 뛰어나 중국에까지 이름을 떨쳐 송나라에 사신으로 갔을 때 그곳의 문인들이 그의 글을 높이 평가하여 동행했던 김근(金勤)의 글과 함께 엮은 『소화집(小華集)』을 간행해 줬음. 『고금록(古今錄)』 10권과 설화집인 『수이전(殊異傳)』을 편찬했음. 시호는 문렬(文烈).

과 위제만(魏齊萬) 등은 모두 공의 문생(門生)들이다.

어떤 사람이 시를 지어 이르기를,

뜰아래 지란(芝蘭)129)은 세 사람의 재상이요,

문 앞 도리(桃李)130)는 열 사람의 공경이네.

庭下芝蘭三宰相,　　　門前桃李十公卿.

라고 했다.

상-10　崔文憲公典試, 所貢十四人, 乙科三人, 金無滯李從現洪德
成, 同拜尙書, 李象廷崔向崔有孚, 相續爲參政, 金淑昌金正金良贄吳
學鱗, 竝爲學士, 世號尙書牓. 大康九年癸亥, 同牓無達官, 李資玄郭
輿, 皆棄官爲處士, 時號處士牓. 有一滑稽僧, 戲擧子云, 須占尙書牓,
休登處士科.

최문헌공(崔文憲公)이 과거시험을 주관하여 14사람을 뽑았는데, 그
중 을과(乙科)에 뽑힌 김무체(金無滯),131) 이종현(李從現), 홍덕성(洪德成)

---

129) 지란(芝蘭) : 지란옥수(芝蘭玉手)의 뜻으로 훌륭한 자재를 가리키는 말. 이 말은
　　『진서(晉書)』 권79 「사현전(謝玄傳)」에 근거한 것임. '安嘗戒約子侄, 因曰, 子弟亦
　　何豫事, 而正欲使其佳, 諸人莫有言者. 玄答曰, 譬如芝蘭玉樹, 欲使其生於庭階耳,
　　安悅.'

130) 도리(桃李) : 번성한 문생(門生)을 상징하는 말임. 문생은 과거에서 시험관이 천거
　　한 사람이며 이때 천거한 시험관[지공거(知貢擧)라고 함]은 은문(恩門)이 됨. 문 앞
　　에 도리를 심어 기른다는 것에서 뜻이 전하여 생긴 말임. '一日聲名遍天下, 滿城桃
　　李屬春官.'(유우석劉禹錫의 「선상인 원기화례부왕시랑방방후시 인이계화(宣上人遠
　　寄和禮部王侍郎放榜後詩因而繼和)」)

131) 김무체(金無滯) : 고려 전기의 문신. 벼슬은 복야(僕射)에 오름. 고려시대 십이공도
　　(十二公徒)의 하나인 서원도(西園徒)를 열어 후진양성에 힘썼음.

등 세 사람은 똑같이 상서(尙書)로 배수되었으며, 이상정(李象廷), 최상
(崔尙),132) 최유부(崔有孚) 등은 서로 이어서 상서로 배수되었고, 김숙창
(金淑昌), 김정(金正), 김양지(金良贄),133) 오학린(吳學麟)134) 등은 나란히
학사(學士)가 되었으니 세상에서는 이들을 상서방(尙書牓)이라고 불렀
다. 대강(大康)135) 계해년에 함께 급제한 사람들 중에는 아무도 높은 관
직에 오르지 못했는데, 이자현(李資玄)136)과 곽여(郭璵)137)가 벼슬을 버
리고 야인이 되었기기 때문에 당시에 그들을 처사방(處士牓)이라고 불
렀다.

한 우스갯소리를 잘하는 스님이 있어 과거에 응시하는 자들을 희롱
하여 지은 시에,

모름지기 상서방을 차지할 것이지,
헛되이 처사과에 오를 것인가.

---

132) 최상(崔尙) : 고려 전기의 문신. 글안과의 외교에 힘썼음. 지공거(知貢擧)에 올라
　　전형(銓衡)을 담당했음.

133) 김양지(金良贄) : 고려 전기의 문신. 글안과의 외교에 힘썼음.

134) 오학린(吳學麟) : 고려 전기의 학자, 문신. 고창 오씨의 시조로 한림학사를 지내고
　　문명이 높았음. 손자 오세공(吳世功), 오세문(吳世文), 오세재(吳世才)가 고려 중기
　　에 문명을 날렸음. 그의 글은 다 없어지고 『동문선』에 두어 편이 전하고 있음.

135) 대강(大康) : 중국 요(遼) 나라 도종(道宗)의 연호(1075~1084)로 대강 9년은 고려
　　문종 37년(1083)으로, 이 해 3월의 선거(選擧)를 보면 최석(崔奭)이 지공거, 박인량
　　(朴寅亮)이 동지공거가 되어 과거를 주관했다는 기록을 볼 수 있어 위의 서술내용과
　　는 맞지 않음. (『고려사·지(志)』 권27 선거選擧1)

136) 이자현(李資玄, 1061~1125) : 고려 문신. 자는 진정(眞精), 호는 식암(息庵), 청평
　　거사(清平居士), 회이자(淮夷子). 이자연의 손자. 관직이 대악서승(大樂署丞)에 올
　　랐으나 그만두고 춘천 청평산(清平山)에 들어가 선학(禪學)연구로 일생을 보냈음.
　　저서로는 『선기어록(禪機語錄)』, 『가송(歌頌)』, 『남유시(南遊詩)』 등이 있음. 시호
　　는 진락(眞樂).

137) 곽여(郭璵, 1059~1130) : 고려 문신. 자는 몽득(夢得). 벼슬은 예부 원외랑(禮部員外
　　郎)에 오름. 신하로서 예종(睿宗)과 우의를 나눈 일화는 유명함. 시호는 진정(眞靜).

須占尙書牓,　　　休登處士科.

라고 했다.

상-11　任良淑公濡, 門下四牓. 文正公文安公文順公, 韓陳兩樞, 劉司成沖基尹亞卿于一, 皆同年, 又有金平章李樞密中敏崔僕射承宣昆季, 王俌金珪葛南成, 三卿亦多韻人, 今時參知政事崔隣知門下省事洪鈞守司空左僕射孫抃樞密院使趙脩右僕射翰林學士李淳牧右承宣翰林學士尹有功刑部尙書學士宋國瞻兵部尙書學士金孝印左諫議大夫衛尉卿河千旦及子, 皆英烈公門生, 時論推盛.

양숙공(良淑公) 임유(任濡)[138]의 문하(門下)에는 그가 네 번에 걸쳐 과거를 관장하면서 뽑은 문생들이 있다. 문정공(文正公),[139] 문안공(文安公),[140] 문순공(文順公),[141] 한(韓)과 진(陳)[142] 두 추밀(樞密),[143] 사성(司

---

138) 임유(任濡, 1149~1212) : 고려 전기의 문신. 초명은 극인(克仁). 인종의 비인 공예태후(恭睿太后)와는 남매가 되며 네 차례나 과거를 주관하여 많은 인재를 발탁했음. 관직은 평장사(平章事)에 올랐음. 시호는 양숙(良淑).
139) 문정공(文正公) : 고려 전기의 문신인 조충(趙沖, 1171~1220)의 시호. 자는 담약(湛若). 문무(文武)를 겸비하여 문관으로서 상장군(上將軍)을 겸했음. 관직은 평장사에 올랐음.
140) 문안공(文安公) : 고려 중기의 문신인 유승단(俞升旦, 1168~1232)의 시호. 초명은 원순(元淳). 당대의 재사로서 시문에 뛰어났고, 최우(崔瑀)의 강화천도(江華遷都)에 반대하여 기개를 올렸음. 「한림별곡(翰林別曲)」에 원순문(元淳文)이라 일컬어질 정도로 문장에 능했음.
141) 문순공(文順公) : 고려 중기의 문신이자 문호였던 이규보(李奎報, 1168~1241)의 시호. 이규보의 자는 춘경(春卿). 호는 백운거사, 삼혹호 선생. 관직은 평장사에 올랐음. 시에 뛰어나 우리나라 고전 시인 가운데 제1인자로 꼽힘. 그의 시문과 시 이론은 그의 문집인 『동국이상국집(東國李相國集)』에 수록되어 있음.
142) 한·진(韓陳) : 고려 중기의 문신인 한광연(韓光衍, 1220년 전후로 생존)과 시인인

成)144) 유충기(劉沖基),145) 아경(亞卿)146) 윤우일(尹于一) 등이 모두 같은 해에 급제한 동년(同年)이고, 또 평장(平章) 김창(金敞),147) 추밀 이중민(李中敏), 최복야(崔僕射)·최승선(崔承宣) 형제148) 등이 있으며, 왕칭(王偁), 김규(金珪), 갈남성(葛南星) 등의 세 경공(卿公)은 또한 시를 잘하는 사람이었다.

지금에는 참지정사(參知政事)149) 최린(崔璘),150) 지문하성사(知門下省事)151) 홍균(洪鈞),152) 수사공(守司空)이며 좌복야(左僕射)인 손변(孫抃), 추밀원사(樞密院事) 조수(趙脩), 우복야(右僕射)이며 한림학사(翰林學士)인 이순목(李淳牧),153) 우승선(右承宣)154)이며 한림학사(翰林學士)인 윤유

진화(陳澕)를 가리킴.

143) 추밀(樞密) : 추밀원(樞密院)을 가리키며, 여기에는 중추원판원사(中樞院判院事), 원사(院使), 지원사(知院事), 출납(出納)과 숙위(宿衛) 등의 직급이 있었으며, 여기에서는 왕영의 출납(出納) 및 국자감(國子監)의 종3품직 판사(判事)로 대사성(大司成)이라 했음.

144) 사성(司成) : 국학인 국자감(國子監)의 종3품직 판사(判事)로 대사성(大司成)이라 했음.

145) 유충기(劉沖基) : 고려 중기의 문신. 관직은 대사성(大司成)에 올랐음 시문에 뛰어나 「한림별곡」에 '충기대책(沖基對策)'이라고 하였음.

146) 아경(亞卿) : 상서성의 두 번째 고위직인 시랑(侍郎)을 이름.

147) 김창(金敞, ?~1256) : 고려 중기의 문신. 송국첨(宋國瞻)과 함께 최우의 정방(政房)에 가담하였고, 관직은 평장사를 역임. 시호는 문간(文簡).

148) 형제 : 최씨 형제는 최선(崔詵, ?~1209)의 아들인 복야 종재(宗梓)와 승선 종번(宗蕃)을 가리킴.

149) 참지정사(參知政事) : 중서문하성에 속했던 종2품의 관직.

150) 최린(崔璘) : 고려후기의 문신. 최당(崔讜)의 손자로 관직은 문하시랑평장사에 올랐음. 시호는 문경(文景).

151) 지문하성사(知門下省事) : 중서문하성에 속했던 종2품의 관직.

152) 홍균(洪鈞) : 고려 후기의 문신. 비서감(秘書監)으로 있으면서 동지공거가 되어 인재를 발탁했음. 『고려사』에서는 홍균(洪均)으로 나옴.

153) 이순목(李淳牧) : 고려 중기의 문신. 벼슬은 판비서성사(判秘書省事)에 오름. 음양술을 신봉하였고, 최이의 아들인 최항(崔沆)에게 신임을 얻었음.

공(尹有功), 형부상서(刑部尙書)155)이며 학사(學士)인 송국첨(宋國瞻),156) 병부상서(兵部尙書)이며 학사인 김효인(金孝印),157) 좌간의대부(左諫議大夫)158)이며 위위경(衛尉卿)159)인 하천단(河千旦)160) 등과 나는 모두 영렬공(英烈公)161)의 문생으로 당시에 가장 번성한 문생들이라 일컬어졌다.

상-12   門生之於宗伯, 執父子禮. 唐裵皡三知貢擧, 門生馬胤孫掌試, 後引新牓門生往謁, 裵作一絶云, 三主禮闈年八十, 門生門下見門生. 本朝學士韓彦國, 率門生謁崔文淑公惟淸, 公作詩云, 綴行來訪我何榮, 喜見門生門下生. 良淑公爲三代帝舅毅明神宗三代, 位冢宰. 門下逍文正公, 以司成典試, 領門生往謁諧院, 李仁老作詩賀云, 十年黃閣

---

154) 우승선(右承宣) : 고려시대 중추원(中樞院)에 속했던 정3품의 관직으로 왕명의 출납을 담당했음.

155) 형부상서(刑部尙書) : 형조(刑曹)의 정2품 관직.

156) 송국첨(宋國瞻) : 고려 중기의 문신. 권신인 최우(崔瑀)의 정방에 들어갔으나 성품이 강직하여 그에게 기부(寄附)하지 않았고, 경상도순문사(慶尙道巡問使)로 있을 때 송광사에 있던 중 만전(萬全, 최충헌의 손자로 최항崔沆)을 탄핵했다가 배척당하여 분사(憤死)하였음. 관직은 우산기상시(右散騎常侍)에 올랐음.

157) 김효인(金孝印, ?~1253) : 고려 중기의 문신. 명장(名將)인 방경(方慶)의 아버지. 글씨에 능했다고 함. 관직은 상서좌승(尙書左丞)에 올랐음.

158) 좌간의대부(左諫議大夫) : 중서문하성에 속했던 정4품 관직. 간관(諫官)으로서 간쟁(諫諍)·논박(論駁) 등의 일을 관장하였음.

159) 위위경(衛尉卿) : 고려시대의 관직으로 나라의 의장(儀仗)과 그에 따른 기물을 맡아보던 위위시(衛尉侍)의 장관. 품계는 종3품이었음.

160) 하천단(河千旦, ?~1259) : 고려 중기의 문인. 성질이 곧고 문장이 뛰어나 이수(李需), 이백순(李百順) 등과 함께 이름을 떨쳤음.

161) 영렬공(英烈公) : 고려 중기의 문신인 금의(琴儀, 1153~1230)의 시호. 초명은 극의(克儀). 자는 절지(節之). 관직은 평장사에 올랐음. 최충헌의 무단정치에 동조하여 무인들이 철권정치를 자행하는 데 문인으로서 기여했음. 「한림별곡」에 '금학사(琴學士) 옥순문생(玉筍門生)'으로 소개되고 있을 정도로 여러 번에 걸쳐 지공거가 되어 많은 문생들을 배출하였음을 알 수 있음.

佐昇平, 三闢春闈獨擅盟. 國士從來酬國士, 門生今復得門生. 良淑公
之冢嗣, 平章事景肅, 四提文柄, 不數年門下腰犀者, 十餘人. 中有三
將軍一郞將, 前古未聞. 芸閣學士柳璥, 自登第十六年, 典司馬試署牓,
明日往謁, 時平章以大師懸車. 有姪兩宰兩樞, 諸從弟姪甥亦皆卿大
夫, 與四牓門生分列階前. 柳率門生入拜庭下, 平章坐堂上, 伶官奏樂.
觀者莫不慶嘆, 以至泣下. 翰林林桂一以詩賀云, 兩府釣臺拜庭下, 一
時英俊集門前. 坐看桃李孫枝秀, 盛事希聞繼世傳.

　　문생과 종백(宗伯)162)은 부자(父子) 관계의 예를 갖춘다. 당나라 배호
(裵皓)163)는 세 번이나 지공거(知貢擧)164)가 되었는데, 그의 문생인 마
윤손(馬胤孫)165)이 과거시험을 주관한 뒤에 새로이 급제한 문생들을 데
리고 가서 배호를 뵈니 배호가 시 일절(一絕)을 지어 이르기를,

---

162) 종백(宗伯) : 문생(門生)과 종백(宗伯)의 관계는 과거제도에서 나온 것으로 과거에
　　 서 급제한 자와 그 급제자를 천거한 고시관(考試官)을 이름. 과거제도가 처음 시행
　　 된 고려조에서 이러한 관계는 크게 중시되어 학풍의 계보 형성에도 어느 정도 기여
　　 하였음. 이제현(李齊賢)의 『역옹패설(櫟翁稗說)』 후집(後集)에 소상하게 이들의 관
　　 계를 소개하였고, 『고려사 · 지(志)』 권28 선거2에도 소개되어 있음.
163) 배호(裵皓) : 중국 당나라 후 오대 때의 문신. 자는 사동(司東). 후당 장종(莊宗, 재
　　 위기간 923~925) 때 예부상서로 지공거가 되어 세 번 과거를 관장하여 선발한 인물
　　 가운데 상유한(桑維翰), 보정고(寶正固), 장려(張礪), 마예손 등 네 사람의 재상을
　　 배출했음. 『송사(宋史)』에는 皓가 皞로 되어 있음.
164) 지공거(知貢擧) : 고려 때 과거를 관장하여 인재를 뽑는 사람을 이름. 공(貢)은 추
　　 천하여 보내는 것이고, 거(擧)는 뽑아서 쓰는 것이며, 지(知)는 주관하여 뵌다는 뜻
　　 으로 각 지방에서 천거된 선비를 뽑는다는 것임.
165) 마윤손(馬胤孫) : 중국 당나라 후 오대(五代, 907~962) 때의 문신인 마예손(馬裔孫
　　 ?~953)을 가리킴. 자는 경선(慶先). 후당(後唐) 때 문하평장사(門下平章事)에 올랐
　　 고, 후당 폐제(廢帝) 2년(935)에 예부시랑으로 지공거가 되어 자신이 선발한 문생들
　　 을 데리고 자신의 은문인 배호에게 가 잔치를 베푼 일화는 유명함.(『책부원구(冊部
　　 元龜)』) ‘예손’이라는 이름이 왜 ‘윤손’이 되었는지는 알 수 없으나 중국의 여러 사서
　　 (史書)와 시화집에서는 두 가지 이름을 혼용(混用)하고 있음.

세 번이나 과거를 맡아 이제 나이 여든인데,

문생의 문하에서 그 문생을 보네.166)

　　三主禮闈年八十,　　　　門生門下見門生.

라고 했다.

본조(本朝)의 학사 한언국(韓彦國)167)이 문생들을 거느리고 문숙공(文淑公) 최유청(崔惟淸)168)을 뵈니 공이 시를 지어 이르기를,

줄지어 찾아오니 내 얼마나 영광스러운지,

문생의 문하생을 기쁘게 맞이하네.

　　綴文來訪我何榮,　　　　喜見門生門下生.

라고 했다.

양숙공(良淑公)은 삼 대에 걸쳐 구부(舅父)169)였는데의종·명종·신종 삼대에 걸쳐 구부였다, 벼슬이 재상에 이르렀다. 그의 문하생인 조문정공(趙文正公)170)이 사성(司成)으로 과시를 관장하여 선발한 문생들을 거느리고

---

166) 배호가 쓴 이 시의 시제(詩題)는 「시 문생 마시랑윤손(示門生馬侍郎胤孫)」으로 그 전문을 보면, '官途最重是文衡, 天與愚夫著盛名. 三主禮闈年八十, 門生門下見門生.'(『오대사기(五代史記)』 권57, 「잡전·배호(雜傳·裴皞)」)

167) 한언국(韓彦國, ?~1173) : 고려 중기의 문신. 명종 3년(1173) 동북면병마사(東北面兵馬使)로 있으면서 김보당(金甫當)과 함께 무신의 난을 일으켰던 정중부(鄭仲夫)의 무리를 토벌하려다 실패하여 살해됐음.

168) 최유청(崔惟淸, 1095~1174) : 고려 전기의 문신. 자는 직재(直哉), 문하시랑평장사를 지낸 석(奭)의 아들. 관직은 평장사에 올랐음. 1170년 무신의 난에 무인들이 그의 덕망에 감복하여 살아남을 수 있었음. 저서에는 『남도집(南都集)』, 『유문사실(柳文事實)』, 『최문숙공집(崔文淑公集)』, 『이한림집주(李翰林集註)』 등이 있음.

169) 구부(舅父) : 양숙공 임유(任濡)가 의종, 명종, 신종의 외숙(外叔)이 됨을 말한 것임. 이 세 임금은 임유의 누이인 인종비(仁宗妃) 공예태후(恭睿太后)의 아들이기 때문임.

가서 공을 뵈었다. 고원(誥院) 이인로(李仁老)[171]가 하례(賀禮)하는 시를
지어 이르기를,

십년을 재상으로 태평성세 도왔으며,

네 번이나 과거에서 홀로 주장했네.

국사는 예로부터 국사를 따랐으니,[172]

문생이 지금 다시 문생을 얻었네.

十年黃閣佐昇平,　　　四闢春闈獨擅盟.

國士來從酬國士,　　　門生今復得門生.

라고 했다.

양숙공의 아들인 평장사(平章事) 임경숙(任景肅)[173]이 네 번이나 문병

---

170) 조문정공(趙文正公) : 고려 전기의 문신인 조충(趙沖, 1171~1220)의 시호.

171) 이인로(李仁老, 1152~1220) : 고려 중기의 문신. 초명은 득옥(得玉). 자는 미수(眉
叟). 벼슬은 우간의대부(右諫議大夫)에 오름. 고려 무인집권시대의 문학 동호인 그
룹인 죽림고회(竹林高會)를 결성하여 당시의 문단을 이끌었음. 시문에 능하여 많은
작품을 남겼으나 대부분 없어졌고, 저서에 『파한집(破閑集)』이 있음.

172) 국사는······ 따랐으니 : 이 말은 나를 국사로 대하였으므로 나도 국사로서 그 은혜를
갚는다는 뜻임. 『사기·자객열전』권26 「예양전(豫讓傳)」에 보면, "조양자(趙襄子)가
지백(智伯)을 쳐서 멸하니, 지백의 신하였던 예양(豫讓)이 조양자에게 원수를 갚으려
하므로 조양자가 그를 붙잡아서는 묻기를, '네가 옛날에 범씨(范氏)와 중행씨(中行
氏)의 신하로 있지 않았던가. 지백이 범씨와 중행씨를 쳐서 멸하였으나 네가 그들을
위하여 지백에게 원수를 갚지 않고 도리어 지백의 신하가 되었었다. 그런데 지금 지
백이 망한 뒤에는 왜 나에게 원수를 꼭 갚으려고 하는가.' 하니, 예양이 답하기를,
'범씨와 중행씨는 나를 보통사람으로 대우하였으므로 나도 보통사람으로 갚았고, 지
백은 나를 국사(國士)로 대우하였으므로 나도 국사의 은혜로써 갚고자 한다.'고 하였
다."(旣去頃之, 襄子當出, 豫讓伏於所當過之橋下. 襄子至橋, 馬驚, 襄子曰: '此必是
豫讓也.' 使人問之, 果豫讓也. 於是襄子乃數豫讓曰: '子不嘗事范中行氏乎? 智伯盡
滅之, 而子不爲報讎, 而反委質臣於智伯. 智伯亦已死矣, 而子獨何以爲之報讎之深
也?' 豫讓曰: '臣事范中行氏, 范中行氏皆衆人遇我, 我故衆人報之. 至於智伯國士遇
我, 我故國士報之.)

(文柄)을 쥐었는데 두어 해도 되지 않아서 문하에는 벼슬에 오른 자가 십여 명이나 되었다. 그들 중에 세 사람의 장군과 한 사람의 낭장(郞將)이 있었으니 지금까지는 듣지 못한 일이었다.

　운각학사(芸閣學士)[174] 유경(柳璥)[175]이 과거에 오른 지 16년 만에 사마시(司馬試)를 관장하여 천거하는 일을 맡게 되었으므로 다음날 임평장을 찾아뵈니 그때 평장사(平章事) 임유(任濡)는 대사(大師)로서 벼슬에서 물러나 있었다. 공의 조카 가운데 두 사람이 추밀(樞密)로 있었고, 여러 종제(從弟)와 생질(甥姪)들이 또한 모두 경대부(卿大夫)였었는데 그들이 공이 네 번에 걸쳐 과거를 관장하여 뽑았던 문생들과 함께 섬돌 앞에 줄지어 서 있었다. 유경이 문생들을 이끌고 들어가 뜰 아래에서 절을 올리는데 임평장(任平章)은 당상(堂上)에 앉았고, 영관(伶官)[176]은 음악을 연주하였다. 구경하는 사람들이 경사스러운 모습을 보고 칭찬을 아끼지 않았고, 개중에는 심지어 눈물을 흘리는 사람까지 있었다.

　한림(翰林) 임계일(林桂一)[177]이 하례하는 시를 지어 이르기를,

　　양부(兩部)의 균대(鈞台)[178]들이 뜰아래에서 절하고,

---

173) 임경숙(任景肅, ?~?) : 고려 중기의 문신. 고종 14년(1227)에 수찬관(修撰官)으로 『명종실록(明宗實錄)』 편찬에 참여했음. 관직은 판리부사(判吏部事)에 올랐음. 그는 고종 때 지공거 1번, 지공거 3번 등 4번이나 과거에서 인재를 발탁했음.

174) 운각(芸閣) : 고려 때 대궐의 경적(經籍) 인쇄와 향축(香祝), 인전(印篆)을 담당하던 교서관(校書館)의 별칭.

175) 유경(柳璥, 1211~1289) : 고려 중기의 공신(功臣). 자는 천년(天年) 또는 장지(藏之). 관직은 대사성(大司成)에 올랐음. 시호는 문정(文正).

176) 영관(伶官) : 음악을 연주하는 직책의 관직. 중국 황제(皇帝) 때 영륜(伶倫)이 악관(樂官)이 된 뒤로 영씨(伶氏)가 계속 악관을 맡아 왔기 때문에 악관을 영관으로 부르게 됐음.

177) 임계일(林桂一) : 고려 중기의 문신. 다산이 최치원, 이규보와 함께 우리나라 삼대 시인으로 꼽았던 진정국사(眞靜國師) 천책(天頙)이 편찬한 『호산록(湖山錄)』에 그의 시가 실려 있고, 천책이 임계일에게 그의 저작 『해동전홍록(海東傳弘錄)』의 서문을 부탁하는 시를 지어 보내기도 했음. 『동문선』에 시 2수와 산문 1편이 전하고 있음.

한 때의 훌륭한 준재들이 문 앞에 모여 있네.

뛰어난 문생과 자손들을 앉아서 바라보니,

이리도 대이어 번성함은 듣기 드문 경사이네.

兩府釣台拜庭下,　　　一時英俊集門前.

坐看桃李孫枝秀,　　　盛事希聞繼世傳.

라고 했다.

상-13　崔譽肅公奭, 其先佐太祖有功, 公擢第狀元爲平章事. 其子文肅公惟淸, 留守南都日, 有二子在輦下, 公以詩訓之曰, 家傳淸白無餘物, 只有經書萬卷存. 恣汝分將勤讀閱, 立身行道使君尊. 因自注曰, 君尊則國理, 國理則家安. 家安則身安, 身安則餘無所求. 二嗣果以儒雅位宰相, 長曰靖安公諴, 今判樞璘卽其孫. 弟曰文懿公詵, 今侍中宗峻, 僕射宗梓, 承宣宗蕃, 皆其子. 僕射和侍中詩曰, 三代平章後, 惟兄拜侍中. 又有三壻, 皆爲相, 一是龍頭, 二同受鉞爲上副元帥. 世世積善, 慶流子孫, 靑紫滿朝, 盛矣哉. 文肅公家集行於世, 故唯載訓子一篇.

예숙공(禮肅公) 최석(崔奭)179)의 윗대 선조(先祖)180)는 태조를 도와

---

178) 양부(兩部)의 균대(釣台) : 여기에서 양부는 중서성과 중추원을 가리키고, 균대는 그곳의 수장(首長)인 재상을 가리킴.

179) 최석(崔奭) : 고려 전기의 문신. 초명은 석(錫). 태조(太祖) 때의 공신(功臣) 준옹(俊邕)의 후손으로, 평장사(平章事) 유청(惟淸)의 아버지. 최유선(崔惟善), 이정공(李靖恭) 등과 당대에 문명을 떨쳤음. 관직은 문하시랑평장사에 올랐음. 예숙(譽肅)은 그의 시호.

180) 선조(先祖) : 고려 초의 공신인 최준옹(崔俊邕)을 가리킴. 『고려사』 열전 권12에, ‘崔有淸字直哉, 昌原郡人, 六世祖俊邕佐太祖爲功臣.’

공을 세웠고, 공은 과거에 장원으로 발탁되어 평장사에 올랐다. 공의
아들 문숙공(文淑公) 유청(惟淸)이 남도(南都)의 유수(留守)로 부임하러
가던 날181) 그의 두 아들이 서울에 있었는데 공이 그들에게 시로써 훈
계하여 이르기를,

> 우리 가문은 오직 청백(淸白)의 정신 전해 와
>
> 다만 만 권의 경서만 남아 있을 뿐이네.
>
> 너희에게 이르노니, 부지런히 책을 읽어,
>
> 몸을 세우고 도를 행해 임금님 받들어야 하리.

> 家傳淸白無餘物,　　　　只有經書萬卷存.
>
> 恣汝分將勤讀閱,　　　　立身行道使君尊.

라고 했다. 공이 스스로 이 시를 주해(註解)하여 이르기를,

> 임금이 존경을 받으면 나라가 잘 다스려지고, 나라가 잘 다스려지면
> 집안이 편안하게 된다. 집안이 무사하면 자신의 육신이 탈 없게 되니,
> 육신이 편안해지면 여기에서 무엇을 더 구할 것인가.

라고 했다.

두 아들이 과연 훌륭한 선비로서 벼슬이 재상에까지 이르렀다. 큰아
들은 정안공(靖安公) 당(讜)182)으로, 지금 판추(判樞)인 인(璘)183)은 곧

---

181) 남도(南都)의 유수(留守)로 가던 날 : 고려 의종 5년(1151)에 최유청의 처남인 정서
(鄭敍)와 의종의 아우인 대녕후(大寧侯) 경(暻)이 참소를 입어 동래(東萊)로 귀양
갔으므로 최유청도 이에 연루되어 남경유수사(南京留守使)로 좌천된 것을 말함.
'時郞中鄭敍, 坐陰結大寧侯, 流外, 惟淸敍妹壻也, 敍宴大寧, 惟淸假器皿, 臺諫劾
以失大臣之禮, 貶南京留守使. 連貶忠廣二州牧使.'(『고려사』 열전 권12, 「최유청전
(崔惟淸傳)」)
182) 최당(崔讜, 1135~1211) : 고려 전기의 문신으로 관직은 중서문하평장사에 올랐음.

그의 손자이다. 작은 아들은 문의공(文懿公) 선(詵)[184]으로, 지금의 시중(侍中) 종준(宗俊)[185]과 복야(僕射) 종재(宗梓) 그리고 승선(承宣) 종번(宗蕃)이 모두 그의 아들이다. 복야가 시중의 시에 화운(和韻)하여 이르기를,

> 삼대가 평장사에 오른 뒤,
> 오직 형이 시중에 올랐네.
>
> 三代平章後,　　　唯兄拜侍中.

라고 했다.

또 사위 셋을 두어 모두 재상의 반열에 올랐는데 그중 하나는 장원급제 하였고, 둘은 함께 부월(斧鉞)[186]을 받아 상원수(上元帥)와 부원수(副元帥)가 되었다. 대대로 적선하여 그 경사가 자손에게 끼쳐 높은 벼슬아치들이 조정에 가득할 정도로 크게 번성하였다.

『문숙공가집(文淑公家集)』이 세상에 전해지고 있기 때문에 여기에서

　　시문에 뛰어나 장자목(張自目), 백광신(白光臣) 등과 기로회(耆老會)를 조직하여 기록상 우리나라 최초의 문예그룹을 형성했음. 시호는 정안(靖安). 최당의 형제는 모두 8명으로 정(証), 후(詡), 인(諲), 당(讜), 선(詵), 양(讓)과 승려로 출가한 다섯째, 여덟째 두 아들이 있었음.

183) 최인(崔璘, ?~1256) : 고려 중기의 문신. 어려서 협객(俠客)으로 자처하며 노닐다가 30에 발분독서(發憤讀書)하여 뜻을 세웠음. 관직은 평장사에 올랐고, 몽고와의 화친에 힘썼음. 시호는 문경(文景).

184) 최선(崔詵, ?~1209) : 고려 전기의 문신. 관직은 문하시랑평장사에 올랐음. 『속자치통감(續資治通鑑)』과 『태평어람(太平御覽)』을 교정 간행했음. 시호는 문의(文懿).

185) 최종준(崔宗俊, ?~1246) : 고려 중기의 문신. 관직은 문하시중(門下侍中)에 올랐음. 시호는 선숙(宣肅).

186) 부월(斧鉞) : 임금의 권위를 상징하는 큰 도끼와 작은 도끼로, 옛날에 제왕이 전장에 출전하는 신하에게 정벌(征伐)과 중형(重刑)의 전권(全權)을 위임한다는 뜻에서 내렸음.

는 오직 훈자(訓子) 일 편만을 실었다.

상-14 文宗在宥十一, 淸寧二年丙申, 始創興王寺, 甚欲宏壯. 時文和公爲知奏事, 諫曰, 昔唐太宗神聖英武, 數千百年已來罕有倫比, 不許度人爲僧, 不許創立寺觀. 遵述高祖之志, 益固王業, 史傳美之. 今陛下承祖宗積累之功, 天下向成, 固宜節用愛人, 能持盈守成, 以傳於盛嗣也. 奈何罄民財竭民力, 以供不急之費, 欲危邦本耶. 臣竊惑焉. 上優詔答曰. 卿言誠忠, 朕夙願已成, 不可廻革. 異日侍淸閑論時政, 上從容慰奬曰, 諫諍是忠, 從好佞. 公卽對曰, 創垂猶易守成難. 雖虞夏之賡歌, 何以加此.

문종(文宗) 재위 11년 청녕(淸寧)[187] 2년인 병신년에 비로소 흥왕사(興王寺)[188]를 창건하게 되었는데, 크고 웅장한 규모로 세우고자 했다. 그때 문화공(文和公)[189]이 지주사(知奏事)[190]로 있으면서 왕에게 간(諫)하여 말하기를,

옛날 당나라 태종(太宗)께서는 신성하고 영무(英武)하기가 수천백 년 이래로 비길 데 없을 정도였사옵니다. 태종께서 도첩(圖貼)[191]을 내려

---

187) 청녕(淸寧) : 중국 요(遼)나라 도종(道宗)의 연호(1055~1064). 병신년은 1056년에 해당됨.

188) 흥왕사(興王寺) : 경기도 개풍군(開豊郡) 진봉면(進鳳面) 흥왕리(興旺里)에 위치했던 절. 2천8백 간의 큰 절로 의천(義天)이 교장도감(敎藏都監)을 이곳에 설치했었고, 고려 말에는 정치적인 집합소가 되어 이성계가 창왕(昌王)의 폐위를 모의했던 곳이라고 함.

189) 문화공(文和公) : 고려 전기의 문신인 최유선(崔惟善, ?~1075)의 시호. 최충의 아들로 관직은 문하시중(門下侍中)에 올랐음.

190) 지주사(知奏事) : 고려시대에 중추원에서 왕명의 출납을 맡아보던 승선의 으뜸 벼슬로 품계는 정3품직이었음.

백성들이 스님이 되는 것을 금지시켰고, 불사(佛寺)와 도관(道觀)192)을 세우는 일도 허락하지 않았사옵니다. 또한 고조(高祖)의 뜻을 따라 왕업(王業)을 더욱 굳건히 하였으니 역사에는 그를 훌륭한 제왕으로 전하고 있사옵니다. 지금 폐하께서 조종(祖宗)이 쌓아 올린 공을 받드시어 천하를 굳은 반석 위에 올려놓으시려면 마땅히 쓰는 것을 절약하고 백성을 사랑하며 왕업을 성실히 지키시어 이를 뒤를 잇는 이에게 전하셔야 할 것이옵니다. 그러하온대 어찌 백성의 재산과 노력을 헛되이 낭비하여 급하지 않은 일에 국력을 소모하여 나라의 근본을 위태롭게 하시고자 하옵니까. 신이 삼가 생각하옵건대 의혹스러움을 떨칠 수 없사옵니다.

라고 하니, 문종이 너그럽게 생각하여 조서(詔書)를 내려 답하기를,

경의 말은 진실하고 충성스럽다. 내가 일찍부터 원하던 일이 이미 이루어졌으니 돌이켜 고칠 수 없다.

라고 했다.

다른 날에 한가롭게 임금을 모시고 시정(時政)을 논하는 자리에서 임금이 조용히 위로하여 말하기를,

간언은 충성에서 우러나온 것이지만, 좋게 말하는 것을 따르기 마련이다.

라고 하니, 공이 대답하기를,

나라를 세우기는 쉬운 일이오나 그것을 지켜나가기는 어려운 일이옵니다.

---

191) 도첩(圖貼) : 스님이나 도사(道士)가 되려는 사람에게 관(官)에서 발급하던 일종의 허가증. 기록상 이 제도는 당나라 현종(玄宗) 때부터 시작되었고, 우리나라에서도 고려시대부터 시작되었는데, 조선조 때는 이 제도가 더욱 강화됐음.
192) 도관(道觀) : 도교(道敎)의 도사가 거처하는 곳을 이름.

라고 했다. 비록 우하(虞夏)[193]의 갱가(賡歌)[194]라도 어찌 여기에 더할
수 있겠는가.

상-15   李參政靈幹, 題羅州法輪寺云, 秋凉晚景最相宜, 一宿蓮房一
展眉. 星斗夜深光燦爛, 樓臺月轉影參差. 六時永燿慈燈朗, 萬古長存
聖跡奇. 結得良緣何事也, 蓺心香供佛爲師. 或以此詩落句語未工, 使
也字尤疎野, 非也. 公從上遊朴淵, 風雨暴作振座石, 上心動. 公乃作
勑書投淵, 數龍之罪欲罰之, 龍卽感悟出其背受杖. 則公之爲文, 其神
乎不可測也, 豈以此么麼詩中一字之工拙, 度於公也.

참정(參政) 이영간(李靈幹)이 나주(羅州) 법륜사(法輪寺)를 두고 시를
지어 이르기를,

> 서늘한 가을 저물녘의 경치 바라보기 좋아,
> 절간에서 하룻밤 자며 눈썹 한번 펴네.[195]
> 밤 깊어 별들은 총총히 빛나고,
> 누대에 달 옮겨가니 그림자 어지럽네.
> 온 밤을[196] 비추는 자등 밝기만 하고,

---

193) 우하(虞夏) : 중국 고대 순(舜) 임금의 치세시대와 우(禹)임금의 하대(夏代)를 가리
　　킴. 순임금의 선대가 우 땅에 도읍했으므로 순임금을 유우씨(有虞氏)라고 했음. 중
　　국역사에서 이 시대를 태평성대라고 부름.
194) 갱가(賡歌) : 다른 사람이 부른 노래에 이어서 부르는 노래를 이름. 갱(賡)은 속(續)
　　의 뜻임. 여기서는 순(舜)임금과 고요(皐陶)가 서로 창화(唱和)한 「갱재가(賡載歌)」
　　를 이름.(『서경』, 「익직편(益稷篇)」을 참조)
195) 눈썹 한번 펴네[一展眉] : 찡그렸던 눈썹을 펴는 것을 이름. 이는 곧 걱정과 근심에
　　서 벗어남을 이름.
196) 온 밤을[六時] : 하루를 열두 시로 하고 밤낮을 각각 여섯 시로 나누었던 옛날의 역
　　산(曆算)에서 나온 것임. 여기서는 밤의 여섯 때를 가리킴.

만고에 오래 남을 성적 새롭기만 하네.

좋은 인연 맺은 것은 무슨 일인지,

심향(心香) 살라 바치며 부처를 스승 삼네.

秋涼晩景崔相宜,　　　一宿蓮房一展眉.

星斗夜深光燦爛,　　　樓臺月轉影參差.

六時永耀慈燈朗,　　　萬古長存聖迹奇.

結得良緣何事也,　　　蓻心香供佛爲師.

라고 했다. 혹 이 시에서 마지막 시구가 다듬어지지 않았고, 야(也)자를
사용한 것이 더욱 정치(精緻)하지 못하고 거칠다고 하겠지만 반드시 그
렇지는 않다.

　공이 임금을 시종하여 박연(朴淵)197)에서 놀 때 비가 갑자기 쏟아져
빗물이 앉아 있던 반석(盤石)에까지 떨치니 임금이 초조하여 안정을 되
찾지 못했다. 공이 곧 칙서(勅書)를 지어 연못에 던지고는 여러 차례 용
의 죄를 벌하고자 하니 용이 곧 깨닫고는 등을 드러내어 지팡이로 얻어
맞는 벌을 받았다. 여기에서 보면 공의 글이 얼마나 신통스러운가를
헤아릴 수가 없을 정도인데 어찌 이같이 시 가운데 시어(詩語) 한 자의
공졸(工拙)로써 공의 문장의 우열을 따질 수 있겠는가.

상-16　　文宗大康七年辛酉, 崔良平公思齊, 使入宋舡上云, 天地何疆
界, 山河自異同. 君毋謂宋遠, 回首一帆風. 陳補闕澣, 以書狀官入大
金云, 西華己蕭索, 北塞尙昏夢. 坐待文明旦, 天東日欲紅. 癸巳春, 朝
家聞大金皇帝播遷河南, 遣起居注崔璘內侍權述及予, 詣行在問安. 時

---

197) 박연(朴淵) : 경기도 개성 북쪽으로 16km 지점에 있는 박연폭포를 가리킴.

因轎軥路梗, 以木道過鐵山浦, 至遼地海州津. 權有時云, 九天移四
海, 悲乘槎去路. 憑誰問萬里, 烟波迷所之. 予於前歲, 以副樞使蒙古,
抵宿興中府, 見一寺壁上書一絶云, 四海盡爲狐兎窟, 萬邦猶仰犬羊
天. 人間樂國是何處, 深歎吾生不後先. 崔有朝覲不遠千里之意, 陳以
幕佐入朝, 稱北寨昏蒙非禮. 權詩言雖迷悶, 義存奔問, 興中一絶是客
子所題, 言高何罪.

문종(文宗) 대강(大康) 7년[198]인 신유년에 양평공(良平公) 최사제(崔思
齊)[199]가 송나라에 사신으로 들어가는 배 위에서 지은 시에 이르기를,

> 천지가 어찌 경계가 있으리오,
> 산하가 절로 모습을 달리 하네.
> 그대여, 송나라가 멀다고 마오,
> 머리 돌리니 한 돛단배 바람에 실려 가네.

> 天地何疆界,　　山河自異同.
> 君毋謂宋遠,　　回首一帆風.

라고 했다.

보궐(補闕)[200] 진화(陳澕)[201]가 서장관(書狀官)[202]으로 대금(大金)에 들

---

198) 대강(大康) 7년 : 대강은 요(遼)나라 도종(道宗)의 연호(1075~1084)로, 그 7년인 신
　　유년은 고려 문종 35년(1081)에 해당됨.
199) 최사제(崔思齊, ?~1091) : 고려 전기의 문신. 충(沖)의 손자이자 유선(惟善)의 아
　　들. 시문에 능하였으며, 관직은 문하평장사에 올랐음. 시호는 양평(良平).
200) 보궐(補闕) : 고려 때 중서문하성(中書門下省)에 소속했던 정6품의 벼슬.
201) 진화(陳澕) : 고려 중기의 문인. 호는 매호(梅湖).「한림별곡」에 '이정언 진한림 쌍
　　운주필(李正言 陳翰林 雙韻走筆)'이라고 하며 주필시에 뛰어났다고 한 것을 보면 당
　　시의 문호인 이규보와 비견될 정도로 문단에서 이름을 떨쳤다고 하겠음. 관직은 지
　　공주사(知公州事)에 올랐음. 저서에『매호유고(梅湖遺稿)』가 전함.

어가면서 지은 시에 이르기를,

중국의 서쪽은 이미 쓸쓸하고,

북녘 성채는 아직 어둡고 아득하네.

앉아서 문명의 아침 기다리노니,

동쪽에서 해 붉게 떠오르려 하네.

西華已蕭索,　　　北寨尙昏蒙.

坐待文明旦,　　　天東日欲紅.

라고 했다.

계사년203) 봄에 조정에서는 대금의 황제204)가 하남(河南)으로 파천(播遷)했다는 소식을 듣고 기거주(起居注)205) 최린(崔璘), 내시(內侍)206) 권술(權述) 등과 나를 행재소(行在所)207)에 가서 문안하도록 했다. 그때 달단로(韃靼路)208)가 막혀서 목도(木道)를 이용하여 철산포(鐵山浦)209)

202) 서장관(書狀官) : 고려시대 외국에 파견되던 정사·부사와 함께 삼사(三使)의 하나로 사행에서의 기록관의 역할과 함께 외교실무를 담당했음.

203) 계사년(癸巳年) : 고려 고종 20년(1233)에 해당됨.

204) 대금(大金) 황제 : 대금 황제는 곧 금나라 8대왕으로 마지막 왕인 애종(哀宗)을 가리킴. 몽고군이 낙양(洛陽)을 함락하자 하남(河南)으로 파천하였음.

205) 기거주(起居注) : 고려 때 중서문하성(中書門下省)에 속했던 종5품 벼슬로 임금의 주변에서 일어나는 일을 기록하는 사관(史官)이 주된 임무였으나 간관(諫官)의 구실도 겸하였음.

206) 내시(內侍) : 고려 때 임금의 숙위(宿衛) 및 근시(近侍)를 맡아보던 관원. 재예(才藝)와 용모가 뛰어난 세가자제(世家子弟)나 시문경사(詩文經史)에 능한 문신 출신으로 임명했으나, 원나라를 섬기게 된 뒤로는 환관(宦官)이 이 자리를 차지하게 되어 천시의 대상으로 변했음.

207) 행재소(行在所) : 임금이 행행(行幸)하여 임시로 머무는 곳을 이름.

208) 달단로(韃靼路) : 금나라 19로(十九路) 중의 하나로 지금의 몽고지역을 말함. 달단은 당나라 때 돌궐(突闕)의 통치를 받던 말갈(靺鞨)부족의 하나. 몽고에게 망한 뒤에는 몽고(蒙古)를 일컫는 말로 쓰였으며, 달단을 달노(奴). 달달(達達). 달적(達賊)이

를 지나 요동 땅인 해주진(海州津)210)에 다다랐다.

권술이 시를 지어 이르기를,

> 높은 하늘은 푸르러 사해 옮긴 듯한데,
> 뗏목에 실려 길 떠나는 것을 슬퍼하네.
> 누구에게 만리 길 물어볼 건가,
> 안개어린 물결 위에서 갈 곳 몰라 하네.

> 九天移四海,　　　悲乘槎去路.
> 憑誰問萬里,　　　烟波迷所之.

라고 했다.

내가 지난해에 부추밀(副樞密)로서 몽고에 사신으로 가는 길에 흥중부(興中府)211)에 도착하여 하룻밤을 보내면서 한 절간의 벽에 써놓은 절구시(絕句詩) 한 수를 보았는데, 그 시에 이르기를,

> 사방은 모두 여우와 토끼의 소굴되고,
> 온 나라가 오히려 개와 양의 세상 우러러 보네.
> 인간세상의 파라다이스는 어디에 있는지,
> 우리 인생이 앞뒤 없음을 깊이 한탄하네.

> 四野盡爲狐兎窟,　　　萬邦猶仰犬羊天.
> 人間樂國是何處,　　　深歎吾生不先後.

라고도 함.
209) 철산포(鐵山浦) : 평북(平北) 철산을 이름.
210) 해주진(海州津) : 중국 만주(滿州) 요동성(遼東城) 해성현(海城縣)의 옛 이름.
211) 흥중부(興中府) : 중국 요나라가 만주 열하성(熱河省) 조양현(朝陽縣)에 두었던 부.
　　뒤에 흥중주(興中洲)로 강등되었다가 폐지되었음.

라고 했다.

　최의 시에는 송나라에 조근(朝覲)하는 길이 먼데도 먼 것 같지 않다
는 뜻이 담겨 있고, 진보궐은 정사를 보필하는 서장관으로서 금나라
조정에 들어가면서, "북쪽의 성채가 아직 어둡고 아득하다.[北寨尙昏
蒙]"라고 한 것은 예의에 어긋난 말이다. 권의 시는 말이 비록 어지럽고
거칠지만 바삐 가서 문안하려는 뜻이 깃들어 있고, 홍중부에 이르러
지은 한 절구(絕句)는 길 떠난 나그네가 지은 것으로 말이 고상하다고
하면 어찌 죄가 되겠는가.

상-17　睿宗御宇, 尙章句好遊宴. 時曾王父尙書崔瀹在綸閣, 乃上
書, 畧曰, 昔唐文宗欲置詩學士, 宰相奏曰, 詩人多輕薄昧於識理, 若
承顧問, 恐撓聖聰, 文宗乃止. 帝王當好經術, 日與儒雅討論經史, 諮
諏政理化民成俗之無暇. 安有事童子之雕蟲, 數與輕蕩詞臣, 吟風嘯
月, 以喪天衷之淳正耶. 上優納. 有一詞臣承隙日, 所言儒雅別是何人.
瀹短於風月, 不樂人唱和, 故有此言. 上怒, 左遷爲春州副使. 方上道,
和人贈別云, 吾家世受盛朝恩, 欲繼忠淸不墮門. 但把螢輝增聖日, 敢
將蠡測議詞源. 自慙風月無功業, 回望雲霄已夢魂. 駭汗未收還感泪,
謫來猶得駕朱轓.

　예종(睿宗)이 나라를 다스리면서 장구(章句)를 숭상하고, 연락(宴樂)을
즐겼다. 그때 나의 증조부이신 상서(尙書) 최약(崔瀹)212)께서 윤각(綸

---

212) 최약(崔瀹) : 고려 전기의 문신. 사제(思齊)의 아들. 지제고(知制誥)로서 정사를 돌
　　보지 않고 대동강에서 유연(遊宴)하는 예종에게 간하여 중지하게 하였으나, 뒤에 이
　　일로 무고를 당하여 춘주부사로 좌천되기도 하였음. 그 뒤 예부상서한림학사(禮部
　　尙書翰林學士)에 올랐음.

閣)213)에 드나들 때 언젠가 임금에게 글을 올렸는데, 그 내용은 대략 다음과 같았다.

옛날 당나라 문종(文宗)께서 시학사(詩學士)를 두고자 하니 한 재상이 아뢰길, '시인 가운데 대부분은 경박하여 사리 분별에 어두우니, 만약 그들에게 정사(政事)를 물어 행하신다면 성총(聖聰)을 흐리게 할까 두렵습니다.'라고 하니 문종께서 너그러이 받아 드렸사옵니다. 제왕은 마땅히 경술(經術)을 좋아하고 날로 선비들과 더불어 경사(經史)를 토론하여 정사(政事)의 이치를 물으며, 백성을 교화(敎化)하고 풍속을 이룩하는 데 겨를이 없으셔야 하옵니다. 그러하오니 아이들같이 문장을 다듬고 새기는 일에 힘쓰며, 자주 경박한 사신(詞臣)들과 함께 음풍농월하는 데 힘쓰시다보면 상감께서 타고나신 순정(淳正)을 잃으실까 두렵사옵니다.

임금이 너그러이 받아들였다.
이때 한 사신(詞臣)이 틈을 타서 말하기를,

말한 바의 선비는 따로이 어떤 사람이겠습니까. 약(淪)은 시문(詩文)에 능하지 못하여 서로 어울려서 글을 짓거나 창화(唱和)하는 것을 좋아하지 않습니다. 그러니 그런 말을 상감께 아뢴 것이옵니다.

라고 했다. 임금이 그 사신의 말을 듣고는 노하여 공을 춘주부사(春州副使)로 좌천시켰다. 공이 길을 떠나려고 할 때 어떤 사람이 준 증별시(贈別詩)에 화운(和韻)하여 이르기를,

우리 집은 대대로 임금의 은총을 받았으니,
충성스럽고 청렴한 가문 더럽히지 않으려 했네.

---

213) 윤각(綸閣) : 임금이 내리는 교서나 명령을 맡아서 관장하던 중서성(中書省)을 이름.

조그마한 정성으로 임금의 위엄 더하고자,

이 좁은 소견[214]을 내어 말의 근원 헤아리랴.

스스로 시문에 남긴 공적 없음을 부끄러워하노니,

하늘 멀리 대궐 바라보니 벌써 꿈속의 일이네.

놀랜 땀 거두지 못한 채 다시 감격의 눈물 흘리니,

귀양오는 길인데도 오히려 주번[215]을 타고 가네.[216]

吾家世受盛朝恩,　　　　欲繼忠淸不墮門.

但把螢輝增聖日,　　　　敢將蠡測議詞源.

自慙風月無功業,　　　　回望雲霄已夢魂.

駭汗未收還感泪,　　　　謫來猶得駕朱轓.

라고 했다.

상-18　　凡出大軍命元帥, 必以儒將. 西都反, 文烈公爲元帥, 時太平已久, 諸武人未曉行營故事. 公於帳中微吟古人詩曰, 白鹿坡頭百萬兵, 碧油幢下一書生. 如今始信爲儒貴, 臥聽將軍報五更. 軍中傳誦, 自是內廂將軍報更籌.

　　대군(大軍)을 출전시킬 때 반드시 원수(元帥)를 유장(儒將)으로 임명

---

214) 이 좁은 소견[蠡測] : 조개껍데기로 바닷물을 헤아려 본다는 것임. 이는 소지(小智)로 대사(大事)를 헤아린다는 비유로 견식(見識)이 좁아서 큰일을 하기에는 역부족임을 가리킴. 당나라 두보(杜甫)의 「증 특진여양왕 이십운(贈特進汝阳王二十韵)」이라는 시에, '謬持蠡測海, 沈挹酒如黽.'이 있다.

215) 주번(朱轓) : 튀어 오르는 진흙을 막기 위해 수레 양쪽에 단 붉은 색깔의 말다래[장니(障泥)]. 뜻이 전하여 귀인(貴人)이 타는 수레를 이르는 말로, 붉은 말다래를 달고 검은 일산(日傘)으로 지붕을 한 '주번조개(朱轓皂盖)'의 준말.

216) 이시는 『동문선』 권12 칠언율시에 「출수춘주 화 인증별(出守春州和人贈別)」이라는 제목으로 실려 있음.

한다. 서도(西都)에 반란이 일어났을 때[217] 문열공(文烈公)[218]이 원수가 되었는데, 그때 나라의 평화가 이미 오래 계속되었기 때문에 무인(武人)들이 병영을 조직하고 운영해 나가는 일에 대해서 알지 못했다. 공이 군막 안에서 옛 사람의 시를 나직이 읊조리기를,

> 백록파[219] 머리에 백만의 군사요,
> 벽유당[220] 아래에는 한 서생일세.
> 지금에야 선비된 것이 귀한 줄 아노니,
> 누워서 장군이 오경(五更) 알리는 소리 듣네.

> 白鹿坡頭百萬兵,　　　碧油幢下一書生.
> 如今始信爲儒貴,　　　臥聽將軍報五更.

---

217) 서도(西都)에 반란이 일어났을 때 : 이것은 고려 인종 13년(1135) 정월에 평양에서 '묘청의 난'이 일어났던 때를 가리킴. 묘청, 정지상(鄭知常), 백수한(白壽翰) 등의 개혁파들이 고려의 진부한 귀족중심의 정치를 혁파하기 위하여 수도 개성의 지세가 다했으므로 서울을 평양으로 옮기고, 중국에 맞서 우리의 독자적인 연호(年號)를 사용할 것을 주장하며 일으킨 난이었으나 이듬해 2월에 김부식 등에 의해 난이 평정됨으로써 실패로 돌아갔음.

218) 문열공(文烈公) : 고려 전기의 문신인 김부식(金富軾, 1075~1151)의 시호. 자는 입지(立之). 호는 뇌천(雷川). 신라 왕실의 후예로서 경주의 주장(州長)인 위영(魏英)의 증손자. 관직은 문하시중에 올랐음. 이자겸의 난과 묘청의 난을 평정하는 데 주도적 역할을 한 것에서 보면 그는 유교주의적 대의명분으로 끊임없이 자신의 정치적 이상을 실현해 보려는 전형적인 중세의 유교적 합리주의자였다고 할 수 있음. 고문가로서 명망이 있었으므로 인종의 명령을 받아 『삼국사기』를 편찬하면서 체재를 작성하고 사론을 직접 썼으며, 1145년에 완성하였음. 문집 20권이 있다고 하나 전하지 않음.

219) 백록파(白鹿坡) : 중국 섬서성 서안 동쪽에 있는 백록원(白鹿原)으로, 이곳에서 동진(東晉)의 장군 환온(桓溫)이 진(秦)의 군사를 쳐서 패배시켰음.

220) 벽유당(碧油幢) : 푸른색의 기름을 먹인 수레의 장막으로, 중국 남조(南朝)의 제(齊)나라 때는 공주의 수레에, 당나라 이후로는 어사나 대신들의 수레에 사용했던 장막이었음. 청록색으로 된 군막(軍幕)의 뜻으로 쓰였음.

라고 했다. 이 시가 군중(軍中)에 전해져서 사람들이 읊었으므로 이로
부터 내상장군(內廂將軍)[221]이 정확하게 시간을 알렸다.

상-19 朴參政寅亮奉使入中朝, 所至皆留詩. 金山寺云, 巉巖怪石疊成
山, 上有蓮房水四環. 塔影倒江蟠浪底, 磬聲搖月落雲間. 門前客棹洪
波急, 竹下僧碁白日閑. 一奉華皇堪惜別, 更留詩句約重還. 行次越州,
聞樂調中秦新聲, 旁人曰, 此公時也. 至浙江風濤大起, 見子胥廟在江
邊, 作詩弔之曰, 掛眼東門憤未消, 碧江千古起波濤. 今人不識前賢志,
但問潮頭幾尺高. 須臾風霽舡利涉. 其感動幽顯如此, 宋人集其詩成
編, 今傳于世.

참정(參政) 박인량(朴寅亮)이 봉명사신(奉命使臣)으로 중국에 들어갈
때[222] 이르는 곳마다 시를 남겼는데, 금산사(金山寺)[223]라는 시에 이르
기를,

> 험괴한 바윗돌 첩첩이 산을 이루었는데,
> 산 위에 절이 있어 물이 사방으로 에워싸 흐르네.
> 탑 그림자는 강물에 누워 꿈틀거리는 듯하고,
> 풍경소리 달을 흔들며 구름 속에 떨어지네.

---

221) 내상장군(內廂將軍) : 내상(內廂)은 내상(內相)으로 원래 재상을 뜻하는 말이지만
한림학사의 미칭(美稱)으로 쓰였음. 이것은 『당서(唐書)』 「육지전(陸贄傳)」에 나오
는 것으로 육지가 어린 나이에 한림원에 들어갔는데 재주가 뛰어나 황제의 총애를
받아 재상을 제쳐두고 국사를 결정하는 일을 좌지우지했던 것에서 나온 말임.(及出
居艱阻之中, 雖有宰臣, 而謀猷參決, 多出于贄, 故當時目爲內相.) 여기서 내상장군
은 학자 출신의 장군을 뜻함.

222) 참정(參政) …… 중국에 들어갈 때 : 『고려사・열전』 권8 「박인량전」에 보면 문종 34
년(1080)에 호부상서 유홍(柳洪)과 함께 송나라에 사행(史行) 간 것을 알 수 있음.

223) 금산사(金山寺) : 중국 강소성 단도현(丹徒縣)에 있던 절 이름.

문 앞 길손의 배는 큰 물결 지치기에 바쁘고,

대숲 아래 바둑 두는 스님은 한가로운 대낮일세.

헤어지기 애석하나 임금의 명을 받든 사신이니,[224]

다시 시구 남겨두고 돌아올 것을 약속하네.[225]

　　巉巖怪石疊成山,　　　上有蓮坊水四環.
　　塔影倒江翻浪底,　　　磬聲搖月落雲間.
　　門前客棹洪波急,　　　竹下僧某白日閑.
　　一奉皇華堪惜別,　　　更留詩句約重還.

라고 했다. 월주(越州)[226]에 행차했을 때 악조(樂調) 가운데 새로운 소리를 연주하는 것을 들었는데, 옆에 있던 사람이 "이것은 공의 시(詩)다."고 했다.

　절강(浙江)[227]에 이르니 바람과 물결이 크게 일어나자 오자서(伍子胥)의 묘당(廟堂)[228]이 강가에 있는 것을 보고는 그를 애도하는 시를 지어 이르기를,

---

224) 임금의 …… 사신이니[皇華] : 『시경·소아(小雅)』의 「鹿鳴之什, 皇皇者華」에서 나온 말로 이는 곧 천자가 보낸 사신(使臣)의 뜻임.

225) 『동문선』 권12에는 이 시의 제목이 「사송 과 해주 구산사(使宋 過海州龜山寺)」로 되어 있으며, 『동인시화(東人詩話)』 상권에는 「사주 구산사시(泗州龜山寺詩)」로 되어 있음.

226) 월주(越州) : 중국 수(隋) 나라 때 설치했던 주(州)의 이름. 지금의 절강성(浙江省) 소흥현(紹興縣)을 이름.

227) 절강(浙江) : 중국 절강성을 흐르는 강 이름. 굽이지는 곳이 많아서 생긴 이름으로 곡강(曲江)이라고도 함.

228) 오자서(伍子胥)의 묘당(廟堂) : 중국 춘추시대 초(楚)나라 사람이었던 오자서의 사당. 오자서의 이름은 원(圓). 자서는 그의 자. 그의 부형(父兄)이 초나라 평왕(平王)에게 살해되었으므로 오(吳)나라로 망명하여 오나라를 도와 초나라를 정벌했음. 그때 평왕의 무덤을 파헤쳐서 시체를 삼백 번이나 두들겼다는 고사가 있음.

동문에 눈알을 걸었어도 분이 풀리지 않았는지,

푸른 강물은 천년을 두고 파도 일으키네.[229]

지금 사람은 옛 어진이의 뜻 헤아리지 못하고,

다만 물결의 높이가 몇 척인가 궁금해 하네.

掛眼東門憤未消,　　　碧江千古起波濤.

今人不識前賢志,　　　但問潮頭幾尺高.

라고 했더니, 잠깐 사이에 바람이 잠잠해져 배가 강을 무사히 건넜다.
그의 글이 이처럼 이승과 저승을 감동시키니, 송나라 사람들이 그의
시를 모아 책을 만들어[230] 세상에 전했다.

상-20　權學士適, 奉國表遊學於宋, 路上寄文烈公及諸友曰, 別離眞
細事, 此別意難窮. 客路波濤外, 家鄕夢寐中. 出門纔暑雨, 倚棹已秋
風. 他日江湖興, 扁舟復欲東. 及到泊明州定海縣, 皇帝遣使, 勞問於
道路, 擇州府秀才令伴行. 入參闕下, 寵賚異常. 詔入辟雍承學, 凡在
學七年, 屢居考藝科魁, 皇帝臨軒策試, 擢甲科第一人. 及還本朝, 睿
廟聞而嘉之, 命有司備樂部綵山, 迎于禮成江. 御大觀殿迎見, 仍讌羣
臣三日以慶之, 直除爲國子博士, 命撰定國學禮儀規式書簿. 不數年間

---

229) 동문에는······일으키네 : 오자서가 오나라 재상인 희(嚭)의 참소에 의해 스스로 목
　　숨을 끊으며 말하기를, "내가 죽은 뒤에 눈알을 빼서 동문에 걸어두면 월나라가
　　오나라를 멸망시키는 것을 보고 눈을 감으리라."고 하였다. 이 말을 전해들은 오나
　　라 임금이 크게 노하여 그의 시체를 치이(鴟夷 : 말가죽으로 만든 부대)에 넣어 강물
　　에 던지니 그 영혼이 도신(濤神)이 되어 거친 물결을 일으켰다고 함.
230) 송나라······책을 만들어 : 문종 24년(1080)에 박인량이 유홍(柳洪), 김근(金覲) 등
　　과 송나라에 사신으로 갔을 때 지은 시문이 송나라 사람들에게 격찬을 받아 그곳
　　문인들이 박인량과 김근의 글을 함께 모아 『소화집(小華集)』이라는 시문집을 편찬
　　한 것을 이름. (『고려사·열전』 8권 「박인량전」 참조)

備歷淸要, 使於四方, 題詠頗多. 嘗於樂安北寺詠竹云, 大雪漫天萬木
摧, 琅玕相暎一枝梅. 不如六月炎蒸酷, 呼召淸風分外來. 送安禪老之
楓岳云, 江陵日暖花初發, 楓岳天寒雪未消. 翻笑上人山水癖, 未能隨
處作逍遙. 亭止房云, 半年塵土負靑山, 蕭寺偸乘一日閑. 始見黃花知
令節, 更驚紅葉炤衰顔. 天圍大野蒼茫外, 舟在淸江寂寞間. 賴有上房
沽酒引, 淡烟斜日未能還. 凡題詠和贈至數十卷, 皆散亡, 今纔得二十
餘首, 率皆長篇, 但取其中絶句四韻各二首錄之. 公率不事章句, 如有
和答之作, 率爾出語, 不欲驚人. 尤長於文辭, 富艶體中有淸駛之骨.
累遷國子祭酒翰林學士, 兼寶文閣學士知制誥. 典試南省甚得其人, 門
下秀士林定庇, 獻詩引略云, 乘航歸上國, 北方學者莫之先, 衣錦還故
鄕, 東都主人喟然嘆. 詩曰, 東國罕聞雙學士, 西朝獨步甲科名. 公覽
之, 美其引曰, 擧前言叙今事甚的, 又對屬甚善. 但宋西也而言北方,
是謂拘文失實, 白圭一玷耳.

　학사 권적(權適)231)이 나라의 표문(表文)을 받들어 송나라로 유학(遊
學)하러 가는 길에 문열공(文烈公)을 비롯한 모든 벗들에게 보낸 시에
이르기를,

　　　이별은 정말 자잘한 일이지만,
　　　이 이별의 뜻은 헤아리기 어렵네.
　　　나그네 길은 파도 밖의 일,
　　　고향은 꿈속에도 못 잊으리.

---

231) 권적(權適, 1094~1146) : 고려 전기의 문신·학자. 자는 득정(得正). 관직은 검교태
　　자태보(檢校太子太保)에 올랐음. 예종 때 유학생으로 뽑혀 송나라의 태학에 입학,
　　당시 한창 일고 있던 주돈이(周敦頤)·정호(程顥)·정이(程頤) 등의 학문을 연구하
　　고 송나라에서 실시한 만인과(萬人科)에 합격하여 벼슬길에 올랐다가 1117년(예종
　　12) 귀국하였음. 시호는 원정(原靖).

고향 집 문을 나설 때는 겨우 여름비 내렸는데,

삿대에 의지하니 이미 가을바람 소슬하네.

언제고 고향 땅 강호의 흥취 그리우면,

편주에 의지하여 다시 돌아오고자 하네.[232]

別離眞細事,　　此別意無窮.

客路波濤外,　　家鄕夢寐中.

出門纔暑雨,　　倚棹已秋風.

他日江湖興,　　扁舟復欲東.

라고 했다.

　배가 명주(明州) 정해현(定海縣)[233]에 도달하니 황제[234]가 사신을 보내어 그동안의 노고를 묻고는, 주부(州府)의 수재(秀才)[235]를 발탁하여 동행하게 했다.

　대궐에 들어가 황제를 뵈니 특별히 총애하였다. 황제가 조서(詔書)를 내려 공으로 하여금 벽옹(辟雍)[236]에 들어가 학업을 잇게 하였는데 무

---

232) 이 시의 제목은 「조송노상 기 제우(朝宋路上寄諸友)」(『동문선』 권9)

233) 명주(明州) 정해현(定海縣) : 명주는 중국 절강성 은현(鄞縣)의 동쪽에 있던 지명으로 그곳에 사명산(四明山)이 있어 붙여진 이름임. 명주 정해현은 절강성의 항구 도시로 춘추전국시대 오월(吳越)의 망해현(望海縣)이며, 지금의 절강성 진해현(鎭海縣)임. 역사 깊은 고도(古都)로 유적이 많고, 청나라 때에 일어난 아편(阿片) 전쟁의 발발지였음.

234) 황제 : 송나라 제8대 황제인 휘종(徽宗, 재위기간 1100~1125)을 가리킴.

235) 수재(秀才) : 『관자(管子)』에서 처음 사용한 말로, 한나라 때는 과거의 과목이었고, 당나라 때는 명경과(明經科)·진사과(進士科)와 함께 수재과를 두었음. 송나라 때는 과거에 응시하는 선비를 수재라 칭하였음. 여기에서는 각 고을에서 과거를 준비하는 젊은 선비들을 가리킴.

236) 벽옹(辟雍) : 중국 주대(周代)에 천자(天子)의 도성(都城)에 설립한 관립 대학. 대학이 둥근 원형으로 설계되었고, 그 주위를 연못이 삥 둘러 있었음. 수(隋)나라 이후에는 국자감(國子監)으로 그 이름을 바꾸었음.

릇 칠년간의 재학(在學) 기간 중에 여러 번 고예시(考藝試)에 응시하여 으뜸을 차지했으며, 황제가 직접 참석한 책시(策試)에서도 갑과(甲科)에 일등으로 발탁되었다. 공이 본조(本朝)로 돌아오게 되자 예종이 그 사실을 듣고는 가상히 여겨 유사(有司)에게 악부(樂部)와 채산(綵山)을 준비하여 예성강(禮成江)에서 맞이하게 했다. 임금이 그를 대관전(大觀殿)237)에서 맞아 여러 신하들에게 삼일 동안이나 잔치를 베풀어 경하(慶賀)했는데, 이에 바로 국자박사(國子博士)238)에 제수(除授)하여 공에게 국학(國學)의 예의(禮儀)와 규식(規式), 그리고 서부(書簿)를 찬정(撰定)하도록 명했다.

몇년 되지 않은 사이에 중요한 관직[淸要]239)을 두루 역임했고, 사방으로 사행(使行)을 다니면서 읊은 시가 꽤 많았다. 일찍이 낙안(樂安)240)의 북사(北寺)에서 대를 두고 읊기를,

> 큰 눈이 가득 내려 일만 가지 꺾였는데,
> 대나무241) 서로 비치는 사이로 매화 한 가지 보이네.
> 오뉴월의 찌는 듯한 더위에,

---

237) 대관전(大觀殿) : 고려 때 궁전의 하나. 처음 건덕전(乾德殿)이었다가 인종 16년에 대관전으로 개칭. 여기에서 임금이 외국사신을 위해 잔치를 베풀었고, 과거시험인 복시(覆試)를 보였으며, 신료들의 조하(朝賀)를 받기도 했음.

238) 국자박사(國子博士) : 고려 때 국자감(國子監)에 속해 있던 정7품의 관직. 뒤에 성균박사(成均博士)로 개칭.

239) 중요한 관직[청요(淸要)] : 청관(淸官)과 요직(要職)으로 청관은 특히 우리나라에서 세자시강원(世子侍講院)과 홍문관(弘文館)에 속해 있던 관직을 의미했음.

240) 낙안(樂安) : 지금의 전남 순천시 낙안면 지역을 가리키는 곳임. 백제 때는 분차군(分嵯郡)으로, 신라 때는 분령군(分嶺郡)으로 불리다가 고려 때 낙안으로 개칭되었음.

241) 대나무[낭간(琅玕)] : 낭간은 구슬이 열리는 나무로 봉황이 그 열매를 먹는다는 옛말이 있으므로 봉황이 죽실(竹實)을 먹는다는 말과 연결 지어 대나무를 낭간이라고 했음. 두보의 시 「정부마댁 연동중 시(鄭駙馬宅宴洞中詩)」에, '主家陰洞細烟霧, 留客夏簟靑琅玕.'라고 하였음.

때 아니게 불어 주는 맑은 바람의 상쾌함만 못하네.[242]

大雪漫天萬木摧,　　　琅玕相映一枝梅.
不如六月炎蒸酷,　　　呼召淸風分外來.

라고 했다.

또 풍악(楓岳)으로 가는 안선로(安禪老)를 보내며 지은 시에 이르기를,

강릉은 따스하여 꽃망울 틔우기 시작하는데,
풍악엔 날씨 쌀쌀하여 눈 아직 녹지 않았으리.
스님네 산수벽을 비웃어보지만,
가는 곳 좇아서 노닐 수 없네.

江陵日暖花初發,　　　楓岳天寒雪未消.
飜笑上人山水癖,　　　未能隨處作消遙.

라고 했다.

정지방(亭止房)[243]을 읊은 시에 이르기를,

반년을 속세에 묻혀 청산을 등졌다가,
절간[244] 찾아들어 하루를 보내네.
처음 국화 보고 좋은 시절임을 알았더니,
단풍잎이 야윈 얼굴에 비치니 더욱 놀라라.
하늘은 넓은 들 아득한 곳까지 둘러 있고,

---

242) 시제(詩題)는 「안북사 영죽(安北寺詠竹)」(『동문선』 권19 오언절구)
243) 정지방(亭止房) : 충남 공주시에 있었던 사찰 이름.
244) 절간[소사(蕭寺)] : 중국 양(梁)의 무제(武帝, 재위기간 502~549)가 불교를 숭상하
　　여 절을 가장 많이 세웠기 때문에 무제의 성씨(姓氏)인 소(蕭) 자를 따서 절을 소사
　　라고 했음.

배는 맑은 강물 위에 한가로이 떠가네.

때마침 상방(上房)에 술사 오는 표 있어.

노을녘 지는 해에도 돌아갈 수 없네.245)

半年塵土負靑山,	蕭寺倫乘一日閑.
始見黃花知令節,	更驚紅葉炤衰顏.
天圍大野滄茫外,	舟在淸江寂寞間.
賴有上房沽酒引,	淡烟斜日未能還.

라고 했다.

그가 읊은 시와 화답시(和答詩), 그리고 남에게 준 증여시(贈與詩)를 모으면 무릇 수십 권이나 되겠지만 모두 흩어져 없어지고 지금은 겨우 이십여 수만 남아 있으나 그것조차도 거의 모두가 장편시(長篇詩)다. 다만, 그 가운데서 절구시(絶句詩)와 사운시(四韻詩) 각 두 수씩만을 뽑아서 여기에 실었다. 공은 단순히 장구(章句)를 꾸미는 데 매이지 않았으니 그의 화답시에 나타나고 있는 것처럼 경솔하게 말을 내어 사람들을 놀라게 하려고는 하지 않았다. 그는 더욱 문사(辭文)에 능해서 풍부하고 화려한 문체를 구사하면서도 맑고 머뭇거리지 않는 청사(淸駛)의 풍골(風骨)246)이 있었다.

공은 승진을 거듭하여 국자좨주(國子祭酒)247)와 한림학사가 되고 보문

---

245) 이 시는 『동문선』 권14 칠언율시에 실려 있는데, 시제는 「정지사(停止寺)」, 작자는 무명씨(無名氏)로 되어 있음.

246) 청사(淸駛)의 풍골(風骨)[淸駛之骨] : '청사'는 물이 맑고 흐름이 빠른 것을 뜻하는 말로, '청사지골'은 시문이 호방하고 맑으며 매인 곳 없이 시원스레 이루어진 풍골(風骨)을 이름.

247) 국자좨주(國子祭酒) : 고려 국자감에 소속되었던 종3품의 벼슬로 고려시대 인재를 양성하던 최고 국립교육기관인 국자감의 실질적인 책임자로 곧, 국자감(국학, 성균관의 전신)의 교장(校長). 좨주란 옛날에 사람들과 회동하여 향연을 베풀 때 제일 손위의 존장(尊長)이 먼저 술을 땅에 따라 신(神)에게 제사 지낸 데서 나온 말로,

각학사(寶文閣學士)248)와 지제고(知制誥)249)를 겸하였다. 남성(南省)250)에서 과시(科試)를 관장했을 때는 훌륭한 인재들을 얻었다. 그의 문하로 뛰어난 선비인 임종비(林宗庇)251)가 지은 시의 인(引)252)에 이르기를,

배를 타고 중국에 갔을 때는 북방의 학자들이 그에 앞서지 못하였고
고국에 금의환향(錦衣還鄕)하니 우리 임금님이 탄복하여 마지않았네.

라고 했고, 시에서 이르기를,

우리나라에서 쌍학사 나기는 드문 일이더니,
중국에서 홀로 갑과에 이름 떨쳤네.

東國罕聞雙學士,   西朝獨步甲科名.

라고 했다.

공이 그 글을 보고는 인(引)의 아름다움을 말하기를,

장관(長官)과 병칭(竝稱)되는 말임.

248) 보문각학사(寶文閣學士) : 고려 때 보문각에 속했던 종4품의 관직.
249) 지제고(知制誥) : 고려 때의 관직으로 조서(詔書)나 교서(敎書) 등의 글을 지어서 왕에게 바치던 일을 맡아보았음. 한림원(翰林院)·보문각(寶文閣) 소속의 관원 이름 이 겸직할 경우에는 내지제고(內知制誥)이고, 다른 관청의 직원이 겸직할 경우에는 외지제고라고 했음.
250) 남성(南省) : 상서성(尙書省)의 이칭. 중국 당나라 때 중서(中書)·문하(門下)·상서 (尙書)의 세 성이 대궐 남쪽에 있었는데, 그 중에 상서성이 더 남쪽에 있었기 때문에 붙여진 별명임. 남성에서 보는 시험을 국자시(國子試), 성균시(成均試)라고 하여 여 기에 합격하면 국자감에 들어가 공부할 수 있고, 하급관리에도 임명될 수 있었음.
251) 임종비(林宗庇) : 고려 전기의 문신. 임춘(林椿)의 백부(伯父).
252) 인(引) : 중국 문체(文體)의 하나인 악부(樂府)의 일종.「문체명변」(文體明辯)에, '述 事本末, 先後有序, 以抽臆曰引.'라고 하였으니, 어떤 일에 대하여 그 본말을 순서에 맞게 자신의 견해를 나타내는 문체임.

　　옛말을 들어 오늘의 일을 나타낸 것은 아주 적실(的實)한 표현이며, 대구(對句)도 훌륭하다. 다만 송나라 서쪽인데도 북쪽이라 한 것은 문장에 구애받아서 진실을 잃었다고 할 수 있으니 흰 옥에 한 점의 티라고 하겠다.

라고 했다.

상-21　　鄭舍人知常, 以詩鳴於仁廟時. 嘗與郭先生, 屢從宿長源亭有作云, 玉漏丁東月掛空, 一春天與牧丹風. 小堂卷箔烟波綠, 人在蓬萊縹緲中. 詠竹云, 脩竹小軒東, 蕭然數十叢. 碧根龍走地, 寒葉玉鳴風. 秀色高群卉, 清陰拂半空. 幽奇不可狀, 霜夜月明中. 留題團月驛云, 飮闌欹枕畫屛低, 夢覺前村第一鷄. 却憶夜深雲雨散, 碧空孤月小樓西. 長源亭有作云, 岧嶢雙闕枕江濱, 清夜都無一點塵. 風送客帆雲片片, 露凝宮瓦玉鱗鱗. 綠楊閉戶八九屋, 明月卷簾三四人. 縹緲蓬萊在何許, 夢闌黃鳥報靑春. 月詠臺云, 碧波浩渺石崔嵬, 中有蓬萊學士臺. 松老壇邊蒼蘇合, 雲低天末片帆來. 百年風雅新詩句, 萬里江山一酒杯. 回首鷄林人不見, 月華空炤海門回. 題邊山蘇來寺云, 古徑寂寞縈松根, 天近斗牛聊可捫. 浮雲流水客到寺, 紅葉蒼苔僧閉門. 秋風微凉吹落日, 山月漸白啼淸猿. 奇哉厖眉一衲老, 長年不夢人間喧. 西都云, 南陌風微細雨過, 輕塵不動柳陰斜. 綠窓朱戶笙歌咽, 摠是梨園弟子家. 語韻淸華, 句格豪逸, 讀之使煩襟昏眼. 酒然醒悟 但雄深巨作, 乏耳.

　　사인(舍人)[253] 정지상(鄭知常)[254]은 인종의 치세기간에 시로써 이름을

---

253) 사인(舍人) : 고려 때 중서문하성에 속했던 관직으로 종5품의 벼슬. 성종 때는 내사

울렸다. 일찍이 공이 곽선생(郭先生)[255]과 함께 임금을 모시고 호가(扈
駕)하여 따라가 장원정(長源亭)[256]에서 숙박하여 지은 시에 이르기를,

옥루 뚝뚝 떨어지고 달은 하늘에 걸렸는데,

봄 하늘은 모란 바람 보내 주네.

소당의 발 걷으니 밤안개 푸르러,

사람은 아득히 저 봉래산 속에 있네.[257]

玉漏正東月掛空,　　　一春天與牧丹風.

小堂卷箔烟波綠,　　　人在蓬萊縹緲中.

라고 했다. 대나무를 두고 읊은 시에 이르기를,

소헌(小軒) 동켠의 저 밋밋한 대나무,

쓸쓸히 수십 떨기 무리 지어 있네.

사인(內史舍人)으로 문종 때는 중서사인(中書舍人)으로 바뀌었음.

254) 정지상(鄭知常, ?~1135) : 고려 전기의 문신이자 고려를 대표하는 시인. 초명은 지
원(之元), 호는 남호(南湖). 관직은 좌정언(左正言), 기거랑(起居郞) 등을 지냈음.
서경 출신의 진보적 성향을 지녔던 인물로 피폐해진 시대를 개혁하기 위하여 묘청
(妙淸)·백수한(白壽翰) 등과 함께 서경천도(西京遷都), 칭제건원(稱帝建元)을 주장
하였으나 김부식 등의 유교적 정치이념을 지닌 보수 세력에 의해 좌절당했음. 시작
(詩作)에 일가를 이루어 그의 「송인(送人)」이라는 시는 널리 애송되었고, 시집으로
『정사간집(鄭司諫集)』을 남겼다고 하나 지금은 전하지 않음.

255) 곽선생(郭先生) : 고려 전기의 문신인 곽여(郭璵, 1058~1130)를 이름. 문과에 급제,
내시(內侍)에 소속되었다가 예부외랑(禮部外郞)으로 사직하여 금주(金州)에서 은거
하였음. 도교·불교·의약·음양의 설까지 두루 섭렵하였으며, 한 번 보면 곧 외어
잊지 않았다고 함. 시호는 진정(眞靜). 정지상이 예종의 명을 받아 곽여를 위해 「산
재기(山齋記)」를 지어주기도 했음.

256) 장원정(長源亭) : 경기도 개풍군(開豊郡) 광덕면(光德面) 유정리(柳井里)에 있던
정자로 문종 10년(1056)에 도참설(圖讖說)에 근거하여 설립되었음.

257) 시제는 「장원정(長源亭)」(『동문선』 권19).

푸른 뿌리는 꿈틀대듯 땅 위에 뻗어 있고,

찬 잎새는 옥구슬 구르는 듯한 소리 내네.

빼어난 빛깔은 뭇 풀에 뛰어나고,

시원한 그늘로 반공을 가리웠네.

그윽하고 기이한 모습 형용할 수 없는데,

서리 내리는 밤에 달빛 더욱 휘황하네.

修竹小軒東,　　蕭然數十叢.

碧根龍走地,　　寒葉玉鳴風.

秀色高群卉,　　淸陰拂半空.

幽奇不可狀,　　霜夜明月中.

라고 했다.

유제시(留題詩)[258]로 단월역(團月驛)[259]을 읊은 시에 이르기를,

취하여 베개에 기대니 그림 병풍 나직한데,

꿈 깨자 앞마을에 첫닭 우는 소리.

생각나는 것은 밤 깊어 구름비 흩어지자,

벽공의 외로운 달 누각 서쪽에 걸렸었지.

飮闌欹枕畵屛低,　　夢覺前村第一鷄.

却憶夜深雲雨散,　　碧空孤月小樓西.

라고 했다. 장원정(長源亭)에서 지은 시에 이르기를,

---

258) 유제시(留題詩) : 어떤 장소에 머무르면서 그곳에서 느낀 감회나 풍물을 보고 읊어
　　남겨 둔 시를 이름.

259) 단월역(團月驛) : 충북 충주에 있던 옛 역명(驛名). 단월역(丹月驛)이라고도 했음.

우뚝 솟은 쌍궐 강가에 벌려 서있는데,

맑은 밤하늘에 티끌 한 점 일지 않네.

바람에 풍긴 돛배 위로 조각구름 밀려가고,

이슬 엉긴 기왓장은 옥 비늘인가 의심하겠네.

푸른 버들 숲 속에 문 닫은 팔구(八九) 집,

밝은 달, 걷어 올린 발아래 한가로운 서너 사람.

아득한 봉래산은 어디쯤 있는지,

꿈 깨자 꾀꼬리는 봄소식 알리네.

岧嶢雙闕枕江濱,　　　清夜都無一點塵.

風送容帆雲片片,　　　露凝宮瓦玉鱗鱗.

綠楊閉戶八九屋,　　　明月卷簾三四人.

縹緲蓬萊在何許,　　　夢闌黃鳥報青春.

라고 했다. 월영대(月詠臺)[260]를 두고 읊은 시에 이르기를,

푸른 물결 넓고 아득한 곳에 바위 우뚝 솟아,

그 속에 봉래산의 학사대[261] 완연하네.

송로단 가에는 푸른 이끼 무성하고,

구름 낮은 하늘 한 끝에 조각배 떠오네.

백년의 풍아(風雅)는 새로운 시구이고,

만리강산은 한 잔의 술이네.

돌아보니 계림엔 사람 보이지 않는데,

달빛은 속절없이 해문을 비추며 돌아드네.

---

260) 월영대(月詠臺) : 경남 마산(馬山)에 있던 대 이름으로 월영대(月影臺)를 말함. 여
　　기에서 신라 최치원(崔致遠)이 놀았다고 함.

261) 학사대(學士臺) : 경남 마산 두척산(斗尺山)에 있던 대 이름으로 학사 고운 최치원
　　이 놀던 대라고 하여 고운대(孤雲臺)라고 했음.

碧波浩渺石崔嵬,　　　中有蓬萊學士臺.

松老壇邊蒼蘚合,　　　雲低天末片帆來.

百年風雅新詩句,　　　萬里江山一酒杯.

回首鷄林人不見,　　　月華空炤海門回.

라고 했다. 변산(邊山) 소래사(蘇來寺)[262]를 읊은 시에 이르기를,

호젓한 옛길에 솔뿌리 어지럽고,

하늘 가까워 두우성 어루만질 듯하네.

뜬구름, 흐르는 물같이 절간을 찾아드니,

붉은 잎, 푸른 이끼 속에 스님은 문을 닫았네.

가을바람 살랑대며 지는 해에 불어오고,

산달이 밝아오니 잔나비 울음소리 더욱 맑네.

기이하다 눈썹 휘날리는 저 노승은,

길이 시끄러운 인간세상 꿈꾸지 않네.

古徑寂寞縈松根,　　　天近斗牛聊可捫.

浮雲流水客到寺,　　　紅葉蒼苔僧閉門.

秋風微凉吹落日,　　　山月漸白啼淸猿.

奇哉厖眉一衲老,　　　長年不夢人間喧.

라고 했다. 서도(西都)를 읊은 시에 이르기를,

남쪽 언덕에 바람 살랑대며 가랑비 지나가더니,

가벼운 먼지 일지 않고 버들 그림자 비켜 있네.

푸른 창 붉은 문에 생황의 소리[263] 흐느끼니,

---

262) 소래사(蘇來寺) : 전북 부안군(扶安郡) 변산에 있던 절로 633년에 백제의 혜구두타 (惠丘頭陀)가 창건하였음. 처음에는 소래사(蘇來寺)라고 불렀으나 지금에는 내소사 (來蘇寺)로 개칭됐음.

모든 집이 이원제자[264]의 집인가 하네.

南陌風微細雨過,　　　輕塵不動柳陰斜.
綠窓朱戶笙歌咽,　　　摠是梨園弟子家.

라고 했다.

이 시편들은 모두 어운(語韻)이 청화(淸華)하고 시구의 풍격(風格)이 호일(豪逸)하여 읽는 사람의 번거로운 마음을 맑게 하고 어두운 눈을 활짝 뜨게 한다. 다만 그의 문학에 있어서의 문제는 웅장하고 의미심장한 작품이 부족하다는 것이다.

상-22　高學士唐愈微時云, 安得凌河漢, 高遊上界仙. 直將千斛水, 擧手洗雲天. 書雲巖云, 風入湖山萬籟呼, 宿雲歸盡塞天高. 蒼鷹直上百天尺, 那箇纖塵點羽毛. 觀其詩辭意豪壯, 果以志節爲名宰相, 歷仕三朝.

학사 고당유(高唐愈)[265]가 아직 벼슬에 오르지 않았을 때 지은 시에 이르기를,

---

263) 생황(笙簧)의 소리[생가(笙歌)] : 생황은 17개의 가느다란 대나무 관대가 통에 둥글게 박혀 있고, 통 가운데 입김을 불어 놓는 부리 모양의 취구가 달려있는 관현악기로 국악기 중에서 유일한 화음악기임. 『고려사』에 의하면 고려 예종 9년(114)과 예종 11년(1116)에 북송으로부터 연향악에 쓸 생과 제례악에 쓸 소생(巢笙), 화생(和笙), 우생(竽笙)이 들어왔다고 함.

264) 이원제자(梨園弟子) : 광대나 배우를 이르는 말임. 당나라 현종이 법곡(法曲)을 좋아하여 어린 소녀 삼백 명을 뽑아 이원에서 가무를 가르친 데서 유래한 말임.(『당서』「예악지(禮樂志)」 참조)

265) 고당유(高唐愈, ?~1157) : 고려 전기의 문신인 고조기(高兆基)를 이름. 당유는 그의 초명, 호는 계림(鷄林). 직언을 서슴지 않은 것으로 유명하며, 벼슬은 좌복야(左僕射)에 오름.

어찌 은하수를 업신여길 수 있으랴,

높이 노니는 상계(上界)의 신선이네.

바로 천곡(千斛)[266]의 물을 길어다가,

손을 들어 구름 낀 하늘 씻을 것이네.

安得凌河漢,　　　高遊上界仙.

直將千斛水,　　　擧手洗雲天.

라고 했다. 시를 지어 운암(雲巖)에 써서 이르기를,

호수와 산에 바람 깃들어 일만 구멍이 부르짖어,

머물던 구름 다 돌아가니 싸늘한 하늘 드높아라.

푸른 매 치솟아 백천 척 높이 날아오르니,

저 가는 먼지가 깃털에 묻어나네.

風入湖山萬竅呼,　　　宿雲歸盡寒天高.

蒼鷹直上百千尺,　　　那個纖塵點羽毛.

라고 했다.

그의 시를 보면 말뜻이 호방하고 장엄하여 과연 그가 이름난 재상으로 지절(志節)을 갖추어 세 임금을 섬길 수 있었다고 하겠다.

상-23　睿王乾統七年丁亥, 欲伐東藩, 制尹瓘爲上元帥, 吳延寵爲副, 駕幸西都, 御龍堰關, 授鉞遣之. 師行入大戌關, 屠部落八十餘, 築英吉等四城, 詔拜尹侍中吳參政皆爲功臣. 又築咸州崇寧鎭等城. 明年虜圍新城, 吳率衆往救, 酋長實現等, 獻黃金良馬詣闕陳款. 於是曾群

---

266) 천곡(千斛) : 곡은 열 말(斗)들이의 양으로 천곡은 많은 양을 가리키는 말로 쓰임.

臣廷議, 諫議大夫金綠奏曰, 人主之愛土地, 將以養民, 豈宜爭地, 使
赤子肝腦塗地. 願陛下許其地, 以禽獸畜之, 服則撫否則舍, 吾民可得
休息矣. 上心然之. 六月實現等, 伏宣政殿門外叩頭曰, 夷狄亦人耳,
今蕩覆我巢穴, 我安所依. 願還我疆土, 令復地着, 則誓不擾邊境, 上
笑許之. 七月罷吉英州戌兵, 有司劾兩元帥, 罷封傳私騎還, 諫官又奏,
尹吳及林彦等, 誘古羅等殲之, 失義於夷狄, 師多喪亡. 竭民力耗國用,
築九城, 勢殆而卒棄之, 罪無赦, 上不得已許, 皆罷職. 踰年臺省上疏,
極論尹吳林等罪, 竟不納, 臺閣諸郎皆去職, 不視事. 時因接宋朝使,
詔令就職. 獨金諫議綠便不出, 特制爲借樞密院副使, 趣就參議, 後除
禮賓卿, 詔復兩元帥及林彦等官, 時學士李和金富佾詩曰, 臨軒授鉞命
東征, 一擧腥膻盡掃清. 漢塞已空無古月, 秦人何苦築新城. 滿庭諫切
眞長策, 拓地功高是大名. 從諫擧功誰最急, 吾皇聖制兩平明.

　예종 건통(乾統)[267] 7년인 정해 년에 동번(東蕃)[268]을 치기 위하여 윤
관(尹瓘)[269]을 상원수(上元帥)로, 오연총(吳延寵)[270]을 부원수(副元帥)로

---

267) 건통(乾統): 중국 요(遼)나라 천조제(天祚帝)의 연호(1101~1110). 그 7년은 1107년
　　(예종 2)에 해당됨.
268) 동번(東蕃): 중국 동쪽 변방의 오랑캐로 여기서는 여진(女眞)을 이름. 이들을 동진
　　국(東眞國) 또는 동진이라고도 불렀음. 예종 2년(1107)에 윤관 등이 이들의 침입을
　　막기 위해 17만의 군사로 동북계(東北界)에 출전했음.
269) 윤관(尹瓘, ?~1111): 고려 전기의 문신이자 명장으로 자는 동현(同玄). 관직은 문
　　하시중에 올랐음. 1107년 여진 정벌군의 원수(元帥)가 되어 동북면으로 출정하여 함
　　주(咸州), 영주(英州) 등에 구성(九城)을 쌓아 여진을 평정하고 문하시중의 자리에
　　올랐음. 그 후로 여진이 쳐들어와 다시 출전했다가 패하였고, 여진이 9성을 돌려달
　　라고 하자 조정에서 9성을 돌려주고 강화를 하는 과정에서 무고를 입어 삭탈관직을
　　당하였다가 다시 복직이 되었으나 우울한 날을 보내다가 세상을 떠났음. 예종의 묘
　　정(廟庭)에 배향되었고, 시호는 문숙(文肅).
270) 오연총(吳延寵, 1055~1116): 고려 문신. 벼슬은 수태위(守太尉)에 오름. 윤관과 함
　　께 여진 정벌에 공을 남겼음. 시호는 문양(文襄).

삼았다. 임금이 직접 서도(西都)에 나아가 용언궐(龍堰闕)271)에서 부월(斧鉞)을 내리고는 전쟁터로 보냈다. 군사들이 대술관(大戍關)에 들어가 팔십여 부락을 평정하고, 영주성(英州城) 길주성(吉州城) 등 네 성272)을 쌓았다. 임금이 조칙을 내리어 윤관에게는 시중(侍中)의 벼슬을 내리고 오연총에게도 참정(參政) 벼슬에 배수하고는 이들을 모두 공신(功臣)으로 삼았다. 또 함주(咸州), 숭령진(崇寧鎭) 등의 성을 쌓았다. 다음 해에 오랑캐가 새로 쌓은 성을 포위하자 오연총이 많은 군사를 거느리고 가서 구해냈다. 추장(酋長)인 실현(實現) 등이 황금과 양마(良馬)를 바치며 대궐에 나아가 간곡하게 아뢰니, 이에 군신(群臣)들을 모아 조정회의(朝廷會議)를 하는데, 간의대부(諫議大夫) 김련(金緣)273)이 임금에게 아뢰어 말하기를,

임금께서 땅을 아끼는 것은 앞으로 백성을 잘 보살피기 위한 것이온데, 어찌 땅을 다투는 일로 인하여 백성들로 하여금 무참한 죽임을 당하게 할 수 있겠사옵니까. 폐하께서는 그 땅을 그들에게 허락하여 금수(禽獸)로써 그들을 기르시고, 그들이 복종하여 따르면 어루만져 주시고, 따르지 않더라도 내버려 두시면 우리 백성들이 쉴 수 있게 될 것이옵니다.

라고 하니, 임금이 마음속으로 옳다고 여겼다.

유월에는 실현 등이 선정전(宣政殿) 문 밖에 엎드려 머리를 조아리며

---

271) 용언궐(龍堰闕) : 평양 북쪽에 있던 이궁(離宮)으로 예종이 도참설에 의하여 세웠다고 함.

272) 네 성 : 관북(關北) 지방의 영주성, 길주성, 웅주성(雄州城), 복주성(福州城) 등을 이름.

273) 김련(金緣, ?~1127) : 고려 전기의 문신인 인존(仁存)을 이름. 련은 초명. 자는 처후(處厚). 관직은 문하시중에 올랐음. 학문과 문장에 뛰어나 당대의 석학으로 이름을 날렸음. 『시정책요(時政策要)』, 『정관정요주(貞觀政要註)』를 찬술했고, 시호는 문성(文成).

말하기를,

　　오랑캐도 또한 사람일 따름이옵니다. 그런데 근래에 우리의 정든 소굴
을 마구 짓밟으시오니 저희들은 어디에 몸을 부지하겠사옵니까. 원하옵
기는 저희들의 땅을 돌려주시어 그곳에 정착하게 하시면 다시는 변경에
서 소란을 끼치지 않을 것을 맹세하옵니다.

라고 하니, 임금이 웃으며 허락했다.

　칠월에 길주(吉州)와 영주(英州)의 수자리 지키는 일을 파(罷) 하였으
며, 유사(有司)가 두 원수를 탄핵하여 봉고파직(封庫罷職)하고 역마(驛
馬) 사용권을 빼앗으니, 개인 사유(私有)의 말을 타고 돌아왔다.

　간관(諫官)이 또 임금에게 이르기를,

　　윤관, 오연총 그리고 임언(林彦)[274] 등이 고라(古羅)[275]의 무리를 유
인하여 섬멸했으니 이는 오랑캐들에게 신의를 잃은 것이 되며 이 일로
인하여 우리의 많은 군사들이 죽었사옵니다. 백성의 힘과 국력을 소모하
여 아홉 성[九城][276]을 쌓았으나 형세가 위태롭게 되자 갑자기 버린 죄

---

274) 임언(林彦) : 고려 전기의 문신. 1107년(예종 2)에 윤관(尹瓘)이 여진정벌을 단행하
　　자 도지병마영할사(都知兵馬鈴轄使)가 되어 출동하여 승리를 거두고 그 곳에 9성을
　　설치하였으며, 그 기쁨을 담은 「벌여진취기지 축설성지 실입정호흘 헌공표(伐女眞
　　就其地築設城池實入丁戶訖獻功表)」라는 글을 지었음. 지금 그 글이 『동문선』에 전
　　하고 있음. 관직은 우간의대부(右諫議大夫)에 올랐음.
275) 고라(古羅) : 여진족의 한 추장(酋長)의 이름으로 『고려사』 권96 「윤관전(尹瓘傳)」
　　에 보면, '給謂女眞酋長日, 國家將放還許貞羅·弗等, 可來聽命, 設伏以待. 酋長信
　　之, 古羅等四百餘人至. 飮以酒醉, 伏發殲之.'라고 하여 거짓으로 고라의 무리를 유
　　인하여 죽인 일이 있다고 했음.
276) 아홉 성[九城] : 1107년(예종 2) 윤관(尹瓘)이 별무반(別武班)을 편성해 고려 동북
　　쪽의 새외지역(塞外地域)에 흩어져 살고 있던 여진족들을 축출하고, 그 지역에 쌓은
　　함주, 복주, 영주, 길주, 웅주(雄州), 통태진(通泰鎭), 진양진(眞陽鎭), 숭령진(崇寧
　　鎭), 공험진(公嶮鎭) 등 9개의 성을 말함.

는 용서할 수 없사옵니다.

라고 하니 임금도 어쩔 수 없어 그들을 모두 파직하는 것을 허락했다.

그 해를 지나 대성(臺省)[277]에서 임금에게 올린 소(疏)에 윤관, 오연총, 임언 등의 죄를 극론(極論)했으나 끝내 받아들여지지 않자 대각(臺閣)[278]의 모든 선비들이 직무를 멀리 하여 일을 돌보지 않았다. 그때 송나라 사신을 맞이하기 위하여 임금이 조칙을 내려 직무에 나아가게 하였으나, 홀로 간의(諫議) 김련만이 바로 나오지 않았다. 특별히 임시로 그를 추밀원부사(樞密院副使)로 삼았다가 참의(參議)에 옮기고 뒤에 예빈경(禮賓卿)[279]에 제수했다. 조칙을 내려 탄핵을 받았던 두 원수와 임언 등의 벼슬을 다시 회복시켰다.

그때 학사 이오(李頫)[280]가 김부일(金富佾)[281]에게 창화(唱和)한 시에 이르기를,

동쪽 오랑캐 정벌하라고 부월 내렸더니,
단번에 되놈의 비린내와 누린내 말끔히 씻었네.

---

277) 대성(臺省) : 상서성(尙書省)의 이칭. 도당(都堂), 도성(都省)이라고도 했음.

278) 대각(臺閣) : 상서성의 이칭.

279) 예빈경(禮賓卿) : 고려 때 대궐 내에서의 빈객(賓客)·연향(宴享)을 관장하던 예빈시(禮賓侍)의 종3품직임.

280) 이오(李頫, 1042~1110) : 고려 전기의 문신. 벼슬은 문하평장사에 오름. 학문과 예학에 밝았으며, 『금강경(金剛經)』을 좋아하여 스스로 금강거사라는 호를 지어 불렀으며, 시호는 문량(文良).

281) 김부일(金富佾, 1071~1132) : 고려 전기의 문신. 자는 천여(天與). 아버지는 국자좨주 좌간의대부(國子祭酒左諫議大夫)를 지낸 근(覲)이며, 형은 부필(富弼), 동생으로는 부식(富軾)과 부의(富儀)가 있음. 관직은 중서시랑에 올랐음. 인품이 관후하고 문장에 능해, 왕이 내리는 모든 사명(辭命)을 맡아 윤색했고, 언젠가 팔관회의 송사(頌詞)와 구호(口號)를 지었는데 예종은 물론 송나라의 왕도 칭찬하였다고 함. 시호는 문간(文簡).

한나라의 변방은 이미 비어 오랑캐[古月]282) 사라졌는데,

진나라 사람들은 왜 괴로이 새로운 성을 쌓았던가.

조정에 가득한 간언 절실하니 이는 참으로 좋은 책략이고,

땅을 개척한 공이 높으니 이 또한 큰 명예일세.

간언을 따르고 공로를 치하함은 어느 쪽이 더 급한 일인지,

성스러운 우리 임금 양쪽을 다 밝히셨네.283)

臨軒授鉞命東征,　　　一舉腥膻盡掃淸.

漢塞已空無古月,　　　秦人何苦築新城.

滿廷諫功眞章策,　　　拓地功高是大名.

從諫擧功誰最急,　　　吾皇聖制兩平明.

라고 했다.

상-24　　天慶元年, 謝恩使金緣林有文等入宋, 皇帝接遇加等. 金林等還, 上問皇帝起居, 金曰, 帝厚我國享禮異常. 然凡事皆極侈異, 可爲寒心. 後三年癸巳, 使李資諒李永等往朝, 帝御睿謀殿賜宴, 製詩示之, 仍命和進, 資諒賡韻曰, 鹿鳴嘉宴會賢良, 仙樂洋洋出洞房. 天上賜花頭上艶, 盤中宣橘袖中香. 黃河再報千年瑞, 綠醑輕浮萬壽觴. 今日陪臣叅盛際, 願歌天保永無忘. 此詩語涉淺易, 而帝大加稱賞, 以其卽事詳當也. 明日流傳諸舖店, 書之爲簇掛諸壁. 及資諒等辭, 帝密諭曰, 似聞女眞比壞, 後日來朝, 宜招引數人與偕. 資諒曰, 夷狄貪婪, 不可通上國. 宋之廷臣曰, 女眞珍奇雜出, 高麗常貿易, 資諒恐分利他國, 故沮之, 陛不於高麗愛如赤子, 今資諒負德陽好言而實詐. 女眞不必藉

---

282) 오랑캐[고월(古月)] : 오랑캐 호(胡)의 파자(破字).

283) 시제는 「하 원수 윤시중(賀元首尹侍中)」(『동문선』 권12)

高麗, 可遣一介招致. 後果與交通, 率爲女眞移神器. 宋朝群臣不及一
資諒之智, 反以忠言爲詐, 惜也.

천경(天慶)284) 원년(元年)에 사은사(謝恩使) 김련(金緣), 임유문(林有
文)285) 등이 송나라에 들어가니 황제286)가 그들의 직급을 높여 맞이했
다. 그들이 귀국하자 임금이 황제의 안부를 물으니 김련이 대답하기를,

> 황제께서 우리나라를 중하게 여겨 저희들을 특별히 예우해 주셨사옵
> 니다. 그러나 그 나라의 모든 것이 극히 사치스럽고 괴이하여 한심스러
> 울 지경이었습니다.

라고 했다.

삼년 뒤인 계사년(癸巳年)에 이자량(李資諒),287) 이영(李永)288) 등으로
하여금 송나라에 들어가 황제에게 조례(朝禮)하게 하니 황제가 직접 예
모전(睿謀殿)에 나와 잔치를 베풀었으며, 그 자리에서 시를 지어 보이
고는 바로 화운시(和韻詩)를 지어 올리도록 했다. 이에 자량이 갱운(賡
韻)289)하여 이르기를,

---

284) 천경(天慶) : 중국 요나라의 천조제(天祚帝)의 연호(1111~1120)로, 천경 원년은 고려
    예종 6년에 해당됨.
285) 임유문(林有文, 1056~1125) : 고려 전기의 문신. 벼슬은 문하시랑평장사에 오름.
286) 황제 : 송나라 8대 황제인 휘종(徽宗, 재위기간 1100~1125)을 가리킴.
287) 이자량(李資諒, ?~1123) : 고려 전기의 문신. 초명은 자훈(資訓), 자겸(資謙)의 아
    우임. 1116년 송나라 황제가 대성악(大晟樂)을 보내 준 데 대하여 사례하기 위해 파
    견되었는데, 그가 휘종(徽宗)의 시에 화답하자 휘종이 시를 보고 크게 칭찬하며 상
    을 내렸다고 함. 그는 글 읽기를 무척 좋아하였으며, 특히 손무(孫武)와 오기(吳起)
    의 병법을 연구하며 즐거워하였다고 함. 관직은 중서시랑평장사에 올랐음.
288) 이영(李永) : 고려 전기의 문신. 자는 대년(大年), 이자겸에 의해서 진도(珍島)에 유
    배되어 그곳에서 분사(憤死)했음. 관직은 보문각학사(寶文閣學士)에 올랐음.
289) 갱운(賡韻) : 상대방 시의 운(韻)자에 이어서 화답하는 것을 이름, 여기에는 의운

천자(天子)의 잔치[鹿鳴]290)에 어진 선비들 모였는데,

아름다운 음악 끊임없이 트인 방에서 흘러나오네.

천상에서 꽃을 내리니 머리엔 아름다움 무르녹고,

쟁반 위에 귤이 널려 있으니291) 소매 속이 향기롭네.

황하는 다시 천년의 서기(瑞氣)를 알리고,

만수를 비는 잔에 푸른 술[綠醅]292) 가벼이 떠 있네.

오늘 이 몸이 성대한 잔치에 은혜 입었으니,

영원히 번성하시길 원하며 노래하도다.

鹿鳴嘉宴會賢良,　　　仙藥洋洋出洞房.

天上賜花頭上艶,　　　盤中宣橘袖中香.

黃河再報天年瑞,　　　綠醅輕浮萬壽觴.

今日陪臣參盛祭,　　　願歌天保永無忘.

라고 했다.

(依韻)과 차운(次韻)과 용운(用韻) 등 세 가지 방법이 있음.

290) 천자(天子)의 잔치[鹿鳴] :『시경(詩經)』 소아(小雅)의 한 편명인「녹명지십(鹿鳴之
　　什)」에서 나온 말. 원래 녹명(鹿鳴)은 임금이 여러 신하와 귀한 손님에게 잔치를 베
　　풀거나 사신(使臣)을 맞이하고 보낼 때에 사용된 노래였는데, 그 후에 연례(燕禮)와
　　향음주례(鄕飮酒禮)에서 연주되었음. 내용은 우는 사슴에게 먹이를 주는 것으로, 임
　　금이 신하를 불러 향응(饗應)함에 비유한 것임.

291) 쟁반 …… 있으니 : 중국 삼국시대 사람인 육적(陸績)의 고사에서 나온 말임. 육적이
　　6세 때 원술이 불러서 갔는데, 그 자리에 나온 감귤 3개를 가슴에 숨겨 나오다가
　　떨어뜨렸음. 이를 본 원술이 왜 감귤을 숨기느냐고 묻자 육적은 어머니께 드리려고
　　그랬다고 대답하여 회귤고사(懷橘故事), 육적회귤(陸積懷橘)이라는 말이 생겼음. 육
　　적은 중국 역사에서도 손꼽히는 효자로 학문을 좋아해서 많은 독서를 하였고 곧은
　　성격으로 자기주장이 강했으므로 손권의 휘하에서 벼슬을 하였으나 중앙에서 멀리
　　떨어진 울림태수(鬱林太首)로 좌천되었다가 거기에서 병을 얻어 32세로 죽었음. (『삼
　　국지』「오지(吳志)·육적전(陸績傳)」을 참조)

292) 푸른 술[綠醅] : 푸른 색깔을 띤 양질의 술. 백거이(白居易)의 「희 초제객(戲招諸
　　客)」이라는 시에. '黃醅綠醅迎冬熟, 絳帳紅爐逐夜開. 誰道洛中多逸客, 不將書喚不
　　曾來.'에 '綠醅'라는 말이 나옴.

이 시의 말이 천근(淺近)하고 평이(平易)한데도 황제가 크게 칭찬한
것은 그가 당면한 상황을 즉석에서 상세하면서도 온당하게 표현하였기
때문이다. 다음 날 이 시가 널리 전해져서 모든 점포마다 이 시를 족자
(簇子)로 만들어서는 벽에다 걸어두었다. 자량 등이 작별을 아뢰자 황
제가 은밀히 유시(諭示)하여 이르기를,

 듣기로는 그대의 나라가 여진(女眞)과 땅을 나란히 한다고 하니, 뒷날
 에 내조(來朝)할 때는 여진 사람 몇 명을 불러서 함께 오도록 하시오.

라고 하니, 자량이 대답하여 말하기를,

 오랑캐들은 욕심이 많고 야만스러워 상국(上國)과 통래(通來)할 수 없
 사옵니다.

라고 하자, 송나라 정신(廷臣)이 말하기를,

 여진에는 진기(珍奇)한 물건이 더러 나와 고려와는 늘 무역거래를 하
 는데도 자량은 다른 나라에 이익을 빼앗길까 두려워 폐하의 청을 마다하
 는 것이옵니다. 폐하께서 고려를 사랑하심이 우리 백성을 사랑하심과 같
 사온데 지금 자량이 그 같은 은덕을 저버리고 짐짓 좋은 말을 하는 체하
 지만 실은 폐하를 속이고 있사옵니다. 여진은 반드시 고려의 세력에 의
 지할 종족이 아니오니, 한 사람을 보내어 불러오도록 하는 것이 좋을 듯
 합니다.

라고 했다. 뒤에 과연 여진과 사귀어 오더니 마침내 여진에게 국통(國統)
을 넘겨주었다.[293] 송나라 조정의 여러 신하들이 자량 한 사람의 지혜에

---

293) 여진에게 국통(國統)을 넘겨주었다 : 이는 여진족이 세운 금(金)나라가 1127년 북송
 의 황제인 휘종과 흠종 부자를 사로잡고 수도인 개봉(開封)을 함락시킴으로써 북송

도 미치지 못하여 충성어린 말을 도리어 거짓이라고 한 것이 애석하다.

상-25 每歲二月望爲燈夕, 前一日駕幸奉恩寺, 禮祖聖眞, 號爲奉恩行香. 在舊都九街廣坦, 白沙平鋪, 大川溶溶, 流出兩廊間. 至此夕百寮, 隨大小各結綵山, 諸軍府亦以繪綵結絡, 聯亘街陌. 以畫幛書屛張左右, 競作伎樂, 萬枝燈火連天如白晝. 上行幸還, 兩部伎女, 着霓裳戴花冠, 執樂迎躍于昇平門外, 奏還宮樂. 入興禮利賓門間, 宮殿沉沉高撥星斗, 樂聲轟轟如在半天. 仁廟朝魏闕火, 興禮利賓門還宮樂廢久矣. 重營至十八年畢就, 是年燈夕復舊樂, 入此門, 上吟一絶云, 此地君臣樂, 虛輕十八年. 幸因匡弼力, 旣醉復如前. 載此御製者因紀事, 他皆類此.

매년 2월 보름날을 등석(燈夕)[294]이라고 하여 그 하루 전에 왕이 봉은사(奉恩寺)[295]에 나아가 조성(祖聖)의 진영(眞影)에 예를 올리는데, 이것을 '봉은행향(奉恩行香)'이라고 불렀다. 구도(舊都)[296]의 넓고 평탄한 구(九)거리에는 흰 모래가 편편하게 깔려 있고, 큰 냇물이 넘치듯 힘차

이 패망했던 사실을 가리킴.

294) 등석(燈夕) : 고려 때 매년 2월에 불교행사로 행해졌던 연등회(燃燈會)를 말함. 신라 시대부터 있어왔으나 고려 시대에는 전국적으로 행해졌으며, 공민왕 이후로는 4월 초파일에 봉행됐음. 이때는 음악과 춤으로 군신(君臣)과 백성들이 함께 즐기며, 나라의 태평성세를 빌었음.

295) 봉은사(奉恩寺) : 고려 광종 5년(954)에 개성 남쪽에 세워진 절. 태조 왕건의 원당(願堂)으로 거기에 태조의 진영을 안치했는데 연등회 때 왕이 반드시 이 절에 행차했음.

296) 구도(舊都) : 옛 수도(首都). 고려 정부가 몽고의 침략을 피해 1232년 6월 서울을 개성에서 강화도로 옮겼기 때문에 여기에서 구도는 강화도 천도한 뒤의 개성을 가리킴. 강화도에서 38년간 버텨오다가 1270년 5월 다시 개성으로 환도(還都)했음.

게 두 행랑 사이를 흘러나온다. 이날 밤에는 모든 관리들이 직위의 높고 낮음에 따라 각기 비단자락을 산에 매어두고, 모든 군부(軍府)에서도 오색 비단을 줄지어 저자거리와 언덕에 걸어 놓는다. 그림이 그려져 있는 장막이나 글이 쓰여 있는 병풍을 좌우에 펼쳐놓고는 다투어 기악(伎樂)297)을 연주하고, 일만 가지의 연등을 하늘에 이을 듯 내걸어 마치 온 사방이 대낮 같이 휘황찬란하다. 임금의 행차가 돌아가면 양부(兩府)에 속한 기녀들이 아름다운 의상을 입고 머리에는 화관(花冠)을 쓰고는 승평문(昇平門)298) 밖에서 돌아오는 임금의 행차를 맞이하는데 이때 환궁악(還宮樂)299)이 연주된다. 임금이 흥례문(興禮門)300)과 이빈문(利賓門)301) 사이에 들어오면 궁전의 밤은 깊어만 가고 하늘에는 별이 떠서 총총하며 음악소리는 하늘에서 들리는 소리처럼 웅장하다. 인종 때 대궐이 불타버려서 오랫동안 흥례문과 이빈문 사이에서 연주되던 환궁악이 사라져버렸다. 대궐을 다시 짓기 시작하여 십팔 년 만에야 준공을 보게 되니, 이 해에 등석(燈夕)행사가 다시 시작되었다. 이때 환궁악을 연주하는 자들이 새로 지어진 대궐문을 들어오니 왕이 시 일

---

297) 기악(伎樂) : 무악(舞樂)의 일종. 백제의 미마지(味摩之)가 중국 오(吳)나라에서 배워온 것으로 액귀를 쫓는 벽사(辟邪)의 의미를 지닌 무용 음악이라고 할 수 있음. 미마지에 의해서 이 음악이 일본에 전해져 공연되다가 나중에 일본의 가무극(歌舞劇)인 노오[能]에 흡수되었다고 함. 이 음악은 오직 피리 하나로 신비한 곡조를 연주했다고 함.

298) 승평문(昇平門) : 고려 왕궁의 정남쪽에 있던 문. (『고려도경(高麗圖經)』 권4 참조)

299) 환궁악(還宮樂) : 향연이 끝나고 군왕이 환궁할 때 연주하던 악곡. 이 환궁악사(還宮樂詞)는 궁중의 연회절차에 사용된 것으로 「풍입송(風入松)」, 「야심사(夜深詞)」 같은 곡이 있었다고 하나 작자의 이름은 알 수 없고, 다만 『고려사』에 무명씨의 당악가사(唐樂歌詞)로 보존되고 있음.(『고려사』 권71 「악지(樂志)」 참조)

300) 흥례문(興禮門) : 고려 궁궐에 딸렸던 문으로 인종 16년에 창덕문(昌德門)을 고쳐 지은 이름임.

301) 이빈문(利賓門) : 고려 궁궐에 딸렸던 문으로 인종 16년에 회동문(會同門)을 고쳐 지은 이름임.

절을 읊어 이르기를,

이 땅은 군신의 악이 연주되던 곳이더니,
헛되이 열여덟 해 보내었네.
다행히 널리 힘을 모아 도운 까닭에,
흥에 겨워 노넒이 예전과 같네.

此地君臣樂,　　虛經十八年.
幸因匡弼力,　　旣醉復如前.

라고 했다. 여기에 실은 임금의 시는 사실에 바탕을 둔 것으로 다른 기
록들도 모두 이와 같다.

상-26　尹文康公彦頤, 晚節尤嗜禪味, 退居鈴平郡金剛齋, 自號金剛
居士, 每入郭跨黃牛, 人皆識之. 與慧炤門人貫乘禪師爲友, 相得甚懽.
時貫乘住廣明寺, 置一蒲菴, 止容一座. 約曰, 先逝者, 坐此而化. 一日
跨牛詣貫乘同飯已, 曰 吾歸期不遠, 告別來耳, 言訖徑去. 貫乘遣人隨
其後, 送蒲菴, 公見之笑曰, 師不負約, 吾行決矣. 遽取筆書偈云, 春復
秋兮, 花開葉落. 東復西兮, 善養眞君. 今日途中, 反觀此身. 長空萬
里, 一片閑雲. 書畢坐庵而逝. 當時高人勝士, 莫不咨嗟慕望. 李中丞
者號爲忠謇, 獨排之曰, 尹公身爲幸輔, 望重具瞻, 雖退老, 猶念國家
風俗, 益礪操持, 以示後人, 乃反作浮屠行, 反道敗常, 以傷聖化, 恐詭
異之風, 自此始焉.

문강공(文康公) 윤언이(尹彦頤)[302]는 만년에 선미(禪味)를 심히 좋아

---

302) 윤언이(尹彦頤, ?~1149) : 고려 전기의 문신. 호는 금강거사(金剛居士). 문하시중

해서 영평군(鈴平郡)303)에 있는 금강재(金剛齋)에 물러나 살며 호를 금
강거사(金剛居士)라 하였는데 매번 성내에 들어갈 때마다 황우(黃牛)를
타고 가니 사람들이 모두 그를 알아보았다. 그는 혜소(慧炤)304)의 문인
(門人)인 관승선사(貫乘禪師)305)와 우의를 맺어 즐거움을 서로 나누었
다. 그때 관승(貫乘)이 광명사(廣明寺)306)에 머물며 부들 풀로 이엉을
이은 한 포암(蒲庵)을 두었는데 그것은 겨우 한 사람이 들어앉을 만한
크기였다. 이에 서로 약속하며 말하기를,

> 먼저 세상을 떠난 사람이 여기에 앉아 죽기로 합시다.

라고 했다.

하루는 윤언이가 황소를 타고 관승을 찾아와 함께 식사를 마치고 말
하기를,

> 내가 돌아갈 기약이 머지않아 이별을 알리러 왔을 따름이오.

라고 하고는 말을 마치자마자 급히 떠나갔다. 관승이 사람을 보내어
그의 뒤를 따르게 하고는 포암(蒲庵)을 보내니 공이 그것을 보고 웃으

관(瓘)의 아들. 관직은 정당문학(政堂文學)에 올랐음. 1135년 묘청(妙淸)의 난 때 김
부식의 막료로 출전, 공을 세웠으나 정지상과 내통하였다는 김부식의 보고로 양주
방어사(梁州防禦使)로 좌천되기도 했음. 『주역』에 정통하고 문장이 뛰어났으며, 저
서에 『역해(易解)』가 있음. 시호는 문강(文康).

303) 영평군(鈴平郡) : 고려 때 파평현(坡平縣)을 달리 부른 것으로 지금의 파주군(坡州
郡)에 통합됐음.

304) 혜소(慧炤, 972~1054) : 고려의 고승(高僧). 속성(俗姓)은 이(李). 불명(佛名)은 정
현(鼎賢). 덕종(德宗) 때 승통(僧統)에 올랐음. 혜소는 그의 시호.

305) 관승(貫乘, ?~1149) : 고려 전기의 고승.

306) 광명사(廣明寺) : 경기도 개성 만월동(滿月洞)에 있던 절. 고려 태조가 그의 옛집을
절로 만들었다고 함.

며 말하기를,

대사가 약속을 저버리지 않았구나. 이 세상에서의 인연은 이제 끝났다.

라고 하고는 급히 붓을 들어 게송(偈頌)[307]을 짓기를,

봄은 다시 가을이여,
꽃 피자 어언 잎 지기 바쁘네.
동쪽은 다시 서쪽이여,
조물주를 잘 봉양했네.
오늘 멀리 떠나는 길에,
이 몸 돌이켜 보노니,
높은 하늘은 만 리를 이었는데,
한 조각 한가로운 구름이네.

春復秋兮,　　　花開葉落.
東復西兮,　　　善養眞君.
今日途中,　　　反視此身,
長空萬里,　　　一片閑雲.

라고 했다. 쓰기를 마치자 포암에 들어가 앉은 채 세상을 떠났다. 당시의 뜻이 높고 고결한 선비들은 공의 죽음을 슬퍼하고, 그를 사모하여 우러러봤다.

호를 충건(忠謇)이라고 하는 이중승(李中丞)이란 자만이 공을 배척하여 말하기를,

---

307) 게송(偈頌) : 범어(梵語) Gatha의 음역(音譯)인 게타(偈陀)의 게. 송은 그 뜻을 번역한 것. 부처의 공덕을 찬양한 노래로 3자 내지 4자가 한 구가 되며 네 구가 모여 한 게가 됨.

　　윤공(尹公)은 신분이 재상의 직위에 올랐고 덕망이 두터워 세상 사람
들이 우러러 보았다. 비록 연로하여 벼슬에서 물러나서도 오히려 국가의
풍속을 염려하고, 더욱 지조를 지켜 갈고 닦아서 뒷사람들에게 모범을
보여야만 했다. 그런데도 공은 도리어 스님들과 어울려 상도(常道)를 그
르침으로써 임금이 덕치(德治)로 백성을 교화하는 데 해를 끼쳤으니 이
런 야릇한 풍속이 여기에서부터 시작될까 두렵다.

라고 했다.

상-27　　子嘗見風騷格論, 平頭上尾蜂腰鶴膝大韻小韻正紐旁紐之病,
是好事者閑談. 昨日聞人言, 昔有金國使來寓客館, 館後苽花盛開, 使
云, 苽花千萬發, 促接伴卽對. 伴曰, 蓂葉兩三開, 使笑而不肯. 又對
亦不諾. 有一胥吏, 進曰, 柳樹一雙垂. 使者曰, 柳樹二字雖非同韻,
聲相近可對, 伴遽曰, 是不難, 宜改蓂爲茨. 使大悅. 此風騷小韻病也,
金使犯之. 接伴雖不能對, 不爲不才, 而卒能善對.

　　내가 일찍이 시문(詩文)의 격식(格式)을 논한 글을 보았는데, 그 중
에 평두(平頭),[308] 상미(上尾),[309] 봉요(蜂腰),[310] 학슬(鶴膝),[311] 대운(大
韻),[312] 소운(小韻),[313] 정뉴(正紐),[314] 방뉴(傍紐)[315] 등의 시병(詩病)은

---

308) 평두(平頭) : 작시상(作詩上)에 있어서 꺼리는 8병(八病) 중의 하나. 시에 있어 제1자
　　와 제6자, 제2자와 제7자가 같은 성률(聲律)인 경우를 이름. 예컨대 '今日良宴會,
　　讙樂難具陳.'에서 今과 讙이 모두 평성자임.
309) 상미(上尾) : 8병의 하나로 한 연구(聯句)에서 상구(上句)의 끝자와 하구(下句)의
　　끝자, 혹은 첫 구의 끝자와 셋째 구의 끝자를 쌍성(雙聲)이 되게 하는 경우. 예컨대
　　'靑靑江畔草, 鬱鬱園中柳.'에서 草와 柳는 모두 상성(上聲)임.
310) 봉요(蜂腰) : 8병의 하나로 제2, 5자가 같은 성률인 경우.
311) 학슬(鶴膝) : 8병의 하나로 제5, 15자가 같은 성률인 경우.
312) 대운(大韻) : 8병의 하나로 한 시에서 운이 서로 침범하는 경우.

호사가(好事家)들이 한가롭게 나누는 얘깃거리에 지나지 않았다.

　어제 어떤 사람이 하는 얘기를 들었는데, 이러하다. 옛날에 금(金)나라의 한 사신(使臣)이 객관(客館)에서 머무르게 됐다. 그런데 객관 뒤에 줄꽃[苴花]이 피어 있어 사신이 그 꽃을 보고,

　　줄꽃이 천만 송이 피웠네.

　　苴花千萬發.

라고 읊으니, 이에 접반사(接伴使)가 곧 응대하여 읊기를,

　　명협(蓂莢)316)이 두세 닢 피웠네.

　　蓂莢兩三開.

라고 했다. 금(金)의 사신이 웃으며 달갑게 여기지 않았고, 대구를 맞추어도 더 이상 응대하지 않았다. 어느 한 서리(胥吏)가 대구를 지어 올렸는데, 이르기를

　　버드나무 한두 가지 늘어뜨렸네.

　　柳樹一雙垂.

---

313) 소운(小韻) : 8병의 하나로 운자를 제외한 나머지 9자 중에서 동성(同聲)을 서로 침범하는 경우.

314) 정뉴(正紐) : 8병의 하나로 壬, 袵, 任, 入자가 하나로 묶여지고 10자 중에 壬자를 쓰고 다시 袵, 任자를 함께 쓰는 경우.

315) 방뉴(傍紐) : 8병의 하나로 10자 중에 田자를 쓰고 다시 更, 寅자를 같이 쓰는 경우.

316) 명협(蓂莢) : 중국 요(堯)나라 때의 상스러운 풀. 매월 초하루에서부터 매일 한 잎씩 피다가 16일부터 한 잎씩 져서 월말에 다 진다고 함. 그래서 이것을 보고 달력을 만들었다고 함. 달력풀, 책력풀이라고 함.

라고 하니 사신이 웃으며, '유(柳)와 수(樹) 두 자가 비록 같은 운은 아
니지만 소리가 서로 가까운 것이므로 대구가 될 만하다.'고 했다. 이에
접반사가 급히 말하기를, '이는 어려운 일이 아니니 명(蓂)을 협(莢)으
로 고치면 되겠다.'고 하니 그 사신이 크게 기뻐했다.

이러한 것은 시문에 있어 소운(小韻)의 병이니 금의 사신이 그러한
시병을 범한 것이다. 이것은 접반사가 비록 대구에 능하지 못한 까닭
이기도 했으나 그가 재주가 없었다기보다 갑자기 훌륭한 대구를 이룰
수 없었던 것이다.

상-28　　東都本新羅, 古有四仙, 各領徒千餘人, 歌法盛行. 又有玉府
仙人, 始製曲調數百, 本朝閔僕射可擧, 傳得其妙. 嘗一日獨坐彈琴,
有雙鶴來翔, 因作別調云, 月城仙迹遠, 玉府樂聲微. 雙鶴來何晚, 吾
將伴汝歸. 皇龍寺雨花門, 是古仙徒所創, 風物荒凉, 過者無不感傷.
學士胡宗旦乘使輶過其門, 見進士崔鴻賓留題, 古樹鳴朔吹, 微波漾殘
暈. 徘徊想前事, 不覺漏霑衣. 胡瞿然驚曰, 眞不世才也. 及復命, 上問
東都遺事, 遂奏此詩以爲警. 皇祖以繡衣巡北塞曰, 龍城秋日淡, 古戌
白烟橫. 萬里無金革, 胡兒賀大平. 其淡古無痕迹, 與崔詩同. 彼崔詩
感嘆今昔, 故情思多, 此詩閑吟邊塞, 故風力壯.

동도(東都)[317]는 본래 신라 땅으로 그곳에 옛날에 사선(四仙)[318]이 있
어 각각 천여 명의 무리를 거느렸으며, 가법(歌法)이 크게 행해졌다.[319]

---

317) 동도(東都) : 신라의 서울이었던 경주(慶州)를 이름. 동경(東京)이라고도 함.
318) 사선(四仙) : 신라 화랑(花郎)이었던 남석행(南石行), 술랑(述郎), 영랑(永郎), 안상
　　(安詳) 등의 네 국선(國仙)을 이름.

또 옥부선인(玉府仙人)320)이 있어 처음으로 노래 수백 편을 지었다.

본조(本朝) 복야(僕射) 민가거(閔可擧)321)가 그 묘법을 얻어 전했다. 그가 어느 날 홀로 앉아서 거문고를 타고 있는데 두 마리의 학이 날아와 춤을 추었다. 이것을 별조(別調)로 지어 이르기를,

월성에 신선의 자취 아득하고,
옥부엔 노랫소리 희미하네.
쌍학이 찾아옴이 어찌 이리 늦은고,
내 너와 짝하여 돌아가리라.

月城仙迹遠,　　玉府樂聲微.
雙鶴來何晚,　　吾將伴汝歸.

라고 했다.

황룡사(皇龍寺)322) 우화문(羽花門)은 옛 사선(四仙)의 무리가 세운 것으로 풍물(風物)이 황량(荒凉)해져 이곳을 지나가는 사람들 중에 감상에 젖지 않는 이가 없었다. 학사(學士) 호종단(胡宗旦)323)이 사초(使軺)324)

---

319) 가법(歌法)이 크게 행해졌다 : 화랑도(花郎徒)의 중요한 수양방식 가운데 하나로 상열지가악(相悅之歌樂)이 있었는데 이것은 국민교단(國民敎團)인 국선화랑도의 부수물로 운용되었음. 이것을 사선악부(四仙樂府)라 하였는데, 이 글에서 말하고 있는 가법성행은 곧 사선악부에서 행한 노래가 널리 불렸다는 것을 의미하는 것이라고 하겠음(최남선의 『조선상식 문답』 속편을 참조).

320) 옥부선인(玉府仙人) : 신라 경덕왕 때 거문고의 대가였던 옥보고(玉寶高)를 의미하는지 확실치 않음, 옥보고는 신조(神調) 50곡을 지었다고 함.(『삼국사기』 「악지(樂志)」를 참조)

321) 민가거(閔可擧) : 고려 전기의 문신. 관직은 상서우복야(尙書右僕射)에 올랐음.

322) 황룡사(皇龍寺) : 경주에 위치했던 신라시대의 대찰(大刹)로 진흥왕 13년(553)에 신궁(新宮)으로 지었다가 황룡(黃龍)이 나타났다고 하여 황룡사(黃龍寺)로 개칭됐음. 이 절은 그 규모가 불국사의 네 배에 달했으며 신라 삼보(三寶) 중에 장륙존불(丈六尊佛)과 구층탑(九層塔) 2가지가 있었다고 함.

를 타고 이 문 앞을 지나는 길에 진사(進士) 최홍빈(崔鴻賓)이 읊은 유제
시(留題詩)로,

> 고목나무엔 삭풍 울어대고,
> 잔물결은 스러진 햇빛에 반짝이네.
> 배회하며 옛일을 생각하노니,
> 눈물이 옷깃 적시는 것을 알지 못하네.
>
> 古樹鳴朔吹,　　微波漾殘暉.
> 徘徊想前事,　　不覺淚霑衣.

라고 한 것을 보고는 호(胡)가 놀래어 말하기를,

> 이는 정말로 세상에 없는 재주다.

라고 했다. 호(胡)가 대궐로 돌아가 복명(復命)하는 자리에서 임금이 동
도(東都)에 남아 있는 사적들을 묻자 마침 이 시를 아뢰니 경책(警策)[325]
으로 삼았다.

　나의 돌아가신 조부모님[326]께서 수의(繡衣)[327]로서 북쪽 변방을 순

---

323) 호종단(胡宗旦): 고려 전기의 귀화인(歸化人). 중국 송나라 복주(福州) 사람으로
　　태학(太學)에 입학하여 공부하던 상사생(上舍生)으로 절강성에서 고려로 오는 상선
　　을 타고 고려에 들어와 귀화하였음. 예종의 후대를 받아 1117년에는 기거랑(起居郎)
　　이 되어 『서경』의 「무일편(無逸篇)」을 강독하였으며, 1126년(인종 4)에는 기거사인
　　(起居舍人)으로 궁궐에 난입한 척준경(拓俊京)의 군사를 타일러 무기를 버리게 하
　　였음.
324) 사초(使軺): 가마의 하나로 왕명을 받아 떠나는 사자(使者)가 타던 경쾌하고 구조
　　가 간단한 수레.
325) 경책(警策): 말일 달릴 때 더욱 채찍질하는 것으로 뜻이 전하여 문장이나 시 가운
　　데서 전편의 내용을 생기 있게 하는 중요한 단어나 시구를 이름. 또는 모범이 될 만
　　한 시문(詩文)을 일컫는 말이기도 함.

행(巡行)하시다가 시를 지어 이르기를,

용성328)에는 가을날 맑고,

옛 수자리에 흰 안개 비꼈네.

변방 만리에 싸움329)이 없으니,

오랑캐가 태평성대 하례하네.

龍城和日後,　　　古戍白煙橫.

萬里無金革,　　　胡兒賀太平.

라고 했는데 이 시가 담백(淡白)하고 고풍스러우며 다듬은 흔적이 드러
나지 않는 점에 있어서는 앞의 최 진사의 시와 한가지라고 할 수 있다.
저 최 진사의 시는 금석(今昔)의 세월을 탄식하고 있기 때문에 시 속에
정사(情思)가 다분히 포함되어 있으며, 내 조부님의 시는 변방에서의
느낌을 한가로이 읊고 있으므로 시풍(詩風)이 힘차고 장엄하다.

상-29　任文肅公克忠過延福亭云, 煬帝汴江秋冷落, 明皇蜀道雨凄
凉. 當時此恨無人信, 滿目溪山淚數行. 文順公題云, 複道渾成碧草蕪,
笙歌寂寞鳥相乎. 箇中殷鑑分明在, 莫遣基掃地無. 感古情深, 讀之悽

---

326) 돌아가신 조부님 : 최자의 할아버지인 최윤인(崔允仁, 1112~1161)을 가리킴. 최윤
　　인은 예부상서를 지낸 최약(崔瀹)의 아들로 학문이나 벼슬길에 큰 욕망이 없었으므
　　로 관직은 성주통판(成州通判)을 거쳐 지홍주사(知洪州事)와 시전중내급사(試殿中內
　　給事)에 이르렀음.
327) 수의(繡衣) : 수의어사(繡衣御使)를 이름. 수의는 임금이 암행어사에게 주던 옷으
　　로 수의는 곧 암행어사를 가리키는 말로 쓰였음.
328) 용성(龍城) : 평북 용천(龍川)을 이름. 용주(龍州) 또는 용만(龍灣)으로도 불렸음.
329) 싸움[금혁(金革)] : '금(金)'은 칼과 창 등 쇠로 만든 무기이고, '혁(革)'은 가죽으로
　　만든 갑옷을 이르는 말로 이 두 글자가 합쳐져서 전쟁의 뜻으로 쓰였음.

然, 殷鑑一聯, 含蓄深切.

　문숙공(文肅公) 임극충(任克忠)330)이 연복정(延福亭)331)을 지나며 이르기를,

　　　양제332)의 변하333)에는 쓸쓸히 가을 잎 지고,
　　　명황334)의 촉도335)에는 처량하게 비 내리네.
　　　당시의 이 한을 믿는 사람 없으니,
　　　산천을 바라보는 눈에 눈물 흘러내리네.

　　煬帝汴河秋冷落,　　　　明皇蜀道雨凄涼.
　　當時此恨無人信,　　　　滿目溪山淚數行.

라고 했다.

---

330) 임극충(任克忠 ?~1171) : 고려 전기의 문신. 뒤에 규(奎)로 개명하였음. 수상을 지낸 원후(元厚)의 아들로, 인종의 비인 공예태후(恭睿太后)와 남매간임. 관직은 중서시랑평장사(中書侍郎平章事)에 올랐음. 그는 왕실의 외척이었지만 온후하고 근실한 인물로 평가됐음. (『신증동국여지승람』 「장흥·인물조」 참조)

331) 연복정(延福亭) : 경기도 개성 동쪽에 있는 정자로 의종(毅宗)이 용연사(龍淵寺) 남쪽에 있는 호암(虎岩) 옆에 지은 것이라고 함. 의종이 귀족들과 이곳에서 주흥(酒興)에 빠졌다가 무신의 난을 맞아 실각됐음.

332) 양제(煬帝) : 수(隋)의 황제(재위기간 605~616)임. 문제(文帝)의 둘째 아들로 부왕(父王)을 시해하고 제위에 올랐음. 대운하를 건설하고, 세 번이나 고구려를 침공했으나 실패했음.

333) 변하(汴河) : 중국 하남성(河南省)에 있는 내 이름. 북쪽으로 흘러 황하(黃河)로 들어감.

334) 명황(明皇) : 중국 당나라 현종(재위기간 685~762)의 시호가 지도대성대명효황제(至道大聖大明孝皇帝)였기 때문에 붙여진 명칭. 이름은 융기(隆基). 예종의 셋째 아들로 44년간 재위하였으나 안록산의 난을 만나 장안을 떠나 사천성으로 피난 갔다가 퇴위하였음. 양귀비와의 로맨스가 유명함.

335) 촉도(蜀道) : 중국 사천성(四川省)에 있는 길로 옛날의 촉(蜀)나라로 통하던 험난한 길. 전하여 인정세태(人情世情態)의 곤란함을 비유하는 말로 쓰이기도 함.

문순공(文順公)이 제시(題詩)하여 이르기를,

겹 길에 온통 푸른 풀 우거졌는데,

생황의 노랫소리 서로 화답하는 새소리 같네.

이 속에도 경계 삼을 일 분명히 있노니,

그 옛날 남긴 터전 쓸어버리지 말았으면.[336]

複道渾成碧草蕪,　　　　笙歌換作鳥相呼.

箇中殷鑑分明在,　　　　莫遣遺基掃地無.

라고 했다. 이 시는 옛날을 생각하는 정회가 깊어서 이 시를 읽으면 처연(悽然)한 느낌이 들며, 은감(殷鑑)[337]의 시구는 함축하고 있는 뜻이 깊고 절실하다.

<u>상-30</u>　　大同江是西都人送別之渡, 江山形勝, 天下絕景. 鄭舍人知常送人云, 大同江水何時盡, 別淚年年添作波. 當時以爲驚策. 然杜小陵云, 別淚遙添錦江水. 李太白云, 願結九江波, 添成萬行淚. 皆出一模也. 文順公於祖江送別云, 舟將人遠心隨去, 海送潮來淚共流. 言淚雖同, 意或小異.

대동강(大同江)은 서도인(西都人)들이 송별하며 건너는 강으로 산의

---

336) 이 시의 제목은 「과 연복정(過延福亭)」으로 이규보의 『동국이상국집(東國李相國集)』의 권2에 나오는 전문을 소개하면, '憶昔明皇遊幸日, 龍舟錦纜鬧江湖. 勸歡仙妓廻眸笑, 被酒詞臣倒腋扶. 自古窮奢難遠馭, 幾人懷舊發長吁. 頹堤不見滄濤拍, 複道渾成碧草蕪. 羅綺飄將雲共散, 笙歌換作鳥相呼. 箇中殷鑒分明在, 莫遣遺基掃地無.'

337) 은감(殷鑑) : 거울삼아 경계해야 할 전례(前禮). 은감불원(殷鑑不遠)을 가리키는 말로 은나라의 백성은 가까운 전대의 하(夏)나라가 망한 것을 거울삼아야 한다는 뜻임.

형세가 뛰어나 천하의 절경이다. 사인(舍人) 정지상(鄭知常)의 「송인(送
人)」시에 이르기를,

> 대동강 물은 언제 다 할런지,
> 이별의 눈물이 해마다 물결 더하네.[338)]
>
> 大同江水何時盡,　　　　別淚年年添作波.

라고 했다. 당시에 이 시를 경책(警策)으로 삼았다. 그러나 두소릉(杜少
陵)[339)]의 시에,

> 이별의 눈물이 멀리 금강의 물결을 더하네.[340)]
>
> 別淚遙添金江水

라고 했고, 이태백(李太白)[341)]의 시에서도,

---

338) 이 시의 전문을 보면, '雨歇長堤草色多, 送君南浦動悲歌. 大同江水何時盡, 別淚年
　　年添作波.'(『동문선(東文選)』 권19) 이 시 마지막 행의 '添作波'는 '添綠波'로 많이
　　알려졌음.

339) 두소릉(杜少陵) : 중국 성당(盛唐) 때의 유명한 시인인 두보(杜甫, 712~770)를 이
　　름. 자는 자미(子美). 그가 두예(杜預)의 13세손으로 소릉(少陵)에서 살았으므로 두
　　릉포의(杜陵布衣), 두릉야의(杜陵野衣)라고 지칭되었고, 공부원외랑(工部員外郎)을
　　지냈으므로 두공부(杜工部)라고도 불렸음. 그는 중국역대 시인 중에 가장 뛰어난 시
　　인으로 평가되어 시성(詩聖)이라 일컬어지며, 시 속에 현실의 문제를 예리하면서도
　　섬세하게 표현했으므로 그의 시를 시사(詩史)라고도 함. 시풍(詩風)은 웅혼(雄渾),
　　침통(沈痛), 중후(重厚)로 대표됨. 저서에 『두보시집』 20권이 전함.

340) 이 시의 시제는 「봉기 고상시(奉寄高常侍)」로 촉주(蜀州)의 자사(刺史)로 있으면서
　　두보와 절친하게 지냈던 형부시랑산기상시(刑部侍郎散騎常侍) 고적(高適, 707~
　　765)이 황제의 부름을 받아 조정으로 돌아갈 때 준 시. 이 시의 전문을 보면, '汝上
　　相逢年頗多, 飛騰無那故人何. 總戎楚蜀應全未, 方駕曹劉不啻過. 今日朝廷須汲黯,
　　中原將帥憶廉頗. 天涯春色催遲暮, 別淚遙添錦水波.'(『두시상주(杜詩詳註)』 권13)

341) 이태백(李太白, 701~763) : 두보와 함께 성당(盛唐)의 대표적인 시인. 이름은 백
　　(白). 태백은 그의 자. 호는 주선옹(酒仙翁), 청련거사(靑蓮居士). 그는 시선(詩仙)

바라노니, 구강(九江)342)의 물결에 맺어,

만 줄기 눈물을 보태었으면.343)

願結九江波,　　添成萬行淚.

라고 했으니 이는 모두 같은 발상에서 나온 것이라 할 수 있다.

문순공이 조강(祖江)344)에서 송별하며 지은 시에,

사람 실은 배 멀어지니 마음은 뒤쫓아 따르고,

바다가 조수를 보내오니 눈물이 따라 흐르네.345)

舟將人遠心隨去,　　海送潮來淚共流.

라고 했다. 이들 시에서 눈물을 말하고 있는 것은 비록 같으나, 그 속에 깃든 뜻은 혹 조금 다르다고 할 수 있다.

상-31　　凡留題以辭簡義盡爲佳, 不必誇多輝富. 朴參政寅亮, 題僧伽窟二十韻, 咸郞中子眞題洛山四十四韻, 李史館允甫題佛影一百韻, 皆

이라고 불리는데, 그의 시풍은 고묘청일(高妙淸逸)하고 낭만적이라고 함. 시 1천여 수를 남김.

342) 구강(九江) : 당나라 육덕명(陸德明)의 「심양지기(潯陽地記)」에 나옴. 이는 실제의 땅을 고증해서 나온 것으로 오백강(烏白江), 방강(蚌江), 오강(烏江), 가미강(嘉靡江), 견강(畎江), 원강(源江), 늠강(凜江), 제강(提江), 균강(菌江) 등을 말함.

343) 이 시의 제목은 「유야랑 영화사 기 심양군관(流夜郞永華寺寄潯陽群官)」으로 그 전문을 보면, '朝別淩煙樓, 賢豪滿行舟. 暝投永華寺, 賓散子獨醉. 願結九江流, 添成萬行淚. 寫意寄廬嶽, 何當來此地. 天命有所懸, 安得苦愁思.'

344) 조강(祖江) : 한강(漢江)과 임진강(臨津江)이 합쳐져 이루어진 강으로, 이 물이 서해로 흘러들어감.

345) 이 시의 제목은 「조강별(祖江別)」로 그 전문을 보면, '婦去夫留是底由, 嫋無拘迫我如囚. 舟將人遠心隨去, 海送潮來淚共流. 只隔一江波浩浩, 却同千里路悠悠. 鵠山咫尺身難到, 馬上佯眠怯轉頭.'(『동국이상국집』 권12)

紀事實, 辭不得不繁. 若亭臺樓觀所過題詠, 只在一兩聯寫景如畫, 森然眼界, 使忩忩過客讀之, 口不倦心不厭, 吟玩遣興耳. 子平生飽聞任相國克忠, 題黃驪縣客樓云, 月黑鳥飛渚, 烟沉江自波. 漁舟何處宿, 漠漠一聲歌. 但奇其韻語, 未得其味. 及按廉中道, 抵宿此樓, 是時江烟冥漠, 淡月朦朧, 水鳥飛鳴, 漁人相歌. 惱眼感耳, 總是任公之詠, 其詩價對景益高.

무릇 유제시(留題詩)로 말이 간략하면서도 뜻을 오롯이 나타낸 것을 가작(佳作)이라고 한다. 그러므로 과장하여 떠벌리며 요란하게 늘어놓을[誇多耀富] 필요가 없다.

참정(參政) 박인량(朴寅亮)이 지은 승가굴(僧伽窟) 이십운(二十韻)이나, 함자진(咸子眞)[346]의 낙산사(落山寺) 사십운(四十韻), 사관(史館)[347] 이윤보(李允甫)[348]의 불영(佛影) 일백운(一百韻) 등은 모두 사실(事實)을 기록한 것이므로 실로 말이 번잡하지 않을 수 없다. 만약 정대(亭臺)나 누관(樓觀)을 지나면서 시를 읊는다면 다만 한두 연(聯) 속에 경관을 그림같이 묘사하여 시야를 삼연(森然)하게 드러냄으로써 바삐 지나가는 사람들로 하여금 그 시를 읽어서 권태롭지 않게 하고, 마음에 되새겨도 싫증

---

346) 함자진(咸子眞) : 고려 중기의 문인 함순(咸淳)을 이름. 자진은 그의 자(字). 문장에 뛰어났고 절행이 있었으며, 이인로, 임춘, 오세재 등과 죽림고회(竹林高會)를 맺어 유락했음.

347) 사관(史館) : 고려시대 사초(史草)를 작성하고 시정기(時政記)를 찬술하던 관청. 여기에는 문하시중이 겸직하는 감수국사(監修國史)와 2품 이상이 겸직하는 수국사(修國史)와 전임직(專任職)인 직사관(直史館) 등으로 구성되었음. 사관의 소임은 국왕의 언동과 국가 전반의 시비 득실을 살펴 사초를 작성했는데, 여기에서의 사관은 사초의 기록·보관과 직숙(直宿) 등 실무를 담당하던 정5품의 직사관을 가리킴.

348) 이윤보(李允甫) : 고려 전기의 문인. 시에 능하여 이인로, 이규보 등과 교유하였음. 이규보에 의하면 게[蟹]를 의인화 한 「무장공자전(無腸公子傳)」을 지었다고 하나 전하지 않음.

을 느끼지 않게 하며, 음완(吟玩)함에 흥을 일으키게 해야 할 따름이다.

　내가 평생 상국(相國) 임극충(任克忠)[349]의 유제시 「황려현객루(黃驪縣客樓)」를 수없이 들었는데 그 시에 이르기를,

　　초생달 떠오르니 새는 물가에 날아들고,

　　연기 어린 강에는 절로 물결 이네.

　　고기잡이배 어디에 닻을 내렸는지,

　　아득히 한 노래 소리 들려오네.

　　月黑鳥飛渚,　　　烟沉江自波.
　　漁舟何處宿,　　　漠漠一聲歌.

라고 했다. 다만 이 시에서는 시운(詩韻)과 시어(詩語)를 기이하게 이루고자 했기 때문에 시 속에서의 묘미(妙味)는 별로 느낄 수 없다. 내가 중도(中道)[350]의 안렴사(按廉使)[351]로 있을 때 황려현(黃驪縣)[352]의 객루(客樓)에 이르러 자게 되었는데 이때 강물은 안개에 싸여 아득하고, 맑은 달은 몽롱해 보였으며, 물새는 울며 날아가고, 어부들은 서로 노래로 화답하였다. 이런 정경은 머리와 눈으로만 느낄 수 있는 것으로 모든 정황(情況)이 임상국(任相國)이 읊은 그대로였다. 그러니 그의 시가 가지는 성가(聲價)는 경치에 비추어 볼 때 더욱 높다고 하겠다.

---

349) 임극충(任克忠, ?~1171) : 고려 중기의 문신. 뒤에 규(奎)로 개명하였음. 수상을 지낸 임원후(任元厚)의 아들로 관직은 중서시랑평장사에 올랐음.

350) 중도(中道) : 중원도(中原道)를 말함. 고려 십도(十道) 중의 하나. 고려 성종 때 전국을 십도로 나눌 때 충주, 청주 등과 그 주변을 합하여 중원도라 했음.

351) 안렴사(按廉使) : 고려 때 지방을 다스리던 장관을 이름. 초기에는 절도사(節度使), 안찰사(按察使), 도부서(都府署)로 일컬어졌음.

352) 황려현(黃驪縣) : 지금의 경기도 여주군의 옛 이름으로 백제 때는 골내근(骨乃斤)이었던 것이 고려 태조 때 황려(一名 黃利)로 개칭됐음.

상-32 金海府黃山江, 沿流而下六七里, 蒼崖斗起, 面峰挾江. 有烟村十餘戶, 皆竹籬茅舍如畵圖中. 唐侍御史崔致遠, 嘗累石爲臺, 名曰臨鏡, 題詩石壁曰, 烟巒簇簇水溶溶, 鏡裡人家對碧峰. 何處孤帆飽風去, 瞥然飛鳥杳無蹤. 歲久臺壞, 壁書漫滅, 後人移書於黃山樓, 所囑物象與詩反, 如縣額州榜, 何其背矣. 公凡留題詠, 率不過絶句一首, 就中嘉景無不破的, 故過客見之, 吟翫不足. 寄贈亦多絶句, 淸婉可愛, 如贈檜谷獨居僧云, 除却松風耳不喧, 結茅深倚白雲根. 世人知路應翻恨, 石上莓苔汚屐痕.

김해부(金海府)에 있는 황산강(黃山江)[353]을 따라 육칠 리를 내려가다 보면 푸른 벼랑이 우뚝 솟아 있으며, 그 앞으로는 산봉우리가 강을 끼고 있는 정경을 만나게 된다. 그곳에 연기 피어나는 마을에 십여 호의 집이 있는데 모두 대나무로 울타리를 둘렀고 띠풀로 지붕을 이어 마치 그림 속에 나오는 집처럼 아름다워 보인다. 중국 당(唐)나라에서 시어사(侍御使)[354]를 지낸 최치원(崔致遠)이 일찍이 돌을 쌓아서 대(臺)를 만들어 임경(臨鏡)이라 이름 짓고는 그 석벽(石壁)에다 시를 지어 이르기를,

> 이내 낀 멧부리 빽빽한 곳에 물 넘쳐흐르고,
> 임경대 속의 인가는 푸른 산봉우리 마주했네.
> 바람 가득 실은 저 배는 어디로 가는지,
> 언뜻 스쳐 날아가는 새 자취 아득하네.

> 烟巒簇簇水溶溶,　　　　鏡裏人家對碧峰.
> 何處孤帆飽風去,　　　　瞥然飛鳥杳無踪.

---

[353] 황산강(黃山江) : 김해 동쪽 40리쯤에 있는 강으로 양산과 경계를 이루고 있음.

[354] 시어사(侍御使) : 최치원이 중국 당나라에서 전중시어사 내공봉(殿中侍御使 內供奉)으로 도통순관(都統巡官)의 직위에 올랐으므로 여기에서 시어사라고 했음.

라고 했다. 세월이 오래되어 임경대(臨鏡臺)355)가 허물어지고, 벽에 써 놓은 글이 이즈러져 없어지게 되자 뒷사람이 황산루(黃山樓)에다 옮겨 적었는데, 황산루에서 보이는 물상(物象)과 시에 담겨 있는 내용이 서로 걸맞지 못하여 마치 현액(縣額)과 주방(州榜)의 차이와 같아 어찌 그리 어울리지 않은지.

무릇 여기에 남겨 놓은 공의 시가 다만 절구시 한 수에 지나지 않지만, 아름다운 경치를 맞아 묘사한 그 시가 정황을 정확히 꿰뚫었다고 하겠다. 그러므로 지나치는 길손들이 공의 시를 보고 나서 주위의 경치를 음미하여 시를 지으면 자신의 시에 만족을 느끼지 못하게 된다.

공이 다른 사람에게 준 시에 또한 절구시가 많은데 시가 많고 아름다워 아낄 만하니, 회곡(檜谷)에 독거(獨居)하는 한 스님에게 준 시가 이 같은 것으로 그 시에 이르기를,

솔바람 떨쳐버리니 시끄러운 소리 들리지 않는데,
띠 집은 흰 구름 피어나는 곳에 깊이 잠겼네.
세상 사람들이 길을 안 것이 도리어 한스러우니,
돌 위의 이끼는 신발자국으로 더럽혀졌네.

除却松風耳不喧,　　　結茅深倚白雲根.
世人知路應翻恨,　　　石上莓苔汚履痕.

라고 했다.

상-33　　李學士知深題豊州城頭樓云, 天與海無際, 茫茫望不窮. 四方

---

355) 임경대(臨鏡臺) : 경남 양산의 황산역(黃山驛) 서쪽 절벽 위에 위치했던 대(臺)로 신라의 최치원이 들렀던 곳이라고 하여 최공대(崔公臺)라고 일컬어지기도 했음.

千里目, 六月九秋風. 圖畫應難妙, 篇章豈得工. 只疑生羽翼, 身在大虛中. 時人以此聯言, 不雕鑿而氣豪意豁. 雖然十字中言無際, 又言不窮, 或上言望不窮, 下言千里目, 似乎意疊, 而讀之不知有相疊之意者, 盖無聲病也, 古人以回忌聲病爲金針格, 信哉.

학사(學士) 이지심(李之深)356)이 풍주(豊州)357)성 머리의 다락을 두고 시를 읊었는데 그 시에 이르기를,

> 하늘과 바다 가이없어,
> 아득히 끝닿은 데 없네.
> 사방 천리를 바라보니,
> 유월에 때 아닌 가을바람 불어오네.
> 그림에 부쳐도 오묘함을 얻기 어려운데,
> 글 속에 어찌 공교로움을 얻을 수 있으리오.
> 다만 내 몸에 날개 돋은 것 같아,
> 몸이 하늘 가운데 떠 있는 기분이네.

天與海無際,	茫茫望不窮.
四方千里目,	六月九秋風.
圖畫應難妙,	篇章豈得工.
只疑生羽翼,	身在大虛中.

라고 했다. 당시의 사람들이 이 시가 꾸미고 다듬은 흔적이 없으며 기

---

356) 이지심(李之深, ?~1170) : 고려 전기의 문신. 정언(正言), 급사중(給事中) 등 주로 간관으로 많이 활동하였음. 관직은 국자감대사성(國子監大司成)에 올랐으나 1170년 무신의 난 때 살해됐음.

357) 풍주(豊州) : 지금의 황해도 풍천(豊川)으로 고구려 때는 구을현(仇乙縣)이었고, 신라 때는 굴현(屈縣)으로 개칭했다가 고려 초에 풍주로 불렀고, 조선조 태종 때 풍천으로 바꾸었음.

운이 호방하고 뜻이 활달하다고 했다. 비록 그러하나 첫 연의 열 자 가운데 '끝닿는 데 없다[無際]'라 하고는 또 '다함이 없다[不窮]'고 하였으며, 혹은 위에서 '바라보아도 다함이 없다[望不窮]'라고 말했는데 아래에서 '천리를 바라본다[千里目]'라고 말한 것 등은 모두 뜻이 중첩되었다는 점에 있어서 비슷하다고 할 수 있다. 그러나 막상 시를 읽으면 뜻이 서로 중첩되어 있다는 것을 깨닫지 못하게 되니 대개 이러한 것은 성병(聲病)[358]이 없기 때문이다. 여기에서 보면, 옛사람들이 시에 있어 성병(聲病)을 꺼려함을 금침격(金針格)[359]으로 삼은 것은 믿을 만하다.

상-34　鄭舍人知常題八尺房云, 石頭松老一片月, 天末雲低千點山. 予嘗愛其辭意淸絕, 時時吟翫. 及爲全羅道按廉, 當二月生明, 登邊山不思議房後峰, 傍有老松攙天, 新月隱映, 下望平原, 際天衆山, 如炙注尖抹雲烟. 忽憶鄭公詩, 沉吟咀嚼, 以爲不到此境, 安知鄭公得意處也.

　사인(舍人) 정지상(鄭知常)이 팔척방(八尺房)을 두고 시를 지어 이르기를,

　　바위 끈 노송가지에 한 조각달이고,
　　하늘 가 구름 낮은 곳에 산, 산, 산.

---

358) 성병(聲病) : 시문에서 평측(平仄)과 성조(聲調)에 어긋나는 병폐를 이름. '積九歲學賦詩, 長者往往驚其可敎, 年十五六, 初識聲病.' (당나라 원진(元稹)의 「서시기락천서(敍詩其樂天書)」)

359) 금침격(金針格) : 금침은 황금으로 만든 침을 뜻하는 것으로, 전하여 비법(秘法)을 전수하는 비결이나 비법을 뜻함. 이 말은 당나라 풍익자(馮翊子)의 『계원총담(桂苑叢談)』에 채낭(采娘)이라는 여인이 칠월칠석날 밤에 꿈속에서 직녀가 준 금침을 받고는 그 이후로 빼어난 바느질 솜씨를 발휘하게 되었다는 데서 유래한 것임. 여기에서 훌륭한 비법을 전해준다는 '금침도인(金針度人)'이라는 말이 생겼음.

石頭老松一片月,   天末雲低千點山.

라고 했다. 내가 일찍이 그 시의 말뜻이 청절(淸絶)함을 좋아하여 때때로 읊조리며 완상(玩賞)했다.

내가 전라도 안렴사(按廉使)로 있을 때 이월 생명(生明)[360]을 맞아 변산(邊山) 불사의방(不思議房)[361] 뒤에 있는 산봉우리에 올랐는데, 그 옆에 노송이 하늘을 찌를 듯 치솟아 있었고, 초생달은 은은히 대지를 비추고 있었다. 아래로 평원(平原)을 바라보니 하늘 가의 여러 산에는 마치 침을 뜨기 위해서 쑥망우리를 태우는 것 같이 구름과 연기가 모락모락 피어올랐다. 홀연히 정공(鄭公)의 시를 기억하여 깊이 읊조리고 되새기면서 이러한 지경에 와보지 않고 어찌 정공의 득의(得意)한 곳을 알 수 있겠는가라고 생각했다.

상-35 楓岳皆骨立無土, 因名爲皆骨, 曇無竭菩薩眞身所住, 居僧雖無行亦成道. 李祭酒純祐, 爲東北面兵馬使, 過此山題一絶, 外王父金禮卿次其韻曰, 韋偃當年葬虢山, 變爲皆骨倚天寒. 高撑嶤絶看如畫, 應是丹靑舊筆端. 祭酒稱賞不已, 外王父曰, 此猶未盡, 尙有餘懷, 更作一絶云, 無竭眞身住此山, 幻將枯骨掛雲端. 欲令無行居僧眼, 朝暮相看入妙觀 浮屠有白骨觀. 乃曰, 從前癢處已爬了也.

---

360) 생명(生明) : 음력 매월 초사흘을 이름. 재생명(哉生明)의 약칭으로 재(哉)는 시(始)의 뜻으로 비로소 달이 그 빛을 내기 시작한다는 뜻임.

361) 불사의방(不思議房) : 전북 부안군 변산(邊山)에 있던 절. 신라 중기의 스님인 진표율사(眞表律師)가 이 절에서 17년이나 극한적 고행 수도인 망신참(亡身懺)을 하여 미륵보살과 지장보살로부터 법을 인가받았다는 표지인 간자(簡子)를 건네받은 이야기는 우리나라 불교역사상 유명함. 불사의암(不思議菴) 또는 불사의방장(不思議方丈)이라고도 했음. (『삼국유사』 권4, 「관동풍악발연수석기(關東楓岳鉢淵藪石記)」 참조)

풍악(楓岳)362)은 온 산이 뼈처럼 앙상하고 흙이 없기 때문에 개골(皆
骨)이라고 이름 했는데, 담무갈보살(曇無竭菩薩)363)의 진신(眞身)이 거
기에 머무는 곳이기 때문에 스님이 비록 고행(苦行)을 하지 않아도 득
도하였다.

좨주(祭酒) 이순우(李純祐)364)가 동북면(東北面)365) 병마사(兵馬使)366)
가 되어 이 산을 지나는 길에 시 일절(一絶)을 지었는데, 내 외조부이신
김례경(金禮卿)께서 그 시에 차운하여 이르기를,

위언367)은 당년에 괵산368)에 장사지내졌는데,
개골로 변하여 천한에 의지했네.

---

362) 풍악(楓岳) : 금강산의 이칭. 금강산은 춘·하·추·동 사계절에 따라 각각 금강산,
봉래산, 풍악산, 개골산으로 불리어짐.

363) 담무갈보살(曇無竭菩薩) : 보살의 하나로 모든 보살 가운데 가장 존경을 받는 보살
임. 이는 법용(法涌), 법상(法上, 尚), 출법(出法) 등으로 번역됨. 이 보살은 석가여
래 또는 반야보살(般若菩薩)의 협시(脇侍)로 반야십육신선도(般若十六善神圖)에 그
려져 있음.

364) 이순우(李純祐) : 고려 전기의 문신. 초명은 청(請), 자는 발지(拔之). 금성군(錦城
君)에 봉해지고, 관직이 국자대사성(國子大司成)에 올랐으나 1196년 최충헌(崔忠
獻)에게 살해되었음. 『고려사』에는 '祐'가 '佑'로도 혼용되고 있음.

365) 동북면(東北面) : 고려 때 지방 특별 구역의 하나로 동계(東界), 동면(東面), 동로
(東路)라고도 불렀음. 고려 성종이 설치했던 삭방도(朔方道 : 지금의 함경도 지방)가
개칭되어 북계(北界)와 더불어 양계(兩界)가 되었으며 병마사를 두었음.

366) 병마사(兵馬使) : 고려 동북 양계의 군권을 전담하던 지휘관으로 정3품 벼슬임. 옥
대(玉帶)를 띠고 자금(紫襟)을 달며 왕이 친히 부월(斧鉞)을 주어 진(鎭)에 부임케
됐음.

367) 위언(偉偃) : 중국 성당 때 두릉(杜陵) 사람으로 그림에 뛰어났고, 당시의 유명한
문인인 위응물과는 사촌간이었음. 장안 출신이었지만 주로 사천성 성도에 우거하였
으므로 그곳에서 시성(詩聖) 두보(712~770)와 자주 교류했음. 특히 소나무와 돌을
잘 그렸다고 함. 중국 발묵화풍(潑墨畵風)의 선구자라 할 수 있음.

368) 괵산(虢山) : 중국 하남성에 있는 산 이름. 옛날부터 잘 알려진 산으로 『산해경(山
海經)』에 소개되고 있음. 이수(伊水)의 발원지로 유명함.

깎아지른 듯 높은 산은 그림 보는 것 같고,
아름다운 단청은 옛 솜씨 분명하네.

偉偃當年葬虢山,　　　變爲皆骨倚天寒.
高撑巉絶看如畵,　　　應是丹靑舊筆端.

라고 했다. 좨주(祭酒)[369]가 이 시를 칭찬하기를 마지않으니, 외조부께
서 말하기를,

이 시에 오히려 마음속의 뜻을 다 나타내지 못하고 남은 정회가 있다.

고 하고는 다시 일 절을 지어 이르기를,

무갈의 진신이 이 산에 머물러,
변환(變幻)하여 메마른 뼈 구름 끝에 매달았네.
고행 없는 거승들에게 보게 하여서,
아침저녁 바라보아 묘관(妙觀)[370]에 들게 하였으면
　　　불교에 백골관(白骨觀)[371]이 있다.

無竭眞身任此山,　　　幻將枯骨掛雲端.

---

369) 좨주(祭主) : 좨주란 옛날에 사람들과 회동하여 향연을 베풀 때 제일 손위의 존장
　　(尊長)이 먼저 술을 땅에 따라 신(神)에게 제사 지낸 데서 나온 말로, 장관(長官)과
　　병칭(竝稱)되는 말임. 국자감(國子監)에 속해 있던 종3품 벼슬이었음
370) 묘관(妙觀) : 불가(佛家)에서 말하는 묘관찰지(妙觀察智)의 준말. 모든 법을 관찰하
　　여 정통하고, 중생의 근거를 알아서 불가사의한 힘을 나타내며, 공교하게 법을
　　설하여 여러 가지 의심을 끊게 하는 지혜를 이름.
371) 백골관(白骨觀) : 불교 용어로, 인간 육신의 더러운 점을 알게 하여 그 욕정을 없애
　　는 관법인 9상(九想, 창상脹想, 괴상壞想, 혈도상血塗想, 농란상膿爛想, 청어상靑
　　瘀想, 담상噉想, 산상散想, 골상骨想, 소상燒想) 가운데 하나인 골상을 말함. 이는
　　인간무상의 원리를 깨달아 5온(五蘊)이 화합하여 이루어진 몸에 대한 집착을 버리
　　기 위하여 인체는 마침내 백골로 돌아간다는 관념을 뜻함.

欲令無行居僧眼,　　　朝暮相看入妙觀.
　　浮屠有白骨觀

라고 하여서는 이에 말하기를,

종전에 가렵던 곳을 이제 다 긁었다.

고 했다.

상-36　　東萊客館後有積翠亭, 按廉使郭東珣留詩一首, 文相國公裕爲
大理時, 手寫上板, 是後無一詩繼上者. 學士金精作記, 崔相國惟淸作
後記自書, 世稱積翠亭三絶, 謂詩絶記絶書絶. 子丁未春, 乘傳過玆亭,
一見歎賞, 不能緘默, 和成一首. 縣令池壯元欲勒板, 固止之, 恐累三
絶, 且負斯亭.

　동래(東萊) 객관(客館) 뒤에 적취정(積翠亭)이 있어 여기에 안렴사(按廉
使) 곽동순(郭東珣)372)이 시 한 수를 남겼다. 상국(相國) 문공유(文公
裕)373)가 대리(大理)374)가 되었을 때 이 시를 손수 써서 현판으로 만들어
걸어 두었는데, 그 이후로는 이 시에 이어서 다시 지어진 시가 한 수도
없었다.

　학사(學士) 김정(金精)375)이 기(記)376)를 짓고, 상국(相國) 최유청(崔惟

---

372) 곽동순(郭東珣) : 고려 전기의 문신. 관직은 비서감(秘書監)에 올랐고, 여러 번 송
　　(宋)나라와 금(金)나라에 사신으로 다녀왔음. 『동문선』에 그가 쓴 교서와 제고(制
　　誥)·표전(表箋) 등이 실려 있음.
373) 문공유(文公裕) : 고려 전기의 문신. 관직은 병부상서(兵部尙書)에 올랐음. 묘청이
　　도참설에 근거하여 서경으로 서울을 옮기자는 주장에 반대했음. 시호는 경정(敬靖).
374) 대리(大理) : 고려시대에 형옥(刑獄)을 다스리던 관직을 이름.

淸)이 후기(後記)를 지어 스스로 쓰니 세상에서 이 셋을 적취정삼절(積翠亭三絕)이라고 하여는데, 이는 시절(詩絕), 기절(記絕), 서절(書絕)을 일컫는 것이다.

내가 정미년(丁未年)377) 봄에 역말을 타고 이 정자를 지나다가 삼절을 한 번 보고는 크게 감탄하여 그냥 묵묵히 지나칠 수 없어 시 한 수를 창화(唱和)하였다. 현령(縣令)인 지장원(池壯元)이 이를 판에 새기고자 했으나 굳이 못하게 말렸는데, 그 이유는 삼절에 누를 끼치게 되고, 이 정자를 저버리는 결과를 초래할까 두려웠기 때문이었다.

상-37　金官樓上, 宋學士首題七言六韻詩三首, 時有次韻者, 亦留三首, 後繼和無慮十餘輩, 詩板滿樓, 讀者皆疲. 有一客書板尾云, 一聯已盡西峯意, 四句何須北岳書. 堪笑宋公眞好事, 一樓題詠百言餘.

금관루(金官樓) 위에 송학사(宋學士)가 첫머리로 칠언(七言)으로 된 육운(六韻) 시 세 수를 지었는데, 그때 이에 차운(次韻)한 시가 또 세 수나 있었다. 뒤에 이어서 무려 십여 명이 창화(唱和)한 시 현판이 누에 가득하였으므로 시를 읽는 사람들이 지칠 정도였다. 한 길손이 누각에 걸려 있는 현판들의 맨 끝에다 한 수의 시를 써서 걸었는데,

---

375) 김정(金精) : 고려 전기의 문신. 관직은 보문각대제(普文閣待制)에 올랐음. 김부식(金富軾)을 따라 묘청의 난을 평정하는 데 참여했음.

376) 기(記) : 한문 문체의 하나. 이는 기사문(記事文)에 해당되는 것으로, 『서경』의 우공(禹貢) 고명(顧命)에서 비롯된 문체임. 사물을 관찰하여 객관적으로 기록하는 서사(敍事) 형식의 글로서 당나라 한유(韓愈)의 「신수등왕각기(新脩滕王閣記)」, 유종원(柳宗元)의 「석거기(石渠記)」, 송나라 범중엄(范仲淹)의 「악양루기(岳陽樓記)」 등이 대표적인 작품임.

377) 정미년(丁未年) : 고종 34년(1247)에 해당됨.

한 연구에 이미 서쪽 봉우리의 정취 다 말했는데,

네 구절에 어찌 북악을 써야 한단 말인가.[378]

우습기는 송공이 정말 호사가이니,

한 누대를 읊는데 백 마디로도 부족하였네.

一聯已盡西峰意,　　　四句何須北岳書.

堪笑宋公眞好事,　　　一樓題詠百言餘.

라고 했다.

상-38　金蘭叢石亭,　山人慧素作記,　文烈公戲之曰,　此師欲作律詩耶.　星山公館有使客留題十韻,　辭繁意曲.　郭東珣見之曰,　此記也,　非詩也.　非特詩與文各異,　於一詩文中亦各有體.　古人云,　學詩者,　對律句體子美,　樂章體太白,　古詩體韓蘇,　若文辭則各體皆備於韓文,　熟讀深思,　可得其體.　雖然李杜古詩不下韓蘇,　而所云如此者,　欲使後進,　汎學諸家體耳.

금란총석정(金蘭叢石亭)[379]에 대하여 산인(山人)[380] 혜소(慧素)[381]가

---

378) 한 연구에 …… 써야 한단 말인가 : 이 말은 『사문유취(事文類聚)』 별집(別集) 권9 문장부(文章部)에 소개되고 있는 내용에 기댄 것임. '당나라 시인들이 서산사(西山寺)를 읊었는데, 그 중에 〈終古礙新月, 半江無夕陽.〉이 서산사의 경치를 남김없이 드러낸 절창이라고 하였다. 또 금산사(金山寺)를 두고 지은 유제시(留題詩)가 많았으나 훌륭한 시구가 정말 드물었는데, 그 중에서 오직 〈寺影中流見, 鐘聲兩岸聞.〉과 〈天多剩得月, 地少不生塵.〉이 가장 뛰어나다고 하여 세상에 전해졌다. (唐人題西山寺詩, 終古礙新月, 半江無夕陽. 人謂冠絶古今, 以其盡得西山景趣也. 金山寺留題亦多, 而絶少佳句, 惟寺影中流見, 鐘聲兩岸聞. 又 天多剩得月, 地少不生塵. 最爲人傳誦.)

379) 금란총석정(金蘭叢石亭) : 금란은 지금의 강원도 통천군(通川郡)의 옛 이름. 총석정은 금란 북쪽에 위치하였는데, 수십 개의 돌기둥이 바다 가운데 모여 서 있는 총석 가까운 곳에 정자를 지었기 때문에 총석정이라고 함. 여기에 신라 사선(四仙)이

　

기(記)를 지었는데 문열공(文烈公)[382]이 희롱하여 말하기를,

　　　이 선사(禪師)께서 율시(律詩)를 지으려고 한 것이군.

이라고 했다.

　성산(星山)의 공관(公館)에 왕명을 받고 온 어떤 사람이 십운(十韻) 시
를 지어 남겼는데 말이 번거롭고 뜻이 솔직하지 못했다. 곽동순이 그
것을 보고 말하기를,

　　　이 글은 기문(記文)이라고 할 수 있을 따름이지, 시(詩)라고는 할 수 없다.

라고 했다.

　특히 시와 문은 각기 다를 뿐만 아니라, 시와 문장에는 또한 각각의
독특한 문체(文體)가 있다.

　옛 사람이 말하기를,

　　　시를 배우는 자는 율시구(律詩句)에 있어서는 자미(子美)에게 본받고,
　　악장(樂章)은 태백(太白)을 본받아야 하며, 고시체(古詩體)는 한·소(韓
　　蘇)[383]를 본받아야 하고, 문사(文辭) 같은 것에 있어서는 각 문체가 한유
　　(韓愈)의 글에 다 갖추어져 있기 때문에 충분히 읽고 깊이 생각하면 그

　　놀았다고 해서 사선봉이라고도 불리어짐.

380) 산인(山人) : 속세를 피하여 산중에 은거하는 사람을 이르는 것으로 스님이나 도사
　　(道士)를 이르기도 함.

381) 혜소(慧素) : 고려 전기의 고승(高僧). 대각국사(大覺國師) 의천의 제자. 내외의 모
　　든 경전에 통달했으며 국사의 입적 후 국사의 행록(行錄) 10권을 썼음. 김부식과 자
　　주 도담(道談)을 나누었다고 함.

382) 문열공(文烈公) : 고려 전기의 문신인 김부식(金富軾, 1075~1151)의 시호.

383) 한·소(韓蘇) : 중국 당나라의 문호인 퇴지(退之) 한유(韓愈, 768~824)와 송나라의
　　문호인 동파(東坡) 소식(蘇軾, 1037~1101)을 말함.

체를 터득할 수 있다.

라고 했다. 비록 그러하지만 이·두(李杜)의 고시(古詩)도 한·소(韓蘇)의 그것에 뒤떨어지지 않는데도 이같이 각기 지적하여 말한 것은 후진(後進)들로 하여금 널리 여러 사람의 문체를 배우게 하기 위한 것일 따름이다.

상-39 劉學士曦, 毅廟時應製試中壯元. 嘗投人詩略云, 壯元及第尋常有, 天子門生有幾人. 及爲密城守, 道過華封院, 晝憩書壁云, 謫臣南行十六驛, 今朝始踐尙原境. 聊城側畔數里餘, 有一僻郡號聞慶. 郡邊新院勢甚嚴, 爛然金碧交相映. 東偏小樓尤奇絶, 壓倒休文舊八詠. 美哉此屋是誰營, 光文其名閔其姓. 我是閔公門下人, 今見創構益自敬. 嗟乎此人留在世, 經營天下不爲病. 奈何天上玉樓成, 雁過長空不留影. 塵凡己隔杳難尋, 只自興歎茲之永. 如使東珣見之, 殆謂記也. 又有人題此院云, 萬綠灰冷老居士, 尙有舟心奉聖明. 天上蒼生皆請祝, 如何獨占華封名. 劉詩遇境戀古, 故辭繁意曲, 此詩但屬題此院, 故語略而警. 劉公嗣子大司成沖基, 操行孤潔, 文章洪贍, 有父之風, 其所著述皆散亡, 不得錄.

학사(學士) 유희(劉曦)384)가 의종(毅宗) 때에 어시(御試)에 응시하여 장원에 올랐다. 일찍이 그가 다른 사람에게 준 시가 있는데 그 시의 일부분을 보면,

---

384) 유희(劉曦, ?~1173) : 고려 중기의 문신. 관직은 한림학사(翰林學士)에 올랐음. 문장에 뛰어났으며, 김보당(金甫當)의 난에 무인들에게 살해됨.「보한집서(補閑集序)」에서는 유희의 희자가 '羲'로 되어 있고『고려사』에도 '羲'로 되어 있는데 여기에서만 '曦'로 되어 있음.

장원급제는 드물지 않는 일이나,

그 중에 천자문생385)이 몇이나 되는고.

壯元及第尋常有,   天子門生有幾人.

라고 했다. 유희가 밀성(密城)386)의 책임자가 되어 부임해 가는 길에 낮에 화봉원(華封院)387)을 지나게 되었는데, 거기에서 쉬면서 벽에 적어두기를,

좌천 길에 남으로 열여섯 역388)을 지났더니,

오늘 아침에야 상원389)의 경계를 밟았네.

요성390) 옆 두어 마장 되는 곳에,

한 외진 마을 있으니 문경이라 부르네.

고을 한 쪽 새로 선 역원의 위세 심히 엄하고,

금벽이 서로 비추어 찬란하네.

동쪽 가 작은 누대는 더욱 빼어나,

그곳의 아름다운 글은 옛 팔영시391)를 누를 만하네.

---

385) 천자문생(天子門生) : 전시(殿試, 어시御試라고도 함)에서는 왕이 직접 좌주가 되어서 시험을 주관하기 때문에 전시에서 합격한 사람을 다른 사람의 문생이라고 할 수 없으므로 '천자문생'이라고 불렀음.

386) 밀성(密城) : 지금의 경남 밀양시의 옛 이름.

387) 화봉원(華封院) : 지금의 경북 문경시 남쪽 4리에 위치했던 역원을 이름.

388) 열여섯 역[十六驛] : 고려 왕도(王都)인 송도(松都)에서부터 열여섯 역을 거쳐 화봉원에 이른 것을 말함. 『고려사』 지(志) 권36에 보면, 경주도(慶州道) 열다섯 역(十五驛)과 상주도(尙州道)의 요성역(聊城驛)을 지나 화봉원에 이르렀다고 하였음.

389) 상원(尙原) : 지금의 경북 상주(尙州)의 옛 이름.

390) 요성(聊城) : 지금의 경북 문경시 동쪽 3리쯤에 위치했던 역 이름.

391) 팔영시(八詠詩) : 중국 양(梁)나라 심약(沈約)이 지은 여덟 수의 경물시(景物詩). 「등대망추월(登臺望秋月)」, 「회포임동풍(會圃臨東風)」, 「세모민쇠초(歲暮愍衰草)」, 「상래비락동(霜來悲落桐)」, 「석행문야학(夕行聞夜鶴)」, 「신정청효홍(晨征聽曉鴻)」, 「해패거조시(解佩去朝市)」, 「피갈수산동(被褐守山東)」 등임.

아름답도다, 이집은 누가 지은 것인고 하니,

광문(光文)이 그 이름이요 성씨는 민(閔)[392]이라.

이 몸은 민공의 제자였더니,

오늘에야 이 집 마주하니 더욱 우러러 보이네.

아, 스승께서 세상에 살아 계신다면,

천하를 경영함에 병삼을 것이 없었으리.

어찌하랴, 하늘에 옥루(玉樓) 이루었으니,

기러기 장공(長空)을 날으듯 그림자조차 머물지 않네.

속세 이미 멀어져 찾을 길 없으니,

다만 절로 이는 한탄이 여기에서 오래네.

謫宦南行十六驛,	今朝始踐尙原境.
聊城側畔數里餘,	有一僻郡號聞慶.
郡邊新院勢心嚴,	爛然金碧交相映.
東僻小樓尤奇絕,	壓倒休文舊八詠.
美哉此屋是誰營,	光文其名閔其姓.
我是閔公門下人,	今見創構益自敬.
嗟乎此人留在世,	經營天下不爲病.
奈何天上玉樓城,	雁過長空不留影.
塵凡已隔杳難尋,	只自興歎茲之永.

라고 했다. 만약 동순(東珣)으로 하여금 이 시를 보게 했다면 십중팔구 기(記)라고 했을 것이다.

또 어떤 사람[393]이 이 화봉원을 두고 시를 지어 이르기를,

---

392) 민(閔) : 민광문(閔光文)을 이름. 고려 전기의 문신. 관직은 양온서령(良醞署令)에 올랐음. 문경에 화봉원을 세워 길손에게 편의를 도모하고자 했음.

393) 어떤 사람 : 이규보를 이름. 이규보의 『동국이상국집』 권6에 「제 화봉원(題華封院)」 이라는 시가 있는데, 그 시에, '萬緣灰冷老居士, 尙有丹心愛聖明. 天下蒼生皆請祝,

만 인연이 사그라진 늙은 거사더니,

아직 붉은 마음 남아 있어 성명을 받들었네.

세상 사람들이 모두 빌기를 청하는데,

어찌 홀로 화봉394)의 이름 차지하였는가.

萬緣灰冷老居士,　　　尙有丹心奉聖明.

天下蒼生皆請祝,　　　如何獨占華封名.

라고 했다.

유(劉)의 시는 지경(地境)을 맞아 옛날을 그리워하고 있으므로 말이
번거롭고 뜻이 곡진(曲盡)하며, 뒤 시는 다만 화봉원을 시로 읊은 것으
로 말이 간략하여 경책으로 삼을 만하다.

유공의 아들인 대사성(大司成) 유충기(劉沖基)395)는 조행(操行)이 고
결(孤潔)하고, 문장이 홍섬(洪贍)하여 부친의 풍격(風格)을 그대로 띠었
는데, 그가 저술한 글이 모두 없어져서 여기에 기록하지 못한다.

상-40　河直講千旦, 誦白雲子吳廷碩遊八巓山詩, 水長山影遠, 林茂
鳥啼深. 倦僕莫鞭馬, 徐行得久吟. 因曰, 林茂鳥啼深之句, 最爲絕唱.

如何獨占華封名.'이라고 되어 있어, 여기서는 '愛'가'奉'으로 바뀌었음.

394) 화봉(華封) : 이 말은 『장자·외편(外篇)』「천지(天地)」에 나오는 것으로, 화봉삼축
(華封三祝)의 준말. 화봉은 화봉인(華封人)으로 화 땅의 국경을 지키는 사람이고,
삼축은 수·복·다남자(壽·福·多男子)의 세 가지를 빈다는 뜻임. 『장자』에 쓰인 내
용에 의하면, 화 땅을 지키는 문지기(은자로 추정됨)가 화 땅을 유람하던 요임금을
위하여 세 가지 일이 잘되도록 빌었다는 것인데 이 말이 뒤에 송축의 말로 쓰이게
됐음.('堯觀乎華, 華封人曰, 嘻, 聖人, 請祝聖人, 使聖人壽, 堯曰, 辭. 使聖人富, 堯
曰, 辭. 使聖人多男子. 堯曰, 辭.……')

395) 유충기(劉沖基) : 고려 중기의 문신. 문장에 뛰어나「한림별곡」에 '충기대책(沖基對
策)'이라고 했음. 벼슬은 대사성(大司成)에 올랐음.

子曰, 此詩遣意閑遠, 連吟四句而後得嘉味, 何獨一句絶. 如林茂鳥啼
深之句, 是剝杜子美隔竹鳥聲深也. 以林茂之言, 比隔竹之語, 若涇渭,
然淸獨自分.

직강(直講)[396] 하천단(河千旦)[397]이 백운자(白雲子) 오정석(吳廷碩)[398]
의 「유팔전산(遊八巓山)」[399] 시를 낭송하기를,

> 물이 유장(悠長)하고 산 그림자 먼데,
> 숲이 무성하여 새소리 깊네.
> 게으른 아이야 말에 채찍질 마라,
> 천천히 가며 오래 읊을 것이네.
>
> 水長山影遠,　　　林茂鳥啼深.
> 倦僕莫鞭馬,　　　徐行得久吟.

라고 했다. 시를 낭송하고 나서 말하기를,

> '임무조제심(林茂鳥啼深)'의 구절이 절창(絶唱)이다.

라고 했다. 내가 말하기를,

> 이 시는 뜻을 넉넉하면서도 심원하게 나타낸 것으로 네 구절을 연이어

---

396) 직강(直講) : 고려 때 성균관(成均館)에 소속됐던 종5품의 관직.
397) 하천단(河千旦, ?~1259) : 고려 중기의 문장가. 성품이 곧고 문장에 뛰어나 이수
　　(李需), 이백순(李百順), 이함(李咸) 등과 함께 문명을 떨쳤음.
398) 오정석(吳廷碩) : 고려 중기의 은자로 백운자(白雲子)는 그의 호. 1170년 무신의 난
　　이 일어나자 불교에 귀의하여 명산을 방랑하다가 끝내 환속하지 않았음. 신준(神駿)
　　은 그의 법호(法號). 『동문선』에 시 세 수가 전하고 있음.
399) 팔전산(八巓山) : 전남 고흥군(高興郡) 동쪽 40리쯤에 있는 산.

읊은 뒤에야 훌륭한 맛을 얻을 수 있는 것이니, 어찌 홀로 한 구절만을 절창이라고 하겠는가. '임무조제심(林茂鳥啼深)'의 구절은 두자미(杜子美)의 '대나무를 사이하니 새소리 깊네[격죽조성심(隔竹鳥聲深)]'[400]의 구절을 표절한 것이다. 그러므로 '임무(林茂)'라고 한 말을 '격죽(隔竹)'과 비교한다면 경수(涇水)와 위수(渭水)[401] 같아서 그 청탁(淸濁)이 절로 나누어진다.

라고 했다.

[상-41] 崔文淑公典試, 金承宣立之擢第龍頭, 文淑公之嗣文懿公典試, 金承宣之子諫議君綏, 又中壯元. 諫議才識富贍, 墨竹傳家, 筆法不凡. 有一僧將歸江南, 以一張紙求畵, 畵畢題詩云, 南行數十里, 厭見林林竹如簀. 嫌君煩鈍手, 鈍手慵畵繪胸中. 千畝鬱鬱萬餘丈, 一幅香牋何窄窄. 君不見, 長沙地自褊, 大王舞袖非不翩翩寬且大此互用韻格. 及爲東南路按廉, 過聊城驛留詩云, 去歲楓欲丹, 乘軺赴南國. 今年柳初黃, 返旆朝北極. 萬物化無常, 四時行不息. 溪流似我心, 澄淨唯一色. 人以此詩和裕有味, 誠大夫行役之作.

최문숙공(崔文淑公)[402]이 시관(試官)으로 과거시험을 주제했을 때 승선(承宣) 김입지(金立之)[403]가 장원으로 급제했고, 문숙공의 아들 문의

---

400) 격죽조성심(隔竹鳥聲深) : 이 시구는 백거이(白居易, 772~845)의 「조행임하(早行林下)」라는 시의 한 행으로 최자가 두보의 시구라고 한 것은 잘못된 기억에서 나온 것임. 시 전문을 소개하면, '披衣未冠櫛, 晨起入前林. 宿露殘花氣, 朝光新葉陰. 傍松人跡少, 隔竹鳥聲深. 閑倚小橋立, 傾頭時一吟.'
401) 경수(涇水)와 위수(渭水) : 중국의 섬서성을 관류하는 강물로 경수는 탁(濁)하고 위수는 맑기[淸] 때문에 청탁의 구별이 분명한 것을 비유하는 뜻으로, 여기에서 '경위(涇渭)'라는 말이 나왔음.
402) 최문숙공(崔文淑公) : 문숙(文淑)은 최유청(崔惟淸)의 시호.

공(文懿公)404)이 과거시험을 맡았을 때는 김승선의 아들인 간의(諫議) 김군수(金君綏)405)가 장원에 올랐다. 간의는 재주와 식견이 풍부하여 그의 묵죽(墨竹)의 비법이 집안에 전해오고, 필법(筆法) 또한 범상치 않았다.

한 스님이 강남(江南)으로 돌아가고자 할 때 그림 한 폭을 구하기에 그림을 다 그리고 거기에 시를 지어 이르기를,

> 남행 길 수십 리 가다보면,
> 무성한 대나무 숲 싫도록 보리라.
> 그대는 게으르고 둔한 내 솜씨 싫어하겠지만,
> 무딘 재주로 용렬하게 가슴 속의 생각 그려냈네.
> 울창한 천 이랑 숲 만 길이나 뻗었는데,
> 한 폭의 향전에 어찌 다 옮기겠는가.
> 그대는 장사406)의 땅이 좁은 걸 모르는가,
> 대왕의 춤추는 소매 너울너울 또 크네.

이 시는 호용운격(互用韻格)407)이다.

---

403) 김입지(金立之, ?~1170) : 고려 전기의 문신인 김돈중(金敦中)을 말하고 있으나 입지가 김돈중의 아버지 김부식의 자(字)라는 사실에서 보면 뭔가 잘못된 것으로 볼 수 있음. 그러나 『고려사·지(志)』 권73 선거(選擧)1에 보면, '인종 22년 5월에 한유충(韓惟忠)이 지공거가 되고, 최유청(崔惟淸)이 동지공거가 되어 김돈중 등 26명에게 급제를 내렸다'고 하였으므로 김돈중이 장원으로 급제한 것은 분명하며, 또한 좌승선에 오른 기록도 있음. 그는 평소에 무신들을 멸시하였으므로 무신의 난에 희생됐음.

404) 문의공(文懿公) : 고려 중기 문신인 최선(崔詵)의 시호.

405) 김군수(金君綏) : 고려 중기의 문신. 돈중(敦中)의 아들. 벼슬은 지중군병마사(知中軍兵馬使)에 오름.

406) 장사(長沙) : 중국 호남성 동북부에 있는 성정부 소재지. 동정호(洞庭湖) 동남쪽과 상강(湘江)의 오른쪽 언덕에 위치한 고도(古都)로, 전한(前漢) 문제 때 장사왕(長沙王1)의 태부(太傅)로 좌천 된 가의(賈誼)의 고사와 1971년에 발굴된 마왕퇴한묘(馬王堆漢墓)의 소재지로도 유명함.

南行數十里，　　　　厭見林林竹如簀.[408]

嫌軍煩鈍手，　　　　鈍手慵畫繪胸中.

千畝鬱鬱萬餘丈，　　一幅香牋何窄窄.

君不見長沙地自褊，　大夫舞袖非不翩翩寬且大.

此互用韻格

라고 했다.

　그가 동남로(東南路)의 안렴사(按廉使)가 되어 요성역(聊城驛)을 지날 때 시를 남겼는데 그 시에 이르기를,

지난 해 단풍 붉게 물들려 할 때,

초전(軺傳)[409]을 타고 남쪽에 부임하였네.

올해 버들가지 처음 움터오는 때,

깃발 돌려 북극(北極)[410]에 조회(朝會)하네.

만물은 변화가 무상하고,

사시는 돌고 돌아 쉼 없는 법

계곡에 흐르는 물 내 마음 같아,

맑고 깨끗하여 오직 한 빛이네.[411]

去歲楓欲丹，　　乘軺赴南國.

---

407) 호용운격(互用韻格) : 한 수의 시에 같은 운자를 사용하는 일운도저(一韻到底)의 근체시 용운법(用韻法)을 지키지 않고, 운을 마음대로 바꾸어서 사용할 수 있는 고체시 형식의 용운법을 가리킴.

408) 厭見林林竹如簀 : '竹如簀'은 『시경·위풍(衛風)』의 「기오(淇澳)」편에 '瞻彼淇澳, 綠竹如簀.'에서 따온 것임.

409) 초전(軺傳) : 관원들이 공무로 다닐 때 이용하는 역마차.

410) 북극(北極) : 북극성(北極星)을 이름. 이 별은 그 위치의 변화와는 관계없이 언제나 밝게 빛나기 때문에 임금의 자리에 비유됨.

411) 이 시의 시제는 「서 요성역(書聊城驛)」(『동문선』 권4)

今年柳初黃,　　　返旆朝北極.

萬物化無常,　　　四時行不息.

溪流似我心,　　　澄淸唯一色.

라고 했다. 사람들이 이 시가 화유(和裕)한 맛을 지니고 있다 하니, 진실로 대장부가 맑은 일을 행하려는 뜻을 나타낸 시라고 하겠다.

상-42　蔡拾遺寶文名重一時, 觀其詩, 遒麗無雕琢之痕. 嘗遊學錦城, 後爲按廉而至, 題公舍壁云, 此地來遊十餘載, 今秋又作雁南飛. 簾旌暮捲江山是, 鏡匣朝開齒髮非. 半夜白沙留月色, 長年綠竹媚春輝. 腰黃眼赤新榮重, 來去誰云一布衣. 又和珍鳥碧波亭詩云, 此亭誰創碧江濱, 無限黃蘆與綠筠. 柳岸喜逢彭澤令, 桃源行訪武陵人. 稀微海上蓬萊島, 出沒波間日月輪. 金橘數枝低馬首, 行人誰導使君貧. 次韻道康會仙亭詩云, 驅馳客路右今同, 攻破愁城酒有功. 風引水聲來玉枕, 月移花影上珠櫳. 階邊百草爭春色, 檻外雙松盡日風. 座上群仙皆令德, 可歌詩雅賦椅桐.

습유(拾遺)[412] 채보문(蔡寶文)[413]의 문명(文名)은 한 때를 압도했는데, 그의 시를 보니 힘이 있으면서도 거칠지 않고, 꾸미고 고친 흔적이 보이지 않았다.

그는 일찍이 금성(金城)[414]에서 유학(遊學)하였는데, 뒤에 안렴사(按

---

412) 습유(拾遺) : 고려 때 중서문하성(中書門下省)에 소속됐던 관직으로 종6품 벼슬이었음. 예종 11년(1116)에 정언(正言)으로 개칭.

413) 채보문(蔡寶文) : 고려 중기의 문신. 벼슬은 보문각대제학에 올랐고, 금성백(錦城伯)에 봉해졌음. 시명(詩名)을 떨쳤음.

414) 금성(金城) : 전남 나주시의 옛 이름. 발라(發羅), 통의(通義), 금산(錦山)이라고도

廉使)가 되어 그 곳에 이르러 공사(公舍)의 벽에 시를 쓰기를,

> 이곳에 와서 노닐기 십여 해더니,
> 올 가을 또 기러기 남으로 나네.
> 해질녘 발 걷으니 강남은 바로 옛 모습인데,
> 아침 거울에 비친 내 모습 옛날 그대로가 아니네.
> 한밤중 흰 모래밭엔 달빛 젖어 들고,
> 오래 자란 푸른 대숲엔 봄빛 아름답네.
> 허리 누렇고 눈 붉어 새로운 영화 무거우니,
> 오가는 자 누가 옛날의 그 포의라 하리오. [415)]

此地來遊十餘載,	今秋又作雁南飛.
簾旌暮捲江南是,	鏡匣朝開齒髮非.
半夜白沙留月色,	長年綠竹媚春暉.
腰黃眼赤新榮重,	來去誰云一布衣.

라고 했다.

또 「진도 벽파정시(珍島碧波亭詩)」에 창화(唱和)한 시에 이르기를,

> 이 정자를 누가 푸른 물가에 세웠는지,
> 누런 갈대와 푸른 대숲 끝없이 뻗어 있네.
> 버들언덕에서 반가이 평택령[416)]을 맞고,

했음.

415) 시제는 「제 나주관(題羅州館)」으로 이 시제에 부기한 제주(題註)를 보면, '乙未歲,
   遊學到此, 書記朴元凱特於公館宴尉, 今添按廉之命, 復過, 懷古感今, 因爲四韻.'라
   고 하였음.

416) 팽택령(彭澤令) : 진(晉)나라의 자연시인이자 도가(道家)를 신봉한 도연명(陶淵明,
   365~427)이 일찍이 팽택 지방의 영관(令官)을 살았으므로 붙여진 이름임. 도연명의
   자(字)는 연명(淵明) 또는 원량(元亮), 이름은 잠(潛), 시호는 정절선생(靖節先生).

도원을 향하여 가다 무릉인417)을 찾네.

희미한 바다 위로 봉래섬418)떠 있고,

출렁대는 물결 사이로 해와 달 바퀴 구르네.

밀감나무 두어 가지 말머리에 나직이 드리웠으니,

누가 사군을 가난하다고 하리오.419)

畵欄飛出碧波濱,　　　無限黃蘆與綠筠.

柳岸喜逢彭澤令,　　　桃源行訪武陵人.

稀微海上蓬萊島,　　　出沒波間日月輪.

金橘數枝低馬首,　　　未應誰導使君貧.

라고 했다.

「도강420)회선정시(道康會仙亭詩)」에 차운하여 이르기를,

바삐 오가는 나그네 길 예제나 그대로고,

문 앞에 버드나무 다섯 그루를 심어 놓고 스스로 오류(五柳) 선생이라 칭하기도 하였음. 그의 속세를 초탈한 생각을 나타낸 작품으로 「귀거래사」, 「도화원기」, 「오류선생전」 등이 있음.

417) 무릉인(武陵人) : 도연명이 쓴 가설(假說)의 기사(記事)에 나오는 무릉도원의 사람으로, 무릉도원은 인간세계와 다른 별천지의 이상세계를 상징함. 이 말은 그의 「도화원기(桃花源記)」라는 글에 나옴.

418) 봉래섬[蓬萊島] : 동해(東海) 가운데 있다고 하는 삼신산(三神山 : 봉래, 방장, 영주)의 하나.

419) 『동문선』 권13에 「진도 벽파정 차 최안부영유 운(珍島碧波亭次崔按部永濡韻)」이라는 채보문의 시가 실려 있는데 두 시 사이에 약간의 차이가 있으나 그 내용은 크게 다르지 않음. 『동문선』 소재의 시와 여기에서의 시가 본래 다른 것인지 아니면 후대에 개작(改作)된 것인지 알 수 없음. 『동문선』 소재의 시를 소개하면, '畵欄飛出碧波頭, 夾道黃蘆與綠筠. 柳岸緬思彭澤令, 桃村時見武陵人. 蔽虧烟際蓬萊朶, 出沒波 間日月輪. 金橘數枝低馬首, 未應全道使君貧.'

420) 도강(道康) : 지금의 전남 강진(康津)에 편입된 곳으로 도강과 탐진(耽津)이 합쳐져서 강진이 되었음.

근심 잊기로는 술이 일등공신일세.

바람은 물소리 실어와 옥침에 전해 주고,

달은 꽃 그림자 옮겨 구슬 난간에 떠오르네.

섬돌 가 백 가지 풀 봄빛을 다투고,

난간 밖 두 그루 소나무엔 종일 바람 부네.

자리 위의 뭇 신선은 모두 아름다운 덕 있어,

시로 노래하고 의동[421]에 부칠 만하네.

驅馳客路古今同,　　攻破愁城酒有功.

風引水聲來玉枕,　　月移花影上珠櫳.

階邊百草爭春色,　　檻外雙松盡日風.

座上群仙皆令德,　　可歌詩雅賦椅桐.

라고 했다.

상-43　金右丞敦時少年時, 隨一僧遊唐商館, 有一商與妻有釁, 欲棄去適誰家. 時方冬忽雨, 金遽索紙書一絕云, 東韓地勝斂寒威, 瑞雪翻爲瑞雨飛. 應是巫山神女術, 故關賓館不敎歸. 商見之, 感歎至垂涙, 終不去妻. 彼中朝人, 雖庸賈, 見好詩感動如此, 況士大夫乎.

우승(右丞)[422] 김돈시(金敦時)[423]가 소년시절에 한 스님을 따라서 당

---

421) 의동(椅桐) : 노나무와 오동나무를 이름. 이 나무들은 거문고나 비파 등의 세공품(細工品)을 제작하는 데에 자료로 쓰였음.

422) 우승(右丞) : 고려시대 상서성(尙書省)에 속했던 종3품 관직.

423) 김돈시(金敦時, ?~1170) : 고려 전기의 문신. 부식의 아들이자 김돈중의 아우. 관직은 상서우승(尙書右丞)에 올랐으나 1170년에 무신의 난이 일어나자 평소에 무인들을 하대(下待)했던 탓으로 형 돈중과 함께 무인들에게 죽임을 당했음. 『동문선』 권12에 칠언율시 「고우(苦雨)」, 「등명사(燈明寺)」 등의 작품이 전해지고 있음.

상관(唐商館)에서 놀았는데, 거기에 들어 있던 한 상인이 그의 아내와 틈이 생겨 그녀를 버리고 다른 집으로 가려고 했다. 때는 겨울이라 갑자기 비가 내렸는데 김돈시가 재빨리 종이를 찾아 절구 시 한 수를 지었다. 그 시에 이르기를,

> 우리나라 지세 뛰어나 추위를 거둬가니,
> 서설이 변하여 상스러운 비 되어 내리네.
> 이는 응당 무산신녀[424)의 조화러니,
> 빈관의 문을 잠그고 돌아가지 못하네.

> 東韓地勝斂寒威,　　　瑞雪飜爲瑞雨飛.
> 應是武山神女術,　　　故關賓館不敎歸.

라고 했다. 이에 상인이 그 시를 보고 감탄하여 눈물을 흘리며 마침내 아내를 버리지 못했다. 그 중국 사람은 용렬한 장사치였으나 좋은 시를 보고 감동함이 이와 같으니 사대부(士大夫)에 있어서랴.

상-44　翰林學士吳學麟, 重遊興福寺云, 日改物自改, 事移人又移. 鶴添新歲子, 松老去年枝. 院院古非古, 僧僧知不知. 悠然登水閣, 重驗早題詩. 出語圓滑, 曲盡重遊之意. 學士家世儒業, 其孫世功世文世才三毘季, 皆文章大手, 季弟世才最優, 世文次之, 平生詩藁山積, 皆

---

424) 무산신녀(武山神女) : 중국의 전설상의 인물. 적제(赤帝)의 딸인 도희(桃嬉)를 가리킴. 초(楚)나라의 양왕이 고당에서 놀던 중에 낮잠을 자다가 꿈속에서 도희를 만나 잠자리를 같이 했는데 다음날 아침에 그녀가 떠나면서 "저는 무산의 양지 쪽 높은 언덕 위에 사는데, 아침이면 구름이 되고 저녁에는 비가 되어 내립니다."라고 했음. 송옥(宋玉)의 「신녀부(神女賦)」에, '婦曰, 妾武山之女, 朝爲行雲, 暮爲行雨, 朝朝暮暮, 陽臺之下.'

散逸不傳于世. 悲夫, 二兄皆達, 世才老不得志, 客遊東都. 棄庵居士
淳之贈詩曰, 我本東南一民耳, 老慵未可躬耒耜. 來依古寺寓閑房, 每
彼人呼作居士. 恰似伯通屋廡下, 梁鴻德耀暫同止. 時從芯荔問經論,
敢逐搢紳攻文字. 茲邦如魯古多儒, 縱或相逢如有忌. 乃知所趨苟不
同, 雖在比隣邈千里. 況於京國文翰苑, 絕聽猶知天上事. 然曾慣聞濮
陽公, 學海渾渾無涯涘. 文如典誥少委蛇, 詩似雅頌肯華靡. 相如大人
尙誕夸, 屈平離騷却俶儻. 淵深沕穆喜自珍, 不露紅蜺千丈氣金無迹, 嘗
謂予言, 世之譏評吳公, 以爲使酒豪橫者, 皆非也. 公乃深沈閑雅, 挫銳韜光, 不欲一毫芒耳.
心祈一見每叩天, 未覺己身賤且鄙. 至誠感神固非虛, 忽此相逢非夢
裏. 我嘗夢裏見天人, 尙記容顔公卽是. 敢將拙詩對神句, 但恨其時未
呈似嘗夢見神人下降, 士女觀之者甚衆. 予從騈闐之中望之, 所謂神人者. 容貌不甚肥白, 乃
似世間書生, 相傳云, 神人作詩有一句 云, 萬姓欣欣樂泰階. 予謂神人若見我令對此句, 則不
可以應卒, 乃預構之云, 三光爛爛開天仗 若自進於其前, 未果遂覺. 今觀公之貌, 與夢所見無
異. 女今屢陪樽俎筵, 又得新篇加溢美. 喜將黃色發眉間, 卽今雖死無
所恥. 陳篇尙慕古聖賢, 何況竝生大君子. 嗚呼愛之復畏之, 佩服德音
曷日已. 文順公少於吳三十餘年, 結爲忘年交, 亦以詩寄之云, 海山東
去路悠悠, 一落天涯久倦遊. 黃稻日肥鷄鶩喜, 碧梧秋老鳳凰愁. 烟波
不返遊吳棹, 雪月期浮訪剡舟. 聖代未應終見棄, 莫思垂白釣淸流. 其
爲一代英雄所稱慕如此.

한림학사(翰林學士) 오학린(吳學麟)425)의 「중유흥복사(重遊興福寺)」시
에 이르기를,

흐르는 세월에 풍물은 절로 바뀌어 가고,

---

425) 오학린(吳學麟, 1009~?) : 고려 전기의 문신. 고창 오씨(高敞吳氏)의 시조. 관직은
한림학사에 올랐음. 세공(世功), 세문(世文), 세재(世才) 등의 세 손자가 문명을 떨쳤음.

세상사 달라져 가니 사람 또한 옮겨 가네.

학은 새로이 새끼를 치고,

늙은 소나무 해묵은 가지 저버리네.

절은 옛 모습과 새로운 모습 어우러지고,

스님네는 옛 얼굴과 새로운 얼굴 섞여 있네.

유연히 수각에 올라,

옛날에 지었던 시구 다시 살펴보네.

日改物自改,　　事移人又移.

鶴添新歲子,　　松老去年枝.

院院古非古,　　僧僧知不知.

悠然登水閣,　　重驗早題詩.

라고 했다. 나타낸 말이 거칠지 않고 시원스러우며, 재차 노니는 뜻을 곡진하게 나타내고 있다.

　학사의 집안은 대대로 선비의 가업(家業)을 지켜왔는데 그의 손자들인 세공(世功),[426] 세문(世文),[427] 세재(世才) 등 삼형제는 모두 문장에 있어 대수(大手)였다. 그들 가운데 막내인 셋째가 뛰어나고 세문이 그 다음이다. 평생에 쓴 시고(詩藁)가 산더미 같이 쌓여 있었는데 모두 없어져 지금 세상에 전하지 못하니 정말 슬픈 일이다. 두 형은 모두 현달했으나 세재만이 홀로 연로하도록 뜻한 바를 얻지 못하고 동도(東都, 지금의 경주)에 떠돌아 다녔다. 기암거사(棄庵居士) 순지(淳之)[428]가 그

---

426) 세공(世功) : 고려 중기의 문신인 오세공을 이름. 고창(高敞)사람. 명종 때 문명을 날렸음.

427) 세문(世文) : 고려 중기의 문신인 오세문을 이름. 벼슬은 동각시각(東閣侍學)에 오름.

428) 기암거사(棄庵居士) 순지(淳之) : 기암거사는 고려 중기의 문인인 안치민(安置民)의 호, 순지는 그의 자(字). 호는 수거사(睡居士), 취수선생(醉睡先生). 순지는 초야에 묻혀 지내면서 당시의 문인들인 오세재, 이규보 등과 교우를 통해 남긴 일화가

에게 준 시에 이르기를,

나는 본래 동남 지방의 한 백성일 따름인데,

늙고 게을러 쟁기질 힘겹다 했네.

옛 절을 찾아와 고요한 방에 머무르니,

매양 사람들에게 거사라고 불리어지네.

이는 백통429)의 집 처마 아래에,

양홍430)과 덕요431) 부부 잠시 머문 것과 흡사하네.

때로는 필추432)를 따라 경론을 묻고,

감히 벼슬아치들을 좇아 문자를 다투기도 하네.

이 나라는 노나라433)와 같아 예부터 선비 많으니,

서로 만나면 꺼려함이 있는 것 같네.

이에 나아가는 바 진실로 같지 않음을 아노니,

나란히 이웃하여도 천리같이 아득하네.

많음.

429) 백통(伯通):『후한서(後漢書)』제73「양홍전(梁鴻傳)」권83「일민열전(逸民列傳)」
　　에 보면, 백통은 오나라의 대가(大家)로 양홍이 이 집 사랑채에 머물면서 일을 해주
　　고 살았는데 양의 처 덕요(德耀)가 거안제미(擧案齊眉)로 남편을 섬기는 것을 보고
　　범상치 않게 여겨 집을 주어 살게 했다고 함.

430) 양홍(梁鴻):중국 후한(後漢)의 평릉(平陵) 사람. 자는 백란(伯鸞). 모든 학문에 널
　　리 통했으나 지나칠 정도로 검소하여 청렴하게 일생을 마쳤음. 십여 편의 글이 전함.

431) 덕요(德耀):양홍의 처인 맹광(孟光)을 이름. 덕요는 그의 자(字). 남편을 정성껏
　　섬겨서 후세에 열부(烈婦)로서의 모범으로 받들어졌음. 주세붕(周世鵬)의「오륜가
　　(五倫歌)」중의 한 수인, "지아비 받갈나 듸 간 밥고리 이고가 / 반상을 들오 눈썹의
　　마초이다.[擧案齊眉] / 친코도 고마오시니 손이시나 다르실까."는 덕요의 부도(婦道)
　　를 노래한 것임.

432) 필추(苾芻):범어 Bhisku의 음역으로 비구승(比丘僧)을 이름. 아울러 도사(道士)
　　등의 현달한 사람을 가리키기도 함.

433) 노(魯)나라:공자가 태어난 춘추전국시대의 국명으로 여기서는 훌륭한 철인(哲人)
　　을 낳은 나라의 뜻으로 쓰인 말임.

하물며 서울 문원에 있어서야,

하늘 위의 일 같아서 듣기 어렵네.

그러나 일찍이 복양공[434]의 일 들었더니,

학문세계는 넓고 넓어서 끝이 없다네.

글은 전고[435]와 같아 너절하지 않고,

시는 아송 같으나 화려하기 그지없네.

사마상여[436]의 대인부[437]는 허망하고 과장스러우며,

굴평[438]의 이소경[439]은 뜻 헤아리기 어렵네.

깊고 고요한 연못이 감추어진 보배를 자랑하듯 하고,

드러나지 않은 무지개 천 길이나 기운 서린 것 같네.

김무적(金無迹)이 일찍이 나에게 말하기를, '세상 사람들은 오공(吳公)을 비난하여 술에 빠져 자신을 지키지 못하는 사람이라고 하지만 그런 얘기는 옳지 않다. 공은 여유롭고 조용한 가운데 깊이 묻혀 스스로 자신의 예지를 꺾어 안

---

434) 복양공(濮陽公) : 오세재(吳世才)를 이름. 중국의 복양은 하남성(河南省) 청풍편(淸風縣) 남쪽에 있는 땅으로 중국 오씨(吳氏)의 관향(貫鄕)이기 때문에 오세재를 이렇게 불렀음. 고려 시대에는 성씨의 관향을 중국의 관향을 빌려와 즐겨 썼음.

435) 전고(典誥) : 중국 태고의 제왕들의 언행을 기록한『서경(書經)』속의「요전(堯典)」과「순전(舜典)」,「탕고(湯誥)」와「강고(康誥)」를 이름.

436) 사마상여(司馬相如) : 중국 한나라의 문인으로 자는 장경(長卿), 사천성 성도 사람. 사부(辭賦)에 뛰어나 그의 부작품은 한·위·육조(漢·魏·六朝) 부 작가들에게 모범이 되었음.

437) 대인부(大人賦) : 사마상여의 대표적인 부 작품으로 한나라 무제가 신선을 좋아한 것을 풍자한 내용임.

438) 굴평(屈平) : 중국 전국시대 초나라 사람. 자는 원(原), 호는 영균(靈均). 박람(博覽)하고 의지가 군세어 초나라 회왕(懷王) 아래에서 좌상(左相)의 중책을 맡아 기여했으나 소인들의 참소로 귀양 가서 5월 5일에 장사(長沙)의 멱라수(汨羅水)에 몸을 던져 죽었다고 전함. 초사(楚辭)를 일으킨 사람으로 그의 작품엔「이소(離騷)」,「구가(九歌)」,「천문(天文)」,「어부사(漁父辭)」등 25편이 전하고 있음.

439) 이소경(離騷經) : 굴원이 지은 초사의 편명. 굴원이 모함을 받아 초나라 궁중에서 쫓겨난 뒤에 자신의 불우한 처지와 현실의 부조리함을 노래한 작품으로 초사의 개단(開端)을 이루었음. 이(離)는 조(遭) 또는 이(罹)이고, 소(騷)는 우(憂)로서, '근심을 만난다.'는 뜻임.

으로 감추어서는 조금도 밖으로 나타내려고 하지 않는 사람이다.'라고 했다.

마음속으로 한 번 뵙기를 하늘에 빈 것은,

천하고 비루한 이 몸이 아직 깨닫지 못한 탓이네.

지성이면 귀신도 감동한다는 말 진실로 헛된 것 아니니,

홀연히 이리 만남은 꿈속의 일 아니네.

내 일찍이 꿈속에서 하늘사람 만났더니,

아직도 기억하고 있는 그 얼굴이 바로 공이었음을 알 수 있네.

감히 서투른 시구 내어 신구(神句)에 답했으니,

다만 그때 이 같은 시 드리지 못한 것이 한스럽네.

> 일찍이 꿈에 신인(神人)이 인간 세상에 내려왔는데 내가 이 광경을 여러 사람들과 같이 보았다. 사람들 늘어선 속에 섞여서 바라보니 이른바 신인(神人)이었다. 용모는 그리 살지거나 회지도 않아 세간(世間)의 서생(書生)과 모습이 흡사했다. 사람들이 서로 전하여 이르기를, '신인이 지은 시 한 구절이 있다.'고 하였는데, 그 시는 '만 백성이 태평성대 기뻐하네.[萬姓欣欣樂泰階]'라는 것이었다. 내가 혼자 속으로 신인이 만약 나를 보고 대구를 지으라고 하면 즉시 응할 수 없을 것 같아서 미리 대구를 생각해 두기를, '삼광(三光)440)이 눈부시어 임금의 위용 열었네.[三光爛爛開天仗]'라고 했다. 앞으로 나아가 이 대구를 바치려고 하려는 차에 어느 사이에 잠에서 깨었다. 공의 모습을 보니 꿈에서 본 신인과 조금도 다를 바 없다.

지금같이 여러 번 술자리에 모셨고,

또 새로운 글 얻으니 아름다움 더욱 넘치네.

기뻐하여 누런빛이 눈썹 사이에 나니,

지금 비록 죽더라도 부끄러울 것 없네.

옛 책에도 오히려 옛 성현을 그리워했으니,

대군자와 더불어 살아감에랴.

아, 사랑하고 다시 두려워하노니,

덕음(德音)을 마음에 새기는 것이 어찌 오늘에 끝날 것인가.

---

440) 삼광(三光) : 빛을 발하는 세 가지로 해·달·별을 말함.

我本東南一民耳,　　　老慵未可躬耒耜.

來依古寺寓閑房,　　　每被人呼作居士.

恰似伯通屋廡下,　　　梁鴻德耀暫同止.

時從苾芻問經論,　　　敢逐搢紳攻文字.

玆邦如魯古多儒,　　　縱或相逢如有忌.

乃知所趍苟不同,　　　雖在比隣邈千里.

況於京國文翰苑,　　　絶聽猶如天上事.

然曾慣聞濮陽公,　　　學海渾渾無涯涘.

文如典誥少委蛇,　　　詩似雅頌肯華靡.

相如大人尚誕誇,　　　屈平離騷却㤓慨.

淵深沕穆喜自珍,　　　不露虹蜺千丈氣.

　　　金無迹嘗謂予言 世之譏評吳公 以爲使酒豪橫者 皆非也 公乃深沈閑雅 挫銳韜
　　　光 不欲一毫芒耳

心祈一見每叩天,　　　未覺己身賤且鄙.

至誠感神古非虛,　　　忽此相逢非夢裡.

我嘗夢裏見天人,　　　尙記容顏公卽是.

敢將拙詩對神句,　　　但恨其時未呈似.

　　　嘗夢見神人下降 士女觀之者甚衆 予從騈闐之中望之 所謂神人者 容貌不甚肥
　　　白 乃似世間書生相傳云 神人作詩有一句云 萬姓欣欣樂泰階 予謂神人若見我
　　　令對此句 則不可以應卒之 乃預構之云 三光爛爛開天仗 若自進於其前 未必遂
　　　覺 今觀公之貌 與夢所見無異

如今屢陪樽俎筵,　　　又得新篇加溢美.

喜將黃色發眉間,　　　卽今雖死無所恥.

陳篇尙慕古聖賢,　　　何況竝生大君子.

嗚呼愛之復畏之,　　　佩服德音曷日已.

라고 했다.

문순공(文順公)은 오세재보다 삼십여 세나 아래로 오세재와 망년지교(忘年之交)[441]를 맺었다. 또한 문순공이 시를 지어 그에게 주었으니 그 시에 이르기를,

바다와 산이 그리워 동쪽으로 유유히 떠나더니,

한 번 천애에 떨어져 싫도록 노니시는가.

누런 벼이삭 날로 영그니 닭과 따오기 기뻐하고,

벽오동에 가을이 깃드니 늙은 봉황이 수심 띠었네.[442]

안개 자욱한 강호에서 오나라 배 돌아올 줄 모르고,[443]

언제 눈 내린 달밤에 섬계(剡溪)에 배 띄워 찾으려 하네.[444]

성대엔 응당 버림받지 않을 것이니,

백발 휘날리며 청류에 낚시 드리울[445] 생각마소.[446]

海山東去路悠悠,   一落天涯久倦遊.

---

441) 망년지교(忘年之交) : 오세재는 이규보에 비해 나이가 35세나 연상이었지만 오세재가 이규보의 재주가 뛰어남을 아끼어 나이 차이를 잊고 허교한 것을 이름.

442) 벽오동에 …… 수심 띠었네 : 『동인시화』 상권에 의하면, 이규보의 이 시구는 두보의 「추흥팔수(秋興八首)」 중 여덟째 수의 둘째 연인, '碧梧棲老鳳凰枝, 紅稻啄餘鸚鵡粒.'에서 용사(用事)한 것이라고 함.

443) 안개 자욱한 …… 돌아올 줄 모르고 : 중국 진(晉)나라 장한(張翰, 자는 계응季鷹)이 고향이 그리워 벼슬을 버리고 떠난 고사에 빗댄 것임. 장한은 문장에 능하여 벼슬이 동조련(東曹掾)에 이르렀으나 가을바람이 불자 고향인 오중(吳中)의 순채국[蓴羹]과 농어회[鱸魚膾]가 그리워 관직을 버리고 고향으로 돌아갔음.

444) 언제 …… 배 띄워 찾으려 하네 : 섬계(剡溪)는 중국 절강성 조아강(曹娥江) 상류에 있는 계곡으로 이곳에 대규(戴逵)가 살고 있었으므로 대계(戴溪)라고도 함. 진나라 왕자유(王子猷, 자유는 왕휘지王徽之의 자)가 섬계에 머물고 있던 친구 대규를 찾아 배를 타고 떠났던 고사에 빗댄 것임.

445) 백발 …… 드리울 : 여상(呂尙, 강태공)이 위수(渭水)에서 동안(童顔)으로 낚시질을 하고 있었는데, 인재를 찾아 돌아다니던 서백(西伯, 뒤에 주나라 문왕文王이 됨.)을 만났던 고사를 이름.

446) 시제는 「오덕전 동유불래 이시기지(吳德全東遊不來以詩寄之)」(『동국이상국집』 권1)

黃稻日肥鷄鶩喜,　　碧梧秋老鳳凰愁.

煙波不返遊吳棹,　　雪月期浮訪剡舟.

聖代未應終見棄,　　莫思垂白釣淸流.

라고 했으니 그를 일대의 영웅으로 칭찬하고 사모함이 이와 같았다.

상-45　外王父題高城客樓云, 閑窓猶海氣, 敧枕亦濤聲. 冠盖四仙迹, 江湖三日名. 此聯格高意盡. 吳秘丞世文題綠楊驛云, 有花村價重, 無柳驛名孤. 喬木日先照, 枯桑風自呼. 此聯高淡有味, 有味不如意盡.

　나의 외조부[447]께서 고성(高城)의 객루(客樓)를 두고 시로 읊어 이르기를,

　　창을 닫으니 오히려 바다 기운을 느끼고,

　　베개에 의지하니 또한 파도소리 들려오네.

　　관개(冠盖)는 네 선인(仙人)[448]의 자취이고,

　　강호는 삼일포(三日浦)[449]라 이름 하네.

　　閑窓猶海氣,　　敧枕亦濤聲.

　　冠盖四仙迹,　　江湖三日名.

라고 했다. 이 시련(詩聯)은 풍격(風格)이 높고, 뜻이 곡진(曲盡)하다.

　비승(秘丞)[450] 오세문(吳世文)이 녹양역(綠楊驛)[451]을 두고 시를 지어

---

447) 나의 외조부 : 고려 중기의 인물로 본관이 강릉인 김례경(金禮卿)을 말함.

448) 네 선인(仙人) : 신라 화랑(花郞)이었던 남석행(南石行), 술랑(述郞), 영랑(永郞), 안상(安詳) 등의 네 국선(國仙)을 이름.

449) 삼일포(三日浦) : 강원도 고성(高城) 북쪽 7~8리에 위치한 곳으로 옛날에 사선이 경치에 홀려 사흘 동안이나 돌아갈 것을 잊고 노닐었다는 것에서 붙여진 이름임.

이르기를,

> 꽃이 있어 마을 값 중하고,
>
> 버들 없어 역 이름 외롭네.
>
> 키 큰 나무에 햇살 먼저 비추고,
>
> 마른 뽕나무엔 바람이 절로 부르짖네.

> 有花村價重,　　　無柳驛名風.
>
> 喬木日先無,　　　枯桑風自呼.

라고 했다. 이 시는 고상하고 담백한 맛이 있으나 시에 맛이 있다는 것
은 시의 뜻이 곡진한 것만은 못하다.

상-46　吳世才賦北岳戟巖云, 北嶺巉巉石, 旁人號戟巖. 迴搂乘鶴
晉, 高刺上天咸. 槊柄電爲火, 洗鋒霜是鹽. 何當作兵器, 敗楚亦亡凡.
有宋人見此詩, 歎服問曰, 此人在乎, 今至何官, 我宋有如此作詩者,
則必爵之. 此詩非閑中題詠, 殆被人占强韻令賦耳. 哉字助也, 亦難爲
韻. 昔有一長官, 命權敦禮賦竹陳, 占哉字. 權曰. 刃交風拂是, 弓掛月
生哉. 可同日而語.

오세재가 북악(北岳)의 창바위[戟巖][452)]를 읊기를,

> 북쪽 산마루에 험하게 솟은 바위,

---

450) 비승(秘丞) : 고려 때 비서성(秘書省)에 속했던 종5품의 관직.

451) 녹양역(綠楊驛) : 경기도 양주시의 평구역(平丘驛)에 속해 있던 11개 속역(屬驛) 중
　　의 하나로 양주 남쪽 30리에 위치하였음.

452) 창바위[戟巖] : 개성 북쪽 30리 거리에 있는 창 모양의 바위.

옆 사람들은 창 바위라 부르네.

멀리 우뚝한 모습은 학을 탄 왕자진(王子晉)[453]이요,

찌를 듯 높이 솟은 것은 하늘에 오르는 무함(巫咸)[454] 같네.

자루를 다듬는 데는 번개가 불이 되고,

날을 씻는 데는 서리가 소금이네.

어쩌면 정작 병기를 만들어,

초나라 이기고 또 범나라 망칠꼬.[455]

北嶺巉巉石,　　旁人號戟巖.

迴撐乘鶴晉,　　高刺上天咸.

揉柄電爲火,　　洗鋒霜是鹽.

何當作兵器,　　敗楚亦亡凡.

라고 했다.

어느 송나라 사람이 이 시를 보고 탄복하며 묻기를,

이 사람이 살아 있는가. 지금 무슨 관직에 있는가. 우리 송나라에 이
정도의 시를 짓는 사람이 있으면 반드시 그에게 벼슬을 줄 것이다. 이
시는 심심파적으로 읊은 것이 아니라 어떤 사람이 어려운 운을 내서 짓
게 한 것이다.

---

453) 왕자진(王子晉) : 중국의 신선인 왕자교(王子喬)를 이름. 주나라 영왕(靈王)의 태자
　　(太子)로 이름은 진(晉). 피리를 잘 불어서 봉황의 울음소리를 냈고, 도사 부구공(浮
　　丘公)을 따라 숭고산(嵩高山)에 올랐으며, 30여 년 만에 백학을 타고 구씨산(緱氏
　　山)에서 내려왔다고 함. (『열선전(列仙傳)』 「왕자교」)

454) 무함(巫咸) : 옛날의 신무(神巫)로 은 중종(殷中宗) 때의 명신(名臣). 하늘에서 내려
　　왔다고 함. (『이소경(離騷經)』)

455) 초나라 이기고 또 범나라 망칠꼬 : 이 말은 『장자』 전자방(田子方)에 대국인 초나라
　　문왕(文王)의 신하가 소국인 범나라가 망했다고 하자, 나라가 망했을지라도 그 나라
　　를 다스리는 왕이 존재한다면 망하지 않았다는 범나라 희후(僖侯)의 궤변이 소개되
　　어 있음.

라고 했다.

재(哉)자는 조사(助詞)이니 역시 운으로 삼기에는 어려운 글자이다. 옛날에 어느 한 장관(長官)이 권돈례(權敦禮)[456]에게 죽진(竹陣)이라는 시제에 재(哉)자 운을 주어 시를 짓게 했다. 권(權)이 시를 지어 이르기를,

> 칼날 엇갈리니 이는 바람 떨치는 것이고,
> 활궁이 걸려 있으니 달이 처음 돋아 오르는 것 같네.
> 刃交風拂是,　　　弓掛月生哉.

라고 했다. 두 시가 같은 날에 이루어진 말 같다.

상-47 許壯元洪材, 完山道中云, 重尋舊遊處, 風月似前春. 只歎完山下, 時無鼓腹人. 聞者皆云淺易, 然有恤民經濟之意, 後果爲冢宰. 齊安進士崔裕題桃源驛云, 避秦三四家, 仍作桃源驛. 自言迎送勞, 却勝長城役. 有風騷諷喩之意, 當時以爲警策. 裕十上不弟, 以布衣終, 則古人觀文章知人之行止, 似未必信. 雖然觀崔詩, 語意自苦, 無和裕將大之氣.

장원(壯元) 허홍재(許洪材)[457]가 완산(完山)[458]으로 가는 도중에 읊기를,

---

456) 권돈례(權敦禮) : 고려 중기의 문신. 고려 예종 때 문신이었던 적(適)의 아들. 그는 무신의 난을 만나 원주로 피신하였으나 끝내 현실로 돌아오지 않고 은둔하며 처사로 일생을 마쳤으므로 자신의 지조를 꺾지 않은 사람으로 칭송을 받았음. 같은 시대의 은둔자였던 신준(神俊), 오생(悟生), 백운자(白雲子) 오정석(吳廷碩) 등과 비슷한 처세를 보였음.
457) 허홍재(許洪材, ?~1170) : 고려 전기의 문신. 벼슬은 지문하성사(知門下省事)에 오름. 무신의 난 때 살해됨.
458) 완산(完山) : 지금의 전북 전주(全州)의 옛 이름.

> 옛적 노닐던 곳 다시 찾아드니,
> 풍월은 옛날 보던 그 봄날과 같네.
> 다만 한스러운 것은 완산 아래에,
> 지금 배 두드리는 사람[459] 없는 것이네.

> 重尋舊遊處,　　　風月似前春.
> 只歎完山下,　　　時無鼓腹人.

라고 했다. 이 시를 듣는 사람들은 모두가 시의 내용이 심원하지 못하고 평이(平易)한 것이지만 백성을 긍휼(矜恤)히 여기고, 경세제민(經世濟民)의 뜻이 깃들어 있다고 하더니, 과연 뒤에 재상이 되었다.

제안진사(齊安進士) 최유(崔裕)가 도원역(桃源驛)[460]을 두고 시를 지어 이르기를,

> 진나라 피해 온 서너 집이 모여,
> 도원역을 이루었는가.
> 스스로 말하기는 길손 맞이하고 보내는 노고가,
> 만리장성 역사(役事)보다야 낫다고 했네.

> 避秦三四家,　　　仍作桃源驛.
> 自言迎送勞,　　　却勝長城役.

라고 했다. 이 시 속에 『시경』 풍소(風騷)의 풍자하고 비유하는 뜻이 있어 당시에 이 시를 경책(警策)으로 삼았다.

유(裕)는 열 번이나 과거에 응시했으나 급제하지 못하고 평민으로 일

---

459) 배 두드리는 사람[鼓腹] : 함포고복(含哺鼓腹)의 준말. 음식을 먹어 배를 두드린다는 뜻으로 태평성대의 구가를 의미함.(『장자(莊子)』「마제편(馬蹄篇)」을 참조.)
460) 도원역(桃源驛) : 경기도 장단(長湍) 남쪽 5리쯤에 있던 역 이름.

생을 마쳤으니, 곧 옛 사람이 문장을 보고 그 사람의 행동거지를 대략
알 수 있다고 한 말을 반드시 믿을 수만은 없다고 하겠다. 그러나 최
(崔)의 시를 보면 말과 뜻이 절로 참담하여 온화하고 여유로움 속에서
장차 크게 성공할 기질이 엿보이지 않는다.

상-48　崔景文公洪胤, 以金牓元拜政堂入中書, 寓直房在第四. 琴英
烈公儀, 亦以壯元拜政堂, 踵入此房夜直作詩云, 中書第四宰臣房, 幾
閱平章與政堂. 此日榮華誰得似, 壯元郞代壯元郞. 英烈公掌喉舌, 兼
三大夫雙學士, 及爲相久柄鈞衡, 乃作詩云, 出入黃扉靑瑣闥, 于今二
十四年臨. 鷄鳴漏盡猶行路, 恐向沙堤犯夜禁. 於是稱病歸老, 二公皆
文忠肅克謙之門下壯元也, 越壬申春, 同掌試春官, 予出其門下. 兩公
竝時爲相, 而忠肅公之嗣惟弼, 時亦爲相. 及英烈公懸車歸老, 門生欲
獻壽, 大敞華筵, 仍邀崔文二相同燕, 英烈公倚酣唱曰, 一門下兩龍頭,
與宗伯同時爲平章, 以至退老, 赴此門生之賀宴, 實千古未聞也, 胡不
爛醉以答盛事. 門生皆俯伏階下, 不勝慶嘆, 至或有拭淚嗚咽者. 趙同
年賁作詩, 私與同年微聲曰, 共登金牓一門下, 聯入黃扉數載中. 宗伯
_{方言座主之嗣}亦爲一時相, 桂堂春宴賀三公. 同年以此詩雖淺俗, 言今日
事的然.

경문공(景文公) 최홍윤(崔洪胤)461)이 금방(金榜)462)의 장원으로 정당
(政堂)에 배수되어 중서성(中書省)으로 들어갔는데 그가 수직(守直)하던

---

461) 최홍윤(崔洪胤, ?~1229) : 고려 중기의 문신. 3차에 걸쳐 동지공거(同知貢擧)·지공
　　거(知貢擧)로서 과거를 주관하였으며, 관직은 평장사에 올랐음. 시호는 경문(景文).
462) 금방(金榜) : 과거 급제자의 명단을 적는 판으로 뜻이 전하여 과거 급제에 오르는
　　것을 이름.

방은 네 번째 방이었다. 영렬공(英烈公) 금의(琴儀)[463]도 장원에 올라
정당에 배수되었더니, 최가 수직하는 방에 들어가 밤에 함께 지키며
시를 지어 이르기를,

중서성 네 번째 재신(宰臣)의 방에는,
몇 번이나 평장과 정당 들었던고.
오늘의 이 영광 누가 이 같을까,
장원랑이 장원랑을 대신했네.
中書第四宰臣房,　　　幾閱平章與政堂.
此日榮華誰得似,　　　壯元郎代壯元郎.

라고 했다.

영렬공이 후설(喉舌)[464]의 직무를 관장하여 삼대부(三大夫)와 쌍학사
(雙學士)를 겸했고, 재상이 되어서는 오랫동안 인재등용의 중책을 맡았
는데, 시를 지어 이르기를,

황비[465]와 청쇄달[466] 드나들기 어제 같은데,
지금에 벌써 스무 네 해 흘러갔구나.
닭 울어 밤이 다해도 다니던 길이더니,

---

463) 금의(琴儀, 1153~1230) : 고려 중기의 문신. 초명은 극의(克儀). 자는 절지(節之).
　　벼슬은 평장사에 오름. 최충헌의 비호를 받았으며, 여러 번에 걸쳐 지공거에 임명되
　　어 과거를 주관했으므로 많은 인재를 문생으로 두게 되어 「한림별곡」에 금학사 옥
　　순문생(琴學士玉筍門生)으로 소개되어 있음. 시호는 영렬(英烈).
464) 후설(喉舌) : 임금을 대신하여 말과 글을 전하는 벼슬. 후설지관(喉舌之官)이라고
　　함. 승지(承旨) 벼슬이 여기에 해당됨.
465) 황비(皇扉) : 승상(丞相)이나 삼공(三公) 등의 최고의 관료들이 집무하던 관청으로,
　　집무하는 관청의 문을 누렇게 칠한 데에서 나온 말임.
466) 청쇄달(靑瑣闥) : 중국 한나라 때의 궁문(宮門)으로 대궐문의 총칭으로 쓰였음. 문
　　에 사슬 모양이 이어 있는 무늬를 그려 푸른 칠을 했기 때문에 붙여진 이름임.

모래 둑을 향하는데 순라꾼에 들킬까 두렵네.

出入皇扉靑瑣闥, 　　　　于今二十四年臨.
鷄鳴漏盡猶行路, 　　　　恐向沙堤犯夜禁.

라고 하였는데, 곧 병을 핑계로 벼슬을 버리고 고향으로 돌아갔다.

경문공과 영렬공은 모두 충숙공(忠肅公) 문극겸(文克謙)467)의 문하(門下)에서 장원급제하였다. 얼마 후 임신년(壬申年)468) 봄에 함께 춘관(春官)469)에서 보인 과시(科試)를 관장하였으니 내가 또한 그 문하의 출신이다. 양공(兩公)이 때를 같이 하여 재상이 되었고, 충숙공의 아들인 문유필(文惟弼)470)이 또한 그때 재상이 되었다.

영렬공이 노년에 이르러 벼슬을 그만 두고 고향에 돌아가게 되었을 때 제자들이 헌수(獻壽)하는 잔치를 크게 열어 곧 최·문(崔文) 두 재상을 함께 맞아 잔치를 베풀었다. 영렬공이 술에 취해 노래하기를,

한 문하에 두 사람의 용두(龍頭)와 종백(宗伯)이니,
같은 때 평장사(平章事)에 올랐네.
늙어 벼슬에서 물러난 이 몸이,

---

467) 문극겸(文克謙, 1122~1189) : 고려 중기의 문신. 자는 덕병(德炳). 본관은 남평(南平). 집현전대학사 경정공(敬靖公) 문공유(文公裕)의 아들. 좌정언(左正言)으로 있으면서 문치주의에 치중한 의종(毅宗)의 정치에 간언(諫言)을 서슴지 않았음. 1180년 태자소사(太子少師)가 되었고, 이듬해 수대위(守大尉)가 되었으며, 1184년 참지정사(參知政事)로 지공거가 되어 금극의(琴克儀) 등 진사 31인과 명경(明經) 5인을 선발하였음. 『고려사·열전』 권12에 아들로 후식(侯軾)과 유필(惟弼)이 있다고 했음. 명종 묘정(廟庭)에 배향되었고, 시호는 충숙(忠肅).

468) 임신년(壬申年) : 고려 강종(康宗)의 원년(1212)에 해당됨.

469) 춘관(春官) : 예부(禮部)의 이칭. 중국 당나라 중종 1년(684)에 예부를 춘관으로 바꾼 것에서 비롯된 것임. 예부에서 주관하는 과거를 춘관시(春官試)라고 했음.

470) 문유필(文惟弼, ?~1228) : 고려 중기의 문신. 고종대에 크게 활약하여 관직은 참지정사(參知政事)·판예부사(判禮部事)에 올랐음.

문생들이 베푼 자리에 참석한 것은,

천고에 듣지 못할 갸륵한 일이니,

내 어찌 술에 취하여 이 잔치를 즐기지 않으리.

日門下兩龍頭,　　　　　　與宗伯同時爲平章.

以至老退,　　　　　　　　赴此門生之駕宴,

實千古未聞也,　　　　　　胡不爛醉以答盛事.

라고 하니, 제자들이 모두 뜰아래 엎드려 이 경사스러운 일에 감정이 겨워서 탄식하기도 하고, 그 중에는 눈물을 흘리며 흐느끼는 자도 있었다. 동년(同年)인 조분(趙賁)이 시를 지어 가만히 동년들에게 주며 나직이 읊조리어 이르기를,

함께 금방에 오른 동문이더니,

나란히 조정에 들어가 여러 해 보냈네.

종백방언으로 좌주(座主)의 아들을 이름 이 또한 같은 해 재상되었으니,

계당(桂堂)471)의 봄 잔치에서 삼공을 하례하네.

共登金牓一門下,　　　　　　聯入皇扉數載中.

宗伯亦爲一時相, 方言座主之嗣　　桂堂春宴賀三公.

라고 했다. 동년이 지은 시로써는 비록 내용이 보잘 것 없고 속된 것이나 오늘의 일을 읊은 것이 그럴 듯하다.

상-49　景文公英烈公, 俱解相印, 歸老于第, 上因册東朝臨軒, 敬老

---

471) 계당(桂堂) : 계수(桂樹)를 꺾은 자들이 머무는 집으로 계수를 꺾는다는 사실은 과
　　거에 급제하는 것을 이름.

勅賜大酺, 兩公皆入赴宴, 諸門生扶侍上闕, 塡街溢巷. 觀者莫不嗟嘆.
及罷宴歸第, 英烈公謂諸子曰, 吾以龍頭爲相, 以至退老, 得參賜設,
而門生扶侍甚盛. 皆當代英才, 曷勝慶快, 宜效文和公宴諸門生故事.
於是召集四年牓, 大開燕飮, 呼出諸子孫欲命坐. 公曰, 一門子弟情同
骨肉, 吾諸子孫, 亦爾等兄弟也, 乃以齒坐之. 及酒酣懽甚, 命門生相
唱和, 辰年狀頭皇甫瓘唱云, 同年先後爲兄弟. 公卽應聲對曰, 滿座英
雄間子孫. 明日諸同年, 各作詩謝之, 僕以公之一聯七字, 分爲韻作詩
竝引以謝, 公覽而肯之.

경문공[472]과 영렬공[473]이 늙어 함께 재상의 자리에서 물러나 집에서
지냈다. 임금이 태자 책봉(冊封)의 일로 헌함(軒檻)에 직접 나시어 경로
잔치[臨軒敬老][474]를 내리니 양공이 잔치자리에 참석하게 되었다.

제자들이 모두 부액(扶腋)하여 대궐로 모시고 가는데 인파가 넘쳐 길
을 가득 메울 정도로 붐볐다. 이 광경을 구경하던 사람들이 모두 감탄
해 마지않았다. 잔치가 끝나고 영렬공이 집으로 돌아가 아들들에게 말
하기를,

내가 장원으로 급제하여 재상에까지 올랐더니 늙어 벼슬을 그만 두고
묻혀 지내는데도 상감께서 베푸신 잔치에 참석하고 또한 제자들이 나를
부축하여 섬기는 것이 아주 융숭하였다. 이들 모두는 당대의 영재들이라
그 경사스럽고 즐거움이야 여기에서 더할 수 있겠는가. 마땅히 문화공
(文和公)[475]이 제자들을 불러 잔치를 베풀었던 옛일을 본받으리라.

---

472) 경문공(景文公) : 고려 중기의 문신인 최홍윤(崔洪胤, ?~1229)의 시호.
473) 영렬공(英烈公) : 고려 중기의 문신인 금의(琴儀, 1153~1230)의 시호.
474) 경로잔치[臨軒敬老] : 임금이 직접 헌함에 나와 벌이는 경로잔치. 헌(軒)은 전당(殿
    堂) 앞의 처마를 특히 높게 한 궁을 이름. 임헌책문(臨軒策問), 임헌책사(臨軒策士)
    라는 말이 있음.

고 했다. 이에 4년에 급제했던 문하생들476)을 불러 모아 잔치를 크게 열었는데 그 자리에 모든 자손들을 불러내어 옆에 앉히려 하다가 공이 말하기를,

한 문하에서 배출된 제자들의 정의(情宜)는 한 부모에게서 태어난 골육(骨肉)끼리 나누는 정의와 같은 것이니 내 모든 자손들 또한 너희들과 형제이다.

라고 하고는 그들을 나이에 따라 순서대로 앉혔다. 주흥이 무르익고 즐거움이 더해지자 제자들에게 서로 시를 창화(唱和)하도록 했다. 진년(辰年)477)에 장원한 황보관(皇甫瓘)478)이 시를 지어 이르기를,

같은 해 급제이나 선후 있어 형제 되네.

同年先後爲兄弟

라고 했다. 공이 즉시 응대하여 이르기를,

가득 앉은 영웅들 속에 자손들 사이하였네.

滿座英雄間子孫

---

475) 문화공(文和公) : 고려 전기의 문신인 최유선(崔惟善, ?~1075)의 시호.

476) 4년에 급제했던 문하생들 : 영렬공 금의가 희종 4년 윤4월에 동지공거(同知貢擧)로 과거에 참여하여 황보관(黃甫瓘) 등 33명을 발탁한 적이 있음. (『고려사·지志』권27 선거選擧) 금의는 동지공거로 2번, 지공거로 1번 과거 급제자를 발탁했음.

477) 진년(辰年) : 희종(熙宗) 4년(1208) 무진년(戊辰年)을 말함. 『고려사·지(志)』27권에, '熙宗四年閏四月, 參知政事, 李桂長知貢擧, 右副承宣琴儀同知貢擧, 取士, 賜皇甫瓘等三十三人.'이라고 했음.

478) 황보관(皇甫瓘) : 고려 중기의 문신. 금의(琴儀)가 문병(文柄)을 잡고 부당한 행동을 보였기 때문에 이를 비난하는 시를 지어 결국 귀양길에 올랐던 시화(詩禍)의 고사를 남겼음.

라고 했다.

　다음 날 모든 동년들이 각기 시를 지어 공에게 감사를 표했다. 내가
공의 시구 일곱 자를 나누어 운(韻)을 삼고는 시와 인(引)을 지어 사례
(謝禮)하니, 공이 보고는 좋아했다.

상-50　趙文正公器識, 德行文武兼備, 望傾朝野. 丙子年討丹寇, 命
元帥, 公爲副. 不自頴制戰不利, 作詩曰, 千里霜蹄容一蹶, 悲鳴壯氣
何逸越. 若敎造父更加鞭, 蹋躪沙場摧古月. 及己卯年, 朝議推公爲獨
元首, 專掌兵權. 會蒙古兵追丹寇至, 其渠率見公拜而兄之, 併力掃丹
寇. 乃還, 遷門下平章事判兵部, 時文安公文順公韓陳兩副樞, 劉司成
沖基尹直講于一, 皆其同牓, 釀宴以賀, 公作詩最爲警策, 今失之, 唯
記一句云, 綠袖昔年爲末座, 黃扉今日先諸公. 復次韻答劉侍制陳臺長
云, 文陳當年鼓角雄, 銀袍藍袖棘闈中. 靑雲穩步無多子, 白髮相看不
負公. 烏府懍威搖岳鎭, 鴻樞慶頌及兒童. 天章待制又如許, 同牓飛昇
甚日窮. 功名方極, 還有烟霞逸想, 開獨樂園於東皐, 傍竹臨泉, 日與
門弟賢士大夫, 詩酒自娛, 其酬唱至成數卷, 惜哉, 無人收錄, 不傳于
今. 年五十卒, 三韓莫不搥胸慟慕. 尹直講于一作墓銘, 略曰, 公德行
耶文學耶政事耶, 可無愧. 顔閔季路之徒歟, 入而相出而將, 半百年前
功名富貴何云云. 時謂實錄.

　조문정공(趙文正公)[479]은 기식(器識)과 덕행(德行)이 있고 문무(文武)
를 겸비하여 그 명망이 조야(朝野)에 드높았다.

---

479) 조문정공(趙文正公) : 고려 중기의 문신인 조충(趙沖, 1171~1220)을 이름. 자는 담
　　약(湛若), 문정은 그의 시호. 관직은 평장사에 올랐음. 서북면병마사, 서북면 원수
　　로 있으며 변방의 여진족과 거란군을 격퇴하는 데 큰 공을 세웠음.

병자년(丙子年)[480]에 글안을 토벌할 때 왕이 원수(元帥)를 임명하고, 이어서 공을 부원수로 삼았다. 전쟁터에 나아가 자기 뜻대로 싸울 수 없는 여건 속에서 전세가 불리해지자 시를 지어 이르기를,

천 리를 달리는 준마 한 번 솟아오르니,
비장한 울음소리와 장한 기운 얼마나 높던고.
만약 조보[481]로 하여금 말에 채찍 가하게 한다면,
오랑캐 몰아내어 태평성대 얻었으리.

千里霜蹄容一蹶,　　　悲鳴壯氣何逸越.
若敎造父更加鞭,　　　蹋蹋沙場摧古月.

라고 했다.

기묘년(己卯年)[482]에 조정의 묘의(廟議)에서 추천하여 공을 독원수(獨元帥)로 삼고 병권을 장악하게 했다. 마침 몽고병이 글안 군사를 추격하여 다다랐는데, 그 몽고병의 우두머리가 졸개들을 거느리고 와 공을 만나보고는 그를 형으로 삼아 서로 힘을 합쳐 글안군을 소탕했다. 대궐로 돌아와 문하평장사판병부(門下平章事判兵部)로 옮겼는데 그때의 문안공(文安公), 문순공(文順公), 한·진(韓陳) 양추밀(兩樞密),[483] 사성(司成) 유충기(劉沖基), 직강(直講) 윤우일(尹于一) 등이 모두 함께 급제

---

480) 병자년(丙子年) : 고려 고종 3년(1216)에 해당됨.

481) 조보(造父) : 중국 주(周)나라 사람으로 좋은 말을 가릴 줄 알아 목왕(穆王)에게 말을 바쳤음. 목왕이 천리마 때문에 반역한 서언왕(徐偃王)을 물리치게 되자 조보에게 조성(趙城)을 주니 이로 인해 그의 성이 조(趙)씨가 되었다고 함.

482) 기묘년(己卯年) : 고종 6년(1219)에 해당됨.

483) 문안공(文安公) …… 양추밀(兩樞密) : 문안공(文安公)은 유승단(俞升旦)의 시호이고, 문순공(文順公)은 이규보(李奎報)의 시호이며, 한·진(韓陳)은 한광연(韓光衍)과 진화(陳華)를 이름.

한 자들로서 각자 추렴(出斂)하여 축하하는 잔치를 베풀었다.

그들 가운데 공의 시가 가장 뛰어났는데 지금 그 시의 전부는 없어
지고 오직 한 연구만 기억하고 있으니 이르기를,

하찮은 신분일[484] 때는 말석을 차지했는데,
정승이 된 오늘 여러분의 앞자리 차지했네.

綠袖昔年爲末座,　　　黃扉今日先諸公.

라고 했다. 다시 차운(次韻)하여 유대제(劉待制)와 진대장(陳臺長)[485]의
시에 화답하여 이르기를,

문장으로 당년에 이름 날렸더니,
은포와 남수로 극위[486] 중에서 만났네.
청운의 뜻 이룬 사람 많지 않았으니,
흰머리 서로 보노라니 공무 저버리지 않았네.
오부[487]의 위엄은 산악을 뒤흔들고,
홍추[488]의 경사스런 노래 아이들에게 미치네.

---

484) 하찮은 신분[綠袖] : 8, 9품의 벼슬아치의 관복 색깔이 녹색인 것에서 나온 말로 낮
　　은 계급의 관직을 의미함. 1~4품은 붉은 색(緋色)관복, 5~7급은 청색(靑色)의 관복
　　을 입었음.
485) 유대제(劉待制)와 진대장(陳臺長) : 유대제(劉待制)는 유충기(劉沖基)이고 진대장
　　(陳臺長)은 진화(陳澕)를 가리킴.
486) 극위(棘闈) : 중국 당나라 예부(禮部)에서 과거를 보일 때 가시덤불로 주위를 둘러
　　쳐서 사람들이 함부로 접근하는 것을 막은 것에서 생긴 말로, 극위는 곧 과장(科場)
　　을 의미함.
487) 오부(烏府) : 사헌부(司憲府), 어사대(御史臺)의 이칭. 어사대의 뜰에는 기강의 엄
　　정을 상징하는 잣나무(栢樹)를 심었는데 까마귀가 거기에 늘 깃들었기 때문에 붙여
　　진 이름임. 오대(烏臺), 오서(烏署), 백대(栢臺)라고도 함.
488) 홍추(鴻樞) : 중추부(中樞府)의 이칭. 정일품아문(正一品衙門)으로 관장하는 직무

천장각[489]의 대제가 또 이러하니,

우리 급제 동기생들의 비약은 언제나 끝날런지.

文陣當年鼓角雄,	銀袍藍袖棘闈中.
靑雲穩步無多子,	白髮相看不負公.
烏府懍威搖岳鎭,	鴻樞慶頌及兒童.
天章待制又如許,	同牓飛昇甚日窮.

라고 했다.

공에게 공명이 극에 달했으나 오히려 산수를 좋아하여 속세에서 벗어나고자 하는 생각을 가지고 있었다. 동쪽 언덕에 독락당(獨樂堂)을 열었는데, 그 옆에 죽림천(竹林泉)이 있어 낮에는 문제자(門弟子)들이나 현량한 선비들과 함께 어울려 시를 읊조리고 술을 마시며 즐겼다. 그때 서로 주고받은 시가 여러 권의 책을 꾸밀 정도로 많았지만 애석하게도 그 시편들을 수록해 놓은 사람이 없어 지금 세상에 전하지 않는다.

공이 나이 오십에 세상을 떠나자 온 나라의 백성들이 가슴을 치고 통곡하며 애틋해 마지않았다. 직강(直講) 윤우일(尹于一)이 묘비명을 지었는데 그 내용은 대략 이러하다.

공의 덕행(德行)과 문학과 정사(政事)는 안연(顔淵)[490]과 민자건(閔子騫)[491]과 계로(季路)[492]의 무리들이 이룬 것에 비해서 조금도 부끄러움

는 없고, 소임(所任)이 없는 문무 당상관을 우대하기 위한 관청이었음.

489) 천장각(天章閣) : 고려 예종 12년(1117)에 송나라 역대 왕이 보낸 어제(御製)와 어필(御筆)을 보관하기 위하여 궁중(宮中)에 지은 전각(殿閣). 여기에는 송나라 휘종(徽宗)의 어필과 어서(御書)도 있었다고 함.

490) 안연(顔淵, BC521~?) : 중국 춘추시대 노(魯)나라 사람. 이름은 회(回). 자는 연(淵). 공자의 제자 십철(十哲) 가운데 으뜸으로 꼽힘. 안빈낙도(安貧樂道)하여 덕행으로 이름이 높았으나 요절했음.

이 없다. 조정에 들어와서는 훌륭한 재상이었고 전장에 나가서는 용맹스
런 장수였으니, 반백년에 걸쳐 생전에 이루어 놓은 공명과 부귀는 그 얼
마인가.

라고 했다. 이것은 그때의 사실을 기록한 것이라고 하겠다.

상-51 英烈公與任學士永齡, 同師受業. 及應擧, 任先擢乙科. 公作
詩曰, 進士出身非所望, 壯元及第不才何. 羨也吾友任公子, 紫陌春風
作探花. 明年果中壯元,

영렬공(英烈公)과 학사(學士) 임영령(任永齡)[493]은 한 스승 아래에서
글을 배웠는데 과거에 응시하여 임학사가 먼저 을과(乙科)에 급제했다.
  공이 시를 지어 이르기를,

  진사 급제는 바라는 바 아닌데,
  장원급제 할 재주 없으니 어찌할까나.
  나의 벗 임 공자를 부러워하노니,
  자맥[494]의 봄바람에 탐화[495]가 되었네.

---

491) 민자건(閔子騫) : 중국 춘추시대 노나라 사람. 이름은 손(損). 자건은 그의 자. 공자
    의 제자로 효행(孝行)에 있어 공문십철(孔門十哲)의 중의 제일인자.
492) 계로(季路) : 중국 춘추시대 노나라 사람으로 공자의 제자인 중유(仲由)를 말함. 계
    로는 그의 자. 자로(子路)라고도 했음. 용기와 재주가 있어 정사(政事)에 뛰어났음.
493) 임영령(任永齡) : 고려 중기의 문신. 벼슬은 전중감(殿重監)에 올랐음.
494) 자맥(紫陌) : 서울 도성(都城)의 길을 이름. 여기에서는 과거가 치러지는 개성의 거
    리를 뜻함.
495) 탐화(探花) : 고려 때 과거에서 갑과(甲科)의 합격자를 구분하여 일등을 장원(壯
    元), 이등을 아원(亞元) 또는 방안(榜眼), 삼등을 탐화(探花)라고 했음. 따라서 삼등
    으로 급제한 자를 탐화랑(探花郎)이라고 함.

進士出身非所望,　　　壯元及第不才何.
羨他吾友任公子,　　　紫陌春風作探花.

라고 했다. 공이 다음해에 과연 장원급제 했다.

상-52　趙文正公與劉待制沖基, 李司諫百順及諸門弟, 遊獨樂園, 開飮唱和, 得欺字, 李曰, 谷靜聲猶答, 池淸影不欺時臨池. 劉曰, 夏日眞堪畏, 秋雲不致欺指趙. 公曰, 膽麤凌酒惡, 道直沒人欺. 一座動驚, 無復繼和. 公嘗和英烈公得孫男詩云, 排陰命代我先知, 行止休憑文眼龜. 英物一朝呱繡帳, 微陽午夜動葭帷冬至日生. 何煩弓韣勤求子, 已呪桃花屢磧兒兒生, 用桃花洗面, 呪曰, 取紅花取白雪. 與兒洗面作光澤. 叶得半千爲世瑞, 看將十五作人師. 文高華國靑錢鷟, 威敵扶王白捧羆北史三罷. 自昔通家恩岳在, 賀懷聊展一篇詩. 初文士爭次韻, 難其羆字, 公最後押尤異.

조문정공(趙文正公)이 대제(待制) 유충기(劉沖基), 사간(司諫) 이백순(李百順) 및 그의 모든 문제(門弟)들과 독락원(獨樂園)에서 놀면서 주연을 가졌는데 이들이 서로 시를 창화하는 가운데 기(欺)자 운을 얻었다. 이백순이 시를 지어 이르기를,

　　골짜기 조용해지니 소리가 답하는 것 같고,
　　못물이 맑으니 그림자 속이지 않네.

　　谷靜聲猶答,　　　池淸影不欺.

라고 하니 유충기가 이어 짓기를,

여름 해는 정말로 두렵기만 하고,
가을 구름은 감히 속이지 않네.
　　이 시는 조문정공을 가리키고 있다.

夏日眞堪畏,　　秋雲不敢欺. 指趙

라고 하였는데 문정공이 시를 지어 이르기를,

쓸개 거칠어 모진 술 이겨내고,
도가 곧아 사람을 속이지 않네.

膽麤凌酒惡,　　道直沒人欺.

라고 하니 자리에 앉았던 사람들이 감동하고 놀래어 다시 이어서 창화하는 자가 없었다.

공이 일찍이 영렬공(英烈公)의 「득손남시(得孫男詩)」에 화운(和韻)하여 이르기를,

음을 물리치고 대를 얻은 것 내 먼저 아노니,
행지는 헛되이 육안구[496]에 의지하지 마소.
영물이 하루아침에 수놓은 장막에서 우니,
희미한 양기가 한밤중에 갈대 휘장을 흔드네.
　　동짓날에 태어났다.
어찌 번거롭게 부지런히 궁탁[497]에 아들 구할 건가.
이미 주문 외우며 도화로 여러 번 아기 얼굴 씻겼네.
　　어린애가 태어나면 도화로 얼굴을 씻기고 주문을 외는데, '붉은 꽃을 가져라,
　　흰 눈을 가져라.'라고 하며 아이 얼굴을 씻기면 얼굴에 더욱 윤택이 난다고 한다.

---

496) 육안구(六眼龜) : 눈을 여섯 개 가진 거북. 상스러운 동물의 상징으로 쓰임.
497) 궁탁(弓韣) : 활과 화살주머니로 고대 중국에서는 아들이 처음 태어나면 뽕나무로
　　활을 만들고, 쑥대로 화살을 만들어 사방으로 쏘는 풍습이 있었다고 함.

반 천년 세상의 서기를 얻을 것이고,

보노니 십오 세에 만인의 스승 될 것이네.

문장은 뛰어나 청전거사(靑錢居士) 장작(張鷟)⁴⁹⁸⁾보다 나을 것이고,

위엄은 백봉(白捧)에 의지한 왕비(王羆)⁴⁹⁹⁾와 겨룰 만 하리라.

　　　『북사(北史)』⁵⁰⁰⁾에 나오는 왕비(王羆)를 말함.

예부터 두 집안의 은혜 태산보다 높으니,

축하하는 마음으로 시 한 수 읊어보네.

排陰命代我先知,　　　　行止休憑六眼龜.

英物一朝呱繡帳,　　　　微陽午夜動葭帷.

　　　　冬至日生

何煩弓韔謹求子,　　　　已呪桃花屢磧兒.

　　　　兒生用桃花洗面　呪日　取紅花取白雪　與兒洗面作光澤

叶得半千爲世瑞,　　　　看將十五作人師.

文高華國靑錢鷟,　　　　威敵扶王白捧羆.

　　　　北史三羆

自昔通家恩岳在,　　　　賀懷聊展一篇詩.

라고 했다. 처음에는 문사(文士)들이 다투어 화운(和韻)하더니, 운자로 비(羆)자를 내자 어려워했다. 공이 마지막에 압운(押韻)한 것이 더욱 기이하다.

---

498) 장작(張鷟) : 중국 당나라 육택(陸澤) 사람. 자는 문성(文成). 호는 부휴자(浮休子). 그는 과거에 여덟 번 응시하여 매번 합격하였는데 그의 글씨가 청동전(靑銅錢) 같다고 하여 세인들이 청전학사(靑錢學士)라 했음. 신라와 일본 사신들이 중국에 오면 반드시 그의 글을 사갔다고 함.

499) 왕비(王羆) : 중국 북주(北周)의 패성(霸城) 사람. 자는 웅비(雄羆). 성격이 곧고 정직하여 사람들의 존경을 받았음. 그가 단신으로 몽둥이 하나에 의지하여 제(齊)나라 군사를 물리쳤다고 함.

500) 『북사(北史)』: 중국 당나라 이연수(李延壽)가 북조(北朝)의 위(魏)에서부터 북제(北齊), 주(周), 수(隋) 등 4대의 역사를 편찬한 역사서로 전 100권임.

補閑集　中卷

보한집 중권

[중-1]　　元正冬至, 諸牧都護府, 例修狀賀相府. 尙州牧上晉陽府狀
云, 書妙銀鉤, 鑑明璣鏡. 當北水之至鎭, 安鰈海之風濤, 率西滸而來
開, 出鰲宮之日月.術家謂胡爲北水. 初公以奇謀退兵, 奉乘輿西都木海上花霞. 又,
佐卯金之中興, 攘古月之外侮. 乾坤卷入於門下, 百千萬乘家不多. 城
闕奉安於海中, 三十六洞天別一.公於新都沿江環堞, 又營宮闕. 其御寢及正殿, 皆
公之傾私賄, 遺門客所創也. 又, 掃雲北山, 洗日東海. 天將供樂, 降生歌舞之
小娥小娥十餘輩, 年纔六七, 皆善歌舞, 似非烟火食者也. 地亦薦祥, 湧出銀丹之大
寶.公聞義安山産寶, 命工鑿之, 得白銀黃丹. 又, 傳家畫戟之門, 擧世玉簪之客.
遷都負險, 別開無事之乾坤, 創學育才, 付與大平之日月.遷都創學, 皆出公
謨謀, 遺門客營糞舍, 仍納學料. 公摠諸州牧府賀狀, 使門下文人科第之, 尙牧
皆爲才一. 以其實錄.

　　원정(元正)과 동지(冬至)에는 목(牧)[1]과 도호부(都護府)[2]에서 관례대
로 상부(相府)[3]에 하례(賀禮)하는 글을 지어 올린다. 상주목(尙州牧)에
서 진양부(晉陽府)[4]에 올린 하장(賀狀)에 이르기를,

---

　1) 목(牧) : 고려 지방행정구역의 한 명칭. 양주(楊州), 해주(海州), 광주(廣州), 충주(忠
　　州), 청주(淸州), 공주(公州), 진주(晉州), 상주(尙州), 전주(全州), 파주(羅州), 승주
　　(昇州), 황주(黃州) 등 12목이 있었음.
　2) 도호부(都護府) : 고려조의 지방 최고행정기관. 안동(安東), 안서(安西), 안북(安北),
　　안남(安南), 안변(安邊) 등의 도호부가 있었음. 고려 성종 14년(995)에 처음 설치하여
　　안동(安東 : 慶州)·안서(安西 : 海州)·안남(安南 : 全州)·안북(安北 : 安州) 등 네 곳
　　에 두었으나, 얼마 후 경주와 전주의 것을 없애고 안변(安邊 : 登州)·안남(安南 : 樹
　　州)·안동(安東)의 세 곳을 새로 두어 모두 다섯 곳이 되었음. 이것을 다시 크기에
　　따라 대도호부(大都護府)·중도호부(中都護府)로 나누었음.
　3) 상부(相府) : 재상이 집무하는 관청이나 재상을 의미하는 말인데 여기에서는 재상인
　　진양공 최이(崔怡)가 집무하던 관부(官府)를 이름. 당시 무신집권기에 명목상으로는
　　왕이 최고 권력자였지만 현실적으로는 실권을 장악하고 있던 최우의 상부에서 모든
　　정치가 이루어졌음.
　4) 진양부(晉陽府) : 진양은 무신집권기에 아버지 최충헌에 이어 국권을 장악했던 최이

글씨는 절묘하여 이를 데 없고[銀鉤],[5] 감계(鑑戒)의 밝음이 옥거울 같네. 북수(北水)가 밀려와도 접해(鰈海)[6]의 풍파 가라앉혔고,[7] 서쪽 물가를 따라 내려와 오궁(鰲宮)[8]의 일월(日月)을 열어 밝혔구려 술가(術家)에서는 오랑캐를 북수(北水)라 한다. 처음에 진양공(晉陽公)이 기묘한 꾀로 몽고병을 물리치고는 임금을 모시고 서쪽 목해(木海)에 위치한 화산(花山)[9]에 도읍했다.

라고 했다. 또 이르기를,

왕실[卯金][10]의 중흥을 도우고, 오랑캐[古月]의 무례함을 물리쳤네. 하늘과 땅 접어놓은 듯 문안에 잠겨드니 세상에 큰 나라 많은 것 아니네. 바다 가운데 삼십육동천(三十六洞天)[11]의 대궐세우니 별천지구려. 공이 새로운 도읍지를 둘러싸고 있는 물가를 뺑 둘러 담을 쌓고 궁궐을 지었다. 임금이 기

(崔怡, ?~1249)의 봉호로 최이가 왕을 무시한 채 국정을 농단(壟斷)하던 권부(權府)를 이름.

5) 글씨는 절묘하여 이를 데 없고[銀鉤] : 은구는 발(簾)을 거는 은제(銀製)의 갈구리로 여기서는 잘 쓴 글씨를 뜻하는 말임. 특히 초서(草書)의 형용을 의미함.

6) 접해(鰈海) : 접역(鰈域)이라고도 하며 우리나라를 부르는 다른 이름임. 이는 『한서(漢書)』 「교사지(郊祀志)」에 나오는 말로서 우리나라 근해에서 가재미[鰈]가 많이 잡힌다는 사실에서 유래한 말임.

7) 북수(北水)가 …… 가라앉혔고 : 이 말은 몽고가 고려를 침공해 왔지만 굴하지 않고 굳건히 버텼다는 뜻임. 오행(五行)에서 북쪽이 수(水)에 해당하므로 북수는 북쪽에 있던 몽고족을 가리키고 있음.

8) 오궁(鰲宮) : 신선이 사는 가상(假想)의 세계. 여기서는 고려 고종 때 몽고군을 피하여 300년 이상 서울의 자리를 지켰던 개성을 버리고 1232년 강화도로 천도하여 새로 세운 궁전을 가리킴.

9) 화산(花山) : 고려 때 강화부(江華府)의 남쪽에 있는 남산(南山)을 달리 부르는 명칭. 거기에는 화산성(花山城)이 있으므로 화산은 강화도의 명칭을 대신하기도 함. 고려가 몽고의 침입을 피해 개경에서 강화도로 천도한 사실을 말하고 있음.

10) 왕실[卯金] : 이는 한(漢)나라 왕실의 성씨인 유(劉) 자를 파자(破字)한 ‘묘금도(卯金刀)’로 이를 빌려 고려 왕실을 가리키고 있음.

11) 삼십육동천(三十六洞天) : 도가(道家)에서 나온 것으로 하늘과 땅 사이에 삼십육동천이 있다고 하여 인간이 이상으로 바라는 세계임(양임방梁任昉의 『술이기(述異記)』 하권 참조)

거하는 곳과 정전(正殿)은 모두 공의 사재를 기울여 문객(門客)들을 동원하여 지었다.

라고 했다. 또 이르기를,

　　북산(北山)에 구름 쓸어내니 동쪽의 해 말갛게 씻겼네. 하늘은 장차 노래 주시려고 가무 능한 작은 항아(姮娥)[12]내리셨네. 작은 항아 십여 명은 나이가 겨우 육칠 세에 지나지 않으며, 모두 노래와 춤에 능하여 땅 위의 사람이 아닌 것 같았다.

　　땅 또한 상스러움을 바치니, 백은(白銀)과 황단(黃丹)의 큰 보물 솟아 올랐네. 공이 의안산(義安山)에서 보물이 나온다는 말을 듣고 장인(匠人)들로 하여금 산을 파헤치게 하여 백은과 황단을 얻었다.

라고 했고, 또 이르기를

　　화극(畵戟)이 전해 오는 집안이며[13] 대대로 훌륭한 문인(門人) 천거했네. 도읍을 옮기어 위험한 일 없애고, 별천지의 평화로운 세상 열었네. 학교를 세워 인재 기르니, 태평스런 세월 더불어 왔네.도읍을 옮긴 뒤에 학당을 세운 일은 모두 공의 생각에서 나온 것이니, 문객(門客)을 보내어 횡당(黌堂)[14]을 짓게 하고 이어 학비를 대주었다.

---

12) 항아(姮娥) : 항아는 중국 하(夏)나라 때의 제후인 예(羿)의 아내로 예가 신선인 서왕모(西王母)에게 불사약을 부탁하였는데 그 약이 채 예에게 도착하기 전에 항아가 훔쳐 먹고 달나라로 도망 가 월정(月精)이 되었다는 전설이 있음.(『회남자(淮南子)·남명훈(覽冥訓)』) 전설상의 미인 또는 달의 이칭으로도 쓰임.

13) 화극(畵戟)이 전해 오는 집안이며 : 무신집권자인 최충헌·최이 부자의 권세가 대를 이어 하늘을 찌를 듯하였으므로 이를 중국 당나라 최림(崔琳)의 가문의 고사에 빗댄 것임. 최림은 그의 아우 규(珪), 요(瑤)와 함께 현달하여 자신의 집 앞에 의장용(儀仗用)인 창 모양의 계극(棨戟)을 벌려놓고 지냈기 때문에 세상에서 그들을 삼극최가(三戟崔家)라고 하였으니,(『당서(唐書)』「열전(列傳)」34권 참조) 최우(崔瑀, 뒤에 이름을 이怡로 바꿈)도 그의 아버지 충헌(忠獻)에 이어 득세하였기에 이를 빗대어 한 말임.

14) 횡당(黌堂) : 횡사(黌舍)와 같은 말로, 교사(校舍)나 학교를 가리킴.『북사(北史)』「위유림전(魏儒林傳)」에 '開黌舍, 延學徒.'라고 하였음."

라고 했다.

공이 모든 주(州)와 목(牧)과 부(府)에서 올린 하장(賀狀)을 모아 문하(門下)의 문인들로 하여금 살피어 품등(品等)을 매기게 하니 상주목의 것이 제일이었다. 그래서 그 글을 여기에 실었다.

중-2 侍中上柱國崔公, 功名富貴之極. 雅尙出塵, 詩語淸婉. 忽一夕風淸月朗, 松篁自籟, 不覺吟一絕云, 滿庭月色無烟燭, 入座山光不速賓. 更有松絃彈譜外, 只堪珍重未傳人. 公未當國時, 丁未冬月, 寓居加祚里別第, 夜坐, 見林曹李諸子圍爐打話, 書以示之云, 龍騰虎距列穹豊, 壯氣能銷鳳炭紅. 莫向晨昏爭鷰蝠, 好將行止付天公. 立語神奇, 措意淸壯, 有雄偉不常之韻. 公之不與庸瑣爭, 而順受天命承襲大業, 於此一聯可見矣. 此皇天眷祐於未形, 使公不自知, 而發此言耳, 其金幢之夢亦何異也. 公之第, 十二樓臺珠翠森列, 奇花異卉蒸紅曬綠, 飄飄若登瑤臺望玉淸, 不可以耳目以狀容也. 然此特侯邸尋常事, 不足爲異. 若靈泉流入於前池, 怪鳥飛鳴於後峰, 此必天公地媼, 別作溪山逸賞, 以供方外之樂也. 越甲寅春夏之交, 百花方盛, 開瓊筵燕兩府, 召集當時韻儒四十許人, 刻燭賦月花, 及懽酣乃作詩, 示諸座客曰, 水閣風櫺苦見招, 簿書叢裏度流年. 朱櫻紫笋時將過, 紅槿丹榴態亦姸. 病久却嫌邀客飮, 性慵偏喜聽鶯眠. 良辰健日終難再, 急趁花開作醉仙. 甲寅季夏久雨不止, 公乃作詩曰, 溽暑久敲蒸, 陰雲雨不收. 市窮喧野叟, 江漲鬧漁舟. 蛟蚋棲窓机, 蝦蟆入竈廚. 何時卷炎熱, 斫額上層樓. 公之寒亭宜暑高閣宜雨. 似不識民間窮苦, 今言暑雨甚悉, 以至斫額上樓. 其燮理經濟之心, 可見於此.

시중상주국(侍中上柱國) 최공(崔公)[15]이 누렸던 공명과 부귀는 극치에 이를 정도였다. 또한 아정(雅正)하고 고상하여 세속의 혼탁함에서 벗어난 듯한 그의 시어(詩語)는 청완(淸婉)했다. 어느 날 저녁에 홀연히 맑은 바람이 불고 달빛이 밝은데 소나무 숲과 대나무밭에서 울리는 소리가 절로 번져 나오니 자신도 깨닫지 못하는 사이에 시 일절(一絕)을 지어 이르기를,

> 뜨락에 가득한 달빛은 연기 없는 촛불이고,
> 자리에 들어와 앉은 산 빛은 부르지 않은 손이로다.
> 다시 솔거문고 있어 악보 밖의 노래를 타노니,
> 다만 이 보배스러움을 지켜 세상 사람들에게 전하지 말 것이네.[16]

> 滿庭月色無烟燭,　　　　入座山光不速賓.
> 更有松絃彈譜外,　　　　只堪珍重未傳人.

라고 했다.

아직 공이 국정(國政)을 담당하지 않았던 정미년[17] 겨울, 가조리(加祚里)에 있던 별장에서 기거하고 있었는데, 밤에 임·조·이(林曹李) 등 여러 사람들이 자리를 같이 하여 난로를 에워싸고 얘기하고 있는 것을 보고는 시를 써서 그들에게 보였다. 그 시에 이르기를,

---

15) 최공(崔公) : 고려 중기 아버지 최충헌에 이어서 무단정치를 행했던 최이(崔怡, ?~1249)를 이름. 그는 문학에 조예가 깊었고, 글씨에도 능하여 해서·행서·초서를 잘 썼다고 함.

16) 이 시의 시제는 「절구(絕句)」. 이 시는 『동문선』 권19에 최충(崔冲 : 984~1068)의 작품으로 소개되어 있음. 그러나 최자의 말을 믿는다면 최이의 작품이 분명하다. 『동문선』에서는 어떤 근거로 이 작품을 최충의 작품이라고 했는지 모르겠음.

17) 정미년(丁未年) : 고려 명종 17년(1187)에 해당됨.

용 솟아오르고 호랑이 쪼그리고 앉아 하늘과 위세 다루니,

그 장한 기운 봉탄(鳳炭)[18] 붉게 녹일 만하네.

아침저녁으로 제비와 박쥐의 다툼[19]에 귀 기울이지 말아야 하노니,

행동거지는 하늘에 부치는 것이 좋을 것이네.

龍騰虎踞列穹豐,   壯氣能銷風炭紅.
莫向晨昏爭鷰蝠,   好將行止付天公.

라고 했다. 공이 말을 구사함이 신기(神奇)하며, 시의(詩意)가 청장(淸壯), 웅위(雄偉)하며, 게다가 범상치 않은 운자(韻字)를 쓰고 있다. 공이 용렬하고 사소한 것에 구애받지 않고 순리에 따라 천명(天命)을 받아들여 대업(大業)을 이은 것을 이 시에서 살필 수 있다. 이는 공이 아직 뜻을 이루기 전에 하늘이 보살피고 도와 공으로 하여금 스스로 아지 못하는 사이에 이 같은 말을 나타내게 했을 따름이니, 공의 금당(金幢)[20]의 꿈이 또한 어찌 이상하다고 하겠는가. 공의 집은 열두 누대에 진주와 비취(翡翠)가 빽빽이 늘어 서있고, 기이한 풀과 꽃이 붉은 색 푸른 색을 자랑하듯 바람에 나부껴 홀연히 요대(瑤臺)[21]에 올라 옥청(玉淸)[22]을

---

18) 봉탄(鳳炭) : 숯의 일종. 당나라 재종 오라버니로 양국충(楊國忠, ?~756)은 평소에 숯가마에서 태워 만든 숯을 가루내서는 그 가루를 풀물에 개어 봉황모양으로 만들어 집에서 땔감으로 사용했다고 함. 최상의 땔감으로 일컬어짐. 양국충은 양귀비의 재종 오라버니로 현종의 총애를 받아 전횡하다가 안록산이 양국충을 제거한다는 명분으로 안록산이 난을 일으키자 현종과 함께 촉땅으로 피난가던 길에 마외역(馬嵬驛, 지금의 섬서성 흥평興平 서쪽)에서 병사에게 살해당했음

19) 아침저녁으로 …… 다툼 : 제비는 해가 뜨면 아침이고 해가 지면 저녁이라 하며, 박쥐는 해가 뜨면 저녁이고 해가 지면 아침이라고 하며 서로 다투다가 결정을 내리지 못하였는데 결국 훈호(訓狐)에 의뢰해서 시비를 가렸다는 우화(寓話)에 빗댄 것임. (「오대시안(烏臺詩案)」 참조). 시비(是非)를 가리기가 어렵다는 것을 뜻함.

20) 금당(金幢) : 금으로 장식한 당기(幢旗)를 말하는 것으로 높은 벼슬에 오르는 뜻으로 쓰이기도 함.

21) 요대(瑤臺) : 달을 달리 부르는 이름. 이백(李白)의 「청평조사 삼수(淸平調詞 三首)」

바라보는 것과 같으니 듣고 본 것만으로 그 모습을 다 나타낼 수 없다. 그러나 이 같이 특이한 후(侯)의 저택에서는 이런 것들이 예사로운 것으로 이상스럽다고 할 수 없다. 신령(神靈)한 샘물이 앞 연못에 흘러들어 오거나, 괴이한 새가 뒷산봉우리에 울며 날아드는 것은 반드시 하늘과 지온(地媼)[23]이 따로이 시냇물과 산의 뛰어난 경치를 만들어 세상 밖의 즐거움을 준 것이라고 하겠다.

　다음의 갑인년[24] 봄과 여름이 엇바뀌는 사이 백화(百花)가 바야흐로 꽃을 가득 피울 때 양부(兩府)에서 잔치를 베풀어 당시의 시인 사십여 명을 불러 모아 각촉시(刻燭詩)[25]로 달과 꽃을 읊었다. 주흥이 무르익자 공이 시를 지어 여러 좌객(座客)에게 보이니 그 시에 이르기를,

　　　수각의 바람창에 괴로이 불려 와,
　　　문서더미 속에서 세월을 보냈네.
　　　붉은 앵두와 자줏빛 죽순에 철이 지나려 하고,
　　　무궁화 석류송이 붉은 자태 또한 아리따워라.
　　　오래 앓아 손님들과 술 마시기 싫고,
　　　본성이 게을러 꾀꼬리 소리 속에 잠들기 좋아하네.
　　　좋은 시절의 건강한 때는 다시 얻기 어려우니,
　　　급히 꽃피는 때를 좇아 취선이나 되어 보세.[26]

　시 제2수에, '雲想衣裳花想容, 春風拂檻露華濃. 若非君玉山頭見, 會向瑤臺月下逢.'
22)　옥청(玉淸) : 하느님이 사는 곳으로 도가(道家)의 책에 옥청(玉淸), 상청(上淸). 태청(太淸) 등 삼경(三境)이 있다고 함.
23)　지온(地媼) : 대지(大地)의 신으로 땅을 주제하는 신.
24)　갑인년(甲寅年) : 고려 명종 24년(1194)에 해당됨.
25)　각촉시(刻燭詩) : 짧은 시간 안에 시를 짓는 것으로 이는 시재(詩才)를 시험하는 놀이의 일종. 밀랍(蜜蠟)으로 만든 초에 금을 긋고 그 금에까지 불이 타들어가는 동안 시를 짓게 하는 것임. 비슷한 뜻을 가진 말로 세 걸음을 걷는 동안에 시구를 지어야 한다는 삼보시(三步詩)가 있음.

$$
\begin{aligned}
&水閣風欞苦見招, \qquad 符書叢裡度流年. \\
&朱櫻紫笋時將過, \qquad 紅槿丹榴態亦奸. \\
&病久却嫌邀客飮, \qquad 性慵偏喜聽鶯眠. \\
&良辰健日終難再, \qquad 急趂花開作醉仙.
\end{aligned}
$$

라고 했다.

갑인년 늦여름에 비가 여러 날을 두고 내려 그치지 않자, 공이 시를 지어 이르기를,

> 무더위는 기약 없이 찌는 듯하고,
> 음산한 구름은 비 거두어 가지 않네.
> 저자가 파하니 시골노인 소리 시끄럽고,
> 강물이 불으니 고깃배 소리 요란하네.
> 모기는 창과 책상에 모여들고,
> 두꺼비는 부엌으로 들어오네.
> 어느 때 더운 열기 걷혀,
> 찡그린 이마 펴고 높은 다락에 올라볼까.

$$
\begin{aligned}
&溽暑久敲蒸, \qquad 陰雲雨不收. \\
&市窮喧野叟, \qquad 江漲閙漁舟. \\
&蚊蚋樓窓机, \qquad 蝦蟆入竈廚. \\
&何時卷炎熱, \qquad 斫額上層樓.
\end{aligned}
$$

라고 했다. 공의 서늘한 정자는 더위를 지내기에 좋고, 집이 높아 비가 와도 지내기 좋아서 공이 백성들 사이의 궁핍하고 괴로운 삶을 알지 못할 것 같으나 지금 더위와 비를 말한 것이 심히 자세하여 '찡그린 이

---

26) 시제는 「시좌객(示坐客)」(『동문선』 권12)

마 펴고 다락에 오른다[斫額上樓]'는 말을 하였으니, 공이 살펴 사리에
따라 나라를 조화롭게 다스리려는 마음을 여기에서 엿볼 수 있다.

중-3   今之詩人評曰, 兪文安公升旦, 語勁意淳, 用事精簡. 金貞肅
公仁鏡, 凡使字必欲淸新, 故每出一篇, 動驚時俗. 李文順公奎報, 氣
壯辭雄, 創意新奇. 李學士仁老, 言皆格勝, 使事如神, 雖有躡古人畦
畛處, 琢鍊之巧靑於藍也. 李承制公老, 辭語遒麗, 尤長於演誥對偶之
文. 金翰林克己, 屬辭淸曠, 言多益富. 金諫議君綏, 辭旨和裕. 吳先生
世材, 安處士淳之, 富贍渾厚. 李史館允甫, 林先生椿, 簡古精雋. 陳補
闕㵖, 淸雄華靡, 變態百出. 此皆一時宗匠也. 欲觀其下手之妙, 必於
巨構, 其短章絶句不足爲大手之工拙也. 然此書止數卷, 所載要略, 故
唯載其絶句詩不多首, 標諸家各體而已. 況其長篇巨韻各載於本集, 此
不收錄.

　지금의 어떤 시인이 평하기를,

　　문안공(文安公) 유승단(兪升旦)27)의 시는 시어(詩語)가 굳세고, 시의
　　(詩意)가 순직(淳直)하며, 용사(用事)28)에 있어서는 정밀하고 간결하다.

---

27) 유승단(兪升旦, 1168~1232) : 고려 중기의 문신. 초명이 원순(元淳). 문안공(文安公)
　은 그의 시호. 관직은 참지정사(參知政事)에 올랐음. 1232년에 최우(崔瑀)가 고관들
　을 소집하여 강화도 천도를 논의하는 자리에서 유일하게 반대하는 발언을 하였음.
　그는 박문(博聞)하고 기억력이 뛰어났으며, 특히 고문(古文)에 정교하여「한림별곡」
　에 '원순의 문장[元淳文]'이라고 하였음. 일찍이 상서 박인석(朴仁碩)으로부터 신주
　(神珠)와 같은 존재라는 칭찬을 받았으며, 그의 시문은『동문선』·『청구풍아(靑丘風
　雅)』등에 전하고 있음.
28) 용사(用事) : 시문을 지을 때 외부에서 사실을 끌어 들여 그 개념을 유형화(類型化)하
　며 그것을 관조(觀照)의 대상으로 삼아 현실을 설명하는 문장 표현기법임. 유협(劉勰)
　의『문심조룡(文心雕龍)』에, '凡用舊合機 不啻自其口出 引事乖謬 雖千載而爲瑕.'

정숙공(貞肅公) 김인경(金仁鏡)[29]은 무릇 글자를 사용함에 있어 청신(淸新)하게 하고자 하기 때문에 한 편의 시를 창출(創出)할 때마다 매번 시속(時俗) 사람들을 감동시키고 놀라게 한다. 문순공 이규보는 시에 나타낸 기운이 크고 말이 웅장하며 창출한 뜻이 신기(神奇)하다. 학사(學士) 이인로(李仁老)의 시는 말이 모두 격조(格調)가 있고 어떤 사실을 끌어들여 사용하는 것이 신통(神通)스러울 정도라서 비록 옛사람의 법식을 그대로 답습하지만 글을 다듬고 연마하는 기교에 있어서는 오히려 옛사람이라도 미치지 못할 것이다. 승제(承制) 이공로(李公老)[30]의 시는 사어(辭語)가 굳세고 아름다우며, 더욱이나 고문(誥文)과 대우(對偶)를 맞추는 글[31]에 능하다. 한림(翰林) 김극기(金克己)[32]의 시는 말을 구성한 것이 맑고 활달하며, 말이 많을수록 더욱 유연하다. 간의(諫議) 김군수(金君綏)의 시에는 사용한 말의 뜻이 온화하고 여유가 있으며, 오세재(吳世才) 선생과 처사(處士) 안순지(安淳之)의 시는 넉넉하며 혼후(渾厚)하고, 사관(史館)[33] 이윤보(李允甫)와 임춘(林椿)[34] 선생의 시는 간결하고

29) 김인경(金仁鏡, ?~1235) : 고려 중기의 문신. 초명은 양경(良鏡). 관직은 평장사에 올랐음. 특히 시에 능하고 예서(隷書)를 잘 썼음. 시호는 정숙(貞肅).

30) 이공로(李公老, ?~1224) : 고려 중기의 문신. 자는 거화(去華). 관직은 대사성(大司成)에 올랐음. 변려문(騈儷文)에 뛰어나 「한림별곡」에 ‘공로사륙(公老四六)’이라고 하였음.

31) 대우(對偶)의 글 : 짝을 맞추는 글로 4자와 6자의 대구를 써서 지은 문장. 곧 사륙문(四六文)을 말함. 변문(騈文), 변려문(騈儷文)이라고도 함.

32) 김극기(金克己) : 고려 중기의 시인. 호는 노봉(老峰). 문명이 높아 과거에 급제했으나 40세에 명종의 부름을 받아 관계에 진출하여 예부원외랑으로 금나라에 사행을 다녀오기도 했음. 시에 뛰어나 그의 자연시(自然詩)는 우리나라 전원시를 대표할 만하다고 할 수 있음. 그의 문집 『김거사집(金居士集)』은 1220년경 당시의 집권자 최우(崔禹)의 명에 의해 고율시(古律詩)·사륙(四六)·잡문(雜文) 등을 모아 한국문학사상 초유의 대규모인 135권으로 간행되었다고 하나 지금에 전하지 않음.

33) 사관(史館) : 고려 때 왕의 언행·정치와 백관(百官)의 행적 등 모든 시정(時政)을 기록하던 관청을 이름. 여기에 시중(侍中)이 겸직하는 감수국사(監修國史), 2품관 이상이 겸직하는 수국사(修國史)와 동수국사(同修國史), 한림원의 3품관 이하가 겸직하는 수찬관(修撰官)·직사관(直史館)을 두었는데, 직접 실무를 맡은 수찬관·직사관을 주로 사관(史館)이라고 불렀음.

예스러워 빼어나다고 할 만하다. 보궐(補闕) 진화(陳澕)의 시는 맑고 웅
장하며, 화려하기도 하여 그 변화하는 모양이 다양하기 이를 데 없다.
이들은 모두 시에 있어 한 때의 종장(宗匠)이다.

라고 했다. 이들이 글을 짓는 수법의 오묘함을 보려면 반드시 크게 구
상하여 이루어 놓은 작품이어야 하므로 그들의 짧은 문장과 절구 시에
서 창작수법의 공교로움과 졸렬함을 온전히 살필 수는 없다. 그러나
이 『보한집』에는 다만 몇 권으로 한정하여 간결하게 집약된 작품들을
실을 수밖에 없기 때문에 오직 얼마 되지 않는 수의 절구시를 예거하여
모든 문인들의 문체를 표시하고자 했을 따름이다. 각 문인들의 장편거
운(長篇巨韻)의 작품들은 각각 그들의 본집(本集)에 실려 있으므로 여기
에는 수록하지 않는다.

중-4 文安公以文行, 爲人倫龜鑑. 嘗謂所親曰, 吾欲終身行之, 唯
不欺二字. 公微時, 過朴尙書仁碩宅, 朴君有鑑裁, 待之盡禮, 人問其
故曰, 此人如照夜神珠, 求不可得, 況敢自致乎. 公嘗遊穴口寺, 和板
上韻云, 地縮兼旬路, 天低去尺隣. 雨宵猶見月, 風晝不蹄塵. 晦朔潮
爲曆, 寒暄草記辰. 胡羌看世事, 堪羨臥雲人. 爲中道按廉巡歷橲城,
和壁題云, 再過煩宵候, 松明度兩傍. 胜槍新翼衛, 腰劍舊顔行. 共待
寒年纊, 誰分儉歲梁. 酌民無小澤, 每媿勸鵝黃. 抵宿保寧云, 晝發海

---

34) 임춘(林椿) : 고려 중기의 문인. 예천(醴泉) 임씨의 시조. 자는 기지(耆之). 무인집권
   시대에 용납되지 못하여 포의로 살아가며, 이인로, 오세재 등과 죽림고회(竹林高會)
   를 결성하여 문학활동을 했음. 고려 중기에 문약한 과거체인 장옥문학(場屋文學)을
   배격하고 고문과 고시에 관심을 가지고 많은 작품을 남겼음. 「국순전(麴醇傳)」·「공
   방전(孔方傳)」 등의 가전이 유명하며, 문집인 『서하선생집(西河先生集)』(6권)은 그가
   죽은 뒤 이인로(1152~1220)에 의하여 엮어진 유고집이며, 『동문선』·『삼한시귀감』에
   여러 편의 시문이 실려 있음.

豊縣, 侵宵到保寧. 竹鳴風警寢, 雲泫雨留行. 暮靄頭仍重, 朝暾骨乍輕. 始知身老病, 唯解卜陰晴. 仰賡睿廟題僧伽窟聖製云, 崎嶇石棧躡雲行, 華構隣天若化城. 秋露輕霏千里爽, 夕陽遙浸一江明. 漾空嵐細連香穗, 啼谷禽閑遞磬聲. 可羨高僧心上事, 世途名利摠忘情. 和文正公獨樂園唱和詩曰, 蘇刻丹書額, 壺藏白日仙. 淸歡雖共客, 眞樂得全天. 庭雨蕉先響, 園晴草自烟. 桃花流水遠, 回卻武陵船. 和文正公同年席上詩云, 般斧誰掄一代雄, 靈椿獨秀衆材中. 安危經濟當今日, 將相功名屬我公. 幾轉玉弪馴犬豕, 時留珠唾警兒童. 算來萬事皆無歉, 揚觶唯祈壽不窮. 和利竹詩云, 瞻公有韻畫, 訝竹不根生. 愛爾情非俗, 呼君贊不名. 嫩凉廻枕簟, 濃暑却簷楹. 體道虛心久. 著靈謾四營.

문안공(文安公)35)은 문장과 덕행으로 인류의 귀감(龜鑑)으로 삼았다. 일찍이 친한 친구에게 말하기를,

> 내가 평생을 두고 행하고자 한 것은 '속이지 않는다.[不欺]'는 이 두 글자이다.

라고 했다. 공이 아직 벼슬에 오르지 못했을 때 상서(尙書) 박인석(朴仁碩)36)의 집을 지나치게 되었는데, 박군(朴君)이 사람을 알아보는 지인지감(知人之鑑)이 있어 예를 다하여 그를 맞이했다. 사람들이 그 까닭을 물으니 대답하기를,

> 이 사람은 밤을 비추는 신기한 구슬과 같은 사람으로 찾으려고 해도 찾을 수 없는데 하물며 감히 스스로 찾아왔음에랴.

---

35) 문안공(文安公) : 고려 중기의 문신인 유승단(俞升旦, 1168~1232)의 시호.

36) 박인석(朴仁碩, 1143~1212) : 고려 중기의 문신. 자는 수산(壽山). 호는 회곡(檜谷). 관직은 호부상서(戶部尙書)에 올랐음.

라고 했다.

공이 일찍이 혈구사(穴口寺)[37]에서 노닐 때 거기에 걸려 있던 현판의 시에 화운(和韻)하여 이르기를,

축지의 조화 부려 열흘 길 달려오니,
하늘은 나직하여 한 자 사이로 이웃했네.
비 내리는 하늘에 오히려 달을 보고,
바람 이는 한 낮에도 먼지 밟지 않네.
그믐과 초하루는 조수로 책력 삼고,
더위와 추위에는 풀이 때를 알리네.
오랑캐가 춤추는 세상사를 보니,
구름 위에 누운 사람 부러워지네.

地縮兼旬路,　　天低去尺隣.
雨宵猶見月,　　風畫不躋塵.
晦朔潮爲曆,　　寒喧草記辰.
胡羌看世事,　　堪羨臥雲人.

라고 했다.

중도(中道)의 안렴사(按廉使)가 되어 추성(橻城)[38]을 두루 순방할 때 그곳의 벽에 써 있는 시에 화운하여 이르기를,

다시 이곳 지나가는 번거로운 밤 행차 기다리느라,

---

37) 혈구사(穴口寺) : 강화도에 있던 절로 강화도의 옛 이름이 혈구인 데서 사찰 이름을 지은 듯함. 최자(崔滋)의 부작품인 「삼도부(三都賦)」에 '內據摩利穴口之重匝, 外界童津白馬之四塞'라고 하여 마니산·혈구산이 첩첩으로 에워싸 웅거하고 있다고 하였음.
38) 추성(橻城) : 충남 당진군(唐津郡)에 편입된 면천군(沔川郡)의 옛 이름. 혜성(槥城) 이라고도 함.

관솔불이 양쪽 길을 밝혔네.

창을 맨 호위군은 새로 들어왔고,

허리에 칼 찬 병사는 낯익은 얼굴이네.

싸늘한 날씨에 모두 솜옷을 기다리는데,

누가 이 흉년에 곡식 나누어 주겠는가.

백성을 다스려 작은 혜택도 주지 못했으니,

아황주39) 권할 때마다 부끄럽기만 하네.40)

再過煩宵候,	松明道兩傍.
脞槍新翼衛,	腰劍舊顔行.
共待寒年纊,	誰分儉歲粱.
酌民無小澤,	每愧勸鵝黃.

라고 했다. 보령(保寧)에 이르러 숙박하면서 시를 지어 이르기를,

낮에 해풍현41)을 떠나,

밤늦게야 보령에 이르렀네.

대를 울리는 바람이 잠을 깨우고,

구름이 비 되어 가는 길 머물게 하네.

저녁 안개에 머리 곧 무거워지고,

아침 햇살에 뼛골이 갑자기 가벼워지네.

비로소 몸이 늙어 병든 것을 아노니,

오직 흐리고 갠 날을 점칠 수 있네.42)

---

39) 아황주(鵝黃酒) : 술 이름으로 거위 새끼의 깃털이 띠고 있는 빛인 담황색(淡黃色)의
　　술. 두보의 「주전소아아(舟前小鵝兒)」 시에, '鵝兒黃似酒, 對酒愛新鵝. 引頸嗔船逼,
　　無行亂眼多. 翅開遭宿雨, 力小困滄波. 客散層城暮, 狐狸奈若何.'

40) 이 시의 시제는 『동문선』 권9에 「차 유성공관 벽상운(次杻城公館壁上韻)」으로 되어
　　있음.

41) 해풍현(海風縣) : 충남 홍성군(洪城郡)의 옛 이름.

畫發海豐郡,　　　侵宵到保寧.

竹鳴風警寢,　　　雲泣雨留行.

暮靄頭仍重,　　　朝暾骨乍輕.

始知身老病,　　　唯解卜陰晴.

라고 했다.

　예종(睿宗)이 지은 승가굴(僧伽窟)[43]이라는 시를 받들어 운(韻)을 따라 짓기를,

　　가파른 돌사다리는 구름 밟아 뻗어 있고,

　　화려한 집 하늘 이웃하여 화성[44]인가 하네.

　　가을이슬 가벼이 내리니 천리 밖이 시원하고,

　　석양이 멀리 잠겨드니 온 강이 밝아 오네.

　　가득한 하늘 기운은 향기 더미에 이어 있고,

　　골짜기에서 우는 새는 경쇠 소리 대신하네.

　　도가 높은 저 스님의 마음 부러우니,

　　세상살이의 명리 모두 잊겠네.[45]

　　崎嶇石棧躡雲行,　　　華構隣天若化城.

---

42) 이 시의 시제는 「숙 보령현(宿保寧縣)」(『동문선』 권9)

43) 승가굴(僧伽窟) : 서울 삼각산(三角山) 승가사(僧伽寺)에 있는 굴. 신라의 스님 수태(秀台)가 바위를 뚫고 굴을 만들었다고 함. 여기에서 국태민안(國泰民安)을 기원하였음.

44) 화성(化城) :『법화경(法華經)』칠유(七喩) 중의 하나인 화성유품(化城喩品)을 이름. 부처가 신통(神通)으로 빈 들에다 성(城)을 나타내어 실제는 없지만 성이 있는 것처럼 조화를 부려 중생으로 하여금 잠깐 마음의 휴식을 취하게 하는 불리(佛理).

45) 이 시의 시제는 「제 승가굴(題僧伽窟)」(『동문선』 권12)로, 『동문선』에는 유승단과 시호는 같으나 (문안공文安公) 생몰연대와 이름이 다른 고려 전기의 문신인 정항(鄭沆, 1080~1136)의 작품으로 되어 있음. 최자가 정항의 작품을 시호가 같은 유승단의 작품으로 착각하여 인용했는지, 아니면『동문선』의 편찬자가 유승단의 작품을 정항의 작품으로 착오한 것인지에 대해서는 정확하게 알 수 없음.

秋露輕霏千里爽,　　　夕陽遙浸一江明.

漾空嵐細連香穗,　　　啼谷禽閑遞磬聲.

可羨高僧心上事,　　　世途名利摠忘情.

라고 했다.

문정공(文正公)의 「독락당 창화시(獨樂堂唱和詩)」에 화운하여,

붉은 글씨 액자를 이끼가 새기고,

술병에 대낮의 신선 감추었네.[46]

맑은 기쁨은 비록 손과 함께 하지만,

참된 즐거움은 오로지 천성 그대로네.

뜨락에 비 내리니 파초 잎 먼저 후드득거리고,

동산 맑게 개니 풀숲에 절로 연기 피어나네.

복숭아꽃 흐르는 물 근원이 멀어서,

무릉도원 찾던 배 되돌아가네.[47]

蘚刻丹書額,　　　壺藏白日仙.

淸歡雖共客,　　　眞樂獨全天.

庭雨蕉先響,　　　園晴草自煙.

---

46) 술병에 …… 감추었네 : 중국 한(漢)나라 여남현(汝南縣)의 관리였던 비장방(費長房)이 한 노인이 저자거리에서 병[壺] 하나를 매달아 놓고 약을 팔다가 일을 마치면 병 속으로 들어가는 것을 누상(樓上)에서 몰래 훔쳐보았음. 하루는 이상히 여겨 술과 안주를 사들고 노인에게 가서 같이 병속에 들어갈 것을 부탁하여 병속으로 들어가 보니 화려한 집과 좋은 음식이 가득하였는데, 그 노인이 말하기를, '나는 신선인데 허물을 짓고 지상으로 귀양 왔다'고 했음. (『후한서(後漢書)』 「방술전(方術傳)」) 여기에서 별천지, 별세계, 선경(仙境)의 뜻을 지닌 '호중천(壺中天)', '호중지천(壺中之天)', '호중천지(壺中天地)' 등의 말이 생겼음.

47) 이 시의 시제는 「조상국독락원(趙相國獨樂園)」(『동문선』 권9)으로 오언율시 두 수로 되어 있음. 나머지 한 수를 소개하면, '東皐塵跡斷, 西麓石蹊微. 樂沼魚相舞, 馴階鳥不飛. 柳春張翠幄, 花午洒紅衣. 喜我題詩處, 林泉不放歸.'

桃花流水遠,　　　回却武陵船.

라고 했다.

문정공[48]의 「동년 석상시(同年席上詩)」에 화운하여 이르기를,

수반[49]의 도끼로 누가 일대의 영웅을 가려냈는가,

신령스런 동백나무[50] 홀로 뭇 재목 가운데 빼어나네.

나라의 안위와 다스리는 일 오늘에 당하여,

장상의 공명은 우리 공에게 달려 있네.

몇 번이나 옥활집을 돌려 오랑캐 길들였으며,

때론 구슬침[珠唾][51]을 남겨 아이들을 깨우쳤네.

만사를 헤아려도 모두 부족한 것 없으니,

술잔 높이 들어 오직 장수하시길 빌 뿐이네.[52]

般斧誰掄一代雄,　　　靈椿獨秀衆材中.

安危經濟當今日,　　　將相功名屬我公.

幾轉玉弽馴犬豕,　　　時留珠唾警兒童.

---

48) 문정공(文正公) : 고려 중기의 문신인 조충(趙沖, 1171~1220)의 시호. 자는 담약(湛若). 시중(侍中) 영인(永仁)의 아들. 거란족을 물리치는 데 큰 공을 세웠음. 관직은 문하시랑평장사에 오름.

49) 수반(輸般) : 중국 춘추시대 노(魯)나라의 장인(匠人)인 공수반(公輸般)을 이름. 반(般)을 반(盤), 반(班)이라고도 함. 『맹자(孟子)』, 「이루상(離婁上)」에 보면, '離婁之明, 公輸子之巧, 不以規矩不能成方圓.'

50) 신령스런 동백나무[靈椿] : 세상에서 가장 오래 사는 나무인 대춘(大椿)나무를 가리킴. 이 말은 『장자』·「소요유(逍遙游)」편에 나오는 것으로, '上古有大椿者, 以八千歲爲春, 八千歲爲秋.'

51) 주타(珠唾) : 『진서(晉書)』 권25 「하후담전(夏侯湛傳)」에, '기침과 침은 주옥(珠玉)을 이룬다.(咳唾成珠玉)'라고 하였는데, 이는 말이나 글이 아름답게 이루어짐을 뜻하는 것으로 가구(佳句)나 명언(名言)을 뜻함.

52) 이 시의 시제는 「화 조상국 동년 석상시(和趙相國同年席上詩)」(『동문선』 권13).

百般計校皆無歉,　　　　揚觶唯祈壽不窮.

라고 했다. 「이죽(移竹)」 시에 화운하기를,

공이 가진 운치 있는 그림을 보니,

대나무에 뿌리 내리지 않았나 의아했네.

너의 정이 속되지 않음을 좋아하고,

그대라 부르는 것[呼君][53]도 기리어 이름 부르지 않는 것이네.

서늘한 기운이 베개와 삿자리에 맴돌고,

무더위는 처마기둥에서 물러가네.

도를 본받아 마음을 비운 지 오래더니,

시초[54]의 신통함은 사영[55]을 헛되게 하였네.

瞻公有韻畵,　　　訝竹不根生.

愛爾情非俗,　　　呼君贊不名.

嫩凉迴枕簟,　　　濃暑却簷楹.

體道虛心久,　　　著靈謾四營.

라고 했다.

중-5　　貞肅公以左承宣, 出爲東北面兵馬使, 聞李祭酒公老代爲喉舌

---

53) 호군(呼君): 대나무를 차군(此君)이라고 부름. 이는 진(晉)나라 왕휘지(王徽之)가
　　대를 차군이라고 부른 것에서 원용하였음. 『진서(晉書)』 권81 「왕휘지전」에 보면, '嘗
　　寄居空宅中 便令種竹 或問其故 但嘯咏指竹曰: '何可一日此君.'
54) 시초(蓍草): 다년생의 영초(靈草)로서 옛사람들이 길흉화복을 점치는 데 사용했음.
　　『중용(中庸)』 24장에, '國家將興 必有禎祥 國家將亡 必有妖孽 見乎蓍龜 動乎四體.'
55) 사영(四營): 역서(易筮)에서, 산대[算竹]를 네 차례 움직여서 역(易)의 일변(一變)을
　　이루는 것을 이름. 사영은 분일(分一), 괘일(卦一), 설사(揲四), 귀기(歸奇) 등 네 가
　　지로 이루어져 있음.

任, 以詩寄之曰, 千里書廻一雁天, 新承宣代舊承宣. 不才見擯雖堪
媿, 猶向皇朝賀得賢. 曉起云, 玉帳燈殘入睡鄕, 康安親捧赭袍光. 門
前曉角渾無賴, 咽破雲霄夢一場. 大觀殿黼座後障無逸圖壞, 上欲命公
書之, 試其筆蹟. 公作詩書二簇以進曰, 輅重駕馳短, 天高鶴戀長. 舊
衣幾經濯, 猶帶御爐香. 又, 園花紅綿綉, 宮柳碧絲綸. 喉舌千般巧, 春
鶯卻勝人. 或謂公有未忘權要之義, 非也. 公天資淸婉, 詩語似之. 可
謂表裏水澄, 塵不能點者, 豈爲權要所累耶. 孔子三月無君, 則皇皇如
也, 杜子美在寒窘中, 句句不忘君臣之大節, 況名爵如公者, 雖在闕外,
戀戀有愛君之心, 固其宜也. 嘗於洛山祝聖齋, 罷有作云, 華祝精誠動
覺天, 奉爐雙淚濕香烟. 直將龜鶴三千歲, 算作吾皇第一年. 愛君之意
略見於此. 又左遷爲尙州牧, 路過德通驛, 書一絕於壁上云, 豈向蒼蒼
有怨情, 謫來猶得任專城. 何時鈴閣卽黃閣, 太守行爲宰相行. 有二進
士過德通驛, 見此詩吟翫良久曰, 何時鈴閣卽黃閣, 此一句造語似未
工, 且自鈴閣登黃閣, 其間何闊. 其友生曰, 此公之詩讖也, 非爾曹所
識, 未幾果大拜. 予於甲辰春, 自尙州罷任, 過郵亭, 見公手蹟, 惻然有
感, 籠以碧紗, 因題一絕. 後三年丁未夏, 除國子祭酒芸閣學士, 仍受
節鉞, 出鎭東南路, 復和二絕. 及戊申春, 拜文昌右相, 承詔赴闕, 又留
一絕, 今皆在壁間. 龍頭會他客不得參, 公之猶子皇甫壯元瓘家設此
會, 公以第二人及第, 未得往. 乃著一絕寄之云, 聞道君家有貴賓, 桂
林渾是一枝春. 如今未得參高會, 郤恨當年第二人.

정숙공(貞肅公)56)이 좌승선(左承宣)으로 있다가 동북면(東北面) 병마
사(兵馬使)가 되어 임지로 출발하는데 좨주(祭酒) 이공로(李公老)57)가

---

56) 정숙공(貞肅公) : 고려 중기의 문신인 김인경(金仁鏡 ?~1235)의 시호. 김인경의 초
　　명은 양경(良鏡). 시부를 잘하여 「한림별곡」에서 '양경시부(良鏡詩賦)'라고 하였음.
　　관직은 중서시랑평장사에 올랐음.

자기 대신 후설(喉舌)의 소임을 맡았다는 소식을 듣고 시를 지어 보냈
다. 그 시에 이르기를,

> 천리 밖에서 기러기 따라 답장 왔는데,
> 새로운 승선이 옛 승선을 이었다네.
> 이 몸 재주 없어 물러난 부끄러움 견딜 만하니,
> 임금님께 어진 신하 얻으신 것 하례 드리네.[58]

> 千里書回一鴈天,　　　新承宣代舊承宣.
> 不才見擯雖堪愧,　　　猶向皇朝賀得賢.

라고 했다.
　새벽에 일어나 지은 시에 이르기를,

> 옥장막 안의 등불 사그라지자 꿈속에 빠졌더니,
> 강안전(康安殿)[59]에서 영광스럽게 자포[60] 받들었네.
> 문 앞의 새벽 고동소리 뒤섞여 흩어지니,
> 북치는 소리 한바탕의 꿈 흐트려 놓네.

> 玉幅燈殘入睡鄕,　　　康安親捧赭袍光.
> 門前曉角渾無賴,　　　咽破雲霄夢一唱.

---

57) 이공로(李公老, ?~1224) : 고려 중기의 문신. 자는 거화(去華). 관직은 대사성에 올
　랐음. 사륙변려문에 능하여「한림별곡」에서 '공로사륙(公老四六)'이라고 하였음.

58) 이 시의 시제는「하 신승선 이공로(賀新承宣李公老)」(『동문선』 권20).

59) 강안전(康安殿) : 고려 전각의 하나로 인종 16년(1138)에 중광전(重光殿)을 고쳐 지
　은 이름임.

60) 자포(赭袍) : 붉은 빛깔의 왕이나 귀인이 입던 옷으로 여기서는 왕을 가리키는 말임.
　당나라 두목(杜牧)의 시에, '觚稜金碧照山高, 萬國珪璋擁赭袍.'라고 하여 고위관료
　들이 왕을 옹위하고 가는 것을 읊었음.

라고 했다.

　대관전(大觀殿)의 보좌(黼座)[61] 뒤를 가리고 있던 무일도(無逸圖)[62]가 훼손되자 왕이 공에게 글을 쓰게 해서 그의 필적(筆跡)을 시험해 보고자 했다. 공이 시를 지어서는 두 개의 족자(簇子)에 써서 왕에게 진상했는데, 그 중 한 편의 시를 보면,

　　수레 무거워 둔한 말 뒤뚱거리고,
　　하늘이 높아 학의 그리움이 길다.
　　헌 옷은 몇 번이나 빨았는지,[63]
　　오히려 어로의 향내 띠었네.[64]

　　輅重駕馳短,　　　天高鶴戀長.
　　舊衣經幾濯,　　　猶帶御爐香.

라고 했다. 같은 제목의 두 번째 수의 시에는,

　　동산의 꽃은 붉은 비단이요,
　　궁중의 버들은 푸른 실마리[絲綸][65]이네.

---

61) 보좌(黼座) : 임금이 대궐에서 정사를 보기 위해 앉는 자리를 이름.

62) 무일도(無逸圖) : 회화(繪畫)의 이름. 『서경』의 「무일편(無逸篇)」의 내용을 표현한 풍속화. 송나라의 학사였던 손석(孫奭)이 그린 그림의 내용은 유교적 통치 이념인 민본주의에 바탕을 두고, 통치자에게 백성들의 생업의 어려움을 일깨우고, 바른 정치를 하도록 하기 위한 관성(觀省)의 기능과 감계적(鑑戒的) 성격을 띠었음. 무일(無逸)은 남의 위에 있는 사람은 안일을 추구해서는 안 된다는 말로, 주공(周公)이 조카인 주나라 성왕(成王)을 깨우치게 하기 위하여 한 말임.

63) 헌 …… 빨았는지 : 임금은 새 옷만 입고, 입은 옷은 다시 입지 않지만 검소한 임금은 헌옷을 빨아 다시 입는 경우도 있었음.

64) 이 시의 시제는 「서 대관전보좌 후장 무일도상(書大觀殿黼座後障無逸圖上)」(『동문선』 권19)으로 여기에 실린 시는 두 수 가운데 첫째 수.

65) 사륜(絲綸) : 임금의 말[詔]을 이름. 임금의 말이 실[絲]과 같이 가늘어도 신하는 윤

목청과 혀 놀리기에 천 가지 재주 갖추었으니,
봄 꾀꼬리가 오히려 사람보다 낫네.

園花紅錦綉,   宮柳碧絲綸.
喉舌千般巧,   春鶯卻勝人.

라고 했다.

사람들이 혹 이르기를 '공이 권력에 대한 미련을 버리지 못하고 있다'고 말하지만 그것은 옳지 못한 생각이다. 공은 천성의 바탕이 맑고 아름다우니 시어(詩語)도 그와 같다. 그의 인품과 행동은 마치 맑은 물이 흙먼지로 해서 더렵혀질 수 없는 것과 같은데 어찌 권좌에 집착하여 자신에게 누를 끼치게 하겠는가.

공자께서도 임금이 석 달 동안 부재중이면 초조하여 몸 둘 바를 몰라 했고,66) 두자미(杜子美)는 의지할 데 없고 궁색한 중에서도 글의 구절마다 임금과 신하의 굳은 절의를 잊지 않았는데 하물며 그 명성과 벼슬이 공(公)과 같다면 비록 변방에 있을 지라도 궁중의 임금을 못 잊어 하는 마음이야 마땅한 것이라고 하겠다.

일찍이 낙산(洛山)에서 축성제(祝聖齋)67)가 끝난 뒤에 지은 시가 있는데, 그 시에 이르기를,

화려한 축성제에 쏟은 정성 하늘 움직여 깨닫게 하고,
향로 받들어 흘린 두 줄기 눈물 향 연기 잠재울 만하네.

(綸 : 몸에 차는 관인官印의 끈)과 같이 중하게 여긴다는 뜻에서 나온 말임. 『예기(禮記)』에, '王言如絲, 其出如綸.'

66) 공자께서도 …… 몰라 했고 : 이 말은 『맹자(孟子)』 「등문공(滕文公)」 하(下)에 나오는 구절임. '周霄問曰, 古之君子, 仕乎. 孟子曰, 仕. 傳曰, 孔子三月無君, 則皇皇如也, 出疆, 必載質, 公明儀曰, 古之人, 三月無君則弔.'

67) 축성제(祝聖齋) : 임금의 만수무강을 기원하기 위해서 특별히 베풀던 제.

거북과 학은 바로 삼천 년을 누리는데,
우리 임금의 재위 겨우 첫 해를 헤아리네.

華祝精誠動覺天,　　　奉爐雙淚濕香煙.
直將龜鶴三千歲,　　　算作吾皇第一年.

라고 했으니, 임금을 사랑하는 마음은 대략 이 시에서 볼 수 있다.

또 상주목(尙州牧)으로 좌천되어[68] 임지로 가다 덕통역(德通驛)[69]을
지나면서 벽에다 절구시 한 수를 남겼는데, 그 시에 이르기를,

어찌 푸른 하늘 향하여 원망하는 마음 가지리오,
유배 길에도 오히려 고을의 소임 맡았네.
언젠가 영각[70]이 곧 황각(黃閣)[71] 될지니,
태수 지내다 보면 재상될 날 있으리라.

豈向蒼蒼有怨情,　　　謫來猶得任專城.
何時鈴閣卽黃閣,　　　太守行爲宰相行.

라고 했다.

어느 두 사람의 진사가 덕통역을 지나면서 이 시를 보고는 오랫동안
즐겨 읊다가 한 사람이 말하길,

'언젠가 영각이 곧 황각이 되리니[何時鈴閣卽黃閣]'라고 한 구절은 조

---

68) 상주목(尙州牧)으로 좌천되어 :『고려사』제22권에 보면 고종 14년(1227)에 동진(東
　　眞)의 군사가 쳐들어오자 김인경(金仁鏡)이 지중병마사(知中兵馬使)로 있으면서 선
　　주(宣州)에서 싸우다 패전하여 상주목사로 좌천됐다는 기록이 있음.
69) 덕통역(德通驛) : 경북 상주군(尙州郡)에 있던 역 이름. 고려 상주도(尙州道)에 속해
　　있던 25역 중의 하나임.
70) 영각(鈴閣) : 지방 수령이 집무하던 관청. 또는 무신(武臣)이 집무하는 관청을 이름.
71) 황각(黃閣) : 의정부(議政府)의 별칭으로 재상들이 모여서 집무하던 곳을 이름.

어(造語)한 것이 공교롭지 못한 것 같고, 또 영각으로부터 황각에 오른
다는 것은 그 사이가 얼마나 동 떨어지는가.

라고 하자, 그의 친우가 말하기를,

공(公)의 이 시는 앞날에 대한 예언이니 우리들이 알 바 아니다.

라고 했다. 얼마 있지 않아서 과연 큰 벼슬에 제수(除授)되었다.

내가 갑진년[72] 봄에 상주에서 임기를 마치고 돌아오는 길에 우정(郵
亭)을 지날 때 공이 손수 써 놓은 필적을 보고 측은한 느낌이 들어 푸른
비단으로 그 글을 덮어씌우고는[73] 시 한수를 지었었다.

공은 삼 년 뒤인 정미년 여름에 국자좨주(國子祭酒)·운각학사(芸閣學
士)에 제수되었고, 이어 왕에게서 절부(節斧)를 받아 동남로(東南路)에
출진(出鎭)하였을 때 다시 두 수의 시를 남겼다. 그리고 무신년[74] 봄에
문창우상(文昌右相)[75]에 제수되어 조(詔)를 받들어 대궐로 오는 길에 또
시 한 수를 남겼다. 지금 이들 시편은 모두 벽 사이에 기록되어 있다.

용두회(龍頭會)[76]에는 자격이 되지 않는 사람들이 참석할 수 없다.

---

72) 갑진년(甲辰年) : 고려 고종 31년(1224)에 해당됨.

73) 푸른……씌우고는 : 당나라 왕파(王播)의 고사에 빗댄 것임. 왕파가 어렸을 때 몹시
  가난하여 절에 몸을 의탁하였는데 스님들이 그를 미워하여 식사를 마친 뒤에 식사시
  간을 알리는 종을 쳤음. 그때 왕파가 민망하여 시를 써 두었는데 그 뒤 20년이 지나
  왕파가 그 고을의 원으로 부임하여 그 절에 들러니, 전에 자기가 써 두었던 시를 푸
  른 비단에 싸서 잘 보관하고 있었다는 고사가 있음.(『구당서(舊唐書)』「왕파전」참
  조)

74) 무신년(戊申年) : 고종 35년(1248)에 해당됨.

75) 문창우상(文昌右相) : 중국 당나라의 여제(女帝) 무측천(武則天)이 689년에 좌우복
  야(左右僕射)의 명칭을 문창좌상(文昌左相)과 문창우상으로 고쳐 불렀음. 문창성은
  곧 상서성의 다른 명칭으로, 김인경이 고려 고종 때 상서우복야(尙書右僕射)를 역임
  했던 것을 이름.

그러므로 공의 조카인 장원(壯元) 황보관(皇甫瓘)의 집에서 이 모임을 가졌을 때 공이 장원급제로 벼슬에 오르지 않았기 때문에 참석하지 못했다. 이에 시 한 수를 지어 그들에게 보냈는데, 그 시에 이르기를,

자네 집에 귀한 손님 모인다고 들었는데,
계림엔 온통 무르익은 봄이로세.
오늘의 뜻 깊은 모임에 나아갈 수 없는 몸이니,
돌이켜 당년에 아원(亞元)된 것이 한스럽네.

聞道君家有貴賓,　　　桂林渾是一枝春.
如今未得參高會,　　　卻恨當年才二人.

라고 했다.

중-6　文順公家集已行於世, 觀其詩文, 如日月不足譽. 近代律詩, 於五七字中, 有聲韻對偶, 故必須俯仰穿琢, 以應其律, 雖宏林偉器, 不得肆意放言, 披露妙蘊, 故例無氣骨. 公自妙齡, 走筆皆創出新意, 吐辭漸多, 騁氣益壯, 雖入於聲律繩墨中, 細琢巧構猶豪肆奇峭. 然以公爲天才俊邁者, 非謂對律. 盖以古調長篇, 強韻險題中, 縱意奔放, 一掃百紙, 皆不踐襲古人, 卓然天成也. 猶能謙下於人, 凡有一善必褒獎, 若出己右. 弱冠時, 作麴秀才傳, 李史館允甫, 初登第時效之, 亦作無腸公子傳, 公見之而甚善, 每唱於詞林間曰, 近得能文者李允甫, 眞良才也. 又與文安公同在誥院時, 晉陽公設禪會於普濟廣明西普通三寺, 及罷會, 公請二公及尹直講于一, 作三會枋, 俞作廣明枋, 時人以

---

76) 용두회(龍頭會) : 문과(文科)에 장원한 사람들만이 참석하던 모임. 고려에서 성행하던 것으로 새로 장원급제한 사람이 선배 장원들을 초청하여 잔치를 베풀었음.

俞枋下於公, 而公見之稱歎, 所至揚言曰, 今此作, 吾不及俞君遠矣. 公爲翰林時, 孫直院得之, 和公早茶長篇五首, 公驚嘆曰, 從來未識孫有如此高才也. 公資正直公明, 觀其讚善訐惡, 出自天性. 古人云, 詞人相輕, 盖爲凡庸兒輩言之耳.

문순공(文順公)의 가집(家集)77)이 이미 세상에 간행되어 그가 남긴 글을 볼 수 있는데, 그 시문(詩文)은 일월과 같이 빛나서 아무리 칭찬을 해도 지나치지 않을 정도다.

근대의 율시(律詩)는 다섯 내지 일곱 글자 가운데 성운(聲韻)과 짝을 이룬다. 그러므로 반드시 아래 위를 살펴보고 다듬어서 그 율조(律調)에 맞게 해야 한다. 비록 굉장한 재목과 위대한 그릇이라 할지라도 시의 뜻과 말의 표현에 절제(節制)가 없다면 내면(內面)의 솔직한 표출(表出)이나 오묘한 함축을 나타낼 수 없다. 그러므로 그러한 시는 대부분의 시와 마찬가지로 기(氣)와 골(骨)이 없는 시가 되고 만다.

공은 어릴 때부터 붓을 달려 글을 짓기 시작했는데, 그 글은 모두 새로운 뜻을 창출하였다. 글을 많이 쓰면 쓸수록 문장의 기운이 내닫는 것이 더욱 씩씩해져 비록 성률과 일정한 법칙을 지키면서도 섬세하게 다듬고 교묘한 구성을 이루어 호방(豪放)하고 자유로우며 기이하고 엄정(嚴定)한 시풍을 잃지 않았다.

그러나 공을 시에 있어서 천재이며 뛰어난 사람으로 여기는 것은 대우(對偶)나 성률을 가지고 말하는 게 아니다. 고의 시는 대개 고조장편(高調長篇)으로 어려운 운(韻)과 시제(詩題)에도 불구하고 아무런 거리

---

77) 문순공(文順公)의 가집(家集) : 문순은 고려 중기의 문호인 이규보(李奎報, 1168~1241)의 시호. 가집은 당시 무신집권자였던 최이(崔怡)의 명에 의하여 이규보의 작품을 모아 1241년에 출간한 시문집인 「동국이상국집(東國李相國集)」으로 전·후집을 합쳐 모두 53권 13책으로 이루어져 있음.

낌이 없이 글을 써 나가되 그 모든 글이 옛사람의 체를 따르지 않았으니, 그 뛰어남 솜씨는 천성적으로 이루어졌다고 하겠다. 그런 재주를 가졌으면서도 오히려 다른 사람을 대할 때 겸손한 자세로 몸을 낮추며, 어떤 사람이 한 가지라도 착한 일을 했으면 반드시 상을 내리어 격려해 주며 그를 자기보다 훌륭한 사람으로 대접했다.

또한 약관(弱冠)의 시절에 국수재전(麴秀才傳)[78]을 지었는데, 사관(史館) 이윤보(李允甫)[79]가 처음 급제했을 때 공(公)의 글을 본받아 「무장공자전(無腸公子傳)」[80]을 지었다. 공이 그 글을 보고 썩 잘된 글이라 하여 사림(詞林)에서 시를 창화(唱和)할 때마다 종종 말하기를,

> 근래 글에 능한 사람을 얻었는데 바로 이윤보이니, 이는 사관(史館)의 훌륭한 인재이다.

라고 했다.

또 문안공(文安公)과 함께 고원(誥院)[81]에 재직할 때 진양공(晉陽公)이 보제사(普濟寺),[82] 광명사(廣明寺),[83] 서보통사(西普通寺) 등 세 절에

---

78) 「국수재전(麴秀才傳)」: 이규보가 지은 것으로 술을 의인화(擬人化)한 가전체(假傳體) 소설. 이 가전체소설은 고려 후기에서부터 대두되기 시작한 풍자성의 우의(寓意) 소설로 우리나라 고대소설이 설화문학에서 발전되는 과정의 과도기적 현상으로 등장한 것이라고 할 수 있으나, 학자에 따라서는 소설과는 무관한 하나의 독립된 장르라고도 함.

79) 이윤보(李允甫): 고려 중기의 문인. 사관(史館)에 근무했고, 시에 능하여 당대에 문명을 떨쳤던 이인로, 이규보 등과 활발한 문학적 교류를 가졌음.

80) 「무장공자전(無腸公子傳)」: 이 작품은 이윤보가 이규보의 「국선생전」을 본떠서 지은 가전체 소설인 듯함. 지금 전하지 않는 작품으로, 창자를 가지고 있지 않은 게(蟹)의 속성을 빌려 실속 없는 인간을 비유적으로 쓴 것으로 추측됨.

81) 고원(誥院): 임금이 신하에게 내리는 고(誥)를 맡아보던 관청으로 한원(翰院)과 대칭.

82) 보제사(普濟寺): 개성 남쪽 연복동(演福洞)에 있던 절. 절의 정전(正殿)이 왕궁보다 규모가 컸었는데 뒤에 연복사(演福寺)라 개칭되었으나 지금은 허물어지고 비석만 남

서 선회(禪會)를 베풀었다. 선회가 파하자 진양공이 위의 두 사람과 직강(直講) 윤우일(尹于一)에게 청하여 삼회방(三會榜)[84]을 짓게 했다. 유승단(俞升旦)이 지은 광명방(廣明榜)을 당시 사람들이 문순공의 것보다 못하다고 했으나, 오히려 그 글을 보고 칭찬하였으며 이르는 곳마다 유의 글을 자랑하기를,

> 지금의 이 글은 내가 미칠 수 없는 것이니, 유군(俞君)의 글이 훨씬 심원(深遠)하다.

라고 했다.

공이 한림학사(翰林學士)가 되었을 때 직원(直院) 손득지(孫得之)가 공의 「조다(趙茶)」시 장편 다섯 수에 화운하였는데 공이 이 시를 보고 놀라 칭찬하기를,

> 지금까지 손(孫)군에게 이렇게 뛰어난 재주가 있었는지 몰랐다.

라고 했다.

공은 정직하고 공명하여 착한 일을 보면 칭찬하고 좋지 않은 일을 보면 여지없이 꾸짖으니, 이는 그의 천성에서부터 나온 것이라 할 수 있다.

옛 사람이 말하기를,

아 있음.

83) 광명사(廣明寺) : 개성 송악산 기슭에 있었던 절. 태조 광건의 옛 집터에 세웠다고 전함.

84) 삼회방(三會榜) : 삼회는 미륵보살이 용화(龍華) 나무 아래에서 성불하고는 화림원(華林園)에 모인 대중을 위하여 삼회(三回)의 큰 법회를 열고 설법한 모임을 말하는 것으로 여기에서의 뜻은 보제사 등의 세 절에서 베푼 선회(禪會)를 찬양한 글을 이름.

글을 하는 사람들은 서로를 경시하기 마련이다.[85]

라고 하였으나 이는 대개 범용(凡庸)하고 어린 아이들이나 할 수 있는
말일 따름이다.

 及第金台臣, 和許彦國虞美人草歌, 爲贄於文順公. 時李史館
允甫往謁公, 公出示之. 史館借其卷子來, 子於史館家見其詩, 卽和進
七首. 史觀傳示公, 公許可特裁長書, 遣翰林何千旦. 賫書報云, 此詩
韻强. 凡作者頗艱於和, 觀君之作, 辭意絶妙, 雖使李杜作之, 無以復
加也. 又投長篇褒奬大過. 及子謝進, 倒屣出迎, 固留開飮, 盡出文藁
示之日, 深愧相知之晩也, 昔全履之能文, 時人不識, 我獨知之, 今見
君貌不知有逸才, 是眞隱德人也. 後數年, 公除國子祭酒, 子爲學諭,
一日因公事坐聽事日, 日者宴庾諫議宅, 走筆賦水精杯詞, 人皆見和君
獨不和, 何也. 子驚惶承命, 卽和成七首奉呈, 公稱歎不已, 傳示於誥
院日, 此詩非今世人作也, 其寵勸後進如此.

급제한 김태신(金台臣)[86]이 허언국(許彦國)[87]의 「우미인초가(虞美人

---

85) 글을……마련이다 : 이 말은 중국 위(魏)나라 문제(文帝) 조비(曹丕)가 한 말을 인용
　　한 것임. '文人相輕自古而然 傅毅之於班固 伯仲之間耳 而固小之 與弟超書日 武仲以
　　能屬文 爲蘭台令史 下筆不能自休 夫人善於自見 而文非一體 鮮能備善 是以各以所
　　長 相輕所短'(「전론논문(典論論文)」)
86) 김태신(金台臣) : 고려 중기의 문신. 그의 행적에 대해서는 거의 알 수 없으나 이규
　　보의 「여 최종유 학유 서(與崔宗裕學諭書)」(『동국이상국집』 권27)에 보면, 그가 한
　　권의 시집을 이규보에게 보냈다는 것과 근래에 지은 그의 시를 보니, 탄복할 정도로
　　완벽하다는 언급이 있음.
87) 허언국(許彦國) : 중국 남송시대의 문신. 자는 표민(表民). 안휘성 합비(合肥) 사람.
　　선화(宣和, 1119~1125) 연간에 과거에 급제했으나 그 이후의 행적은 불명함. 저서로
　　『허언국시집』 세 권이 있다고 하나 지금 전하지 않음.

草歌)」[88]에 화운하여 문순공에게 가져다주었다. 그때 사관(史館) 이윤보(李允甫)가 찾아와 공을 뵈니 공이 그 글을 내어 보였다. 사관이 그 시권(詩卷)을 문순공에게서 빌려왔기에 내가 사관의 집에서 그 시를 보고는 즉석에서 화운(和韻)하여 일곱 수의 시를 지어 올렸다. 사관이 이 일곱 수의 시를 공에게 보이니 공이 시평(詩評)을 허락하여 특별히 길게 평(評)을 써서는 한림(翰林) 하천단(河千旦)에게 주어 나에게 보내왔다. 그 글에서,

　　이 시는 운자(韻字)가 어렵다. 대개 시를 쓰는 자들이 자못 화운(和韻)에 어려움을 겪지만 군(君)의 시작(詩作)을 보니 말뜻이 절묘하여 이백(李白)과 두보(杜甫)로 하여금 이 시를 짓게 해도 이에서 더 나을 수가 없을 것이다.

라고 하였다.

여기에 더하여 또 장편의 글을 보내왔는데 그 글에서 지나칠 정도로 칭찬했다. 내가 감사함을 표하기 위하여 공의 집을 방문하였더니, 공이 허둥지둥 나막신을 거꾸로 꿰신고[倒屐][89] 나와서 나를 맞이하고서는 굳이 가려는 나를 만류(挽留)하여 술자리를 벌였다. 공이 문고(文藁)를 꺼내어 보이며 말하기를,

---

88) 우미인초가(虞美人草歌) : 중국 초(楚)나라 항우(項羽)의 총희(寵姬)였던 우미인의 애절한 사연을 노래한 시편(詩篇)의 이름. 당송팔대가의 한 사람인 증공(曾鞏)의 작품인데, 일설에는 허언국이 지었다고도 함. 칠언고시의 형태임.

89) 나막신을 거꾸로 꿰신고[도극(倒屐)] : 손님을 반갑게 맞이하는 것을 이름. 『위지(魏志)』「왕찬전(王粲傳)」에 당대 제1의 학자인 채옹(蔡邕)이 왕찬이 문 밖에 와 있다는 말을 듣고는 바쁜 나머지 신을 거꾸로 신은 채 나가 영접했다는 얘기가 있음. '蔡邕才學顯著, 貴重朝廷, 常軍騎塡巷, 賀客盈坐, 聞粲在門, 倒屐迎之日, 此王公孫也, 有異才, 吾不如也.'

우리가 서로 늦게 알게 된 것이 심히 부끄러운 일이오. 옛날에 전리지
(全履之)90)가 글에 능했으나 그때 사람들이 그의 재주를 알지 못했는데
오늘 그대의 모습을 보니 숨은 재주 있음을 알지 못하겠으니, 그대는 정
말 숨은 덕인(德人)이구려.

라고 했다.

수년 뒤에 공이 국자좨주(國子祭酒)에 제수되고 내가 학유(學諭)91)가
되었더니 하루는 공사(公事)로 인하여 청사(廳舍)에 자리를 같이하게 되
었는데, 공이 말하길,

며칠 전에 유간의(庾諫議)92) 댁에서 연회가 있었을 때 내가 붓을 휘달
려 수정배(水晶杯)를 두고 시를 지었는데, 사인(詞人)들이 모두 화운했
지만 그대만이 홀로 화운하지 않았으니 어쩐 일이오.

라고 했다. 내가 놀래어 명을 받자마자 즉시 화운하여 일곱 수의 시를
지어서 공에게 드리니 공이 칭찬하며 감탄하기를 마지않았다. 이 시를
고원(誥院)에 전하여 보이며 말하길,

이 시는 지금 세상 사람의 작품이 아니다.

라고 했다. 그가 후진들을 총애하고 장려함이 이와 같았다.

---

90) 전리지(全履之) : 고려 중기 문신으로 이규보와 동시대의 문인. 이름은 탄보(坦父).
   이지는 그의 자. 관직은 중군록사(中軍錄事)에 올랐음. 이규보와는 동년급제자(同年
   及第者)로서 『동국이상국집』 권37에 실려 있는 「전리지 애사(全履之哀辭)」에서 두
   사람이 생전에 가졌던 깊은 교분(交分)을 짐작할 수 있음.
91) 학유(學諭) : 국자감에 속해 있던 종9품의 벼슬.
92) 유간의(庾諫議) : 고려 중기의 문신으로 1227년(고종 14)에 우간의대부를 지낸 유경
   현(庾敬玄)을 이름. 그의 아버지는 상서좌복야를 지낸 유자량(庾資諒, 1150~1229)임.

[중-8] 文順公與俞尹諸同年席上, 和任副樞景謙寢屛六詠列子御風
云, 從來道境尙遺身, 何必乘虛始自神. 若向風頭尋禦寇, 滿空飛鳥亦
眞人. 陶潛漉巾云, 漉則爲蒭載則巾, 箇中分別任他人. 不妨頭上餘痕
在, 已是平生着酒身. 子猶訪戴云, 訪人情味雪溪中, 若便相看一笑空.
莫道與闌廻棹去, 造門直返意無窮. 潘閬騎驢云, 閬仙若也愛三華, 一
望嵯峨已足多. 倒跨蹇驢眞好事, 將身欲入畫中誇. 李學士仁老, 剡溪
乘興云, 山陰雪月色交寒, 興盡孤舟郤棹還. 何必揚眉資目擊, 茫然千
界一豪端. 四明狂客云, 萬里吳天一棹歸, 荷花零落暮秋時. 鏡湖風月
元無主, 何必君前乞一枝. 山陰陳迹云, 此身念念異前身, 俯仰人間迹
已陳. 賴有銀鉤留璽紙, 山陰風月古今新. 西塞風雨云, 秋深笠澤紫鱗
肥, 雲盡西山片月輝. 十幅蒲帆千頃玉, 紅塵應不到蓑衣. 文順公新意
入妙, 李學士主語淸婉. 李學士月季花云, 萬斛丹砂問葛洪, 何年深窖
小園中. 芳根得染雲霞色, 故作仙葩不老紅. 文烈公云, 嘉期難近陶潛
菊, 芳信猶賒陸凱梅. 不待殷翁誇善幻, 非時紅艶自能開. 文安公云,
曾隨姚魏媚和風, 一例看爲幻色空. 他日雪中開最好, 知渠不是雪時
紅. 文順公云, 臘梅秋菊巧侵寒, 輕薄春紅已莫干. 爲有此花專四序,
一時偏艶不堪看. 貞肅公云, 東君去後覓無因, 始覺公家是主人. 不爾
豈能私造化, 一盆培養四時春. 李學士詩云丹砂, 又言雲霞, 此所謂喻
中之喩也. 如用他人韻賦之, 押洪字甚善. 文烈公詩如言七八月開花,
文安公詩雖止言春及冬, 其意已盡. 文順公具言, 而辭趣深勁, 貞肅公
亦言四時, 尙有新意.

　　문순공이 유(俞), 윤(尹)93) 등의 동년(同年)들과 함께 모인 자리에서

---

93) 유(俞), 윤(尹) : 유(俞)는 유승단(俞升旦)을 가리키고, 윤(尹)은 윤의(尹儀)를 가리
　　킴.「동국이상국집」권11에「윤동년의 견화 부차운 증지(尹同年儀見和復次韻贈之)」

부추(副樞) 임경겸(任景謙)[94]의 방에 있는 병풍에 쓰인 육영시(六詠詩)[95] 「열자어풍(列子御風)」에 화운하여,

종래 도의 경지는 오히려 몸 잊는 것이니
어찌 하늘을 날아야만 절로 신기롭다 하겠는가.
만약 바람머리를 향하여 열어구[96] 찾으려 한다면,
하늘에 가득히 나는 새도 진인이겠네.

從來道境尙遺身,　　何必乘虛始自神.
若向風頭尋禦寇,　　滿空飛鳥亦眞人.

라고 했다.

도잠(陶潛)[97]이 술을 좋아해서 두건에다 술을 걸렀다는 「도잠록건(陶

라는 시제가 있음.

94) 임경겸(任景謙) : 고려 중기의 문신. 안정임씨(安定任氏)의 중흥조인 임유(任濡, 1149~1212)의 아들로 고종 때 과거에 급제하여 관직은 동지추밀원사(同知樞密院事)에 올랐음.

95) 육영시(六詠詩) : 여기에서 소개된 「열자어풍(列子御風)」, 「도잠록건(陶潛漉巾)」, 「자유방대(子猶訪戴)」, 「반랑기려(潘閬騎驢)」 외에 『동국이상국집』 권11에 「우군환아(右軍換鵝)」, 「화정선자화상(華亭舡子和尙)」이 있음. 이는 여섯 폭의 병풍에 그려져 있는 그림을 보고 지은 시임.

96) 열어구(列禦寇) : 중국 전국시대 정(鄭)나라 사람인 열자(列子)를 이름. 어구는 그의 이름. 호는 충허진인(沖虛眞人). 제자백가의 한 사람으로 그의 학문은 황제(黃帝)와 노자(老子)에 바탕 하였음. 저서에 『열자』가 있음. '열자어풍'은 열자가 바람을 타고 세상을 떠돌아다니는 그림을 그려놓은 것을 이름.

97) 도잠(陶潛, 365~427) : 중국 진(晉)나라의 문인. 자는 연명(淵明), 또는 원량(元亮). 이름 잠(潛). 문 앞에 버드나무 5그루를 심어 놓고 스스로 오류(五柳) 선생이라 칭하기도 하였음. 그는 현실에 관심을 가져 벼슬길에도 나아갔으나 당대의 정치적 현실이 험악하고, 그가 증오했던 유유(劉裕)의 득세로 현실을 떠나 풍류를 즐겼으며, 성품이 곧아서 정절선생(靖節先生)이라고 존칭됨. 중국의 대표적인 전원시인이자 자연시인임. 잘 알려진 작품으로는 그의 은일사상을 대변하는 「귀거래사」, 「도화원기」, 「오류선생전」 등이 유명하며, 저서에 『도연명집(陶淵明集)』 10권이 있음.

潛漉巾)」[98]의 시에,

> 술 거르면 용수[蒭子]요 머리에 쓰면 두건이니,
> 이런 저런 구별은 다른 사람에게 맡기노라.
> 머리 위에 술 찌꺼기 묻은 것 상관하지 않노니,
> 이미 평생을 술에 젖어 살아온 몸이네.
>
> 漉則爲蒭戴則巾,　　　箇中分別任他人.
> 不妨頭上餘痕在,　　　已是平生着酒身.

라고 했다. 왕자유(王子猷)[99]가 대규(戴逵)[100]를 방문했다는 「자유방대
(子猷訪戴)」 시에서는,

> 사람 찾아든 정미는 계곡에 눈 내리는 훈훈함과 같으니,
> 만약 문득 서로 마주치면 한바탕 웃어 버렸으리.
> 흥이 다하여 배 돌려 돌아갔다 말하지 마소,
> 문 앞에 이르렀다 바로 되돌아온 그 뜻 무궁하다오.[101]

---

98) 녹건(漉巾) : 녹주건(漉酒巾)을 이름. 도잠이 술을 좋아해서 술이 익으면 자신이 쓰
　　고 있는 두건(頭巾)을 벗어 술을 걸렀다는 얘기가 있음. 『진서(晉書)』「도잠전(陶潛
　　傳)」에, '潛字淵明 每酒熱取頭上葛巾 漉酒畢 復著之.'

99) 왕자유(王子猷, ?~383) : 중국 동진(東晉)의 명필인 왕희지(王羲之)의 다섯째 아들.
　　자는 자유(子猷). 이름은 휘지(徽之). 아버지에게 서예를 배워 초서와 행서에 뛰어
　　났음. 관직은 황문시랑(黃門侍郞)에 이르렀음. 성품이 구속을 싫어하여 자유분방하
　　였음.

100) 대규(戴逵) : 중국 동진(東晉)의 문인화가. 자는 안도(安道). 재기가 출중한 인물로
　　거문고와 북 연주에 뛰어날 뿐 아니라 말(言)과 글을 잘하였다. 그림은 범선에게서
　　사사하였는데, 인물·조수·산수를 잘 그려 순욱, 위협 이후의 제일인자라 일컬어짐.
　　평생 고결한 성품을 잃지 않고 달인(達人)으로 생을 마쳤음.

101) 이는 왕휘지가 눈 개인 밤에 술을 마시며 좌사(左思)의 「초은시(招隱詩)」를 읊다가
　　문득 회계(會稽)의 섬현(剡縣)에 옮겨가 살고 있는 친구 대규가 생각나 작은 배를
　　저어 밤이 이슥해진 뒤에야 대규의 문전에 다다랐으나 흥이 사라져 그를 찾지 않고

訪人情味雪溪中,　　　若便相看一笑空.

莫道興闌廻棹去,　　　造門直返意無窮.

라고 했다.

「반낭102)기려(潘閬騎驢)」시에 이르기를,

낭선(閬仙)103)이 만약 화산의 세 봉우리[三華]104) 사랑했다면,

높은 봉우리 한번 바라만 봐도 이미 만족하였으리.

절룩대는 나귀 거꾸로 타는 것은 참으로 즐거운 일이니,

몸이 그림 속에 들어가는 것을 자랑하고자 하네.105)

閬仙若也愛三華,　　　一望嵯峨已足多.

倒跨蹇驢眞好事,　　　終身欲入畫中誇.

라고 했다.

되돌아섰다는 고사에 기댄 것임. 『진서(晉書)』 권80 「왕휘지전(王徽之傳)」에, '雪夜
初霽, 月色淸朗, 四望皓然, 獨酌酒詠左思招隱詩, 忽憶戴逵, 逵時在剡, 便夜乘小船
詣之, 經宿方至造門, 不前而反, 人間其故, 徽之曰, 本乘興而行, 興盡而反, 何必見
安道邪.'

102) 반낭(潘閬, ?~1009) : 중국 송나라 초기의 문인이자 은사(隱士). 자는 몽공(夢空),
　　호는 소요자(逍遙子). 시에 뛰어났고 관직은 제주참군(滁州參軍)에 올랐음. 저서에
　　『소요집(逍遙集)』이 있음. '반낭기려'는 반랑이 나귀를 타고 있는 것을 그린 그림을
　　가리킴.

103) 낭선(閬仙) : 낭원선아(閬苑仙峨)를 말하는 것으로 곤륜산(崑崙山) 속에 산다는 아
　　름다운 선인을 이름.

104) 삼화(三華) : 삼화(三花)와 같은 말임. 도가의 수양 방법으로 세 송이의 꽃을 머리
　　에 얹었다가 그것이 다 떨어지면 죽게 되고 온전히 남으면 재회(再會)할 수 있다고
　　하는 것으로 여기서는 중경(重慶)에 있는 삼화산(三華山)을 가리킴.

105) 이 시를 이규보의 『동국이상국집』 권11에 나오는 작품과 비교하면 그 제목과 내용
　　에 있어 차이가 있음. 『동국이상국집』에서는 제목이 「반낭향삼봉(潘閬向三峰)」이고
　　내용에 있어 제3, 4행은 크게 차이가 나니, 『동국이상국집』의 3, 4행을 보면, '倒正
　　騎驢何更問, 詩人好事亦云夸.'로 되어 있음.

학사(學士) 이인로(李仁老)의 「섬계승흥(剡溪乘興)」[106]이라는 시에 이르기를,

산음(山陰)의 눈과 달빛 서로 섞여 찬데,
흥이 다하자 외로운 배 갈 길을 재촉하네.
어찌 반드시 눈썹을 들고 눈으로 보아야 하는가,
아득히 먼 우주도 한 터럭 끝인데.

山陰雪月色交寒,　　興盡孤舟郤棹還.
何必揚眉資目擊,　　茫然千界一毫端.

라고 했다.

「사명광객(四明狂客)」[107]이라는 시에서는,

만리 길 오중(吳中)의 하늘을 삿대에 의지하여 돌아오니,
때는 연꽃 흩날리는 늦가을일세.
경호의 풍월은 주인 없는 것이거늘,
어찌하여 임금에게서 한 가지[一枝]를 빌겠는가.

萬里吳天一棹歸,　　荷花零落暮秋時.
鏡湖風月元無主,　　何必君前一枝乞.

라고 했다.

---

106) 「섬계승흥(剡溪乘興)」: 산음(山陰)에 살던 왕자유가 흥취를 만나 섬계에 살던 대규를 찾아간 것을 이름. 여기서는 그러한 정경을 그려놓은 그림을 가리킴.
107) 「사명광객(四明狂客)」: 중국 당나라 시인 하지장(賀知章)이 스스로를 부른 이름. 사명은 하지장의 고향에 있는 산 이름인 사명산에서 딴 것이고, 광객은 하지장이 너무 시속에 얽매이지 않으므로 붙여진 것임. 그가 늙어서 고향 땅인 강소성 오중으로 돌아올 때에 현종황제(玄宗皇帝)가 경호(鏡湖) 한 굽이를 하사했다고 함.

「산음진적(山陰陳迹)」이라는 시에 이르기를,

> 이몸 생각할수록 예전 같지 않고,
> 구부리고 우러러 보는 사이에 인간세상은 이미 묵은 자취네.[108]
> 다만 은갈퀴[銀鉤]를 견지[109]에 머물러 두었으니,
> 산음의 풍월은 예제나 새롭네.

> 此身念念異前身,　　俯仰人間迹已陳.
> 賴身銀鉤留繭紙,　　山陰風月古今新.

라고 했다.

「서새풍우(西塞風雨)」[110]라는 시에서는,

> 가을 깊어가니 갓못[111]에 붉은 고기 더욱 살찌고,
> 구름 흩어지니 서산에 걸린 조각달 빛나네.
> 열 폭 부들 돛이 천 이랑의 옥 물결 헤쳐 가니,
> 홍진이야 도롱이에 이를 수 있으리오.

---

108) 구부리고 …… 자취네 : 중국 동진(東晉)의 명필인 왕희지(王羲之)가 3월 3일에 회계(會稽)의 산음(山陰)에 있는 난정(蘭亭)에서 명사(名士) 40명과 놀면서 각자 시를 짓고 왕희지가 이에 서문(序文)을 지었는데, 그 글 중에, '굽어보고 우러러 보는 사이에 이미 묵은 자취가 되어 버렸다.[俯仰之間, 已成陳迹.]'이라는 구절이 있음

109) 견지(繭紙) : 잠견지(蠶繭紙)를 이름. 품질이 좋은 종이로 고려 때에 유명했다고 함. 왕희지가 술에 취하여 잠견지에다 서수필(鼠鬚筆)로 「난정서(蘭亭序)」를 썼는데, 술에서 깬 뒤에 다시 수백천 본(數百千本)을 썼으나 처음 쓴 것보다 못했다고 함.

110) 「서새풍우(西塞風雨)」: 중국 당나라 숙종(肅宗) 때의 문인인 장지화(張志和)가 벼슬을 사직하고 강호에 물러나 연파조수(烟波釣叟)라고 자호(自號)하며 배에 의지하며 살았는데 그가 지은 「어부가(漁父歌)」에 이르기를, '西塞山前白鷺飛, 桃花流水鱖魚肥. 春篛笠綠蓑衣晚, 徐風細雨不須歸.'라고 했음.

111) 갓못[笠澤] : 중국 절강성과 강소성에 걸쳐 있는 태호(太湖)의 이칭. 진택(震澤), 구구(具區)라고도 하였음. 호수 가운데 작은 동산과 과수원이 있었는데 경치가 뛰어나고 살기가 좋아 세상에서 동천복지(洞天福地)라고 하였음.

秋深笠澤紫麟肥,　　　　雲盡西山片月輝.

十幅蒲帆千頃玉,　　　　紅塵應不到蓑衣.

라고 했다.

문순공이 시에서 나타낸 신의(新意)는 묘경(妙境)에 들었다고 할 수 있으며, 이학사(李學士)의 시는 주로 말이 맑고 아름답다고 하겠다.

이학사의 「월계화(月季花)」112)라는 시에서는,

만곡의 단사를 갈홍113)에게 묻노니,

어느 해 작은 동산 속에 깊이 감추었나.

꽃다운 뿌리 붉은 노을색에 물드니,

신선 꽃송이가 불로홍을 이룬 까닭이네.114)

萬斛丹砂問葛洪,　　　　何年深窖小園中.

芳根得染雲霞色,　　　　故作仙葩不老紅.

라고 했다.

문열공(文烈公)이 읊기를,

---

112) 「월계화(月季花)」: 중국이 원산지인 장미과의 상록관목. 잎은 어긋나고 1~2쌍의 작은 잎으로 된 기수 우상 복엽임. 꽃은 5월부터 가을까지 계속 피고 색깔은 홍자색 또는 연분홍색임.

113) 갈홍(葛洪, 283~343): 중국 진(晉)나라의 도가(道家), 유학자(儒學者)로 자는 치천(稚川), 호는 포박자(抱朴子). 선선도술(神仙道術)을 좋아하여 평생을 그 수련에 바쳤음. 석빙(石氷)의 난(303) 때 공을 세워 열후(列侯) 바로 아래가 되는 제2위의 작위 관내후(關內侯)가 되었음. 그가 단약(丹藥)을 만들고자 했는데, 마침 이십육동천(二十六洞天)이 있다는 광서성 구루산(句漏山)에 좋은 단사(丹砂)가 난다는 소문을 듣고 스스로 조정에다 자신을 교지구루령(交趾句漏令 베트남 북방 경계)으로 임명해 달라고 요청했음. 주요 저서로는 『포박자(抱朴子)』, 『신선전(神仙傳)』 등이 있음.

114) 이 시의 제목이 「동문선」 권20에는 「사계화(四季花)」로 되어 있고, 이 시의 셋째 행의 '得' 자가 탈루된 것으로 나와 있음.

아름다운 기약은 도잠의 국화에 가깝기 어렵고,
꽃다운 소식은 육개115)의 매화에 머네.
은옹116)이 선환 자랑함을 기다리지 않는데,
때아니게 붉은 꽃이 절로 피네.

喜期難近陶潛菊,　　　芳信猶睐陸凱梅.
不待殷翁誇善幻,　　　非時紅艶自能開.

라고 했다.

문안공(文安公)이 읊기를,

일찍이 요위117)를 따라 화풍 아름답다 했더니,
한번 보니 부질없는 환색(幻色)으로 변해네.
가장 좋기는 다른 날 눈 속에서 꽃 피우는 것이니,
저 꽃이 천둥소리에도 붉게 피지 않는 까닭 알겠네.

曾隨姚魏媚和風,　　　一例看爲幻色空
他日雪中開最好,　　　知渠不是雪時紅.

라고 했다.

---

115) 육개(陸凱, 198~269) : 중국 삼국시대 오(吳)나라의 정치가. 자는 경풍(敬風). 「형
　　주기(荊州記)」에 육개가 친한 친구인 범엽(范曄)에게 봄에 꽃이 핀 매화나무 가지를
　　보내면서 함께 시 한 수[江南一枝春]도 보내어 우정을 나누었다는 이야기가 전해짐.
　　육개가 범엽에게 보낸 시 전문을 보면, '折梅逢驛使, 寄與隴頭人. 江南無所有, 聊贈
　　一枝春.'
116) 은옹(殷翁) : 중국 당나라의 도사(道士)로 이름은 천상(天祥), 칠칠(七七)이라고 자
　　호(自號)했음. 계절에 맞지 않은 꽃을 잘 피웠다고 함.
117) 요위(姚魏) : 요황위자(姚黃魏紫)로 모란을 가리킴. 옛날에 낙양(洛陽)의 요씨(姚氏)
　　와 위씨(魏氏)의 집에서 모란이라는 꽃 이름이 시작된 것에서 연유한 것임. '姚黃魏
　　紫, 牡丹花的兩個名貴品種. 姚黃爲千葉黃花, 出於民姚氏家, 魏紫爲千葉肉紅花, 出
　　於魏相仁溥家.'(구양수歐陽修, 『낙양모란기·하석명(洛陽牡丹記·花釋名)』)

문순공(文順公)이 읊기를,

> 겨울 매화 가을 국화 찬 기운 잘 이기지만,
> 경박한 봄꽃은 이미 범할 수 없네.
> 이 꽃이 네 계절을 다 차지하니,
> 한때의 아름다움이야 볼 만한 것 아니네.[118]

> 臘梅秋菊巧侵寒,　　　輕薄春紅已莫干.
> 及見此花專四序,　　　一時偏艶不堪看.

라고 했다.

정숙공(貞肅公)이 읊기를,

> 동군[119]이 물러간 뒤 아무리 찾아도 알 수 없더니,
> 비로소 공의 집이 이 꽃의 주인인 것을 알았네.
> 너 아니면 어찌 사사로이 조화부릴 수 있으리오,
> 한 화분에 기르니 사철이 봄이네.

> 東君去後覓無因,　　　始覺公家是主人.
> 不爾豈能私造化,　　　一盆培養四時春.

라고 했다.

이학사(李學士)의 시에서 단사(丹砂)라고 하고 또 운하(雲霞)라고 말

---

118) 이 시의 시제는 「사계화(四季花)」(『동국이상국집』 권11)로 모두 세 수로 되어 있는
　　데, 이 시는 그 제1수로 나머지 두 수를 소개하면, '好許千花伴爾榮, 一春歸後可堪
　　爭. 吳姬楚艶紛紛散, 歲久方知靜女情.'(둘째 수) '松眞竹悍小柔姿, 跨涉炎寒也自
　　宜. 爾與春紅同一樣, 如何猶到雪霜時.'(셋째 수).

119) 동군(東君) : 봄[春]을 맡았다고 하는 가상적인 신(神).

한 것은 이른바 비유 중의 비유이다. 만약 다른 사람의 운(韻)을 써서
시를 지었더라면 압운자(押韻字)로 홍(洪)자가 매우 적절했을 것이다.
　문열공(文烈公)의 시에서는 칠팔월에 꽃피는 것을 말한 것 같고, 문
안공(文安公)의 시에서는 비록 봄과 겨울의 언급에 그쳤지만 그 뜻을
남김없이 나타내고 있다. 문순공(文順公)은 말을 능란하게 구사하면서
도 그 말의 뜻이 심히 굳세다. 정숙공(貞肅公)의 시에서도 사철을 말하
고 있는 가운데 오히려 그 속에 새로운 뜻이 깃들어 있다.

중-9　　文烈公和慧素師猫兒云, 螻蟻道存狼虎仁, 不須遣妄始求眞.
吾師慧眼無分別, 物物皆呈淸淨身. 文順公蟾云, 痱磊形可憎, 爬鱗行
亦澁. 群虫且莫輕, 解向月中入. 眉叟蟻云, 身動牛應鬪, 穴深山恐頹.
功名珠幾曲, 富貴夢初回. 文順公形容甚工, 李學士句句皆用事. 文烈
公寄意浮屠言理最深. 大抵體物之作, 用事不如言理, 言理不如形容.
然其工拙, 在乎構意造辭耳.

　문열공(文烈公)이 혜소선사(慧素禪師)[120]의 「묘아(猫兒)」라는 시에 화
운하여,

　　　개미에게도 있고 이리와 호랑이도 어짊이 있으니,
　　　어리석음을 버려야 비로소 진실을 얻는 것 아니네.
　　　우리 선사의 혜안에는 분별이 없으니,
　　　물물마다 모두 청정신을 드러내네.

　　　螻蟻道存狼虎仁,　　　　不須遣妄始求眞.

---

120) 혜소선사(慧素禪師) : 혜소(惠素)라고도 함. 대각국사(大覺國師) 의천(義天)의 고
　　제(高弟)로 국사의 「행록(行錄)」 10권을 저술했음.

吾師慧眼無分別,　　　物物皆呈淸淨身.

라고 했다.

　문순공(文順公)은「두꺼비(蟾)」[121]라는 시에서 이르기를,

　　오톨도톨한 겉모양 징그럽고,

　　엉금엉금 기는 꼴사납도다.

　　벌레들이여 경멸하지 마라,

　　허물 벗고 달 속에 들어간다네.[122]

　　排磊形可憎,　　爬麟行亦澁.

　　群蟲且莫輕,　　解向月宮入.

라고 했다.

　미수(眉叟)는「개미(蟻)」라는 시에서 이르기를,

　　몸을 움직이면 소가 응당 다투고,[123]

　　구멍이 깊으니 산이 무너질까 두렵네.

　　공명은 구슬 몇 굽이던가,[124]

---

121) 이 시는「군충영(群虫詠)」8수(『동국이상국집』 제3권) 가운데 첫째 수로 이외에「와 (蛙)」,「서(鼠)」,「와(蝸)」,「의(蟻)」,「주(蛛)」,「잠(蠶)」 등이 있음. 이 시의 넷째 행에, '月中入'으로 되어 있는데,『동국이상국집』에는 '月宮入'으로 되어 있음.

122) 허물……있다네 : 달 속에 있는 두꺼비는 예(羿)가 서왕모(西王母)에게서 얻은 선 약(仙藥)을 그의 처 항아(姮娥)가 훔쳐 먹고 달 속으로 달아나 변신한 것이라는 전설 에 기댄 것임.

123) 몸을……다투고 : 중국 진(晉)나라 은중감(殷仲堪, ?~399)은 이름난 효자였는데 그의 아버지가 귓병이 나서 개미가 움직이는 소리를 소가 다투는 소리로 들었다는 고사에 기댄 것임.

124) 공명(功名)……굽이던가 : 개미는 빈 곳을 잘 파고들기 때문에 꿀을 발라서 개미를 유혹하면 구곡주(九曲珠)도 엮을 수 있다는 고사에 기댄 것으로 이는 교묘한 지혜로

부귀는 꿈의 처음 시작이네.[125]

身動牛應鬪,　　穴深山恐頹.

功名珠幾曲,　　富貴夢初回.

라고 했다. 문순공은 사물을 형용함에 있어 심히 공교롭고, 이학사(李學士)의 시는 매 구절마다 모두 용사(用事)한 것이다. 문순공은 시의(詩意)를 불교에다 부쳤기 때문에 나타낸 말의 이치가 아주 심원하다. 대체로 사물을 바탕으로 하여 글을 지을 때 용사한다는 것은 사물의 이치를 말하는 것[言理]만 못하고 사물의 이치를 말하는 것은 사물을 올바로 형용(形容)하는 것만 못하다. 그러나 그 글의 훌륭함과 그렇지 못함은 다만 구상하는 뜻과 만들어지는 말의 여하에 달려있을 따름이다.

중-10　　李學士逍遙園云, 接輿當日諼肩吾, 綽約神人在邈姑. 唯有神高汾水側, 杳然親見雪肌膚. 文順公獨樂園云, 一泉寒水呼隣汲 園中井縱隣里汲, 滿榻清風共客分. 唯有名園靜中樂, 不曾容易使人聞. 金翰林清聚軒云, 下嶺飛泉尚有情, 穿林落沼響泠泠. 若觀一性無分別, 尋丈波瀾卽四溟. 李學士奇辭妙意, 全用南華篇. 文順公出自新趣, 金翰林使浮屠語. 古人云, 蘇子瞻雖言辭浩瀚有餘意, 近於浮屠, 非謂風騷之作. 若文烈公猫兒詩, 是答慧素師, 金翰林清軒詩, 是題僧舍, 宣以浮屠言之也. 其他作不應淺異.

　　어려운 일을 해결해 나간다는 뜻임.(당나라 양도(楊濤)의 「의천구곡주부(蟻穿九曲珠賦)」)

125) 부귀는······ 시작이네 : 이는 중국 당나라 사람 순우분(淳于棼)이 술에 취해 괴목(槐木) 아래에서 잠깐 잠이 들었는데, 꿈속에 괴안국(槐安國)에 가서 부귀영화를 누리다가 꿈을 깨고 보니 괴목 아래에 한 큰 개미가 있었다는 남가일몽(南柯一夢)의 고사에 기댄 것임.

이학사(李學士)가 「소요원(逍遙園)」이라는 시에 이르기를,

접여126)가 그날 견오127)에게 말한 것은,

아름다운 신인이 막고야산(邈姑射山)128)에 있다는 것이었네.129)

오직 신령스럽고 고상한 사람이 분수130) 가에 있어,

아득한 가운데 백설 같이 흰 살결 보네.

接與當日誃肩吾,　　　綽約神人在邈姑.

唯有神高汾水側,　　　杳然親見雪肌膚.

라고 했다.

문순공(文順公)의 「독락원(獨樂園)」 시에,

하나뿐인 찬 샘물 이웃 불러 긷게 하고

등산 가운데 있은 이 물을 이웃 사람들이 줄지어 와서 길어갔다.

---

126) 접여(接與) : 춘추시대 초나라의 은자. 성은 육(陸)이고 이름은 통(通)이며, 접여는 그의 자. 공자와 같은 시대의 사람으로 소왕(昭王) 때의 정치가 무상(無常)하여 머리를 풀어헤치고 미친 것 같이 행세하며 벼슬하지 않았으므로 사람들이 그를 초광(楚狂)이라고 했음.

127) 견오(肩吾) : 곤륜산에 있다는 가상의 신(神)의 이름.

128) 막고야산(邈姑射山) : 신인(神人)들이 살고 있다는 산으로, 이 산은 중국의 산서성 분수의 남쪽에 위치한다고 함.

129) 이 말은 『장자』 「소요유(逍遙遊)」 편에 나오는 얘기를 근거한 것으로, 전설상의 인물인 견오와 연숙(連叔)의 대화 가운데서 견오가 접여에게서 막고 야산에 피부가 얼음이나 눈처럼 희고, 몸이 처녀처럼 부드러우며, 곡식을 먹지 않고 바람과 이슬을 마시고, 구름을 타고 용을 몰아 천지 밖에서 노닌다는 신인(神人)이 있다는 얘기를 들었다는 말이 나옴.("曰 : '邈姑射之山有神人居焉, 肌膚若氷雪, 綽約若處子, 不食五穀, 吸風飮露, 乘雲氣, 御飛龍, 而遊乎四海之外.'")

130) 분수(汾水) : 중국의 산서성에 있는, 선인들이 살고 있다는 강물로 『장자』 「소요유」 편에 보면 요(堯)가 분수에서 네 사람의 어진 사람을 보고 천하의 일을 잊었다고 하였음. '堯治天下之民, 平海內之政, 往見四子邈姑射山, 汾水之陽, 杳然喪其天下焉.' 이 네 사람은 왕예(王倪), 설결(齧缺), 피의(被衣), 허유(許由)로 추단됨.

탑전(榻前)에 가득한 맑은 바람 길손과 함께 나누네.

오직 이름난 동산이 있어 조용한 가운데 즐기노니,

일찍이 남들에게 듣지 못하게 할 것이네.[131]

一泉寒水呼隣汲,　　　　滿榻淸風共客分.

　　　　縱隣里入汲井/園中井繼隣里汲

唯有名園靜中樂,　　　　不曾容易使人聞.

라고 했다.

　김한림(金翰林)의 「청취헌(淸聚軒)」시에 이르기를,

산 아래로 떨어지는 샘물에 따슨 정미(情味) 깃들었는데,

숲을 뚫고 소로 떨어지는 물소리는 낭랑하기 그지없네.

만물을 분별없이 한 가지로 본다면,

몇 자 깊이의 저 물결이 바로 사해(四海)이네.

下嶺飛泉尙有情,　　　　穿林落沼響冷冷.

若觀一性無分別,　　　　尋丈波瀾卽四溟.

라고 했다. 이학사는 기이한 말과 오묘한 뜻을 나타내기 위해서 오로
지 「남화편(南華篇)」[132]을 원용(援用)했다고 하겠다.

　그리고 문순공은 저절로 새로운 뜻[新意]을 표출하고 있으며, 김한림
은 불가(佛家)의 말을 인용하고 있다.

---

131) 이 시는 『동국이상국집』 권2에 실려 있는 「기 상서퇴식재 팔영(奇尙書退食齋八詠)」
　　이라는 시제의 8수 가운데 셋째 수. 나머지 7수를 보면, 「퇴식재(退食齋)」, 「영천동(靈
　　泉洞)」, 「척서정(滌暑亭)」, 「연묵당(燕默堂)」, 「연의지(漣漪池)」, 「녹균헌(綠筠軒)」,
　　「대호석(大湖石)」임.

132) 「남화편(南華篇)」: 장자의 저술인 『남화진경(南華眞經)』을 이름. 『장자(莊子)』, 『남
　　화진(南華眞)』이라고도 함. 당나라 초에 추증(追贈)한 장자의 호가 남화진인(南華眞
　　人)이므로 붙여진 이름임.

옛 사람이 말하기를,

> 소자첨(蘇子瞻)[133]의 시는 언사(言辭)가 호한(浩瀚)하여 뜻이 넉넉하
> 나 불교의 진리에 가까운 말들이기 때문에 풍소(風騷)의 작품이라고 할
> 수 없다.

라고 했다.

문열공(文烈公)의 「묘아시(猫兒詩)」는 혜소선사에게 대답을 대신해서
준 것이며, 김한림의 「청취헌시(淸聚軒詩)」는 절을 두고 지은 것이니
모두 분명히 불교의 묘리(妙理)를 함축하고 있다. 그렇다고 해서 그 외
의 다른 작품들이 천박하거나 괴이하다고는 할 수 없다.

중-11 文烈公菊花云, 一夜秋風萬樹空, 菊花纔發兩三叢. 樊素無情
逐春去, 朝雲獨自伴蘇公. 文順公云, 靑帝司花翦刻多, 何如白帝又司
花. 金風日日吹蕭瑟, 把底陽和放艷葩. 金翰林云, 芬敷恨不及春風,
露冷霜凄慘玉容. 歲晚芳心誰獨識, 殘叢尙有愛花蜂. 李學士重九後
云, 莫將殘艷怨居諸, 一掬秋香久尙餘. 人意不隨時自變, 龍陽何苦泣
前魚. 古今多以美女比花. 文烈用美人事, 意雖精當, 事則芻狗. 眉叟
用龍陽事, 此詩家意外之喻最警. 又賦鸚鵡云, 語言愈巧身愈困, 須信
韓非死說難. 皆類此, 金詩有風人自寓之意, 讀之悽然有感. 文順公不
用事不取比, 直穿天心而已.

---

133) 소자첨(蘇子瞻) : 중국 북송의 대문호인 소식(蘇軾, 1036~1101)을 이름. 자첨은 그
　　의 자. 호는 동파(東坡), 시호는 문충(文忠). 사천성 미산 출신. 왕안석의 신법에 반
　　대하는 강고한 정치적 의지를 보였고, 항주자사 등을 역임했음. 시문에 능통하여
　　2,712수의 시와 많은 산문을 남겼음. 당송팔대가의 한 사람. 시와 함께 서화(書畵)에
　　도 일가를 이루었음. 아버지 순(洵), 아우 철(轍)과 함께 '3소(三蘇)'라고 불리며 3부
　　자가 당·송 8대가에 속했음. 저서에 『동파전집』이 있음.

문열공(文烈公)이 「국화(菊花)」 시에서,

> 하룻밤 가을바람에 온갖 나무 괴벗었는데,
> 국화는 겨우 두세 송이 꽃을 피웠네.
> 번소(樊素)[134]는 무정하여 봄을 좇아 가버렸으나,
> 조운(朝雲)[135]은 홀로 소공(蘇公)과 짝하였네.

> 一夜秋風萬樹空,   菊花纔發兩三叢.
> 樊素無情逐春去,   朝雲獨自伴蘇公.

라고 했다.

문순공(文順公)이 읊기를,

> 봄[靑帝][136]이 꽃피우는 조화 맡아 많이도 자르고 새겼는데,
> 어찌하여 가을[白帝][137]이 또 꽃을 피우려 하는가.
> 가을바람 날마다 소슬하게 불어대는데,
> 어찌 봄기운 가져다 아름다운 꽃봉오리 피우려는지.[138]

> 靑帝司花剪刻多,   如何白帝又司花.
> 金風日日吹蕭瑟,   把底陽和放艷葩.

---

134) 번소(樊素) : 중국 당나라 시인 백거이(白居易)의 애첩. 백거이에게 번소와 소만(小
　　蠻)이라는 두 첩이 있었는데, 번소는 노래를, 소만은 춤을 잘 추었음. 백거이는 자신
　　이 병고에 시달리던 68세 때 이 두 첩을 놓아 보냈음.

135) 조운(朝雲) : 중국 송나라 시인 소식(蘇軾)의 애첩으로 성은 왕(王)씨. 소식이 죽을
　　때까지 변심하지 않고 내조했다고 함.

136) 봄[靑帝] : 오천제(五天帝)의 하나로 동방을 지키는 봄의 신(神). 오행설(五行說)에
　　의하면 봄은 푸른색에 해당됨.

137) 가을[白帝] : 서방을 지키는 가을의 신. 오행설에 의하면 가을은 흰색에 해당됨.

138) 이 시의 시제는 「영국이수(詠菊二首)」로 여기에 인용된 시는 첫째 수. 『동국이상국
　　집』 권14에 보면 이 시의 제4행 첫째 자가 借 자로 되어 있음. 둘째 수를 소개하면,
　　'不憑春力仗秋光, 故作寒芳勿怕霜. 有酒何人辜負汝, 莫言陶令獨憐香.'

라고 했다.

또 김한림(金翰林)이 읊기를,

아름다운 향기는 봄바람에 미치지 못해 한스러운데,
매서운 이슬과 서리에 아름다운 얼굴 무참하네.
기우는 나이에 오직 꽃다운 마음 누가 알아주랴,
지다 남은 꽃떨기에 아직 벌 찾아드네.

芬敷恨不及春風,　　　露冷霜凄慘玉容.
歲晚芳心誰獨識,　　　殘叢尙有愛花蜂.

라고 했다.

이학사는 「중구후(重九後)」라는 시에서 이르기를,

아름다운 모습 스러진다고 가는 세월[居諸]139) 원망 말자,
한 움큼의 가을 향기 아직 오래 남아 있네.
사람의 마음은 때 없이 절로 변하지 않는데,
용양(龍陽)은 어찌 괴로이 앞 고기를 슬퍼했던고.140)

莫將殘艶怨居諸,　　　一掬秋香久尙餘.
人意不隨時自變,　　　龍陽何苦泣前魚.

---

139) 가는 세월[居諸] : 세월의 뜻인 일월(日月)을 의미함. 이는 『시경(詩經)·패풍(邶風)』
「백주편(柏舟篇)」에, '日居月諸, 胡迭而微.'라는 구절에서 나온 말임. 居와 諸는 모두
어조사임.

140) 용양(龍陽) …… 슬퍼했던고 : 용양(龍陽)은 중국 전국시대 위왕(魏王)의 총신(寵臣)
인 용양군(龍陽君)을 이름. 남색(男色)으로 인하여 왕의 총애를 받았음. 용양군이 어
느 날 위왕과 고기잡이를 나갔다가 고기 십여 마리를 잡고는 눈물을 흘리자 왕이
그 연유를 물으니 대답하기를, '처음 고기를 잡았을 때는 기뻤으나 뒤에 큰 고기를
잡게 되니 처음 잡은 고기를 버리고 싶듯이 저보다 미색(美色)이 나은 사람이 나타나
면 저 자신도 임금에게 버림받을 것을 생각하여 웁니다.'라고 한 고사에 기대어 나타
낸 것임. 따라서 '전어(前魚)'란 앞으로 버림받을 사람을 비유해서 쓰이는 말임.

라고 했다.

고금에 걸쳐 미인을 꽃에 비유한 것이 많다. 문열공이 미인을 용사(用事)의 대상으로 삼아 지은 시에 깃든 뜻은 비록 **빼어나고 부족한 것**이 없지만 용사한 내용은 별로 가치 없는 것[芻狗]141)이라고 하겠다. 미수(眉叟)의 시는 용양공(龍陽公)의 일을 용사하였으니 이는 시인들이 최고로 여기는 뜻밖의 비유[意外之喩]를 나타낸 것으로 경책(警策)이라고 하겠다.

또 미수가 앵무(鸚鵡)새를 읊어,

> 말이 공교로울수록 몸은 더욱 괴로우니,
> 한비자142)가 말이 정말 어렵다고 한 것143) 믿어야 하네.
>
> 語言愈巧身愈困,　　　　　須信韓非死說難.

라고 했으니 그의 시는 모두 이와 같은 것이다.

김의 시는 시인이 스스로를 우화(寓化)한 뜻을 나타내고 있으니 이 시를 읽으면 처연(悽然)하여 느끼는 바가 있다. 문순공의 시에서는 용사(用事)나 비유(比喩)를 사용하지 않고 곧 바로 천심(天心)을 꿰뚫고 있

---

141) 별로 가치 없는 것[추구(芻狗)] : 짚으로 만든 개. 옛날에 제사를 지낼 때 희생(犧牲)을 올린다는 뜻에서 추구를 제사상에 올렸는데, 제사가 끝나면 이 추구는 아무런 소용이 없게 되어 버려졌음.

142) 한비자(韓非子, BC295~BC233) : 중국 전국시대 한(韓)나라의 공자(公子)로 진(秦)나라 이사(李斯)와 함께 순경(荀卿)의 문인으로 법가사상을 대성하였음. 진(秦)의 시황제에게 신임을 받아 득세했으나 이사 등의 모함에 의하여 음독자살했음. 시황제는 한비의 고분(孤憤)·오두(五蠹)의 논문을 보고 격찬했다고 함. 그는 「내외제설(內外諸說)」, 「설림(說林)」, 「설란(說難)」 등 50편을 모아 『한비자(韓非子)』라는 책을 펴냈음

143) 말이 정말 어렵다고 한 것[설란(說難)] : 자신의 의견을 다른 사람이 올바르게 받아들이게 설득하는 것이 어렵다는 뜻임. 『한비자』의 한 편명.

을 따름이다.

중-12   李學士梅花云, 靑帝含情玉作花, 素衣眞箇在施家. 幾敎醉尉
昏昏眼, 錯認林中縞袂斜. 皇祖和金樞密玉梅云, 姑射氷膚雪作衣, 香
脣曉露吸珠璣. 應嫌俗藥春紅染, 欲向瑤臺駕鶴飛. 文順公梨花云, 初
疑枝上雪黏華, 爲有淸香認是花. 飛來易見穿靑樹, 落去難知混白沙.
金翰林李花云, 悽風冷雨濕枯根, 一樹狂花獨放春. 無奈異香來聚窟,
漢宮重見李夫人. 李學士眉叟李花云, 曾將玉鹿駕雲車, 入處瓊宮十八
餘. 樹下初生因作姓, 從玆仙李便扶踈. 梅花二首用事雖異, 皆取色言,
李花兩首, 用事有深淺, 優劣自分. 眉叟但言李不言花, 雖用事深何工.
文順公率不好用事, 盖尙新意耳.

　이학사(李學士)가 「매화(梅花)」 시에서,

　　　봄은 정회를 품고 옥으로 꽃 빚으니,
　　　소의는 진실로 시가에만 있는 것이네.
　　　몇 번이나 취위의 어두운 눈으로 하여금,
　　　숲속에 걸려 있는 흰 옷인가 잘못 보게 하네.[144]

　　　靑帝含情玉作花,　　　素衣眞箇在施家.
　　　幾敎醉尉昏昏眼,　　　錯認林中縞袂斜.

---

144) 몇 번이나 치위의 …… 잘못 보게 하네 : 중국 한(漢)나라 사람인 패릉위(覇陵尉)가
　　술에 취하여 가지에 피어 있는 매화를 사람의 흰 소매로 착각했던 사실을 말하고
　　있음. 이 시는 소동파의 「차운 왕공제 봉의 매화 십수(次韻王公濟奉議梅花十首)」
　　가운데 제1수의 내용을 용사한 것임. 동파의 시를 소개하면, '梅梢春色弄微和, 作意
　　南枝剪刻多. 月黑林間逢縞袂, 霸陵醉尉誤誰何.'

라고 했다.

돌아가신 조부님[145]께서 김추밀(金樞密)의 옥매(玉梅)시에 화운하여,

> 고야산(姑射山) 신선의 흰 살결 눈으로 옷을 삼고,
> 향기로운 그 입술로 새벽에 이슬구슬 마시네.
> 응당 향기롭고 붉게 물든 속된 꽃 싫어하여,
> 향기로운 요대에 학을 타고 날아오르고자 하네.

> 姑射氷膚雪作衣,　　　香脣曉露吸珠璣.
> 應嫌俗藥香紅染,　　　欲香瑤臺駕鶴飛.

라고 했다.

문순공(文順公)이 「배꽃[梨花]」이라는 시에 이르기를,

> 처음엔 가지에 눈꽃 피었는가 했더니,
> 맑은 향기 스며나니 바로 꽃인 줄 알았네.

> 初疑枝上雪黏華,　　　爲有淸香認是花.

> 푸른 나무 사이로 휘날리는 꽃잎 완연한데,
> 떨어져 쌓이니 흰 모래와 구별하기 어렵네.[146]

> 飛來易見穿靑樹,　　　落去難知混白沙.

---

145) 조부님 : 최자의 조부인 최윤인(崔允仁)을 가리킴.

146) 이 시의 시제는 「옥야현객사 차운판상 채학사보문 이화시(沃野縣客舍次韻板上蔡
　　 學士寶文梨花詩)」(『동국이상국집』 권10)로 여기에서는 전부 4연 가운데 제1연과 제
　　 3연을 인용하고 있음. 그 전문을 보면, ‘初疑枝上雪黏華, 爲有淸香認是花. 鬪却寒
　　 梅瓊臉潔, 笑他穠杏錦趺奢. 飛來易見穿靑樹, 落去難知混白沙. 皓腕佳人披練袂,
　　 微微含笑惱情多.’

라고 했다.

　김한림(金翰林)의 「배꽃[梨花]」이라는 시에 이르기를,

　　　싸늘한 바람과 찬비가 마른 뿌리 적시더니,
　　　한 나무의 미친 꽃이 홀로 봄을 피우네.
　　　기이한 향기 취굴[147]에서 나옴을 어쩔 수 없으니,
　　　한궁에서 다시 이부인[148]을 보네.

　　　悽風冷雨濕枯根,　　　一樹狂花獨放春.
　　　無奈異香來聚窟,　　　漢宮重見李夫人.

라고 했다.

　학사(學士) 이미수(李眉叟)도 「오얏꽃[李花]」을 읊어 이르기를,

　　　일찍이 흰 사슴에 운거[149]를 멍에 하여,
　　　경궁[150]에 들어간 지 열여덟 해 되었네.
　　　나무 아래에서 처음 생겨 나무로 성을 얻으니,[151]

---

147) 취굴(聚窟) : 취굴주(聚窟洲)를 이름. 신선이 사는 10주(十洲)의 하나로 거기에서
　　반혼향(返魂香)이 나오는데 그 향내가 미치는 곳에는 죽은 사람이 소생한다고 함.
148) 이부인(李夫人) : 중국 한(漢)나라 무제(武帝)의 비빈으로 이연년(李延年)의 누이.
　　무제가 총애하던 이부인을 잃고 몹시 상심하였는데 이소군(李少君)의 방술(方術)로
　　이부인의 혼을 불러와 얼굴을 잠깐이나마 다시 보게 하였다고 함. 여기서는 가을에
　　다시 핀 오얏꽃을 잠시 나타났던 이부인에 기대어 나타낸 것임. (『한서』 권97)
149) 운거(雲車) : 구름을 그려 장식한 수레, 또는 화려하게 장식한 수레를 이르기도 함.
　　여기서는 대궐로 들어가는 수레를 이름. 당나라 고황(顧況)의 「상원야억장안시(上元
　　夜憶長安詩)」에, ‘雲車龍闕下, 火樹鳳樓前.’
150) 경궁(瓊宮) : 경궁요대(瓊宮瑤臺)를 가리키는 말로 옥으로 장식한 화려한 궁전과
　　누대. 원래는 옥황상제가 거처하는 화려한 천상궁궐을 가리키는 말이었으나 중국
　　상(商)나라의 주왕(紂王)이 이렇게 대궐을 화려하게 만들어 그 사치스러움을 자랑하
　　다가 민력(民力)을 피폐시켜 결국 주(周)나라에 의해 멸망당함. 여기서는 관직을 얻
　　어 18년 동안 대궐에서 벼슬살이를 한 것을 이름.

이로부터 선리[152]에 자못 가지 무성하네.

曾將玉鹿駕雲車,　　　　入處瓊宮十八餘.
樹下初生因作姓,　　　　從茲仙李便扶踈.

라고 했다.

　매화(梅花) 시 두 수에서 용사(用事)한 것이 비록 서로 차이는 있으나 모두 매화의 꽃 색깔을 두고 읊은 것이고, 이화(梨花) 시 두 수에서도 용사하였는데 심천(深淺)과 우열(優劣)이 저절로 드러나고 있다. 미수는 다만 오얏을 말하고 그 꽃을 언급하지 않았으니 비록 용사한 것이 심원하지만 어찌 교묘하다고 할 수 있겠는가. 문순공은 거의 용사하는 것을 좋아하지 않으니 대개 새로운 시의(詩意)를 중하게 여겼을 따름이다.

중-13　宋夏英公微時, 謁文肅公, 公曰, 子文章有臺閣氣, 異日必顯, 果如其言. 文順公爲完山幕參軍時 承按廉符爲邊山斫木使, 作絕句云, 權在擁軍榮可詫, 官呼斫木辱堪知. 邊山自古眞天府, 好揀長材備棟樑. 又云, 曉寒虛閣生淸籟, 夕霽長天卷駁雲. 門外幾人皆墮指, 媿予猶擁綺羅熏. 和友人云, 努力事文字, 休嫌秩未高. 須知三足鼎, 鑄自一錐毫. 公之宰相之氣於此三詩, 早已形矣. 子偶得金翰林集第一卷, 觀之, 卷首編宮詞八詠, 皆古人已陳之意. 且復辭語淺局, 私心竊薄之, 漸披至兩三幅, 見醉時歌及河陽山莊用劇韻叙舊等長篇, 服其辭意淸

---

151) 나무 아래에서 …… 성을 얻으니 : 이씨(李氏)는 중국의 고대 철학자 노자(老子)에서부터 시작되었다고 함. 이는 노자가 오얏나무[李] 밑에서 태어났으므로 오얏나무를 나타내는 나무 목(木)자와 사내아이의 자(子)자를 합하여 오얏 이씨(李氏)라는 성(姓)이 만들어졌다는 속설이 있음.

152) 선리(仙李) : 선인(仙人)과 같은 노자(老子)를 가리킴. 노자의 성이 이씨이기 때문에 나온 말임. '老子生而能言, 指樹曰, 以此爲我姓'(『神仙傳』)

曠. 後復見八九卷, 淸辭浩汗, 酌而不窮, 誠富贍之才華也. 不然何以, 陳補闕憶翰林云. 吟詩臥窮巷, 爽氣透屋浮. 上天結爲露, 散作人間秋. 翰林途中卽事云, 一徑靑苔澁馬蹄, 蟬聲斷續路高低. 窮村婦女猶多思, 笑整荊釵照柳溪. 魚翁云, 天翁尙不貰漁翁, 故遣江湖少順風. 人世險巇君莫笑, 自家猶在急流中. 晨興云, 竟日長吟蜀道難, 橫眼始得一身閑. 郤嫌枕上多情蝶, 千里崎嶇訪故山. 東郊値雨云, 黃塵漠漠漲晴旻, 擧扇西風厭汚人. 多謝晚雲能作雨, 半途湔洗滿衣塵. 贈彌勒寺住老云, 林端窈眇路逶遲, 境僻寧敎俗士知. 唯有雲衣松上鶴, 見公初到結盧時. 秋晚月夜云, 日落頑風起樹端, 飛霜貿貿葉聲乾. 開軒不用迎淸月, 瘦骨秋來怯夜寒. 興海道上云, 桑間婦女趁微行, 撥穀飛來繞樹鳴. 只爲田家趨事報, 何人寫出管絃聲. 辭意淸熟, 頗帶風騷. 類多長篇巨韻, 或鮮有宮禁富貴之作, 故但錄此山野絶句而已. 觀其集, 疑有他山石來介於群玉崗, 是由編撫者無似耳.

송하영공(宋夏英公)이 아직 벼슬에 오르지 않았을 때 문숙공(文肅公)을 찾아뵈니 공이 말하기를,

> 자네의 문장은 대각(臺閣)의 기질[153]이 있으니 언젠가 반드시 현달할 것이네.

라고 하였는데, 과연 그 말과 같았다.

문순공이 완산막(完山幕)의 참군(參軍)[154]으로 있을 때 안렴사(按廉

---

153) 대각(臺閣)의 기질 : '대각'은 원래 중국 한나라 때에 상서대(尙書臺)를 일컫던 것으로, 뒤에는 조정의 모든 기구를 두루 이르는 말로 쓰였음. 여기에서 대각체(臺閣體)라는 말이 명나라 초기에 처음 생겨 환로(宦路)에 있는 벼슬아치들의 글이 완만단조하고 온화한 기풍을 지닌 것을 의미하였음. 이러한 문체의 글은 태평성세를 찬양하고, 임금을 칭송하는 내용이 주조를 이루었음.

使)의 발병부(發兵符)155)를 받들어 변산(邊山)의 작목사(斫木使)156)가 되었다. 그때 절구시를 지어 이르기를,

> 권세는 군사를 옹위하는 일이니 그 영광 자랑할 만한데,
> 관에서 작목사라 부르니 그 욕됨 능히 알 만하네.
> 변산은 자고로 풍성한 고을이라 하였으니,
> 좋은 재목을 가려서 기둥감 준비함이 좋겠네.157)

> 權在擁軍榮可詫,　　官呼斫木辱堪知.
> 邊山自古稱天府,　　好揀長材備棟樑.

라고 했다. 또 읊기를,

> 사늘한 새벽녘 빈 집에 맑은 바람소리 일어나고,
> 비개인 저녁 하늘에 노을 걷히어 가네.
> 문 밖에는 몇 사람이나 손가락 물러빠지는지,
> 나의 이 따뜻한 비단옷 오히려 민망스럽네.158)

---

154) 참군(參軍) : 고려 군직(軍職)의 하나로 정7품이었음.

155) 발병부(發兵符) : 군대 동원의 표지. 직경 7㎝, 두께 1㎝가량의 둥글납작하고 곱게 다듬은 나무쪽의 한 면 복판에 '發兵'이라는 글자를 쓰고, 다른 한 면에 세로로 어느 도 안렴사(按廉使) 등의 칭호를 써서 그것을 쪼개어 반쪽을 보관했다가 발병 필요시에 부합(符合) 여부를 조사한 뒤 군대를 동원했음.

156) 작목사(斫木使) : 정부에서 사용할 목재를 충당하기 위하여 변방에 파견되어 벌목하는 일을 맡은 관리.

157) 이 시의 시제는 「십이월 인작목 초지부령군변산 마상작 2수(十二月因斫木初指扶寧郡邊山馬上作二首)」(『동국이상국집』 권9)로 여기 인용된 시는 첫째 수. 그 둘째 수의 시의 전문을 소개하면, '一聲鼓角鳥驚飛, 病惼寒威裂厚衣. 駐盖鴈川觀雪漲, 卸鞍犬浦待朝歸.'

158) 이 시의 시제는 「정월 십구일 부도부령군 유작(正月十九日復到扶寧郡有作)」(『동국이상국집』 제9권)으로 7언율시임. 여기에 인용된 것은 제3·4연으로 나머지 제1· 2연을 소개하면, '滿空飛雪落紛紛, 弓劍相磨貔虎群. 來往八千餘步地, 指麾四十六

曉寒虛閣生淸籟,　　　夕靄長天卷駁雲.

門外幾人皆墮指,　　　愧予猶擁綺羅薰.

라고 했다.

　친구의 시에 화운(和韻)하여 이르기를,

　문자를 섬기기에 노력하였으니,

　낮은 벼슬이라고 싫어하지 말 것이네.

　반드시 다리가 셋인 솥159)의 근원을 알아야 하노니,

　한 송곳의 끝에서 빚어진 것이라네.160)

努力事文字,　　　休嫌秩未高.

須知三足鼎,　　　鑄自一錐毫.

라고 했다.

　공이 재상이 될 기질은 이 세 수의 시(詩)에서 이미 일찍이 드러났다
고 하겠다. 내가 우연히 김한림(金翰林)의 문집161) 제1권을 얻어 보았더
니 책머리에 「궁사162)팔영(宮詞八詠)」이 실려 있었는데, 그것은 모두
옛사람이 진술했던 뜻을 그대로 나타내고 있었다. 그리고 말을 구사함

　州軍.'

159) 다리가 셋인 솥[三足鼎] : 다리가 셋인 솥은 단순히 취사하는 용기의 의미를 떠나
　　국가와 권력의 상징으로 사용되었음.

160) 시제는 「우인견화 부차운(友人見和復次韻)」(『동국이상국집』 권17)

161) 김한림(金翰林)의 문집 : 김 한림은 고려 중기의 유명한 전원시인인 김극기(金克
　　己)를 이름. 문과(文科)에 합격하였으나 관직에 뜻이 없어 그대로 초야에 묻혀 창작
　　활동을 하다가 명종 때 학행(學行)으로 한림원(翰林院)에 보직되었으므로 김 한림이
　　라고 함. 그의 문집이 150권이나 된다고 하지만 지금 전하지 않음.

162) 궁사(宮詞) : 시의 한 체(體)로 궁중의 일사(逸事)나 비문(秘聞)을 주로 칠언절구 형
　　식으로 읊은 것임.

에 있어서 천박한 일면이 보여 마음속으로 하찮게 여겼으나 점점 두 폭 세 폭을 넘기어 「취시가(醉時歌)」와 「하양산장 용 극운 서구(河陽山莊用劇韻叙舊)」163) 등의 장편을 보니 그 사의(辭意)가 맑고 거리낌 없는 것에 탄복했다. 다시 뒷부분인 8권, 9권을 보니 맑은 말이 풍부하기가 가없어서 다 헤아릴 수 없을 정도였으니 정말 풍부한 식견과 재주를 가지고 있다고 하겠다. 그렇지 않으면 어째서 진보궐(陳補闕)이 김한림 을 회억하는 시를 이렇게 읊었겠는가.

> 시 읊으며 궁벽진 시골에서 지내니,
> 상쾌한 기운이 집안 가득히 떠도네.
> 그 기운 하늘에 올라 이슬로 맺혀졌다가,
> 흩어져 내려 인간 세상에 가을 만드네.

> 吟詩臥窮巷,　　　爽氣透屋浮.
> 上天結爲露,　　　散作人間秋.

라고 했다.

김한림의 「도중즉사(途中卽事)」 시에,

> 외길 푸른 이끼 위에 말발굽 어지러운데,
> 매미소리 들릴락 말락 길 또한 고르지 않네.

---

163)「취시가(醉時歌)」와 「하양산장 용 극운 서구(河陽山莊用劇韻叙舊)」:「취시가」는 『동문선』 권6 칠언고시에 실려 있으나, 「하양산장 용 극운 서구」는 그 내용이 무엇인 지 찾을 수 없음. 「취시가」의 전문을 소개하면, '釣必連海上之六鼇, 射必落日中之九 烏. 六鼇動兮魚龍震蕩, 九烏出兮草焦枯. 男兒要目立奇節, 弱羽纖鱗安足誅. 紫縷雲 孫始隨地, 自謂壯大陳雄圖. 鍊石欲補東南缺. 鑿石將通西北迂. 嗟哉計大未易報. 半 世飄零爲儒. 不隨馮異西登朧, 不逐孔明南渡瀘. 論詩說賦破屋下, 却把短布抱妻拏, 時時壯憤掩不得, 拔劍斫地空長吁, 何時乘風破巨浪, 坐令四海如唐虞. 君不見凌煙 閣上圖形容, 半是書生半武夫.'

궁벽진 시골 아낙네들 오히려 시름에 겨워,

빙그레 가시나무비녀[荊釵] 버들계곡에 비쳐 매만지네.

一徑靑苔澁馬蹄,[164]　　蟬聲斷續路高低.

窮村婦女猶多思,　　笑整荊釵柳溪.

라고 했다.

「어옹(漁翁)」이라는 시에서 이르기를,

하늘은 오히려 어옹에게 너그럽지 않아,

짐짓 강호에 순풍 적게 보내네.

인간세상 험하다고 그대 비웃지 마오,

자기도 오히려 급류 속에 있는 것을.

天翁尙不寬漁翁,　　故遣江湖少順風.

人世險巇君莫笑,　　自家猶在急流中.

라고 했다.

「신흥(晨興)」[165]이라는 시에서 이르기를,

종일을 촉도난[166] 길게 읊조리다,

널브러져 자고 나니 잠시 육신이 한가롭네.

베개 위의 다정한 나비[167]가 오히려 혐의로와,

---

164) 『동문선』 권19에는 ‘澁’이 ‘濕’으로 되어 있음.

165) 신흥(晨興) : 『동문선』 권19에는 시제가 「동선역 신흥(洞仙驛晨興)」으로 되어 있음.

166) 촉도난(蜀道難) : 중국 서남쪽 촉중(蜀中)으로 가는 길이 험난하다는 말로, 양(梁)
　　나라 간문제(簡文帝) 유효위(劉孝威)와 진(晉)나라 음견(陰鏗), 당나라 장문종(張文
　　棕)과 이백(李白) 등이 지은 「촉도난」이라는 악부가사 작품이 유명함.

167) 다정한 나비 : 『장자』 「제물론(齊物論)」에 나오는 말임. 장자가 꿈속에서 나비가 되
　　었다가 잠에서 깨어난 뒤 자기가 나비가 되었는지 나비가 자기로 변했는지 알 수

천리 험한 길 고향산천 찾아가네.

竟日長吟蜀道難,　　　橫眠姑得一身閑.
郤嫌枕上多情蝶,　　　千里崎嶇訪故山.

라고 했다.

동쪽들에서 비를 만났다는 「동교지우(東郊値雨)」라는 시에 이르기를,

누런 먼지 아득히 맑은 가을 하늘에 넘치는데,
부채를 드니 서풍이 더러운 사람 싫어하네.[168]
저물녘 구름이 비 내릴 수 있는 것을 감사하노니,
가는 길에 옷에 가득한 먼지 씻어주네.

黃塵漠漠漲晴旻,　　　擧扇西風厭汚人.
多謝晚雲能作雨,　　　半途湔洗滿衣塵.

라고 했다.

미륵사 주지에게 준 「증 미륵주로(贈彌勒住老)」라는 시에 이르기를,

숲 속 그윽하고 길 꼬불꼬불한데,
궁벽한 이 땅을 어찌 속사들에게 알게 하랴.
오직 소나무에 앉은 하얀 저 학만이,
공이 처음 정사(精舍) 짓는 때를 보았으리라.

林端窈眇路遠遲,　　　境僻寧敎俗士知.

없었다는 고사에 기댄 것임.
168) 부채를……더럽히네 : 진(晉)나라 유량(庾亮)과 왕도(王導) 두 사람이 권력을 다투었
　　는데, 유량은 임금의 사위로 권세를 크게 휘둘렀음. 왕도가 앉아 있을 때에 서풍이
　　크게 불어 티끌을 날리니 왕도가 부채를 들어 티끌을 막으며, '원규(元規 : 유량의
　　자)의 티끌이 사람을 더럽히네.'라고 한 고사에 기댄 것임.(『연감유함(淵鑑類函)』 권35)

唯有雲衣松上鶴,　　　見公初到結廬時.

라고 했다.

「추만월야(秋晚月夜)」라는 시에 이르기를,

해지자 모진 바람 나무 끝에서 일더니,
서리 하얗게 내려 갈잎소리 버석대네.
창 열고 맑은 달빛 맞이할 것 없으니,
파리한 이 몸 가을밤 싸늘한 기운 두려워서네.

日落頑風起樹端,　　　飛霜貿貿葉聲乾.
開軒不用迎淸月,　　　瘦骨秋來怯夜寒.

라고 했다.

「흥해도상(興海途上)」이라는 시에 이르기를,

상간의 여인들[169] 미행길에 부딪히는데,
뻐꾹새[撥穀][170] 날아와 나무 맴돌며 울어대네.
다만 농가의 밭갈이 바쁘기 때문이니,
어느 누가 그 소리를 관현악에 부칠 건가.

桑間婦女趂微行,　　　撥穀飛來繞樹鳴.
只爲田家趂未耕　　　　何人寫出管絃聲.

라고 했다.

---

169) 상간(桑間)의 여인들 : 상간(桑間)의 부녀는 유녀(遊女)를 가리키는 말로 통칭됨.
　　이는 『시경』의 「상중편(桑中篇)」이 남녀의 밀회를 암유하는 것이고, 『예기(禮記)』의
　　상간(桑間)을 음탕한 음악이라고 한 것에서 추론됨.
170) 뻐꾹새[발곡(撥穀)] : 발곡은 뻐꾹새[鳲鳩]의 이칭. 이는 뻐꾹새가 날아오르면서 날
　　개 치는 소리를 나타낸 의성어. 곽공(郭公) 또는 포곡(布穀)이라고도 함.

이들 시는 사의(辭意)가 맑고 거슬리지 않으며 자못 풍소(風騷)의 시풍(詩風)을 띠고 있다. 그의 문집에 장편거운(長篇巨韻)의 시가 많고 혹 궁중의 일이나 부귀에 대한 작품도 드물게나마 발견할 수 있으나 여기에서는 자연을 노래한 절구시를 소개했을 뿐이다. 그의 문집을 보면 마치 다른 산의 돌이 옥(玉)이 가득히 쌓인 산에 굴러 와서 끼여 있는 것 같은 졸작(拙作)들이 섞여 있다. 이는 문집을 편찬하기 위해서 많은 작품들을 수집하고 그 작품들을 선별하는 과정에서 수록할 작품의 질을 제대로 따지지 않았기 때문에 나타나는 현상일 따름이다.

중-14   金壯元莘鼎, 頌文順公魚遊曰, 圉圉紅鱗沒復浮, 人言得意好優遊. 細思片隙無閑暇, 漁父方歸鷺又謀. 聞鸎曰, 公子王孫擁綺羅, 要憑嬌唱助歡多. 東君亦學人間樂, 開了千花遣爾歌. 問子曰, 孰勝. 子曰, 鸎詩淺近, 魚詩雄深, 且有比興之趣, 此爲絶勝. 壯元曰, 不然. 今古鸎詠, 皆不及此意, 唯公新鑿. 夫意雖雄深, 已陳則常也. 雖淺近, 新鑿則可警. 子未能答, 今復思之, 金之言然.

장원(壯元) 김신정(金莘鼎)171)이 문순공의 「유어(遊魚)」시를 칭송하였는데, 그 시에 이르기를,

> 어릿어릿한 붉은 고기 잠겼다 다시 나타나니,
> 사람들은 뜻을 얻어 즐거이 노니는 모습이라네.
> 자잘한 일 조그마한 틈에도 한가로울 수 없으니,

---

171) 김신정(金莘鼎) : 고려 중기의 문신. 고려 고종 1년(1214) 5월에 장원급제하였으나 그 외의 행적은 거의 알려지지 않음. 이규보가 그를 경옥(瓊玉)같이 훌륭한 인물로 평한(『동국이상국집후집』 권4 「우화(又和)」) 것을 볼 수 있음.

어부 돌아가려 하는데 백로가 다시 먹이 찾네.

圉圉紅鱗沒復浮,　　　　人言得意好優遊.
細事片隙無閑暇,　　　　漁夫方歸鷺又謀.

라고 했다.

「문앵(聞鶯)」[172]이라는 시에 이르기를,

공자[173]와 왕손[174]은 비단옷을 두른 채,

아름다운 노랫소리 들으며 크게 즐거워하네.

봄이 또한 인간의 즐거움 배웠는지,

천만 가지 꽃 피우고 너를 보내 노래하게 했는가.

公子王孫擁綺羅,　　　　要憑嬌唱助歡多.
東君亦學人間樂,　　　　開了千花遣爾歌.

라고 했다.

그가 나에게 어느 시가 나은가를 물었다. 내가 대답하기를,

「문앵(聞鶯)」시가 함축하고 있는 뜻이 얕고 심원하지 못하나 「유어(遊

---

172) 이 시는 모두 세 수로 되어 있는데, 여기에 인용된 시는 첫째 수.(『동국이상국집』
　　권14) 나머지 두 수의 시는 모두 오언절구시로 그 원문을 소개하면, '斂去藏何處,
　　啼來必此時. 有期還有信, 爲鳥頗靈奇.' : '鶗鴂不堪見, 朝夕尙被狓. 將爾色音好, 其
　　來何苦遲.'

173) 공자(公子) : 꾀꼬리의 이칭. 당나라 현종이 대궐에서 꾀꼬리를 보고는 황금빛의 옷
　　을 입은 공자[金衣公子]라고 한 것에서 유래한 말임. '明皇於禁苑中, 見黃鶯, 呼爲
　　金衣公子.'(『사문유취(事文類聚)』 후집 45권)

174) 왕손(王孫) : 귀뚜라미의 이칭. 귀뚜라미의 모양이 메뚜기와 비슷하나 크기가 작고,
　　색깔은 진한 검정색으로 옻칠을 한 것 같으므로 초나라 사람들이 왕손이라고 불렀
　　다고 함. '蟋蟀似蝗而小, 正黑有光澤如漆, 楚人謂之王孫'(「모시초목조수충어소(毛
　　詩草木鳥獸蟲魚疏)」)

魚)」시는 웅심(雄深)하며, 또 비(比)와 흥(興)의 뜻을 갖추고 있어 **훨씬** 낫다고 하겠습니다.

라고 하니 김장원(金壯元)이 말하기를,

그렇지 않소. 고금에 걸쳐 많은 사람들이 앵무새를 두고 읊었지만 모두가 이 시의 뜻에 미치지 못했으니 오직 공(公)만이 새로운 뜻을 천착해 냈다고 하겠소. 시에 나타낸 뜻이 비록 웅심(雄深)할지라도 그러한 시의(詩意)를 이미 다른 사람이 나타냈다면 특이하다고는 할 수 없소. 그러나 시의 뜻이 깊지 못하고 비근(卑近)하더라도 새로이 천착해 낸 것이라면 이는 훌륭한 시라고 할 수 있지 않겠소.

라고 했다.

내가 그 말에 대하여 대답할 수 없었는데, 지금 다시 그의 말을 생각하니 김(金)의 말이 그럴 듯하다.

중-15 鄭舍人知常新雪云, 昨夜紛紛瑞雪新, 曉來鵁鷺賀中宸.新雪朝賀 輕風不動陰雲卷, 白玉花開萬樹春. 此詩和艷富貴, 非東坂所謂村學中雪詩也. 金翰林雪云, 矗嶺嵬岑繞郭來, 橫空萬疊玉成堆. 水仙向曉遊何處, 江上銀屛邐迤開. 李眉叟雪云, 暮風吹雪弄纖纖, 夜久渾疑月滿簷. 須信書生淸透骨, 玉壺空掛水晶簾. 金詩喩白, 李詩喩淸, 喩淸之詩尤爽.

사인(舍人) 정지상(鄭知常)의 「신설(新雪)」이라는 시에 이르기를,

어젯밤에 어지러이 눈 내려 서설(新雪)이 새로운데,
아침 일찍 백관[鵁鷺][175]들 모여 들어 임금께 하례 드리네.

첫눈이 내리면 임금께 하례를 드린다.

가벼운 바람 일지 않고 음산한 구름 걷혀가니,

백옥 같은 꽃 피워 나무마다 봄빛이네.

昨夜紛紛瑞新雪,　　　　曉來鵷鷺賀中辰.　新雪朝賀

輕風不動陰雲卷,　　　　白玉花開萬樹春.

라고 했다.

이 시는 화염(和艷)·부귀(富貴)한 것으로 이는 소동파(蘇東坡)가 말한 바의 시골 학동(學童)이 쓴 설시(雪詩)[176]는 아니다.

김한림이 「눈[雪]」을 읊기를,

우뚝한 멧부리는 성곽을 둘렀는데,

하늘에 비껴 만첩의 옥 더미 쌓였네.

수선[177]은 날이 새려는데 어디에서 노니는고,

강위엔 은 병풍 구불구불 펼쳐 있네.[178]

矗嶺嵬岑繞郭來,　　　　橫空萬疊玉成堆.

水仙向曉遊何處,　　　　江上銀屏邐迤開.

---

175) 백관[원로(鵷鷺)] : 원로는 봉황의 새끼[鵷雛]와 해오라기[白鷺]를 의미하는 것으로 이 두 새의 의용(儀容)이 한아(閑雅)하므로 조정에 늘어선 백관들의 질서 정연한 모습에 비유됨.

176) 시골 학동(學童)이 쓴 설시(雪詩) : 이 말은 홍구보(洪駒父, 이름은 추芻, 중국 북송 철종 때 문신)의 시화(詩話)에 나오는 것으로 소동파가 정곡(鄭谷, 당나라 말엽의 시인)의 시, '江上晚來堪畵處, 漁人披得一蓑歸.'를 읽고 시골 학동의 시라고 혹평했던 것에서 나온 것임. '東坡言, 鄭谷詩, 江上晚來堪畵處, 漁人披得一蓑歸, 此村學中詩也.'(『사문유취(事文類聚)』 전집 권4 「평시고하(評詩高下)」)

177) 수선(水仙) : 물을 지배하는 신으로 하백(河伯) 풍이(馮夷)를 이름. 이에 대해 지선(地仙), 천선(天仙), 신선(神仙)이 있음.

178) 이 시의 시제는 「서루 관설(西樓觀雪)」임. (『동문선』 권19)

라고 했다.

　이미수(李眉叟)도 「눈[雪]」을 읊어,

> 저녁 바람에 나부끼는 눈 옥가루처럼 흩날리더니,
> 밤 깊자 처마 끝에 달빛 가득한가 의심하겠네.
> 믿을 것은 서생의 병들지 않은 기골(氣骨)이니,
> 옥호179)가 수정렴180)에 횡하게 걸려 있네.

> 暮風吹雪弄纖纖,　　　　夜夕渾疑月滿簷.
> 須信書生淸透骨,　　　　玉壺空掛水晶簾.

라고 했다.

　김한림의 시는 눈의 흰색을 암유(暗喻)했고 이(李)의 시는 눈의 맑음
을 암유하였는데, 맑음을 암유한 시가 더욱 상쾌하다.

중-16　李眉叟僧院茶磨云, 風輪不管蟻行遲, 月斧初揮玉屑飛. 法戲
從來眞自在, 晴天雷吼雪霏霏. 拾栗云, 霜餘脫實赤爛斑, 曉拾林間露
未乾. 喚起兒童開宿火, 燒殘玉殼迸金丸. 一字一句巧琢淸玩. 有人頌
命, 妓名玉盤珠, 改爲掌中珠云, 一箇明珠在玉盤, 銀河秋露滴團團.
千回萬轉元無定, 豈若移來掌上看. 此詩疑眉叟語也. 然於銀臺集中未
詳, 則殆貞肅公所作也. 和賀新榜第三人云, 韓信旌旗背碧江, 燕城趙
壁一時降. 論功縱在蕭張下, 國士從來罕有雙. 此詩非徒琢磨, 其措意
用事尤妙. 白芍藥云, 無賴千花夢已空, 一叢香雪獨春風. 太眞初罷溫

---

179) 옥호(玉壺) : 옥호빙(玉壺氷)으로, 여기서는 옥으로 된 술병 속의 얼음같이 희고 깨
　　끗한 눈을 의미함.
180) 수정렴(水晶簾) : 수정으로 꾸민 발로 아름답게 장식한 발을 이름. 당나라 문신인
　　고변(高騈)의 「산정하일시(山亭夏日詩)」에, ‘水晶簾動微風起, 一架薔薇滿院香.’

泉浴, 白玉肌膚不點紅. 文順公醉西施云, 嚴粧兩臉醉潮勻, 共道西施
舊日身. 笑破吳家猶未足, 卻來還欲惱何人. 李眉叟盆竹云, 水灩盆中
玉鏡寒, 白沙培養碧琅玕. 渭濱湘岸俱千里, 爭及軒窓取次看. 文順公
和朴丞家盆竹云, 欲試君賢豈一端, 悍根又耐名盆寒. 箇中尙有湘江
意, 直作攙天玉槊看. 學士詩警於眼, 相國詩警於心. 然水盆白沙, 宜
養菖蒲, 非養竹. 學者但取韻語淸婉, 而忘其意. 文安公和朴丞家宴崔
相國賦瑞祥花云, 新祥喜見滿枝春, 果向今朝得好賓. 花瑞一家賢瑞
國, 誰收花愛惣移人. 此詩亦警於心.

이미수(李眉叟)의 「승원다마(僧院茶磨)」 시에 이르기를,

> 바람[風輪][181]이 불지 않아 개미 걸음 더딘데,[182]
> 큰 도끼[月斧] 처음 휘두르니 옥가루 날리네.
> 법희는 언제나 정말 자유로운 것이니,
> 맑은 하늘 우레 같은 소리에 눈발이 나부끼네.

> 風輪不管蟻行遲,　　　　月斧初揮玉屑飛.
> 法戲從來眞自在,　　　　晴天雷吼雪霏霏.

라고 했다.

「습율(拾栗)」 시에 이르기를,

---

181) 바람[풍륜(風輪)] : 바람을 일으키는 바퀴. 불교에서는 세계의 밑을 버티고 있는 풍
(風), 수(水), 금(金)의 세 바퀴가 허공 중에 있다고 함. 그 넓이는 무수(無數)이고,
두께는 16억 유순(由旬)에 이른다고 함.

182) 개미 걸음 더딘데 : 이 시의 제목이 절간의 차를 가는 맷돌에 대한 것이므로 맷돌
위에 있는 개미의 걸음이 더뎌서 맷돌이 돌아가는 방향을 뒤쫓아 가지 못함을 이르는
말임. '譬之于蟻行磨之上, 磨左旋而蟻右去, 磨疾而蟻遲, 故不得不隨.' (『진서(晉書)』
권11)

> 서리 뒤끝에 붉어진 알밤 붉은 반점 완연한데,
> 새벽녘 숲속에서 주으니 이슬에 축축하네.
> 아이 불러 묻어 놓은 불 파헤치게 하니,
> 타다 남은 옥껍질 속에서 금구슬이 튀네.

> 霜餘脫實赤爛斑,　　　曉拾林間露未乾.
> 喚起兒童開宿火,　　　燒殘玉殼迸金丸.

라고 했다. 이들의 시에서는 시어(詩語) 한 자, 시 한 구절이 모두 훌륭하게 다듬어져 맑고 아름답다.

　어떤 사람이 옥쟁반 위의 구슬[옥반주(玉盤珠)]이라는 기생의 이름을 손바닥 가운데의 구슬[장중주(掌中珠)]로 고친 것을 칭송하여 읊기를,

> 한 개 맑은 구슬 옥쟁반 위에 있으니,
> 은하수 같은 가을 이슬 방울방울 떨어진 것 같네.
> 천만 번을 굴러도 원래 정한 곳 없으니,
> 어찌 손바닥 위에 옮겨와서 보는 것만 하겠는가.

> 一箇明珠在玉盤,　　　銀河秋露滴團團.
> 千回萬轉元無定,　　　豈若移來掌上看.

라고 했다.

　이 시가 미수(眉叟)의 작품이 아닌가 의심스럽다. 그러나 『은대집(銀臺集)』[183] 속에는 작가 미상(未詳)으로 되어 있으니 아마 정숙공(貞肅公)[184]이 지은 것이라고 추측된다.

---

183) 은대집(銀臺集) : 고려 중기의 문인인 이인로(李仁老, 1152~1220)가 자신의 시문을
　　모아 전집(前集)20권, 후집(後集)4권으로 편찬한 것으로 지금에는 전하지 않음.
184) 정숙공(貞肅公) : 고려 중기의 문신인 김인경(金仁鏡, ?~1235)의 시호. 김인경은
　　조충과 함께 여진족을 물리치는 데 공이 컸고, 관직은 중서시랑평장사에 올랐음. 특

「하 신방 제삼인(賀臣榜第三人)」[185]이라는 시에 이르기를,

한신[186]의 대장기(大將旗) 벽강을 등지니,

연의 성과 조의 벽이 일시에 항복했네.

공을 논하여 소하(蕭何)[187]와 장량(張良)[188] 아래에 두었지만,

국사는 옛날부터 둘 있기 드문 일이네.[189]

韓信旌旗背碧江,　　　　燕城趙壁一時降.

論功縱在蕭張下,　　　　國士從來罕有雙.

라고 했다.

이 시는 다만 다듬어 꾸민 것이 아니라 뜻을 베풀고 용사(用事)한 것이 더욱 오묘하다 할 수 있다.

이미수(李眉叟)의 「백작약(白芍藥)」이라는 시에 이르기를,

히 시사(詩詞)가 청신하고 부를 잘 지어 「한림별곡」에서 '양경시부(良鏡詩賦)'라고 칭송하였음.

185) 제삼인(第三人) : 중국 한나라 고조(高祖)가 자기의 공신인 장량(張良), 소하(蕭何), 한신(韓信) 등의 삼걸(三傑) 중에 한신을 셋째로 쳤으므로 여기에서는 과거에 3등으로 급제한 사람을 두고 한신의 고사에 기대어 비유했음.

186) 한신(韓信, ?~BC196) : 중국 한나라 초의 명장(名將)으로 한고조를 도와 한나라 건국에 크게 기여하였음. 초왕(楚王)과 제왕(齊王)에 봉해지기도 했으나 뒤에 여후(女后)에게 희생되었음. 조(趙)나라와 싸울 때 병법(兵法)을 무시하고 배수진(背水陣)을 쳐서 승리한 고사가 유명함.

187) 소하(蕭何, ?~BC193) : 중국 한나라 건국의 공신 3걸 중의 한 사람. 고조의 막하(幕下)에서 백성을 진무(鎭撫)하고 군량을 공급하는 일에 주력하여 천하통일에 제일의 공로자가 됐음.

188) 장량(張良, ?~BC186) : 중국 한나라 고조의 충신. 자는 자방(子房). 고조의 막료로 훌륭한 계책을 내어 천하통일에 제일의 공로자가 되었음.

189) 국사(國士)는 …… 것이네 : 한신이 입신(立身)하기 전에 그가 한왕(漢王)에게 받아들여지지 않아 중원(中原)으로 나가려 하는데, 소하가 그 사실을 알고 놀래어 쫓아가 한왕에게 천거하기를, '다른 장수는 도망하여도 그만이나 한신은 그 짝을 찾을 수 없는 국사(國士)이다.'라고 하니 한왕이 그를 대장으로 삼았음.

기댈 데 없는 일천 송이 꽃의 꿈 이미 부질없으니,

한 떨기의 향기로운 눈송이에 오직 봄바람이네.

태진[190]이 처음 온천에서 목욕을 끝냈는지,

백옥 같은 살결 붉게 물들지 않았네.

無賴千花夢已空,　　　一叢香雪獨春風.

太眞初罷溫泉浴,　　　白玉肌膚不點紅.

라고 했다.

문순공의 「취 서시(醉西施)」[191] 시에 이르기를,

화장한 두 뺨에 술기운 퍼지니,

모두 서시[192]의 옛 모습이라고 하네.

추파 날려 오나라 망친 것 오히려 부족하여,

다시 되돌아와 누구를 홀리려는지.

嚴粧兩臉醉潮勻,　　　共道西施舊日身.

笑破吳家猶不足,　　　邰來還欲惱何人.

라고 했다.

이미수(李眉叟)는 「분죽(盆竹)」 시에 이르기를,

---

190) 태진(太眞) : 우주를 구성하는 음양(陰陽)의 원기(元氣)를 뜻함. 또한 당현종(唐玄
宗)의 총희(寵姬)였던 양귀비(楊貴妃)가 도선(道仙)을 좋아했으므로 그녀를 부른 이
름이기도 함.

191) 취서시(醉西施) : 작약(芍藥)의 이칭으로 작약의 아름다움을 술 취한 서시의 모습에
비유한 것임. 이 시제가 『동국이상국집』 권16에는 「홍작약(紅芍藥)」으로 되어 있음.

192) 서시(西施) : 중국 전국시대 월왕(越王)이었던 구천(句踐)이 발탁한 미인으로 저라
산(苧羅山) 아래에서 땔나무를 팔던 소녀였음. 구천은 오왕(吳王) 부차(夫差)가 주
색에 빠져 정사(政事)에 힘쓰지 않음을 알고 미색(美色)을 갖춘 서시와 정단(鄭旦)
을 바쳤음. 이에 부차는 자서(子胥)의 간언에도 아랑곳없이 그녀를 탐애하다 결국
월나라에 패망했음.

물 출렁대는 화분 속은 차가운 옥거울인데,
흰 모래에 기르는 것은 푸른 대나무이네.
위수[193] 물가와 상수[194]의 언덕은 천리 밖인데,
다투어 창문 너머로 차례로 보네.

水灩盆中玉鏡寒,　　　白沙培養碧琅玕.
渭濱湘岸俱千里,　　　爭及軒窓取次看.

라고 했다. 문순공의 「화 박승가 분죽(和朴丞家盆竹)」시에 이르기를,

그대의 현명함을 시험하는데 어찌 한 가지뿐이랴,
모진 뿌리는 또 싸늘한 돌화분을 이겨내네.
그 가운데는 오히려 상강의 뜻 간직하고 있어,
곧게 자라 하늘 찌르는 옥창을 보고자 하네.[195]

欲試君賢豈一端,　　　悍根又耐石盆寒.
箇中尙有湘江意,　　　直作攙天玉槊看.

라고 했다.

이학사(李學士)의 시는 눈에 깨우치고[警於眼], 상국(相國)[196]의 시는

---

193) 위수(渭水) : 중국 감숙성 위원현(渭源縣)에서 발원하여 섬서성 서안에서 경수(涇水)를 만나 황하로 흘러 들어가는 물임. 위수 가에 대나무 밭이 천 무(千畝)나 된다고 함.

194) 상수(湘水) : 중국의 하천 이름. 이수(漓水), 소수(瀟水), 증수(蒸水)와 합쳐 각각 이상(漓湘), 소상(瀟湘), 증상(蒸湘)이 됨. 이 상수의 언덕에는 순(舜)의 비(妃)였던 아황(蛾黃)과 여영(女英)의 눈물이 얼룩진 반죽(斑竹)이 있어 유명함.

195) 이 시의 시제는 「차운 화 최상국선 화 황낭중 제 박내원가 분중 육영(次韻和崔相國詵和黃郎中題朴內園家盆中六詠)」으로 모두 여섯 수로 되어 있는데, 여기에 인용된 시는 '竹'으로 다섯째 수의 시임. 나머지 다섯 수는, 「사계화(四季花)」, 「국화(菊花)」, 「서상화(瑞祥花)」, 「석류화(石榴花)」, 「석창포(石菖蒲)」 등으로 되어 있음.

196) 상국(相國) : 여기서는 고려 중기에 재상 벼슬을 지낸 이규보(1168~1241)를 가리킴.

마음에 깨우친다[警於心]. 그러나 물 화분[水盆] 속의 흰모래에는 마땅히 창포(菖蒲)를 길러야 하는데 대나무를 길렀다는 것은 옳지 못한 것이니, 이는 시인이 다만 시운(詩韻)과 말이 아름다운 것만을 취하려고 한 나머지 그 뜻을 잃어버린 것이다.

　문안공(文安公)[197]이 박승(朴丞)의 집에서 벌인 잔치에서 최상국(崔相國)이 서상화(瑞祥花)를 읊은 시에 화운하여,

　　　봄 가지에 가득한 새로운 상서로움 즐겁게 보았더니,
　　　과연 오늘 아침 반가운 손님 맞이하였네.
　　　꽃은 한 가정에 상서요 어진 이는 나라에 상서니,
　　　누가 꽃의 사랑스러움을 거두어 사람에게 옮길꼬.[198]

　　　新祥喜見滿枝春,　　　果向今朝得好賓.
　　　花瑞一家賢瑞國,　　　誰收花愛揔移人.

라고 했다.

　이 시 또한 놀랍다.

중-17　金翰林睡起云, 鵲尾沉烟一穟青, 松風掠拂紙窓鳴. 隔林野鳥呼殘夢, 驚破江南萬里行. 林耆之云, 頹然臥榻便亡形, 午枕風來睡自醒. 夢裏此身無處著, 乾坤都是一長亭. 文順公春眠云, 睡鄉偏與醉鄉隣, 兩地歸來只一身. 九十日春都是夢, 夢中還作夢中人. 金詩意雜, 是卽事. 林李兩詩意專睡起, 李詩尤可警.

---

197) 문안공(文安公) : 고려 전기의 문신인 정항(鄭沆, 1080~1136)의 시호. 자는 자림(子臨). 관직은 예부상서에 올랐음.
198) 이 시는 정항의 작품으로 시제는 「서상화(瑞祥花)」(『동문선』 권19).

김한림의 「수기(睡起)」시에 이르기를,

까치 꼬리 연기에 잠기고[199] 한 줄기 고갱이[一穟] 푸른데,
몰아치는 솔바람에 창호지문 울어대네.
숲 너머로 들새가 스러진 꿈을 부르니,
놀라 깨어나 강남 만 리 길 떠나가네.

鵲尾沈烟一穟靑,　　　松風掠拂紙窓鳴.
隔林野鳥呼殘夢,　　　鷺破江南萬里行.

라고 했다.

임기지(林耆之)[200]도 읊기를,

쓰러지듯 평상에 누워 깊은 잠에 빠졌더니,
한낮의 베개 위로 부는 바람에 절로 깨네.
꿈속에서는 이 몸 의지할 데 없더니,
하늘과 땅이 모두 이 한 장정(長亭)[201] 안이네.[202]

頹然卧榻便忘形,　　　午枕風來睡自醒.
夢裏此身無處着著.　　　乾坤都是一長亭.

---

199) 까치 …… 잠기고 : 작미로(鵲尾爐)에 향 연기가 이는 것을 이름. 작미로는 긴 자루
　　가 달린 향로로 스님이 예를 올릴 때 사용하는 것임.
200) 임기지(林耆之) : 고려 중기의 문인인 임춘(林椿)을 이름. 기지는 그의 자.
201) 장정(長亭) : 옛날에 십리 간격으로 세웠던 역원(驛院 : 역은 역마驛馬와 역로驛路를
　　관리하고 공무로 지방을 다니는 관리에게 역마와 숙식 등을 제공하던 곳이고, 원은
　　여행하던 사람들을 위하해 설치했던 여관을 말함)을 가리킴. 오리 간격으로는 단정
　　(短亭)을 세웠음. 이 시에서 작자는 온 세상이 가까이 느껴진다는 뜻을 말하고 있음.
202) 이 시의 시제는 「다점주수(茶店晝睡)」(『동문선』 권19)로 모두 두 수 가운데 첫째
　　수. 둘째 수를 소개하면, '虛樓夢罷正高春, 兩眼空濛看遠峯. 誰識幽人閑氣味, 一軒
　　春睡敵千鍾.'

라고 했다.

문순공의 「춘면(春眠)」시에 이르기를,

> 수향이 치우쳐 취향과 이웃하였는데,
> 두 세계 오가는 것은 다만 한 몸뿐이네.
> 구십 춘광(春光)은 모두 꿈인 것이러니,
> 꿈속에서 다시 꿈속의 사람 되네.[203]

> 睡鄉偏與醉鄉隣,　　　兩地歸來只一身.
> 九十日春都是夢,　　　夢中還作夢中人.

라고 했다.

김한림의 시에 담긴 뜻이 맑지 못하니 이는 즉흥적으로 사실을 읊었기 때문이다.

임기지(林耆之)와 이규보(李奎報) 두 시인의 시에 나타난 뜻은 오로지 잠에서 깬다[睡起]는 사실을 나타내고 있지만 이(李)의 시가 훨씬 낫다.

중-18　林先生椿贈李眉叟書云, 僕與吾子雖未讀東坡, 往往句法已略相似矣, 豈非得於中者闇與之合. 今觀眉叟詩, 或有七字五字從東坡集來. 觀文順公詩, 無四五字奪東坡語, 其豪邁之氣富贍之體, 直與東坡吻合. 世以椿之文得古人體, 觀其文, 皆攘取古人語, 或至連數十字綴之, 以爲己辭, 此非得其體奪其語.

임춘(林椿)선생이 이미수(李眉叟)에게 준 글에 이르기를,

---

203) 이 시의 시제는 「차운 윤학록 춘효취면(次韻尹學錄春曉醉眠)」(『동국이상국집』 권
　　 2)으로 모두 두 수로 여기에 인용된 시는 그 둘째 수. 첫째 수를 소개하면, ‘三杯卯
　　 飮敵千藥, 一枕春眠直萬金. 莫遣黃鸎啼傍耳, 夢魂方向玉樓尋.’

　　나와 그대는 비록『동파집(東坡集)』[204]을 얻어 읽어 보지는 못했지만
종종 구법(句法)이 서로 비슷하기도 하니 어찌 심중(心中)에서 얻은 것
이 모르는 사이에 동파와 일치되지 않았다고 하겠소.[205]

라고 했다.

　　지금에 와서 미수의 시를 보니 혹 일곱 자 내지는 다섯 자가『동파집』
에서 따온 것이었다. 그런데 문순공의 시를 보니 네다섯 자라도 동파의
시어(詩語)를 그대로 옮겨온 것이 없으나 그의 호매(豪邁)한 기운과 풍부
한 시체(詩體)는 바로 동파의 그것과 일치하였다.

　　세상에서 임춘(林椿)의 글이 옛 사람의 말을 그대로 훔쳐온 것에 지
나지 않으니 혹 심하게는 옛 사람의 말을 구십 자나 끌어다가 글을 짓
고는 그것을 자기가 만든 것처럼 하고 있다. 이는 옛 사람의 문체를 본
받은 것이 아니라 그들의 말을 표절한 것이라고 하겠다.

중-19　　子嘗謁文安公, 有一僧持東坡集質疑於公, 讀至碧潭, 如見試
白塔, 若相招一聯. 公吟味再三曰, 古今詩集中, 罕見有如此新意. 近
得李學士春卿詩稿見之, 警絕新意頗多, 其長篇中氣, 至末句而愈壯,
如千里驥足方展走通衢, 未半途勒止也.

　　내기 일찍이 문안공(文安公)[206]을 뵈었을 때 어느 한 스님이『동파집』

---

204)『동파집(東坡集)』:『동파전집』으로 중국 송나라 소식(蘇軾, 1037~1101)의 문집.
　　모두 115권인데 원명(元明)시대 학자들이 심히 애독하여 널리 전파되었음. 그의 문
　　집에서 보면 동파는 시에 있어 이백(李白)과 두보(杜甫)를 계승했고, 문(文)으로는
　　한유(韓愈) 이후의 대종(大宗)임을 알 수 있음.
205) 이 글은 임춘의 문집인『서하집(西河集)』제4권에 실려 있는 것으로 제목은「여
　　미수 논 동파문 서(與眉叟論東坡文書)」로 여기에 인용된 글은 그 마지막 부분임.
206) 문안공(文安公) : 고려 중기의 문신인 유승단(俞升旦, 1168~1232)의 시호.

을 가지고 와서는 공에게 의심스러운 데를 묻고 있었다. 『동파집』을 읽
어나가다가

> 푸른 연못은 마치 시험해보는 듯하고,
>
> 흰 탑들은 애타게 서로 부르는 듯하네.[207]
>
> 碧潭如見試,　　白塔苦相招.

라는 한 연구에 이르러 공이 두세 번 음미하고 나서 말하기를,

> 고금의 시집(詩集) 가운데서 이와 같이 새로운 뜻을 나타내고 있는 작
> 품을 찾아보기는 드물다.

라고 했다.

근자(近者)에 학사(學士) 이춘경(李春卿)[208]의 시고(詩稿)를 얻어 보았
는데 경절(警絶)한 신의(新意)를 나타내고 있는 시가 자못 많았다. 그의
장편시 가운데 시의 기운이 마지막에 이르러서는 더욱 장엄해져서 마
치 천리마(千里馬)가 기세 좋게 사통오달(四通五達)의 거리를 달리다가
중도에서 갑자기 멈추어 서는 것과 같았다.

---

207) 소동파가 1062년 중국 섬서성 봉상부(鳳翔府)의 첨서판관(僉書判官)으로 있을 때
　　그곳의 수경대(授經臺)·대진사(大秦寺)·선유담(僊游潭)을 왕복하면서 시를 지었는
　　데 여기에 소개된 연구가 들어있는 시의 제목은 「남사(南寺)」로 「선유담 5수」 가운
　　데 한 수임. 그 다섯 수는 「선유담」을 비롯하여 「남사」, 「북사(北寺)」, 「마융석실(馬
　　融石室)」, 「옥녀동(玉女洞)」 등임. 소동파가 봉상에 있으면서 많은 문학작품을 남기
　　고, 창작능력이 크게 진전하였으므로 이곳을 소식 문학의 발상지라고도 부름. 「남사
　　」의 전문을 소개하면, ‘東去愁攀石, 西來怯渡橋. 碧潭如見試, 白塔苦相招. 野饌漸
　　微薄, 村沽慰寂寥. 路窮斤斧絶, 松桂得干霄.’
208) 이춘경(李春卿) : 고려 중기의 대문호인 이규보(李奎報, 1168~1241)를 이름. 춘경
　　은 그의 자.

중-20 李眉叟明妃長篇略云, 早年若貯黃金屋, 一笑聲中漢業空. 不敎尤物留帝側, 延壽錯畫直是忠. 文順公云, 若將一女使和隣, 何恨胡沙委玉人. 狼子貪婪終莫厭, 可憐虛辱後宮賓. 前詩弄天機, 後詩言人情. 文順公蟬云, 不敢傍古柳, 恐驚枝上蟬. 莫敎移別樹, 好聽一聲全. 眉叟詩, 飮風眞自虛, 吸露亦至潔. 何事趁秋晨, 哀哀聲不絶. 眉叟詩言蟬甚詳, 文順公言簡意新.

이미수(李眉叟)의 시 「명비장편(明妃長篇)」의 대략을 보면 이러하다.

> 일찍이 만약 황금집에 살게 했다면,
> 한 웃음소리 속에 한나라의 왕업 헛되었으리.
> 미인을 제왕 곁에 두지 말라고,
> 모연수(毛延壽)의 잘못 그린 그림 정말 충정이었네.[209]

> 早年若貯黃金屋,　　　一笑聲中漢業空.
> 不敎尤物留帝側,　　　延壽錯畫眞是忠.

라고 했다.

문순공이 읊기를,

---

209) 여기에서 명비(明妃)는 중국 한나라 원제(元帝)의 후궁(後宮)인 왕소군(王昭君)을 말함. 이름은 색(嬙)이고, 소군은 그의 자. 진(晉)나라 문왕(文王)의 이름이 소(昭)이므로 소자(字)와 동의어인 명(明)을 써서 명군명비(明君明妃)라고 했음. 원제(元帝)는 궁녀들의 화상(畫像)을 보고 마음에 드는 자를 불러 총애하였는데 왕소군은 화공(畫工)에게 뇌물을 주지 않아 화상을 사실대로 그리지 않아 원제의 눈에 띄지 않았음. 그때 흉노(匈奴)와의 화친을 위해 선우(單于 : 首長을 의미함)에게 왕소군을 보내게 되었는데, 그녀가 떠나는 날에야 원제가 소군을 불러 보고 후궁 중에서 제일의 미녀인 것을 알았으나 외국과의 신의를 져 버릴 수가 없어 그냥 보냈지만 원제는 그 일로 인하여 화공 모연수(毛延壽) 등을 모두 사형에 처했음. 이백(李白)의 본집(本集)에 왕소군(王昭君)이라는 시가 있는데 그 시에, '昭君拂玉鞍, 上馬啼紅顔. 今日漢宮人, 明朝胡地妾.'"라고 했음.

한 여인 보내 이웃 나라와 화친할 수 있다면,

오랑캐 땅[胡沙]²¹⁰⁾에 미인 맡긴들 무슨 한이 있으랴.

이리[狼子]는 욕심 많아 끝내 싫어함이 없으니,

가련하게도 헛되이 후궁빈만 욕보였네.²¹¹⁾

若將一女便和隣,　　　何恨胡沙委玉人.

狼子貪婪終莫厭,　　　可怜虛辱後宮賓.

라고 했다.

앞의 시는 천기(天機)를 희롱한 것이고, 뒤의 시에서는 인정(人情)을
말하고 있다.

문순공의 「매미[蟬]」라는 시에 이르기를,

고목의 버드나무 가까이 할 수 없는 것은,

가지 위의 매미 놀래 날아갈까 저어해서네.

다른 나무에 옮아가지 말라는 뜻은

한 소리만 오로지 듣기 좋아해서지.²¹²⁾

不敢傍古柳,　　　恐驚枝上蟬.

莫敎移別樹,　　　好聽一聲全.

라고 했다.

---

210) 호사(胡沙) : 중국 서방과 북방의 사막으로 흉노족이 모여 살던 곳을 이름.

211) 이 시의 시제는 「왕명비(王明妃)」(『동국이상국집』 권10)로 모두 두 수 중의 첫째
수. 둘째 수를 소개하면, '廟算難降獷悍倫, 反將宗女結和親. 漢庭無限垂紳客, 不及
椒房一婦身.'

212) 이 시의 시제는 「원중 문선(園中聞蟬)」(『동국이상국집』 권2)으로 문집에서는 '不敢
傍古柳'의 '古'가 '高'로 되어 있음. 이 시는 두 수 가운데 첫째 수로 둘째 수의 전문
을 소개하면, '輕蛻草間遺, 淸吟枝上嘒. 聆音不見刑, 綠葉深深翳.'

미수도 읊기를,

바람을 마시니 참으로 욕심 없어지는데,

이슬 들이키니 또한 깨끗하기가 그지없네.

무슨 일로 가을날 이른 아침 찾아와서는,

슬픈 소리로 쉼 없이 울어대는고.

飮風眞自虛,　　　吸露亦至潔.

何事趁秋晨,　　　哀哀聲不絶.

라고 했다.

미수의 시에서는 매미를 상세하게 말하였고, 문순공의 시는 말이 간략하나 새로운 뜻을 나타내었다.

중-21　丁秘監而安邃於文章, 墨竹最妙. 嘗於侯家有一畵簇, 衆史皆蕾其圖本. 監見之日, 是劉賓客詩也. 頌其詩以校其畵, 歷歷無一毫差. 因曰, 士大夫揮筆, 例以詩爲本, 若沓其圖, 則畵工也. 鄭舍人知常醉題云, 桃花紅雨鳥喃喃, 繞屋靑山間翠嵐. 一頂烏紗慵不整, 醉眠花塢夢江南. 此詩可作畵圖看也. 陳補闕遊五臺山云, 畵裏當年見五臺, 掃雲蒼翠有高低. 今來萬壑爭流處, 却喜穿雲路不迷. 此古人所謂對境想畵也.

비감(秘監)213) 정이안(丁而安)214)의 글이 심원하지만, 그의 묵죽(墨竹)

---

213) 비감(秘監) : 고려시대 비서성(秘書省)에 속해 있던 종3품의 벼슬. 비서감(秘書監)
　　의 약칭.

214) 정이안(丁而安) : 고려 중기의 문인화가로 시문과 묵죽에 이름이 높았음. 이름은
　　홍진(鴻進). 이안은 그의 자. 관직은 비서감을 역임했음.

은 아주 절묘하다. 일찍이 후(侯)215)의 집에 한 그림 족자(簇子)가 있었
는데 사관(史館)들 중에 누구 하나 감식(鑑識)해내지 못했다. 정비감(丁
秘監)이 그 족자를 보고 말하기를,

　　　이는 유빈객(劉賓客)216)의 시입니다.

라고 했다. 그리고 그 시를 읊으면서 그림과 비교하여 살피니 조금도
차이가 없었다. 그로 인하여 말하기를,

　　　사대부가 붓으로 글을 쓸 때는 일반적으로 시로써 본(本)을 삼는다. 만
　　약 그림만을 전공한다면 곧 화공(畫工)에 지니지 않는다.

라고 했다.
　사인(舍人) 정지상(鄭知常)의 「취제(醉題)」시에 이르기를,

　　　붉은 비 내리듯 복사꽃 지는 속에 새 조잘대는데,
　　　집을 에워싼 청산에는 푸른 산기운 아른거리네.
　　　이마 위의 오사모217)는 게을러 빗겨 쓴 채,
　　　술 취하여 꽃 언덕에 누워 강남을 꿈꾸네.

---

215) 후(侯) : 고려 중기의 권신으로 아버지 최충헌에 이어 무단정치를 자행했던 최이(崔
　　怡)가 1234년(고종 21)에 강화도로 천도한 공을 인정받아 진양후(晉陽侯)로 봉해졌음.
216) 유빈객(劉賓客) : 중국 당나라 시인인 유우석(劉禹錫, 772~842)을 이름. 자는 몽득
　　(夢得). 그가 생애 마지막으로 태자빈객(太子賓客)을 지냈기 때문에 유빈객이라고
　　함. 만년에는 백낙천(白樂天)과 교유하면서 시문(詩文) 창작에 정진하였는데, 백거이
　　는 그를 시호(詩豪)라고 불렀음. 지방관으로 있으면서 농민의 생활 감정을 노래한
　　『죽지사(竹枝詞)』를 펴냈으며, 저서에 『유몽득문집(劉夢得文集)』(30권), 『외집(外
　　集)』(10권)이 있음.
217) 오사모(烏紗帽) : 검은 비단으로 만든 벼슬아치의 모자. 지금은 구식혼례(舊式婚
　　禮) 때 신랑이 쓰고 예를 올림. 사모(紗帽)라고도 함.

桃花紅雨鳥喃喃,　　　繞屋靑山間翠嵐.
一頂烏紗愽不整,　　　醉眠花塢夢江南.

라고 했다.

이 시는 마치 그림을 보는 것과 같다고 할 수 있다.

진보궐(陳補闕)[218]의 「유 오대산(遊五臺山)」시에,

그림 속의 오대산 보았을 때는,
구름 걷힌 푸른 산봉우리 높고 낮았네.
지금 만 골짜기 계곡 요란한 곳 찾아드니,
오히려 구름 뚫고 트인 길이 반갑네.

畫裏當年見五臺,　　　掃雲蒼翠有高低.
今來萬壑爭流處,　　　却喜穿雲路不迷.

라고 했다.

이 시는 옛 사람이 이른바 '지경을 마주하여 그림을 생각한다.[對境想畫]'라고 한 것과 같다.

중-22　詩僧元湛謂子云, 今之士大夫作詩, 遠託異域人物地名, 以爲本朝事實, 可笑. 如文順公南遊日, 秋霜染盡吳中樹, 暮雨昏來楚外山. 雖造語淸遠, 吳楚非我地也, 未若前輩松京早發云, 初行馬坂人烟動, 及過駝橋野意生. 非特辭新趣勝, 言辭甚的. 子答曰, 凡詩人用事不必泥其

---

218) 진보궐(陳補闕) : 고려 중기의 문신인 진화(陳澕)가 중서문하성(中書門下省)에서 간쟁(諫諍)과 봉박(封駁)의 직능을 가졌던 정5품의 보궐이라는 관직을 지냈으므로 붙여진 이름임.

本, 但寓意而已. 況復天下一家, 翰墨同文, 胡後此之有間. 僧服之.

시승(詩僧) 원담(元湛)이 나에게 말하기를,

지금의 사대부들은 시를 지을 때 멀리 다른 나라의 인물이나 지명에 가탁하여 마치 우리나라의 사실처럼 나타내고 있으니 이는 실로 가소로운 일이다. 문순공의 「남유(南遊)」라는 시를 보면,

가을 서리는 오나라의 나무를 모두 물들이고,
저녁 비에 초나라의 바깥 산이 어두워 오네.[219]

秋霜染盡吳中樹,   暮雨昏來楚外山.

라고 하였는데, 비록 말을 이룬 것이 맑고 심원하나 오와 초는 우리의 땅이 아니니, 이 시는 어느 선배의 「송경 조발(松京早發)」이라는 시에 이르기를,

처음 마판에 이르니 인가에 연기 오르더니,
타교[220]를 지나는데 야의(野意) 일어나네.

初行馬坂人烟動,   及過馳橋野意生.

---

219) 시제는 「복황려 시 이수재(復黃驪示李秀才)」(『동국이상국집』 권6)로 이규보가 29세(1196) 때 황려(黃驪, 지금의 여주)와 상주(尙州)를 왕래하면서 지은 「남유시(南遊詩)」 90여 수 가운데 하나임. 여기에 인용된 시의 전문을 적어 보면, '南歲半東遊歲秒還, 光陰空擲道途間. 秋霜染盡吳中樹, 暮雨昏來楚外山. 橐底酒錢渾罄倒, 篋中詩卷更追刪. 多君獨唱屬離客, 置酒仍呼兩小鬟.'

220) 타교(馳橋) : 개성 보정문(保定門) 안에 있던 다리인 낙타교(槖馳橋)를 이름. 만부교(萬夫橋), 야교(夜橋)라고도 함. 고려 태조 때 글안에서 낙타 50필을 가지고 30명의 사신이 하례하러 왔었는데 태조가 구원(舊怨)을 잊지 못하여 사신을 해도(海島)에 귀양 보내고, 낙타는 다리 아래에 매어 놓아 굶어 죽게 한 일이 있음. 그때 이후로 그 다리를 낙타교라 불렀음.

라고 한 것만 못한 것이오, 이 시는 말이 새롭고 함축하고 있는 뜻이 훌륭할 뿐만 아니라 구사한 말도 심히 적절하다고 하겠소.

라고 했다.

내가 대답하기를,

무릇 시인이 용사함에 있어 반드시 인용하는 사실의 본래의 뜻에 구애받아야 하는 것이 아니라 다만 인용되는 사실을 통해서 자기가 나타내고자 하는 뜻을 우의(寓意)할 따름이오. 하물며 천하가 한 울타리 안이며 사용하는 글이 같은데 어찌 둘 사이에 구별이 있겠소.

라고 하니, 원담이 내 말을 받아들였다.

중-23 陳補闕澕評詩, 以文順公杜門云, 初如蕩蕩懷春女, 漸作寥寥結夏僧. 如牙齒間寘蜜, 漸而有味. 李由之和耆老相國詩云, 睡倚乍容靑玉案, 醉扶聊遣絳紗裙. 如咀氷嚼雪, 令人心地爽然無累, 寘蜜之辭未若咀氷之語. 僕於此評未服, 彼咀氷之語, 雖新進輩月鍊日琢, 則萬有一得, 寘蜜之辭, 深得杜門之意, 非老手固不可導. 陳與由之及當時鳴詩輩, 共和耆老相國詩, 裙韻最强, 至於復用皆有難色, 而由之導此聯, 陳卽驚動, 故有此語. 陳補闕讀李春卿詩云, 啾啾多言費楮毫, 三尺喙長只自勞. 謫仙逸氣萬像外, 一言足倒千詩豪. 及第吳芮公曰, 逸氣一言可得聞乎. 陳曰, 蘇子瞻品畵云, 摩詰得之於象外, 筆所未到已呑. 詩畵一也. 杜子美詩雖五字中, 尙有氣呑象外, 李春卿走筆長篇, 亦象外得之. 是謂逸氣, 謂一語者, 欲其重也. 夫世之嗜常惑凡者, 不可與言詩, 況筆所未到之氣也.

보궐(補闕) 진화(陳澕)가 시를 평하기를, 문순공의 「두문(杜門)」이라
는 시에,

> 처음에 봄을 그리워하여 울렁울렁하는 여인의 마음 같더니,
> 점점 적막해지기는 결하[221]하는 스님의 마음이네.[222]

> 初如蕩蕩懷春女,　　　　漸作寥寥結夏僧.

라고 한 것을 마치 어금니 사이에 꿀이 남아 있어 점점 깊은 맛을 느낄
수 있는 것과 같다고 하였으며, 이유지(李由之)의 「화 기로[223] 상국 시(和
耆老相國詩)」에,

> 졸리워 기댈 때는 갑자기 청옥안[224]에 의지하고,
> 술 취해 붙잡으니 애오라지 강사군[225]을 보냈네.

> 睡衣乍容靑玉案,　　　　醉扶聊遣絳紗裙.

---

221) 결하(結夏) : 결(結)은 맺음, 하(夏)는 하안거(夏安居)의 준말로 결제(結制), 입안거
　　(入安居), 우안거(雨安居), 하행(夏行), 하롱(夏籠)이라 하여 비구(比丘)들이 여름
　　장마철 90일 동안 한 곳에서 수행하는 기간을 이름. 결하하는 안거(安居)의 첫 날은
　　음력 4월 16일, 또는 5월 16일.
222) 이 시는 『동국이상국집』 권10에 실려 있는 것으로 그 전문을 적어보면, ‘爲避人間
　　謗議騰, 杜門高臥髮鬅鬙. 初如蕩蕩懷春女, 漸作寥寥結夏僧. 兒戲牽衣聊足樂, 客
　　來敲戶不須應. 窮通榮辱皆天賦, 斥鷃何曾羨大鵬.’
223) 기로(耆老) : 고려 때 최당(崔讜), 장자목(張自牧), 고영중(高瑩中) 등이 만들었던
　　기로회(耆老會)를 이름. 당의 아우인 선(詵)은 이 모임의 중심인물로 기로상국(耆老
　　相國)은 곧 이 두 형제를 가리키는 말임. 기로회는 소요자적하는 모임으로 당시에
　　이들을 지상선(地上仙)이라고 불렀음.
224) 청옥안(靑玉案) : 아름답고 값진 궤(机)를 이르는 것으로 일설에는 임금이 의지하
　　는 궤안(机案)이라고도 함.
225) 강사군(絳紗裙) : 붉은 비단으로 만든 치마로 아름답게 치장하는 여인을 가리키기
　　도 함.

라고 한 것이 마치 얼음과 눈[雪]을 씹는 것처럼 사람의 마음을 상쾌하
게 하고 거리낌 없게 한다고 하였다. 그러나 어금니 사이에 꿀이 남아
있는 것 같다는 말은 입안에 얼음을 씹는 상쾌함에는 미치지 못하다고
하였다. 나는 이러한 평에 승복할 수 없다. 저 얼음을 씹는 것과 같은
것은 비록 새로이 글을 배우는 사람일지라도 달로 단련하고 날로 쪼아
서 이룬 수많은 시 가운데서 한 편쯤은 얻을 수 있으나, 꿀이 어금니
사이에 남아 있는 것과 같은 것은 시「두문(杜門)」에 담겨 있는 뜻을 깊
이 터득한 결과에서 나온 것이니, 노련한 시인이 아니고서는 진실로
이러한 깊은 뜻을 이끌어 낼 수 없다.

　진(陳)과 유지(由之) 및 당시에 시로써 울렸던 사람들이 기로회(耆老
會) 멤버인 어느 상국(相國)의 시에 화운(和韻)하였는데, 군(裙)자 운이
너무 강운(强韻)이라 운자를 고르는데 어려워했으나 유지(由之)가 이 연
구(聯句)를 이끌어냈으므로 진(陳)이 놀래고 감동하여 이 말을 하게 된
것이다.

　진보궐이 이춘경(李春卿)의 시를 읽고 이르기를,

　　새 지저귀는 듯한 수다는 종이와 붓만 허비하니,
　　세 자나 긴 부리 다만 절로 수고롭네.
　　적선[226]의 뛰어난 기상 만상의 밖에 있어,
　　한 마디의 말이 일천 시호를 누를 만하네.

　　啾啾多言費楮毫,　　　　三尺喙長只自勞.

---

226) 적선(謫仙) : 중국 당나라 시인으로 시선(詩仙)이라 불리는 이백(李白, 701~762)을
　　가리키는 말임. 같은 시대의 문인으로 이백의 발견자인 하지장(賀知章, 659~744)이
　　이백의 글을 보고는 감탄해 마지않아 이백을 하늘에서 지상으로 귀양 온 신선이란
　　뜻으로 적선인이라 불렀음. 이백의 시「대주억하감시(對酒憶賀監詩)」에서, ‘四明有
　　狂客, 風流賀季眞. 長安一相見, 呼我謫仙人.’이라고 읊었음.

　　謫仙逸氣萬像外,　　　　一言足倒千詩豪.

라고 했다.

　급제(及第) 오예(吳芮) 공이 이르기를,

　　뛰어난 기상[逸氣]이라는 것과 한 마디의 말[一言]에 대해서 듣고 싶소.

라고 하니, 진화가 대답하기를,

　　소자첨(蘇子瞻)이 그림을 품평(品評)하면서 '마힐(摩詰)[227]이 만상(萬
　象)의 밖에서 뜻을 얻었으므로 붓이 아직 이르지 않았는데 기(氣)를 이미
　삼켰다.'[228]고 말하였으니, 이는 시와 그림에 마찬가지로 해당된다고 하
　겠소. 두자미(杜子美)의 시는 비록 다섯 자 가운데서도 오히려 기상은
　만상 밖의 것을 삼키고 있으며, 이춘경(李春卿)이 붓을 달려 쓴 장편시
　(長篇詩) 또한 만상의 밖에서 얻은 것이라 할 수 있으니, 이런 것을 뛰어
　난 기상[逸氣]이라고 할 수 있겠소. 한마디 말[一言]이라고 한 것은 그
　귀중함을 강조하려는 것이오. 대체로 세상에서 일상적인 것을 좋아하고
　평범한 일에 잘 이끌리는 자와는 시에 대해서 말할 수 없는 것이니 하물
　며, 붓이 이르지 못하는 기상에 있어서는 말할 나위가 있겠소.

라고 했다.

---

227) 마힐(摩詰) : 성당(盛唐) 때의 시인 왕유(王維, 701~702)를 이름. 마힐은 그의 자.
　　시·서·화(詩書畵)를 겸비한 문인으로 절의(節義)를 존중했음. 특히 시에 뛰어나 이
　　백, 두보와 함께 당나라 삼대 시인 중의 한사람으로 꼽힘. 저서에 『왕우승집(王右丞
　　集)』, 『화학비결(畵學秘訣)』 등이 있음.
228) 이 말은 소동파가 당나라의 시인인 왕유(王維)와 당나라의 천재화가인 오도자(吳
　　道子, 680~759)의 그림을 논한 「왕유오도자화(王維吳道子畵)」(『동파전집』 권1)에
　　나오는 것으로, '當其下手, 風雨快, 筆所未到, 氣已呑', '以畵工論, 摩詰得之於象
　　外, 有如仙翮謝籠樊'

중-24 棄庵居士安淳之, 以曠世大手, 於文章愼推. 李眉叟嘗以書及
詩, 求作汲古堂記, 再三猶不應, 李固迫之, 乃不得已作記, 以駁李所
著汲古堂詩之意非之. 金翰林克己, 與安同邑又同時, 安之文集中, 未
嘗一與金有唱和之作, 唯於吳先生世材, 一見歎服不已. 見陳玉堂澕詩
曰, 君才已過筠溪, 小進之可至東坡. 見文順公文藁, 作小序略曰, 發
言成文章, 頃刻百篇, 天縱神授, 淸新俊逸, 人以公爲李太白, 盖實錄.
然以僕言之, 其醉吟之祭, 狂海蕩然, 錦腸爛然, 則已相類, 至於律格
嚴整, 對偶眞切, 於忽忽不暇中尤見功夫, 似過之也. 又作讀雅詩叙
云, 詩三百篇, 非必出於聖賢之口, 而仲尼皆錄爲萬世之經者, 豈非以
美刺之言, 發其性情之眞, 而感動之切, 入人骨髓之深耶. 然則雖篘蕘
賤隷, 苟其言中道, 則聖人之所不敢捨, 況大賢君子之所作, 文義俱勝,
華實相副者, 獨不入於雅頌之列乎. 余近得樂天集, 閱之, 縱橫和裕,
而無鍛鍊之迹, 似近而遠, 旣華而實, 詩之六義備矣, 棄庵之言然. 白
詩於風雅頌之義, 深淺異耳, 其關於敎化一也. 杜牧自負文章俊逸, 譏
樂天之詩尨雜淺陋, 當時狸德若視日者, 皆從而作謗. 譁然同辭, 故至
于今詩人, 雖不及知古人所謂白俗之意者, 猶曰長慶雜說, 何足看也,
笑哉. 凡新學詩, 欲壯其氣力, 雖不讀可矣, 若搢紳先覺, 閑居覽閱, 樂
天忘憂, 非白詩莫可. 古人以白公爲人才者, 盖其辭和易, 言風俗叙物
理甚的於人情也. 今觀文順公詩, 雖氣韻逸越, 侔於太白, 其明道德陳
風諭, 略與白公契合, 可謂天才人才備矣.

기암거사(棄庵居士) 안순지(安淳之)는 세상에 보기 드문 대방가(大方
家)였는데 문장에 있어 다른 사람을 추켜올리는 일은 삼갔다.

이미수(李眉叟)가 일찍이 편지와 시를 보내 그에게 급고당(汲古堂)의
기문(記文)을 지어주도록 재삼 간청했으나 오히려 요구에 응하지 않다

가 이(李)가 심히 절박할 정도로 부탁하니 마지못하여 기(記)를 지었는
데, 그 내용은 이미수의 「급고당시(汲高堂詩)」에 담긴 뜻이 옳지 못하
다는 것을 논박(論駁)하는 것이었다.

  한림(翰林) 김극기(金克己)와 안순지는 같은 고을 출신이고 또 같은
시기를 살았지만 안순지의 문집 가운데는 일찍이 김극기와 더불어 창
화(唱和)하여 지은 시가 한 수도 없는데 오직 오세재(吳世才) 선생의 작
품을 한번 보고는 탄복해 마지않았다.

  옥당(玉堂) 진화(陳澕)의 시를 보고 말하기를,

  그대의 재주는 이미 균계(筠溪)[229]의 그것에서 벗어났으니 조금 정진
  한다면 동파의 경지에 이를 수 있겠구려.

라고 했다. 문순공의 문고(文藁)를 보고 이에 소서(小序)를 지었는데,
그 대략은 이러하다.

  말하는 것이 바로 문장이 되니 잠간 사이에 빚어낸 백편의 시는 거리
  낌이 없이 자유자재롭고, 청신(淸新)하고 준일(俊逸)하니 사람들이 공
  (公)을 이태백(李太白)이라고 하는 것은 대개 그 실상을 나타낸 것이라
  고 하겠다. 그러나 내가 이에 대해서 말한다면 그 취하여 읊조릴 때 미친
  바다가 끓는 듯하고, 비단 창자[錦腸][230]가 찬란한 것 같다고 한 것은 서
  로 비슷한 말 같지만 율격(律格)의 엄정(嚴整)함과 대우(對偶)의 절실함

---

229) 균계(筠溪) : 중국 송나라 문신인 이미손(李彌孫)을 가리킴. 균계는 균계진은(筠溪
  眞隱)으로 그의 호. 자(字)는 사구(似矩). 벼슬은 기거랑(起居郎)에 올랐음. 시문에
  능하였고 『균계집』을 남겼음.
230) 금장(錦腸) : 금수장(錦繡腸)을 이름. 이는 시문(詩文)을 잘 짓거나, 쉽게 가구(佳
  句)를 만들어 내는 것을 뜻함. 소식(蘇軾)의 시에, '平生錦繡腸, 早歲藜莧腹.'(시제
  는 「王晉卿示詩欲奪海石錢穆父王仲至蔣穎叔皆次……」로 이 연구는 모두 오언고시
  형식의 128행 가운데 5, 6행에 해당됨.)라는 시구가 있음.

에 이르러서는 바쁘고 겨를 없는 짧은 순간에도 공부한 것을 잘 드러내고 있으니 아마 이태백에게서 벗어난다고 하겠다.

라고 했다. 또 「독아시서(讀雅詩叙)」를 지어 이르기를,

　　시 삼백편(三百篇)은 반드시 성현의 입에서 나온 것이 아니지만 중니(仲尼)[231]께서 이것을 모두 기록해서 만세(萬世)의 경전으로 삼았으니 어찌 아름답게 풍자하는 말이 성정(性情)의 진실을 나타내며 그 감동의 절실함이 사람의 골수에 깊이 스며들지 않겠는가. 그러므로 비록 보잘 것 없고 천박한 사람의 말이라도 진실로 그 말 속에 들어 있는 도(道)는 성인(聖人)도 감히 버릴 수 없는 것인데, 하물며 크게 어진 군자가 지은 글의 뜻이 모두 훌륭하고, 또한 그 외화(外華)와 내실(內實)이 서로 부합되는 것이면 특별히 아송(雅頌)의 계열에 넣지 않겠는가. 내가 근자에 『낙천집(樂天集)』[232]을 얻어 보았는데 그 시문이 자유자재롭고 화유(和裕)하여 단련(鍛鍊)한 흔적이 없으며, 천근(淺近)한 것 같으나 심원(深遠)하고 화려하면서도 실질적이니 시의 육의(六義)[233]를 다 갖추고 있었다.

라고 했다.

　기암(棄庵)의 말이 그럴 듯하다. 백낙천의 시와 풍아(風雅) 시는 그 함축하고 있는 뜻이 심원하고 천박한 면에 있어 다를 뿐으로 교화(敎化)의 측면에서는 한가지로 볼 수 있다. 두목(杜牧)[234]은 스스로 자신의 문

---

231) 중니(仲尼) : 중국 춘추시대 노(魯)나라의 사상가이자 교육자인 공자의 자(字). 이름은 구(丘).
232) 『낙천집(樂天集)』 : 중국 당나라 시인인 백거이(白居易)의 시문집. 낙천은 백거이의 자(字).
233) 육의(六義) : 시를 짓는 데 있어서의 여섯 가지 체(體)를 이름. 그 중 풍아송(風雅頌)은 시의 성질상 구분이고, 부비흥(賦比興)은 시의 표현법상의 구분임.
234) 두목(杜牧, 803~853) : 중국 당나라의 문인. 자는 목지(牧之). 호는 번천(樊川). 강직하고 절개 높은 학자로 생전에 스스로 자신의 묘지문을 짓고, 자신이 지은 시문을

장이 준일(俊逸)함을 자부하여 백낙천의 시가 순수하지 못하고 천박함
을 기롱(譏弄)하였으니, 당시 탐욕스럽고 부도덕한 것에 익숙한 자들이
모두 두목의 말을 쫓아 백낙천을 떠들썩하게 비방하였다. 이러한 말이
짐짓 지금의 시인에게까지 이르러 비록 옛 사람이, '백낙천의 시가 속
되다.'고 말한 뜻을 알지 못하는 사람들조차, '장경의 잡설[長慶雜說]235)
에 무엇이 볼 만한 것이 있는가.'라고 하니 이는 가소로운 일이다.

　무릇 시를 새로 배우는 자가 그 기력(氣力)을 크게 하고자 한다면 백
낙천의 시를 읽지 않아도 되지만, 만약 벼슬아치나 선각자(先覺者)들이
한가롭게 살면서 천명(天命)을 즐기고 근심을 잊으려고 한다면 백낙천
의 시를 읽지 않을 수 없다. 옛 사람이 백공(白公)을 인재(人材)라고 한
것은 대개 그의 시문에 나타난 말이 온화하고 쉬우며, 풍속을 말하고,
사물의 이치를 서술한 것이 인정(人情)에 심히 충실하다는 데 있다. 지
금에 문순공의 시를 보니 비록 시에 나타난 기상과 운치가 빼어나고
월등한 점에 있어서는 이태백에 비슷하지만, 도덕을 밝히고 풍자와 비
유를 나타낸 것이 백공(白公)과 일치하니, 그는 천재(天才)와 인재(人才)
를 다 갖추었다고 하겠다.

중-25　李史館允甫, 嘗與人評曰, 吾襄與李翰林春卿等詩友三四人同
作詩, 李先曰, 送來一雨雲還拆, 開了千花天始閑. 一座閣筆, 終不吐

　불태울 정도로 자신에게 충실한 인물이었음. 시에 뛰어나 두보와 시풍과 비슷하였
　으므로 세상에서 두보를 노두(老杜)라고 부른 것에 대하여 소두(小杜)라 불렸음. 저
　서에 『번천집』이 있음.
235) 장경의 잡설[長慶雜說] : 장경체(長慶體)를 말함. 중국 당나라 원진(元稹)과 백거이
　두 사람은 시체(詩體)를 같이 하고 서로 주고받은 시가 많아 이들의 시체를 장경체
　라고 함. 장경은 당나라 목종(穆宗)의 연호로 이 시기에 그들의 활동이 현저하여 따
　온 명칭임. 장경체는 평이하고 현실적인 문제에 깊은 관심을 보인 것이 특징적임.

272 역주 보한집

一辭. 後與李同在禁林, 時康廟大行, 誥院翰署皆作挽詞, 李曰, 未信
賓天終不返, 却疑遊月儻還來. 院署諸老拱手歎服. 亦陳翰林澕亦云,
九原一旦成千古, 四海三年遏八音. 不及李遠矣, 又言九原非.

　사관(史館) 이윤보(李允甫)가 일찍이 사람들과 더불어 평(評)하여 이
르기를,

　　내가 접때에 한림(翰林) 이춘경(李春卿) 등 시를 하는 서너 명의 친구
　들과 더불어 시를 지었는데, 이(李)가 먼저 시를 지어 이르기를,

　　보내고 오는 한 비에 구름 다시 걷히고,
　　일천 가지 꽃 다 피우니 하늘이 비로소 한가롭네.

　　送來一雨雲還折,　　　　開了千花天始閑.

라고 하니, 같은 자리에 앉았던 사람들이 붓을 놓고 끝내 한 말도 토로하
지 못했다. 뒤에 이(李)와 함께 금림(禁林)236)에 있을 때 강종(康宗)이
승하하자 고원(誥院)과 한림원(翰林院)의 모든 문신들이 만사(挽詞)237)
를 지었는데 이(李)가 글을 지어 올리기를,

　　하늘의 손이 되어 끝내 돌아오지 않는 것 믿기지 않으니,
　　달나라에서 노니시다 호젓이 돌아오실 것 같네.

　　未信賓天終不返,　　　　却疑遊月儻還來.

---

236) 금림(禁林) : 한림원(翰林院)의 이칭.

237) 만사(挽詞) : 만가(挽歌)와 같은 것으로 죽은 사람을 애도하는 글이나 노래. 『초자
　　법훈(譙子法訓)』이라는 책에, ‘한나라 고조가 제(齊)나라 전횡(田橫)을 소환하니 앙
　　정(仰亭)에 이르러 자결하여서는 수급(首級)을 바치게 했다. 종자들이 그것을 메고
　　대궐에 이르렀으나 감히 곡(哭)하지 못하여 슬픔을 억제할 수 없었으므로 만가를 지
　　어 애석함을 달랬다.’라고 했음.

라고 하니, 고원과 한림원의 모든 원로(元老)들이 손을 모아 쥐고 탄복했다. 또한 이때 한림(翰林) 진화(陳澕)가 지은 시에 이르기를,

구원238)길 하루아침은 천년의 세월이고,

사해의 삼년에 팔음239)을 그치네.240)

原一旦成千古,　　　　四海三年遏八音.

라고 했으나 이는 이춘경의 심원한 글에 미치지 못하며, 구원(九原)이란 말은 옳지 않다.

라고 했다.

중-26　李眉叟次韻崔平章和昌黎春雪詩云, 六出欣新瑞, 三章憶舊謠. 細怜投隙騁, 光惜入池消. 皎皎欺潘鬢, 輕輕鬪楚腰. 玲瓏排夜色, 點綴放春條. 賦興歸梁苑, 詩情起灞橋. 敗鱗浮浩渺, 飛羽拂扶搖. 落絮先迷夏, 行雲已失朝. 爭輝嫌月照, 弄片厭風飄. 遇凸高堆玉, 緣平淨展綃. 滿庭奇貨積, 殘計訝還饒. 外王父金禮卿云, 陽春還有雪, 欲作郢中謠. 細落乾相積, 遲回濕欲消. 石掀鹽虎頂, 城繚玉龍腰. 柳失黃金錦, 梅添白玉條. 韓車拖縞帶, 羅杖變銀橋. 惡洒窓深閉, 疑霑袖數搖. 寒威猶當膈, 曙色已先朝. 風急俄驚打, 烟籠未省飄. 題詩難下

---

238) 구원(九原) : 전국시대 진(晉)나라 경대부(卿大夫)들의 묘지 이름으로 뒤에 황천, 저승, 묘지의 뜻으로 쓰였음.

239) 팔음(八音) : 여덟 가지의 악기. 즉, 금(金 : 鍾), 석(石 : 磬), 사(絲 : 瑟琴), 죽(竹 : 簫笛), 포(匏 : 笙), 토(土 : 壎), 혁(革 : 鼓), 목(木 : 柷敔) 등을 이름.

240) 이 시는 진화(陳澕)의 문집인 『매호유고(梅湖遺稿)』에 시제가 「강종대행만(康宗大行挽)」으로 칠언율시의 하나로 소개하고 있으나 현재 두 행 외에는 남아 있지 않으므로 칠율산구(七律散句)라고 명시하고 있음.

筆, 寫景欲煩綃. 好入心懷潔, 休粘鬢髮饒. 皇甫同文抗云, 冷嗾鶯兒
舌, 光凝鳳子腰. 郢歌聞一曲, 張咏琢三條. 紛葉飄梅嶺, 銀濤卷五橋.
云云, 瓦覆溝平壠, 窓明夜自朝. 霓裳凌日舞, 柳絮逐風飄. 預道豊年
瑞, 毫端舌已饒. 梁待制南一云, 翠鬟埋嶽頂, 縞帶束廊腰. 滿眼銀千
界, 渾林玉萬條. 成澌應及午, 寄賞不終朝. 冷助吟肩聳, 輕隨舞袖飄.
入詩□□絮, 上畫色迷綃. 四野如杯白, 還疑黑路饒. 前兩詩句句皆佳,
後二首唯十二聯淸苦.

　　이미수(李眉叟)가 최평장(崔平章)이 한창려(韓昌黎)[241] 「춘설(春雪)」[242]
시에 화운(和韻)한 시에 차운(次韻)하여 이르기를,

　　　　눈[六出][243]은 새로운 서기를 자랑하고,

　　　　삼장[244]은 옛 노래를 추억하네.

　　　　틈사이로 눈발 내리는 모습 아름답고,

　　　　눈빛이 연못 속에 빠져 사그러드는 것 아깝네.

　　　　흰 눈빛은 반악(潘岳)의 귀밑머리[245]를 속이고,

---

241) 한창려(韓昌黎) : 중국 당나라 명유(名儒)인 한유(韓愈, 768~824)를 이름. 창려는
　　그의 봉호(封號). 한유는 당시 유행하던 사륙변문(四六騈文)을 억제하고 고문(古文)
　　으로 복귀하자는 운동을 부르짖어 유종원(柳宗元)과 함께 종유(宗儒)로 추앙됐음.
　　벼슬은 이부시랑(吏部侍郎)에 올랐고, 당송팔대가(唐宋八大家)의 한 사람. 문인(門
　　人)인 이한(李漢)이 그의 시문을 엮어 『창려선생집(昌黎先生集)』을 편찬했음.

242) 한유의 시 「춘설(春雪)」 전문을 소개하면, '看雪乘淸旦, 無人坐獨謠. 拂花輕尙起,
　　落地暖初銷. 已訝陵歌扇, 還來伴舞腰. 灑篁留密節, 著柳送長條. 入鏡鸞窺沼, 行天
　　馬度橋. 遍階憐可掬, 滿樹戱成搖. 江浪迎濤日, 風毛縱獵朝. 弄閑時細轉, 爭急忽]
　　驚飄. 城險疑懸布, 砧寒未擣綃. 莫愁陰景促, 夜色自相饒.'

243) 육출(六出) : 눈의 모양. 여섯 쪽으로 구성되었기 때문에 이른 것임. 육화(六花), 육
　　파(六葩)라고도 함.

244) 삼장(三章) : 문장의 세 단락.

245) 반악(潘岳)의 귀밑머리 : 중국 서진(西晉) 때의 문인인 반악(潘岳, 247~300)의 아
　　름다운 귀밑머리를 이름. 그는 32세 때에 벌써 반백의 머리를 가졌다고 함. 반악의

가벼이 휘날리는 모습은 초요(楚腰)[246]와 다투네.

영롱한 빛은 밤의 어두움을 물리치고,

점점이 흩어진 모양은 봄가지 뻗은 듯하네.

부흥(賦興)은 양원(梁苑)[247]으로 돌아가고,

시정(詩情)은 파교(灞橋)[248]에서 일어나네.

부서진 비늘은 아득한 하늘에 떠다니고,

새의 날갯짓은 부요(扶搖)[249]를 떨치네.

떨어지는 버들개지는 먼저 여름을 어지럽히고,

흘러가는 구름은 이미 아침을 잃었네.

다투는 빛은 달이 비추는 것을 미워하고,

희롱하는 눈 조각은 바람에 나부끼기 싫어하네.

솟은 곳을 만나면 높이 옥더미를 쌓고,

평지에 내리면 비단을 펼친 듯 깨끗하네.

자는 안인(安仁). 문학적 재능이 뛰어나 당시의 권세가 가밀(賈謐)의 문객들 '24우(友)' 가운데의 제1인자였고, 또한 그의 자용(姿容)이 아름다워 그가 탄자(彈子)를 들고 낙양(洛陽)의 거리에 나서면 부녀자들이 모두 귤을 던져 그의 돌아보는 얼굴을 보고자 할 정도였음. 관직은 급사황문시랑(給事黃門侍郎)에 올랐음.(『진서(晉書)』 권55 「반악전」 참조) 그의 부(賦) 작품이 『문선』에 많이 전하고 있음.

246) 초요(楚腰) : 중국 초(楚)나라 궁녀의 허리로 여인의 아름다운 허리를 이름. 초나라 영왕(靈王)이 미인의 가는 허리를 좋아했으므로 궁녀들이 모두 밥을 주려먹어 굶어 죽기까지 했다는 고사가 있음.

247) 양원(梁苑) : 중국 한대(漢代) 양(梁)의 효왕(孝王)이 쌓은 동산으로 빈객들이 많이 모여든 곳임. 이백의 「증왕판관시(贈王判官詩)」에, '荊門倒屈宋, 梁苑傾鄒枚.'

248) 파교(灞橋) : 섬서성 서안 동쪽에 흐르는 파수(灞水) 위에 가로지른 다리로 이별을 나눌 때 이 다리에 이르러 버들가지를 꺾어서 이별의 뜻을 나타냈음. 여기에서는 「파교지시사(灞橋之詩思)」를 뜻하는 것으로 『전당시화(全唐詩話)』에 보면 당나라 상국(相國)인 정경(鄭綮)이 좋은 시를 많이 지었는데 어떤 사람이 묻기를, "요즘 새로운 시를 얻었느냐."고 하니, 그가 답하기를, "시사(詩思)는 파교의 눈바람 치는 나귀등 위에서 나오는 것인데 내가 그러지 못하니 어찌 좋은 시를 얻을 수 있겠소."라고 했음.

249) 부요(扶搖) : 회오리바람[旋風]을 이름.

뜰에는 가득히 기이한 보화 쌓였으니,

기우는 살림살이 다시 풍요를 누리는 것 같네.

六出欣新瑞,　　　三章憶舊謠.

細怜投隟騁,　　　光惜入池銷.

皎皎欺潘鬢,　　　輕輕鬪楚腰.

玲瓏排夜色,　　　點綴放春條.

賦興歸梁苑,　　　詩情起灞橋.

敗鱗浮浩渺,　　　飛羽拂扶搖.

落縈先迷夏,　　　行雲已失朝.

爭輝嫌月照,　　　弄片厭風飄.

遇凸高堆玉,　　　緣平淨展綃.

滿庭奇貨積,　　　殘計訝還饒.

라고 했다. 나의 외조부이신 김례경(金禮卿)께서 이르시기를,

따뜻한 봄날에 싸늘한 눈 있으니,

영중의 속요(俗謠)250) 지어보고 싶네.

눈발 가늘게 내려 녹지 않은 채 쌓이고,

더디게 돌아오니 젖어 녹으려 하네.

돌은 염호251)의 이마처럼 내밀고,

성은 옥룡252)의 허리처럼 들려 쳐있네.

---

250) 「영중요(郢中謠)」: 영(지금의 중국 호북성 강릉현江陵縣 부근)은 춘추전국시대 초
　　나라의 지명으로 그곳 사람들은 속된 노래만 불렀으므로 「영중요」는 속곡(俗曲), 속
　　가(俗歌)를 의미함.

251) 염호(鹽虎): 눈이 내려 호랑이 모양으로 쌓인 것을 가리킴. 또는 눈이 많이 쌓이면
　　마치 소금을 쏟아 놓은 것과 같기 때문에 염호라고도 함. 이상은(李商隱)의 시 「잔
　　설(殘雪)」에, '刻獸摧鹽虎, 爲山倒玉人.'

252) 옥룡(玉龍): 눈이 쌓인 가지의 모양이 용의 모습 같기 때문에 붙여진 이름. 오징(吳

버들은 황금빛 실가지를 잃었고,

매화는 백옥의 가지 더했네.

한거253)는 흰 띠를 끌어당기고,

나장254)은 은빛의 다리로 변했네.

뿌리는 것이 미워서 창문 꼭꼭 닫고,

젖을까 의심하여 소매 두어 번 흔드네.

싸늘한 위세에 오히려 섣달을 맞은 느낌이고,

밝은 빛은 이미 아침을 먼저 하였네.

바람이 빠르게 불어 갑자기 놀래어 몰아치니,

뿌연 천지에 눈 내리는 것 알 수 없네.

시를 지으려 하나 붓을 대기 어렵고,

경치를 그리려 하니 비단이 번거롭네.

마음에 들어와 조촐하게 함은 좋은 일이나,

귀밑머리에 내려서 백발일랑 만들지 마소.

陽春寒有雪,　　　欲作郢中謠.

細落乾相積,　　　遲回濕欲消.

石掀鹽虎頂,　　　城繚玉龍腰.

柳失黃金線,　　　梅添白玉條.

韓車拖縞帶,　　　羅杖變銀橋.

惡洒窓深閉,　　　疑霑袖數搖.

澄)의 「설시(雪詩)」에, '風竹婆婆銀鳳舞, 雪松偃蹇玉龍泉.'

253) 한거(韓車) : 중국 후한(後漢) 사람인 한강(韓康)이 땔나무를 싣고 다니던 수레[시
　거(柴車)]를 이름. 한강은 30여 년을 땔나무를 팔아서 생계를 유지했기 때문에 세상
　에 이름이 널리 알려졌으므로 환공(桓公)이 그를 부르기 위해 안거(安車)를 보냈으
　나 그는 그것을 마다하고 자신의 땔나무 수레를 타고 나가겠다고 하고는 그대로 숨
　어 버린 고사가 있음.(『후한서·은일전(隱逸傳)』「한강」 참조)

254) 나장(羅杖) : 당나라 현종 때의 도사였던 나공원(羅公遠)이 공중에 던져 다리를 만
　든 지팡이를 이름.

寒威猶當牖,　　曙色已先朝.

風急俄驚打,　　烟籠未省飄.

題詩難下筆,　　寫景欲煩綃.

好入心懷潔,　　休粘鬢髮饒.

라고 했다. 동문(同文)[255] 황보항(皇甫抗)[256]이 또한 이르기를,

싸늘함은 꾀꼬리의 혀를 멈추게 하고,

흰 눈빛은 봉자[257]의 허리에 엉기었네.

영중의 노래 한 곡을 듣고,

장선(張先)의 영시(咏詩)는 세 가지를 다듬었네.[258]

가루 잎은 매령[259]에 나부끼고,

은빛 파도는 오교를 걷어 가네.

……

기와가 덮이니 기왓골 평평한 언덕이 되고,

---

255) 동문(同文) : 고려 시대에 궁궐 내의 학문과 문서 기록을 관장하던 곳으로 추정되는
　　동문원(同文院)을 가리킴. 비서(秘書)·사관(史館)·한림(翰林)·보문각(寶文閣)·어
　　서(御書)·식목(式目)·도병마(都兵馬)·영송(迎送)과 함께 금내 구관(禁內九官)의
　　하나. 황보항이 이곳의 관료로 근무한 것으로 보임.
256) 황보항(皇甫抗) : 고려 중기의 문신. 자는 약수(若水). 관직은 중원서기(中原書記)
　　로 그쳤음. 이인로 등과 죽림고회를 조직하여 문명을 떨쳤음.
257) 봉자(鳳子) : 큰 나비를 이름. 몸의 빛깔이 흑색 또는 푸른 빛의 얼룩이 져 있으며
　　봉거(鳳車)라고도 함.
258) 장선의 …… 다듬었네 : 중국 북송 사람인 장선(張先, 990~1078)은 자가 자야(子野)
　　로 사(詞)를 잘 지어 유영(柳永)과 이름을 나란히 했고, 일찍부터 매요신(梅堯臣)·구
　　양수(歐陽脩)·소식(蘇軾) 등과 교류했음. 그의 사에는 심중사(心中事), 안중루(眼中
　　淚), 의중인(意中人)이 있어 당시 사람들이 그를 장삼중(張三中)이라 했음, 그의 득의
　　(得意)한 사(詞)작품에는 모두 영(影)자가 들어 있어 장삼영(張三影)이라고도 했음.
259) 매령(梅嶺) : 중국 강서성에 있는 대유령(大庾嶺)을 가리킴. 그 북쪽에 소매령(小梅
　　嶺)이 있음.

창이 밝으니 밤은 절로 아침이네.

예상은 해를 업신여겨 춤추고,

버들개지는 바람을 좇아 나부끼네.

미리 풍년의 상서로움을 알리노니,

붓끝과 혀는 이미 풍요롭네.

冷嚌鶯兒舌,	光凝鳳子腰.
郢歌聞一曲,	張咏琢三傑.
粉葉飄梅嶺,	銀濤卷五橋.
云云	瓦覆溝平壠,
窓明後自朝.	霓裳凌日舞,
柳絮逐風飄.	預道豊年瑞,
毫端舌已饒.	

라고 했다. 대제(待制)[260] 양남일(梁南一)이 또 이르기를,

취환[261]엔 산마루 묻혔고,

흰 띠는 행랑채 허리 묶었네.

시야에는 온 세계가 은빛으로 가득했고,

숲에는 온통 옥으로 빚은 만 가지 일세.

눈이 녹아 흐르기는 한낮에까지 이르겠지만,

감상에 부치기는 아침나절에도 미치지 못하네.

싸늘한 기운은 어깨 움츠려 읊게 하고,

가벼워 춤추는 소매를 따라 나부끼네.

---

260) 대제(待制) : 고려 시대에 대궐에서 문학을 논하고 경서를 강론하던 보문각(寶文閣)
　　과 예문관(藝文館)에 배속되어 실무를 관장하던 관직으로 정4품 벼슬이었음.

261) 취환(翠鬟) : 미인의 검푸르게 윤이 나는 쪽머리를 이름. 또는 미인이나 푸른 산봉
　　우리를 의미하기도 함.

시에 드니 …… 버들개지,

그림을 그리니 색깔은 비단 위에 어지럽네.

사방의 들이 평(枰)나무 같이 희니,

도리어 검은 길이 많은가 의심하겠네.

翠鬟埋嶽頂,　　縞帶束廊腰.

滿眼銀千界,　　渾林玉萬條.

成澌應及午,　　寄賞不終朝.

冷助吟肩聳,　　輕隨舞袖飄.

入詩 ……262)絮,　　上畫色迷綃.

四野如枰白,　　還疑黑路饒.

라고 했다.

　앞의 두시는 구절마다 모두 아름답고, 뒤의 두 수(首)는 오직 열두
째 연(聯)만이 청고(淸苦)하다.

중-27　己未仲夏, 晉康公第千葉榴花盛開. 公邀致李翰林仁老金翰
林克己李留院湛之咸司直淳李先達奎報, 請賦之, 席上拈禽字最强. 李
翰林云, 錦幄朝遮日, 金鈴曉起禽. 李先達云, 熱香晴引蝶, 散火夜驚
禽. 次曰, 輕投怜巧蝶, 惡踏禁閑禽. 次曰, 藥繁難結子, 枝弱不勝禽.
次曰, 襲香風檻客, 弄影午庭禽. 次曰, 碧桃空伴鶴, 靑李謾來禽. 以
錦幄聯爲第一, 笙簧於都下. 或曰, 此聯雖富貴婉艶, 其立對相似使事
相近, 未免詩家一病. 後於南山里第北園小峰上, 別開一閣 以白茅爲
幨幪, 命之曰, 茅亭. 又請李仁老李奎報及金君綏李公老金良鏡李允
甫作記, 皆當時名儒, 以李公奎報所述爲最, 遂勒板于亭上.

---

262) 원문에 '詩'와 '絮' 사이에 두 글자가 빠져 있음.

기미년263) 한여름에 진강공(晉康公)264)의 집에 천엽유화(千葉榴花)가 활짝 피었다. 공이 한림(翰林) 이인로(李仁老), 김극기(金克己), 유원(留院)265) 이담지(李湛之),266) 사직(司直)267) 함순(咸淳), 선달(先達)268) 이규보(李奎報) 등을 맞아 시를 짓도록 하였는데, 그 자리에서 내린 운자(韻字) 중에 금(禽)자 운이 가장 강운(强韻)이었다. 이 한림이 시를 지어 이르기를,

비단 장막은 아침에 해를 가리고,
금방울은 새벽에 새를 깨우네.

錦幄朝遮日,　　　金鈴曉起禽.

라고 했고, 이선달이 이르기를,

향 피운 듯이 갠 날에 나비 꼬여들고,
불빛 흩어진 듯 밤에 새들 놀라네.269)

---

263) 기미년(己未年) : 고려 신종(神宗) 2년(1199)에 해당됨.

264) 진강공(晉康公) : 고려 중기의 무인집권자였던 최충헌(崔忠獻, 1149~1219)의 봉호. 고려 무인난을 평정한 인물로 이후 우(瑀, ?~1249), 항(沆, ?~1257), 의(竩, ?~1258) 등 4대에 걸쳐 고려의 국권을 농단했음.

265) 유원(留院) : 고려시대에 궁중에 문한직(文翰職)으로 한림원, 사관, 비서성, 보문각, 동문원, 유원(留院) 등의 육관(六館)이 있었는데, 유원은 그 가운데 하나임.

266) 이담지(李湛之) : 고려 중기의 문신. 자는 청경(淸卿). 죽림고회(竹林高會)의 한 사람으로 이인로(李仁老) 등과 친하게 지냈으며, 이규보(李奎報)의 「논 주필사 약언(論走筆事略言)」(『동국이상국집』 권22)에 이담지를 주필시(走筆詩)의 창시자라고 하였음.

267) 사직(司直) : 고려시대 동궁(東宮)에 속했던 관직으로 정5품직이었음. 동궁의 건물과 그에 딸린 군사들을 관리하는 직책이었음.

268) 선달(先達) : 원래 후진의 반대되는 말인 선진(先進)을 의미하는 말로 고려시대에는 예부시(禮部試)에 급제한 선배를 일컬었음. 조선조에서는 문과에 급제하고 벼슬을 얻지 못한 사람을 일컫던 호칭이었음.

熱香晴引蝶,　　散火夜驚禽.

라고 했으며, 다음 사람이 이르기를,

> 살짝 던지니 아름다운 나비 좋아 하고,
> 심술궂게 밟으니 한가로운 새 안 오네.

輕投怜巧蝶,　　惡踏禁閑禽.

라고 했고, 다음 사람이 또 이르기를,

> 꽃술이 번성하니 열매 맺기 어렵고,
> 가지가 약하니 앉는 새 이기지 못하네.

蘂繁難結子,　　枝弱不勝禽.

라고 했으며, 다음 사람이 이르기를,

> 바람 난간의 길손에게 향기 스며들고,
> 한낮 뜨락의 새는 그림자 희롱하네.

襲香風檻客,　　弄影午庭禽.

라고 했고, 다음 사람이 이르기를,

> 푸른 복숭아[270]는 부질없이 학을 짝하고,

---

269) 이 시의 시제는 「己未五月日 知奏事崔公宅 千葉榴花盛開 世所罕見 特喚李內翰仁老 金內翰克己 李留院湛之, 咸司直淳及子, 占韻命賦云」(『동국이상국집』 권9)으로 그 전문을 소개하면, '玉顔初被酒, 紅暈十分侵. 葩複鍾天巧, 姿嬌挑客尋. 熱香晴引蝶, 散火夜驚禽. 惜艶敎開晚, 誰知造物心. 自況子晚達.'

270) 푸른 복숭아[벽도(碧桃)] : 신선이 먹는다는 신비스런 과일로 이 벽도를 천엽도(天

푸른 오얏은 헛되어 새 불러들이네.[271]

    碧桃空伴鶴,   青李謾來禽.

라고 했다. 위의 시구 가운데 금악(錦幄)의 시구를 제일로 삼아 개경에서 음악에 부쳤다. 혹 어떤 이가 말하길,

    비록 이 연구들의 내용이 풍부하고 아름답지만 그 대(對)를 이룬 것이 서로 비슷하고, 용사한 사실 또한 서로 가까워서 시가(詩家)의 한 가지 병폐를 면하지 못하였다.

라고 했다.

  뒤에 진강공이 남산리 집 북쪽의 조그마한 봉우리 위에 따로 한 누각을 지어 흰 띠풀로 지붕을 씌우고 모정(茅亭)이라 이름하고는 또 이인로, 이규보, 김군수(金君綏),[272] 이공로(李公老),[273] 김양경(金良鏡), 이윤보(李允甫) 등에게 기문(記文)을 짓도록 했다. 이들은 모두 당시의 이름난 문사들이었는데 그들이 지은 기문 가운데 이규보의 글이 가장 뛰어났으므로 판(板)에다 새겨 정자 위에 걸었다.[274]

  葉桃)라고도 부름.

271) 푸른 오얏은 …… 불러들이네 : 이 연구는 동파의 「和王晉卿送梅花次韻」(『동파시집』 권11) '東坡先生未歸時, 自種來禽與靑李. 五年不踏江頭路, 夢逐東風泛蘋芷. 江梅山杏爲誰容, 獨笑依依臨野水. 此間風物君未識, 花浪翻天雪相激. 明年我復在江湖, 知君對花三歎息.'에서 용사한 것.

272) 김군수(金君綏) : 고려 중기의 문신. 고종 5년(1218)에 거란의 대군이 북방을 침략하자 최충헌이 조충을 불러들이고 좌간의대부(左諫議大夫)로 있던 김군수를 서북면 병마사(西北面兵馬使)로 삼았음.

273) 이공로(李公老, ?~1224) : 고려 중기의 문신. 자는 거화(去華). 왕실의 인척이라 최충헌의 관심에서 벗어났으나 나중에 등용되어 대사성에 올랐음. 사륙변려문에 능하여 「한림별곡」에 '공로사륙(公老四六)'이라고 했음.

274) 이 기문은 『동국이상국집』 권23 기(記)에 실려 있는 「진강후 모정기(晉康侯茅亭記)」

중-28   貞肅公嘗言, 昔朴待制椿齡, 嘗見人佳作, 卽惑泣, 我亦如之. 子聞其言, 嘗慕朴君, 不知其爲文何如也, 切欲見之, 今得一詩, 果深於詩者也. 題寶城公館思金太守儒云, 下惠官卑尙不辭, 牛刀焉用割鷄爲. 甘棠正是思人樹, 峴岫依然墮淚碑. 父老能談遺愛化, 兒童爭頌舊留詩. 嘗聞跰壽顏回夭, 天理茫茫不可知.

언젠가 정숙공(貞肅公)[275]이 말하기를,

옛날에 대제(待制) 박춘령(朴春齡)[276]이 일찍이 다른 사람의 훌륭한 작품을 보고는 그 자리에서 눈물을 흘렸는데 나도 그와 마찬가지다.

라고 했다. 내가 그 말을 듣고는 박군(朴君)을 사모하여 그가 지은 글이 어떠한가를 알지 못하여 간절히 얻어 보고자 했더니 이제야 시 한수를 얻어 보니 과연 시에 있어 조예가 깊은 사람이었다.

보성공관(寶城公館)[277]에서 태수(太守) 김유(金儒)를 생각하며 지은 시에 이르기를,

유하혜(柳下惠)[278]는 천한 벼슬을 오히려 마다 않더니,
소잡이 칼로 어찌 닭을 잡는 데 쓰랴.[279]

___

를 가리킴.

275) 정숙공(貞肅公) : 고려 중기 문신인 김인경(金仁鏡, ?~1235)의 시호.

276) 박춘령(朴春齡) : 고려 중기의 문신. 관직은 시랑(侍郎)에 올랐음. 당시 문인인 이규보(李奎報), 이인로(李仁老) 등과 문학으로 교류하였으며, 『동문선』에 그의 시와 산문이 전하고 있음.

277) 보성공관(寶城公館) : 고려시대 전남 보성군(寶城郡)의 관아를 이름.

278) 유하혜(柳下惠) : 중국 전국시대 노(魯)나라 대부(大夫). 이름은 전금(展禽), 자는 계(季), 혜(惠)는 그의 시호. 유하(柳下)에 살았기 때문에 '유하혜'라고 함. 『맹자(孟子)』 「만장(萬章)」하에 보면, '유하혜는 더러운 임금 섬기기를 부끄러워하지 않았고 작은 벼슬이라도 마다하지 않았다.[柳下惠不羞汚君, 不辭小官]'라고 했음.

감당은 바로 사람을 생각하게 하는 나무이니,280)

현산 마루엔 변함없이 타루비 서 있으리.281)

부로들은 전해오는 사랑스런 가르침을 얘기하고,

아이들은 다투어 옛날에 남겨 놓은 시를 읊네.

일찍이 도척282)이 수를 누리고 안회283)가 요절한 얘기 들었으니,

하늘의 이치 아득하여 알 수 없구나.284)

下惠官卑尙不辭,　　　牛刀焉用割鷄爲.

甘棠正是思人樹,　　　峴岫依然墮淚碑.

父老能談遺愛化,　　　兒童爭頌舊題詩.

嘗聞跖壽顔回夭,　　　天理茫茫不可知.

라고 했다.

---

279) 소잡이 …… 쓰랴 : 공자의 제자 자유(子游)가 무성(武城)의 수령으로 있을 때에 공자
　　가 찾아가 자유가 연주하는 현가(絃歌)의 소리를 듣고 웃으며, '닭을 잡는 데 어찌
　　소 잡는 칼을 쓰는가.'라고 했음. 이것은 곧 작은 고을에서 큰 경륜을 베푼다는 뜻임.
280) 감당(甘棠)은 …… 나무이니 : 『시경(詩經)·소남(召南)』에 「감당(甘棠)」이라는 편명
　　이 있는데, 이것은 백성들이 소백(召伯)의 어진 정치를 찬미한 내용으로 소백이 남
　　방(南方)을 순행할 때에 쉬어간 나무가 바로 감당[아가위]나무였음.
281) 현산(峴山) …… 서 있으리 : 중국 진(晉)나라 양양(襄陽)의 태수였던 양호(羊祜)가
　　정치를 잘했는데 그가 생전에 가까이에 있는 현산(峴山)에 자주 올랐기 때문에 그가
　　죽은 뒤에 그를 사모하여 사람들이 현산에 비를 세우니 지나가는 사람들이 그 비를
　　보고 모두 울었다고 함. 진(晉)나라 때의 학자·정치가였던 두예(杜預, 222~284)가
　　그 비를 타루비(墮淚碑)라고 이름 지었음. 이 비석을 양공비(羊公碑)라고도 함.
282) 도척(盜跖) : 중국 춘추시대 노(魯)나라 사람으로 이름난 큰 도적. 일설에는 황제
　　(黃帝) 때 사람이라고 하고, 또는 진대(秦代)의 사람이라고도 함. 살상과 도둑질로
　　천하를 횡행(橫行)했다고 함.
283) 안회(顔回) : 중국 춘추시대 노(魯)나라 사람. 자는 자연(子淵)으로 공자의 제자. 가
　　난한 중에서도 학문을 좋아하여 공자의 제자 중에서 제일이었음. 그는 29세에 수염
　　이 희어졌고, 32세에 요절했음.
284) 『동문선』 권12에는 시제가 「영광군 억 김태수 유(靈光郡憶金太守儒)」로 되어 있음.

중-29   八嶺山絶頂上有危樓, 權學士適爲嶺南觀察, 題此樓云, 日月東西三面水, 乾坤上下一峰樓. 後人讀作乾坤之上下, 不知其句有味. 杜子美登樓詩云, 二儀淸濁還高下 上下亦高下, 當作乾坤還上下讀之, 則其句妙矣. 日月東西亦然.

팔전산(八嶺山)285) 맨 꼭대기에 높다란 누각이 있었는데 학사 권적(權適)286)이 영남(嶺南)287) 관찰사(觀察使)가 되어 이 누각을 두고 시를 지어 이르기를,

해지고 달뜨는 곳 삼면이 바다이고,
하늘 땅 높고 낮은 곳에 한 봉우리 같은 다락이네.

日月東西三面水,　　　乾坤上下一峰樓.

라고 했는데, 뒷사람들이 이 시구를 읽고는 '하늘과 땅의 위아래[乾坤之上下]'라는 구절이 무엇을 의미하는지 몰랐다. 두자미(杜子美)288)가 누(樓)에 올라 경물을 읊은 시에 이르기를,

누각이 높아 하늘과 땅의 높고 낮음이 분명하네.289)

---

285) 팔전산(八嶺山) : 전남 고흥군(高興郡) 동쪽에 있는 산.
286) 권적(權適, 1094~1147) : 고려 중기의 문신·학자. 자는 득정(得正). 관직은 검교태자태보(檢校太子太保)에 이르렀음. 예종 때 유학생으로 뽑혀 송나라의 태학에 입학, 당시 한창 일고 있던 주돈이(周敦頤)·정호(程顥)·정이(程頤) 등의 학문을 연구하고 송나라에서 실시한 만인과(萬人科)에 합격하여 벼슬길에 올랐으나, 1117년(예종 12)에 귀국하였음.
287) 영남(嶺南) : 고려 10도(道) 중의 하나. 고려 때의 영남도는 조선조 이후의 영남과는 달리 지금의 경남북, 충남, 전남의 일부분을 차지했음.
288) 두자미(杜子美) : 중국 최고의 시인인 당나라 두보(杜甫, 712~770)의 자가 자미라서 붙여진 이름임.
289) 이 시구의 시제는 「우작 차봉위왕(又作此奉衛王)」으로 두보가 768년 여름에 강릉

二儀淸濁還高下

라고 하였으니, 위와 아래[上下]는 또한 높고 낮다[高下]는 뜻이니 하늘
과 땅은 다시 높고 낮다로 읽으면 그 구절의 의미가 절묘할 것이다. 일
월동서(日月東西)의 표현도 또한 그러하다.

중-30   中原靈鵠寺, 倚峭壁俯蒼流, 結構古遠. 立屋縱二間橫折一
間, 架空爲樓, 自下望之若懸. 其三稜高喙, 去天一握. 有一使臣姓崔
亡名, 題云, 千仞巖頭千古寺, 前臨江水後依山. 上磨星斗屋三角, 半
山虛空樓一間. 是寺形容由盡於此, 未知他後續題者, 更導得何語.

　　중원(中原)의 영곡사(靈鵠寺)[290]는 깎아지른 벼랑에 의지하여 푸른
시냇물을 굽어보며 서 있는데 건물이 예스럽고 범상해 보이지 않는다.
세로 두 간에 가로로 꺾어 한 간으로 하여 공중에 가로 질러 누각을
지었기 때문에 밑에서 보면 마치 매달아 놓은 집 같다. 그 누각의 세
모퉁이가 새의 부리 같이 우뚝해서 하늘과 한 뼘의 거리에 있는 것 같
이 보인다.
　　이름을 알 수 없는 최(崔)씨 성을 가진 어느 한 사신(使臣)이 있어 그
누각을 두고 읊기를,

　　　　천 길 바위 머리에 천고의 오랜 절이러니,

　　(江陵)으로 내려와 지은 작품임. 그 전문을 소개하면, '西北樓成雄楚都, 遠開山岳散
　　江湖. 二儀淸濁還高下, 三伏炎蒸定有無. 推轂几年唯鎭靜, 曳裾終日盛文儒. 白頭
　　受簡焉能賦. 愧似相如爲大夫.'
290) 중원(中原)의 영곡사(靈鵠寺) : 영곡사는 지금의 충주(忠州) 대림산(大林山)에 있던
　　사찰로, 중원은 충주의 옛 이름.

앞에는 강물이요 뒤에는 산을 의지했네.
위로 별자루[星斗] 갈아 삼각의 집 지었으니,
허공에 반쯤 나온 누대 한 간이네.[291]

千仞巖頭千古寺,　　　前臨江水後依山.
上磨星斗屋三角,　　　半出虛空樓一間.

라고 했다. 이 시에서 절의 형상을 곡진하게 다 나타냈으니 뒤에 다른
사람들이 지은 시에서 다시 무슨 말을 이끌어 낼 수 있을지 모르겠다.

중-31　每歲春秋, 轉大藏經及與消災道場, 皆命誥院詞臣, 作四韻音
讚詩. 李公老初登誥院, 以謂音讚詩乃讚佛德也, 大抵賦道場莊嚴觀覽
景致, 或歸美君主叙事說情, 皆非也. 及製呈云, 靈山當日鵲巢肩, 濯
濯還如出水蓮. 此雖句語有力, 鵲巢肩是苦行時事, 非讚萬德莊嚴也.
金貞肅公仁鏡云, 千古金仙事杳茫, 海東今日更張皇. 扶蘇蒼翠眞靈
鷲, 宣慶莊嚴是普光. 此用古事卽今事可警. 蔡拾遺寶文云, 性空月滿
乾坤曉, 覺樹花開世界春. 此眞讚佛也, 亦可云讚法, 然非出新意. 夫
音讚之法, 若不能專讚佛寶, 通讚三寶亦得. 如陳補闕云, 兩手焦心經
卷卷, 半肩山色衲層層. 此讚僧寶也, 文順公云, 琅函霧濕龍擎到, 紺
席風生象踏行. 此通讚法寶僧寶也. 金貞肅公云, 穿花玉漏曹溪滴, 映
日珠簾帝綱重. 此卽禁中事, 讚法寶也. 趙直講文拔云, 改穿花爲風傳
則尤佳. 崔平章甹在綸院時云, 鐘吼遠醒三界夢, 殿嚴高壓五天空. 雖
將大地研爲墨, 難盡吾皇志願洪. 此詩當文廟創立興王寺, 三層大殿特

---

291) 이 시는 작자 미상이라고 했으나, 『신증동국여지승람(新增東國輿地勝覽)』 권14「충
　　주목(忠州牧)」에는 고려 전기의 시인인 정지상(鄭知常, ?~1135)의 작품으로 소개되
　　어 있음.

開慶讚道場, 故雖叙事可也. 文順公云, 形勝新開白玉京, 江山王氣擁
明堂. 更憑佛力金城固, 寧畏胡雛鐵騎强. 李學士云, 譆譆出出如鳴
社, 戰戰兢兢若履氷. 文順公當遷新都日禳狄兵, 李學士當廩災後招梗,
宜叙事如此. 陳補闕云, 禪朝案上杏堆燼, 講夜簷頭月減稜. 雖語格淸
爽, 賦景致非也. 第一聯言設席, 頷聯頸聯皆讚三寶, 落句言福利, 此
音讚詩之範也. 雖鴻儒巨筆, 猶局其前範, 未免換骨. 而文順公天變消
災云, 虜吻流涎已足徵, 乾文見謫又何懲. 天心似水雖難測, 佛力如山
信可憑. 禳狄兵云, 殘寇虛張菜色軍, 吾皇專倚玉毫尊. 若敎梵唱如龍
吼, 寧有胡兒不鹿奔. 其語毫放不局, 故拘凡滯俗者, 或議其偃蹇. 趙
直講大藏道場云, 金章進勸宸躬拜, 繡衲趨迎御步巡. 言君主擧動非
也. 周官可議, 掌相以詔揖讓之節注, 贊禮曰, 相以揖讓之節告王._{後漢}
_{謁者僕射, 贊拜, 又唱贊百官拜, 若今之謁. 至魏始置通事舍人} 今諸道場親幸拜禮, 樞
密詣左相之, 俗稱爲勸拜, 趙用俗語.

　매년 봄, 가을로 대장경(大藏經)을 전경(轉經)[292]하고, 이와 함께 소
재도량(消災道場)[293]을 열면 왕이 고원(誥院)의 모든 사신(詞臣)들에게
사운(四韻)의 음찬시(音讚詩)[294]를 짓도록 명한다.
　이공로가 처음 고원에 들어가 말하기를,

　　음찬시는 곧 부처의 덕을 기리는 것으로 대체로 도량(道場)의 장엄함
　　이나 관람한 경치를 읊어야 한다. 혹 임금을 찬양하느라 어떤 사실을 서

----

292) 전경(轉經) : 불경을 송독(誦讀)하는 것을 이름.
293) 소재도량(消災道場) : 나라에 재난이 있을 때 그 재난이 소멸되기를 축원하기 위해
　　마련한 도량. 도량은 석가가 성도(聖道)를 이룬 곳으로, 불도를 연마하는 장소를 뜻
　　하기도 함.
294) 음찬시(音讚詩) : 부처의 공덕을 염송하면서 찬양하기 위하여 즉석에서 소리 내어
　　읊는 시를 이름.

술하고 정감을 말하는 것은 옳지 못하다.

라고 하며, 이에 음찬시를 지어 바쳤다. 이르기를,

영산(靈山)295)의 당일엔 어깨에 까치집을 지었더니,296)
깨끗하고 맑기는 오히려 물에서 솟은 연꽃 같네.

靈山當日鵲巢肩,   濯濯還如出水蓮.

라고 했다. 이 시는 비록 시구의 말이 힘이 있으나 '어깨에 까치집 짓다.[鵲巢肩]'라는 말은 부처가 고생하던 때의 일을 나타낸 것으로 만덕(萬德)297)의 장엄함을 기린 것이 아니다.

정숙공(貞肅公) 김인경(金仁鏡)이 음찬시를 지어 이르기를,

천고의 금선298)의 일 아득한데,
우리나라의 오늘은 더욱 알 수 없네.
부소산299) 푸르니 정말 영취산이고,
선경전300) 장엄함은 바로 보광전이네.

---

295) 영산(靈山) : 영취산(靈鷲山)으로 인도의 기도굴산(耆闍崛山)을 번역한 말임. 중인도(中印度) 마갈타국 왕사성 부근에 있는 산인데 부처님이 성법(成法)했던 곳임. 이 산에는 신선들이 살았고 또 독수리가 많이 있었으므로 영취산이라고도 했음.
296) 어깨에 까치집 짓다[작소견(鵲巢肩)] : 두 어깨에 까치가 집을 짓는다는 것은 부처가 득도에 전념하느라 육신을 돌보지 않으며 고행한 것을 상징하는 말임.
297) 만덕(萬德) : 온갖 덕을 말하는 것으로, 곧 중생을 덕화할 수 있는 능력을 가진 부처를 가리키는 말임.
298) 금선(金仙) : 중국 송나라 휘종(徽宗, 재위기간 1101~1125)이 석가모니를 대각금선(大覺金仙)으로 봉했기 때문에 부처의 이칭으로 쓰였음.
299) 부소산(扶蘇山) : 개성에 있는 송악산(松嶽山)의 이칭으로 곡령(鵠嶺)이라고도 함.
300) 선경전(宣慶殿) : 고려시대의 궁전 이름으로 월래 회경전(會慶殿)을 인종 때 고쳐서 부른 이름임.

千古金仙事杳茫,　　　海東今日漲更皇.

扶蘇蒼翠眞靈鷲,　　　宣慶莊嚴是普光.

라고 했다. 이 시는 고사(古事)를 사용하여 곧 지금의 일을 나타냈으니 놀랄 만하다. 습유(拾遺)[301] 채보문(蔡寶文)[302]이 이르기를,

성공[303]에 달 둥그니 천지가 새벽이고,

각수[304]에 꽃 피니 사바세계는 봄일세.

性空月滿乾坤曉,　　　覺樹花開世界春.

라고 했는데, 이 시는 진실로 부처를 기린 것이고 또한 불법(佛法)을 찬미한 것이라고 할 수 있으나 새로운 뜻을 나타내고 있지는 못하다.

대개 음찬시의 작시법(作詩法)에 있어 불보(佛寶)[305]만을 오로지 찬양할 수 없으면 삼보(三寶)[306]를 두루 찬양하는 것도 또한 좋다. 진보궐(陳補闕)이 읊기를,

---

301) 습유(拾遺) : 고려 전기 중서문하성(中書門下省)의 종6품 관직. 성랑(省郎) 또는 낭사(郎舍)라 불리면서, 간쟁(諫諍)·봉박(封駁) 등을 주요기능으로 하는 간관직(諫官職)이었음. 뒤에 정언(正言)으로 개칭됐음.

302) 채보문(蔡寶文) : 고려 중기의 문신. 관직은 보문각 대제학(寶文閣大提學)에 올랐으며, 금성백(錦城伯)에 봉해졌음. 시문에 능하여 『동문선』에 시 몇 수가 전하고 있음.

303) 성공(性空) : 우주 사이의 물·심(物心)의 모든 법은 인연화합(因緣和合)에 의하여 가(假)로 존재하는 것이므로 그 실성(實性)은 공무(空無)하다는 것을 말함.

304) 각수(覺樹) : 보리수(菩提樹)를 번역한 말. 부처님이 정각(正覺)을 이룬 곳을 덮었던 나무. 도수(道樹), 도량수(道場樹)라고도 함. 인도 마갈타국(摩揭陀國)의 불타가야(佛陀伽倻) 땅에 있던 필발라수(畢鉢羅樹)가 그 나무임.

305) 불보(佛寶) : 삼보(三寶)의 하나. 부처님은 스스로 진리를 깨닫고, 또 다른 이를 깨닫게 하여 자각(自覺), 타각(他覺)의 행(行)이 원만하여 세상의 귀중한 보배와 같으므로 이같이 이름.

306) 삼보(三寶) : 불보(佛寶), 법보(法寶), 승보(僧寶)를 이름. 불보는 깨달았다는 뜻이고, 법보는 모범된다는 뜻이며, 승보는 화(化)한다는 뜻임.

두 손엔 파초의 속잎처럼 경전을 말아 쥐었고,

빈 어깨엔 산 빛의 장삼을 겹겹이 걸쳤네.

兩手蕉心經卷卷,　　　半肩山色衲層層.

라고 한 것은 승보(僧寶)[307]를 기린 것이고, 문순공이 이르기를,

구슬상자 안개에 젖으니 용이 받들어 왔고,[308]

남빛 연좌(蓮座)에 바람 이니 코끼리가 딛고 가네.[309]

琅函霧濕龍擎到,　　　紺席風生象踏行.

라고 했으니, 이는 법보(法寶)[310]와 승보(僧寶)를 찬양한 것이다. 정숙공이 이르기를,

꽃을 뚫은 옥루수 조계[311]에 떨어지고,

해 비치는 주렴에는 제망[312]이 겹쳤네.

---

307) 승보(僧寶) : 불법을 실천 수행하는 스님을 이름. 귀중하고 존경할 만하다고 하여 보배에 비유한 것임.

308) 구슬상자……받들어 왔고 : 용궁에 있던 용이 물속에 있는 대승(大乘)의 경전을 받들고 나왔다는 것을 말하는 것으로 여기에서 불경을 용장(龍藏)이라고 부르게 되었음.

309) 코끼리가 딛고 가네 : '부처'를 코끼리 가운데 가장 큰 코끼리에 비유하여 상왕(象王)이라고 함.

310) 법보(法寶) : 부처님이 말씀하신 교법(敎法)은 소중하기가 세간(世間)의 값비싼 보배와 같으므로 법보라 함. 곧 불법의 경전을 통틀어서 일컫는 말임.

311) 조계(曹溪) : 중국 광동성(廣東省) 곡강현(曲江縣) 동쪽에 있는 내 이름. 양(梁)나라 천감(天監) 원년(502)에 지락(知樂)이라는 스님이 조계수(曹溪水)의 향기와 맛을 보고 상류에 절을 지었다고 함.

312) 제망(帝網) : 제석천(帝釋天)에 있는 보배로운 그물로 인타라망(因陀羅網)이라고도 함. 그물의 코마다 보주(寶珠)를 달았고, 그 보주의 각개마다 각각 다른 보주의 형상을 나타내고 그 한 보주의 안에 나타나는 일체 보주의 영상마다 또 다른 일체 보주의 영상이 나타나니 중중무진(重重無盡)하게 된 것이라고 함. 화엄(華嚴)에서는 이것을

穿花玉漏曹溪滴,　　　映日珠簾帝網重.

라고 했으니, 이 시는 대궐 속의 일을 나타낸 것으로 법보(法寶)를 찬양하였다. 직강(直講) 조문발(趙文拔)313)이 말하기를,

'꽃을 뚫다[穿花]'라고 한 것을 '바람에 전한다[風傳]'라고 고쳤다면 더욱 좋았을 것이다.

라고 했다.

평장사(平章事) 최석(崔奭)314)이 윤원(綸院)315)에 있을 때 음찬시를 지어 이르기를,

종소리는 멀리 삼계316)의 꿈을 깨우고,
장엄한 불전은 높이 오천317)의 하늘 누르네.
비록 대지를 갈아 먹으로 만들지라도,
우리 임금의 크신 뜻 다 헤아릴 수 없으리.

일(一)과 다(多)가 상즉상입(相卽相入)하였다고 말하는데 적절한 전례로 들고 있음.
313) 조문발(趙文拔, ?~1227) : 고려 중기의 문신. 평안도 정융진(定戎鎭)의 향리 출신. 무신집권자 최충헌(崔忠獻)의 아들 우(瑀)에게 예순이 넘은 아버지에게 벼슬을 내릴 것을 청하는 시를 지어 올려 허락을 받았음. 관직은 예부낭중에 올랐음.
314) 최석(崔奭) : 고려 중기의 문신. 초명은 석(錫). 고려 태조의 공신인 준옹(俊邕)의 후손으로, 평장사(平章事) 유청(惟淸)의 아버지. 평안도에 침입한 여진족 정벌에 공이 큼. 관직은 중서문하평장사에 올랐고, 최유선(崔惟善)·이정공(李靖恭) 등과 함께 당대의 문인으로 명성을 떨쳤음.
315) 윤원(綸院) : 국왕이 관인과 인민을 타이르는 내용을 담은 글이나 명령을 관장하던 관청. 곧 중서성을 이름.
316) 삼계(三界) : 일체 중생이 생사윤회(生死輪回)하는 세 가지의 세계 즉 욕계(欲界), 색계(色界), 무색계(無色界)를 이름
317) 오천(五天) : 오천축(五天竺)으로 인도(天竺)를 동·서·남·북·중 등 다섯으로 구분한 것을 이름.

鐘吼遠醒三界夢,　　　殿巖高壓五天空.

雖將大地研爲墨,　　　難盡吾皇志願洪.

라고 했으니, 이 시는 문종이 흥왕사(興王寺)[318]의 삼층대전(三層大殿)을 창건하여 특별히 경찬도량(慶讚道場)을 열었을 때를 맞아 지은 것이므로 이같이 사실을 서술해도 괜찮다.

문순공이 읊기를,

> 경치 좋은 곳에 새로 백옥경[319] 열었으니,
>
> 강산의 왕기[320]는 명당을 안았네.
>
> 더욱 불력에 의지하여 금성같이 튼튼하니,
>
> 어찌 오랑캐의 굳센 철기 두려워하겠는가.[321]

形勝新開白玉京,　　　江山王氣擁明堂.

更憑佛力金城固,　　　寧畏胡雛鐵騎强.

라고 했고, 이 학사(李學士)가 이르기를,

> 박사(亳社)에서 우는 저 슬픈 새소리,[322]

---

318) 흥왕사(興王寺) : 경기도 개풍군 적덕산(積德山) 남쪽에 세워졌던 절임.

319) 백옥경(白玉京) : 천상에 옥황상제가 산다는 옥경(玉京)을 뜻함.

320) 왕기(王氣) : 임금이 날 징조. 또는 임금이 될 징조를 이름.

321) 이 시는 「대장경 급소재도량 음찬시 응제(大藏經及消災道場音讚詩應制)」(『동국이상국집』권18)라는 제하(題下)의 「대장경도량 음찬시(大藏經道場音讚詩)」 14수 중의 마지막 수로 여기에 인용된 것은 제1·2연임. 나머지 부분을 소개하면, '龍手捧來三藏寶, 祖心傳續百燈光. 頑戒自却蒼生活, 都在吾皇一瓣香.' 이 시는 고려가 강화도(江華道)로 천도하던 해에 지은 것이라고 주에 밝히고 있음.

322) 박사(亳社)에서 …… 새소리 : 이 말은 『좌전·양공(襄公)』 30년에, '鳥鳴于亳社, 如曰譆譆.'라고 한 것에서 용사한 것으로 새가 박사(亳社, 토지 신에게 제사 지내는 은(殷)나라의 사당)에서 우는데, 희희출출(譆譆出出, 탄식하는 의성어)하며 슬퍼했

두렵고 근심하기는 엷은 얼음 밟듯 하네.

　　喣喣出出如鳴社,　　　　戰戰兢兢若履氷.

라고 했다. 문순공의 시는 도읍을 새로 옮김에 이르러 날로 오랑캐 군사를 물리칠 것을 비는 내용이고, 이 학사의 시는 곡식 창고가 불타버린 뒤에 풍년을 비는 마음[招梗]323)을 읊은 것이니 이 같은 사실은 서술해도 좋다.

진보궐이 이르기를,

선(禪)하는 아침, 책상 위엔 향불 재 가득하고,
강론하는 밤, 처마 머리엔 달 둥글도다.

　　禪朝案上香堆燼,　　　　講夜簷頭月滅稜.

라고 했는데, 이 시에서는 비록 시어(詩語)와 풍격(風格)이 맑고 상쾌하지만 바깥 경치를 읊고 있는 것은 옳지 못하다. 제1연(第一聯)에서는 설법의 자리를 베푸는 것을 말하고, 함련(頷聯)과 경련(頸聯)에서는 모두 삼보(三寶)를 찬양하며, 낙구(落句)에서는 복리(福利)를 말하는 것이 음찬시의 전범이다. 비록 큰 선비의 훌륭한 작품이라도 오히려 예전의 규범에 구속되어 환골(換骨)324)을 면치 못하는 경우도 있다. 그러나 문

다는 것임. 이는 곧 나라에 큰 재앙이 닥치리라는 것을 알고 슬퍼한다는 것임.
323) 풍년을 비는 마음[초경(招梗)] : 길(吉)한 것을 맞이하고[招], 흉(凶)한 것을 막는다[梗]는 뜻임. '掌以時招梗禬禳之事, 以除疾殃.'(『주례(周禮)・천관(天官)』 「여축(女祝)」)
324) 환골(換骨) : 시문의 표현기법상의 하나임. 문재(文才)가 모자라 자신의 의사를 글로 나타낼 수 없을 때 옛 사람의 일언(一言) 일구(一句)를 빌려 시문을 짓는 것을 이름. 이와 달리 옛 사람의 글에 담긴 뜻을 빌려와 자기의 생각을 형용하는 것을 탈태(脫胎)라고 함. 이것은 이른바 영단(靈丹) 한 알로 쇠를 녹여서 황금을 만드는 것과 같은 것으로 신중한 배려 없이는 어려운 것임.

순공의 「천변소재(天變消災)」 시에 이르기를,

입에 침 흘리던 오랑캐 이미 다 징계했는데,
건문(乾文)325)이 꾸짖으니 또 무엇을 벌할 건가.
천심은 물과 같아 비록 헤아리기 어렵지만,
불력은 산과 같아 믿고 의지할 만하네.326)

虜吻流涎已足懲,　　　乾文見謫又何懲.
天心似水雖難測,　　　佛力如山信可憑.

라고 했고, 또 적병을 물리치기를 비는 시에서는,

쇠잔한 오랑캐는 헛되이 굶주려 파리한 군사 벌여놓았는데,
우리 임금 오로지 옥호(玉毫)의 힘327) 의지하시네.
범패소리 울리기가 용의 부르짖음과 같다면,
어찌 오랑캐들이 사슴처럼 달아나지 않으리.328)

殘寇虛張菜色軍,　　　吾皇專倚玉毫尊.

---

325) 건문(乾文) : 천문(天文)을 이르는 것으로 이는 하늘의 현상을 이름.

326) 이 시는 「대장경 급 소재도량 음찬시 응제(大藏經及消災道場音讚詩應制)」(『동국
이상국집』 권18)라는 제하(題下)의 「소재도량동전시(消災道場同前詩)」 5수 중의 두
번째 수로 여기에 인용된 것은 제1·2연임. 시 전문을 소개하면, '虜吻流涎已足懲,
乾文見謫又何懲. 天心似水雖難測, 佛力如山信可憑. 神呪光明增燧盛, 胡兵氣勢旋
摧崩. 太平自古先多難, 感變吾君道復興.'

327) 옥호(玉毫)의 힘 : 옥호는 부처님을 뜻함. 부처는 32상(相) 가운데 하나로 눈썹 사
이에 나 있는 흰털에서 나오는 광명을 옥호광명(玉毫光明)이라 하며 그 위력은 크다
고 함.

328) 이 시의 시제는 「대장경도량 음찬시(大藏經道場音讚詩)」(『동국이상국집』 권18)로
모두 14수 가운데 그 첫째 수. 여기에 인용된 부분은 제1·2연으로 그 전문을 보면,
'殘寇虛張菜色軍, 吾皇專倚玉毫尊. 若敎梵唱如龍吼 寧有胡兒不鹿奔. 藏海微言融
乳酪, 叢林深旨辨風幡. 法筵未罷狼煙散, 萬戶安眠亦佛恩.'

若敎梵唱如龍吼,　　　　寧有胡兒不鹿奔.

라고 했다. 그 말이 호방하여 어느 한 곳에 얽매이지 않았으므로 무릇
속된 것에 빠져 있는 자들은 이 시를 혹 지나치게 오만하다고 할 것이다.
　조직강(趙直講)이 대장도량(大藏道場)을 읊어 이르기를,

　　금장(金章)329)들은 나아가 임금님 절하길 권하고,
　　스님들은 달려가 임금의 행차 맞이하네.
　　金章進勸宸躬拜,　　　　繡衲趨迎御步巡.

라고 했는데, 여기에서 임금의 거동을 말한 것은 옳지 못하다. 『주관사
의(周官司議)』330)에, '읍양하는 절차를 도와 가르치는 것을 주장한다.'
고 하고서는 그 찬례(贊禮)에 주(注)하여 이르기를, '읍양하는 절차를
임금에게 알리는 것이라'고 했다. 후한(後漢) 시대의 알자(謁者)331)인 복야(僕射)
는 천자가 절하는 것을 도왔고, 또 창(唱)하여 백관이 절하는 것을 도왔는데 지금의 창갈(唱
喝)하는 것과 같다. 위(魏)나라에 와서야 비로소 통사사인(通事舍人)을 두었다.

　지금 모든 도량에 임금이 몸소 나시어 절하여 예를 올리는데, 추밀
(樞密)이 왼쪽으로 나아가 도우는 것을 세상에서 권배(勸拜)라고 하는
데, 조직강이 속어(俗語)인 궁배(躬拜)를 사용하였다.

---

329) 금장(金章) : 금장자수(金章紫綬)를 가리킴. 곧 금인(金印)과 붉은 수술의 띠를 찬
　　고관(高官)의 뜻임.
330) 『주관사의(周官司議)』: 중국의 주공단(周公旦)이 찬한 주관(周官)을 설명해 놓은
　　책의 하나.
331) 알자(謁者) : 중국 진(秦)나라 시대부터 있었던 관직이름으로 왕이 손님을 맞이할
　　때나 조칙을 받들어 아랫사람에게 하달하는 실무를 맡았고, 그 우두머리를 알자복야
　　(謁者僕射)라 하였음.

중-32 權學士適題珍富驛云, 古驛名珍富, 名珍富意何. 雪堆山玉滿, 柳拂路金多. 溪鯉跳紅錦, 村烟散碧羅. 眼前雙戶長, 銀縷鬢毛華. 學士曰, 我特戲作也, 類於俳談. 李學士眉叟謝興天堂頭惠柴云, 平生不解炎計, 珍重吾師惠也愚. 此語老儒閑中善戲耳. 雖唐宋人有此體, 然後進不可效之.

학사 권적(權適)이 진부역(珍富驛)[332]을 두고 시를 지어 이르기를,

옛 역 이름을 진부라고 했으니,

진부라고 이름 한건 무슨 뜻이던가.

눈 쌓이니 산에는 옥이 가득하고,

버들이 나부끼니 길에는 황금이 많네.

냇가의 잉어 뛰어 올라 붉은 비단 펼친 듯하고,

마을에 연기 흩어져 푸른 비단 흩어 놓은 듯하네.

눈앞의 두 호장(戶長),[333]

은실 같은 귀밑털 반짝이네.

古驛名珍富,	名珍富意何.
雪堆山玉滿,	柳拂路金多.
溪鯉跳紅錦,	村烟散碧羅.
眼前雙戶長,	銀縷鬢毛華.

라고 하고는, 그가 말하길,

---

332) 진부역(珍富驛) : 강원도 평창군(平昌郡)에 속해 있던 옛 역 이름.

333) 호장(戶長) : 고려 때 향직(鄕職)의 우두머리. 고려 태조 초에 신라시대 이래로 지방에 세력을 행사해 오던 성주(城主)나 호족(豪族)을 포섭하여 호장, 부호장(副戶長)이라는 향직을 준 데서부터 시작하였는데 고려 초기의 지방자치를 발전시키는 데 기여하였음. 이들은 토호적(土豪的) 존재로 상당한 영향력을 가지고 있었다고 함.

    이 시는 내가 특별히 우스갯거리로 지은 것이니 광대배들의 희학(戲
謔)질과 비슷한 것이다.

라고 했다.

  학사 이미수(李眉叟)가 흥천사(興天寺)334) 당두(堂頭)335)가 자신에게
땔나무를 보내 준 것에 감사하여 지은 시에 이르기를,

> 평생에 따뜻한 살림살이 이룰 줄 몰랐더니,
> 진중한 우리 선사 은혜야 어리석은 일이네.
>
> 平生不解趨炎計,   珍重吾師惠也愚.

라고 했는데, 이 시는 늙은 선비가 한가로운 가운데 잘 지은 희작(戲作)
일 따름이다. 비록 중국의 당·송 사람들이 이런 글체를 쓰기도 했으나
이를 후진(後進)들이 본받아서는 안 된다.

중-33　李學士眉叟春日江行云, 碧岫巉巉攢筆刃, 滄江杳杳漲松烟.
暗雲陳陳成奇字, 萬里靑天一幅牋. 此詩遣意雖大, 拘於類喩, 言不得
肆. 如文順公若熱云, 金烏自吐炎, 呀喘反鷄鷔. 自此日行遲, 留作煎
人火. 安得亘空扇, 搖簸遍天下. 近於類喩, 而言肆意大. 崔學士孝著
和北朝淸暑亭詩云, 靑回山腹長江帶, 翠揷雲頭遠岫眉. 如此類喩, 新
進學詩者之體也. 文順公浦口村云, 湖淸巧印當心月, 浦濶貪呑入口
潮. 言呑言口, 雖近於類喩, 非新進輩所得導. 凡作詩, 莫善於借字爲
喩. 然老手用之, 則語熟而意巧, 新學用之, 則語生而意疎. 如梁待制

---

334) 흥천사(興天寺)：개성에 있던 절.
335) 당두(堂頭)：당두화상(堂頭和尙)을 이름. 당두는 절의 주지(住持)가 거처하는 방장
    (方丈)으로 뜻이 전하여 주지를 말함.

和獨樂詩云, 霧蒻山釀雨, 風槩谷量烟. 意巧而語不大生. 闍東曳日, 詩率意立成者, 如李太白, 柳色黃金嫩, 梨花白雪杳, 婉麗精巧, 略無留思苦求者. 如潘公古鏡云, 篆經千古澁, 影瀉一堂寒. 此精思極慮最爲辛苦. 以此觀之, 今世之爲警句者, 殆未免辛苦之病也. 然庸才欲率意立成, 則其語俚雜, 俚雜之捷不如善琢之爲遲也. 善琢苟至於極慮, 恐見崔融借髓而死. 文順公北山雜題云, 山人不出山, 古經荒苔沒. 應恐紅塵人, 欺我綠蘿月. 此詩置李白集中, 未知孰是. 陳補闕聞人頌文禪師詩一句云, 剪蕉窓減雨, 裁竹砌添秋. 以爲警句, 陳笑曰, 此乃兒曹語, 老儒不道也. 予嘗題山寺落句云, 碧砌落花深一寸, 東風吹去又吹來. 此等句格乃老儒語也. 金翰林云, 北軒睡足花陰轉, 梁燕將雛去又來. 雖不及陳詩, 其語華緊相近.

이미수(李眉叟)의 「춘일강행(春日江行)」 시에 이르기를,

> 아득히 푸른 산봉우리 뾰족하여 붓끝을 세운 듯하고,
> 아득히 넓은 강에 솔 연기 넘쳐흐르네.
> 먹구름 밀려가는 사이로 기이한 글자를 이루니,
> 만 리에 뻗은 푸른 하늘은 한 폭의 종이일세.[336]

> 碧岫巉巉攢筆刃,　　　滄江杳杳漲松烟.
> 暗雲陣陣成奇字,　　　萬里靑天一幅牋.

라고 했다. 이 시에서 나타내고자 하는 뜻은 크지만 같은 유를 비유하는 데 구애받아 그 말이 자유롭게 이루어지지 못했다.

---

336) 이 시의 시제는 「조춘 강행(早春江行)」(『동문선』 권20)으로 2수의 시 가운데 둘째 수에 해당됨. 첫째 수를 소개하면, '花遲未放千金笑, 柳早先搖一搦腰. 魚躍波間紅閃閃, 鷺飛天外白飄飄.'

문순공(文順公)의 「고열(苦熱)」 같은 시에서는 이르기를,

금오337)가 절로 불을 뿜어,

숨 막혀 날아오르기 어려워.

이로부터 해 더디 지니,

사람 볶는 불 되었네.

어찌하면 하늘 가릴 부채 얻어서,

천하를 두루 부쳐볼까.338)

金烏自吐炎,　　呀喘反難翥.

自此日行遲,　　留作煎人火.

安得亘空扇,　　搖籤遍天下.

라고 하였는데, 이 시는 같은 비유를 사용한 것 같지만 말이 자유롭고
뜻이 크다.

　학사 최효저(崔孝著)339)가 북조(北朝)340)의 「척서정시(滌暑亭詩)」에 화
운하여 이르기를,

푸른 빛 산허리 돌아 긴 강을 띠었고,

비췻빛 구름에 꽂혀 먼 산의 눈썹이네.

靑回山腹長江帶,　　翠揷雲頭遠岫眉.

---

337) 금오(金烏) : 해의 이칭. 해 속에 다리가 셋 달린 까마귀가 서식한다는 전설에서 나
　　온 말. 금아(金鵝), 영오(靈烏)라고도 함.
338) 이 시의 시제는 「고열재중작(苦熱在中作)」(『동국이상국집』 권14).
339) 최효저(崔孝著) : 고려 중기의 문신. 1160년(의종 14) 과거에 장원으로 급제하였고,
　　관직은 국자좨주(國子祭酒)에 올랐음.
340) 북조(北朝) : 중국의 금나라가 송나라를 강남으로 몰아내고 실질적으로 중국을 지
　　배했으므로 금나라를 북조라고 불렀음.

라고 했다. 이 시 또한 같은 유를 비유한 것으로 새로이 시를 배우는 신진(新進)들의 시체(詩體)이다.

문순공의 「포구촌(浦口村)」이라는 시에 이르기를,

> 호수가 맑으니 물 가운데 교묘히 달 찍혀 있고,
> 포구가 넓으니 밀려드는 조수를 욕심껏 삼키네.[341]
>
> 湖淸巧印當心月,　　　浦闊貪呑入口潮.

라고 했다. 삼키다[呑]를 말하고, 또 입[口]을 말한 것은 비록 같은 유를 비유한 것에 가깝지만 새로이 시를 배우는 신진(新進)들이 이끌어 낼 수 있는 것이 아니다. 무릇 시를 짓는 데는 글자를 빌려 비유하는 것보다 더 좋은 것이 없다. 그러나 노련한 시인이 글을 빌려 쓰면 곧 말이 완전해지고 뜻을 교묘하게 이루지만 반면에 새로 시를 배우는 자가 그렇게 한다면 말이 생경(生硬)하게 되고 뜻이 소략(疏略)해진다. 양대제(梁待制)가 「독락시(獨樂詩)」에 화운한 시에,

> 안개 걸러서 산은 비를 빚고,
> 바람 불어 골짜기 안개 가득하네.
>
> 霧蒭山釀雨,　　　風槪谷量烟.

라고 한 것 같은 시는 말이 공교로우며 뜻이 크게 생경하지 않다.

염동수(閻東叟)가 말하기를,

---

341) 이 시의 시제는 「제 포구 소촌(題浦口小村)」(『동국이상국집』 권10)으로 그 전문을 보면, '流水聲中朝後暮, 海村籬落苦蕭條. 湖淸巧印當心月, 浦濶貪呑入口潮. 古石浪春平作磧, 壞舡苔沒臥成橋. 江山萬景吟難狀, 須倩丹靑畵筆描.'

시는 뜻을 솔직하게 하여 바로 이루어야 한다. 이는 이태백(李太白)의 시,

버들은 황금빛처럼 아름답고,
배꽃은 흰 눈처럼 향기롭네.[342]

柳色黃金嫩,　　梨花白雪香.

라고 한 것과 같은 것이니, 이는 아름답고 정교(精巧)한 시로서 조금이라도 시간을 두고 생각했거나 고민 끝에 지은 것이 아니다. 반공(潘公)이 「고경(古鏡)」이라는 시에서,

전경[343]은 천 년 지나니 뜻 알기 어렵고,
그림자 쏟아지니 한 당이 싸늘하네.[344]

篆經千古澁,　　影瀉一堂寒.

라고 한 것은 생각에 생각을 거듭하는 모진 고생 끝에 이루어진 것이다.

---

342) 이 시의 시제는 「궁중 행락사(宮中行樂詞)」(『御定全唐詩』 권28)로 전부 8수 가운데 여기에 인용된 시는 제2수의 제1연에 해당됨. 제2수의 전문을 소개하면, '柳色黃金嫩, 梨花白雪香. 玉樓巢翡翠, 金殿鎖鴛鴦. 選妓隨雕輦, 徵歌出洞房. 宮中誰第一, 飛燕在昭陽.' 이 8수의 시는 당나라 현종의 명에 의하여 천보(天寶) 2년(743)에 지었음.

343) 전경(篆經) : 알아보기 어려운 전자(篆字)로 쓰여진 경(經)을 말함. 중국 당나라 시인인 설봉(薛逢)의 시 영대가형 고경가(靈臺家兄古鏡歌)에 '一尺圓潭深墨色, 篆文如絲人不識. 耕夫云住赫連城, 赫連城下新耕得. 鏡上磨瑩一月餘, 日中漸見菱花舒.'에 같은 내용을 담고 있음.

344) 이 연구는 중국 당나라 문인인 반위(潘緯, 847~?)의 작품으로 십년 동안 구상하여 이 시를 완성했다고 하나 지금 그 시의 전문은 알 수 없음. 명편인 「중추월(中秋月)」 「금(琴)」 등이 『전당시(全唐詩)』에 전하고 있으나, 그의 대부분의 작품이 산일(散佚)되어 전하지 않음.(『吟窓雜錄』) 이 시에서 '한 당이 서늘하네[一堂寒]'라고 한 것은 거울의 빛이 너무 맑게 비치어 마음의 병이 다 사라짐을 뜻하는 말임.

라고 했다.

이로써 보면 지금에 경책(警策)이라고 하는 시구는 거의 신고(辛苦)의 시병(詩病)을 면하지 못한다고 할 수 있다. 그러나 평범한 사람이 뜻을 솔직하게 하여 바로 시를 이루고자 하면 곧 그 말이 천박하고 잡스러워지기 마련이다. 이처럼 서둘러 지어서 천박하고 잡스럽게 된 것은 잘 다듬어서 천천히 이룬 것만은 못하다고 하겠다. 잘 다듬느라고 생각에 너무 깊이 빠지면 이는 최융(崔融)[345]의 경우처럼 지나치게 몰두했다가 생명을 잃게 될까 두렵다.

문순공의 「북산잡제(北山雜題)」 시에 이르기를,

> 산인이 산에서 나오지 않으니,
> 옛 길은 황폐하여 이끼에 묻혔네.
> 속세의 때 묻은 이가 찾아와,
> 나의 녹라월[346] 더럽힐까 두렵네.[347]

> 山人不出山,　　　古徑荒苔沒.
> 應恐紅塵人,　　　欺我綠蘿月.

---

345) 최융(崔融, 653~706) : 중국 당나라의 문신으로 자는 안성(安城). 관직은 국자사업(國子事業)에 올랐음. 문장에 능하여 당시의 이교(李嶠), 두심언(杜審言), 소미도(蘇味道)와 함께 문장사우(文章四友)라 일컬어졌음. 그가 만년에 측천무후(則天武后)의 애책(哀冊)을 쓰다가 지나치게 생각에 빠져 정신이 혼미해져 죽었다고 함. 시호는 문(文).

346) 녹라월(綠蘿月) : 녹라 사이로 비추는 달. 녹라는 벽라(碧蘿)로 높은 관목을 타고 올라가 뒤덮기도 하고, 온 숲을 다 덮기도 하는 성장이 왕성한 넝쿨식물. 여기서는 절간 주위의 숲을 덮고 있는 녹라 사이로 언뜻언뜻 보이는 달로서 산중 사람만이 가까이 할 수 있는 자연물을 가리킴.

347) 이 시는 『동국이상국집』 권5에 실려 있는 것으로 모두 9수의 시 가운데 여기에 인용된 것은 마지막 수.

라고 했는데, 이 시는 이백(李白)의 시집(詩集) 가운데에 끼워 놓아도
누구의 것인지 알 수 없을 것이다.

어떤 사람이 문선사(文禪師)[348]의

　　파초 베어내니 창가엔 빗소리 줄어들고,
　　대나무 자르니 섬돌엔 가을빛 더해지네.

　　剪蕉窓滅雨,　　　裁竹砌添秋.

라는 한 연구를 칭송하는 말을 듣고는 진보궐(陳補闕)이 웃으며 말하길,

　　이는 어린아이들이나 할 말이지 노성(老成)한 선비가 말 할 것은 아니
　　다. 내가 일찍 이 산사(山寺)를 두고 지은 시의 마지막 연(聯)에 이르기를,

　　푸른 섬돌에 떨어진 꽃은 한 치나 쌓였는데,
　　봄바람은 불어 가고 또 불어오네.

　　碧砌洛花深一寸,　　　東風吹去又吹來.[349]

　　라고 하였는데, 이는 곧 노성한 선비의 말이다.

라고 했다.

김한림(金翰林)이 지은 시에는,

　　북헌에서 한껏 자고나니 꽃 그림자 옮겨 가고,

---

348) 문선사(文禪師) : 고려 중기의 승려. 속성은 남(南)씨, 자는 빈빈(彬彬)이며 경남 고
　　성(固城) 사람. 시에 일가를 이루어 이규보와 친교가 있었음.
349) 진화(陳澕)의 이 시는『동문선』권20에 「춘만(春晚)」이라는 시제로 실려 있고, 그
　　의 문집인『매호유고(梅湖遺稿)』에는 시제가 「춘만 제 산사(春晚題山寺)」로 되어 있
　　음. 『동문선』에 실린 전문을 보면, '雨餘庭院簇苺苔, 人靜柴扉晝不開. 碧砌洛花深
　　一寸, 東風吹去又吹來.'인데 그의 문집에는 '柴扉'가 '雙扉'로 되어 있음.

대들보 위의 제비는 새끼 데리고 오가네.

北軒睡足花陰轉,　　　　梁燕將雛去又來.

라는 연구가 있는데, 이 연구는 비록 진보궐의 시에는 미치지 못하나 그 말의 화려하고 긴절(緊切)함에 있어서는 서로 비슷하다.

중-34　毅王遜于南荒, 有李琪者善畫, 寫眞不題, 稱謂安於東都草堂, 朝夕禮事. 棄庵居士偶覩之, 乃作讚曰, 以爲帝王之像, 幅巾鶴氅如呂翁. 以爲隱逸之姿, 豊準龍顏如沛公. 却推之於丹墀玉座之上, 命不用通. 欲引之於長松恠石之間, 氣尙不窮. 初疑孔衰鳳, 或恐李猶龍. 不然此必自天降靈, 數會河淸. 民登春臺, 享我大平. 龍六悔作, 一夢方驚, 遂復返於杏冥者乎. 嘗自寫醉睡先生眞, 書其後曰, 有道不行不如醉, 有口不言不如睡. 先生醉睡杏花陰, 世上無人知此意. 夫頌者, 褒美功德, 讚亦其流也. 賦者, 原於詩派於詞. 精微析理曰論, 明據開難曰策, 披文相質曰碑, 序事淸潤曰銘. 表以達其誠, 疏以宣其志, 冊以紀功, 誄以美終, 箋是補闕, 檄是傳諭. 其文各有體, 讚之文要其俊逸, 而不拘一格, 惟棄庵得之. 居士亦工於書畫, 每掃竹作詩, 書其後. 嘗過李僕射世長宅, 有脩竹數叢, 新梢出檻. 公出一屛命畫, 卽寫數梢頭而已, 題云, 樓下篁林百尺脩, 樓高只見數梢頭. 要看拔地千干玉, 須踏層梯下此樓. 李文院由之以詩讚之曰, 此君眞態畫難工, 膠粉纔施是已空. 居士手痕淸似月, 幻移踈影上屛風. 安豪李淸, 皆播在人口.

　의왕(毅王)이 남황(南荒)[350]에 피하여 있을 때 그 곳에 이기(李琪)라는

---

350) 남황(南荒) : 남쪽의 황량한 땅을 뜻하는 것으로 여기서는 의종이 재위 24년(1170)

자가 있었는데 그림을 잘 그렸다. 그는 의종의 초상을 그려 화제(畫題)를 붙이지 않은 채 동도(東都)의 초당(草堂)에 안치하고는 아침저녁으로 예를 올려 섬겼다. 기암거사(棄庵居士)351)가 우연히 그것을 목격하고는 곧 찬(讚)을 지어 올리기를,

> 제왕의 상(像)인가 했더니,
> 복건(幅巾)쓰고 학창의(鶴氅衣)입은 모습352)은 바로 여옹(呂翁)353) 같네.
> 인간세상 등진 은인(隱人)인가 했더니,
> 큰 코와 귀티 나는 저 얼굴 패공(沛公)354)을 보는 것 같네.
> 추대하여 대궐의 왕좌 위에 모시고자 하나,
> 명(命)이 두 번 다시 통하지 않네.
> 끌어내려 높은 소나무와 괴상한 바위 사이에 버리고자 하나,
> 천기(天氣)는 아직 다하지 않았네.
> 처음에는 봉덕(鳳德)이 다한 공자355)인가 의심했고,

에 '무신의 난'을 맞아 유배된 남쪽지방을 뜻함. 『고려사』 「세가」 제19권에, '己卯王單騎遜于巨濟縣, 放太子于珍島縣.'이라고 했으니, 유배된 곳은 지금의 경남 거제시를 이름.

351) 기암거사(棄庵居士) : 고려 중기의 문인인 안치민(安置民)의 별호, 자는 순지(淳之). 수거사(睡居士), 취수선생(醉睡先生) 등의 호가 있음.

352) 복건(幅巾)쓰고 학창의(鶴氅衣) 입은 모습 : 복건(幅巾)은 은사(隱士)가 쓰는 두건이며, 학창의(鶴氅衣)는 학의 깃털로 지은 옷으로 도가의 도인들이 입는 옷인데, 이는 세상을 등지고 사는 은사의 모습을 비유하는 것들임.

353) 여옹(呂翁) : 중국 춘추시대에 위(衛)나라의 서울로, 지금의 하북성 남서부에 위치했던 한단(邯鄲)에 살던 도사로 노생(盧生)에게 베개를 빌려주어 누런 옥수수[黃粱]를 찔 동안 80년의 영화를 꿈꾸게 했다는 사람. 또는 당나라 8선(仙)의 하나인 여동빈(呂洞賓)을 이르기도 함. 여동빈은 당나라 말엽의 도사로 난리를 피해 종남산(終南山)에 들어가 종적을 감추었음.

354) 패공(沛公) : 중국 한고조(漢高祖) 유방(劉邦)이 제위에 오르기 전의 호칭. 그가 처음 군사를 강소성의 패땅에서 일으켰기 때문에 사람들이 패공이라고 했음.

355) 봉덕(鳳德)이 …… 공자 : 『논어(論語)』 「미자(微子)」편에, '초나라 광인 접여가 노래

혹 용 같은 노자(老子)356)인가 두려워했네.

그렇지 않으면 하늘에서 내려온 신령이 자주 하청(河淸)357)을 만나니,

백성들은 춘대(春臺)358)에 올라 우리의 태성성대 누릴 것이로다.

존귀한 신분은 몸가짐을 살펴야 하노니,359)

한바탕의 헛된 꿈에서 이제야 깨어나,

마침내 아득한 세상 찾아 돌아가는가.

라고 했다. 일찍이 자신 스스로 취수선생(醉睡先生)360)의 초상화를 그리고는 그 뒷면에 쓰기를,

도 있어도 행하지 않으니 술 취한 것만 못하고,

입 있어도 말 못하니 잠자는 것만 못하네.

선생이 술 취해 살구꽃 그늘에서 자니,

세상에는 선생의 이 뜻을 아는 자 없네.

有道不行不如醉,　　　有口不言不如睡.

先生睡醉杏花陰,　　　世上無人知此意.

하며 공자 옆을 지나면서 이르기를 '봉이여, 봉이여 어찌 덕이 쇠한고.'[楚狂接與 歌
而過孔子曰 鳳兮鳳兮 何德之衰]'라고 했음.

356) 용 같은 노자(老子) : 공자가 노자를 만나보고서는 용(龍)을 보고 그 신령함을 헤아
릴 수 없는 것처럼 노자의 학문과 지혜가 깊고 넓어서 그 마음을 들여다 볼 수 없다
고 한 것으로 『사기(史記)』 권63 「노자전(老子傳)」에서 인용한 것임.

357) 하청(河淸) : 황하(黃河)의 물이 맑아진 것을 이름. 황하는 글자의 뜻 그대로 물이
맑지 못하나 천년에 한번 물이 맑게 흐른다고 함. 이것은 곧 얻기 어려운 기회나 상
스러운 조짐을 의미하는 뜻으로 쓰임.

358) 춘대(春臺) : 봄을 맞이하기 위하여 쌓아올린 대(臺). 태평성대의 뜻으로 쓰임.

359) 존귀한 …… 하노니 : 이것은 하늘 끝까지 올라갔다가 내려올 줄 모르는 용은 반드시
후회할 때가 있다는 항룡유회(亢龍有悔)를 말하는 것으로 귀한 자리에 있는 사람은
항상 그 몸가짐을 조심하지 않으면 안 된다는 뜻임. 이는 『역경(易經)』 건(乾) 상구
(上九)의, '亢龍有悔, 象曰 : '亢龍有悔, 盈不可久也.''에 나옴.

360) 취수선생(醉睡先生) : 고려 중기의 문인인 안치민(安置民)의 별호.

라고 했다.

대개 송(頌)이란 것은 공덕(功德)을 기리고 찬양하는 것으로 찬(讚)도 또한 그와 같은 종류이다. 부(賦)는 시(詩)에 근원을 두고, 사(詞)에서 갈라져 나온 것이다. 정미(精微)하게 사물의 이치를 분석하는 것을 논(論)이라고 하고, 근거(根據)를 밝히고 어려움을 타개(打開)하는 것을 책(策)이라 하며, 후천적인 성품을 파헤치고 타고난 천성(天性)을 살피는 것을 비(碑)라 하고, 사실을 맑고 윤택하게 서술하는 것은 명(銘)이다. 표(表)는 그 진실함을 통하게 하는 것이고, 뇌(誄)는 세상에서의 끝남을 아름답게 나타내는 것이며, 잠(箴)은 모자라는 것을 채우게 하는 것이고, 격(檄)은 유시(諭示)를 전하는 것이다. 그러한 글들은 각각 본래의 체(體)를 가지고 있으니, 찬(讚)의 글은 준일(俊逸)함을 요하나 일정한 격식에 구애받지 않는 것으로 오직 기암거사(棄庵居士)만이 찬(讚)에 일가(一家)를 이루었다. 거사는 또한 글과 그림에 능하여, 매번 대나무를 그릴 때마다 시를 지어 그 뒤에 썼다. 일찍이 복야(僕射) 이세장(李世長)361)의 집을 지나게 되었는데 길게 자란 대나무 두어 그루가 난간 위에 새로운 가지를 뻗치고 있었다. 공이 병풍을 내놓으며 그림을 그려 줄 것을 부탁하자 그는 곧 대나무 두어 가지의 끝을 그리고 시를 지었는데, 그 시에 이르기를,

> 다락 아래 대숲은 백 척 높이로 뻗었는데,
> 다락이 높아 두어 가지 끝만 보이네.
> 땅을 뚫고 솟은 천 가지의 아름다운 대나무 보자면,
> 모름지기 사다리 밟고 이 다락에서 내려가야 하네.362)

---

361) 이세장(李世長) : 고려 중기의 문신. 기로회(耆老會)의 일원으로 문명을 날렸음.
362) 이 시의 시제는 「이복야 출소병 명작묵군 지착 미능전의 지사죽두수소 잉제기후운 (李僕射出小屏命作墨君地窄未能展意只寫竹頭數梢仍題其後云)」(『동문선』 권19)

樓下篁林百尺脩,　　　樓高只得數梢頭.
要看拔地千竿玉,　　　須踏層梯下此樓.

라고 했는데, 문원(文院) 이유지(李由之)가 시를 지어 그를 칭찬하여 이르기를,

대나무의 진짜 모습 잘 그리기 어려워,
아교와 분칠 겨우 끝나니 기(氣)가 이미 사라졌네.
거사의 그림솜씨는 달과 같이 맑아서,
교묘히 성긴 그림자 옮겨 병풍 위에 올려놓았네.

此君眞態畵難工,　　　膠紛纔施氣已空.
居士手痕淸似月,　　　幻移疎影上屛風.

라고 했다. 안순지(安淳之)의 시는 호방하고, 이문원(李文院)의 시는 맑아서 모두 사람들의 입에 널리 퍼졌다.

중-35　金盖仁居寧縣人也, 畜一狗甚怜. 嘗一日出行, 狗亦隨之. 盖仁醉臥道周而睡, 野燒將及. 狗乃濡身于傍川, 來往環繞以潤著草茅, 令絕火道, 氣盡乃斃. 盖人旣醒, 見狗迹悲感, 作歌寫哀. 起墳以葬, 植杖以誌之, 杖成樹, 因名其地爲獒樹. 樂譜中有犬墳曲是也. 後有人作詩云, 人恥呼爲畜, 公然負大恩. 主危身不死, 安足犬同論. 晉陽公命門客作傳記, 行於世, 意欲使世之受恩者, 知有以報也.

김개인(金盖人)은 거녕현(居寧縣)363) 사람으로 개 한 마리를 키웠는데

---

363) 거녕현(居寧縣) : 지금의 전북 임실군(任實郡)의 둔남면(屯南面), 장수면(長水面),
　　반남면(蟠南面)에 걸쳐 있던 지명으로 지금의 오수리(獒樹里)는 임실군 둔남면에 속

그 개를 아주 귀여워했다. 하루는 집을 나서 길을 가는데 개도 그를 따라왔다. 개인이 술에 취하여 길가에 드러누워 깊이 잠에 빠진 사이에 들판에 불이 붙어 곧 그를 덮칠 기세였다. 그러자 개가 곧장 길가의 냇물로 달려가 몸에 물을 적셔 와서는 풀밭에 뒹굴기를 여러 번 하여 불길을 끊었으나 개는 기운이 다하여 죽었다. 개인이 얼마 후에 깨어나 개가 행한 흔적을 보고는 슬프고 감동하여 그 슬픈 마음을 노래로 지었다. 묘를 만들어 개를 묻은 뒤에 지팡이를 꽂아 표지를 삼았는데 그 지팡이가 큰 나무로 성장하였으므로 그곳의 이름을 오수(獒樹)라고 했다. 악보(樂譜) 가운데 견분곡(犬墳曲)이 있으니 바로 이것이다. 뒤에 어떤 사람이 있어 시를 지어 이르기를,

> 사람은 짐승이라 불리기 부끄러워하면서,
> 큰 은혜 저버리는 걸 전혀 꺼리지 않네.
> 주인 위태로울 때 몸 바치지 않는다면,
> 어찌 개와 함께 논할 만하리오.

> 人恥呼爲畜,　　公然負大恩.
> 主危身不死,　　安足犬同論.

라고 했다.

　진양공(晉陽公)이 문객(門客)에게 그 전기(傳記)를 짓게 하여 세상에 전해졌으니, 그것은 세상에 은혜 입은 자들로 하여금 보은의 도리를 알게 하고자 한 것이다.

중-36　十二徒冠童, 每夏會山林肄業, 及秋而罷, 多寓龍興歸法兩寺.

　하고 있음. 그곳에서 해마다 개의 인간에 대한 충정을 기리는 행사를 거행하고 있음.

一夕秋空月朗, 爽氣襲人, 咸司直淳李先達湛之玉先達和遇, 率冠童六七人, 會歸法石橋開小飮, 用前人韻賦詩. 李曰, 夏炎風掃去, 秋意月含來. 咸·玉皆愕然自屈, 聞者笑曰, 此林椿先生句也. 不知醉李潛竊耶暗合耶, 何毒玉不知而自屈也.李使酒不儉, 玉耿介忤物, 故時呼醉李毒玉.

십이공도(十二公徒)364)에 속한 어린 학동들이 매년 여름이면 산림(山林)에 모여 학업을 익히다가 가을이 되면 파했다. 그때에는 대개가 용흥사(龍興寺)365)와 귀법사(歸法寺)366)에서 기거하며 학업을 닦았다. 어느 가을날 저녁 하늘엔 달이 밝게 비추고, 상쾌한 기운이 사람들을 들뜨게 했다. 사직(司直) 함순(咸淳), 선달(先達) 이담지(李湛之), 옥화우(玉和遇) 등이 어린 학동 예닐곱 명을 데리고 귀법사 돌다리 위에 모여 작은 주연(酒宴)을 열었다. 그 자리에서 앞사람의 운(韻)을 써서 시 짓는 놀이를 하는데, 이담지가 읊기를,

> 여름 더위는 바람이 쓸어 가고,
> 가을의 뜻은 달이 머금어 오네.
>
> 夏炎風掃去,　　　秋意月含來.

---

364) 십이공도(十二公徒) : 고려 문종 이후 개경에 설립됐던 십이사학(十二私學)의 생도를 총칭한 것임. 당시 최충(崔沖)의 구재(九齋)를 모방하여 11사람의 유신(儒臣)들이 쇠퇴해가는 관학(官學)을 대신하여 사립학교를 열어 제자들을 가르쳤음. 십이공도는 최충의 문헌공도(文憲公徒), 정배걸(鄭倍傑)의 홍문공도(弘文公徒), 노단(盧旦)의 광헌공도(匡憲公徒), 김상빈(金尙賓)의 남산도(南山徒), 김무체(金無滯)의 서원도(西遠徒), 은정(殷鼎)의 문충공도(文忠公徒), 김의진(金義珍)의 양신공도(良愼公徒), 황영(黃瑩)의 정경공도(貞敬公徒), 유감(柳監)의 충평공도(忠平公徒), 문정(文正)의 정헌공도(貞憲公徒), 서석(徐碩)의 서시랑도(徐侍郎徒), 실명씨(失名氏)의 구산도(龜山徒) 등임.
365) 용흥사(龍興寺) : 광종 14년(963)에 창건한 개성 탄현문(炭峴門) 밖에 있던 절.
366) 귀법사(歸法寺) : 용흥사 옆에 나란히 위치했던 절.

라고 하니, 함(咸)과 옥(玉)이 모두 놀래어 스스로 무릎을 꿇었다. 이 사
실을 전해들은 어떤 사람이 말하기를,

　　이것은 임춘(林椿) 선생의 시구이다. 알지 못할 일이니, 취리(醉李)가
　　몰래 훔쳐 온 것인가, 아니면 모르는 사이에 서로 일치된 것인가. 어찌
　　독옥(毒玉)이 이 사실을 알지 못하고 좋다고 했을까. 이담지는 술을 절제하
　　지 못했고 옥화우는 성품이 경개(耿介)하여 남에게 거슬렸기 때문에 당시에 이들을
　　각각 취리(醉李), 독옥(毒玉)이라고 불렀다.

중-37　　白壯元得珠爲完山書記, 按廉使方赴闕留一絶, 白卽和云, 星
使朝天後, 柳營空自春. 無情靑草怨, 況乃有情人. 按廉下床執手而謝.
及罷仕投閑, 晉康公聞其才, 召致命書一團扇. 白手蹟端麗, 用筆電速,
得扇立書曰, 江山非魏寶, 只倚信陵君. 爲禮夷門老, 能提十萬軍. 公
顧左右曰, 眞箇走筆也.

　　장원(壯元)에 올랐던 백득주(白得珠)가 완산(完山)367)의 서기(書記)로
있을 때 한 안렴사(安廉使)가 대궐로 돌아가는 길에 시 한 수를 남겼는
데, 백득주가 곧 이 시에 화운(和韻)하여 이르기를,

　　성사368)가 임금을 뵈러 간 뒤면
　　유영369)엔 부질없이 절로 봄일세.

---

367) 완산(完山) : 전주(全州)의 옛 이름. 백제 이후로 비사벌(比斯伐), 비자화(比自火),
　　완산주(完山州) 등으로 불렸음.
368) 성사(星使) : 임금의 사절(使節). 옛날에 점성가가 천상(天上)에는 하계(下界)를 다
　　스리는 임금의 사자(使者)인 사성(使星)이 있다는 말에서 나온 것임(『후한서(後漢
　　書)』「이합전(李郃傳)」참조)
369) 유영(柳營) : 세류영(細柳營)의 준말로, 장군이 진(陳) 친 곳의 아칭(雅稱). 막부(幕
　　府)와 같은 뜻임. 한나라 주아부(周亞夫)가 세류(細柳)에 진을 쳤는데 호령이 준엄

무정한 푸른 풀 원한 머금었으니,

하물며 유정한 사람임에랴.

星使朝天後,　　　柳營空自春.

無情靑草怨,　　　況乃有情人.

라고 하니, 안렴사가 자리에서 내려와 손을 잡으며 사례하였다. 백득주가 벼슬을 그만두고 한가롭게 세월을 보내며 지냈는데, 진강공(晉康公)[370]이 그 재주를 듣고 불러 오게 하여서는 한 자루의 둥근 부채에다 글을 쓰게 했다.

백득주는 글 솜씨가 빼어나고 아름다우며 붓을 부리는 것이 번개처럼 빨라 그 자리에서 부채를 가져다 시를 지어 썼다.

그 시에 이르기를,

강산의 지세 위나라의 보물 아니라서,[371]

단지 신릉군[372]에 의지하였네.

예를 다해 이문의 노인[373] 받들었으니,

　　해서 문제(文帝)가 칭찬했다는 고사가 있음.

370) 진강공(晉康公) : 고려후기 무신집권자였던 최충헌(1149~1219)의 봉호(封號).

371) 강산(江山)의 …… 아니니 : 중국 위(魏)나라의 무후(武侯)가 강산을 시찰하다가 오기(吳起)에게 강산의 아름답고 견고함이 우리나라의 보배라고 하니, 오기가 말하기를 나라의 견고함은 덕에 있는 것이지 지세의 험(險)한 것에 있지 않다고 한 고사에 기댄 것임.

372) 신릉군(信陵君) : 중국 전국시대 위(魏)나라 소왕(昭王)의 아들. 이름은 무기(無忌). 선릉은 그의 봉호(封號). 그가 인(仁)으로 사람을 대했기 때문에 그의 문하(門下)에 식객(食客)이 300인이나 모여드니 제후(諸侯)들은 그의 현명함을 두려워하여 위나라를 치지 못했다고 함.

373) 이문로(夷門老) : 이문을 지키던 노인. 이문은 중국 전국시대 대양(大梁)의 문 이름이고 노인은 위(魏)나라 은사(隱士)인 후영(侯嬴)을 가리킴. 후영은 나이가 일흔이었으나 빈한하여 이문의 문지기가 되었더니 뒤에 신릉군의 식객노릇을 하며 신릉군

십만 군사 거느릴 수 있었네.

江山非魏寶,　　　只倚信陵君.
爲禮夷門老,　　　能提十萬軍.

라고 했다.

공(公)이 좌우를 둘러보며 말하기를,

참으로 주필(走筆)이로다.

라고 했다.

중-38　李學士眉叟使大金, 次韻漁陽懷古云, 槿花低暎碧山峰, 卯酒初酣白玉容. 舞罷霓裳歡未足, 一朝雷雨送猪龍. 後李司成百全爲書狀官入大金, 抵此和之云, 一上鵝毛寺後峰, 祿山曾此鍊軍容. 只因欲奪鷄頭肉, 豈是爭爲月化龍. 又, 宴會驪山王藥峰, 芙蓉那似酒酣容. 不知今有明駝使, 千里殷勤寄瑞龍. 眉叟用事, 必以辭語淸新, 然槿花事語新而意不切, 其次韻峰龍兩字甚佳. 陳玉堂澕李蓬山允甫, 同夜直禁林, 時有前入大金書狀官某, 言, 廣寧府道傍, 有十三山, 往來客子題詠頗多, 皆淺近未能破的, 請兩君賦之. 陳卽授筆云, 武山十二但聞名, 驛路偸閑午枕凉. 剩骨一峰雲雨惱, 傍人應笑夢魂長. 李云, 六七山抽碧玉簪, 蔥蘢佳氣射朝驂.臨使客往來程 從今嵩嶽嘉名減, 只數奇峰二十三. 又, 少年蠟屐好登山, 踏盡衡巫岱華間. 五老八公遊未遍, 不知藏此此中慳. 陳詩以意, 李詩以言, 兩首之言, 不如一首之意.

을 크게 도와 공을 이루게 했음.

학사(學士) 이미수(李眉叟)가 대금(大金)에 사신으로 가서 「어양회고
(漁陽懷古)」374)시에 차운(次韻)하여 이르기를,

> 무궁화 꽃은 나직이 푸른 산봉우리에 비치는데,
> 아침술[卯酒]375)에 처음 흰 얼굴 취하네.
> 예상곡376)에 맞춰 춤 끝나도 즐겁지 않으니,
> 하루아침의 우레와 비에 저룡377)을 보냈네.378)

> 槿花低映碧山峯,　　　　卯酒初酣白玉容.
> 舞罷霓裳歡未足,　　　　一朝雷雨送猪龍.

라고 했다.

뒤에 사성(司成) 이백전(李百全)379)이 서장관(書狀官)이 되어 대금(大
金)으로 들어가는 길에 이곳에 다다라 앞의 시에 화운하여 이르기를,

---

374) 어양(漁陽) : 중국 하북성 밀운현(密雲縣) 서남쪽에 위치했던 지명. 당현종 때 반란
　　을 일으켰던 안록산(安祿山)의 연병지(鍊兵地)로 유명하며, 범양(范陽 지금의 북경
　　시와 하북성의 보정시 북부지역임)의 수부(首府)였음.
375) 묘주(卯酒) : 묘시(卯時 : 오전 5~7시)에 먹는 술로 아침술을 말함.
376) 예상곡(霓裳曲) : 중국 당나라 악곡(樂曲)인 예상우의곡(霓裳羽衣曲)을 이름. 이 곡
　　은 바라문(婆羅門)의 곡인데, 오호십육국의 하나로 400년에 돈황 지역에 세워진 서
　　량(西凉)이라는 나라에서 전해졌다고 함. 당의 하서절도사(河西節度使)인 양경술(楊
　　敬述)이 현종(玄宗)에게 이 악곡을 바치니 현종이 윤색했다고 함.(『당서(唐書)』 권
　　15) 일설에는 현종이 도사(道士) 나공원(羅公院)과 함께 월궁(月宮)에 들어가 그곳
　　에서 연주하는 음악소리를 듣고 현종이 베낀 것이라고도 함.(『일사(逸史)』)
377) 저룡(猪龍) : 용의 머리를 가진 돼지란 뜻으로 안록산을 가리킴. 당현종이 안록산과
　　함께 밤에 술자리를 베풀었는데 안록산이 술에 취하여 눕자 용의 머리를 가진 돼지
　　로 변하니 좌우에서 현종에 그 사실을 고했으나 현종이 저룡은 무능한 것이라 죽일
　　필요가 없다고 했다는 고사가 있음.
378) 『동문선』 권20에는 「과 어양(過漁陽)」이라는 시제로 되어 있음.
379) 이백전(李百全) : 고려 중기의 문신으로 백순(百順)의 아우. 관직은 입내시대부경
　　(入內史大府卿)에 올랐음.

아모사 뒤 봉우리에 한 번 오르니,

안록산380)이 일찍이 군대 단련하던 곳이네.

다만 계두육381)을 뺏고자 한 것인데,

어찌 신하[月]가 용이 되자고 다툰 것382)이겠는가.383)

一上鵝毛寺後峯,　　　祿山曾此鍊軍容.

只因欲奪鷄頭肉,　　　豈是爭爲月化龍.

라고 했다. 또 읊기를

여산384)의 옥예궁에 모여 잔치 열었는데,

부용385)이 어찌하여 술 취한 얼굴 같겠는가.

---

380) 안록산(安祿山, ?~757) : 당현종 때의 무장(武將). 본성은 강(康)씨였으나, 의부(義
　　父)의 성을 좇았음. 현종의 총애를 받아 양귀비(楊貴妃)의 양자가 되자 전횡(專橫)
　　을 일삼았음. 뒤에 안록산의 난을 일으켜 낙양(洛陽)을 공격해서는 웅무황제(雄武皇
　　帝)라 자칭했으나 그의 아들 경서(慶緖)와 이저아(李猪兒)에게 살해됨.
381) 계두육(鷄頭肉) : 미인의 젖가슴을 이름. 이는 당현종과 양귀비 사이에서 나온 고
　　사로『당서』「양비외전(楊妃外傳)」에 보면 양귀비가 목욕을 마치고 나오면 한쪽 유
　　방을 드러내 놓는다고 사람들이 속삭이자 현종이 젖가슴을 만지며 농으로 말하기
　　를, 연하고 부드러워 새로 깎아낸 계두육 같다고 한 데에서 나온 말임.
382) 어찌 신하[月]가 …… 다툰 것 : 여기에서 '月'자는 '肉'의 뜻으로 반역을 도모한 짐승
　　같은 신하를 가리키는 말임.『시경』패풍(邶風) 백주(栢舟)에 '日居月諸. (傳)月, 臣
　　象也'라고 하였음. 안록산의 난을 피하여 현종이 양귀비와 촉 땅으로 피난 가던 중에
　　군사들의 강청(强請)으로 할 수 없이 섬서성 마외파에서 양귀비를 죽였는데, 안록산
　　이 양귀비가 죽었다는 소식을 듣고 실망하였다고 함. 이 시가 뜻하는 것은 안록산이
　　반란을 일으킨 것이 양귀비를 빼앗기 위한 것이지, 황제(皇帝)의 자리를 탐낸 것만
　　이 아니라는 것임.
383) 시제는「과 어양 차 이미수운(過漁陽次李眉叟韻)」(『동문선』권19)으로 두 수 가운
　　데 첫째 수.
384) 여산(驪山) : 중국 섬서성 임동현(臨潼縣) 남쪽에 있던 지명. 진시황의 능이 있는
　　곳으로 당 현종이 여기에 화청궁(華淸宮)을 지었는데 이것을 여궁(驪宮) 또는 여산
　　궁(驪山宮)이라 했음.
385) 부용(芙蓉) : 연꽃의 이칭. 아름다운 미인을 의미하기도 하는데 여기서는 절세가인

모르겠노니 지금도 명타사[386] 있어,

천리에서 은근히 서룡[387]을 보내는지.[388]

> 宴會驪山玉藥宮,　　　芙蓉那似酒酣容.
> 不知今有明駝使,　　　千里殷勤寄瑞龍.

라고 했다.

미수(眉叟)는 용사함에 있어서 사어(辭語)가 맑고 새롭다. 그러나 위에서 무궁화 꽃을 용사한 것은 말은 새롭지만 뜻이 절실하지 못하다. 그의 차운 시 가운데 「봉(峰)」과 「용(龍)」의 두 운자(韻字)는 썩 훌륭하다.

옥당(玉堂) 진화(陳澕)와 봉산(蓬山) 이윤보(李允甫)가 함께 대궐에서 밤에 수직(守直)하게 되었을 때, 전에 서장관(書狀官)으로 대금(大金)에 들어갔던 어떤 사람이 말하길,

광녕부(廣寧府)[389]의 길 옆에 십삼산(十三山)이 있어 오가는 길손들이 그 산을 두고 지은 시가 많지만 모두 하나같이 천박할 뿐 내용이 심원(深遠)하지 못하여 정곡(正鵠)을 깨뜨릴 만큼 잘 지은 시가 없었습니다. 청컨대 두 분께서 그 산에 대하여 시를 지어 보시면 합니다.

인 양귀비를 뜻함.

386) 명타사(明駝使) : 중국 당나라 때 역체(驛遞)의 하나. 낙타를 주로 이용하여 급사(急使)에 사용했음. 일설에는 양귀비가 자신이 성장했던 사천성의 예지(荔支)를 먹기 좋아하였으므로 맛이 변하기 전에 운반하기 위하여 말을 바꾸어 가며 급히 달려왔는데, 이러한 일을 맡은 사람을 명타사라고 했음.

387) 서룡(瑞龍) : 서룡뇌(瑞龍腦)를 말함. 향료(香料)의 하나로 교지(交趾, 지금의 베트남 북쪽지역)에서 생산되는 것으로 여기서는 양귀비가 평소에 좋아했던 예지(荔支)를 가리킴.

388) 이 시는 『동문선』 권19에 이백전의 작품이 아니라 그 형인 백순(百順)의 작품으로 되어 있음. 시제는 「과 어양 차 이미수운(過漁陽次李眉叟韻)」으로 두 수의 시 가운데 둘째 수.

389) 광녕부(廣寧府) : 중국 요녕성 북진현(北鎭縣)에다 금나라 때 설치했던 부 이름.

라고 말했다. 진화(陳澕)가 곧 붓을 들어 쓰기를,

> 무산[390]열두 봉 이름만 들었더니,
> 역로의 한가로운 시간에 낮 베개가 시원하네.
> 헐벗은 한 봉우리는 운우에 괴로운데,
> 옆 사람들은 꿈 길다 응당 웃었으리.[391]

> 巫山十二但聞名,　　　驛路偸閑午枕凉.
> 剩骨一峰雲雨惱,　　　傍人應笑夢魂長.

라고 했다. 이윤보(李允甫)가 읊기를,

> 육칠산[392]은 푸른 옥비녀 꽂은 모습이고,
> 맑고 푸른 산기운은 사신의 수레를 쏘네.
> 　　산이 사신들이 오가는 길에 잇닿아 있음.
> 지금으로부터 숭악[393]의 좋은 이름 버리고,
> 다만 기이한 봉우리 스물 셋만 헤아릴 것이네.

> 六七山抽碧玉簪,　　　蔥籠佳氣射朝驂. 臨使客往來程
> 從今崇嶽嘉名減,　　　只數奇峰二十三.

라고 했다. 또 이윤보가 읊기를,

---

390) 무산(巫山) : 중국 사천성 무산현(巫山縣)에 있는 산으로 그 모양이 무(巫)자와 비
　　슷하다는 데서 나온 이름임. 산이 12봉으로 이루어져 있으며, 산 아래에는 신녀묘
　　(神女廟)가 있음.
391) 이 시의 시제는 「영 광녕부 십삼산(詠廣寧府十三山)」(『매호유고(梅湖遺稿』)
392) 육칠산(六七山) : 13산을 가리킴.
393) 숭악(崇嶽) : 중국 하남성 등봉현(登封縣) 북쪽에 위치한 오악(五嶽)의 하나인 중악
　　(中嶽)을 이름. 숭산(崇山), 외방(外方), 외실(外室), 숭고(崇高)라고도 함.

어린 소년 납극394)으로 산 오르기 좋아하여,

형산395) 무산 대산396) 화산397) 네 산을 다 올랐네.

오로봉398) 팔공산399)에 아직 노닐지 못하였으니,

이 속에 감추어 두고 아끼는 뜻 알지 못하겠네.

少年蠟屐好登山,   踏盡衡巫岱華間.

五老八公遊未遍,   不知藏此此中慳.

라고 했다.

진화의 시에서는 뜻을 주로 나타내고, 이윤보의 시는 말을 주로 나타냈으니 이 두 수의 시가 뜻을 주로 한 한 수의 시에 미치지 못한다.

중-39   崔郎官仁全爲國博時, 和同姓從弟見贈詩云, 先後龍頭三相國, 聯扁麟閣四功臣. 一門盛事傾千古, 更有何人繼後塵. 盖言文憲公, 以龍頭配饗肅廟爲功臣, 子文和公亦以龍頭, 配饗文廟, 其孫中書令思諏, 配饗肅廟, 玄孫平章事允儀配饗毅廟. 仍孫平章洪胤, 亦是龍門上客. 其餘非龍頭, 而位宰相者十餘人, 仁全亦文憲之孫也.

---

394) 납극(蠟屐) : 나무로 만든 신에 밀초를 발라 광택이 나게 한 신을 이름.

395) 형산(衡山) : 중국 오악(五嶽)의 하나. 중국 안휘성 당도현(當途縣)의 북쪽에 있는 산으로 지금은 횡망산(橫望山)으로 부름.

396) 대산(岱山) : 오악 중의 하나. 산동성 태정현(泰定縣) 북쪽에 있는 산. 태태산(泰太山)이라고도 함.

397) 화산(華山) : 오악 중의 하나. 섬서성 화현(華縣) 서쪽에 있음.

398) 오로봉(五老峰) : 중국 강서성 성자현(星子縣)의 북쪽에 있는 산. 여산(廬山)이 다하는 곳에 바위가 서로 마주보고 우뚝하여 하늘을 찌를 듯하니, 이는 다섯 노인이 어깨를 나란히 하여 서있는 모습과 같다고 해서 나온 이름임.

399) 팔공산(八公山) : 중국 안휘성 봉태현(鳳台縣) 동남쪽에 있는 산. 진(晉) 나라 부견(符堅)이 이 산에서 초목을 바라보며 진병(晉兵)을 생각했다고 함.

낭관(郎官)[400] 최인전(崔仁全)이 국자박사(國子博士)로 있었는데 그때 동성(同姓)인 종제(從弟)가 준 시를 보고 화운하여 이르기를,

앞뒤로 장원한 세 사람의 상국이고,

인각[401]에 나란히 모셔진 공신 네 사람이네.

한 가문의 번성함이 천고를 기울일 만하니,

다시 어떤 사람이 있어 이 영광을 이을 건가.

先後龍頭三相國,　　　聯扁翩麟角四功臣.

一門盛事傾千古,　　　更有何人繼後進.

라고 했다.

이 시는 대개 문헌공(文憲公)[402]이 장원하여 정종(靖宗)의 묘당(廟堂)에 배향(配饗)되어 공신(功臣)으로 모셔졌고, 그의 아들 문화공(文和公)[403] 또한 장원하여 문종(文宗)의 묘당에 배향되었으며, 그의 손자 중서령(中書令) 사추(思諏)도 숙종(肅宗)의 묘당에 배향되었고, 고손자[玄孫]인 평장사(平章事) 윤의(允儀)도 의종(毅宗)의 묘당에 배향되었다. 팔대손[仍孫]인 평장사 홍윤(洪胤)은 당시의 장원 급제자 중에서도 가장 뛰어났다. 그 나머지 장원에 오르지 않고서도 재상의 지위에 올랐던 자가 십여 인이나 되니, 인전(仁全) 또한 문헌공의 자손이다.

---

400) 낭관(郎官) : 시랑(侍郎), 낭중(郎中)과 같은 관직으로 중앙관서의 중간 간부를 일컫는 말임.

401) 인각(麟角) : 기린각(麒麟閣)을 이름. 전한(前漢) 무제(武帝)가 기린을 포획했는데 마침 전각(殿閣)이 낙성되어 기린의 화상을 그려 붙이고는 기린각이라 불렀음. 선제(宣帝) 때는 공신(功臣) 11명의 화상을 그려 누각 위에 걸었는데, 뜻이 전하여 공신의 화상을 그려 두는 집을 의미하게 됐음. 여기서는 묘정(廟廷)을 가리킴.

402) 문헌공(文憲公) : 고려 전기의 문신으로 사학십이도(私學十二徒)의 하나인 문헌공도(文憲公徒)의 창시자인 최충(崔沖, 984~1068)의 시호.

403) 문화공(文和公) : 고려 전기의 문신인 최유선(崔惟善, ?~1075)의 시호.

중-40 李史館允甫夜直與陳玉堂澕, 賦遊月宮篇云, 月駕長風轉虛碧, 劚出琉璃作飛轍. 廣寒宮殿千里圓, 玉女乘鸞庭下列. 天高仙樂咽笙簫, 風動霓裳響環玦. 白兎搗藥經幾秋, 藥成不被姮娥竊. 調和沆瀣供仙眞, 嚼下天喉若氷雪. 仙居天上得長生, 噗向人間除酷熱. 妙手修宮八萬條, 玉斧森羅守局鏑. 逍遙各飽靑冥遊, 厭飫天飄白玉屑. 羨他公遠緣銀橋, 捫參陟過北斗舌. 星河下拍牛郎肩, 踏搊瓊華親手掇. 淸都可望不可攀, 夜夜轉頭心斷絶. 館閣諸君, 以陳詩淸壯爲優, 李詩語雖淸寒, 瑣屑爲劣, 陳詩逸.

　　사관(史館) 이윤보(李允甫)가 옥당(玉堂) 진화(陳澕)와 더불어 밤에 수직할 때 「유월궁[404]편(遊月宮篇)」을 읊어 이르기를,

　　　　달이 긴 바람에 실려 하늘 위로 굴러가니,
　　　　유리를 깎아서 나르는 수레바퀴 만들었는가.
　　　　웅장한 광한전은 천리를 둘러 있고,
　　　　선녀들은 난새 타고 뜰 아래 늘어섰네.
　　　　하늘 높이 선악은 생소(笙簫)에 부쳤고,
　　　　바람은 아름다운 치마 흔들고 환결[405]을 울리네.
　　　　흰 토끼는 약 찧기에 몇 해나 보냈는지,
　　　　약 만들어도 항아에게 도둑맞지 않네.
　　　　조화로운 항해[406] 신선에게 바치니,

---

404) 유월궁(遊月宮) : 달 속에 있다는 광한궁(廣寒宮)을 가리키는 말로 당 현종이 그곳에서 놀았다는 고사가 있음. 『천보유사(天寶遺事)』에, ‘唐明皇遊月宮, 見天府, 榜曰, 廣寒淸虛府, 素娥十餘人. 皓衣乘白鸞, 舞于桂樹下.’
405) 환결(環玦) : 허리에 차는 옥환(玉環)과 패결(佩玦)을 이름.
406) 항해(沆瀣) : 깊은 밤중에 내리는 이슬 기운. 도가에서 이것을 들이마셔 수명(修命)의 약으로 삼는다고 함.

신선이 씹어 내린 것이 하얀 눈가루 같았네.

신선세계에서는 장생불사할 수 있으니,

인간세상 향해 뽑는 기운에 모진 더위 가셔지네.

묘한 재주로 궁을 다듬기는 팔만 가지이고,

옥도끼 빽빽이 늘어서 광한전을 기키네.

푸른 하늘에 노닐어 마음껏 즐기고,

하늘 바가지로 백옥가루 실컷 마셨네.

저 공원407)이 은 다리[銀橋]를 따라,

삼별[參星]408) 어루만지며 북두 자루 뛰어넘는 것 부럽네.

은하수 내려와 우랑409)의 어깨를 치고,

경화410)를 밟고 움켜쥐며 손수 주워 모으네.

청도411)는 바라볼 수 있으나 오를 수 없는데,

밤마다 머리 돌려 바라보니 마음은 에는 듯하네.

月駕長風轉虛碧,	劚出瑠璃作飛轍.
廣寒宮殿千里圓,	玉女乘鸞庭下列.
天高仙樂咽笙簫,	風動霓裳響環玦.
白兎搗藥經幽秋,	藥成不被姮娥竊.
調和沆瀣供仙眞,	嚼下天喉若水雷.
仙居天上得長生,	噗向人間除酷熱.

---

407) 공원(公遠) : 당나라 현종 때의 도사(道士). 그가 지팡이를 던져 다리를 만들어서는
　　현종을 인도하여 달[月宮]에서 놀았다고 함.

408) 삼별[參星] : 별 이름으로 28수(二十八宿) 중의 하나. 보습 모양 같다고 하여 여성
　　(犂星)이라고도 함.

409) 우랑(牛郎) : 소먹이는 목동으로 여기서는 견우성(牽牛星)을 이름.

410) 경화(瓊華) : 경수(瓊樹)의 꽃. 입은 부드럽고 꽃은 연노랑색으로 향기가 있는데,
　　이것을 먹으면 장생(長生)한다고 함.

411) 청도(淸都) : 옥황상제가 거처한다는 궁전. 자미(紫薇), 균천(鈞天), 광락(廣樂) 등
　　이 모두 천제(天帝)가 거처하는 곳을 뜻함.

<table>
<tr><td>妙手修宮八萬條,</td><td>玉斧森羅守局鑴.</td></tr>
<tr><td>逍遙各飽靑冥遊,</td><td>厭飫天瓢白玉屑.</td></tr>
<tr><td>羨他公遠緣銀橋,</td><td>捫參陟過北斗舌.</td></tr>
<tr><td>星河下拍牛郎肩,</td><td>踏掬瓊華親手掇.</td></tr>
<tr><td>淸都可望不可攀,</td><td>夜夜轉頭心斷絕.</td></tr>
</table>

라고 했다.

관각(館閣)의 여러 사람들이 진화의 시가 맑고 웅장하여 뛰어나다고 하여 높이 평가하였으나, 이윤보의 시는 말이 비록 맑고 꾸밈이 없지만 큰 뜻을 품고 있지 않아서 진화의 시보다는 못하다고 했다. 그러나 진화의 시는 없어져서 볼 수가 없다.

중-41 雲之不知何許上人也. 將歸江南, 乞詩於李由之, 歷謁館翰求和甚勤, 蓬瀛諸君, 各和一篇以贈之. 李史館允甫次韻云, 一片浮雲安所宅, 入壑無心忽復出. 朝從大華度軒丘, 暮向會稽歸羽窟. 隨風萬里蕩無垠, 不作霧霓還沒滅. 雲師雲性赤雲身, 厭却京華將適越. 我雖未識江南遊, 江南勝致遙能說. 筍抽碧玉留春色, 橘壓黃金涉冬月. 請師少壯恣尋遊, 老大秪堪安一室. 手持傑句來示子, 爲拂塵毫賡一一. 豪端有口會也無, 佛卽是心心卽佛. 李學士眉叟見之, 以李詩爲最云.

운지(雲之)라는 스님의 생애에 대해서는 자세히 알 수 없다. 그가 강남[412]으로 돌아가게 되었을 때 이유지(李由之)에게 시 한 수를 빌려 얻어서는 부지런히 관각(館閣)과 한림원(翰林院)을 찾아다니면서 차운시

---

412) 강남(江南) : 강남도(江南道)로 고려 10도의 하나. 전주를 중심으로 한 전북지방의 일원을 차지하였음.

(次韻詩)를 부탁하였으므로 봉영(蓬瀛)[413]의 모든 학자들이 각자 한 수씩 화운해 주었다. 사관(史館) 이윤보(李允甫)의 차운시(次韻詩)에 이르기를,

한 조각 뜬 구름 어느 곳에 머무는고,
무심하게 골짜기에 들었다가 홀연히 다시 나오네.
아침엔 태화[414]를 좇다가 헌구[415]를 넘고,
저녁엔 회계(會稽)[416] 향하다 우굴[417]로 돌아가네.
바람 따라 드넓은 만리 길 헤매더니,
큰 비 되어 내리지 않고 다시 사라지네.
구름 스님 구름 성품 또한 구름 몸이니,
번화한 서울거리 싫어 월나라로 떠나시려는가.
내 비록 강남에 노니는 즐거움 알까마는,
강남의 좋은 경치 아득히 알만도 하네.
벽옥 같은 대나무엔 봄빛 머무를 것이고,
황금빛 귤 바라보며 겨울 잊겠구려.
스님이여, 젊은 시절 마음대로 떠도시다가,

---

413) 봉영(蓬瀛) : 전설상의 삼신산(三神山) 가운데 봉래산(蓬萊山)과 영주산(瀛州山)을 가리키는 것으로 이는 곧 동궁(東宮)과 옥당(玉堂)의 뜻으로도 쓰임.

414) 태화(太華) : 중국의 섬서성 동쪽 위수(渭水) 가까이에 있는 화산(華山)의 이칭. 화산은 중국 오악(五岳) 가운데 하나로 서악(西岳)에 해당됨.

415) 헌구(軒丘) : 중국의 옛 땅이름. 황제 헌원씨가 살던 곳이라고 함.

416) 회계(會稽) : 중국 절강성 소흥현(紹興縣) 동남쪽에 있는 회계산(會稽山)으로 춘추시대 월왕(越王) 구천(句踐)이 오왕(吳王) 부차(不差)에게 패해서 성하(城下)의 맹(盟)을 맺은 곳이기도 함.

417) 우굴(羽窟) : 우연(羽淵)의 굴. 우연은 못 이름으로 옛날에 요임금이 우산(羽山)에서 곤(鯀)을 죽였는데, 곤이 신으로 변하여 황능(黃能)이 되어서는 우연으로 들어갔다고 함. ‘昔堯殛鯀于羽山, 其神化爲黃能, 以入于羽淵.’(『좌전』 소공(昭公) 7년) 여기서는 신선이 사는 곳을 의미함.

늙어 뜻 이루시면 편안히 머무시구려.

손수 훌륭한 시구 가져와 나에게 보이시니,

속필 휘두르며 하나하나 화운(和韻)하네.

붓 끝에 입이 있음을 아는지 모르는지,

부처가 곧 마음이요, 마음이 곧 부처이네.

一片浮雲女所宅,	入壑無心忽復出.
朝從大華度軒丘,	暮向會稽歸羽窟.
隨風萬里蕩無垠,	不作霧霑還沒滅.
雲師雲性亦雲身,	厭却京華將適越.
我雖未識江南遊,	江南勝致遙能說.
筠抽小壯恣尋遊,	老大秖堪安一室.
手持傑句來示子,	爲拂塵毫賡一一.
毫端有口會也無,	佛卽是心心卽佛.

라고 했는데, 미수(眉叟)가 이 시를 보고 이윤보의 시가 제일이라고 했다.

중-42 有一曹溪長老來問曰, 李陽補闕詩格, 孰與文禪師. 曰, 相上下. 曰, 李補闕詩云, 曉鐘聲出洞門寒, 文禪師, 磬聲淸度日月峰, 李平章, 磬聲淸斷石門寒, 孰優. 曰, 皆得淸寒一髓, 然補闕尙與平章同日而評. 曰, 謂其詩淺易耶 曰, 庸言拙句不足言淺易. 長老曰, 補闕集已行於世, 其有文章優於補闕, 而家集未行者有誰. 曰, 中古已上名賢不可勝數, 今世吳先生兄弟, 安處士陳補闕俞金二李許多輩, 比於補闕, 霄壤懸絶, 時無知己捃拾, 遺稿皆散亡. 長老猶未釋然.

어느 한 조계(曹溪)의 장로(長老)[418]가 나에게 와서 묻기를,

보궐(補闕) 이양(李陽)[419]과 문선사(文禪師)[420] 두 분 가운데 시격(詩格)에 있어서 누가 더 났습니까.

라고 하기에, "서로 우열을 가릴 수 없다."고 대답했다. 또 묻기를,

이 보궐의 시에,

새벽 송리 울려나오니 마을 어귀 싸늘하네.

曉鐘聲出洞門寒.

라고 했고, 문선사의 시에는

맑은 풍경(風磬)소리 달 밝은 산봉우리 넘어가네.

磬聲淸度月明峰

라고 했고, 이평장(李平章)의 시에는,

풍경소리 그윽하게 사라지니 돌문이 싸늘하네.[421]

磬聲淸斷石門寒

라고 했는데, 어느 분의 시가 낫다고 하겠습니까.

---

418) 조계장로(曹溪長老) : 조계종의 스님을 이름. 조계종은 불계종파의 하나. 신라 때부터 내려오던 구산선문(九山禪門)을 고려 때에 합친 종파로 대각국사(大覺國師) 의천(義天)에 의하여 수립된 천태종(天台宗)에 대(對)하여 부르는 말임.

419) 이양(李陽) : 고려 전기의 문신. 벼슬은 기거주(起居注)에 오름. 성종을 도와 고려 정치의 기틀을 세우는 데 기여했음.

420) 문선사(文禪師) : 고려 중기의 스님인 혜문선사(惠文禪師)를 이름.

421) 이 시구는 이규보의 시「일만 도사소작 용 피일휴시운 각부(日晩到寺小酌用皮日休詩韻各賦)」(『동국이상국집』 권7)의 한 행으로 그 전문을 소개하면, '碧瓦鱗差出樹端, 洞門人靜立蒼官. 滿林白雪猿跳破, 半壁紅暉鳥喚殘. 香爐冷堆山室寂, 磬聲淸斷石摠寒. 我狂漸息堪禪縛, 莫作當年獵將看.'『동국이상국집』에는 '門'이 '摠'으로 되어 있음.

라고 했다. 내가 대답하기를,

이들 시구가 모두 청한(淸寒)한 골수(骨髓)를 지니고 있지만 오히려 보
궐(補闕)과 이평장(李平章)의 시는 같은 날에 지은 것이라고 할 수 있겠소.

라고 했다. 또 묻기를,

그들의 시가 천박하여 의미가 깊지 않다는 말씀이십니까.

라고 했다. 대답하기를,

용렬한 말과 보잘 것 없는 시구이니 의미가 천박하다거나 평이하다고
말할 정도도 못되는구려.

라고 했다.

장로가 또 묻기를,

보궐의 문집은 이미 간행되어 세상에 나왔는데, 문장이 보궐보다 뛰어
난 사람 가운데 문집이 간행되지 않은 사람은 누구입니까.

라고 했다. 대답하기를,

중고(中古)이래 현자로 일컬어질 만한 사람의 숫자는 쉽게 헤아릴 수
없다고 하겠소. 지금에 있어서 오 선생(吳先生) 형제,[422] 안 처사(安處
士),[423] 진 보궐(陳補闕),[424] 유(俞)와 김(金)[425] 그리고 두 분의 이씨(李

---

422) 오 선생(吳先生) 형제 : 고려 전기의 문신인 한림학사 오학령(吳學齡)의 손자 세문
(世文)과 세재(世才) 두 형제를 가리킴.
423) 안처사(安處士) : 안치민(安置民)을 이름.

氏)[426] 등 많은 분들은 이 보궐(李補闕)에 비해 보면 월등히 나은 사람들이라고 하겠소. 그러나 당시 사람들이 그들의 학문이 뛰어나다는 것을 알고 미리 그들의 글을 수집해서 보존해야 한다는 사실을 깨닫지 못했기 때문에 그들의 글이 모두 흩어져 없어져 버렸소.

라고 했다.

그 장로는 내 말을 오히려 이해할 수 없다는 듯한 표정이었다.

중-43 李待制淳牧直玉堂, 時與翰林諸君會芸閣, 及酒酣, 諸君請走筆, 得鱗字, 卽書于素屛風云, 鳳池波影碧鱗鱗, 松麓千年第幾春. 玉輦不巡三十載, 隔花烟月屬何人. 一座未曉其義. 及酒醒, 李亦不知所導之意. 後六年遷都花山, 此詩乃驗, 豈神物假手使然耶. 唯三十載之義未識, 當竢後日.

대제(待制) 이순목(李淳牧)이 옥당(玉堂)에서 입직(入直)하였을 때 한림원(翰林院)의 여러 학사들과 운각(芸閣)[427]에 모여서 거나하게 술에 취해 있었다.

여러 학사들이 주필(走筆)을 간청함에 인(鱗)자 운(韻)을 얻어서는 곧 흰 병풍에 쓰기를,

봉지[428]의 물결 푸른 고기비늘 같은데,

---

424) 진보궐(陳補闕) : 진화(陳澕)를 이름.

425) 유(俞)와 김(金) : 유승단(俞升旦)과 김극기(金克己)를 이름.

426) 두 분의 이씨(李氏) : 이담지(李湛之)와 이윤보(李允甫)를 이름.

427) 운각(芸閣) : 고려시대에 대궐 안에서 경서(經書)의 간행, 향축(香祝), 인전(印篆) 등을 맡아보던 관아로 교서감(校書監)이라고 했음.

428) 봉지(鳳池) : 봉황지(鳳凰池)의 약칭으로 궁중에 있는 연못을 이름. 또는 중서성(中

송악(松嶽) 기슭 천년 세월에 몇 번째 봄인지.

임금님의 어가는 서른 해나 이르지 않으니,

꽃 숲 너머 은은한 저 달은 누가 와서 희롱할꼬.

鳳池波影碧麒麟,　　　松麓千年幾春.

玉輦不巡三十載,　　　隔花烟月屬何人.

라고 했다.

그 자리에 있던 사람들이 그 시의 뜻을 깨닫지 못했는데, 술에서 깨어
서는 정작 이순목(李淳牧) 자신도 그 뜻을 알지 못했다. 그 뒤 육 년 만에
화산(花山)[429]으로 도읍을 옮기자 이 시의 영험스러움이 나타났으니 이
것은 신이 사람의 손을 빌려서 지은 시가 아니라고 할 수 있겠는가. 오
직 삼십 년이라고 한 뜻은 확실히 알 수 없으니 후일을 기다려야 될
것이다.[430]

중-44　李郞官湛之, 上文相國詩云, 月下賢桃艶, 風前聖杏新. 唯餘
氷谷李, 憔悴未逢春. 貞肅公小名有松字, 及第金台臣小名是竹. 及公
入相, 台臣獻詩云, 聞道山中十八公, 年來已受大夫封. 此君知己唯君
在, 爲報殷勤薦祖龍. 近有及第柳葆, 上朴舍人暄云, 紫微花下僊毫露,
化出人間萬樹紅. 唯有東門一條柳, 年年虛度好春風. 古今以姓名字,

書省)이나 재상(宰相)을 이르는 명칭이기도 함.

429) 화산(花山) : 고려 때 강화부(江華府)의 남쪽에 있는 남산(南山)을 달리 부른 명칭.
　　거기에는 화산성(花山城)이 있으므로 이 산은 강화도의 명칭을 대신하기도 함.

430) 고려정부가 강화도로 서울을 1232년(고종 19)에 옮겼다가 1270년(원종 11)에 다시
　　개성으로 환도하였으므로 38년간 강화도에 머무른 셈임. 30년이라고 한 것도 거의
　　비슷하게 맞춘 것으로 시를 통하여 미래를 예고하는 것을 시참(詩讖)이라고 하는데
　　바로 이순목의 시가 강화도로 천도하는 것을 미리 점쳤다고 할 수 있으므로 이를
　　시참의 대표적인 예라고 할 수 있음.

喻物爲詩頗多. 是雖已陳之體, 始見之, 如有新構意. 台臣言祖龍, 非
所宜列.

　　낭관(郞官) 이담지(李湛之)가 문상국(文相國)[431]에게 올린 시에 이르
기를,

　　　　달 아래 어진 복숭아꽃은 아름답고,

　　　　바람 앞의 성스러운 살구나무는 새롭네.

　　　　오직 남은 것은 어름 골짜기의 오얏이니,

　　　　파리하여 아직 봄을 맞지 못하네.

　　　　月下賢桃艶,　　　風前聖杏新.

　　　　唯餘氷谷李,　　　憔悴未逢春.

라고 했다.

　　정숙공(貞肅公)[432]의 어릴 때 이름에 '송(松)' 자가 들어 있었고, 급제
(及第)한 김태신(金台臣)의 어릴 때 이름에는 '죽(竹)' 자가 들어있었다.
정숙공이 재상에 오르자 태신이 시를 바쳤는데 그 시에 이르기를,

　　　　산 중에 십팔공(十八公)[433] 있단 말 들었더니,

　　　　연래에 이미 대부벼슬에 봉해졌다네.[434]

---

431) 문상국(文相國) : 고려 중기의 문신인 문극겸(文克謙, 1122~1189)이 재상 벼슬을
　　　지냈기 때문에 붙여진 이름임.
432) 정숙공(貞肅公) : 고려 중기의 문신인 김양경(金仁鏡, ?~1235)의 시호.
433) 십팔공(十八公) : 송(松)자의 파자(破字)로 김양경을 가리킴.
434) 대부벼슬에 봉해졌다네[대부봉(大夫封)] : 대부는 대부송(大夫松)으로 소나무의 이
　　　칭. 『서언고사(書言故事)』의 화목류(花木類) 대부(大夫)에 보면, '소나무를 대부라
　　　하는데 이는 진시황이 태산(泰山)을 오를 때 바람이 갑자기 불어닥쳐 소나무 아래에
　　　잠시 피신하여 위기를 모면했기 때문에 그 소나무를 오대부(五大夫)로 봉했다.(謂松
　　　曰大夫, 秦始皇登泰山, 風雨暴至, 休樹下, 封松于五大夫.)'

차군[435] 알아주는 벗은 오직 그대뿐,

은근한 정 갚기 위해 조룡[436]에게 천거하구료.

聞道山中十八公,   年來已受大夫封.

此君知己唯君在,   爲報殷勤薦祖龍.

라고 했다.

　근래에 급제 유보(柳葆)[437]의 「상 박사인훤(上朴舍人暄)」[438]이란 시가 있는데 그 시에 이르기를,

자미화 아래 신선 이슬로,[439]

세상의 온갖 나무에 붉은 꽃 그려냈네.

오직 동문에 한 가지 버드나무만 있어,

해마다 좋은 봄바람 헛되이 보내도다.

紫薇花下僊毫露,   化出人間萬樹紅.

唯有東門一條柳,   年年虛度好春風.

---

435) 차군(此君) : 대[竹]의 이칭. 왕휘지(王徽之)가 처음 부른 것이라고 함. 여기서는 김태신을 가리킴.

436) 조룡(祖龍) : 진시황제(秦始皇帝)의 이칭. 조(祖)는 시(始)의 뜻이고, 용(龍)은 인군(人君)의 상(相)임.

437) 유보(柳葆) : 고려 중기의 문신.

438) 박훤(朴暄, ?~1249) : 고려 중기의 문신. 벼슬은 형부원외랑(刑部員外郎)에 오름. 신흥창(新興倉)을 세워 흉황(凶荒)에 대비함으로써 굶주린 백성을 구제하는 데 힘썼음.

439) 자미화(紫微花) …… 찍어 : 자미화(紫微花)는 중서성(中書省)의 별칭으로 당나라 한림원(翰林院)에 자미화를 심었기 때문에 나온 이름임. 나라에서 관직을 임명하는 제고(制誥)를 한림원에서 지어 발표하므로 그 붓이 온갖 벼슬을 내는 것을 여기서는 마치 온갖 나무에 붉은 꽃을 그려 내는 것으로 비유하고 있음. 글을 쓸 때에는 자미화의 이슬을 받아서 먹을 간다는 말이 있음. 여기에서는 버드나무(작자의 성이 柳氏) 한 그루가 벼슬에 제수되지 못하고 있음을 암유하고 있는 것을 유추할 수 있음.

라고 했다.

고금(古今)에 있어서 성명자(姓名字)로써 사물을 비유하여 지은 시가 자못 많다. 이러한 것은 비록 이미 전부한 시의 형식이지만, 처음 그런 형식의 시를 보면 구성해 놓은 뜻이 새로운 것 같아 보인다. 태신(台臣)이 조룡(祖龍)이라 한 말은 그 시에서 반드시 열거해야 할 말은 아니다.

중-45　陳補闕初直玉堂時,　孫寒林得之李史館允甫李同文百順前翰林尹于一, 六官才俊皆在席上, 占韻令賦扇. 陳卽抽筆書之曰, 欲風犀楓扇, 自氷火雲天. 暑退蠅難近, 秋回雁莫先. 小荷飜掌上, 團月墮襟前. 雅稱麾軍將, 曾隨畫水仙. 紈新如剪雪, 柄古尙含烟. 安石仁風遠, 羲之醉墨顚. 畫昏餘綵女, 恩薄怨凉蟬. 把翫臨寒簟, 楊州百萬錢. 一座以陳詩不佳, 乃相約各自賦口吟, 相切磨品第. 孫翰林, 携持寧暫歇, 出入每相先. 竪障歌唇外, 橫拋醉膝前. 汗靑輪假月, 沫碧貌眞仙. 一座皆戲曰, 携持一聯常而熟, 汗靑沫碧別而生. 李同文云, 品因飛燕重, 畫自季龍先. 繡幕搖飜浪, 琅庖鼓颺烟. 擺冷醒炎鼠, 揚冷飫潔蟬. 尹云, 月圓今似古, 詩對後連前. 飄拂身無垢, 凄凉意欲仙. 畫宜留頤絶, 書不要張顚. 座曰, 擺冷揚冷之句, 辭意淸新, 尹之三句, 圓熟有力. 李秘書云, 碧月談筵上, 淸風孝枕前. 丹竈催龍火, 靑樓用麝烟. 盤蠅隨影散 野馬觸風顚. 畫好安蘆鴨, 詞宜謝柳蟬. 韓留院云, 蝶舞橫霞外, 魚跳細浪前. 地還淸暑殿, 人卽廣寒仙. 蛾暮遮蘭熖, 風朝護蕙烟. 座曰, 李詩蘆鴨, 豈宜圖於小扇. 三句皆用虫鳥, 唯碧月一聯句法淸勝. 韓蝶魚賦月, 傾扇失實, 淸暑一聯直擧人地, 言事踈遠. 李東觀云, 風生細史地, 月動演綸天. 制作羲軒下, 炎凉象帝先. 信踈松柏後, 功小粃糠前. 輕却携長拂, 凉於戲半仙. 剪蕉疑鳳雨, 揮羽掃狼烟. 破熱肌

如濯, 揚冷手似顚. 籤腰搖帶鳳, 拂首側冠蟬. 願借眞淸力, 驅除俗臭
錢. 座日, 前三聯尤妙, 以此詩爲第一. 尹日, 此詩之意, 先深後淺, 是
爲倒客. 時文順公爲翰林, 最後至走筆云, 我欲洗煩熱, 潛投井裏天.
捉來雙手後, 搖入六官前. 已近高厨下, 堪陳漢仗前. 月圓奔底妾, 風
弱馭無仙. 飛白書縈霧, 空靑畵點烟. 驅蚊雷已靜, 撲蝶雪將顚. 發發
供頭鶴, 輕輕弄鬢蟬. 蓬瀛爭賦詠, 誰最號靑錢. 一座歎服無復間言.
文順公日, 李東觀風生制作信疎三聯, 眞老杜詩也. 吾詩不及遠矣. 史
館日, 君井扇之喻尤妙, 引高厨漢仗, 言禁中扇又妙. 吾詩安能抗.

진보궐(陳補闕)이 처음 옥당(玉堂)440)에서 입직(入直)했을 때 한림(翰
林) 손득지(孫得之), 사관(史館) 이윤보(李允甫), 동문(同文) 이백순(李百
順), 그리고 전에 한림이었던 윤우일(尹于一) 등 육관(六官)441)의 준재들
이 모여 앉은 자리에서 운(韻)자를 내어 부채를 두고 시를 읊었다.

진보궐이 곧 붓을 들어 시를 쓰기를,

> 서풍선으로 바람 일으키고자 하는데,
> 불덩이 같은 구름 하늘에 절로 얼음 어네.
> 더위 가시고 파리 멀리 달아나니,
> 가을 돌아와 기러기 날아올 것만 같네.
> 작은 연꽃은 손바닥 위에서 피어나고,
> 둥근 달[團月]442)은 옷깃 앞에 떨어지네.

---

440) 옥당(玉堂) : 고려시대에 경서(經書)와 사적(史籍)의 관리, 문한(文翰)의 처리 및 왕
　　의 자문에 응하는 일을 맡아보던 홍문관(弘文館)의 다른 명칭.

441) 육관(六官) : 고려 때 상서(尙書)에 소속된 6부(部)를 이름. 이는 이, 호, 예, 병, 형,
　　공(吏, 戶, 禮, 兵, 刑, 工) 등.

442) 단월(團月) : 둥근달의 뜻이나 여기에서는 둥근 부채를 의미함. '新裂齊紈素, 鮮潔
　　如霜雪, 裁爲合歡扇, 團團似明月'이 시는 반첩여(班婕妤, BC42~AD2 한나라 성제

군사를 지휘하던 아름다운 장군[443]은,

일찍이 물을 긋던 신선[劃水仙][444]을 따랐네.

새로운 비단이라 눈을 잘라 놓은 것 같이 희고,

부채 자루 예스러워 아직 연무(烟霧) 머금었네.

안석[445]의 어진 바람[446]은 아득하고,

왕희지(王羲之)가 취해서 쓴 글씨는 미친 장난이었네.[447]

그림 지워지니 채단 속에 남은 여인 신세고,

총애 엷어지니 서늘한 날씨의 매미 꼴이네.

싸늘한 자리에 부채 들고 희롱하노니,

양주의 백만전[448]이 제격일세.

의 후궁으로 유명한 시인이며 반고潘固의 고모할머니)의 「선시(扇詩)」.

443) 휘장군(麾將軍) : 중국 서진(西晉)의 권신인 고영(顧榮, ?~312, 자는 언선彦先)이
깃털로 만든 부채로 진민(陳敏, ?~307, 자는 영통令通)이 일으킨 반란군을 무찌른
고사에서 나온 것임. 『진서(晉書)』 「진민전(陳敏傳)」에, '榮以白羽扇麾之, 敏衆潰散.'

444) 획수선(劃水仙) : 『수신기(搜神記)』에 중국 진(晉)나라의 도사(道士)였던 오맹(吳
猛, ?~374)이 제자들을 거느리고 예장강(豫章江)을 건널 때 부채로 강을 그어 물길
을 냈다는 고사가 있음.

445) 안석(安石) : 중국 진(晉) 나라 문인인 사안(謝安)의 자. 사안은 회계(會稽, 지금의
절강성 소흥紹興)에 우거하면서 시속에 매이지 않고 절조를 지켰음. 벼슬은 태보(太
保)에 올랐고, 시호는 문정(文靖).

446) 어진 바람[仁風] : 부채의 이칭. 양주자사로 있던 사안(謝安)이 동양군(東陽郡)의
고을원으로 부임하는 원굉(袁宏)을 이별할 때 부채를 주니 원굉이 어진 바람을 떨쳐
서 백성들을 위무(慰撫)하겠다고 한 고사에서 나왔음. '安欲卒迫試之, 執其手將別,
顧左右, 取一扇而贈之. 宏應聲答曰, 輒當奉揚仁風, 慰彼黎庶. 合坐歎其要捷.後因
以仁風爲扇子的代稱.'(『사문유취』 속집 28권)

447) 왕희지(王羲之)가 …… 장난이었네 : 중국 동진(東晉)의 서예가로 중국 최고의 서성
(書聖)인 왕희지(307~365)가 355년 벼슬을 그만 두고 회계의 산간에 은거하며 손작
(孫綽)·이충(李充)·지둔(支遁) 등과 청담(淸談)을 나누며 놀았음. 그때 술에 취한 채
한 노파의 부채에 글을 써주면서 이것은 왕우군(王右軍)의 글씨니 후에 백만전을 받
을 수 있을 것이라고 호기를 부린 것을 용사하였음. (『연감유함』 권379 「선(扇)」)

448) 양주(楊州)의 백만전(百萬錢) : 다른 사람이 원하는 것을 한 사람이 다 차지하는 것
을 뜻함. 옛날 여러 손님이 모여 서로 원하는 것을 얘기하는데 한 사람은 양주자사

欲風犀楓扇,　　　自氷火雲天.

暑退蠅難近,　　　秋回雁莫先.

小荷飜掌上,　　　團月墮襟前.

雅稱麾軍將,　　　曾隨畫水仙.

紈新如剪雪,　　　柄古尙含烟.

安石仁風遠,　　　羲之醉墨顚.

晝昏餘綵女,　　　恩薄怨凉蟬.

把翫臨寒簟,　　　楊州百萬錢.

라고 했다. 자리에 모였던 사람들이 진(陳)의 시가 마음에 들지 않는다고 하여 서로 각자가 입으로 읊어 지은 시를 갈고 다듬은 다음 품등(品等)을 매기기로 약속했다.

손 한림이 읊기를,

지니고 다니니 어찌 잠시라도 쉴 수 있나,

들고 날 때는 매양 앞서 인도하네.

세로 세워 노래하는 입술을 가리고,

취한 무릎 앞에 가로 놓이기도 하네.

푸른 대 구어449) 만들어 달처럼 둥그니,

벽송연 먹을 갈아450) 진선을 그려 놓았네.

(楊州刺史)가 되고 싶다고 했고, 또 한 사람은 돈을 많이 갖고 싶다고 했으며, 또 다른 사람은 학을 타고 하늘로 올라가고 싶다고 했는데, 그 중 한사람이, 허리에 돈 백만 관(貫)을 두르고 학을 타고 양주자사로 가고 싶다고 하여 앞 사람들의 소원을 다 누리고 싶어 했다는 고사가 있음.

449) 푸른 대 구어[汗靑] : 한청은 죽간(竹簡)으로 쓸 대를 불에다 구워서 진을 빼는 일인데 여기서는 대로 부채를 만들기 위하여 대를 불에 굽는 것을 이름.

450) 벽송연 먹을 갈아[沫碧] : 벽송연(碧松煙)은 먹을 만들기 위하여 소나무를 태울 때 나는 그을음. 또는 그 먹을 이르는 말임.

携持寧暫歇,　　　出入每相先.

竪障歌唇外,　　　横抛醉膝前.

汗青輪假月,　　　沫碧貌眞仙.

라고 했다. 자리에 앉은 사람들이 모두 희롱하여 말하기를,

　　휴지(携持)의 한 연(聯)은 범상(凡常)스런 내용으로 미숙한 표현은 아
니지만 한청(汗青)과 말벽(沫碧)의 두 말은 동떨어진 표현이라서 생경
(生硬)하다.

라고 했다.

　이 동문(李同文)이 읊기를,

　　품위(品位)는 비연451) 때문에 중해졌고,

　　그림은 계룡452)으로부터 비롯됐네.

　　비단 장막에서 흔드니 물결 출렁이고,

　　낭포453)에서 부치니 연기 휘날리네.

　　서늘한 기운 흩어지자 염서454) 깨어나고,

---

451) 비연(飛燕) : 중국 한(漢)나라 성제(成帝)의 부인이었던 효성황후(孝成皇后)의 별
　　명. 본명은 조의주(趙宜主)였으나 '날으는 제비,' '물찬 제비'라는 뜻의 별명인 조비
　　연(趙飛燕)으로 불렸음. 가냘픈 몸매와 뛰어난 가무(歌舞)로 당대 최고의 찬사를 받
　　으며 황제가 살아있는 10년간은 호화로운 생활을 영위하다가, 황제가 죽자 탄핵되
　　어 평민으로 전락하였고 이후 걸식으로 연명하다가 자살하였다고 함. 조비연은 날
　　씬한 미인의 대명사로 상징되고 양귀비는 풍만한 미인의 전형으로 여겨짐.

452) 계룡(季龍) : 중국 후조(後趙)의 무제(武帝, 재위기간 334~349)인 석호(石虎)의 자
　　(字). 그는 폐제(廢帝) 석홍(石弘)을 폐위시키고 집권하였으나 방탕한 생활에 빠져
　　참위(僭位) 15년 만에 죽었음. 그는 평생 부채를 애용하여 훌륭한 부채를 여러 자루
　　지니고 있었다고 함.

453) 낭포(琅庖) : 정결하고 호화롭게 차린 부엌을 이름.

454) 염서(炎鼠) : 화중유서(火中有鼠) 즉 화서(火鼠)를 이름. 더위를 모르는 쥐로 그 털

찬 기운 떨치니 결선[455]이 배불러 하네.

品因飛燕重,　　畫自季龍先.

繡幕搖飜浪,　　琅庖鼓颺烟.

擺冷醒炎鼠,　　揚冷飫潔蟬.

라고 했다.

윤우일(尹于一)이 읊기를,

달이 둥근 것은 예제나 변함없고,

시의 대구에는 뒤의 것이 앞의 구 잇네.

표연히 떨치니 몸에는 먼지 사라지고,

처연하고 서늘하니 마음은 신선되려 하네.

그림은 마땅히 고개지(顧愷之)[456]의 절품 남겨야 하나,

글씨는 장전(張顚)[457]의 풍류가 필요하겠는가.

月團今似古,　　詩對後連前.

飄佛身無垢,　　凄凉意欲仙.

畫宜留顧絶,　　書不要張顚.

을 가지고 화완포(火浣布)를 짠다고 함.

455) 결선(潔蟬) : 한선(寒蟬)을 이름. 매미는 이슬을 먹고 사는 깨끗한 곤충이라서 붙여진 이름으로 백로(白鷺)를 지나 서늘한 가을바람이 불 때 운다고 함.

456) 고개지(顧愷之) : 중국 진(陳)나라의 화가. 자는 장원(長源). 박학다식하고 재기가 넘쳤으며 특히 단청(丹靑)에 뛰어났음. 세상에서는 그를 재절(才絶), 화절(畫絶), 치절(癡絶) 등 삼절(三絶)이라 불렀음. 저서에는 『계몽기(啓蒙記)』와 『문집(文集)』이 있음.

457) 장전(張顚, 675~750?) : 중국 당나라의 화가로 오(吳) 땅 사람. 이름은 욱(旭). 자는 백고(伯高). 초서(草書)에 신기를 통했다고 하며 기행(奇行)을 부려 머리에 먹물을 묻혀 글을 쓰기도 했기 때문에 사람들이 머리의 뜻을 지닌 전(顚)자를 붙여 장전이라고 불렀음. 문종 때 이백의 가시(歌詩), 배민(裴旻)의 검무(劍舞), 장욱의 초서를 삼절이라고 했음. 시주(詩酒)를 즐겨 음중팔선(飮中八仙) 중의 한 사람이라고도 함.

라고 했다. 좌중(座中)에서 이르기를,

> ‘파냉(擺冷)’과 ‘양냉(揚冷)’의 구절은 말뜻이 맑고 새로우며, 윤우일의
> 세 구절은 원숙하고 힘이 있다.

라고 했다.

이 비서(李秘書)가 읊기를,

> 푸른 달은 속삭이듯 자리 위를 비추고,
> 맑은 바람은 효침458) 앞에 불어오네.
> 단약 끓이는 부뚜막459)엔 용화460)를 재촉하고,
> 푸른 누대461)에는 사향(麝香)462)의 향기를 쓰네.
> 상 위의 파리는 부채 그림자에 흩어지고, 463)

---

458) 효침(孝枕) : 중국 후한시대 안륙(安陸) 사람인 황향(18~106, 자는 문강文强)의 효
　　성을 뜻하는 황향선침(黃香扇枕)을 말함. 그가 9살에 어머니를 여윈 뒤 아버지에게
　　지극한 효성을 바치어 여름에는 잠자리에서 부채를 부쳐드리고[황향선침(黃香扇
　　枕)], 겨울에는 자신의 체온으로 잠자리를 따뜻하게 했다는[황향온석(黃香溫席)]고
　　사가 있음.(『후한서·문원전(文苑傳)』상上「황향전(黃香傳)」) 노래반의(老萊斑衣)와
　　비슷한 뜻의 말.

459) 단조(丹竈) : 방술(方術)하는 선사(仙士)가 단약을 다리는 부엌을 이름. 중국 남조
　　(南朝)시대의 문인인 강엄(江淹, 444~505, 자는 문통文通)의 「별부(別賦)」에, ‘守丹
　　竈而不顧, 鍊金鼎而方堅.’라고 했음.

460) 용화(龍火) : 용과 불로서 왕자(王子)의 복식을 의미하나, 여기서는 하늘의 음화(陰
　　火)를 뜻함.

461) 청루(青樓) : 중국 남조 제(南朝齊)의 무제(武帝)가 흥광루(興光樓)를 세우고는 그
　　위에다 다시 푸른 칠을 한 것에서 나온 말로 뒤에 임금이 두루 거처하는 곳을 이르
　　는 말로 쓰였음.(『남사(南史)』「제기(齊紀)」하下)

462) 사향(麝香) : 사향노루의 배에 계란 크기의 덩이 모양을 이루는 피선(皮線). 강한
　　향기를 뿜으며 향료나 약재로 쓰임.

463) 상 위의 파리는……흩어지고 : 이 말은 싫어하는 사람에게 부채로 파리를 쫓아 보낸
　　다는 뜻임. 중국 당나라 문신으로 강직하기로 이름났던 무유형(武儒衡)이 환관에게
　　아부하는 원진(元稹)이 미워서 상 위에 깎아 놓은 참외에 앉은 파리에게 부채를 휘두

아른거리는 아지랑이⁴⁶⁴⁾ 바람에 부쳐 사라지네.

그림에는 갈대와 오리 그리는 것 좋지만,

시에서는 마땅히 버들매미 사양해야 하네.

碧月談筵上,	淸風孝枕前.
丹竈催龍火,	靑樓龍麝烟.
盤蠅隨影散,	野馬觸風顚.
畵好安蘆鴨,	詞宜謝柳蟬.

라고 했다.

한 유원(韓留院)이 읊기를,

나비는 비낀 노을 너머에서 춤추고,

물고기 잔잔한 물결 앞에서 뛰노네.

땅은 다시 청서전(淸暑殿)⁴⁶⁵⁾인데,

사람은 곧 달 속의 신선일세.

나방이 날아드는 저녁엔 등잔불⁴⁶⁶⁾ 가리고,

바람 부는 아침엔 혜초(蕙草)⁴⁶⁷⁾의 향기 지키네.

르며 "어디에서 와 여기에 이리도 빨리 붙었느냐"는 야유를 한 것에서 나온 말임. '唐
書日, 武儒衡, 議論勁正有風節. 時元稹倚宦官知制誥, 儒衡鄙厭之. 會食瓜, 蠅集其
上, 儒衡揮以扇日, 適從何處來, 遽集于此, 一坐皆失色.'(『연간유함』 권379 「선(扇)」
휘선揮蠅)

464) 야마(野馬) : 공중에 떠도는 기운. 곧 아지랑이를 말함. 『장자』 「소요유」편에, '野馬
也, 塵埃也, 生物之以息相吹也.'

465) 청서전(淸暑殿) : 중국 진(晉)나라 궁전의 이름. 『태평어람(太平御覽)』 「거처부(居
處部)」에, '晉宮閣名日 : 淸暑殿.'

466) 등잔불[난염(蘭焰)] : 등잔의 심지를 태울 때 나는 불꽃으로 등잔불을 의미함. 난염
(蘭燄), 난신(蘭燼)이라고도 함.

467) 혜초(蕙草) : 향초(香草)의 하나. 일명 훈초(薰草)로 한 줄기에서 여러 송이의 꽃이
피며 향기는 난초와 비슷함.

蝶舞橫霞外,　　　魚跳細浪前.

地還淸暑殿,　　　人卽廣寒仙.

蛾暮遮蘭焰,　　　風朝護蕙烟.

라고 했다.

좌중(座中)에서 말하기를,

이(李)의 시에서처럼 '갈대[蘆]'와 '오리[鴨]'를 어찌 작은 부채에 그려야 한단 말인가. 이 시의 세 연구(聯句)에서 모두 벌레[虫]와 새[鳥]를 소재로 삼았는데 '벽월(碧月)'의 연구(聯句)만이 구법(句法)이 맑고 뛰어나다. 한 유원(韓留院)의 시에서 나비[蝶]와 물고기[魚]는 달[月]을 두고 읊었으나 부채가 없으니 실질에서 벗어난 것이고, 청서(淸暑)의 한 연구(聯句)는 바로 사람과 땅을 들어서 사실을 말하고 있지만 말과 사실이 서로 친근하지 못하다.

라고 했다.

이동관(李東觀)468)이 읊기를,

바람은 주사(紬史)469)의 땅에서 일어나고,

달은 윤원(綸院)의 하늘에서 움직이네.

부채 만들기는 복희(伏羲),470) 헌원(軒轅)471)씨 이후이고,

---

468) 이동관(李東觀) : 고려 중기 문신인 이윤보(李允甫)를 이름. 동관이 한나라 궁중의 서고를 가리키는 직책이란 점을 감안하면 이윤보가 이와 관련된 직책을 맡았던 것으로 추측됨.

469) 주사(紬史) : 옛날에 사료(史料)를 모아서 관리하던 곳으로 곧 사관(史館)을 이르기도 함. '遷爲太史令, 紬史記石室金鐀之書.'(『한서』 「사마천전(司馬遷傳)」)

470) 복희(伏羲) : 중국 고대 전설상의 임금. 처음으로 백성들에게 고기잡이, 사냥, 목축 등을 가르쳤고, 8괘(八卦)와 문자를 만들었다고 전함.

471) 헌원(軒轅) : 중국 삼황오제 가운데 한 사람인 황제(黃帝)의 이름. 전설상의 임금으

염량(炎凉)은 상제(象帝)[472]에 앞서네.

신의는 송백의 뒤에서 시들해지고,[473]

공은 비강의 앞에서 작아지네.[474]

가벼이 물리쳤다가 길게 잡아 흔드니,

서늘하기는 반선희(半仙戱)[475]보다 더하네.

잘려진 파초는 봉우(鳳雨)인가 의심스럽고,

우선(羽扇)[476] 휘둘러 낭연[477]을 쓸어내네.

열기를 깨뜨리니 살결은 씻은 듯하고,

서늘한 기운 떨치니 손은 엎쳐 놓은 것 같네.

허리를 부치니 봉황의 띠 흔들리고,

머리를 부치니 선관(蟬冠)[478]이 기울어지네.

원하기는, 참되고 맑은 힘 빌려다가,

로 하남성 신정현(新鄭縣) 헌원이란 곳에 살았기 때문에 나온 이름임.

472) 상제(象帝) : 중국의 전설상의 임금으로 상제(上帝)보다 먼저 태어났다고 함.

473) 신의는……시들해지고 : 이는 제왕(齊王)이 송백사이에 머물고 있다 굶어 죽은 고
사를 이름. 진(秦)나라 사신이 제왕에게 와서 진에게 항복하면 후대한다는 말을 믿
고 항복하여 나라를 맡겼으나 결국 버림받아 송백사이에 살다 굶어 죽었다는 고사
가 있음.

474) 공은……작아지네 : 이 말은 『장자』 「소요유」편의 글에 근거하고 있음. '신인은 먼
지나 때 그리고 곡식의 쭉정이와 겨로도 요임금이나 순임금 같은 성인을 만들 수
있는데 무엇 때문에 천하에 공을 세우는 일에 애를 쓰겠는가.(是其塵垢秕糠, 將猶陶
鑄堯舜者也, 孰肯以物爲事.)'

475) 반선희(半仙戱) : 중국 당나라 현종이 한식(寒食)날에 궁녀들에게 행하게 한 그네
놀이. 현종이 이를 반선희라고 하였음.

476) 우선(羽扇) : 백우선(白羽扇)을 가리킴. 중국 삼국시대 때 제갈량이 전쟁터에서 백
우선을 들고 삼군을 지휘했다고 함.

477) 낭연(狼烟) : 이리의 똥을 불 피워서 올리는 봉화(烽火) 연기. 옛날의 봉화 신호는
이리의 똥을 태워 그 연기를 이용하였는데, 이 연기는 바람이 불어도 흔들지 않는다
고 함.

478) 선관(蟬冠) : 담비 꼬리와 매미 날개로 만든 초선관(貂蟬冠)으로 귀한 사람이 쓰는
갓을 가리킴.

세속의 냄새나는 돈 몰아냈으면.

風生紬史地,　　月動演綸天.

製作羲軒下,　　炎涼象帝先.

信踈松柏後,　　功小粃糠前.

輕却携長拂,　　凉於戱半仙.

剪蕉疑鳳雨　　揮羽掃狼烟

破熱肌如濯,　　揚冷手似顚.

籫腰搖帶鳳,　　拂首側冠蟬.

願借眞淸力,　　驅除俗臭錢.

라고 했다.

　자리에 앉았던 사람들이 말하길,

　　　앞의 세 연구(聯句)가 더욱 오묘하다.

라고 하고는, 이 시를 제일로 삼았다.

　윤우일(尹于一)이 말하기를,

　　　이 시에 나타낸 뜻이 앞에서는 심원(深遠)하나 뒤에서는 그렇지 못하
　　니 이런 시를 도격(倒格)이라 할 수 있다.

라고 했다.

　이때 문순공(文順公)은 한림학사(翰林學士)에 올라 있었는데, 맨 마지
막으로 붓을 달려 쓰기를,

　　　내가 번거로운 더위 씻고자 하여,
　　　몰래 우물 속 하늘에 던졌네.

잡아서 두 손 뒤에 가져오고,

흔들며 육관(六官)앞으로 들어오네.

이미 고주(高厨) 아래에 가까워지니,

한(漢)의 의장(儀仗) 앞에 펼칠 만하네.

달이 차니 항아(姮娥)는 달아났고,

바람 약하니 몰고 갈 신선 없네.

비백(飛白)[479]의 글 위에 안개 얽혔고,

푸른 그림 속엔 내[烟]가 떠도네.

모기 몰아내니 우레소리 이미 그쳤고,

나비 사그라지니 눈 내릴 것 같네.

빨리빨리 부쳐서 흰 머리 노인에게 바람 보내고,

하늘하늘 부쳐서 선빈(蟬鬢)[480]을 희롱하네.

봉래와 영주[481]에서 시 읊기를 다투니,

누구의 글이 제일이라서 청전학사(靑錢學士)[482]라 하겠는고.

我欲洗煩熱,	潛投井裏天.
捉來雙手後,	搖入六官前.
已近高厨下,	堪陳漢仗前.
月圓奔底姮,	風弱馭無仙
飛白書縈霧,	空靑畫點烟.

---

479) 비백(飛白) : 한자 서체(書體)의 하나. 중국 후한(後漢)의 채옹(蔡邕)이 흰벽을 귀얄
로 칠하는 것을 보고 만든 서체로 필세가 유동적이고 흰 귀얄 자국이 나타나며 붓의
끝마무리가 깃발처럼 펄럭임.

480) 선빈(蟬鬢) : 매미 날개와 같이 투명하게 결발(結髮)한 머리. 이는 중국 위(魏)나라
문제(文帝)의 후궁들이 처음 시작한 헤어스타일로 아름답게 치장한 머리를 이름.

481) 봉래(蓬萊)와 영주(瀛洲) : 봉래(蓬萊)는 동궁(東宮)을, 영주(瀛洲)는 옥당(玉堂)을
이름. 이는 곧 문신들이 근무하는 대궐을 가리킴.

482) 청전학사(靑錢學士) : 중국 당나라 문인인 장작(張鷟)을 가리킴. 그의 글씨가 청동
전(靑銅錢) 같다고 하여 세인들이 청전학사(靑錢學士)라 했음.

驅蚊雷已靜,　　　撲蝶雪將顚.
發發供頭鶴,　　　輕輕弄鬢蟬.
蓬瀛爭賦詠,　　　誰最號靑錢.

라고 했다.

자리에 앉았던 사람들이 탄복하여 다시 이어서 짓지를 못했다.

문순공이 말하기를,

이동관(李東觀)의 '풍생(風生)', '제작(製作)' 그리고 '신소(信踈)' 세 연구(聯句)는 정말 노두(老杜)[483]의 시라고 해도 좋을 정도이니 나의 시는 그 시의 심원(深遠)한 경지에 미치지 못한다.

라고 했다.

사관(史館)이 말하기를,

그대가 나타낸 우물[井]과 부채[扇]의 비유는 더욱 오묘하고, 고주(高廚)와 한장(漢仗)을 인용해서 대궐 속의 부채를 말한 것은 또한 절묘하다고 할 수 있소. 그러니 나의 시가 어찌 그대의 시와 비교할 수 있겠소.

라고 했다.

중-46　李學士眉叟曰, 吾杜門讀黃蘇兩集, 然後語遒然, 韻鏘然, 得作詩三昧. 文順公曰, 吾不襲古人語, 創出新意. 時人聞此言, 以爲兩公所入不同, 非也. 其壺奧雖異, 所入皆一門. 何也, 學者讀經史百家,

---

483) 노두(老杜) : 중국 만당시인(晚唐詩人) 두목지(杜牧之, 803~853)를 소두(少杜)라 한 것에 대하여 성당시인(盛唐詩人) 두보(杜甫, 712~770)를 노두(老杜)라고 했음.

非得意傳道而止, 將以習其語效其體, 重於心熟於工, 及賦詠之際, 心與口相應, 發言成章. 故動無生澁之辭, 其不襲古人, 而出自新警者, 唯構意設文耳, 兩公所云不同者, 殆此而已. 詩文以氣爲主, 氣發於性, 意憑於氣, 言出於情, 情卽意也. 而新奇之意, 立語尤難, 輒爲生澁. 雖文順公遍閱經史百家, 薰芳染彩, 故其辭自然富贍, 雖新意至微難狀處, 曲盡其語. 而皆精熟. 嘗賦明皇念奴云, 帝意方專眷玉環, 尙知嬌艶念奴顔. 若均寵幸分人謗, 老羯何名敢作難. 雖使古人幸出此新意, 其立語殆不能至此工也. 夫才勝其情, 則雖無佳意, 語猶圓熟, 情勝其才, 則辭語鄙靡, 而不知有佳意, 情與才兼得, 而後其詩有可觀. 文安公曰, 吳世才先生才識絕倫, 嘗得類篇覽之曰, 爲學莫此爲急, 乃手寫畢頌. 凡作者, 當先審字本, 凡與經史百家所用, 參會商酌, 應筆卽使辭輒精强, 能發難得巧語. 辭若不精强, 雖有逸情豪氣, 無所發揚, 而終爲拙澁之詩文也. 李史館允甫, 學識精博, 詩文皆有根蔕. 嘗笑後學使字屬辭曰, 洗盡場屋習氣, 然後文章可敎也. 今之後輩下於彼時遠矣. 例不事讀書, 務速進取, 習科擧易曉文, 幸得第, 猶未能勉益學業, 唯以抽靑媲白, 立一對二, 琢生斷冷, 以爲工耳. 故見前人詩文雅正簡古, 則以爲朴質難效, 雄深奇險, 則以爲詰屈難知, 宏瞻和裕, 則以爲疎潤未工, 都不容思. 見今人詩文, 有集今古已陣之語之意, 更爲結構其辭, 至於生弱鄙俚, 則皆以爲淸婉, 或以爲警苦. 殊不知見詩文有偓蹙, 不入我情者, 謂是爲已所未到處, 及反覆詳閱, 至得其味而後已也. 噫時文大變至於俚, 俚一變至於俳, 不知其卒何若也. 近世尙東坡, 盖愛其氣韻豪邁, 意深言富, 用事恢博, 庶幾效得其體也. 今之後進讀東坡集, 非欲倣效以得其風骨, 但欲證據以爲用事之具, 剽竊不足導也. 況敢學杜甫得其波耶. 文安公常言, 凡爲國朝制作引用古事, 於文則六經三史, 詩則文選李杜韓柳, 此外諸家文集, 不宜據引爲用. 又曰, 至

妙之辭久而得味, 鄙之作一見卽悅, 學者看書, 當熱讀之, 深思之, 期
至於得意. 文順公曰, 囊余初見歐陽公集, 愛其富, 再見得佳處, 至于
三, 拱手歎服. 又見梅聖兪集, 心竊輕之, 未識古今所以號詩翁者, 及
今見, 外若繁弱, 中含骨鯁, 眞詩中之精雋也, 知梅詩然後, 可謂知詩
者也. 又曰, 古人評詩之意, 老而漸詳味, 無不得於我心者, 唯謝公池
塘生春草, 未識佳處, 公之所云猶若是, 識者爲誰歟. 今有臆論者曰,
此句出語天然發生, 愛春意初茸新綠之想, 依然五字之間也. 或曰, 春
光漲暖, 物像菁華, 和裕之辭自然流出, 是所取者也. 此意豈公不識處
耶, 必有賽不是爲意與氣, 存乎其間, 不然言發者過矣. 李眉叟少年時
所作送春詩, 孤石碧蘿亭詩記, 無不膾炙人口, 以此名爲獨步. 及爲翰
林以後, 見從前所作甚鄙之, 人有言者, 輒漸惡皆焚之, 是不編於家集
中. 文順公常謂人曰, 吾平生所作, 隨世而進, 去年所作, 今年視之可
笑, 年年類此. 凡公少年時走筆立書, 略不構思, 其語或有近於時體者,
則人皆傳寫以頌之. 至於老, 貴閑吟, 徐詠覃思, 造語發作, 學者罕能
悅其味. 然則知詩之難, 難復難矣. 予自少年入侍春坊, 文至於今日,
無一歲無官責, 是不暇事讀書. 徒以膚淺之學, 冒昧承乏, 官至學士,
秉筆汗顔, 何足知文章之勝劣, 妄爲筆舌哉. 但以及見老成人, 得聞餘
論, 故粗記以所聞, 傳示後進云.

학사 이미수(李眉叟)가 말하기를,

내가 방문을 걸어 잠그고 황정견(黃庭堅)[484]과 소식(蘇軾) 두 사람의

---

484) 황정견(黃庭堅, 1045~1105) : 중국 북송(北宋) 시인. 자는 노직(魯直). 호는 산곡
(山谷) 또는 부옹(涪翁). 그는 소동파의 시풍을 계승한 소문사학사(蘇門四學士)의
하나로 강서시파(江西詩派)의 주류가 되어 송나라 시문학의 전통을 이었음. 저서로
는 『산곡내외전(山谷內外傳)』, 『별집(別集)』 등이 있음.

문집(文集)을 다 읽고 난 뒤에야 시어(詩語)가 힘차고 운율(韻律)이 아름
다워져 시를 이루면 삼매(三昧)에 들 수 있었다.

라고 했다.

문순공(文順公)이 말하기를,

나는 옛 사람의 말을 그대로 본받지 않고 나름대로 새로운 뜻을 지어
낸다.

라고 하니, 당시의 사람들이 이 두 사람의 말을 듣고는 이들의 문학에
들어선 길이 같지 않다고 하였으나 이는 옳지 않다. 그들의 글이 나타
내고 있는 내용이 깊고 오묘함에 있어서는 비록 다르다고 하겠지만 문
학에 들어선 길은 매 한가지이다. 어째서 그런가 하면, 학자가 경사(經
史)485)와 백가(百家)486)를 읽는 것은 그것에서 뜻을 얻고 도(道)를 전수
받는 것만으로 그치는 것이 아니다. 책 속의 말을 익히고 그 문체를 본
받음으로써 마음속에 배운 것을 깊이 간직하고 글을 짓는 일을 익힘으
로써 글을 짓거나 시를 읊게 될 때에 마음과 입이 서로 들어맞아 말을
하면 바로 문장이 되는 것이다. 그러므로 사물에 느끼어 글을 지을 때
생경(生硬)하고 난삽(難澁)한 말이 없으며, 옛 사람의 말이나 생각을 그
대로 답습하지 아니하여 저절로 새롭고 놀라운 글을 창출하게 되니 이
는 오직 뜻을 구성하여 문장을 베풀 뿐이다. 양공(兩公)이 이른바 같지
않다는 것은 대개 이러한 것을 말할 따름이다.

시문(詩文)은 기(氣)를 주로 삼는데, 기는 성정(性情)에서 나오고, 뜻

---

485) 경사(經史) : 경서(經書)와 역사서(歷史書)를 이름.

486) 백가(百家) : 제자백가서(諸子百家書)를 이름. 중국 춘추전국시대 여러 학파의 학
자가 펴낸 책으로 공자(孔子), 관자(管子), 노자(老子), 맹자(孟子), 묵자(墨子) 등을
이름. 이들은 모두 189종이나 되는데, 백가라 함은 거성수(擧成數)를 일컬음.

은 기(氣)에 의지하며 말은 정(情)에서 나오는 것이니, 정(情)은 곧 뜻이라고 할 수 있다. 그러나 새롭고 기이한 뜻을 말로 표현하기가 쉽지 않으므로 급하게 서둘면 시가 생경하고 난삽해지기 쉽다. 문순공이 두루 경사백가(經史百家)를 열람하여 그 글의 훌륭한 내용이나 문체에 크게 익숙하였기 때문에 그 말이 자연적으로 풍부하고 아름다워진 것이다. 비록 새로운 뜻이 지극히 미묘하고 나타내기가 어려운 것이라고 할지라도 그 말을 꾸밈없이 온전히 표현하여 모든 글을 정밀하고 완숙하게 이루었다.

명황염노(明皇念奴)[487]를 지어 이르기를,

> 제왕이 오로지 옥환(玉環)[488]만을 사랑하였어도,
> 오히려 아리땁고 어여쁜 염노의 얼굴 알아주었네.
> 총애를 고르게 하여 사람들의 비방을 나누었다면,
> 노갈[489]이 무슨 명목으로 난리 일으켰으리오.[490]

> 帝意方專眷玉環,　　　尙知嬌艷念奴顔.
> 若均寵幸分人謗,　　　老羯何名敢作難.

라고 하였는데, 비록 옛 사람으로 하여금 행여나 이렇게 새로운 뜻을 내어 말을 구성하게 하였더라도 이처럼 공교롭게는 이루지 못했을 것

---

487) 명황염노(明皇念奴) : 명황은 중국 당나라 현종(玄宗)으로 그의 시호가 지도대성대명효황제(至道大聖大明孝皇帝)라고 한 것에서 나온 말임. 염노는 현종 때 명창으로 미모를 자랑했는데 현종이 그의 노래를 즐겨 들었다고 함.
488) 옥환(玉環) : 양귀비의 어릴 때 이름. 소동파의 「손신노 구묵묘정시(孫莘老求墨妙亭詩)」에, '短長肥瘦各有態, 玉環飛燕誰敢憎.'
489) 노갈(老羯) : 중국 당나라 때 반란을 일으킨 안록산(安祿山)의 이칭.
490) 이 시는 이규보의 역사시 「개원 천보 영사시(開元天寶詠史詩)」(『동국이상국집』 제4권) 42수 중 제32수.

이다.

대체로 재주가 그 사람의 감정(感情)보다 낫다면 시 속에 비록 좋은 뜻은 없으나 말이 오히려 원숙하며, 감정이 재주보다 낫다면 사어(詞語)가 천박하여 시 속에 좋은 뜻이 깃들어 있다는 것을 알 수 없게 된다. 그러므로 감정과 재주를 함께 얻은 뒤에야 그 시는 볼 만하게 된다.

문안공(文安公)이 말하기를,

> 오세재(吳世才) 선생은 재주와 식견이 무리에서 뛰어났다. 일찍이 유편(類編)491)을 얻어보고는 이르기를, '학문을 이루기 위해서는 이러한 글을 익히는 것보다 더 급한 것이 없다.'라고 하며 손수 베껴서는 다 외워버렸다.

라고 했다.

무릇 글을 짓는 사람은 마땅히 맨 먼저 글자의 본뜻을 살펴서, 경사(經史)와 백가(百家)에서 사용된 것과 함께 참고하여 충분히 생각한 뒤에 붓을 들어 쓰면 곧 사용한 말이 갑자기 정밀해지고 굳세어져서 얻기 어려운 교묘한 말까지도 나타낼 수 있게 된다. 만약 말이 정밀하고 굳세지 못하면 비록 뛰어난 감정과 호방한 기상이 있더라도 그러한 사실을 나타내 떨칠 길이 없으니 결국 졸렬하고 난해한 시문(詩文)이 되고 만다.

사관(史館) 이윤보(李允甫)는 학식이 빼어나고 모든 것에 두루 통해서 시문(詩文)이 모두 뚜렷한 근거를 두고 있었다. 일찍이 후진들이 글자를 두는 것과 글을 짓는 것을 보고 웃으며 이르기를,

---

491) 유편(類編) : 자서(字書)의 이름. 중국 송나라 학자인 사마광(司馬光, 1016~1086) 이 편찬했다고 하나 실제는 왕수(王洙), 호숙(胡宿) 등이 편찬한 책으로 모두 15권 임. 운서(韻書)인 『집운(集韻)』과 함께 편찬한 것임.

　　장옥(場屋)[492]의 문장에 익숙해진 습성을 말끔히 씻어낸 뒤에야 문장
을 가르칠 수 있다.

라고 했다. 요즘의 후배들은 그때에 비하면 더욱 뒤떨어져 있다. 으레
독서를 일삼지 않으면서 빨리 과거에 급제하려고 바둥댄다. 과거의 글
을 익혀 쉽게 글을 깨치고자 하고, 다행히 과거에 오르면 오히려 학업
에 힘쓰지 않게 된다. 오직 청(靑)을 뽑아서 백(白)을 도우며, 하나를 세
워 둘에 대우(對偶)하고, 생경(生硬)한 것을 다듬고 온화하지 못한 것을
잘라낸 것만으로 잘한 것이라고 여길 따름이다. 그러므로 앞 사람의
시문(詩文)이 아정(雅正)하고 간고(簡古)한 것을 보면 질박하여 본받기
어렵다고 하며, 웅심(雄深)하고 기험(奇險)한 시를 보면 곧 그 뜻이 밖
으로 드러나지 않기 때문에 이해하기 어렵다고 하고, 굉섬(宏贍)하고
화유(和柔)한 것을 보면 곧 소활(疎闊)하여 공교롭지 못하다고 하여서
는 이러한 글들을 깊이 생각하여 터득하려고 하지 않는다.

　　지금 사람의 시문을 보면 고금에 이미 진부(陳腐)해진 말을 모아서
다시 구성한 것으로 그 말이 생경하고 나약하며 천박한 것인 데도 오히
려 모두 맑고 아름답다고 하며 혹은 경계(警戒) 삼을 만하고 청고(淸古)
하다고 한다. 특히 시문 속에 언건(偃蹇)한 것이 있어 마음에 들지 않는
것을 보면, 이는 자기가 이미 도달할 수 없는 곳이라 하여 뒤집어 자세
히 살펴 그것의 묘미를 얻은 뒤에야 읽기를 그만두어야 한다는 사실을
알지 못한다.

　　아, 시문이 크게 변하여 비천한 것에 이르렀고, 이 비천한 문장이 한
번 변하여 광대배의 글에 이르게 됐으니, 나중에는 어떻게 될지 모르

---

492) 장옥(場屋) : 과거 시험장을 이름. 공원(貢院)이라고도 함. 『통감(通鑑)』, 당무종기
　　주(唐武宗紀注)에, ‘唐人謂貢院爲場屋’

겠다. 근세에는 동파(東坡)의 글을 숭상하니 이는 대개 그의 글에 나타난 기(氣)와 운(韻)이 뛰어나고, 뜻이 깊고 말이 풍부하며, 용사(用事)한 것이 회박(恢博)하므로 그 체를 본받기 위해서다. 그러나 지금의 후진들이 『동파집(東坡集)』을 읽는 것은 동파의 시문에 깃들어 있는 풍골(風骨)[493]을 터득하고자 하는 것이 아니라 다만 그러한 것을 증거로 하여 용사(用事)의 도구로 생각할 뿐 표절조차도 만족하게 이루지 못하니 하물며 감히 두보(杜甫)의 시를 익혀서 그 파란(波瀾)[494]을 배울 수 있겠는가.

문안공(文安公)이 늘 말하기를,

무릇 고려 사람이 글을 지을 때 고사를 인용할 경우에, 문장에 있어서는 육경(六經)[495]과 삼사(三史)[496]이고, 시에 있어서는 『문선(文選)』,[497]

---

493) 풍골(風骨) : 시의 내용과 형식의 전반을 의미하는 말임. '풍(風)'은 육의(六義)중 첫째이며, 교화(敎化)의 근원, 내면세계(內面世界)의 표상(表象)이고, '골(骨)'은 수사(修辭)에 대한 심사(深思)임. 『문심조룡(文心雕龍)』에서는 옮기기 어려운 조사(措辭), 씩씩하고 막힘이 없는 결구(結句)의 운율이 풍골의 의미이며, 풍골이 결핍된 문장은 문학이라는 동산에 꿩이 날아가 버린 것과 흡사하다고 하였음.

494) 파란(波瀾) : 문장기교의 하나. 글에 특별히 기복(起伏)과 변화가 심하여 한 구절의 글에 여러 모양의 변화를 구사하기도 하는데 그것이 서로 상호작용을 하여 문장이 빛을 발하게 됨.

495) 육경(六經) : 여섯 가지의 경서. 이는 『역경(易經)』, 『시경(詩經)』, 『서경(書經)』, 『예기(禮記)』, 『춘추(春秋)』, 『악경(樂局)』 등인데 이 중 『악경』은 진시황의 분서갱유(焚書坑儒)로 없어졌다고 함.

496) 삼사(三史) : 중국의 대표적인 세 가지 역사서. 이는 시대의 변천에 따라 몇 가지로 나누어짐. ① 육조(六朝)에는 『사기(史記)』, 『한서(漢書)』, 『동관한기(東觀漢記)』, ② 당 이후에는 『사기』, 『한서』, 『후한서(後漢書)』, ③ 『전국책(戰國策)』, 『사기』, 『한서』, ④ 『서경(書經)』, 『시경(詩經)』, 『춘추(春秋)』.

497) 『문선(文選)』 : 여러 문체의 글을 장르별로 분류해서 편찬한 책으로 중국 양(梁)나라 소명태자(昭明太子) 소통(蘇統, 501~531)이 편찬하였는데 원래는 30권이었으나 당나라 이선(李善)이 주(注)를 가하여 매 권을 2권으로 하여 지금에는 60권으로 전함.

『이태백집(李太白集)』,[498] 『두공부집(杜工部集)』,[499] 『한창려집(韓昌黎集)』,[500] 『유하동집(柳河東集)』[501] 등이 있다. 이외에 여러 사람의 문집이 있기도 하지만 이런 것들에서 고사를 인용해서는 안 된다.

라고 했다. 또 이르기를,

지극히 오묘한 말은 오랫동안 음미하여야 그 묘미를 얻을 수 있으며, 비루하고 천근한 작품은 한번 보아 곧 좋아하게 된다. 학자가 책을 읽을 적에는 반드시 숙독하여 깊이 생각하고 그 속의 뜻을 얻으려고 노력해야 한다.[502]

라고 했다.

문순공(文順公)이 말하기를,

접때에 내가 처음 구양공(歐陽公)의 문집[503]을 보았을 때 그 말의 풍

---

498) 『이태백집(李太白集)』: 중국 당나라 이백(李白, 701~762)의 시문집. 모두 30권이고, 부록 2권이 있음

499) 『두공부집(杜工部集)』: 중국 당나라 시인 두보(杜甫, 712~770)의 시문집. 고시, 근체, 표(表), 부(賦), 기(記), 설(說), 찬(讚), 술(述), 책문(策問), 문(文), 장(狀), 비지(碑誌) 등으로 나누어 있음. 모두 20권임.

500) 『한창려집(韓昌黎集)』: 중국 당나라 한유(韓愈, 768~824)의 시문집. 그의 문인 이한(李漢)이 편찬했음. 모두 30권에 외집(外集) 10권으로 되어 있음. 그의 선조가 창려(昌黎) 출신이므로 문집을 『한창려집』이라고 했음.

501) 『유하동집(柳河東集)』: 중국 당나라 유종원(柳宗元, 773~819)의 시문집. 모두 45권으로 외집 2권이 있음. 그가 당나라 때 하동(河東, 지금의 산서성 영제현永濟縣) 사람이었으므로 그의 문집을 『유하동집』이라고 하고, 그가 유주(柳州)의 자사(刺史)를 지냈으므로 『유유주집(柳柳州集)』이라고도 부름.

502) 이동관(李東觀): 이윤보(李允甫)를 이름. 동관이 한나라 궁중의 서고를 가리키는 직책이란 점을 감안하면 이윤보가 이와 관련된 직책을 맡았던 것으로 추측됨.

503) 구양공(歐陽公)의 문집: 『구양수거사집(歐陽修居士集)』을 가리킴. 이는 중국 송나라 구양수(1007~1072)의 시문집으로 모두 50권이며 외집 25권이 있음. 그가 육일거

부함을 좋아하게 됐고, 두 번째 보고는 글 가운데의 아름다운 곳을 터득
했으며, 세 번째에는 두 손을 모아 쥐고 탄복했다. 또 『매성유집(梅聖俞
集)』504)을 보고 마음속으로는 은근히 가볍게 여겨 고금에 그를 시옹(詩
翁)이라 일컫는 까닭을 몰랐더니 지금에 그의 시를 보니 겉보기에는 번
화(繁華)하고 굳세지 못한 것 같으나 그 속에 범치 못할 높은 뜻이 숨겨
져 있어서 정말 모든 시인의 시 가운데서 가장 뛰어난 시로서 매(梅)의
시를 안 뒤에야 시를 안다고 할 수 있다.

라고 했다. 또 말하기를,

옛 사람이 시를 비평한 것을 내가 노성(老成)해지면서 자세히 살펴 내
마음 속으로 그 묘미를 터득하지 못한 것이 없었으나 오직 사공(謝
公)505)의 '연못에 봄풀이 돋아난다.[池塘生春草]'506)라는 시구 가운데
좋은 곳이 어딘가를 알지 못하겠다.

라고 했다. 공조차 이렇게 말하고 있으니 이를 알 수 있는 사람이 있겠

사(六一居士)라고 자호(自號)하였으므로 『구양수거사집』이라고 불렀고, 그의 시호
가 문충(文忠)이기 때문에 『구양문충공집(歐陽文忠公集)』이라고 부르기도 했음.
504) 『매성유집(梅聖俞集)』: 중국 송나라 시인인 매요신(梅堯臣, 1002~1060, 자가 성유
聖俞)의 시문집. 매요신이 기거했던 완릉(宛陵)이라는 지명을 따서 『완릉집(宛陵集)』
이라고도 함. 모두 60권.
505) 사공(謝公): 중국 남송(南宋) 양하(陽夏) 사람인 사령운(謝靈運, 385~433)을 이
름. 초명은 용아(容兒). 벼슬은 시중(侍中)에 오름. 서화에 능했고, 문장은 강좌(江
左)에서 제일이라 했음. 강락공(康樂公)의 작위를 받았으므로 세상에서 사강락(謝康
樂)이라 했음.
506) 연못에 봄풀이 돋아난다[池塘生春草]: 이 시구는 중국 남북조시대(南北朝時代)의
산수시인(山水詩人)이었던 사령운(謝靈運)의 시 「등지상루(登池上樓)」의 한 행(行)
임. 그 전문을 보면, '潛虯媚幽姿, 飛鴻響遠音. 薄霄愧雲浮, 棲川怍淵沉. 進德智所
拙, 退耕力不任. 徇祿反窮海, 臥痾對空林. 衾枕昧節候, 褰開暫窺臨. 傾耳聆波瀾,
舉目眺嶇嶔. 初景革緖風, 新陽改故陰. 池塘生春草, 園柳變鳴禽. 祁祁傷豳歌, 萋
萋感楚吟. 索居易永久, 離群難處心. 持操豈獨古, 無悶征在今.'

는가. 지금에 자기 멋대로 억론(臆論)을 주장하는 자가 있어 이르기를,

> 이 시구에 나타낸 말이 자연스러우며, 저절로 생기는 춘정(春情)과 처음으로 뾰족이 내미는 신록에 대한 시상(詩想)이 그대로 다섯 자 안에 담겨 있다.

라고 했다. 어떤 사람이 말하기를,

> 봄빛이 흘러 넘쳐 따스하고 물상(物像)이 순수하고 아름다우면 온화하고 넉넉한 말이 자연적으로 흘러나오기 마련이니, 그 시에서는 이러한 경지를 담아내고 있다.

라고 했다.

이러한 뜻을 어찌 공이 알지 못했겠는가. 반드시 그 시 속에는 이상하게도 알아내지 못할 뜻과 그 시구의 사이에 기운(氣運)이 서려 있을 것이다. 그렇지 않다면 그 시에 대해서 언급한 자들의 잘못일 것이다.

이 미수(李眉叟)가 소년 시절에 지은 「송춘시(送春詩)」와 「고석벽라정시(孤石碧羅亭詩)」는 사람들의 입에 자주 오르내렸는데, 이로써 이름이 독보(獨步)가 되었다. 한림(翰林)이 된 후에는 이전에 지은 시들을 보고는 심히 비루(鄙陋)하다고 여겨 사람들이 자신의 시에 대해서 얘기하면 부끄러워했는데 결국 시고(詩稿)를 모두 불태워 버렸기에 정작 가집(家集) 속에는 싣지 못했다.

문순공(文順公)이 늘 사람들에게 말하기를,

> 내가 평생에 걸쳐 지은 작품들은 나이가 더함에 따라 점점 발전해 갔다. 지난해에 지어진 것을 금년에 보면 가소로워지니 이는 해를 거듭할수록 마찬가지다.

라고 했다.

무릇 공(公)이 소년 시절에 붓을 달리어 쓴 글 가운데 생각을 깊이 가다듬어 쓴 것이 아니더라도 그 말이 혹 당시의 문체(文體)에 가까운 것이 있으면 사람들이 서로 전하여 베껴서는 그것들을 외우기도 했다. 공이 노년에 귀하게 되어 아무 걱정 없는 가운데 깊이 생각하여 지은 작품을 두고 학자들이 그 작품에 깃든 묘미를 즐길 수 있는 자가 드물었다. 그러므로 시를 안다는 것은 어렵고도 어려운 일이다.

내가 어린 나이에 춘방(春坊)507)에 참석한 뒤부터 오늘에 이르기까지 한 해도 관직의 중책(重責)을 면하지 못하여 독서에 힘쓸 겨를이 없었다. 다만 하찮은 학문으로 우매(愚昧)함을 무릅쓰고 빈자리를 이어오다 관직이 학사(學士)에까지 이르렀지만 붓을 들면 얼굴에 땀이 비 오듯 하니 어찌 문장의 우열(優劣)을 가릴 줄 아는 것처럼 망령되게 붓과 혀를 놀릴 수 있겠는가. 다만 노성(老成)하신 분들을 뵙고 얘기하는 가운데 논평(論評)하는 말을 들었으므로 이러한 것들을 대강 기록해서 후진들에게 전하고자 한다.

---

507) 춘방(春坊) : 세자시강원(世子侍講院)을 이름. 또는 태자가 머무는 동궁(東宮)의 뜻으로 쓰임.

補閑集　下卷

보한집 하권

하-1　　有一好事者, 集聲律七子聯評之, 第其上下, 屬予曰, 彼雄深奇妙古雅宏遠之句, 必反覆詳閱, 久而後得味. 故學者不悅, 如工部詩之類也. 今所集若干聯, 皆一見卽悅之語, 可以資補闕, 君其錄於後編. 觀其所評, 皆不法古人, 新以臆論之, 尙有可取, 列之于左. 新警如文順公萬日寺樓云, 渡了幾人舟自泛, 噪殘孤虎鳥猶鳴. 含蓄如芮學士樂全閑居云, 萬里行裝春已暮, 百年計活夜何長. 婉麗如文順公夏日卽事云, 密葉翳花春後在, 薄雲漏白雨中明. 淸峭如皇祖北山寺云, 墮檻松聲淸刮夜, 依空山骨冷磨秋. 俊壯如金翰林克己云, 天馬足驕千里近, 海鰲頭壯五山輕. 富貴如趙祭酒伯琪, 鶯花別院笙歌咽, 車駕高門劍佩鳴. 精彩如文順公甘露寺云, 霜花照日添秋露, 海氣干雲散夕霏. 飄逸如陳補闕江上云, 風吹釣曳帆邊雨, 山染沙鷗影外秋. 淸遠如皇祖, 北山聖居寺云, 別洞白雲欹枕送, 到山明月卷簾迎. 奇巧如文順公興聖寺云, 走藤遇曲難成杖, 臥木因高偶作梯. 志寓如李司成百全東山溪亭云, 地側逆流雖湊北, 時平沔水會朝東. 優遊如文順公乞退後云, 周行世界閑僧坐, 遍閱夫郎老妓休. 感懷如文順公病中云, 病憶故人空有淚, 老思明主若爲情. 豪易如李眉叟, 林間出沒幾多屋, 天外有無何處山. 淸駛如文順公北寺樓云, 閑雲頃刻成千狀, 流水尋常作一聲. 金翰林云, 多情塞月圓還缺, 少格山花落又開. 幽博如金翰林, 讖雨廢池蛙閣閣, 相風枯樹鵲査査. 文順公興聖寺云, 厭雪寒麕爭穴燥, 避風幽鳥擇枝低. 明媚如金翰林, 雨送紫茸歸野蕨, 風催靑子上江梅. 文順公, 雨晴草色連空綠, 風暖梅花度嶺香. 此二聯一骨, 而雨送之聯其飄然. 爽豁如鄭舍人嶺南寺樓云, 一溪明月憑欄夜, 萬里淸風卷箔天. 文順公北山寺云, 半壁夕陽飛鳥影, 滿山秋月冷猿聲. 龍潭寺云, 萬柳影中南北路, 一溪聲裏兩三家. 皆一骨也, 萬里淸風之語尤佳. 華艶如外玉父上李諫議純祐云, 誥筆暖霑紅藥露, 朝衣輕颺紫薇風. 又上奇相國云,

滿衣花影朝溫室, 一徑松陰退冷齋. 李眉叟, 風細佩聲傳紫禁, 日高花影上紅墻. 又云, 日照花塼迎醉步, 月和蓮燭映回廊. 外王父, 花院雨晴紅露泣, 筠堦日午碧霜乾. 此五聯皆一骨也, 滿衣花影之語句格尤勝. 佼壯如皇祖上文烈公西征云, 一聲鼓角靑山裂, 萬里旌旗白日濛. 掃盡河山還聖主, 洗回風月付詩翁. 三鼇山峻忠誠壯, 五鳳樓高國手雄. 文順公占韻賦晉康公第蟠松云, 乾坤摠入吹噓內, 草木猶榮顧眄前. 崔承制宗蕃登高望長安云, 十川蛇遶平章洞, 三峴龍蟠學士家.世稱松京五宅, 皆學士家在三峴中. 此五聯皆一骨也, 上文烈公三聯最爲淸雄. 壯麗如劉司成冲基初入新都云, 海爲門作琉璃闕, 山自花開錦繡都壬辰移居海上花山. 金翰林莘鼎新都夜直云, 一江風月金門遠, 萬國烟花玉輦春. 皆一骨而劉尤贍壯.

어느 한 호사가(好事家)가 있어 성률(聲律) 7언(七言)의 연구(聯句)를 모아 평하고 그것에 각각 우열(優劣)을 매긴 것을 나에게 주며 말하기를

> 저 웅심(雄深)하고 기묘(奇妙)하며, 고아(古雅)하고 굉원(宏遠)한 시구는 반드시 뒤집어서 오랫동안 자세히 살핀 뒤에야 그 묘미를 터득할 수 있지요. 그러므로 학자들이 공부(工部)[1] 시 같이 의미심장한 내용을 담고 있는 시는 좋아하지 않습니다. 지금 제가 모은 약간의 연구(聯句)는 모두가 한번 보아서 곧 즐거움을 줄 수 있는 것들로써 한가로운 시간을 보내는데 도움이 될 수 있으리라고 봅니다. 군자께서 이 시구들을 후편(後編)에 실어 주셨으면 합니다."

라고 했다. 그가 시를 품평한 것이 모두 옛사람의 시평 규범에 맞지 않고 새롭게 자신의 억측(臆測)으로 논한 것이긴 했지만 오히려 취할 만

---

1) 공부(工部) : 중국 당나라 시인 두보(杜甫, 712~770)를 이름. 그가 검교공부원외랑(檢校工部員外郞)이라는 관직을 지냈기 때문에 두공부(杜工部)라고 불렸음.

한 것이 있어 그것을 다음에 열거한다.

새롭고 경발[新警]한 것으로는 문순공(文順公)의 「만일사루(萬日寺樓)」[2] 시 같은 것이니, 그 시에 이르기를,

> 몇 사람이나 강물을 건넜는지 배는 절로 떠 있고,
> 짝 잃은 호랑이 울음소리 잦아지자 새들이 지저귀네.[3]
>
> 渡了幾人舟自泛,　　　噪殘孤虎鳥猶鳴.

라고 했다.

함축성(含蓄性)[4]을 띤 시구로는 학사 예낙전(芮樂全)의 「한거(閑居)」 시와 같은 것이니, 그 시에 이르기를,

> 만 리 길 차비하는데 봄은 이미 저물었고,
> 백 년을 누릴까 하는데 밤은 어이 길던고.
>
> 萬里行裝春已暮,　　　百年計活夜何長.

라고 했다.

완려(婉麗)한 시구로는 문순공의 「하일즉사(夏日卽事)」 시이니, 그 시

---

2) 만일사루(萬日寺樓) : 만일사는 경기도 부천시 계양산(桂陽山)에 있었던 고려시대 사찰의 이름.

3) 이 연구의 시제는 「현상인견화 부용전운」(玄上人見和復用轉韻)」(『동국이상국집』 권15)으로 이는 모두 4수로 이루어져 있는데 여기에 인용된 연구(聯句)는 둘째 수의 제3연으로 둘째 수의 전문을 보면, '斜日溟濛水獨明, 亂山蟠屈路難平. 雲迷極浦千帆色, 風落長江一笛聲. 渡了幾人舟自泛, 噪殘孤虎鳥猶鳴. 揭來深得江湖興, 忽起蓴鱸萬里情.'

4) 함축(含蓄) : 창작에 있어 묘사하는 대상의 아름다움을 겉으로 드러내지 않고 속에 간직하여 나타내는 것으로 깊은 냇물 속에 주옥(珠玉)이 감춰져 있는 것과 같음. 복잡한 사상에 의해 보다 교묘하게 이루어지는 것임.

에 이르기를

> 빽빽한 잎에 가리어진 꽃은 봄이 간 뒤에 남아 있고,
> 엷은 구름 사이로 햇빛 스미니 비오는 중에 밝은 날 보겠네.5)
>
> 密葉翳花春後在,　　　薄雲漏日雨中明.

라고 했다.

청초(淸峭)한 시구로는 내 조부님6)의 시 「북산사(北山寺)」와 같은 것이니 그 시에 이르기를,

> 난간에 떨어지는 솔바람 소리 쨍하게 밤을 가르고
> 허공에 의지한 산등성이는 싸늘하게 가을을 가네.
>
> 墮櫨松聲淸刮夜,　　　倚空山骨冷磨秋.

라고 했다.

준장(俊壯)한 시구로는 한림(翰林) 김극기(金克己)의 시와 같은 것이니 이르기를,

> 천마7)의 다리는 기운 차 천리가 가깝다 하고,
> 해오8)의 머리는 굳세어 오산9)이 가볍다 하네.

---

5) 이 연구의 시제는 「하일즉사(夏日卽事)」(『동국이상국집』 권2)로 모두 2수로 되어 있는데, 여기에 인용된 것은 그 둘째 수의 제3, 4행임. 두 수의 전문을 보면, '簾幕深深樹影廻, 幽人睡熟鼾聲雷. 日斜庭院無人到, 唯有風扉自闔開.'(3수), '輕衫小簟臥風櫺, 夢斷啼鶯三兩聲. 密葉翳花春後在, 薄雲漏日雨中明.'(4수)

6) 내 조부님 : 고려 전기의 문신인 최윤인(崔允仁)을 가리킴.

7) 천마(天馬) : 대완지마(大宛之馬)라고 하여 아라비아에서 나던 명마(名馬), 우혈마(汗血馬)라고도 함.

8) 해오(海鰲) : 발해(渤海) 가운데 있다는 상상의 바다 자라. 이 자라는 신선들이 산다

天馬足驕千里近,　　　　海鰲頭壯五山輕.

라고 했다.

　부귀(富貴)한 시구로는 좨주(祭酒) 조백기(趙伯琪)[10]의 시 같은 것이
니 그 시에 이르기를,

　　꾀꼬리 날아드는 별원엔 생황의 소리 흐느끼고,

　　수레가 소슬 대문에 이르니 칼과 패옥 소리 낭랑하네.

　　鶯貨別院笙歌咽,　　　　車駕高門劍佩鳴.

라고 했다.

　정채(精彩)로운 시구로는 문순공의 「감로사(甘露寺)」[11]시 같은 것이
니 그 시에 이르기를,

　　서리꽃에 해 비추니 가을 이슬을 더했고,

　　바다 기운이 구름 찌르니 저녁안개 흩어지네.[12]

　　는 오산(五山)을 머리에 떠받치고 있다고 함.

 9) 오산(五山) : 바다 속의 다섯 산으로 발해 동쪽에 골짜기가 있고 그 가운데 다섯 산
　　이 있는데 이는 곧 여산(輿山), 교산(嶠山), 호산(壺山), 영주산(瀛洲山), 봉래산(蓬萊
　　山)을 말함.

10) 조백기(趙伯琪) : 고려 중기의 문신. 조충(趙沖)의 아들로 생애에 대한 자세한 기록
　　은 없으나, 고종 30년(1243)에 우승선(右承宣)으로 있으면서 지공거로 과거를 관장
　　하여 한경(韓璟) 등을 선발했다고 함.

11) 감로사(甘露寺) : 고려시대에 개성의 오봉봉(五鳳峰) 아래에 있던 절. 이 절은 이자연
　　(李子淵)이 남송(南宋)에 사행(使行) 갔을 때 그곳 윤주(潤州)의 감로사를 보고 그 뛰
　　어난 경관에 탄복하여 고려로 돌아와 이를 모방하여 오봉봉 아래에 창건하였다고 함.

12) 이 연구는『동국이상국집』권11에 실려 있는 것으로 여기에 인용된 연구에서의 ‘花
　　昭’는 문집에 ‘華炤’로 되어 있음. 그 전문을 보면, ‘金碧樓臺似翥翬, 靑山環遶水重
　　圍. 霜華炤日添秋露 海氣干雲散夕霏. 鴻鴈偶成文字, 去 鷺鷥自作畫圖飛. 微風不起
　　江如鏡, 路上行人對影歸.’

霜花照日添秋露,　　　　海氣干雲散夕霏.

라고 했다.

표일(飄逸)한 시구로는 진보궐(陳補闕)의 「강상(江上)」 시가 해당되니 그 시에 이르기를,

바람이 낚시하는 노인에게 불어오니 돛 가에 비 내리고,
산이 모래톱의 갈매기 물들이니 그림자 밖은 가을일세.

風吹釣叟帆邊雨,　　　　山染沙鷗影外秋.

라고 했다.

청원(淸遠)한 것으로는 내 조부님의 시 「북산성거사(北山聖居寺)」가 해당되니 그 시에 이르기를,

골을 떠난 흰 구름 베개에 기댄 채 보내고,
산 위에 떠오른 밝은 달 발을 걷고 맞이하네.

別洞白雲欹枕送,　　　　到山明月卷簾迎.

라고 했다.

기교(奇巧)로운 시구로는 문손공의 「흥성사(興盛寺)」[13] 시와 같은 것이니 그 시에 이르기를,

내뻗은 등나무 꼬부라져 지팡이 삼기 어렵고,
누워있는 나무는 높아 사다리 삼기 알맞네.[14]

---

13) 흥성사(興盛寺) : 경기도 장단군(長湍郡) 오관산(五冠山)에 있던 절.

14) 이 연구의 시제는 「명일 우용박인범시운각부(明日又用朴仁範詩韻各賦)」(『동국이상국집』 권7)로 그 전문을 보면, '洞深煙霧碧凄迷, 其奈無情日又西. 厭雪寒麛爭穴燥,

　　　　走藤遇曲難成杖,　　　　臥木因高偶作梯.

라고 했다.

　지우(志寓)의 시구로는 사성(司成) 이백전(李百全)[15]의 「동산계정(東山溪亭)」시 같은 것이니 그 시에 이르기를,

　　　땅이 기울어 비록 북쪽으로 거슬러 흐를지라도,
　　　시절이 태평하면 물 되흘러 동으로 모일 것이네.

　　　地側逆流雖溠北,　　　　時平沔水會朝東.

라고 했다.

　우유(優遊)한 시구로는 문순공의 「걸퇴후(乞退後)」시와 같은 것이니 그 시에 이르기를,

　　　두루 세계를 탁발한 스님은 한가롭게 앉아 있고,
　　　화류에 노닐던 노기는 늙마에 쉬고 있네.[16]

　　　周行世界閑僧坐,　　　　遍閱夫卽老妓休.

　避風幽鳥擇枝低. 走藤遇曲難成杖, 臥木因高偶作梯. 不識空門閑氣味, 到山煩覓壁
　間題.'

15) 이백전(李百全) : 고려 중기의 문신. 관직은 입내사대부경(入內史大府卿)을 지냈고,
　　『삼국유사』에 1236년(고종 23) 부처 어금니 사리 보관함인 불아함(佛牙函) 분실과 관
　　련하여 조사받은 기록이 보임.

16) 이 연구의 시제는 「정유 십이월 이십팔일 걸퇴표 몽윤가 시야 희부득매 인성장구이
　　수 봉기 이학사백전(丁酉十二月二十八日乞退表蒙允可是夜喜不得寐因成長句二首奉
　　寄李學士百全)」(『동국이상국집후집(後集)』권2). 이 시는 모두 두 수로, 인용된 시구
　　는 둘째 수의 제3연. 그 전문을 보면, '備嘗榮辱得身抽, 驚破槐安夢裡遊. 鰐渚鮫洲
　　曾竄謫, 鸞臺鳳閣亦優游. 周行世界閑僧坐, 遍閱夫郞老妓休. 官罷偶思陳迹耳, 漸無
　　一事到心頭.'

라고 했다.

감회(感懷)의 시구로는 문순공의 「병중(病中)」 시와 같은 것이니 그 시에 이르기를,

> 병들어 옛님을 추억하니 부질없이 눈물 흐르고,
> 늙어서 어진 임금 생각하니 애틋한 정 그대로네.17)

> 病憶故人空有淚,　　　老思明主若爲情.

라고 했다.

호이(豪易)한 시구로는 이미수(李眉叟)의 시와 같은 것이니 그 시에 이르기를,

> 숲 사이로 보일락 말락 몇 집이나 되는고,
> 하늘 밖 있는 듯 없는 듯 어느 곳의 산인가.18)

> 林間出沒幾多屋,　　　天外有無何處山

라고 했다.

청사(清駛)의 시구로는 문순공의 「북사루(北寺樓)」 시 같은 것이니 그 시에 이르기를,

> 한가로운 구름은 갑자기 천 가지 형상 이루고,

---

17) 이 연구의 시제는 「병중 시문학송군(病中示文學宋君)」(「동국이상국집」 권15)으로 제3연. 그 전문을 보면, '雙鬢蕭條雪萬莖, 强名邦伯得專城. 酒杯乾日生中死, 賓從來時辱裏榮. 病憶故人空有淚, 老思明主若爲情. 假敎身斃南荒地, 白骨何人拾取行.'

18) 이 연구의 시제는 「송적팔경도(宋迪八景圖)」(『동문선』 권20)로 모두 8수 가운데 여기 인용된 시구는 넷째 수의 3, 4구이고 소제(小題)는 「강시 청람(江市晴嵐)」. 그 전문을 보면, '朝日微昇疊嶂寒, 浮嵐細細引輕紈. 林間出沒幾多屋, 天際有無何處山.'

흐르는 물은 변함없이 한 가지 소리뿐이네.[19)]

閑雲頃刻成千狀,　　　流水尋常作一聲.

라고 했다. 또한 김한림(金翰林)의 시구도 이러하니 그 시에 이르기를,

다정한 변방의 달 둥글었다 다시 이지러지고,
하찮은 산꽃은 졌다가 다시 피네.

多情塞月圓還缺,　　　少格山花落又開.

라고 했다.

유박(幽博)한 시구로는 김 한림의 시와 같은 것이니 그 시에 이르기를,

비 오리라고 황폐한 연못에서 개구리는 개골개골,
바람 불 것이라고 마른 나무에서 까치는 깍깍.[20)]

讖雨廢池蛙閣閣,　　　相風枯樹鵲査査.

라고 했다. 또 문순공의 「흥성사(興聖寺)」 시도 이와 같으니 그 시에 이
르기를

눈 싫어하는 겨울 고라니 따뜻한 굴 찾아 다투고,
바람 피하느라 숨은 새는 낮은 가지 가려 앉네.[21)]

---

19) 이 연구의 시제는 「모춘 등하 북사루(暮春燈下北寺樓)」(『동국이상국집』」 권17)로
　　제2연. 그 전문을 보면, '漠漠烟巒萬疊靑, 望中何許是神京. 閑雲頃刻成千狀, 流水尋
　　常作一聲. 已分長沙流賈誼, 更堪漳浦臥劉楨. 無人乞與忘憂物, 逐客逢春益不平.'
20) 이 연구의 시제는 김극기의 시 「촌가(村家)」(「동문선」 제13권)로 그 제2연. 전문을
　　보면, '靑山斷處兩三家, 抱壟縈回一徑斜. 讖雨廢池蛙閣閣, 相風枯樹鵲査査. 境幽樓
　　巷埋荒草, 人寂柴門掩落花. 塵外柳巷聊自適, 笑他奔走覓紛華.'
21) 하권 주 14)를 참조.

厭雪寒麕爭穴燥,　　　避風幽鳥擇枝低.

라고 하였다.

　명미(明媚)한 시구로는 김 한림의 다음과 같은 것이니 그 시에 이르기를,

> 비는 들 고사리에 붉은 싹 돋게 하고,
> 바람은 강매22)에 푸른 열매 재촉하네.

雨送紫茸歸野薇,　　　風催靑子上江梅.

라고 했다. 문순공의 시구에도 이와 같은 구절이 있으니 그 시에 이르기를,

> 비 개니 풀빛은 하늘에 이어 푸르고,
> 바람 따스하니 매화는 재 넘어 향기 전하네.23)

雨晴草色連空綠,　　　風暖梅花度嶺香.

라고 하였는데, 이 두 연구(聯句)가 모두 같은 골격(骨格)을 가지고 있으나 '우송(雨送)'의 연구는 그 기상이 표연(飄然)하다고 하겠다.

　삽상(颯爽)하고 활달(豁達)한 상활(爽豁)의 시구는 정사인(鄭舍人)24)의

---

22) 강매(江梅) : 야생 매화로 꽃송이는 작지만 향기가 진하고, 열매는 작지만 단단하다고 함.

23) 이 연구의 시제는 「견포우음(犬浦偶吟)」(『동국이상국집』 권10)으로 그 제3연. 전문을 보면, '無端馬上換星霜, 望闕思家倍感傷. 紅日落時天杳杳, 白雲缺處水蒼蒼. 雨晴草色連空綠, 風暖梅花度嶺香. 薄窘江涯良悒悒, 春光何況攪離腸.'

24) 정사인(鄭舍人) : 고려 전기의 시인인 정지상(鄭知常)이 간쟁(諫諍)과 봉박(封駁)의 일을 담당했던, 종4품인 중서사인(中書舍人)이라는 관직을 지냈기 때문에 붙여진 이름임.

「영남사루(嶺南寺樓)」[25] 시와 같은 것이니 그 시에 이르기를,

시내 비추는 달빛 받으며 난간에 의지한 밤이요,
만리청풍 맞으며 발을 걷은 하늘이네.

一溪明月憑欄夜,　　　　萬里淸風卷箔天.

라고 했다. 문순공의 「북산사(北山寺)」 시도 이와 같으니 이 시에 이르기를,

반벽의 석양빛에 날아가는 새 그림자 비치고,
산 가득한 가을달빛에 잔나비 소리 싸늘하네.[26]

半壁夕陽飛鳥影,　　　　滿山秋月冷猿聲.

라고 했고, 또 그의 「용담사(龍潭寺)」[27] 시도 이와 같으니 그 시에 이르기를,

일만 가지 버들 그림자 속에 남북으로 길 뻗었고,
시냇물 소리 들리는 속에 두세 집 한가롭네.[28]

---

25) 영남사루(嶺南寺樓) : 지금의 경남 밀양시에 영남사가 있었는데 그 절에 딸려 있던
　　누각을 가리킴. 이는 곧 영남루로 지금 그 절은 없어졌음.
26) 이 연구의 시제는 「중유 북산(重遊北山)」(『동국이상국집』 권1)으로 모두 두 수 가운
　　데 첫째 수로 그 제3연. 전문을 보면, ʻ俯仰頻驚歲屢更, 十年猶是一書生. 偶來古寺
　　尋陳迹, 却對高僧話舊情. 半壁夕陽飛鳥影, 滿山秋月冷猿聲. 幽懷壹鬱殊難寫, 時下
　　中庭信步行.ʼ
27) 용담사(龍潭寺) : 경북 상주(尙州)에 있던 절. 이규보는 29세가 되던 1196년(명종
　　28)에 상주의 고을원으로 가 있는 둘째 사위 집에서 머물던 어머니를 뵈러 갔다 오면
　　서 남유시(南遊詩) 90여 편을 남겼음. 이때 낙동강 가까이에 있는 용담사를 찾았다가
　　낙동강을 따라 선유(船遊)하며 용담사에 관한 시 2수를 남기기도 했으나 여기에 인용
　　된 시는 『동국이상국집』에 실려 있지 않음.

萬柳影中南北路,   一溪聲裏兩三家.

라고 했다. 이들 연구(聯句)는 모두 같은 골격(骨格)을 이루고 있는 것으로 그 중에서 '만리청풍(萬里淸風)'이란 말이 더욱 아름답다.

화염(華艶)한 시구로는 나의 외조부[29]가 간의(諫議) 이순우(李純祐)[30]에게 올린 시와 같은 것이니 그 시에 이르기를,

고필[31]은 따스하게 홍약[32]의 이슬에 젖고,
조의는 가벼이 자미[33]의 바람에 나부끼네.

誥筆暖霑紅藥露,   朝衣輕颺紫薇風.

라고 했다. 또 기 상국(奇相國)에게 올린 시구도 이와 같으니 그 시에 이르기를,

옷에 가득한 꽃 그림자 더운 방에 모이고,
한 길의 솔 그늘은 냉재에서 물러가네.

---

28) 이 연구의 시제는 「8월 2일(八月二日)」(『동국이상국집』 제6권)로 그 제3연. 전문을 보면, '食罷禪房暫啜茶, 半山紅日已西斜. 坐呼階畔馴人鶴, 臥聽門前警盜鵝. 萬柳影中南北路, 一溪聲外兩三家. 卒然得句聊題壁, 寄語闍梨莫蓋紗.'

29) 나의 외조부 : 고려 중기의 문신인 김례경(金禮慶)을 이름.

30) 이순우(李純祐, ?~1196) : 고려 중기의 문신. 초명(初名)은 청(請), 자(字)는 발지(拔之). 관직은 국자대사성(國子大司成)에 올랐으나 최충헌에게 살해됐음.

31) 고필(誥筆) : 임금의 교서(敎書)를 쓰는 붓.

32) 홍약(紅藥) : 미나리 아재비과의 다년초(多年草)로 뿌리는 약재로 쓰임. 작약(芍藥)의 이칭. 여기에서는 중서성(中書省)을 가리키는데, 이는 예로부터 중서성에 작약을 심었기 때문임.

33) 자미(紫薇) : 백일홍(百日紅)의 이칭. 여기에서는 중서성(中書省)의 별칭으로 쓰였음. 당나라 초기에 중서성을 자미성(紫微星)으로, 중서사인(中書舍人)을 사미사인으로 고쳤음.

滿衣花影朝溫室,　　一徑松陰退冷齋.

라고 했다. 또 이미수(李眉叟)의 시도 이와 같으니 그 시에 이르기를,

바람 살랑거려 패옥소리 자금[34]에 전하고,
해 높이 솟으니 꽃 그림자 붉은 담벽을 오르네.

風細佩聲傳紫禁,　　日高花影上紅墻.

라고 했고 또 그의 다른 시에,

해가 화전을 비추어 취한 걸음 맞이하고
달빛은 연대(蓮臺)의 촛불과 어우러져 회랑 비추네

日照花塼迎醉步,　　月和蓮燭暎回廊.

라고 했고, 내 외조부의 시에도 이와 같은 것이 있으니 그 시구에 이르기를,

꽃밭에 비 개니 붉은 이슬 듣고,
대숲에 해 비추니 푸른 서리 마르네.

花院雨晴紅露泣,　　筠筠日午碧霜乾.

라고 하였다. 위의 다섯 연구(聯句)는 모두 같은 골격(骨格)을 이루고 있는데 이 가운데서도 ‘만의화영(滿衣花影)’ 연구의 말과 구격(句格)이 더욱 뛰어나다.

교장(佼壯)의 시는 우리 조부님께서 문열공(文烈公)에게 올린 「서정

---

34) 자금(紫禁) : 북두칠성의 자미원(紫薇垣)을 천제(天帝)가 있는 곳이라 하여 궁성(宮城)을 궁금(宮禁) 또는 자금(紫禁)이라고 함.

(西征)」시 같은 것이니 그 시에 이르기를,

북과 피리 한 소리 청산을 찢고,
만리에 이은 깃발 해를 가리네.

一聲鼓角靑山裂,　　　萬里旌旗白日濛.

이 강산을 다 밝혀서 임금님께 돌리옵고,
바람과 달을 말끔히 씻어 시옹에게 부치네.

掃盡河山還聖主,　　　洗回風月付詩翁.

삼오산35) 준엄하듯 충성심 장엄하고,
오봉루36) 우뚝하듯 국수가 웅장하네.

三鰲山峻忠誠壯,　　　五鳳樓高國手雄.

라고 했다. 문순공이 운(韻)을 내어 진강공(晉康公) 집의 반송(盤松)을 읊은 시도 이와 같으니 그 시에 이르기를,

천지는 온통 취허37) 안으로 들어오는데,
초목은 오히려 번성하여 옛날을 돌아보네.

乾坤摠入吹噓內,　　　草木猶榮顧眄前.

라고 하였다. 승제(承制) 최종번(崔宗蕃)38)의 「등고 망장안(登高望長安)」

---

35) 삼오산(三鰲山) : 동해에 큰 바다 자라가 지고 있다는 삼신산(三神山)을 이름. 곧 봉래(蓬萊), 방장(方丈), 영주(瀛洲)를 말함.

36) 오봉루(五鳳樓) : 중국 양(梁)나라 태조가 낙양(洛陽)에 세운 누각. 높이가 백 길(百丈)이나 되고 반공에 우뚝 솟아 다섯 마리의 봉새가 날아왔다고 함.

37) 취허(吹噓) : 숨을 내쉬는 것을 이름, 또는 위에다 추천한다는 뜻을 의미하기도 함. 취거(吹擧), 추거(推擧)라고도 함.

시도 이와 같은 것이니 그 시에 이르기를,

> 열 시내가 둘러 있는 곳 평장사의 마을이고
> 세 고개 서려 있는 곳 학사들의 집이네
>> 세칭 송경(松京)의 다섯 집은 모두 학사들의 집으로 세 고개 가운데에 있다.
>
> 十川蛇遶平章洞,　　　三峴龍蟠學士家.
>> 世稱松京五宅 皆學士家在三峴中

라고 했다. 위의 다섯 연구(聯句)는 모두 같은 골격(骨格)을 이루고 있는 것으로 문열공에게 올린 세 연구가 가장 맑고 웅장하다.

　장려(壯麗)의 시구는 사성(司成) 유충기(劉沖基)의 「초입신도(初入新都)」 시 같은 것이니 그 시에 이르기를,

> 바다가 문이 되니 유리로 된 대궐이요,
> 산이 절로 꽃 피우니 아름다운 도읍이네.
>> 임진년(壬辰年)39)에 바다 위 화산(花山)에 도읍을 옮겼다.
>
> 海爲門作琉璃闕,　　　山自花開綿繡都.
>> 壬辰移居海上花山

라고 했다. 한림 김신정(金莘鼎)40)의 「신도야직」(新都夜直)시도 이와 같은 것이니 그 시에 이르기를,

---

38) 최종번(崔宗蕃) : 고려 중기의 문신. 철원최씨로 평장사를 지낸 선(詵)의 아들. 관직은 정3품의 승선(承宣)에 올랐음.
39) 임진년 : 고려 고종 19년(1232)으로 고려 정부가 몽고군에 쫓겨 수도인 개성을 버리고 강화도로 천도한 해임.
40) 김신정(金薪鼎) : 고려 중기의 문신. 이규보와 같은 시대에 활약했던 문인으로 그와 창화(唱和)한 시가 몇 수 전하고 있음.

> 한 강 위의 풍월은 대궐(金門)에서 멀고,
> 천지에 연화 피니 임금의 수레엔 봄일세.
>
> 一江風月金門遠,　　　萬國烟花玉輦春.

라고 하였다. 위의 두 연구(聯句)가 같은 골격(骨格)을 이루고 있는데, 그 중에 유(劉)의 연구(聯句)가 더욱 풍부하고 굳세다.

하-2　　毅廟幸西都時, 白學士光臣, 管記黃州, 上歌謠云, 洞仙溪水千年色, 岊嶺松風萬壑聲. 晉陽公孫女配東宮生男 公宴宗室諸王, 陳八洞樂觀之舊京諸坊號十二洞, 各有里樂, 及遷都皆廢, 晉陽公吏爲八洞, 閱其樂. 東山洞進歌謠云, 東山曲是重輝四, 中岳聲爲萬歲三.見子山爲中岳, 其洞亦進樂. 花山洞云, 一門簪履三韓會, 八洞笙歌萬壽聲. 此三聯一格也.

　의종(毅宗)이 서도(西都)에 나시었을 때 학사 백광신(白光臣)[41]은 황주(黃州)[42]에서 관기(管記)[43]로 있으면서 노래를 올렸는데 그 노래에 이르기를,

> 동선[44]의 계곡물은 천년의 빛이요,
> 절령[45]의 솔바람은 만 골짜기의 소리네.

---

41) 백광신(白光臣) : 고려 중기의 문신. 최당(崔讜), 최선(崔詵) 등과 기로회(耆老會)를 결성하여 자적(自適)했음. 관직은 지제고(知制誥)에 올랐음.
42) 황주(黃州) : 고려시대 황해도에 위치했던 지명.
43) 관기(管記) : 관직명. 지방의 관아에서 필요로 하는 모든 공무상의 서류를 관장한 관직이었음.
44) 동선(洞仙) : 황해도 황주(黃州)에 있던 고을 이름.
45) 절령(岊嶺) : 자비령(慈悲嶺)의 이칭. 황해도 서흥군 서쪽 60리 지점에 있는 고갯마루로 옛부터 평양과 개성 사이의 중요한 통로였음.

洞仙溪水千年色,　　　　嵒嶺松風萬壑聲.

라고 했다.

　진양공(晉陽公)의 손녀가 동궁(東宮)의 비빈(妃嬪)으로[46] 사내아이를 낳았다. 뒤에 공이 여러 왕족들에게 잔치를 베푼 자리에서 팔동악(八洞樂)을 아뢰게 하여 관람했다. 옛 서울의 모든 방[47](坊)을 열두 동(洞)으로 불렀고, 각 동에는 그 마을의 향악(鄕樂)이 있었다. 도읍을 옮긴 뒤로는 모두 폐지되었다. 여기에서는 진양공 휘하의 아전들을 모두 여덟 동으로 하여 그들이 연주하는 향악을 관람한 것을 말하고 있다.

　동산동(東山洞)에서 올린 노래에 이르기를,

　　동산곡[48]은 거듭 사방으로 빛나고
　　중악성은 만세를 삼창하네[49]
　　　견자산(見子山)은 중악(中岳)으로, 그 동(洞)이 또한 향악을 올렸다.

　　東山曲是重輝四,　　　　中岳聲爲萬歲三
　　　見子山爲中岳, 其洞亦進樂.

라고 했다.

---

46) 진양공(晉陽公)의 …… 비빈(妃嬪)으로 : 1235년(고종 22) 6월에 진양공 최우(崔瑀)의 외손녀 김씨(金氏)가 왕실의 태자비(太子妃)로 시집간 것을 이름. '乙未二十二年 …… 夏六月, 崔瑀納其外孫女金氏, 爲太子妃. 瑀婿若先之女, 是爲敬順太后. 若先, 慶孫之兄也.'(「동사강목」 권10)

47) 방(坊) : 고려 때 개성의 행정조직상의 단위구역. 동, 서, 남, 북, 중등 5부(五部)로 나누어 동부에 7방(方), 남부에 5방, 서부에 5방, 북부에 10방, 중부에 8방이 있었음.

48) 동산곡(東山曲) : 여기에서 '동산'은 『시경·빈풍(豳風)』의 편명으로 중국 주나라 주공(周公)이 동쪽을 치고 돌아와 군사를 위로하는 자리를 베풀었는데, 그 자리에 참석한 대부들이 이를 아름답게 여겨 지었다는 노래임.

49) 중악성은 만세를 삼창하네 : 이 말은 『한서(漢書)』 권6 「무제기(武帝紀)」에 나옴. 중악(中岳)은 중국의 오악(五嶽) 중 '숭산(嵩山)'을 의미하는 것으로 한나라 무제가 숭산에 올랐을 때 모든 이속(吏屬)들이 만세삼창의 소리를 들었다는 고사에 기댄 것임.

화산동(華山洞)에서 올린 노래에 이르기를,

한 가문의 고관대작들 온 나라에서 모여들고
팔동의 생황의 노래는 만수를 비는 소리네

一門簪履三韓會,　　　八洞笙歌萬壽聲.

라고 했다. 이 세 연구(聯句)는 모두 한 격식(格式)이다.

하-3　　凡用故事不同, 或名號或言行. 大抵用事之聯罕有新意. 唯假借爲用, 如有新意, 然失實. 眉叟云, 老去陶潛方止酒, 慵多杜叟不梳頭. 此用古人名. 又云, 附熱肯追永氏子, 絶交偏恨孔方兄. 此假用名. 又云, 要作洞中秦博士, 何須墓上漢征西. 用古人官. 皇祖云, 氷廳掛鏡容寒士, 霜署提綱激暖卿. 假用官名. 文順公云, 墮車醉者只全酒, 把甕丈人寧有機. 用古人語. 皇祖云, 薄宦一生誰得鹿, 故人千里子知魚. 借用古人語.得鹿之語非指薄宦, 知魚之說不關故人, 此皆借用. 文順公云, 世味淺深曾染指, 人生得失已忘蹄. 染指借用古人事,與上知魚借用語同 忘蹄借用故人語, 詩家貴借用, 然用之不工, 則意反而語生. 尹直講于一, 趙直講文拔, 同在國學考藝試闈, 趙作詩云, 欲雨欲晴天半笑, 無風無月夜全聾. 尹吟味良久日, 此古人所謂借字甚工也.

무릇 고사(故事)를 사용하는 방법이 일정하지 않으니, 사람의 이름이나 언행(言行)을 사용하기도 한다. 대개 고사를 사용한 연구(聯句)가 새로운 뜻[新意]을 나타내는 것은 드문 일이다. 오직 고사를 빌려와 사용한 글이 마치 새로운 뜻을 지니고 있는 것 같으나 막상 그것은 실상을 잃기 쉽다.

미수(眉叟)의 시에 이르기를,

> 늘그막에 도잠은 술 끓으려 하고,[50]
> 게으른 두보는 머리를 빗지 않네.[51]
>
> 老去陶潛方止酒,　　　　慵多杜叟不梳頭.

라고 하였는데, 여기에서는 옛사람의 이름을 사용하였다. 또 이르기를,

> 더위에 붙어서 기꺼이 빙씨자[52]를 따르고,
> 절교하여 오직 공방형[53]을 한하네.
>
> 附熱肯追永氏子,　　　　絶交偏恨孔方兄.

라고 하여, 여기에서는 사물의 이름을 빌려 사용하고 있다. 또 이르기를,

> 동굴 속의 진나라 박사 되어야지,[54]
> 어찌 무덤 위의 한나라 정서[55] 되리오.

---

50) 늘그막에 도잠은 술 끓으려 하고 : 이 구절은 도연명의 「지주(止酒)」라는 시에 근거
　　한 것임. '居止次城邑, 逍遙自閒止. 坐止高蔭下, 步止蓽門裏. 好味止園葵, 大懽止稚
　　子. 平生不止酒, 止酒情無喜. 暮止不安寢, 晨止不能起. 日日欲止之, 營衛止不理.
　　徒知止不樂, 未知止利己. 始覺止爲善, 今朝眞止矣. 從此一止去 將止扶桑涘. 淸顏
　　止宿容, 奚止千萬祀.'(『정절선생집(靖節先生集)』권3)
51) 게으른 두보는 머리를 빗지 않네 : 이는 두보의 「춘망(春望)」이라는 시에 근거한 것
　　임. '國破山河在, 城春草木深. 感時花濺淚, 恨別鳥驚心. 烽火連三月, 家書抵萬金.
　　白頭搔更短, 渾欲不勝簪.'(『두시상주(杜詩詳註)』권3)
52) 빙씨자(永氏子) : 빙자(氷子)로 우박(雹)을 가리킴.
53) 공방형(孔方兄) : 엽전(葉錢)을 이름. 공방은 둥근 엽전에 뚫린 네모진 구멍을 뜻함.
　　이는 노포(魯褒)의 전신론(錢神論)에, '親之如兄, 字曰孔方.'이란 말에서 시작됐음.
54) 이 시구에서 진박사는 중국 한나라 때의 학자로 제남(濟南) 사람인 복생(伏生)을 가
　　리킴. 진시황이 분서갱유를 자행하여 예로부터 전해 오던 경서를 다 태우자 몰래 상
　　서(尙書)를 굴 속에 감춰 두었다가 한나라 초에 그것을 꺼내어 전파시켰음.
55) 정서(征西) : 정서대장군(征西大將軍)을 말하는 것으로 이는 임시로 맡는 관직이었음.

要作洞中秦博士, 　　　　何須墓上漢征西.

라고 한 것은 옛사람의 벼슬을 사용하였다. 내 조부님의 시에 이르기를

> 빙청[56]에 거울을 걸어 한미한 선비 용납하고,
> 상서[57]에 기강 세워 배부른 고관 놀라게 하네.

氷廳掛鏡容寒士, 　　　　霜署提綱激暖卿.

라고 하였는데, 이 시에서는 벼슬이름을 빌려 사용하고 있다.

문순공(文順公)의 시[58]에 이르기를,

> 수레에서 떨어진 취객은 다만 술이면 그만이니,
> 동이 안고 있는 어른이 어찌 기심(機心)이 있으리오.[59]

墮車醉者只全酒, 　　　　把甕丈人寧有機.

---

56) 빙청(氷廳): 중국 당나라 때 예부(禮府)에 속해 있던 사부(祠部)를 말함. 집행하는
　　일이 맑고 엄숙하다는 의미에서 생긴 말임.

57) 상서(霜署): 어사대(御史臺)의 이칭.

58) 이 시의 시제는 「신유 오월 초당단거무사 리원소지지가 독두시용성도초당시운 서한적
　　지락(辛酉五月草堂端居無事理園掃地之暇讀杜詩用成都草堂詩韻書閑適之樂)」(『동
　　국이상국집』 권10)으로 모두 5수. 여기에 인용된 연구는 마지막 수의 제3연. 그 전문을
　　보면, '古來達士貴知微, 田園將蕪何日歸. 莫問纍纍兼若若, 不曾是是況非非. 墮車醉
　　者只全酒, 抱甕丈人寧有機. 禦寇南華如可作, 吾將問道一摳衣.'

59) 동이 안고 …… 기심(機心)이 있으리오: 이 말은 순수한 마음을 지니고 싶다는 뜻.
　　『장자(莊子)』 「천지(天地)」편에, 자공(子貢)이 길을 가다가 단지로 우물물을 퍼다 논
　　에 대는 사람을 보고, '힘 들이지 않고 효과를 얻을 수 있는 기계가 있는데 왜 사용하
　　지 않느냐.'고 물으니, 그 농부가 대답하기를, '기계를 사용하면 요령을 부리는 마음
　　이 생기고, 요령을 부리면 순수한 마음을 잃게 된다.'고 하였음. '爲圃者忿然作色而
　　笑曰, 吾聞之吾師, 有機械者, 必有機事, 有機事者, 必有機沈, 機心存於胸中, 則純
　　白不備, 純白不備, 則神生不定, 神生不定者, 道之所不載也. 吾非不知, 羞而不爲也.
　　子貢瞞然慙, 俯而不對.'

라고 하였다. 여기에서는 옛사람의 말을 사용하고 있다. 내 조부님의
시에 이르기를,

> 평생 천한 벼슬에 누가 천하 얻으리오,
> 천리 밖에 있는 그대 내 뜻을 알리라.

> 薄宦一生誰得鹿,　　　　故人千里子知魚

라고 한 것은 옛사람의 말을 빌려서 사용했다. 천하를 얻는다[得鹿][60]는 말은
천한 벼슬을 가리키는 뜻이 아니며, 내 뜻을 안다[知魚][61]는 말은 고인(故人)과 관계없는
것으로 이것들은 모두 빌려서 사용한 것이다.

　문순공의 시에 이르기를

> 옅고 깊은 세상 일 일찍이 겪었으니,
> 얻고 잃는 인생살이 요령 이미 잊은 채네.[62]

> 世味淺深曾染指,　　　　人生得失已忘蹄

라고 한 것에서 염지(染指)[63]라는 말은 옛사람의 일을 빌려 사용한 것

---

60) 천하를 얻는다[得鹿] : 천하를 다스리는 임금의 자리를 얻는다는 뜻임. 녹(鹿)은 임
　금의 뜻으로 쓰임.

61) 내 뜻을 안다[知魚] : 『장자』「추수(秋水)편」에 나오는 말로서 관어지어(觀魚知魚)의
　약어. 곧 고기를 보고 고기의 심중을 헤아린다는 뜻임.

62) 이 연구의 시제는 「신유5월 초당단거무사 이원소지지가 독두시용성도초당시운 서
　한칙지락(辛酉五月草堂端居無事利園掃地之暇讀杜詩用成都草堂詩韻書閑邀之樂)」
　(『동국이상국집』 권10)으로 셋째 수의 제3연. 그 전문을 보면, '不把餘愚自汚溪, 幽
　栖粗免宦途迷. 披襟快却風來北, 隱几從敎日向西. 世味淺深曾染指, 人生得喪已忘
　蹄. 半窓林影搖森翠, 讀破書頭燕落花.'

63) 염지(染指) : 이는 『춘추좌전(春秋左傳)』「선공(宣公)」 4년에 나오는 것으로 국 속에
　손가락을 넣어 국 맛을 본다는 뜻이었는데, 전하여 지나친 이득을 꾀하는 것을 비유
　하는 말로 쓰이기도 함.

이고, 위에 인용된 시에서 지어(知魚)를 차용한 경우와 같다. 망제(忘蹄)[64]라는 말은 옛사람의 말을 빌려 사용한 것이다.

시인들은 시에서 빌려 사용하는 것[借用]을 귀하게 여기지만 그러나 그것에 익숙하지 못하면 곧 뜻이 반대로 나타나게 되고, 말이 생경(生硬)해진다.

윤우일(尹于一)과 조문발(趙文拔)[65] 두 직강(直講)이 함께 국학(國學)[66]에 있으면서 고예시(考藝試)[67]의 과장(科場)에 응시하였는데 조(趙)가 시를 지어 이르기를,

비올 듯 갤 듯 하늘은 반만 웃고,
바람도 달도 없어 밤은 오로지 귀머거리네.

欲雨欲晴天半笑,　　　無風無月夜全聾.

라고 했는데, 윤(尹)이 이슥토록 음미하다가 말하기를,

이 시는 옛 사람이 말한 '글자를 빌려 쓴 것'인데 심히 공교로운 시구이다.

---

64) 망제(忘蹄) : 이는 『장자』 「외물(外物)편」에 나오는 것으로 득토이망제(得兎而忘蹄)의 약어. 곧 토끼를 잡은 뒤에는 토끼잡이 올무는 쓸 데 없다는 뜻으로 이 뜻이 전하여 목적을 이루면 그 중간의 수단과 방법은 잊어버린다는 뜻임. '토사구팽(兎死狗烹)'과 같은 뜻의 말.

65) 조문발(趙文拔, ?~1227) : 고려 중기의 문신. 평안도 정융진(定戎鎭)의 향리출신으로 입신양명하여 관직이 예부낭중(禮部郎中)에까지 올랐음.

66) 국학(國學) : 고려시대 최고의 교육기관인 국자감을 이르는 말임. 뒤에 성균관으로 고쳤음.

67) 고예시(考藝試) : 과거의 본시험인 예시에 응시하기 전의 국자감 학생들에게 정기적으로 보이던 예비시험임. 국자감의 정기시험인 고예시(考藝試)를 실시하여 14분(分) 이상의 점수를 얻은 유생에게는 예시의 초장과 중장의 시험을 면제받고 곧바로 종장에 응시할 자격을 주었으며, 13분 이하 4분 이상의 점수를 얻은 유생에게는 초장의 시험을 면제하고 중장에 응시할 자격을 주었음.

라고 했다.

하-4 皇祖九月二十五日夜月云, 已將凉扇藏秋篋, 漸見寒鉤掛曉簾. 體物精妙. 文順公再三和李需詠白云, 笏光朝未退, 窓色醉方醒. 亦爲奇警. 康日用御試占韻賦雪云, 聲逐漁簑歸渭浦, 迹隨僧杖入天台. 此押强韻甚工. 予入北朝, 見故燕地村家壁上題, 春前有雨花開早, 秋後無霜葉落遲. 傍書曰, 端的, 次殆謂叙事對屬端的也. 鄭與齡和文懿公葦詩云, 春芽綠日河豚上, 秋葉黃時寒雁來. 此賦物端的也, 叙事不及賦物. 世傳, 文懿公見與齡此句曰, 吾詩不敢與此同板, 遂削之, 此言之者過耳. 觀鄭詩, 雖端的是新進, 刻燭賦物, 號爲急作者之體也. 昔爲童冠赴夏課會, 占韻急作土卵云, 種時鳩始乳, 收日雁初賓. 亦其體. 櫻桃云, 摘來夏實珠千顆, 想得春花雪一枝. 此亦一骨而異體. 有二生賦絞床, 一曰, 下恐壓顚擎柱錯, 中嫌陷落絡繩多. 一曰, 靑衫影裏承恩少, 畵角聲中得意多. 厭顚之聯意巧語瑣, 靑衫之語非新進急作, 乃老儒語也. 李侍郎需被人請走筆, 賦鞘子云, 裹皮尙有將軍質, 著漆猶存國土風. 恐管不留中漸窄, 惡塵多滯下微通. 恐管之聯與壓顚之聯, 語格同, 其使恐留惡三字, 尤生且疎. 然爲時俗所尙, 裹皮著漆皆常談也. 若改爲裹革漆身, 此聯有可觀.

내 조부님의 「구월 이십오일 야월(九月二十五日夜月)」 시에 이르기를,

이미 시원하게 해준 부채 가을이라 상자에 감추니,
점점 서늘한 가을달[68] 새벽 발에 걸려 있는 것 보네.

---

68) 서늘한 가을달[한구(寒鉤)] : 구는 발(簾)을 걷어 거는 갈고리로 한구는 싸늘하게 빛나는 발걸이를 뜻 하는데 여기에서 파생하여 초생달이나 그믐달을 의미함.

已將凉扇藏秋篋,　　　漸見寒鉤掛曉簾.

라고 하였는데, 사물을 체득한 것이 정묘(精妙)하다.

문순공(文順公)이 이수(李需)[69]가 백(白)을 읊은 시에 재삼 화운(和韻)하여 이르기를,

> 홀 빛은 아침에도 아직 물러가지 않고,
> 창 빛은 취했다 이제야 깨어나네.[70]

笏光朝未退,　　　窓色醉方醒.

라고 하였으니, 이 시 또한 기발하고 놀랍다.

강일용(康日用)[71]이 어시(御試)에서 낸 운자(韻字)에 따라 눈(雪)을 두고 지은 시, 「어시 점운 부설(御試占韻賦雪)」에 이르기를,

> 소리는 어부의 도롱이를 좇아 위포로 돌아가고,[72]
> 자취는 스님의 석장(錫杖)[73]을 따라 천태에 드네.

---

69) 이수(李需) : 고려 중기의 문신. 초명(初名)은 종주(宗胄). 자는 낙운(樂雲). 최이(崔怡)의 총애를 받아 벼슬이 예부시랑(禮部侍郎)에 올랐으며, 이규보의 묘지명과 문집의 서문을 쓸 정도로 이규보와의 교우가 깊었음.

70) 이 시의 시제는 「차운 이학사백전 갈시랑남성 임랑중성간 화 영백시(次韻李學士百全葛侍郎南成林郎中成幹和詠白詩)」(『동국이상국집후집』 제2권)로 여기에 인용된 연구는 모두 18연 가운데 제7연.

71) 강일용(康日用) : 고려 전기의 문신. 시에 일가를 이루어 이인로의 『파한집』에는 그와 관련된 시화(詩話)가 실려 있음. 임유정(林惟正)과 함께 옛사람의 시구(詩句)를 모아서 시를 짓는 백가의(百家衣) 시체(詩體)에 능하였다고 하나 그의 시는 전하는 것이 거의 없음.

72) 소리는 어부의 …… 돌아가고 : 주나라 강태공(姜太公) 여상(呂尙)이 주나라 문왕을 기다리며 위수(渭水)에서 도롱이를 쓰고 낚시하던 고사에 근거한 것임.

73) 석장(錫杖) : 스님이나 도사가 사용하는 지팡이. 세상 사람들에게 경각심을 일깨우기 위해서 지팡이에 요란한 장식을 달아 소리를 울리게 하여 짚고 다녔음.

聲逐漁簑歸渭浦,　　　迹隨僧杖入天台.[74]

라고 했는데, 여기에서는 강운(强韻)을 압운(押韻)한 것이 심히 공교롭다.

　내가 북조(北朝)에 들어갔을 때[75] 옛날 연(燕)나라 땅의 어느 시골집 벽 위에 써놓은 시를 발견했는데 그 시에 이르기를,

　　봄이 오기 전에 비 내리니 꽃이 일찍 피고,
　　늦은 가을에도 서리 내리지 않으니 낙엽 더디 지네.

　　春前有雨花開早,　　　秋後無霜葉落遲.

라고 하여서는 그 옆에 방서(傍書) 해놓기를, 이 시는 단아(端雅)하고 적실(的實)하다고 했는데 이 말은 대개 사실을 서술하여 대(對)를 맞춰 이룬 것이 그렇다는 것이다.

　정여령(鄭與齡)[76]이 문의공(文懿公)[77]의 「갈대[葦]」라는 시에 화운하여 이르기를,

　　봄 싹이 푸르러지는 날에 하돈[78]이 올라오고,
　　가을잎 노랗게 물들 때 변방 기러기 날아오네.

---

74) 천태(天台) : 중국 절강성 태주부 서쪽에 있는 산 이름. 여기에서 북제(北齊) 말기에서 수(隋)나라 사이에 활약한 지의대사(智顗大師, 538~597, 속성은 진陳, 이름은 덕안德安)가 이 산에서 수행하여 천태종(天台宗)을 개설한 뒤로 중국 불교의 일대 도량(道場)이 되었는데 지금도 국청사(國淸寺) 등의 큰 절이 있음.
75) 내가 북조(北朝)에 들어갔을 때 : 최자가 당시 북송을 강남으로 몰아내고 실질적으로 중국을 지배했던 금(金, 1115~1234) 나라에 사신행차의 일원으로 갔던 것을 가리킴.
76) 정여령(鄭與齡) : 고려 전기의 문신. 『파한집』에 그에 대한 시화가 소개되어 있음.
77) 문의공(文懿公) : 고려 중기의 문신인 최선(崔詵, ?~1209)의 시호.
78) 하돈(河豚) : 복어의 이칭. 하(河)는 복어가 하·해(河海) 어디에서나 난다는 뜻이고, 돈(豚)은 그 고기의 맛이 좋다는 뜻에서 나온 말임. 매성유(梅聖兪)의 시에 하돈시(河豚詩)가 있기 때문에 그를 매하돈(梅河豚)이라고도 함.

春芽綠日河豚上,　　　秋葉黃時塞雁來.

라고 하였는데, 이 시에서 사물을 읊은 것이 단아하고 적실하니, 사실을 서술한 것이 사물을 읊은 것에 미치지 못한다고 하겠다. 세상에 전하기를, 문의공이 정여령의 이 시구를 보고 말하기를,

> 내 시가 감히 이 시와 함께 판각(板刻)될 수 없다.

하고는 마침내 자신의 시구를 삭제했다고 하나 이는 너무 지나친 말일 따름이다. 정여령의 시를 보니 비록 단아하고 적실하지만 이는 신진(新進)의 시인이 각촉(刻燭)을 다투는 짧은 시간[79]에 사물을 읊은 것이니, 이것을 급작(急作)스럽게 이룬 체(體)라고 한다.

옛날에 나이 어린 약관의 젊은이들이 하과회(夏課會)[80]에 나아가 운(韻)을 내어 급작(急作)으로 토란(土卵)을 두고 읊었는데 그 시에 이르기를,

> 토란을 심을 때 비둘기 처음으로 알에서 깨어나더니,
> 토란 거두어들이는 날에 기러기 처음 찾아오네.
>
> 種時鳩始乳,　　　收日雁初賓.

---

79) 각촉(刻燭)을 다투는 짧은 시간 : 예전에 여러 사람들이 모여 시회(詩會)를 열어 서로 재능을 다툴 때 누가 빠르면서도 훌륭한 시를 짓는가를 경쟁하기 위하여 촛불에 금을 그어서는 그 선까지 타들어가는 짧은 시간에 시를 지어서 그 우열을 다투던 놀이. 이를 각촉부시(刻燭賦詩)라고 했는데, 중국 위진남북조의 남조(南朝)시대에 처음 시작되었고, 우리나라에서는 고려 때 유행하였음.

80) 하과회(夏課會) : 고려 선비들의 학습 관례. 5, 6월이 되면 선비들이 승방(僧房)을 빌려 약 50일간 모여 글을 읽는 것이 관례였는데 이런 모임을 하천도회(夏天圖會)라고도 했음. 여기서는 구경삼사(九經三史)를 강론하고 각촉부시(刻燭賦詩)를 시험했음. 여기에서 보면, 고려시대의 절간은 단순히 불도를 닦는 도량의 역할 외에도 사람들에게 모임이나 숙박을 제공하는 곳이기도 했음.

라고 했는데, 이 시구 또한 급히 이룬 체다.

「앵도(櫻桃)」라는 시에 이르기를,

> 따온 여름과일은 구슬이 일천 덩이요,
> 봄꽃 얻자 했더니 가지마다 눈송이네.
>
> 摘來夏實珠千顆,　　　想得春花雪一枝.

라고 하였다. 이 또한 같은 골격(骨格)을 이루고 있으나, 시체(詩體)를 달리 한다.

두 서생(書生)이 교상(絞床)을 읊었는데 한 서생이 읊은 시에 이르기를,

> 아래는 눌러 엎어질까 기둥을 엇갈려 받쳤고,
> 가운데는 무너질세라 이리저리 얽어 맺네.
>
> 下恐壓顚擎柱錯,　　　中嫌陷落紹繩多.

라고 했다.

다른 한 서생이 이르기를,

> 청삼[81] 그림자 속에 은혜 받음이 적고,
> 화각소리[82] 중에 많은 뜻 얻었네.
>
> 靑衫影裏承恩少,　　　畫角聲中得意多.

---

81) 청삼(靑衫) : 청색의 윗저고리. 이는 신분이 낮은 사람이 입는 의복으로 뜻이 전하여 아직 벼슬을 얻지 못한 서생(書生)의 뜻으로도 쓰였음.

82) 화각성(畫角聲) : 화각은 악기의 일종으로 모양은 죽통(竹筒)과 비슷하며, 대나무나 혹은 대나무에 가죽과 구리를 입혀 만드는데 겉에 채색과 그림을 그렸음. 이 화각의 소리는 사람의 감정을 고무시키기 때문에 군대에서 사기진작을 위해 주로 불었다고 함. 화각성은 곧 중국 위(魏)나라 조식(曺植)이 찬한 화각삼롱(畫角三弄)이라는 곡명(曲名)임.

라고 했는데, '압전(壓顚)'의 연구(聯句)는 뜻이 교묘하나 말이 좀스러우며, '청삼(靑衫)'의 연구는 그 말이 신진(新進)이 급히 만들 수 있는 것이 아니니 이는 곧 노성한 선비가 이룬 말이라고 하겠다.

시랑(侍郎) 이수(李需)가 어떤 사람에게서 주필(走筆)로 칼집[鞘子]에 대하여 시를 지어 줄 것을 부탁받았다. 시를 지어 이르기를,

> 덮어 싼 가죽에는 아직 장군의 기질이 남아 있는데,83)
> 옻을 칠한 것에서 오히려 국사의 위풍이 있네.84)
> 칼이 빠질까봐 대롱의 가운데가 점점 좁아지고.
> 먼지 많이 쌓이는 것 싫어 아래가 조금 틔었네.

> 裹皮尙有將軍質,　　著漆猶存國士風.
> 恐管不留中漸窄,　　惡塵多滯下微通.

라고 했다. '공관(恐管)'의 연구는 위의 '압전(壓顚)' 연구와 그 말과 풍격(風格)이 같으며, 이 시에서 공(恐), 유(留), 오(惡) 세 자를 사용한 것이 더욱 생경(生硬)하고 소략(疏略)하다. 이러한 말은 세상 사람들이 즐겨 사용하는 것으로 과피(裹皮)와 착칠(著漆)은 모두 평범한 말이다. 만약

---

83) 덮어 싼 가죽에는 …… 남아 있는데 : 이는 중국 후한(後漢)의 복파장군(伏波將軍) 마원(馬援)이 말한 것으로 그가 일찍이 '대장부라면 마땅히 전쟁터에서 죽어 말가죽으로 그 시체를 싸서 장사지내는 것을 달가이 여겨야 할 것이다.(男兒要當死於邊野, 以馬革裹尸, 還葬)'(『후한서』 권54)라고 하였음.

84) 옻을 칠한 것에서 …… 위풍이 있네 : 이는 『사기』 권86 「예양전(豫讓傳)」에 나오는 것으로 중국 진(晉)나라 지백(智伯)이 예양을 국사(國史)로 대접했는데, 지백이 조양자(趙讓子)에게 죽자 예양이 지백의 원수인 조양자를 죽이기 위하여 온몸에 옻칠을 하여 나병환자로 꾸미고 숯을 삼켜서 벙어리 행세를 하고는 조양자가 지나가는 다리 아래에 잠복해 있었으나 말이 놀래어 결국 계획이 실패로 돌아가자 칼로 자살한 고사에 기댄 것임. '豫讓事中行之君, 智伯伐而滅之, 移事智伯. 及趙滅智伯, 豫讓釁面吞炭, 必報襄子, 五起而不中. 人問豫子, 豫子曰, 中行衆人畜我, 我故衆人事之, 智伯國士遇我, 我故國士報之.'

이것을 고쳐서 과혁(裹革)과 칠신(漆身)으로 했더라면 이 연구(聯句)는
볼만 했을 것이다.

하-5 詩評曰, 氣尙生語欲熟. 初學之氣生然後壯氣逸, 壯氣逸然後
老氣豪. 文順公少年走筆, 皆氣生之句, 膾炙衆口, 如次韻文長老見贈
云, 睡美工夫深巷雨, 夜寒消息一甁氷. 又, 數篇詩句閑中迫, 一局棋
聲靜裏喧. 又, 一洞烟霞僧富貴, 兩峰松月鶴生涯.其寺對兩峰 朝暮鳥聲
門外樹, 古今人影路傍潭. 又, 階竹困陰孫未長, 庭梅飽雨子初肥. 又,
顔逢美酒雙紅易, 眼爲佳人一白難. 滿林白雪猿跳破, 半壁斜陽鳥喚
殘. 竹根擘地龍腰曲, 蕉葉翻堦鳳尾長. 蟬腹硯寒書易凍, 狨蹄鑪煖坐
慵遷. 觀棋遺迹衣生皺, 省酒奇功語減喧. 半壁斜陽, 語格淸爽, 省酒
奇功, 氣生語熟, 古今人影辭, 雖已陳, 屬意則新, 閑中迫辭, 聯淺而意
不淺. 無衣子爲大學生時, 野行云, 臀筐桑女盛春色, 頂笠簑翁戴雨聲.
陳補闕云, 觸石樹腰成磊硍, 入地泉脚失潺湲. 臀筐之句, 氣與語俱生,
爲時俗所尙, 觸石聯, 氣雖生語猶熟, 雖詩老亦驚.

　시평(詩評)에 이르기를,

　　기(氣)는 살아 있는 것을 숭상하고, 말은 원숙(圓熟)하기를 바란다. 처
　음 시를 배우는 자의 기(氣)가 살아 있는 뒤에야 장년(壯年)의 기가 빼어
　나게 되며, 장년의 기가 빼어난 뒤에야 노년의 기가 호방해진다.

라고 했다.
　문순공(文順公)이 소년시절에 붓을 달려 쓴 모든 시문(詩文)에는 기운
이 살아 있어서 사람들의 입에 자주 오르내렸다. 이러한 시로는 공이

문장로(文長老)가 준 시를 보고 거기에 차운(次韻)한 것이니 그 시에 이르기를,

한가롭게 잠 즐기기는 깊은 거리에 비 내릴 때이고,
밤이 추웠다는 소식은 한 병의 얼음에서 알겠네.[85]

睡美功夫深巷雨,　　　夜寒消息一瓶氷.

라고 했고 또 이르기를,

두어 편의 시구 짓느라 한가로운 중에 분주하고,
한판의 바둑 두는 소리는 고요한 속에 시끄럽네.[86]

數篇詩句閑中迫,　　　一局棊聲靜裏喧.

라고 했다. 또 이르기를,

한 골짜기의 연하는 스님들이 누리는 부귀이고,
두 봉우리 사이의 송월은 학이 살아가는 터전이네.
그 절은 두 봉우리를 마주하고 있다.

一洞烟霞僧富貴,　　　兩峰松月鶴生涯.
其寺對兩峰

---

85) 이 연구의 시제는 「진군부화 우 차운증지(陳君復和又次韻贈之)」(『동국이상국집』 권11)로 모두 두 수 가운데 둘째 수의 제3연. 그 전문을 보면, '憂喜忘來似定僧, 任他金粟巧排燈. 琳條蔭地强千丈, 玉隴通天僅萬層. 睡美功夫深巷雨, 夜寒消息一瓶氷. 卜商肥瘠君何向, 已覺紛華戰不勝.'

86) 이 연구의 시제는 「윤동년의 진동년식 진화견방 용유빈객시운 각부(尹同年儀陳同年湜陳澕見訪用劉賓客詩韻各賦)」(『동국이상국집』 권11)로 그 전문을 보면, '二年蓬轉久離根, 邂逅寒暄只一言. 邀醉散仙天是幕, 鑠留歸客雪爲門. 數篇詩句閑中迫, 一局棊聲靜裏喧. 到處逢場卽仙境, 九霞觴滿草輕飜.'

라고 했고 또 다른 시에 이르기를,

> 아침저녁 새 소리는 문 밖의 나무에서 들려오고,
> 예제의 사람 그림자는 길가 연못에 비치네.[87]

> 朝暮鳥聲門外樹,　　　古今人影路傍潭.

라고 했다. 또 이르기를,

> 섬돌의 대나무는 그늘에 시달려 죽순 자라지 않는데,
> 뜨락의 매화는 비 흠뻑 머금어 열매 비로소 살지네.[88]

> 階竹困陰孫未長,　　　庭梅飽雨子初肥.

라고 했고 또 이르기를,

> 얼굴이 좋은 술을 만나 두 뺨 쉽게 붉어지고,
> 눈은 아름다운 사람 때문에 흘겨보기 어렵네.

> 顔逢美酒雙紅易,　　　眼爲佳人一白難.

라고 했고 또 이르기를,

> 숲에 가득 쌓인 눈 잔나비 뛰어올라 무너지고,
> 반벽에 석양 비끼니 새 소리 잦아드네.[89]

---

87) 이 연구의 시제는 「제황려정천사 의사야경루(題黃驪井泉寺誼師野景樓)」(『동국이상
　　국집』 권17)로 모두 12연 가운데 제4연임.

88) 이 연구의 시제는 「화 숙봉성(和宿峰城)」(『동국이상국집』 권7)으로 그 제2연. 여기
　　에서는 '階竹……'으로 되어 있으나 문집에는 '溪竹……'임. 그 전문을 보면, '半山斜日
　　過簷遲, 淸句唯吟杜紫薇. 溪竹困陰孫未長, 庭梅飽雨子初肥. 旅軒風簟牽人睡, 野鼎
　　春蔬慰客飢. 千里倦遊誰勞問, 石樓僧定鎖煙霏.'

滿林白雪猿跳破,　　　半壁斜陽鳥喚殘.

라고 했으며 또 이르기를,

땅 위로 뻗친 대뿌리는 용의 허리 굽이친 듯하고,
섬돌을 뒤덮은 난초 잎은 봉황의 긴 꼬리 같네.[90]

竹根擘地龍腰曲,　　　蕉葉飜堦鳳尾長.

라고 했고, 또 이르기를,

섬복연[91] 싸늘해 보이니 글자가 얼기 쉽고,
예제로[92] 따스하니 앉은 자리 옮기기 싫네.

蟾腹視寒書易凍,　　　猊蹄爐煖坐慵遷.

라고 했다. 또 이르기를,

바둑판을 떠나니 남은 흔적은 옷에 생긴 주름이요,
술을 줄이니 기특한 공은 시끄러운 말 적어진 것이네.[93]

---

89) 이 연구의 시제는 「일만 도사소작 용피일휴시운 각부(日晚到寺小酌用皮日休詩韻各賦)」(『동국이상국집』 권7)로 여기에서의 '半壁斜陽……'이 문집에서는 '半壁紅暉……'로 되어 있음. 그 전문을 보면, '碧瓦鱗差出樹端, 洞門人靜立蒼官. 滿林白雪猿跳破, 半壁紅暉鳥喚殘. 香爐冷堆山室寂, 磬聲淸斷石窓寒. 我狂漸息堪禪縛, 莫作當年獵將看.'

90) 이 연구의 시제는 「우거 천룡사 유작(寓居天龍寺有作)」(『동국이상국집』 권9)으로 여기에서의 '擘'과 '飜堦'가 문집에서는 '迸'과 '當窓'으로 되어 있음. 그 전문을 보면, '全家來寄碧山傍, 矮帽輕衫臥一床. 肺渴更知村酒好, 睡昏聊喜野茶香. 竹根迸地龍腰曲, 蕉葉當窓鳳尾長. 三伏早休民訟少, 不妨時復事空三.'

91) 섬복연(蟾腹硯) : 벼루 이름. 벼루 모양을 두꺼비의 불룩한 배처럼 형용한 것에서 나온 명칭.

92) 예제로(猊蹄爐) : 화로 이름. 화로의 모양을 사자 발굽처럼 형용한 것에서 나온 명칭.

93) 이 연구의 시제는 「명일 윤군부견화 차운 기답(明日尹君復見和次韻寄答)」(『동국이

　　　觀棋遺迹衣生皺,　　　　　省酒奇功語滅喧.

라고 했다. 위에서 '반백사양(半壁斜陽)'의 구절은 말과 격식이 맑고 상쾌하며, '성주기공(省酒奇功)'의 구절에서는 기(氣)가 살아 있고 말이 원숙(圓熟)하며, '고금인영(古今人影)'의 구절은 말이 비록 진부하나 나타낸 뜻은 새롭고, '한중박(閑中迫)'의 구절은 말이 천근(淺近)하지만 뜻은 그렇지 않다.

　무의자(無衣子)[94]가 태학생(太學生)이 되었을 때 지은 「야행」(野行)이라는 시에 이르기를

　　　뽕 바구니 옆에 낀 여인에겐 봄빛이 한창이고,
　　　삿갓에 도롱이 걸친 노인은 빗소리를 머리에 이었네.

　　　臂筐桑女盛春色,　　　　　頂笠簑翁戴雨聲.

라고 했다. 진보궐(陳補闕)이 이르기를,

　　　돌에 닿은 나무 허리 높이까지 돌무덤 이루었고,
　　　땅속에 뻗어있는 샘물은 가는 물줄기를 잃었네.

　　　觸石樹腰成磊磈,　　　　　入池泉脚失潺湲.

라고 했다. '비광(臂筐)'의 연구는 기(氣)와 말이 함께 살아 있어서 세상

　　상국집』 권9)으로 모두 두 수 중 첫째 수의 제3연. 그 전문을 보면, '草堂蕭灑斗城根,
　　閑把南華獨寓言. 誰謂幽居如避世, 有時高駕或敲門. 觀棋遺迹衣生皺, 省酒奇功語滅
　　喧. 可怪先生多事在, 邇來禪話似瀾飜.'

94) 무의자(無衣子, 1178~1234) : 고려 중기의 스님인 진각국사(眞覺國師) 혜심(慧諶,
　　1178~1234)의 호. 신종 2년에 사마시(司馬試)에 급제하여 태학생(太學生)이 되었으
　　나 얼마 뒤에 보조국사(普照國師)를 좇아 입산했음. 법력이 뛰어나 조계(曹溪) 제2세
　　에 올랐음. 저서에 『선문강요(禪門綱要)』, 『선문염송(禪門拈頌)』 등이 있음.

사람들이 숭상할 만하고, '촉석(觸石)'의 연구(聯句)는 기(氣)가 살아 있고
말 또한 원숙하니 비록 시에 일가를 이룬 시인이 보더라도 놀랠 만하다.

하-6 凡詩紀美自叙, 皆要其得實. 或用同姓名故事, 是謂精博. 趙
文正公和崔琴兩相國唱和詩云, 貴系題鷹後, 仙源駕鯉孫. 用同姓事.
欲同鸞放手, 年別桂分思. 此紀美得實, 崔·琴皆忠肅公門下壯元故
也. 崔相復和云, 庭蘭同舊臭, 門笋接新孫. 自叙得實. 弄翰殘星詠, 臨
戎愛日恩. 用同姓并得實也. 誥院孫得之和進云, 失多名負得, 兒少姓
慙孫. 此用同姓名之字, 爲自叙也.

무릇 시는 아름다움을 기술하고 자연스럽게 서술해야 하지만 어떤
경우라도 그 실상을 얻어야 한다. 혹 시에서 같은 성씨의 고사(故事)를
용사하기도 하는데 이때는 정밀(情密)하고 해박(該博)해야 한다. 조문
정공(趙文正公)[95]이 최·금(崔琴)[96] 두 상국(相國)의 창화시(唱和詩)에 화
운(和韻)하여 이르기를,

> 귀한 가문이니 매를 읊은 사람[97]의 후손이고,
> 신선의 원천이니 잉어를 멍에한 사람[98]의 손자로다.

---

95) 조문정공(趙文正公): 고려 중기의 문신인 조충(趙沖, 1171~1220)을 이름. 문정은
그의 시호.

96) 최·금(崔琴): 최홍윤(崔洪胤, ?~1229)과 금의(琴儀, 1153~1230)를 이름.

97) 매를 읊은 사람[題鷹後]: 이는 중국 당나라 때 재상을 지낸 최현(崔鉉)이 매를 소제
로 해서 시를 쓴 사실을 말함. 곧 최홍윤은 최현의 후손이란 뜻임. 최현의 시「영가상
응(詠架上鷹)」을 보면, '天邊心膽架頭身, 欲擬飛騰未有因. 萬里碧霄終一去, 不知誰
是解條人.'

98) 잉어를 멍에한 사람[駕鯉孫]: 이는 중국 전국시대 조(趙)나라 사람인 금고(琴高)를
가리킴. 금고가 바다 속에서 잉어를 타고 나왔다는 고사를 두고 말한 것으로 금의(琴
儀)가 금고의 후손임을 말하고 있음. '琴高, 周末趙人, 能鼓琴, 爲宋康王舍人, 浮游

　　　貴系題胥後,　　　仙源駕鯉孫.

라고 했는데, 이는 같은 성(姓)의 고사를 용사한 것이다. 또 이르기를,

　　골짜기 같은데 꾀꼬리는 손에서 달아나고,[99]
　　나이는 다른데 계수나무는 은혜를 나누네.[100]

　　　谷同鸎放手,　　　年別桂分恩.

라고 하였는데, 이는 서술한 것이 아름답고 실상을 드러내고 있으니, 최(崔)와 금(金)이 모두 모두 충숙공(忠肅公)[101]의 문하(門下)로서 장원(壯元)에 올랐기 때문이다.

　　최상국(崔相國)이 다시 화운하여 이르기를,

　　뜨락의 난초[102]는 옛 향기 그대로고,
　　문하의 죽순[103]은 새 자손 맞았네.

　　冀州涿郡間. 後與諸弟子期, 入涿水取龍子, 某日當返. 至期, 弟子候於水旁, 琴高果乘鯉而出. 留一月, 復入水.'(한漢나라 유향劉向의 『열선전(列仙傳)』·금고琴高)

99) 골짜기 같은데 …… 달아나고 : 이는 꾀꼬리가 좁은 유곡(幽谷)에서 나와 높은 교목(喬木) 위로 옮겨 간다는 뜻으로 이를 천앵(遷鸎)이라고 함. 곧 선비가 과거에 오르거나 득의(得意)하는 것을 상징하는 말임.

100) 나이는 다른데 …… 나누네 : 이는 나이가 다른 두 사람이 과거를 관장한 좌주(座主)인 은문(恩門)에게서 급제의 은혜를 입었다는 뜻임. 계수나무를 얻는다는 것은 과거에 오른다는 뜻이기 때문임. 『진서(晉書)』 권52 극선전(郤詵傳)에 보면, 극선이 옹주자사(雍州刺史)로 외직에 나갈 때 무제가 그를 전송하며 "경은 자신을 어떻다고 생각하느냐."고 물으니 대답하기를, "신이 과거에 급제할 때 대책(對策)이 천하제일이라고 하였습니다. 그리하오니 계림(桂林)의 한 가지요, 곤산(崑山)의 편옥(片玉)이라고 할 만합니다[猶桂一枝, 崑山片玉]."라고 한 것에서 이 말이 유래되었음.

101) 충숙공(忠肅公) : 고려 중기의 문신인 문극겸(文克謙, 1122~1189)을 이름. 충숙은 그의 시호.

102) 뜨락의 난초[庭蘭] : 뜨락에 심은 아름다운 난초라는 말로, 다른 사람의 사랑스런 자제(子弟)를 이름. 지란옥수(芝蘭玉樹)라는 말이 있음.

　　庭蘭同舊臭,　　　門笋接新孫.

라고 하였는데, 이는 서술한 것이 자연스럽고 실상을 말하고 있다. 또
이르기를,

　　붓을 놀려 별을 읊조린 것 남아 있고,[104]
　　전쟁에 임하여 임금의 은혜 사랑하네.[105]

　　弄翰殘星詠,　　　臨戎愛日恩.

라고 했는데, 이것은 같은 성(姓)을 용사하였고 아울러 실상을 얻었다.
고원(誥院)의 손득지(孫得之)가 화운하여 올린 시에 이르기를,

　　잃은 것이 많아 이름에 득자를 저버렸고,
　　아이들이 적어 성이 손씨인 것 부끄럽네.

　　失多名負得,　　　兒少姓慙孫.

라고 했다. 여기에서는 같은 성명의 글자를 용사한 것으로 서술이 자
연스럽다.

---

103) 문하의 죽순[門笋] : 자신의 문하에서 성장한 제자로 여기에서는 과거에서 지공거
　　에게 발탁된 훌륭한 문하생을 이름.
104) 글을 지어 …… 남아 있고 : 중국 당나라 대종(代宗, 재위기간 763~779) 때 문신인
　　최종(崔淙)이 지은 「오성동색부(五星同色賦)」에서 별을 읊은 사실에 기댄 것임.
105) 전쟁에 임하여 …… 사랑하네 : 중국 전국시대 적(狄)이 노(魯)나라를 침입했을 때
　　풍서(酆舒)가 가계(賈季)에게 묻기를, '아버지 조최(趙衰)와 그의 아들 조순(趙盾)
　　중에 누가 어진가.'라고 하니 답하기를 조최는 겨울의 햇빛이고 조순은 여름의 햇빛
　　이라고 한 고사에 기댄 것임. '酆舒問於賈季曰 : '趙衰・趙盾孰賢?' 對曰 : '趙衰, 冬
　　日之日也, 趙盾, 夏日之日.'(『좌전』 문공 7년) 두예(杜預)의 注에, '冬日可愛, 夏日
　　可畏. 後以冬愛比喩仁愛慈.'

하-7   河直講千旦訪子曰, 康日用賦鷺鷥云, 飛割碧山腰, 苦吟未得
對, 後眉叟對云, 占巢喬木頂, 載之破閑. 凡續補是好事, 如未得佳句
則已, 何眉叟自揚已短如彼乎, 君其削去. 子對曰, 破閑載, 鄭舍人至
都門而返, 黃彬彬慟哭下樓似乎過矣. 然先覺之言不敢擅非, 況以占巢
喬, 對飛割碧熟矣, 何削, 河怒其拒, 突然便去. 時座客有兩三客, 吟味
良久曰, 請各對之, 曰, 立拳靑草面. 或, 起穿靑壟首. 或, 睡偎紅蔘脛.
或, 立窺清沼面. 或, 叫穿明月脇. 爭自爲勝. 子戲曰, 康李兩老, 豈不
能道爾輩此等句也, 客呵呵而罷.

직강(直講) 하천단(河千旦)이 나를 찾아와 이르기를,

강일용(康日用)이 해오라기[鷺鷥]를 읊어

푸른 산허리 가르며 날아가네

飛割碧山腰

라고 하여서는 대구를 지으려고 고심했으나 이루지 못했소. 뒤에 미수가
대구를 지어 이르기를,

높은 나무 꼭대기에 둥지 쳤네

占巢喬木頂

라고 하여서는 『파한집(破閑集)』에 실었소.106) 무릇 완전하지 못한 것을
잇고 보충하는 것은 좋은 일이지만, 만약 훌륭한 대구를 얻을 수 없다면
바로 그만 두어야 하는데 어째서 미수는 스스로 부족한 재주를 저와 같
이 드러냈단 말이오. 군자께서는 그것을 삭제해 버렸으면 하오.

---

106) 이 사실은 『파한집』 상권에 실려 있음.

라고 했다. 이에 내가 대답하기를,

『파한집』에 정사인(鄭舍人)이 도문(都門)에 이르렀다 돌아갔다[107]는 것과 황빈빈(黃彬彬)이 통곡하며 누대(樓臺)에서 내려갔다[108]는 기사를 실은 것은 그럴 듯해 보이지만 잘못 된 것이오. 그러나 선각자(先覺者)의 말을 감히 독단적으로 옳지 않다고 말할 수는 없소. 하물며 '점소교(占巢喬)'로써 '비할벽(飛割碧)'에 대구한 것은 원숙한 표현인데 어찌 그것을 삭제하라고 하오.

라고 하니, 하(河)가 나의 거절에 화를 내며 뛰쳐나갔다. 그때에 같은 자리에 두세 명의 손님이 있었는데, 그들이 오래도록 그 시구를 음미하다가 각자 대구를 지어 보자고 하여서는 읊기를,

　　서서 푸른 풀을 향하여 손짓 하네
　　立拳靑草面

라고 했고, 또 이르기를,

　　일어나 푸른 언덕 머리를 뚫네
　　起穿靑壠首

라고 했으며, 또 이르기를,

　　잠에 빠져 붉은 여뀌 줄기에 의지했네.
　　睡偎紅蓼脛

---

107)『파한집』 상권에 실려 있음.
108)『파한집』 중권에 실려 있음.

라고 했고, 또 이르기를,

> 서서 맑은 소를 엿보네.
> 立窺淸沼面

라고 했으며, 또 이르기를

> 부르짖으며 밝은 달의 옆구리를 뚫네
> 叫穿明月脇

라고 하였는데, 모두 각자 자신의 대구가 낫다고 다투었다. 내가 희롱
하여 말하기를,

> 강·이(康李)의 두 노대가(老大家)들이 어찌 여러분들이 제시한 이 같
> 은 대구를 말할 수 없었겠소.

라고 하니, 손님들이 껄껄 웃으며 자리를 파했다.

하-8   趙承宣伯琪, 文正公之子, 弱冠擢第. 不數年腰犀爲襯衣使,
過淸風縣, 其監務井宗厚, 膝行膜拜而進曰, 我是嚴君同榜, 不幸陸沉,
年將七十, 始得此任. 趙驚起避席再拜, 作詩贈之曰, 靑衫門外白頭翁,
曾共先人折桂叢. 同榜盡爲卿相貴, 可憐七十在淸風. 時趙年二十餘,
詩語已老.

  승선(承宣) 조백기(趙伯琪)는 문정공(文正公)[109]의 아들로 약관의 어

---

109) 문정공(文正公) : 고려 중기의 문신인 조충(趙沖, 1171~1220)의 시호.

린 나이에 과거에 급제하였다. 그는 과거에 오른 지 몇 년 만에 서대(犀席)110)를 찬 친의사(襯衣使)111)가 되어 청풍현(淸風縣)112)을 지나가게 되었는데, 그곳의 감무(監務)113)인 정종후(井宗厚)가 무릎으로 기듯이 들어와 절하며 말하기를,

> 소관(小官)은 공의 엄친과 함께 같은 해에 과거에 급제하였으나 불행하게도 때를 만나지 못하여 고심하다가 나이 일흔 가까이 돼서야 처음으로 이 소임을 맡았소이다.

라고 했다. 조백기가 깜짝 놀라 일어나 자리를 피하여 두 번 절하고는 시를 지어 그에게 주었는데, 그 시에 이르기를,

> 청삼의 문 밖에 흰머리 노인이니,
> 일찍이 선인과 함께 계수나무 찍었다네.
> 같은 해 급제한 선인은 경상의 귀한 벼슬 다 거쳤는데,
> 가련하게도 칠순의 나이에 청풍현감이 웬 말이오.

> 青衫門外白頭翁,　　　曾其先人折桂叢.
> 同牓盡爲卿相貴,　　　可憐七十在淸風.

라고 했다. 그때 조백기의 나이가 이십 세 남짓 되었으나, 시어(詩語)는 이미 노성(老成)하였다.

---

110) 서대(犀席) : 높은 벼슬아치가 두르던 띠. 무소뿔로 장식된 것으로 조복(朝服) 제복(祭服) 공복(公服) 등을 입을 때 사용했으며, 관(冠), 홀(笏), 복(服), 패옥(佩玉) 등과 함께 중요한 의장류였음.
111) 친의사(襯衣使) : 어사(御使)를 이름.
112) 청풍현(淸風縣) : 지금의 충북 제천시(堤天市) 청풍면(淸風面)을 가리킴.
113) 감무(監務) : 고려 때 현령(縣令)을 둘 수 없었던 작은 현에 임명한 감독관, 고려 현종(顯宗) 9년에 청풍현에 감무를 두었다는 기록이 있음.

하-9   崔相國保淳爲省郎時, 措大皇甫瓘往謁. 相國以畵松詩卷子示之, 皇卽次韻聯寫曰, 蒼髥一叟老雲峰, 水墨傳眞號是松. 無限子孫今滿洞, 大夫餘蔭有誰蒙. 相國驚曰, 此郎必占龍頭. 後果作成均試副元, 未幾, 又作金榜第一人.

상국(相國) 최보순(崔保洵)114)이 성랑(省郎)115)이 되었을 때 선비 황보관(皇甫瓘)116)이 가서 뵈었다. 상국이 소나무를 그린 시집 두루마리를 황보관에게 보이니 그가 즉시 차운(次韻)하여 쓰기를,

푸른 수염 한 늙은이117) 구름 봉우리에서 늙었으니,
수묵으로 참모습 그려내어 솔이라 부르네.
수많은 자손들 이제 골짜기에 가득한데,
대부118)의 남긴 음덕(蔭德) 누가 입을 것인가.

蒼髥一叟老雲峰,   水墨傳眞號是松.
無限子孫今滿洞,   大夫餘蔭有誰蒙.

---

114) 최보순(崔保洵, ?~1223) : 고려 중기의 문신. 벼슬은 평장사에 올랐음. 시호는 문정(文定). 『고려사』에는 최보순(崔甫淳)으로 나옴.
115) 성랑(省郎) : 고려 시대 문하성(門下省) · 첨의부(僉議府) · 도첨의사사(都僉議使司) · 도첨의부(都僉議府) · 문하부(門下府)의 낭사(郎舍)에서 실무를 담당하던 관원을 일컫는 말.
116) 황보관(皇甫瓘) : 고려 후기의 문신. 1208년에 과거에 장원급제했으나 나머지 행적은 자세하지 않음.
117) 창염수(蒼髥叟) : 오래 된 소나무를 푸른 수염을 가진 노인으로 비유한 말임. 중국 양(梁)나라 스님인 혜교(惠皎)가 편찬한 『고승전(高僧傳)』에 보면, '진(晉)나라 스님인 법잠(法潛)이 섬산(剡山)에 은거해 있을 때 누가 좋은 친구냐고 물으면, 곧 소나무를 가리키며, '이 창염수다.'(晉僧法潛, 隱剡山, 惑問, 勝友爲誰, 乃指松曰, '此蒼髥叟也.')'라고 하였다는 고사가 있음.
118) 대부(大夫) : 벼슬의 품계(品階)에 붙이는 칭호. 달리 소나무의 이름으로도 쓰임.

라고 하니 최 상국이 놀래어 말하기를

　　　이 젊은이가 반드시 장원을 차지할 것이다.

라고 했는데, 뒤에 과연 성균시(成均試)[119]에서 2등으로 급제했고, 이어 얼마 있지 않아서 과거에 장원으로 뽑혔다.

하-10　　己酉仲春因事到古京, 皆丘墟, 有孤桐生大觀殿古址, 已拱矣. 及日暮, 子規啼西麓, 不忍潸然. 曉起, 見壁間有二絕, 問重修都監胥吏, 是誰作也, 答云, 是副使安掊所書. 其一日, 萬家煨燼一無遺, 殿上生桐自底時. 我老萬分觀再造, 薰風琴用汝當支. 二日, 不意皇都有子規, 終宵啼月使人悲. 潜思往事汍瀾泣, 曉傍孤桐詠黍離. 此詩雖非警策, 卽事備詳, 可哀.

　　기유년[120] 중춘(仲春)에 어떤 일로 해서 옛 서울[121]에 오게 되었다. 막상 와보니 모든 것이 폐허화 되었고 대관전(大觀殿) 옛 터에는 오동나무가 외롭게 자라고 있었는데 이때 그 크기가 한 아름이나 되었다. 해가 저물어 서쪽 산기슭에서 울고 있는 자규(子規)[122]의 소리를 듣고

---

119) 성균시(成均試) : 고려 시대 성균관에서 유생(儒生)을 뽑기 위해 거행한 시험. 진사를 뽑는 진사시(進士試)와 생원(生員)을 뽑는 승보시(升補試)로 이루어졌으며, 합격자는 대과인 동당감시(東堂監試)에 응시할 수 있는 자격이 주어졌음. 국자감시(國子監試), 남성시(南省試)라고도 했음.

120) 기유년(己酉年) : 고종 36년(1249)에 해당됨.

121) 옛 서울[古京] : 고려 정부가 1232년 개경에서 강화도로 천도했다가 38년 만인 1270년에 개경으로 환도했기 때문에 개성으로 환도하기 전의 시점에서 옛 서울인 개경을 가리킴.

122) 자규(子規) : 두견(杜鵑)새의 이칭. 촉(蜀)나라 망제(望帝)의 죽은 넋이 화하여 되었다는 전설이 있음. 소쩍새, 접동새, 불여귀(不如歸), 두우(杜宇), 촉조(蜀鳥), 귀촉

는 흘러내리는 눈물을 주체할 수 없었다. 새벽에 일어나 보니 벽 사이
에 두 수의 절구시가 있어 중수도감(重修都監)의 서리(胥吏)에게 이 시
가 누구의 작품인가 물으니, 이는 부사(副使) 안진(安搢)이 지은 것이라
고 했다. 그 한 수에 이르기를

    일 만 집이 타버려 남은 집은 하나도 없는데,
    대궐 위의 저 오동나무 어느 때부터 자랐는고.
    내 늙어 다행히 다시 만들 기회 만나,
    훈풍금123) 만들면 너를 마땅히 쓸 것이네.

    萬家煨燼一無遺,   殿上生桐自底時.
    我老萬分觀再造,   薰風琴用汝當支.

라고 했고, 또 한 시에 이르기를

    뜻 아니게 황도에 자규가 있어,
    밤새워 달 향해 울어 시름겹게 하네.
    가만히 지난 일 생각함에 눈물 흘러내리더니,
    새벽엔 외로운 오동나무 곁에서 서리124)를 읊네.

    不意皇都有子規,   終宵啼月使人愁.
    潛思往事汍瀾泣,   曉傍孤桐詠黍離.

    도(歸蜀道) 등으로 불림.

123) 훈풍금(薰風琴) : 순(舜)임금이 지은 태평가인 훈풍가(薰風歌)를 타던 오현금(五絃
    琴)을 이름.

124) 서리(黍離) :『시경』의 한 편명. 서리지탄(黍離之嘆)으로, 중국 동주(東周)의 한 대
    부가 호경(鎬京)을 지나가다가 나라가 망하여 종묘와 궁전이었던 터전이 기장밭이
    된 것을 탄식했다는 뜻임. 이는『시경·왕풍(王風)』「서리서(黍離序)」에, '彼黍離離,
    彼稷之苗. 行邁靡靡, 中心搖搖.'

라고 했다. 이 두 수의 시는 비록 경책(警策)은 아니지만 사실을 맞아
그 자리에서 읊어 상세히 묘사했으니 슬픔을 느낄 만하다.

하-11 子掌書上洛. 後爲遨頭復之任, 闢所居廳事, 後欄臨小池, 名
之曰, 不勞亭, 種花竹其前. 及瓜代, 第四年丁未春, 帶玉出鎭東南路,
巡歷上洛, 自牧守至于鄕校諸儒, 呈歌詩引啓, 騈塡街路. 有四大老,
年七八十餘, 自號尙原四老. 呈短引幷絶句詩四首, 其一曰, 前爲藍袖
後朱轓, 政最如公古未聞. 草綠圓門虎生子, 至今傳作美談云. 其二
曰, 不勞亭畔百花開, 曾是爲州手自栽. 去後春光猶寂寞, 無情亦喜相
君來. 子覽之曰, 虎負子渡河去, 古人美之, 今來生子非善政也, 但取
空獄云耳.

내가 상락(上洛)[125]에서 장서기(掌書記)[126]로 있었던 적이 있었는데
뒤에 오두(遨頭)[127]의 소임을 맡아 다시 그곳에 가게 되었다. 전에 거
처하던 청사(廳事)의 뒤 난간을 작은 연못에 맞닿게 물리고는 그 곳을
불로정(不老亭)이라 이름하고 그 앞에 꽃과 대나무를 심었다. 다시 임
기가 만료되어 그 곳을 떠난 뒤 네 해째가 되는 정미년[128] 봄에 왕명을
띠고 동남로(東南路)[129]에 출진(出鎭)하는 길에 상락을 두루 순행(巡行)

---

125) 상락(上洛) : 지금의 경북 상주(尙州)의 옛 이름.
126) 장서기(掌書記) : 지방관청의 관원으로 6품 벼슬이었음.
127) 오두(遨頭) : 한 고을을 책임진 태수(太守)를 이름. 「성도기(成都記)」에 보면 태수
    가 정월부터 4월까지 밖으로 나돌아 다니며 유락(遊樂)할 때에 사녀(士女)들이 목상
    (木牀)에 올라 그를 바라보므로 그것을 오상(遨牀)이라 하고 그때의 태수를 오두(遨
    頭)라고 하였음.
128) 정미년(丁未年) : 고종 34년(1247)에 해당됨.
129) 동남로(東南路) : 경상도 지방을 이름.

게 됐다. 그 곳의 목사(牧使)와 태수(太守)에서부터 향교(鄕校)의 모든 선비들이 노래(歌)와 시(詩)와 인(引)130)과 계(啓)131)를 나에게 바치기 위해 무리지어 나와 길을 메울 정도였다, 그들 중에 나이 일흔이나 여든 남짓 되는 네 명의 연로한 노인들이 있어 스스로 상원사로(尙原四老)132)라고 불렀다. 그들이 짧은 인과 절구시 네 수를 바쳤는데, 그 한 절구 시에 이르기를,

전날의 남수133)가 오늘엔 주번134)의 위엄 가졌으니,

공 같이 훌륭한 정사(政事) 예전에 듣지 못했네.

풀 우거진 원문135)에 호랑이가 새끼 친 것은,

지금까지 아름다운 얘기로 전해 온다오.

前爲藍袖後牛轓,　　政最如公古未聞.

草綠圓門虎生子,　　至今傳作美談云.

라고 했고, 또 한 시에 이르기를,

불로정 가에 백화가 피었으니,

일찍이 고을을 위하여 손수 기르신 것이네.

---

130) 인(引) : 한문 문체의 하나. 형식은 서(序)와 비슷하나 조금 더 간단함.

131) 계(啓) : 윗사람에게 올리는 상주문(上奏文)의 한 문체. 『문체명변』「주소(奏疏)」에, '四曰啓, 啓者開也.'

132) 상원(尙原) : 상주의 옛 이름.

133) 남수(藍袖) : 남빛의 비단옷. 이것은 신분이 낮은 벼슬아치나 생원이 입었던 옷임.

134) 주번(朱轓) : 주번조개(朱轓皁蓋)의 약어. 이는 붉은 칠을 한 몸체와 검은 칠을 한 수레뚜껑이라는 것으로 고관대작이 타는 수레를 말함인데 뜻이 전하여 높은 벼슬아치를 의미하기도 함.

135) 원문(圓門) : 옥문(獄門)을 이름. 중국 남북조시대의 문인인 강엄(江淹)이 지은 「예건평왕 상서(詣建平王上書)」에, '下官抱痛圓門, 含憤獄戶.(注)齊日, 圓門亦獄門.' 이라고 하여 원문을 옥문의 뜻으로 사용했음.

떠난 뒤에 봄빛은 오히려 적막하였는데,
무정한 꽃도 상군136)이 오시는 걸 기뻐하네.

不勞亭畔百花開,　　　曾是爲州手自栽.
去後春光猶寂寞,　　　無情亦喜相君來.

라고 했다. 내가 그 시를 보고 말하기를,

호랑이가 새끼를 업고 내를 건너간 것을137) 옛사람들은 아름답다고
했오. 지금은 호랑이가 와서 새끼를 친다고 하니 그것은 훌륭한 정치를
베푼 것이 아니라 다만 감옥을 비게 한 사실을 말했을 따름이구려.

라고 했다.

하-12　古今警絶句不多, 如草堂江上云, 功業頻看鏡, 行藏獨倚樓.
悶云, 卷簾唯白水, 隱几亦靑山. 陳補闕云, 杜子美詩, 雖五字, 氣呑象
外, 殆謂此等句也. 然白水之聯, 用唯亦二字爲妙, 欲味其妙, 當悶中咀
嚼. 崔壯元基靜四時詞云, 侵雪還萱草, 占霜有麥花. 白拈草堂語. 吳先
生世才自叙云, 丘壑孤忠赤, 才名兩鬢華. 暗竊草堂格. 皇祖初入金闈,
奉使江南留題日, 雲霄茅下纔連茹, 原隰蓬間忽斷根. 詩人以爲與杜子
美, 日月籠中鳥, 乾坤水上萍. 其琢句相似. 或云, 此等句格琢爲五字則
絶妙, 七言則未工. 眉廋破閑云, 古今琢句之法, 唯杜小陵得之, 如日
月籠中句. 吟味果如啖蔗. 陳補闕云, 三年旅枕庭闈月, 萬里征衣草樹

---

136) 상군(相君) : 재상(宰相)을 이르는 말.

137) 호랑이가 …… 건너간 것을 : 이는 중국 진(晉)나라 시인인 유곤(劉琨)이 홍농태수
　　(弘農太守)가 되어 선정을 베풀어 백성을 잘 다스리니 호랑이가 새끼들을 업고 강을
　　건너 가버렸다는 고사에 기댄 것임.(『진서(晉書)』 권62 유곤전劉琨傳)

風. 未若草堂, 三年笛裡關山月, 萬國兵前草木風. 語峭意深. 李史館
允甫平生嗜杜詩, 時時吟賞干戈送老儒一句, 曰, 此語天然遒緊, 凡才
固不得導. 宋翰林昌問工部, 九江春草外, 三峽暮帆前. 辭易意滑, 儻
可及導. 史館笑曰, 其語意豁遠, 固非汝曹所識. 如古墻猶竹色, 虛閣自
松聲. 此工部尋常語體, 古今幾人學杜體而莫能髣髴, 唯雪堂, 欹枕落
花餘幾片, 閉門新竹自千竿. 其語格淸緊則同, 遣意閑雅過之, 盖有欹
枕閉門之語耳. 史館嘗與李翰林_{文順公}, 宿安和寺留詩, 翰林曰, 廢興餘
老木, 今古獨寒流. 史館曰, 改獨爲尙, 則草堂句也. 歸正寺壁題云, 晨
鐘雲外濕, 午梵日邊乾. 此奪工部, 晨鐘雲外濕, 勝地石堂烟. 句也. 於
晨鐘言濕可警, 於梵言乾疎矣, 但對觸切耳. 石堂烟句 是氣呑之類也.
補閑只載本朝詩, 然言詩不及杜, 如言儒不及夫子, 故編末略及之. 凡
詩琢鍊如工部, 妙則妙矣. 彼手生者, 欲琢彌苦, 而拙澁愈甚, 虛雕肝腎
而已, 豈若各隨才局, 吐出天然無礱錯之痕. 今之事鍛鍊者, 皆師貞肅
公. 李眉叟曰, 章句之法不外是, 如使古人見之. 安知不謂生拙也.

　고금(古今)을 통해서 경발(警拔)하고 뛰어난 시구는 그리 많지 않다.
초당(草堂)138)이 지은 「강상(江上)」이란 시에 이르기를,

　　공업 생각하며 자주 거울을 보고,
　　행장139) 돌이켜보며 홀로 누대에 기대네.140)

---

138) 초당(草堂) : 중국 성당시대의 시인 두보(杜甫, 712~770)의 다른 이름. 두보가 만
　　년에 사천성 성도(成都)의 만리교(萬里橋) 서쪽과 완화(浣花) 계곡 두 곳에 초당을
　　지어 4년 동안 살았기 때문에 붙여진 이름임.
139) 행장(行藏) : 세상에 나아가서 도(道)를 행하고 물러나서는 은인자중(隱忍自重)함
　　을 이름. 『논어』「술이(述而)편」에, '用之則行, 舍之則藏.'
140) 이 시의 전문을 보면, '江上日夕病, 蕭蕭荊楚秋. 高風下木葉, 永夜攬貂裘. 勳業頻
　　看鏡, 行藏獨倚樓. 時危思報主, 衰謝不能休.'(『두시상주(杜詩詳注)』 권14)

功業頻看鏡,　　　行藏獨倚樓.

라고 했고, 「민(悶)」이란 시에 이르기를,

밭을 걷으니 오직 흰 물뿐이고,
안석에 기대니 또한 청산이네.[141]

卷簾唯白水,　　　隱几亦靑山.

라고 하였다. 진보궐(陳補闕)이 말하기를,

두자미(杜子美)의 시는 비록 오언절구에 지나지 않은데, 형상 밖의 것
을 삼킬 만하다.

고 하였는데, 이 말은 아마 이러한 시구를 두고 하는 말일 것이다. 그
러나 '백수(白水)'의 연구(聯句)에서는 '유(唯)'와 '역(亦)' 두 자(字)가 묘
하게 이루어졌는데, 그 오묘함을 맛보려면 깊이 생각하면서 음미해봐
야 할 것이다.

장원(壯元) 최기정(崔基靜)[142]이 「사시사(四時詞)」에 이르기를,

눈 내리는데 도리어 원추리 자라나고,
서리 내린 밭에 보리 꽃 피어 있네.

侵雪還萱草,[143]　　　占霜有麥花.

---

141) 이 시의 전문을 보면, '瘴癘浮三蜀, 風雲暗百蠻. 捲簾唯白水, 隱几亦靑山. 猿捷長
　　難見, 鷗輕故不還. 無錢從滯客, 有鏡巧催顔.'(『두시상주』 권4)

142) 최기정(崔基靜, ?~1180) : 고려 중기의 문신. 그의 생애에 대한 기록은 거의 없으
　　나, 명종 7년(1177)에 지공거인 문극겸(文克謙)에 의해서 진사시에서 장원으로 발탁
　　되었다고 함.

143) 훤초(萱草) : 망우초(忘憂草)라고도 함. 난과에 속하는 다년초로 여름에 꽃줄기가

라고 했는데 이 시는 주저 없이 초당(草堂)[144]의 시어(詩語)를 따온 것이다.[145] 오세재(吳世才) 선생이 「자서(自敍)」라는 시에서 이르기를,

> 언덕과 골짜기엔 외로운 충정(忠情)이 붉고,
> 재주와 명성(名聲)에 두 귀밑머리 하얘졌네.
>
> 丘壑孤忠赤,　　　才名兩鬢華.

라고 했는데 이것은 초당(草堂) 시의 풍격(風格)을 몰래 표절한 것이다.

내 조부님께서 처음 금규(金閨)[146]에 들어가 봉명사신(奉命使臣)으로 강남(江南)에 갔다가 남긴 시에 이르기를,

> 구름 낀 하늘 띠 풀 아래로 꼭두서니 이었고
> 질펀한 들판 쑥덤풀 사이로 뿌리 잘렸네.
>
> 雲霄茅下綟連茹,　　　原隰蓬間忽斷根.

라고 하였다. 시인들이 이 시를 두자미(杜子美)가

5~6㎝로 우뚝 나와 백합과 비슷한 황적색 자흑점(紫黑點)이 있는 꽃이 핌. 산 정상에 주로 자라며 특히 지리산 노고단(老姑壇)의 훤초는 유명함.

144) 초당(草堂) : 두보가 성도에 4년 동안 머물 때 살았던 집으로 곧, 두보를 지칭하는 말임. 두보가 성도의 초당에서 안록산의 난으로 피폐해진 나라의 장래를 염려하며 지었던 우국충정의 시에 나타나고 있는 풍격을 오세재의 시에서도 엿볼 수 있다는 말임.

145) 초당(草堂)의 시어(詩語)를 따온 것이다 : 중국 당나라 시인인 두보의 시 「납일(臘日)」(『두시상주』 권4)에서 용사했다는 것으로 그 전문을 보면, '臘日常年暖尙遙, 今年臘日凍全消. 侵陵雪色還萱草, 漏泄春光有柳條. 縱酒欲謀良夜醉, 還家初散紫宸朝. 口脂面藥隨恩澤, 翠管銀罌下九霄.'

146) 금규(金閨) : 대궐의 미칭(美稱). 이 말의 유래는 한(漢)나라 궁궐에는 금마문(金馬門)이 있었는데 그것을 금문(金門)이라고 줄여 불렀고, 다시 금규로 변하여 대궐의 뜻으로 쓰였음.

길고긴 세월은 새장 속의 새이고,
지나온 곳곳은 물 위의 부평초네.[147]

日月籠中鳥,　　　乾坤水上萍.

라고 한 것과 비교하여 시구를 정밀하게 탁련(琢鍊)하고 내용을 교묘하
게 구성한 면에서 보면 서로 비슷하다고 하였다. 어떤 사람이 말하기를

이 시구를 다듬어서 다섯 자로 했으면 절묘했을 것인데 일곱 자로 했
기 때문에 공교롭지 못하다.

고 했다.

미수(眉叟)가 『파한집』에서 이르기를,

고금(古今)에 있어서 시구를 다듬는 법[琢句之法]은 오직 두보가 묘득
(妙得)한 「일월 롱중(日月籠中)」의 시구에서 살필 수 있다.[148]

라고 했는데, 과연 이를 음미해 보니 마치 달콤한 감자를 씹는 것과 같
이 깊은 맛이 있었다. 진보궐(陳補闕)의 시에 이르기를,

삼년을 떠도는 나그네 배게 머리엔 뜨락의 달빛이요,
만리길 떠도는 나그네 옷자락엔 초목의 바람이네.

三年旅枕庭闈月,　　　萬里征衣草樹風.

---

147) 이 연구의 시제는 「형주 송이부인칠장면 부광주(衡州送李夫人七丈勉赴廣州)」(『두
　　시상주』 권19)로 그 전문을 보면, '斧鉞下靑冥, 樓船過洞庭. 北風隨爽氣, 南斗避文
　　星. 日月籠中鳥, 乾坤水上萍. 王孫丈人行, 垂老見飄零.'
148) 이 부분은 『파한집』 상권에 실려 있는 것으로 그 부분을 전재하면, '琢句之法, 唯
　　少陵獨盡其妙, 如日月籠中鳥, 乾坤水上萍, 十暑岷山葛, 三霜楚戶砧.'

라고 한 것은, 초당(草堂)이,

> 삼년을 불어 온 피리 소리 속에 관산에 달 뜨고,
> 만국의 병사들 앞에 초목의 바람 스치네.[149]
>
> 三年笛裏關山月,　　　萬國兵前草木風.

라고 한, 말이 준엄하고 뜻이 깊은 시구만 못하다.

　사관(史館) 이윤보(李允甫)는 평생 두보의 시를 좋아하여,

> 싸움터에서 늙은 선비를 보내네[150]
> 干戈送老儒

라고 한 시구를 때때로 음미하여 말하기를,

> 이 시구는 말은 천연스러우면서도 굳세고 긴절(緊切)한 느낌을 주고 있
> 어 범상한 재주를 가진 사람으로서는 참으로 이끌어 낼 수 없는 것이다.

라고 했다.

---

149) 이 연구는 두보의 고시 「세병마(洗兵馬)」(『두시상주』 권5)의 한 부분(모두 48행 가
　　운데 11~12행)을 인용한 것임. 이 시는 당나라가 안록산의 난을 맞아 촉(蜀) 땅에
　　서울을 옮겼다가 다시 장안을 수복하자 두보도 따라와 서울을 수복한 관군에게 의
　　기를 불어넣고, 전쟁의 참화를 말끔히 씻고 새로운 시대를 맞이한 희망 찬 현실을
　　노래한 서사시임. 그 일부분을 소개하면, '……京師皆騎汗血馬, 回紇餧肉葡萄宮. 已
　　喜皇威淸海岱, 常思仙杖過崆峒. 三年笛裏關山月, 萬國兵前草木風. 成王功大心轉
　　小, 郭相謀深古來少.……'
150) 이 시구는 두보의 「주중 출강남남포 봉기 정소윤심(舟中出江陵南浦奉寄鄭少尹審)」
　　(『두시상주』 권19)의 한 행(모두 24행 가운데 제6행). 이 시는 두보가 강릉(江陵)에
　　있다가 남포로 거처를 옮겼는데, 그곳에서 강릉의 소윤으로 있던 정심(鄭審)을 만나
　　기 위하여 남포를 출발하면서 지은 것임. 그 일부분을 소개하면, '……形骸原土木,
　　舟楫復江湖. 社稷纏妖氣, 干戈送老儒. 百年同棄物, 萬國盡窮途. ……'

한림(翰林) 송창(宋昌)이 묻기를,

공부(工部)의 시에,

구강(九江)은 봄풀 밖이요,
삼협은 해질녘 돛대 앞이네.151)

九江春草外,　　三峽暮帆前.

라고 한 것은 말이 쉽고 뜻이 깊지 못하니, 웬만하면 이 정도의 시구는
이끌어 낼 수 있지 않겠습니까?

라고 하니, 사관(史館)이 웃으며 말하기를,

그 시의 말과 뜻이 활달(豁達)하고 심원하니 진실로 자네들이 알 바가
아니네. 그의 시에 이르기를,

정자 밖의 옛 담장에는 아직 대나무 빛 머무는데,
정자 안의 빈 누각에는 절로 솔바람소리 이네.152)

古墻猶竹色,　　虛閣自松聲.

라고 하였는데 이것은 두보의 평범한 어체(語體)이지만 고금에 걸쳐 몇
사람이 두보의 시를 배웠어도 두보의 시에 비슷하게 흉내 낸 사람이 없
었다. 오직 설당(雪堂)153)의

---

151) 이 연구의 시제는 두보의 「유자(遊子)」(『두시상주』 권11)로 그 전문을 보면, '巴蜀
愁誰語, 吳門興杳然. 九江春草外, 三峽暮帆前. 厭就成都卜, 休爲吏部眠. 蓬萊如可
到, 衰白問羣仙.'

152) 이 연구의 시제는 「등왕정자 2수(滕王亭子二首)」(『두시상주』 권11)로 그 제2수,
'寂寞春山路, 君王不復行. 古墻猶竹色, 虛閣自松聲. 鳥雀荒村暮, 雲霞過客情. 尙思
歌吹入, 千騎把霓旌.'

베갯머리에 기대니 낙화는 몇 닢이나 남았으며,

문을 닫으니 새로 솟은 대나무 절로 숲을 이뤘네.[154]

欹枕落花餘幾片,　　　閉門新竹自千竿.

라고 한 것은 그 말과 풍격(風格)이 맑고 긴요해서 두보의 시와 한가지로 칠 수 있으며 한가롭고 고상한 정취에 있어서는 오히려 나았으므로 '의침폐문(欹枕閉門)'이란 말이 있게 되었다.

라고 했다.

사관(史館)이 일찍이 이한림(李翰林)문순공(文順公) 이규보를 가리킴[155]과 더불어 안화사(安和寺)[156]에서 자면서 시를 남겼는데, 이(李)의 시에 이르기를,

망하고 흥함에도 늙은 나무 여유롭고,

고금을 두고 차가운 강물 한결같네.[157]

---

153) 설당(雪堂) : 중국 송나라의 문호인 소식(蘇軾, 1037~1101)의 당호(堂號)로 중국 호북성 황주시(黃州市) 동쪽에 있었음. 지금도 그 고지(故址)가 남아 있는데, 소식이 왕안석의 신법에 반대하는 글을 올린 것이 빌미가 되어 벌어진 오대시안(烏臺詩案)으로 1079년 호북성 황주로 강등(降等)되어 폄적(貶謫)되었음. 1084년에 이르기까지 황주성 밖의 적벽산(赤壁山)에서 노닐며 「전적벽부(前赤壁賦)」와 「후적벽부(後赤壁賦)」를 지었고, 이곳 동파(東坡)의 한 언덕에 가족과 함께 기거했으므로 통파라는 호를 얻기도 했음. 설당도 이때 지은 것으로 볼 수 있으며, 설당의 사방 벽에 눈이 내린 풍경을 항상 그려 그림을 완상했다고 함. 소식의 「후적벽부」에, '是歲十月之望, 步自雪堂, 將歸於臨皐.'

154) 이 연구의 시제는 소동파의 칠언율시인 「증 혜산승 혜표(贈惠山僧惠表)」(『동파시집』 권18)로 그 전문을 소개하면, '行徧天涯意未闌, 將心到處遣人安. 山中老宿依然在, 案上愣嚴已不看. 欹枕落花餘幾片, 閉門新竹自千竿, 客來茶罷空無有, 盧橘楊梅尙帶酸.'

155) 이한림(李翰林) : 이규보(1168~1241)가 57세가 되던 1222년(고종 9)에 한림시강학사(翰林侍講學士)를 지냈기 때문에 붙인 이름임.

156) 안화사(安和寺) : 고려시대에 개성 송악산에 있던 절.

廢興餘老木,　　　今古獨寒流.

라고 했는데, 사관(史館)이 말하기를,

여기에서 '독(獨)' 자를 '상(尙)' 자로 고치면 곧 초당(草堂)의 시구다.

라고 했다.

귀정사(歸正寺)의 벽에 써놓은 시(詩)에 이르기를,

새벽 종소리는 구름 밖에서 젖고,
한낮의 범패(梵唄)소리 햇살 가에서 마르네.

晨鍾雲外濕,　　　午梵日邊乾.

라고 했다. 이 시는 두보의,

새벽 종소리에 운안(雲安)의 언덕[158] 젖어들고,
경치 아름다운 석당에 연기 어렸네.[159]

晨鍾雲外濕,　　　勝地石堂烟.

---

157) 이 연구의 시제는 「유월일일 유안화사 자심방문등환벽정 창연유감 야숙당선로방
　　장 서일백사십자(六月一日遊安和寺自尋芳門登環碧亭悵然有感夜宿憧禪老方丈書一
　　百四十字)」(『동국이상국집』 권11)로 모두 14연 가운데 인용된 것은 제5연.

158) 운안(雲安)의 언덕 : 중국 당나라 시인인 두보(杜甫)가 사천성 기주(夔州)의 운안군
　　(雲安郡) 교외에서 투숙했다가 이른 아침에 일어나 그곳의 정경을 묘사하였음.

159) 이 연구의 시제는 「선하기주곽숙 우습부득상안 별왕십이판관(船下夔州郭宿雨濕不
　　得上岸別王十二判官)」으로 그 전문을 보면, '依沙宿舸船, 石瀨月娟娟. 風起春燈
　　亂, 江鳴夜雨懸. 晨鐘雲岸溼, 勝地石堂烟. 柔艣輕鷗外, 含悽覺汝賢.'(『두시상주』
　　권12) 석당은 기주지역의 절경 가운데 하나임. 두보는 기주를 자주 찾아 많은 시를
　　남겼는데, 그들 시에서는 자연의 풍광은 물론이고, 그곳의 명물인 술, 마의(麻衣),
　　배[船] 등을 주로 읊었음.

라고 한 시구를 훔쳐 쓴 것이다. 새벽 종소리[晨鐘]에 '젖었다[濕]'고 말한 것은 놀랄 만한 착상이나 범패소리[梵]가 '마른다[乾]'라고 말한 것은 그럴 듯한 표현은 아니지만 이는 다만 대구(對句)에 구애되어 이룬 것일 따름이다. '석당에 연기 어렸네[石堂烟]'라고 한 시구는 그 기운이 상외(象外)를 삼킨 만하다고 하겠다.

『보한집(補閑集)』에는 다만 본조(本朝) 고려(高麗)의 시(詩)만을 싣고자 했다. 그러나 시를 말함에 있어서 두보를 언급하지 않은 것은 유학을 말하면서 공자를 얘기하지 않는 것과 같으므로 이 글의 끝에 간략하게 언급했다.

무릇 시를 다듬고 연마함에 있어 두보와 같이 솜씨 있게 한다면 곧 절묘하게 이룰 수 있다. 솜씨가 서투른 자가 시를 다듬느라 고심에 고심을 거듭하게 되면 오히려 시가 졸렬(拙劣)하고 난삽(難澁)하게 되어 헛되이 애만 태울 따름이다. 그러니 이것이 어찌 자신에게 주어진 재주와 국량에 따라 자연스럽게 묘사하여 어느 정도 완벽한 작품을 만들어내는 것만이야 하겠는가.

지금 시를 다듬고 수식하는 것을 일삼는 사람들이 모두 정숙공(貞肅公)[160]을 스승으로 삼고 있는데, 이미수(李眉叟)가 말하기를,

> 문장을 짓는 법도 이에서 벗어나지 않는다. 만약 옛 사람으로 하여금 이를 보게 한다면 생경하며 졸렬하다고 말하지 않을지 모르겠다.

라고 했다.

하-13 文以豪邁壯逸爲氣, 勁峻淸駛爲骨, 正直精詳爲意, 富贍宏肆

160) 정숙공(貞肅公) : 고려 중기의 문신인 김인경(金仁鏡, ?~1235)의 시호.

爲辭, 簡古倔强爲體. 若局生澁瑣弱蕪淺是病. 若詩則新奇絶妙逸越含
蓄險怪俊邁豪壯富貴雄深古雅, 上也. 精雋遒緊爽豁淸峭飄逸頸直宏
贍和裕炳煥激切平淡高邈優閑夷曠淸玩巧麗, 次之. 生拙野疎蹇澁寒枯
淺俗蕪雜衰弱淫靡, 病也. 夫評詩者, 先以氣骨意格, 次以辭語聲律. 一
般意格中其韻語, 或有勝劣一聯, 而兼得者盖寡, 故所評之辭亦雜而不
同. 詩格曰, 句老而字不俗, 理深意不雜, 才縱而氣不怒, 言簡而事不
晦, 方入於風騷, 此言可師.

글은 호매(豪邁)하고 장일(壯逸)한 것으로 기(氣)를 삼고, 경준(勁峻)
하고 청사(淸駛)한 것으로 골(骨)을 삼으며, 정직(正直)하고 정상(精詳)
한 것으로 의(意)를 삼고, 부섬(富贍)하고 굉사(宏肆)한 것으로 사(詞)를
삼으며, 간고(簡古)하고 굴강(倔强)한 것으로 체(體)를 삼는다. 만약 생
경(生硬)하고 난삽(難澁)하며, 자잘하고 섬약(纖弱)하며, 어지럽고 천근
(淺近)한 것에 매인다면 이는 병폐이다. 시에 있어서는 곧 신기(新奇)하
고 절묘(絶妙)하며, 일월(逸越)하고 함축(含蓄)을 띄며, 험괴(險怪)하고
고아(古雅)한 것을 으뜸[上]으로 하고, 정준(精雋)하고 주긴(遒緊)하며,
상활(爽豁)하고 청초(淸峭)하며, 표일(飄逸)하고 경직(勁直)되며, 굉섬(宏
贍)하고 화유(和裕)하며, 병환(炳煥)하고 격절(激切)하며, 평담(平淡)하
고 고막(高邈)하며, 우한(優閑)하고 이광(夷曠)하며, 청완(淸玩)하고 교
려(巧麗)한 것이 그 다음이며, 생졸(生拙)하고 야소(野疎)하며, 건삽(蹇
澁)하고 한고(寒枯)하며, 천속(淺俗)하고 무잡(蕪雜)하며, 쇠약(衰弱)하
고 음미(淫靡)한 것은 병폐이다.

대체로 시를 평하는 사람은 먼저 기골(氣骨)과 의격(意格)을 살피고,
다음으로는 시어(詩語)와 성률(聲律)을 살핀다. 같은 의격(意格)의 시에
서도 그 운어(韻語)가 좋은 연구도 있고 그렇지 못한 연구도 있으니 이

두 가지를 함께 잘 이루는 사람은 드물다. 그러므로 시를 평하는 말도
잡다(雜多)해서 한결같지 않다.

시격(詩格)에 이르기를

> 시구가 노성(老成)하면서 사용된 글자가 속되지 않으며, 시에 깃든 이
> 치가 심오하면서 뜻이 잡스럽지 않고, 재주가 자유자재로우면서 기상은
> 성난 기색을 띠지 않으며, 말이 간략하면서도 사실에 어둡지 않다면 바
> 로 풍소(風騷)[161]에 들어갈 만하다.[162]

라고 하였는데, 이 말은 사표(師表)로 삼을 만하다.

하-14　書命之作, 始於畢命冏命, 秦改命爲制, 改令爲詔, 漢因之. 周
官六辭三曰誥, 春秋作而誥絶, 元狩六年初作誥, 告示大臣曰敎, 秦制
也. 記功曰册, 凡封立用之. 或有哀册, 其文辭必簡而典實. 魏晉齊梁
間, 代王言者, 其文尙淨縟. 唐興元稹, 芟繁辭侔古訓. 齊瀚以古謨誥
爲準的, 常袞長於除書, 楊炎善於德音, 皆得制誥體. 本朝詞, 誥古有
典則, 及睿王代一變華靡, 今又三變, 皆繁辭虛美, 甚者至類俳優戲讚.
文懿公撰睿代內外制唐制內翰林外中書, 本朝內省郞外誥院. 若干章, 目爲本朝
制誥規式.

『서경(書經)』에 명(命)[163]을 지은 것은 필명(畢命)[164]과 형명(冏命)[165]

---

161) 풍소(風騷) :『시경』「국풍(國風)」과 『초사(楚辭)』의 「이소(離騷)」를 가리키는 말
　　로, 이 두 가지는 전통적으로 문학의 전범으로 삼아 왔음.

162) 이 내용은 중국 송나라 문인인 위경지(魏慶之)가 순우(淳佑, 1241~1252)년간에 지
　　은 시화집 『시인옥설(詩人玉屑)』(10권) 「의격위수(意格爲髓)」에 그대로 실려 있음.

163) 명(命) : 한문 문체의 하나. 정명(政命)의 글로 영(令)과 유사한 것이나 영보다 문장
　　의 양이나 그 속에 담고 있는 내용이 크다고 할 수 있음.

에서 비롯되었는데 진(秦)나라 때에 명(命)을 고쳐서 제(制)166)로 하였고 영(令)167)을 조(詔)168)로 고쳤으나 한나라 때에는 그대로 따랐다. 『주관(周官)』169)에 육사(六辭)170) 가운데 세 번째를 고(誥)171)라 했으나 『춘추(春秋)』172)가 나온 뒤에는 고(誥)가 사라졌다가 원수(元狩)173) 6년에 처

164) 필명(畢命) : 『서경』 「주서(周書)」의 편명. 주(周) 무왕(武王)의 아우인 강왕(康王) 이 즉위하여 동쪽 고을인 낙(洛)을 중심으로 하여 나라를 부흥시키기 위해 백성들이 지녀야 할 마음의 자세를 설명한 글. 이 글을 주로 필공(畢公)에게 명하여 쓰게 했으므로 필명이라고 했음.

165) 경명(冏命) : 『서경』 「주서(周書)」의 편명. 주나라 목왕(穆王)이 백경(伯冏)을 대복정(大僕正)에 임명하면서 부하들의 풍기를 진작시키도록 내린 조서임.

166) 제(制) : 한문 문체의 하나로 칙명(勅命)을 전하는 문서.

167) 영(令) : 한문 문체의 하나. 명(命)과 유사하고 제고(制誥)와 크게 차이가 나지 않는 것으로 위에서 아래에 내리는 글의 한 종류임.

168) 조(詔) : 한문 문체의 하나로 천자의 명령을 기술하는 글임. 이는 소(昭)와 같이 어리석은 백성이나 벼슬아치들이 범법행위를 하지 않도록 사리를 밝혀서 제시하는 글. 중국 삼대(三代)때 고서(誥誓)가 그 시초가 됨.

169) 『주관(周官)』 : 경서(經書)의 하나. 중국 고대의 주나라 주공단(周公旦)이 편찬한 것으로 6편에 360관(官)으로 되어 있음. 권수는 주소가(注疏家)에 따라 다르며 천·지·춘·하·추·동(天地春夏秋冬)의 형상을 따서 관제(官制)를 세우고, 그 각각의 직무를 상세하게 기록한 것임. 이것을 주례(周禮)또는 6관(六官)이라고도 함.

170) 육사(六辭) : 신(神)과의 소통을 위해 사용하는 여섯 가지 형태의 글. 곧 사사(詞辭), 명사(命辭), 고사(誥辭), 회사(會辭), 도사(禱辭), 뢰사(誄辭)를 가리킴. '作六辭, 以通上下親疎遠近, 一曰詞, 二曰命, 三曰誥, 四曰會, 五曰禱, 六曰誄.'(『주례·춘관(春官)』 「대축(大祝)」)

171) 고(誥) : 한문 문체의 하나. 임금이 아랫사람에게 포고(布告)하는 글. 주대(周代)에는 상하가 모두 사용했는데 대고(大誥)와 낙고(洛誥)는 위에서 아래로 내리는 것이고, 소고(召誥)나 중훼지고(仲虺之誥)는 아래에서 위에 고하는 고문(誥文)을 이름. 진(秦)나라 때는 고를 폐하여 제소(制詔)로, 한(漢)에서는 고(誥), 당(唐)에서는 제(制), 송(宋)에서는 고(誥), 명(明)에서는 칙(敕)으로 변천되었음.

172) 『춘추(春秋)』 : 공자가 노(魯)나라의 기록을 필삭(筆削)한 책. 노나라 은공(隱公)에서 애공(哀公)까지의 12공(十二公) 242년간의 연대기. 5경(五經)의 하나로 대의명분을 해명한 책인데, 이 책을 주석(註釋)한 『공양전(公羊傳)』, 『곡량전(穀梁傳)』, 『좌씨전(左氏傳)』 등을 춘추삼전(春秋三傳)이라고 함.

173) 원수(元狩) : 한나라 무제(武帝)의 연호(BC122~BC117)로 그 6년은 BC 117년에 해

음으로 고(誥)를 지어서 대신들에게 보이고는 그것을 교(敎)[174]라고 하였으니 이것은 진(秦)의 제(制)에 해당한다.

공적을 기록하여 책(册)[175]이라 하였으니 어떤 사람을 작위(爵位)에 봉(封)하여 세울 때 그것을 사용했다. 또 애책(哀册)[176]이 있는데 그 글은 반드시 간결하고 전실(典實)해야 한다.

위(魏), 진(晉), 제(齊), 양(梁)나라 사이에 왕의 말을 대신한 것이 있었는데 그 문장은 오히려 부허(浮虛)하고 번다(繁多)하였다. 당나라가 건국되자 원진(元稹)[177]이 번거로운 말을 없애고 옛 가르침을 본떴다. 제한(齊澣)[178]은 옛날의 모(謨)[179]와 고(誥)를 글의 모범으로 삼았고, 상곤(常袞)[180]은 제서(除書)[181]에 능했으며, 양염(楊炎)[182]은 덕음(德音)[183]을 잘

당됨.

174) 교(敎) : 한문 문체의 하나. 제후(諸侯)의 명령서. 곧, 제후나 벼슬아치들이 백성을 교화시키기 위해서 내리는 글을 이름.

175) 책(册) : 후비(后妃)나 제후를 세우기 위해 왕이 내리는 칙서(敕書)를 이름. 봉록(封祿), 작위(爵位), 제사(祭祀) 등에도 쓰였음.

176) 애책(哀册) : 천자나 후비가 생전에 끼친 공덕을 적은 운문형식의 글. 애책(哀策)이라고도 함.

177) 원진(元稹, 779~831) : 중국 당나라 문신으로 자는 미지(微之). 관직은 중서문하평장사(中書門下平章事)에 올랐음. 시에 능해 백거이(白居易)와 함께 원백(元白)이라 일컬어질 정도였고, 그들이 당나라 헌종 때인 원화(元和)연간에 문학으로 이름을 날렸기 때문에 그들의 시체를 원화체(元和體)라고 했음. 또 목종 때인 장경(長慶)연간에 두 사람이 활발하게 문학 활동을 했으므로 그의 저서를 『원씨장경집(元氏長慶集)』이라고 하였음.

178) 제한(齊澣) : 중국 당나라 사람으로 자는 세심(洗心). 조정의 대정(大政)에 참가하여 능력을 발휘했으며, 평양군수(平陽郡守)를 지냈음.

179) 모(謨) : 한문 문체의 하나로 모훈(謨訓)이라고 함. 이는 국가의 대계(大計)나 뒤에 올 왕에게 모범이 될 만한 교계(敎戒)를 적은 글을 이름.

180) 상곤(裳袞) : 중국 당나라의 문신으로 당시 매관(賣官)의 퇴폐풍조를 배척하고 무지한 사람을 멀리했기 때문에 그를 담백(黵伯)이라고 했음. 건중(建中) 초에 복건관찰사(福建觀察使)가 되어 그 곳에 향교를 세워 교화에 힘썼음.

181) 제서(除書) : 임금이 벼슬을 제수(除授)할 때 내리는 사령장.

지었으니, 이들은 모두 제고(制誥)의 체를 완성하였다.

본조 고려의 글 중에서 고(誥)는 오래 전부터 내려와 규범으로 삼을 만했는데, 예종(睿宗) 때에 와서 일변하여 화려해 졌으며, 지금에 이르기까지 또 세 번이나 바뀌어 모든 글이 아름답게 수식하는 데에만 치우쳐 심한 경우에는 광대들의 희롱하고 너스레 떠는 글에 지나지 않게 되었다.

문의공(文懿公)184)이 예종(睿宗) 때의 내외제(內外制)의 제(制) 당의 제도에서 내(內)는 한림(翰林)이고 외(外)는 중서(中書)이나, 본조(本朝)의 내는 성랑(省郎)이고 외는 고원(誥院)이다. 약간장(若干章)을 편찬하여 항목별로 분류하여 본조(本朝)의 제(制)와 고(誥)의 규식(規式)으로 삼았다.

하-15 漢制帝書有四, 曰册, 曰制, 曰詔, 曰誡勅. 唐制王言有七, 册書, 制書, 勅書,今之批答回詔等諸詔, 皆勅書. 勅牒等是. 凡拜公相命將曰制, 皆用白麻, 貞觀中或用黃麻. 宣告白寮, 謂之宣麻.元和初, 雙日起草, 隻日百寮立班於宣政殿下, 舍人奉制, 矩步而宣之. 本朝一年除拜雖多, 合宣一麻, 故其制書首末章, 皆總論通行, 末章以於戲, 或以噫字標其首. 唯中諸章紀諸公功德, 故各異. 每章簾律與首尾二章相協, 分編作諸公告身各一通, 是爲大官誥. 唐誥初用紙或用絹, 貞觀後用綾. 敎書亦通行, 各附其編首. 宗室雖大誥, 不宣告廷會, 故不預宣麻. 舊制, 樞密僕射八座, 魏·隋·唐皆以六尙書兩僕射爲八座, 今以六尙書左右散騎爲八座. 上將竝小官誥. 近樞密使始預宣麻, 僧官誥視卿相大小各有差. 文懿公所撰中書門下摠

---

182) 양염(楊炎) : 중국 당나라 문신으로 자는 공남(公南), 호는 소양산인(小楊山人). 벼슬은 문하평장사(門下平章事)에 올랐음. 처음으로 양세법(兩稅法)을 제정하였음.
183) 덕음(德音) : 천자의 말을 이름.
184) 문의공(文懿公) : 고려 중기의 문신인 최선(崔詵, ?~1209)의 시호.

省吏兵曹, 及行員姓名草押規式, 與令文不同, 中書所藏宋及遼金三國
誥式, 亦各異, 宜從板本令文.

  한(漢)나라의 제도(制度)에 네 가지의 제서(帝書)가 있었는데 그것은
책(册)·제(制)·조(詔)·계칙(誡勅)이고, 당(唐)나라의 제도에는 임금의
말[王言]에 일곱 가지가 있었는데, 책서(册書)·제서(制書)·칙서(勅書) 지
금의 비답(批答), 회조(回詔) 등의 모든 조(詔)가 다 칙서이다.·칙첩(勅牒) 등이다. 무
릇 공상(公相)과 장군을 임명하는 것을 제(制)라고 하는데 모두 백마(白
麻)185)를 사용하였으나 정관(貞觀)186) 중에는 혹 황마(黃麻)187)를 사용하
기도 했다. 백관(百官)을 선고(宣告)하는 것을 선마(宣麻)188)라고 한다.
원화(元和)189) 초에는 짝수가 되는 날에 기초(起草)하여 홀수 날에 백관들이 선정전(宣政殿)
아래에 품위에 따라 차례대로 늘어서면 사인(舍人)이 제(制)를 받들어 똑바로 걸어 들어와서
는 기초한 것을 선포한다.

  본조(本朝)에는 한 해에 백관을 배수하는 일이 비록 많으나 모두 한
마로 묶어서 선포한다. 그러므로 그 제서(制書)의 수장(首章)과 말장(末
章)에는 모두 통틀어서 총괄적으로 통행(通行)을 논하고, 말장(末章)에
서는 '오희(於戱)'나 혹은 '희(噫)'로써 그 첫머리를 표시한다. 오직 가운
데 모든 장에는 제수 받는 모든 관료들의 공덕(功德)을 기록하기 때문
에 각기 달라진다. 매장(每章)의 염률(簾律)과 수미(首尾) 이장(二章)은

---

185) 백마(白麻) : 당나라 때 조서(詔書)를 쓸 때 백마지(白麻紙)를 사용했기 때문에 조
    서의 다른 이름으로 쓰였음.
186) 정관(貞觀) : 당나라 태종(太宗)의 연호(627~649).
187) 황마(黃麻) : 당나라 때 한림원에서는 황제의 조칙을 쓸 때는 백마지(白麻紙)를 사
    용했고, 중서성에서 황제의 조칙을 내릴 때는 황마지를 사용했음.
188) 선마(宣麻) : 중국 당송(唐宋) 시대에 재상이나 장수를 임명할 때 백마지에 임명하
    는 조서(詔書)를 써서 공표하던 것을 이름. 뒤에 재상이나 장수를 임명하는 일을 이
    르는 말로도 사용됐음.
189) 원화(元和) : 당나라 헌종(憲宗)의 연호(809~820).

서로 조화를 이루고, 편(編)을 나누어 모든 관료의 임명장을 각각 한 통씩 만드는데 이것이 바로 대관고(大官誥)다. 당나라 때 고(誥)를 처음에 종이나 명주(明紬)에 쓰기도 하다가 정관(貞觀) 뒤에는 비단에다 썼으며, 교서(敎書)도 또한 통행(通行)하여 각기 그 편(編)의 첫머리에 덧붙였다. 종실(宗室)에 내리는 것이 비록 대고(大誥)일지라도 조정의 회의에서 선고(宣告)하지 않기 때문에 선마(宣麻)에 끼이지 못한다. 옛 제도에 추밀(樞密)190)과 복야(僕射)191) 등의 팔좌(八座)위(魏), 수(隋), 당(唐)에는 모두 여섯 상서(尙書)와 두 복야(僕射)를 팔좌라고 하였는데, 지금에는 여섯 상서와 좌우(左右) 산기(散騎)를 팔좌라고 한다.와 상장군(上將軍)에게 내리는 것은 소관고(小官誥)였다. 근래에는 추밀사(樞密使)가 비로소 선마(宣麻)에 끼이게 되었으며, 승관고(僧官誥)192)는 경상(卿相)의 대관고(大官誥)193)와 비교해 보면 그 크고 작기에 있어 차이가 있다.

문의공(文懿公)이 편찬한 중서(中書)와 문하(門下) 모든 성(省)과 이조(吏曹), 병조(兵曹) 및 행원(行員)의 성명(姓名)을 초압(草押)하는 규식(規式)이 영문(令文)의 그것과는 다르며, 중서성에서 소장하고 있는 송(宋)나라 및 요(遼)와 금(金) 세 나라의 고(誥)의 규식(規式)도 각각 다르므로 판본(板本)의 영문(令文)을 따라야 할 것이다.

---

190) 추밀(樞密) : 고려시대 관직 이름. 중추원의 재상급 관원으로 일명 '추신(樞臣)'이라고도 했음. 추밀은 중추원의 상위 조직으로 군사기밀(軍事機密)에 관한 정사를 관장하였으며, 중서문하성의 재신(宰臣 : 재상)과 더불어 '재추(宰樞)' 혹은 '양부재상(兩府宰相)'이라고 불렸음.

191) 복야(僕射) : 고려시대 관직 이름. 상서도성(尙書都省)·도첨의사사(都僉議使司)·상서성(尙書省)의 정2품 벼슬로 좌우복야(左右僕射)가 있었음.

192) 승관고(僧官誥) : 왕이 불교에 관한 제반사를 통솔할 스님을 임명하던 사령장. 고려는 중국 당송(唐宋)의 제도를 본받아 승사록(僧司錄)을 두어 스님들을 관리했음.

193) 대관고(大官誥) : 4품 이상의 벼슬아치를 임명할 때 내리는 사령장.

하-16   元正冬至八關及聖上節日, 兩界兵馬諸牧都護府上賀表, 下中書, 第其高下以牓之. 舊時, 尙州牧上八關表云, 自葉飛來於漢殿, 愧乏雙鳧. 聞韶率舞於舜庭, 願同百獸. 當時以爲警策, 或者言, 雙鳧縣令事也, 用之牧守頗謬. 遷都後, 辛丑年八關表云, 衣冠雜遝, 新都猶勝於舊都. 簫管鏘洋, 今樂不殊於古樂. 冬至表云, 在木德盛, 更延松麗之帝基. 及草仁深, 已暢花山之王氣. 一時牓出二表皆居第一. 又元正表云, 璣衡改度, 慶凝洛水之新都. 玉帛趨朝, 禮盛塗山之舊會. 又, 皇風布和, 東國農桑之春早. 聖日燭遠, 北蒙兵革之雪消. 節日表云, 錦江繞郭, 爲帝王萬世之都. 繡嶺開宮, 復歌吹千秋之節. 牓出二表皆居第一.

　정월 초하루(元正)와 동지(冬至)와 팔관회(八關會) 및 왕의 생일에는 양계(兩界)[194]의 병마사(兵馬使)와 모든 목(牧)과 도호부(都護府)[195]에서 하례(賀禮)하는 표문(表文)을 올린다. 그것을 중서성(中書省)성에다 내려보내면 순위를 매겨 방(牓)으로 붙이게 된다. 오래 전에 상주목사(尙州牧師)가 「팔관표(八關表)」를 올렸는데, 그 표문(表文)에 이르기를,

　　섭(葉)으로부터 한전(漢殿)에 날아와, [196]

---

194) 양계(兩界) : 고려 때의 동계(東界)와 북계(北界)를 가리킴. 동계는 지금의 함경도 지방을 중심으로 한 그 주변이고, 북계는 지금의 평안도 지방을 중심으로 한 지역이었음. 이곳은 여진 글안 등의 이민족과 첨예하게 대립하던 곳으로 여기에 특히 병마사(兵馬使)를 두어 진정(鎭定)케 했음.

195) 도호부(都護府) : 고려시대 지방의 최고행정기관으로 모두 네 도호부를 두었음. 도호부에는 도호부사와 지주사(知州事) 등의 관료들이 있었음.

196) 섭(葉)으로 …… 날아와 : 이는 중국 후한(後漢)시대 술사(術士)로 유명했던 왕교(王喬)의 고사로, 왕교는 현종(顯宗) 때 섭현(葉縣)의 원으로 근무했는데 신술을 부려 매월 그믐과 보름에 오리가 되어 날아온 고사에 기댄 것임. '王僑者, 河東人也. 顯宗世, 爲葉令. 僑有神術, 每月朔望, 常自縣詣臺朝, 帝怪其來數, 而不見車騎, 密命太

쌍오리[雙鳧]197) 없음을 부끄러워하네.
소악(韶樂)198) 들으며 순임금의 뜰에서 춤추니,
뭇 짐승과 함께 노니길 원하네.

라고 하여 당시에는 이 글을 경책(警策)이라고 하였는데, 혹 어떤 사람
은 한 쌍의 오리는 현령(縣令)과 관계되는 고사인데 목사(牧使)가 그 고
사를 사용한 것은 옳지 못한 것이라고 했다. 도읍을 옮긴 뒤 신축년199)
의 「팔관표(八關表)」에 이르기를,

의관문물(衣冠文物)이 번화하게 모여드니,
새로운 도읍이 오히려 옛 도읍보다 낫네.
퉁소와 피리소리 쟁쟁하니,
지금의 음악이 옛 음악과 다름이 없네.

라고 했다.
「동지표(冬至表)」에 이르기를,

목덕(木德)200)이 번성하니,

史伺望之. 言其臨至, 輒有雙鳧從東南飛來. 於是候鳧至, 擧羅張之, 但得一隻鳥
焉.'(『후한서·방술전(方術傳)』 상上「왕교」 권111)
197) 쌍오리(雙鳧) : 왕교의 고사에 의한 것으로 곧 왕교가 섭현의 원으로 있으면서 오리
가 되어 날아왔으므로 현령(縣令)을 가리키는 말임.
198) 소악(韶樂) : 순임금 때의 악명(樂名)으로 이 노래를 듣고 뭇짐승들이 찾아와 함께
춤을 추었다는 고사에 기댄 것임. 이는 곧 태평성대를 이르는 말. (『서경』「순전(舜
典)」을 참조)
199) 신축년(辛丑年) : 고종 28(1241)년에 해당됨. 고려 정부가 몽고의 침입을 받아 개경
에서 강화도로 1232년(고종 19)에 천도하여 1270년(원종 11)에 다시 개경으로 복귀
하였으므로 이때는 강화도 정부시절이었음.
200) 목덕(木德) : 왕의 덕을 5행(오행 : 木, 土, 火, 金, 水)으로 상징한 것 중의 하나.

다시 송악(松嶽)기슭의 제왕의 터를 이었고,

초인(草仁)[201]이 번성하니,

이미 화산(花山)[202]의 왕기(王氣) 트였네.

라고 하였는데, 일시에 이 두 표문을 방(牓)에 붙여 제일(第一)로 삼았다. 또 「원정표(元正表)」에 이르기를,

기형(璣衡)[203]이 자연의 운행(運行)을 바꾸니,

경사(慶事)가 낙수(洛水)의 새로운 도읍에 가득했고,[204]

옥백(玉帛)[205]이 조회(朝會)에 달려가니,

예(禮)는 도산(塗山)[206]의 옛 조회보다 더 번성하네.[207]

---

201) 초인(草仁) : 초인(草人)을 이름. 주관(周官)의 지관(地官)에 속해 있던 관직 이름으로 메마른 땅을 기름진 땅으로 만드는 일을 관장했음. '草人掌土化之法, 以物地相其宜而爲之種.'(『주례·지관(地官)』「초인(草人)」)

202) 화산(花山) : 고려 때 강화부(江華府)의 남쪽에 있는 남산(南山)을 달리 부른 명칭. 거기에는 화산성(花山城)이 있으므로 화산은 강화도의 명칭을 대신하기도 함.

203) 기형(璣衡) : 선기옥형(璇璣玉衡)을 말하는 것으로 천체의 운행을 세밀히 관찰하는 기계. 혼천의(渾天儀), 옥형(玉衡), 선기(璿璣)라고도 함.

204) 경사(慶事)가 …… 가득했고 : 중국의 주(周)나라 새로운 도읍지로, 하남성 낙양시 북동쪽에 있던 낙양(洛陽)에 경사가 가득했다는 말인데, 여기서는 고려가 개성에서 새롭게 도읍을 옮긴 강화도가 크게 번성하기를 기원하는 것을 이름.

205) 옥백(玉帛) : 값진 구슬과 아름다운 비단으로, 대국과 회맹(會盟)하거나 외국으로 사신을 갈 때 폐백으로 가지고 가던 예물을 통틀어 이르는 말. 제후는 옥을 바치고, 제후의 왕자는 훈(纁)을 공(公)의 고(孤)는 검은[玄] 비단을 기타 변방의 군(君)은 누런[黃] 비단을 바쳤음. (『서경·순전(舜典)』)

206) 도산(塗山) : 중국 안휘성(安徽省) 수춘(壽春)의 동북쪽에 있는 산으로 우(禹)임금이 제후들을 조회하고 어명을 하달했던 곳임.

207) 옥백(玉帛)이 …… 더 번성하네 : 이 말은 『춘추좌씨전』 하권 「애공(哀公)」 7년에 나오는 것으로 맹손(孟孫)이 국가 간의 신의에 대해서 묻는 말에 대부들이 대답하기를, '우(禹)가 도산에서 제후를 맞이했을 때 옥백(玉帛)을 폐백으로 가져와서 맹약한 나라가 일만 나라였으나 지금에 와서는 십여 나라도 되지 않으니 이는 대국이 소국에 대한 인(仁 : 대국이 소국을 돌봐 주는 도리)을 무시한 것입니다.'(對曰 : '禹合諸

라고 했고, 또 이르기를,

> 황풍(皇風)[208]이 퍼져서 온화하니,
> 동국(東國)의 봄 농사철 일찍 찾아오고,
> 임금의 은총 멀리 비치니,
> 북쪽 몽고군의 전란 눈 녹듯 사라지네.

라고 했다.

「절일표(節日表)」에 이르기를,

> 아름다운 강물 성곽을 에워싸고 흐르니,
> 제왕이 만세를 누릴 도읍이네.
> 아름다운 산마루에 궁성을 열어,
> 다시 천추절[209]을 노래하네.

라고 했다.

방(牓)이 나붙었는데, 두 표문이 일등을 차지했다.

하-17　崔宣肅公宗峻, 天性淸介, 自弱冠從士無一犯憲. 位侍中爲冢宰十五年, 門庭水淨, 年方乞退, 上賜几杖, 不朝輔政如故. 尙牧賀冬至狀云, 富貴瀟洒, 恬淡剛明, 門庭不雜塵埃, 奴隷猶爲氷玉. 淸威不

侯於塗山, 執玉帛者萬國. 今其存者, 無數十焉. 唯大不字小, 小不事大也.’)라고 하였음.

208) 황풍(皇風) : 임금의 덕치를 베풀어 천자의 위풍을 일으키는 것.

209) 천추절(千秋節) : 천자나 임금의 생일을 이르는 말임. 『당서(唐書)』 권11 예악지(禮樂志)에 의하면, 당나라 현종의 생일이 8월 5일인데 현종이 처음으로 자신의 생일을 천추절이라 하여 명절을 삼았다고 함.

怒, 人皆望而畏之. 華態多儀, 天然無所飾也. 終始一節, 彌諧五朝. 自
從從仕已來, 無有有司所劾. 四世平章之相繼, 莫高今日之蟬冠. 十年
冢宰之罕聞, 況賜平生之鳩杖云云. 公特命狀答云, 廉正無私, 忠貞自
許. 紫袍繼藍袍之遺愛._{其守, 曾爲書記, 任此地.} 鈴閣尋黃閣之前蹤._{用貞肅公}
_{事, 出上.} 所聞政理聲, 竝重文章價. 不遺親舊, 枉示寒暄. 上洛芳梅隨
使, 來緣野堂老. 中書紅藥無主, 待紫薇舍人. 宜收製錦之功, 直躡演
綸之地. 凡宰相答賀狀, 例以短簡, 文不過一兩行, 今此答至悉異常,
他州牧莫不聳聽, 榮之.

　　선숙공(宣肅公) 최종준(崔宗峻)[210]은 천성이 청렴하고 곧아서 약관(弱
冠)의 나이에 벼슬길에 올랐으나 한 번도 법을 어긴 적이 없었다. 시중
(侍中)의 자리에 있으면서 16년 동안 재상을 지냈지만 집안이 물같이
맑았다. 그가 벼슬에서 물러날 것을 청하니 성상(聖上)께서 궤장(几
杖)[211]을 내렸으며, 조회(朝會)에는 직접 참여하지 않았으나 정사(政事)
를 도우는 것이 옛날과 다름이 없었다. 상주목(尙州牧)에서 최종준에게
동지(冬至)를 하례(賀禮)하느라 올린 「하동지장(賀冬至狀)」에 이르기를

　　　　부귀로우면서 소쇄(瀟洒)하고,
　　　　명리에 굽히지 않으면서도 굳세고 총명하시네.
　　　　집안에 세속의 티끌 볼 수 없고
　　　　종들은 오히려 어름과 구슬처럼 맑네.
　　　　위엄 있으나 성내지 않으니

---

210) 최종준(崔宗峻, ?~1249) : 고려 중기의 문신. 평장사 선(詵)의 아들로 벼슬은 문하
　　시중(門下侍中)에 올랐음. 시호는 선숙(宣肅).
211) 궤장(几杖) : 안석(案席)과 지팡이. 임금이 연로하여 벼슬에서 물러나는 신하에게
　　특별히 하사하던 물건임.

사람들이 모두 우러러보며 존경하네.

예의를 다 갖춘 빛나는 자태,

천성 그대로 꾸민 것이 없네.

처음과 끝까지 지조를 지켜

두루 다섯 왕조212) 보필하여 따랐으나,

벼슬에 종사한 이래로

유사(有司)에게 탄핵(彈劾)받은 적 없었네.

사대(四代)나 평장(平章) 벼슬 이어 왔지만,213)

오늘의 선관(蟬冠)214)보다 더 우뚝한 사람 없었네.

십 년을 재상으로 지낸 것도 듣기 드문 일이지만,

하물며 평생의 구장(鳩杖)215)을 하사(下賜)받았음에랴.

라고 했다.

공이 특명(特命)으로 하장(賀狀)에 답하여 이르기를,

염정무사(廉正無私)하여

충정을 스스로 허락했도다.

자포(紫袍)로 남포(藍袍)의 사랑을 이어,

그 목사가 일찍이 서기(書記)로서 이 고을에서 소임을 맡았기 때문이다.

---

212) 두루 다섯 왕조 : 이는 최종준이 역사(歷仕)한 명종(明宗), 신종(神宗), 희종(熙宗), 강종(康宗), 고종(高宗) 등 다섯 왕조를 가리킴.

213) 사대(四代)나 …… 이어 왔지만 : 최종준의 증조부 석(奭), 조부 유청(惟淸), 아버지 선(詵)이 모두 평장사(平章事)를 지냈고, 최종준 또한 문하시중으로 최고위직을 역임한 사실을 말함.

214) 선관(蟬冠) : 중국 한나라 때 황제의 시종관(侍從官)이 쓰던 관으로 곧, 초선관(貂蟬冠). 매미 모양의 장식에 담비의 꼬리를 꽂았음. 뒤에는 고관을 두루 이르는 말로 쓰였음.

215) 구장(鳩杖) : 지팡이의 한 종류로 손잡이 부분에 비둘기 모양을 새겼음. 칠십 내지 팔십 세의 장수한 노인에게 왕이 하사하던 물건.

영각(鈴閣)은 황각(黃閣)의 옛 자취를 찾았네.
> 정숙공(貞肅公)의 고사(故事)를 사용하고 있는 것으로, 이것은 위에서 나온 얘
> 기다.

들리기로는 정사(政事)와 치민(治民)에 명성을 날리고,

문장의 가치를 더 높이신다지요.

친구를 버리지 아니하고,

몸소 안부를 살펴 물었네.

상락(上洛)의 향기로운 매화가 목사를 따라,

녹야당(綠野堂)216)의 늙은이에게 찾아왔네.

중서성(中書省)의 홍약(紅藥)217)은 주인 없어,

자미사인(紫薇舍人)218) 기다리네.

의당 글 잘 짓는 공을 거두시어,

바로 윤음(綸音) 받드는 자리에 오르시구려.

라고 했다.

대체로 재상이 하장(賀狀)에 답할 때는 관례대로 짧고 간결하게 한
두 줄로 그치기 마련인데, 지금의 이 답장은 격식을 다 갖춘 것으로 특
별했기 때문에 다른 주(州)의 목사들이 이 사실을 듣고는 영광스런 일
로 여겼다.

---

216) 녹야당(綠野堂) : 중국 당나라 문신인 배도(裵度, 765~839)가 벼슬에서 물러난 뒤
　　에 하남성 낙양 남쪽에 두었던 별장을 가리킴. 백거이·유우석(劉禹錫) 등이 이곳에
　　서 시주회(詩酒會)를 자주 열어 유람하기도 했음.
217) 홍약(紅藥) : 작약(芍藥)의 다른 이름. 예로부터 중서성에 작약을 심었으므로 작약
　　은 중서성을 상징하는 꽃임.
218) 자미사인(紫薇舍人) : 자미는 자미성(紫薇省)으로 중서성의 별칭이고, 사인은 중서
　　문하성에 속했던 종4품의 관직. 곧 자미사인은 중서사인(中書舍人)의 별칭으로 볼
　　수 있음. 여기에서는 최종준이 상주목사더러 중앙부서의 중간 핵심관료인 중서문하
　　성 사인으로 영전되기를 바라고 있음을 알 수 있음.

하-18 金政堂敞, 以金牓第三人, 爲晉陽門下上客, 日以薦賢助國爲務. 無幾何拜相位, 連年掌試, 同年進士韓惟善登第於門下. 是年冬至, 尙牧賀狀云, 白布登名於成均, 牓同牓奈今門生. 靑衫爲客於晉陽, 公與公竝時相國. 今諸州牧賀表狀, 類多模奪舊本, 此尙牧表狀, 無一二章葫蘆, 皆卽事, 但辭不圓熟耳.

정당(政堂) 김창(金敞)[219]은 과거에서 제삼인(第三人)으로 합격하였다가 진양공(晉陽公) 문하(門下)의 상객(上客)이 되어 나날이 어진 이를 천거하여 나라를 도왔다. 얼마 있지 않아서 재상에 임명되어 해마다 과거를 관장하였는데 동년진사(同年進士) 한유선(韓惟善)이 그의 문하(門下)에서 급제했다.

이 해 동지에 상주목(尙州牧)이 올린 하장(賀狀)에 이르기를,

> 백포(白布)로 성균방(成均牓)에 이름 올랐는데,
> 같이 급제했던 사람이 어찌 지금 문생이 되었는가.
> 청삼(靑衫)으로 진양공(晉陽公)의 문객이 되었더니,
> 공은 진양공과 더불어 같은 때 상국(相國)이네.

라고 했다.

지금 모든 주(州)와 목(牧)에서 올리는 하표장(賀表狀)은 옛날의 문본(文本)을 그대로 모방하여 베낀 것이 많은데 이 상주목(尙州牧)의 표장(表狀)은 한두 장(章)이라도 호로(葫蘆)[220]를 그린 것이 없이 그 자리에

---

219) 김창(金敞, ?~1256) : 고려 중기의 문신. 벼슬은 문하평장사에 오름. 최이의 신임을 얻어 오랫동안 권력을 누렸음. 시호는 문간(文簡).

220) 호로(葫蘆) : 호리병박 또는 조롱박을 이름. 호로(壺蘆)와 같은 것으로 호(壺)는 주기(酒器)이고, 노(蘆)는 반기(飯器)인데 이는 남의 것을 그대로 모방한다는 뜻으로도 쓰임.

서 있는 그대로를 나타냈으나 다만 말이 원숙하지 못할 따름이다.

하-19 古四六龜鑑, 非韓柳則宋三賢. 不及此者, 以文烈公爲模範可矣. 文順公以逸氣豪才, 驅文辭必弘長, 至於牋表必約辭短章, 不慾簾律. 比者蒙古帝, 詔責我國, 條條意曲, 公爲表, 不可以一二章叙答, 故間或散其辭, 而簾律尙存. 其後爲蒙古表者, 例散其辭, 以至讓謝官職者, 漸效之, 尤爲不法. 凡牋表限四六簾對者, 欲謙檢而不越也, 以辭約義盡爲優. 隨唐以前, 肆言無簾律, 自唐以降, 有對儷有簾律. 爲對儷荒, 長尙非禮, 況散其辭, 而無簾律, 是不恭也. 子少時嘗頌貞肅公場屋賦, 願一效嚬. 及登第後, 慕林宗庇鄭知常之爲四六, 竊欲畫虎焉. 迺今反視從前所作, 皆澁荒虛, 反類狗也. 恨不當時畫鵠於三賢及文烈公, 雖未得寫眞, 庶可彷彿於鶩也.

　옛날 사륙문(四六文)[221]의 귀감(龜鑑)은 한유(韓愈)나 유종원(柳宗元)[222]이 아니면 곧 송나라의 삼현[宋三賢][223]이었다. 이들 삼현(三賢), 왕에

---

221) 사륙문(四六文) : 한문 문체의 하나. 구식(句式)과 대구운율(對句韻律) 등의 균제(均齊)가 엄한 것으로 육조(六朝)시대에 완성됐음. 이것은 변려문(騈儷文)이라고 하여 산문에 있어 금체(今體)라고도 했음. 당나라 때에 와서는 거의 4자 6자 구(句)에 의하여 이루어졌기 때문에 사륙문이라 일컬어졌는데, 유종원의 「걸교문(乞巧文)」 안에서 '변사려육금심수구(騈四儷六錦心繡口)'라는 구절에서 그 이름이 유래되었음.

222) 유종원(柳宗元, 773~819) : 중국 당나라 문장가. 자는 자후(子厚). 벼슬은 유주자사(柳州刺史)에 올랐으므로 그를 유유주(柳柳州)라고 했고, 그가 당나라 때 하동(河東), 지금의 산서성 영제현永濟縣) 출신이므로 유하동(柳河東)이라고도 불렀음. 관직에 있을 때 한유(韓愈)·유우석(劉禹錫) 등과 친교를 맺어 고문을 일으키는 데 힘썼으며 당대의 대표적인 문장가로 당송팔대가(唐宋八大家) 중의 한사람. 저서에는 「유하동집(柳河東集)」 등이 있음.

223) 송나라의 삼현[宋三賢] : 중구 송나라 삼현에 대해서는 이설이 많으나 대개 구양수(歐陽脩, 1007~1072), 왕안석(王安石, 1021~1086), 소식(蘇軾, 1037~1101) 등의 대

미치지 못하는 자로써 문열공(文烈公)을 모범으로 삼을 만하다.

문순공(文順公)은 뛰어난 기운(氣運)과 호방(豪放)한 재주로써 문사(文辭)를 구사하면 반드시 내용이 깊고 유장(悠長)하였다. 전(牋)[224]과 표(表)에 이르러서는 말을 간략하게 하고 문장을 짧게 하면서 염률(簾律)을 맞추는 데에는 어긋남이 없었다.

몽고(蒙古)의 황제(皇帝)가 우리나라를 문책(問責)하는 조서(詔書)를 내렸는데 그 글에서 조목조목 자세하게 따졌다. 공(公)이 그에 답하는 표문(表文)을 짓는 소임을 맡아 한 두어 장으로는 답하는 말을 다 담기는 어려웠으므로 간혹 말을 흩어서 쓰기도 했으나 염률(簾律)은 오히려 그대로 지켜졌다. 그 뒤 몽고에 보낼 표문을 쓰는 사람들은 그것을 관례로 삼아 말을 흩어 썼는데 이런 풍조가 관직을 사양하는 사람의 글에까지 영향을 미쳤고, 이어서 사람들이 점점 그것을 본받게 되자 더욱 글이 문법에 맞지 않게 되었다. 무릇 전(牋)과 표(表)문의 형식을 사륙렴대(四六簾對)로 제한한 것은 글을 겸손하고 검속(檢束)하여 지나침이 없게 쓰기 위함이다 그러므로 사륙문을 평할 때 말을 간략하게 하면서도 뜻을 남김없이 나타낸 것을 훌륭하다고 했다.

수당(隋唐) 이전에는 자유자재로 말을 구사하고 염률에 구속되지 않았으나 당(唐) 이후로부터 산문에 대구를 맞추거나 운을 다는 풍조가 생겼다. 대(對)를 이루어 짝지은 것이 쓸데없이 길어지면 예(禮)가 아닌데, 하물며 말을 산만하게 늘이고 염률에 맞지 않게 쓴다면 이는 조심스럽지 못한 짓이다.

문장가를 일컫지만, 사마광(司馬光, 1019~1086), 왕안석, 소식을 꼽기도 함.

224) 전(牋) : 한문 문체의 하나. 임금에게 올리는 글로 상서(上書), 상표(上表)에 해당됨. 한·위(漢魏)시대에는 천자, 태자, 제왕(諸王)에게 올리는 글을 모두 일컫는 것이었으나 그 이후에는 천자에게 올리는 것은 표(表), 제왕에게 올리는 것은 계(啓), 왕후나 태자에게 올리는 것을 전이라고 했음.

내가 소년 시절에 일찍이 정숙공(貞肅公)이 과장(科場)에서 지은 부(賦)를 좋아하여 한번 그대로 흉내 내보고자[效嚬]225) 하였고, 과거에 오른 후에는 임종비(林宗庇)226)와 정지상(鄭知常)이 지은 사륙문(四六文)을 사모하여 몰래 짐짓 호랑이를 그리려고[畵虎] 했다. 지금에 와서 종전에 지은 작품들을 돌이켜 살펴보니 모두가 생경(生硬)하고 난삽(難澁)하며 허황(虛荒)되어 도리어 개를 그린 꼴이었다.227) 한스러운 것은 당시 사륙문의 모범이었던 삼현(三賢)과 문열공(文烈公)을 본으로 삼았으나 고니[鵠]를 그리지 못한 것이다. 비록 진짜를 그리지 못했다고 하더라도 다만 따오기[鶩]라도 방불하게 그렸으면 좋았을 것이다.228)

하-20   丁未春, 國家因胡寇備禦, 以三品官爲鎭撫使, 分遣三方. 時金壯元之岱以刑部侍郞, 爲東南路按廉使兼副行, 及正朝, 狀賀鎭撫使云, 鷄人報曉, 爭糊楚戸之鷄. 鳳詔頒春, 催浴荀池之鳳. 恭惟懷覇王之略, 通天地曰儒. 文和文憲之一門, 積善必有慶. 司業司成之六朔超資,

---

225) 효빈(效嚬) : 자신의 추한 몰골은 생각하지 않고 남의 예쁜 모습을 억지로 흉내 내려고 했던 고사에서 나온 말임. 미모가 빼어난 중국 월나라 서시(西施)가 머리가 아파 자리에서 일어나 양미간을 찡그렸으나 더욱 예쁘게 보여 그 마을의 추한 여인들이 얼굴을 찡그려 예쁘게 보이려고 했으나 오히려 더 추한 모습이었다는 고사가 있음.
226) 임종비(林宗庇) : 고려 중기의 문신으로 임춘(林椿)의 백부. 각로(覺老) 스님의 「해동광지대선사묘지명(海東廣智禪師墓誌銘)」을 남겼음.
227) 개를 그린 꼴이었다 : 이는 호랑이를 그리려 했으나 결과는 개를 그리고 말았다는 중국 후한(後漢) 사람인 마원(馬援)의 고사에 기댄 것임. '所謂畵虎不成, 反類狗者也.'(『후한서』 권14 「마원전」) 이 말은 곧 이상은 높지만 현실이나 능력이 그것에 미치지 못한다는 뜻임.
228) 이것도 앞에서 원용한 마원의 고사에 기댄 것으로 고니를 그리려다가 오히려 따오기를 그리고 말았다는 것인데, 열심히 노력한 결과 비록 최상의 결과는 이루지 못했지만 어느 정도의 성과를 거둔 뜻으로 쓰임. '所謂刻鵠不成, 尙類鶩也'

曾無難. 朝未收選席之權衡, 暮卽授戎門之節鉞. 制外威名, 二年魚鳥渾相識. 安邊功業, 萬國笙歌醉太平. 隔兩日除書到, 以鎭撫使爲右僕射, 金又修狀致賀云, 新詔濕鴉之字, 千里而來, 前書浴鳳之言, 三日乃驗. 恭惟才名蓋世, 德行絕倫. 黃閣四朝, 父宰相子宰相. 紅牋七世, 祖文章孫文章. 早躍淸班, 歷遷要地. 談經壁水, 諸老先生無間言, 揮翰玉堂, 自古詞人難到處. 政聲猶在於上洛, 薄判尙傳於西垣. 不離兩制之榮, 便陟九卿之列. 提衡選士, 春開桃李之門. 仗鉞臨戎, 夏闢芙蓉之幕. 天子已忘於南顧, 國人爭徯於中興. 果得腥羶彌滿於邇遐, 三方盡擾, 談笑指揮而鎭定, 一境獨完. 我勞也旣獨賢, 宜賞之以不次. 累遷芹泮, 氷衙月改而轉淸, 尋入栢臺, 霜憲風生而更烈.一年中累遷, 祭酒·司成·知臺·僕射 顧重位當先推德, 況異人不必徇資. 故除光祿大夫, 仍帶翰林學士, 豈唯賀聖朝之善用. 抑亦欣吾道之大行. 此狀雖有推美過實處, 其立語叙事精詳. 唯萬國笙歌之對, 浮誕可笑.

　정미년[229] 봄에 오랑캐의 침입에 대비하기 위한 방어태세를 갖추기 위해 삼품관(三品官)을 진무사(鎭撫使)로 삼아 세 지방으로 나누어 파견했다. 그때 장원(壯元) 김지대(金之岱)[230]가 형부시랑(刑部侍郞)으로서 동남로안렴사겸부행(東南路按廉使兼副行)이 되었다. 정월 초하루 아침에 진무사에게 하례하는 글을 올렸는데, 그 글에 이르기를,

　　계인(鷄人)[231]이 새벽을 알리,

---

229) 정미년(丁未年) : 고종 34년(1247)에 해당됨.

230) 김지대(金之岱, 1190~1266) : 고려 중기의 문신. 초명은 중룡(仲龍). 벼슬은 평장사에 올랐으며 문장에 능했음. 김지대가 고종 4년(1217)에 아버지를 대신하여 군에 입대했는데, 병사들이 각자의 방패에 수호신인 기이한 짐승을 그렸으나 그만이 홀로 '國患臣之患, 親憂子所憂. 代親如報國, 忠孝可雙修'라는 시를 써서 다녔으므로 일찍부터 대성(大成)할 조짐을 보이기도 했음. 시호는 영헌(英憲).

창문에 바른 닭들까지 다투네.

봉조(鳳詔)232)가 봄을 알리니,

순지(荀池)233)에 목욕하는 봉황새까지 재촉하네.

삼가 생각하건대 패도(覇道)234)와 왕도(王道)235)의 책략을 품고,

세상 이치에 통달한 사람을 선비라고 하네.

문화공(文和公) 문헌공(文憲公)236)의 한 가문은,

적선(積善)을 하였으니 반드시 경사가 있을 것이오.

사업(司業)237) 사성(司成) 자리에 여섯 달 만에 뛰어오른 것은,

일찍이 어려운 일도 아니었네.

아침에 선석(選席)했던 저울추(樞)와 저울대(衡) 채 치우지도 않았는데,

저녁에 바로 군문(軍門)의 부절(符節)과 부월(斧鉞)을 받았네.

오랑캐 눌러 이름 떨치기 두 해였는데,

고기와 새 짐승들조차도 이루신 공적 일고 있네.

변방을 편안케 한 공업(功業)에,

온 나라가 생황(笙簧)의 노래로 태평성대에 취해 있네.

---

231) 계인(鷄人) : 중국 주(周)나라 때 예부에 속했던 관직명으로 희생으로 쓰일 닭을 관
    장하고, 궁중에 제례(祭禮)가 있는 밤에는 시각을 알리는 일을 담당했음.
232) 봉조(鳳詔) : 천자가 내린 조서. 이는 나무로 만든 봉황의 입에 조서를 물려 전했다
    는 고사에서 나온 말임. '石季龍與皇后在觀上, 爲詔書五色紙, 著鳳口中, 鳳旣銜詔,
    侍人放數百丈緋繩, 轆轤回轉, 鳳凰飛下, 謂之鳳詔.'(진(晉) 육홰(陸翽)의 「업중기
    (鄴中記)」)
233) 순지(荀池) : 대궐 안에 있는 연못을 뜻하며, 혹은 중서성(中書省)의 이칭이기도 함.
234) 패도(覇道) : 패자(覇者)가 하는 정치를 이름. 이는 곧 인의(仁義)를 경시하고 권모술
    수와 무력을 숭상하는 치도(治道)를 말하는 것으로 왕도(王道)와는 대가 되는 말임.
235) 왕도(王道) : 패도와 대가 되는 것으로 중국 하·은·주(夏殷周) 3왕의 치도를 말함.
    이는 공명정대, 무사무편(無私無偏)의 정치도의를 그 근간으로 삼음.
236) 문화공(文和公)은 최유선(崔惟善, ?~1075)의 시호이고, 문헌공은 최충(崔沖, 984
    ~1068)의 시호임.
237) 사업(司業) : 고려시대 국자감에서 유학을 강의하던 종4품의 관직.

라고 했다.

이틀 만에 임명장이 도착하여 진무사(鎭撫使)로서 우복야(右僕射)가 되었다. 이에 김지대(金之岱)가 또 하례하는 글을 지어 치하(致賀)하기를,

새로 내리신 조칙(詔勅)의 먹물 젖은 글자,
천리를 달려오니,
전에 올린 글에 봉황이 목욕한다는 말은,
사흘 만에 곧 징험(徵驗) 얻었네.
삼가 생각하건대 그 재주와 명성이 세상을 뒤덮었고,
덕행(德行)은 무리에서 뛰어났다네.
네 왕조[238]에 걸쳐 황각(黃閣)에 올랐으니,
부친도 재상이셨고 그 아드님도 재상이라.
홍전(紅牋)[239]은 일곱 대에 이었는데,
조부도 문장이었고 손자도 문장이었네.
일찍이 청반(淸班)에 올라,
두루 중요한 지위에 옮겨 갔네.
벽수(壁水)[240]에서 경전을 논할 때면,
모든 노선생(老先生)들도 말할 겨를 없었지.
옥당(玉堂)[241]에서 문필 휘두르면,
옛적의 어떤 문인도 도달하기 어려운 지경 얻었네.

---

238) 여기서 네 왕조는 고려 전기의 왕이었던 현종(顯宗), 덕종(德宗), 정종(靖宗), 문종(文宗)을 이름.

239) 홍전(紅牋) : 홍패(紅牌)를 말하는 것으로 문과회시(文科會試) 급제자에게 주는 증서의 하나로 붉은 종이에 합격자의 인적 사항과 시험결과의 등급을 적어 놓은 것.

240) 벽수(壁水) : 중국 고대의 학교인 벽옹(辟雍)을 말함. 벽옹의 주위로 구슬처럼 삥 둘러 원형모양의 물줄기를 파 물을 흐르게 했기 때문에 이른 것임. 반수(泮水), 반궁(泮宮)과 같은 뜻임.

241) 옥당(玉堂) : 홍문관(弘文館)의 다른 이름.

치정(治政)의 명성이 오히려 상락(上洛)에 전해지고,

부판(簿判)은 아직도 서원(西垣)[242]에 전하네.

양제(兩制)[243]의 영화 떠나지 않았는데,

문득 구경(九卿)의 반열에 올랐네.

치우침 없이 인재를 가려 뽑으니,

봄에 도리의 문(桃李之門)[244]을 열었고,

부월(斧鉞) 받들고 군문(軍門)에 이르러서는,

여름에 부용의 막[芙蓉之幕][245]을 열었네.

천자께서 이미 남쪽의 근심을 잊으셨고,

백성들은 다루어 중흥의 날을 기다렸네.

누린내와 비린내가 멀고 가까운 곳에 가득하고,

세 곳이 온통 시끄러웠는데,

담소하며 군사 지휘하여 진정시키니,

한쪽 변경(邊境)이 홀로 평정되었네.

나의 수고로움이야 이미 홀로 현명하였으니,

차례를 뛰어넘어 상을 내리신 것 마땅하네.

여러 차례 근반(芹泮)[246]에서 옮겨,

얼음이 달을 머금은 듯 변하고 바뀌어 더욱 청렴해져,

---

242) 서원(西垣) : 중서성(中書省)의 이칭. 궁전의 서쪽에 위치했기 때문에 붙여진 이름임.

243) 양제(兩制) : 송나라 때의 관제로 내제(內制)와 외제(外制)를 이름. 내제는 한림학
    사로 왕의 제고(制誥)를 주관하고, 외제는 중서지제고(中書知制誥)로 군정(軍政)을
    맡았음. 고려도 이 제도를 적용했음.

244) 도리지문(桃李之門) : 과거제도 하에서 생긴 것으로 뛰어난 문생들을 배출하는 은
    문(恩門, 과거를 주관하여 급제자를 발탁하는 지공거知貢擧)의 집을 이름. 도리는
    문생의 번성함을 비유하는 말임.

245) 부용지막(芙蓉之幕) : 대신(大臣)의 막부(幕府)로 부용부(芙蓉府)라고도 함.

246) 근반(芹泮) : 옛날의 국학(國學)을 이름. 고려 때는 국자감(國子監)을 뜻함. 국학의
    동서문(東西門) 이남에 둘러 있는 물을 반수(泮水)라 하며 그 반수에는 미나리[芹]
    가 자라기 때문에 근반(芹泮)이라고 함.

백대(柏臺)[247]를 찾아드니,

서릿발 같은 법에 바람이 일어 더욱 매서웠네.

　　　　한 해 사이에 좨주(祭酒), 사성(司成), 지대(知臺), 복야(僕射) 등을 거쳤음

돌아보건대 소중한 자리에는 마땅히 덕 있는 자를 먼저 추대하니,

하물며 뛰어난 사람이야 품계의 차례 좇을 필요 있겠는가.

그러므로 광록대부(光祿大夫)[248]에 제수되시고,

바로 이어 한림학사 겸하였으니,

어찌 다만 어지신 임금님의 훌륭한 인재 등용을 하례드릴 따름이리오.

또한 유학이 크게 행해진 것을 기뻐하네.

라고 했다.

이 하장(賀狀)에서 비록 아름다움을 찬양한 것이 좀 사실에서 벗어나기는 했지만, 말을 구사하고 사실을 서술한 것이 정밀하고 상세하다. 오직 '온 나라가 생황(笙簧)의 노래로 취해있네[萬國笙歌]'라고 한 대구(對句)는 부허(浮虛)하고 과장된 것이라서 가소롭다.

하-21　世以四六詩文爲別, 或云, 某工詩, 某工文, 某工四六, 而不可兼得. 是未入文章之室者, 各從門戶窺一班之說耳. 大手之下無施不可, 豈別有工拙哉. 況四六非別出於文, 盖魏晉間著述者, 爲文上長, 欲其覽之易也, 章分句斷駢四儷六, 以爲牋表啓狀. 此亦文之爲耦對者, 後因變爲簾角音律之賦, 行於場屋, 欲試其代言奏章之才也. 如代王言, 雖散辭無對亦可. 今人以四六別作一家, 鈔摘古人語多至七八

---

247) 백대(柏臺) : 어사대(御史臺)의 다른 이름. 한나라 때 어사부(御使府) 안에 측백나무를 심었으므로 세상에서 어사대를 백대라고 불렀음.

248) 광록대부(光祿大夫) : 고려 때 문관(文官)의 관계(官階)로 종2품부터 종3품에 걸쳐 있었음.

字, 或十餘字, 幸得其對, 自以爲工, 了無自綴之語, 況敢有新意耶. 眉
叟以林宗庇崑崙崗上之對, 載於破閑, 吾不取焉. 及第柳和流南島, 寄
京洛諸友云. 風生震澤, 雨入松江, 帆初飽漸肥之水. 當擁藍關, 雲橫
秦嶺, 馬不前何在之家. 秉筆小兒樂其體效之. 由是辭蔓而不精實, 意
迂而不眞切, 以至入翰林詞疏於佛天者, 例以繁言蕪辭. 非特辭語繁
蕪, 或臆論佛神報應, 國家災祥, 戎狄指趣, 以叙事弘長爲己之才. 是
欺佛妄人也. 古人詞疏必以言約者, 豈其才不足爲弘長. 盖去浮虛取悃
愊, 表宣事由而已, 作者愼之.

세상에는 사륙문(四六文)과 시(詩)와 문(文)을 별개의 것으로 여겨 혹
말하기를,

> 어느 사람은 시에 능하고 어떤 사람은 문(文)에 능하며, 또 어떤 사람
> 은 사륙문(四六文)에 능하니 이 세 가지에 모두 능할 수는 없다.

고 한다.

그러나 이런 사람은 아직 문장의 방[室]에 들어가지도 않은 채 각각
의 문간에서 한 쪽만을 엿보고 말한 것일 따름이다. 문장의 대방가(大
方家)는 어느 것에 손을 대도 제대로 풀어나가지 못하는 것이 없으니
그들의 글을 어찌 공교롭거나 졸렬하다고 할 수 있겠는가. 하물며 사
륙문은 따로 어떤 문(文)에서 파생된 것이 아니니 대개 중국 위·진(魏·
晉) 사이에 글을 짓는 사람들이 윗어른에게 글을 올릴 때 글을 보다 쉽
게 이해할 수 있게 하기 위하여 장(章)과 구(句)를 나누고 잘라서 네 자
를 나란히 하고 여섯 자씩 짝을 이루어 전(牋)·표(表)·계(啓)·장(狀)[249]

---

249) 장(狀) : 한문 문체의 하나. 주소(奏疏)류의 글로 변체(騈體)와 산문(散文)의 두 종
류가 있음. 이는 한·위(漢魏) 이래로 친한 사람들 사이에 오가던 편지의 이름으로도

의 글을 짓는 데 쓰였다. 이는 또한 글이 짝을 지어 이루어진 것으로 뒤에 염각음률(簾角音律)250)을 준수하는 부(賦)로 변하여 과거시험장에서 사용되었는데 이것으로 왕의 말을 대신하는 주장(奏章)을 짓는 재주를 시험해 보려는 것이었다. 왕의 말을 대신해서 쓰는 글 같은 것은 비록 말을 흐트려 쓰고 대구를 맞추지 않아도 가능하였다. 그런데 지금의 사람들은 사륙문(四六文)을 별도로 일가(一家)를 이루어 옛사람의 말을 많으면 칠팔 자 혹은 십여 자까지 따다 쓰고는 다행히 대구를 얻으면 스스로 공교롭다고 생각한다. 그러나 여기에는 스스로 깊이 생각하여 구사한 말이라고는 하나도 없으니 하물며 감히 새로운 뜻을 기대할 수 있겠는가.

미수(眉叟)가 임종비(林宗庇)의 곤륜강상(崐崙崗上)의 대구를 『파한집(破閑集)』에 실었는데 나는 그것을 여기에 싣지 않는다.251)

급제(及第) 유화(柳和)252)가 남쪽 섬으로 유배 가서 경락(京洛)253)의

쓰였음.

250) 염각음률(簾角音律) : 염각은 운문에 나타나는 외형률(外形律)로서 글자를 맞추는 것이고 음률은 율조(律調)를 맞추는 것으로 사륙문에 이런 것이 현저하게 적용되어 강건하고 사실적인 문체를 잃어갔기 때문에 당나라 때 복고문(復古文) 운동이 일어나게 된 것임.

251) 미수(眉叟)가 …… 싣지 않는다 : 이인로가 편찬한 『파한집』 상권에 임종비가 '桃林春放踏紅房'이라는 시구를 짓고는 그 대를 맞추지 못하였으므로 이인로가 대를 맞춰 그 시를 완성했다는 기록이 있음. '西河林宗庇, 亦才士也. 聞之歎曰, 使我得預其席, 當日, 桃林春放踏紅房. 竟未得其對. 今追續之, 銀河水渚隨仙女, 黑牧丹花到雪堂. 陋谷曉歸浮紫氣, 桃林春放踏紅房.'

252) 유화(柳和) : 고려 후기의 문신. 그의 생애에 대한 기록은 거의 찾아볼 수 없으나, 고려 우왕(禑王) 4년(1377)에 밀직부사(密直副使)로 천추절(千秋節)을 하례하는 사절로 명나라에 파견되었다고 함.

253) 경락(京洛) : 낙양(洛陽)을 이름. 이곳은 주나라 평왕(平王)과 동한(東漢)이 도읍한 곳으로 낙양은 그 이후 서울의 뜻으로 쓰였음. 여기에서는 고려의 서울인 개경을 가리킴.

여러 친구들에게 보낸 글에 이르기를,

바람은 진택(震澤)[254]에서 일고,

비는 송강(松江)[255]에 드는데,

돛이 처음 배불러오고 물은 점점 불어나네.

눈은 남관(南關)[256]을 감싸고,

구름은 진령(秦嶺)[257]에 비끼는데,

말이 앞으로 나아가지 않고 집은 어디에 있는가.[258]

風生震澤,　　　　　雨入松江,

帆初飽漸肥之水.

雪擁藍關,　　　　　雲橫秦嶺,

馬不前何在之家.

---

254) 진택(震澤) : 옛날 중국 오(吳)나라 남쪽(지금의 절강성 남쪽)에 위치했던 호수로
　　태호(太湖)를 이름. 이 호수를 입택(笠澤), 오호(五湖)라고도 불렀음. 현재 파양호
　　(鄱陽湖)에 이어 중국 제2의 담수호(淡水湖).

255) 송강(松江) : 중국의 강 이름. 이 강은 대호의 지류로 지금의 오송강(吳淞江)을 이
　　름. 이 강을 남강(南江), 송릉강(松陵江)이라고도 했음.

256) 남관(南關) : 중국 관문(關門)의 하나로 남전관(藍田關)의 약어. 진(秦)나라 때의 효
　　관(嶢關)을 가리키는 것으로 지금의 섬서성 서안의 남전현(藍田縣)에 있었음. BC206
　　년 9월에 한고조 유방의 군사가 진(秦)나라의 수도인 함양(咸陽)을 차지하기 위하여
　　북쪽의 효관으로 진출하여 진나라 군사와 최후의 일전을 벌였던 곳으로 유명함.

257) 진령(秦嶺) : 중국 섬서성 서안 남쪽에 있는 진산(秦山)의 한 고개 마루로 곧, 험준
　　한 효관(嶢關)을 가리키고 있음.

258) 이 연구(聯句)는 당나라 때의 시인이고 신선술에 능했다는 한상(韓湘, 794~?)이
　　그의 숙부인 한유(韓愈)에게 보여준, '雲橫秦嶺家何在 雪擁藍關馬不前'이라는 연구
　　를 용사한 것임. 「속신전(續神傳)」에 보면 한상은 젊어서 도를 배워 가난한 중에서
　　도 절개를 꺾지 않고 살았는데 일찍이 흙을 모아 그 위에 동이를 엎어 놓으니 갑자
　　기 꽃이 피고 그 꽃 위에 위의 시구가 놓여 있었으나 한유도 이 시구의 뜻을 알지
　　못하였다. 어느 날 한유가 좌천되어 조주(潮州)로 가는 길에 눈을 만났는데 한상이
　　눈을 무릅쓰고 오기에 여기가 어디인가 하고 물으니 한상은 이곳이 곧 남관(藍關)이
　　라고 대답했다고 함.

라고 하였는데 붓을 겨우 놀릴 수 있는 어린 아이까지도 그의 문체를 좋아하여 본받았다. 이로 말미암아 말이 산만하고 정밀하지 못하였으며, 뜻이 허황되고 진지하지 않았으니 한림(翰林)에 들어가 부처나 천신(天神)에게 글을 지어 바치는 자에 이르기까지도 으레 번거롭고 거친 말을 쓰게 되었다. 이런 글은 다만 말이 번거롭고 화려할 뿐만 아니라 혹 부처와 신령의 인과응보(因果應報), 국가의 재앙이나 상(祥)스러움, 오랑캐의 침입 등이 의미하는 뜻을 억측으로 논하여 사실을 확대시키거나 지나치게 길게 서술하는 것을 큰 재주로 여기니 이는 부처를 속이고 사람을 망령되게 하는 짓이다. 옛사람이 사소(詞疏)를 지을 때 반드시 말을 간략하게 한 것이 어찌 그들의 재주가 모자라고 길게 떠벌일 줄 몰라서 그랬겠는가. 이는 대개 부허(浮虛)한 것을 제거하고 진실한 것만을 취하여 사실을 있는 그대로 서술한 것일 따름이니, 글을 짓는 사람이라면 이러한 일에 신중해야 한다.

하-22 嘗讀文烈公集, 見大覺國師碑. 師以王子求出家, 如宋問道, 得賢首達摩天台慈恩南山等五宗法門. 至泗上, 禮僧伽塔天竺寺, 禮觀音像, 皆放光明. 北遼天祐帝聞其名, 送大藏經諸宗疏鈔六千九百餘卷, 燕京法師雲諝, 高昌國闍梨尸羅嚩底, 亦皆以策書法服爲問. 遼人來聘者皆請見, 吾使入遼, 則必問師安否, 日本人求師碑誌, 其爲異國所尊如此. 師餘力外, 學經史百子, 皆尋其根抵. 率爾落筆, 文辭平淡而有味. 今得數詩嘗味之, 文烈公平淡之言, 信矣. 到飛來方丈, 禮普德聖師云, 涅槃方等敎, 傅授自吾師. 兩聖橫經日,元曉·義相, 受涅槃維摩經於師 高僧獨步時. 隨緣任南北, 在道勿迎隨. 可惜飛房後, 東明古國危.

師本高句麗盤龍寺沙門, 飛房至百濟孤大山後, 神人見於高句麗馬嶺. 告人曰, 汝國敗無日題錦石庵云, 老苔斑似錦, 瑞石列如屛. 時有高僧倚, 長眼養性靈. 題龍巖院云, 踏盡殘花上翠微, 徘徊瞻景欲忘歸. 他年若也酬前志, 高臥烟霞與世違.

일찍이 문열공(文烈公)의 문집(文集)259)을 읽었는데 거기에서 대각국사(大覺國師)260)의 비문(碑文)을 보았다.

대사(大師)는 왕자로서 출가(出家)하였고 불도(佛道)를 들으러 송나라에 가서는 현수(賢首),261) 달마(達摩),262) 천태(天台),263) 자은(慈恩),264) 남산(南山)265) 등 오종법문(五宗法門)을 배워 터득했다. 사상(泗上)266)에

---

259) 『문열공문집(文烈公文集)』: 고려 전기의 문신인 김부식(金富軾, 1075~1061)의 문집을 이름. 『고려사』 열전 권11 「김부식전」에 보면 그의 문집이 20권이었다고 하나 지금은 전하지 않음.

260) 대각국사(大覺國師, 1055~1101): 고려 전기의 고승(高僧). 문종(文宗)의 셋째 아들. 자는 의천(義天), 대각은 그의 시호. 고려 천태종(天台宗)의 시조. 고려 불교의 교선일치(敎禪一致)를 주장하며 원효(元曉)의 중심사상인 일불승(一佛乘), 회삼귀일(會三歸一)의 원리를 주로 하여 고려 불교를 통합하는 데 이바지했음. 그의 묘비는 김부식이 찬한 것으로 지금 영통사(靈通寺)에 전해오고 있음.

261) 현수(賢首): 중국 당나라의 고승. 법명은 법장(法藏), 현수는 그의 자. 속성은 강(康)씨. 화엄종(華嚴宗)의 제3조(第三祖)로 낙양의 불원기사(佛援記寺)에 주석(駐錫)하였음. 시호는 강장국사(康藏國師)

262) 달마(達摩): 중국 양(梁)나라의 고승. 남천축(南天竺, 남인도)의 왕자. 성씨는 천축사성(天竺四姓) 가운데 바라문(波羅門) 다음의 두 번째인 찰제리(刹帝利). 바다를 건너 중국의 북위(北魏) 나라에 도착하였는데, 뒤에 숭산(嵩山)의 소림사(少林寺)에 살면서 면벽구년(面壁九年)을 통해 선종(禪宗)을 열었음. 선종의 제1조(第一祖)로 시호는 원각국사(圓覺國師).

263) 천태(天台): 중국 수나라 때 절강성 천태산에서 지의(智顗)가 창립한 종파로 중국 12종파의 하나. 『법화경』과 용수(龍樹)보살의 사상을 종지(宗旨)로 삼았음. 천태법화종(天台法華宗)·태종(台宗)·태가(台家)라고도 함.

264) 자은(慈恩): 중국 당나라 고승. 법상종(法相宗)의 규기(窺基). 낙양의 대자은사(大慈恩寺)에 살았기 때문에 자은대사(慈恩大師)라고 함. 자은종(慈恩宗)을 법상종(法相宗), 유식종(唯識宗)이라고 하는데 자은대사가 인도에서 전해 온 종파임.

265) 남산(南山): 중국 당나라의 고승. 자는 도선(道宣)으로 남산종(南山宗)의 개조(開

이르러서는 승가탑(僧迦塔)267)과 천축사(天竺寺)268)를 순례(巡禮)하고 관음상(觀音像)에 예배(禮拜)하니 모두가 밝은 빛을 발했다.

북요(北遼)269)의 천우제(天祐帝)270)가 그의 이름을 듣고는 「대장경제종소초(大藏經諸宗疏鈔)」 육천구백여 권을 보내왔고, 연경(燕京)의 법사(法師)인 운서(雲諝)와 고창국(高昌國)271)의 사리시라바디(闍梨尸羅縛底) 등이 또한 모두 책서(策書)와 법복(法服)을 보내어 문안하였다. 요나라 사람으로 우리나라에 초빙되어 오면 모두 대사를 만나기를 원했고 우리나라 사신이 요(遼)나라에 들어가면 반드시 대사의 안부를 물었다.

祖). 시호는 징조(澄照). 저서로 「법문문기(法門文記)」, 「광굉명집(廣宏明集)」, 「속고승전(續高僧傳)」 등을 남겼음.

266) 사상(泗上) : 지금의 중국 강소성 숙천현(宿遷縣) 동남쪽에 있는 사주(泗洲)를 이름.

267) 승가탑(僧迦塔) : 중국 안휘성 사주(泗洲)에 있던 보광왕사(普光王寺)의 탑. 이것을 사주탑(泗洲塔), 영서탑(靈瑞塔)이라고도 하는데 서역(西域)에서 온 신승(神僧) 승가를 위해서 세운 탑임.

268) 천축사(天竺寺) : 중국 절강성 항현(杭縣)에 있던 절. 이 절은 세군 데에 걸쳐 세워졌는데 하나는 비래봉(飛萊峰) 남쪽에 세워진 하천축사(下天竺寺)이고, 또 하나는 계류봉(稽留峰) 북쪽에 세워진 중천축사(中天竺寺)이며, 나머지 하나는 북쪽 고봉(高峰) 아래에 세워진 상천축사(上天竺寺)인데 앞의 두 절은 수(隋) 나라 때 지어진 것이고, 세 번째 절은 오대(五代) 오월(吳越) 때 세워졌음.

269) 북요(北遼) : 1032년 중국의 변방에 세워졌던 '서하(西夏)'를 가리킴. 서하는 중국 고대 북방민족의 하나였던 당항족(黨項族)의 이원호(李元昊, 경종景宗)가 중국 서쪽 변방에 세웠던 나라(1032~1227)로 국명을 '대하(大夏)'라고 했으나 송나라 사람들이 서하라고 불렀음.

270) 천우제(天祐帝) : 서하의 제4대 왕인 숭종(崇宗, 재위기간 1087~1138)을 가리킴. 『송사(宋史)』 열전(列傳) 하국(夏國) 하(下)에 보면, 그의 연호인 천우민안(天祐民安, 1090~1098) 연간에 고려에 불경을 보냈다는 기록이 있음.

271) 고창국(高昌國) : 중국 한나라 때 서쪽 변방에 있던 거사전(車師前) 왕국으로 이곳은 천산북로(天山北路)의 출발점이었음. 진(晉) 나라 때 고창군을 설치했고, 후위(後魏)의 화평(和平) 초에 유유(蠕蠕)에 합병됐음. 감백주(闞伯周)를 세워 처음으로 고창국(高昌國)이라고 했으나 뒤에 당나라에 멸망됐음. 지금의 신강성(新疆省) 투루판현(吐魯番縣)에 위치했음.

일본 사람들까지도 대사의 비지(碑誌)를 얻으려고 했으니, 이처럼 외국
사람들에게 존경을 한몸에 받았다.

국사(國師)가 여력(餘力)으로 불교 외의 학문인 경사백가(經史百家)를
배웠는데 모두 깊은 경지에까지 이르렀다. 갑자기 붓을 들어 글을 쓰
면 글이 평이(平易)하고 담백(淡白)해서 음미할 만하였다. 지금 대사가
지은 두어 수(首)의 시를 얻어 감상해보니, 문열공(文烈公)이 평이하고
담백(淡白)하다고 한 말을 믿을 만했다.

비래방장(飛來方丈)272)에 이르러 보덕성사(普德聖師)273)를 예배하고
지은 시에 이르기를,

『열반경(涅槃經)』274)과 『방등경(方等經)』275)의 가르침은,

우리 성사(聖師)로부터 전수 되었네.

---

272) 비래방장(飛來方丈) : 전북 완주군 고대산(高大山)에 있던 방장. 원래는 고구려 반
  룡산(盤龍山) 연복사(延福寺)에 있었으나 보덕성사(普德聖師)가 고구려 보장왕 9년
  (656)에 신력(神力)을 발휘하여 이곳에 옮겨 놓았다고 함. 방장은 사방이 한 길[丈]
  이 되는 좁은 방으로 사원의 주지스님이 거처하는 방을 이름.
273) 보덕성사(普德聖師) : 고구려 고승(高僧). 자는 지법(智法). 반룡산 연복사에 있을
  때 고구려 보장왕이 중국으로부터 도교를 도입했으므로 나라가 장차 망하리라고 생
  각하여 백제의 완산주(完山州) 고대산으로 그의 방장을 옮겼다고 함. 지금 고대산
  경복사(景福寺)의 비래방장이 그것임. 그의 문하에는 명덕(明德), 무명(無明), 적멸
  (寂滅), 개심(開心), 의융(義融), 지수(智藪), 일승(一乘), 수정(水淨), 사대(四大),
  개원(開原), 보명(普明) 등 11제자가 있었음.
274) 『열반경(涅槃經)』 : 석가가 입적(入籍) 할 때 가섭(迦葉), 고귀덕왕(高貴德王), 사
  자후(獅子吼), 교진(憍陳) 등 네 보살의 물음에 대하여 답한 것을 모아 놓은 불교
  경전임. 불교 본질의 오묘한 뜻을 펼쳐 놓은 것으로 이 경전이 석가가 일생을 통해
  설법한 내용 중에 가장 최후이자 뛰어난 것이라고 할 수 있음. 이 책은 한역(漢譯)된
  것이 두 종류가 있음.
275) 『방등경(方等經)』 : 『대승경(大乘經)』이라고도 함. 방등(方等)에 속하는 부류(部類)
  의 뜻으로 방등현설부(方等現說部)와 방등밀주부(方等密酒呪部)의 두 부분으로 나
  뉘어짐. 이는 보살의 육바라밀(六波羅密) 등을 설한 반야(般若), 법화(法華), 화엄
  (華嚴), 보적(寶積), 대집(大集) 등의 모든 경전을 이름.

두 성사(聖師)께서 경을 빗겨 보던 날,

원효(元曉)276)와 의상(義湘)277)이『열반경(涅槃經)』과『유마경(維摩經)』278)을
보덕성사(普德聖師)에게서 전수받았다.

고고하신 스님 홀로 가시는 때였네.

인연을 따라 남과 북을 마음대로 하셨고,

도(道) 맞이하고 따르기를 구별하지 말라 하셨네.

애닯은 일은 방장(房丈)을 날려 보낸 뒤에,

동명성왕(東明聖王)의 옛 나라 위태로워졌네.

성사(聖師)는 본래 고구려 반룡사(盤龍寺)의 스님이었는데 방장(房丈)을 날려
백제의 고대산(孤大山)279)에 이르렀다. 뒤에 신인(神人)이 고구려 마령(馬嶺)
에 나타나서 사람들에게 말하기를 너희 나라는 망할 날이 멀지 않았다고 했다.

涅槃方等教,　　傳授自吾師.

兩聖橫經日, 元曉·義相, 受涅槃維摩經於師

高僧獨步時.　　隨緣任南北,

---

276) 원효(元曉, 617~686) : 신라 고승으로 속성은 설(薛)씨. 원효는 그의 법명. 설총(薛
聰)의 아버지. 그는 일찍이 불교의 교리를 깨쳐 우리나라 불교 역사에 있어 가장 해
박한 불교 이론가로 꼽힘. 또한 불교 사상의 통합과 실천에 노력한 정토교(淨土教)
의 선구자로 대승불교(大乘佛教)의 교리를 실천했음. 저서로는『화엄경소(華嚴經
疏)』,『대승기신론소(大乘起信論疏)』,『금강삼매경론(金剛三昧經論)』등의 역작을
남겼음.

277) 의상(義湘, 625~702) : 신라 고승으로 화엄종(華嚴宗)의 시조. 661년(신라 문무왕
1년)에 당에 건너가 지엄(智儼)의 문하에서 화엄종을 연구했으며, 당의 고승 현수(賢
首)와는 동학(同學)으로 친교가 깊었음. 그의 법문에서는 오진(悟眞), 지통(智通),
표훈(表訓) 등의 10대덕(十大德)의 고승이 배출되었고, 저서로는『화엄일승법계도
(華嚴一勝法界圖)』,『소아미타경의기(小阿彌陀經義記)』등이 있음.

278)『유마경(維摩經)』: 원명은『유마힐소설경(維摩詰所說經)』. 대중의 경전에 속하며
석가의 속제자(俗弟子)였던 유마힐이 설법한 것을 내용으로 삼고 있는데 이는 불가
사의한 해탈의 법문(法門)으로 이루어져 있음. 구마라즙(鳩摩羅什), 현장(玄奘) 스
님 등이 번역한 한역서(漢譯書)가 있음.

279) 고대산(高大山) : 전북 전주 동남쪽에 있는 고덕산(高德山)을 이름. 고달산(高達山)
이라고도 함.

在道勿迎隨.　　可惜飛房後,

東明古國危.

> 師本高句麗盤龍寺沙門, 飛房至百濟孤大山後, 神人見於高句麗馬嶺. 告人曰,
> '汝國敗無日'

라고 했고, 「금석암(錦石庵)」[280]을 두고 짓기를,

오래된 이끼는 얼룩져 비단 같고,
상스러운 돌은 병풍처럼 늘어 서있네.
때로는 높으신 스님 여기에 의지하여,
길게 잠들어 성령을 기르셨네.

老苔班似錦,　　瑞石列如屛.

時有高僧倚,　　長眠養性靈.

라고 했으며, 「용암원(龍巖院)」을 두고 짓기를,

떨어진 꽃송이 밟으며 취미[281]에 올라,
이리저리 경치 바라보느라 돌아갈 줄 모르네.
다른 해에 지금의 내 마음 누가 묻는다면,
선계에 높이 누워 세속의 뜻 없었다오.

踏盡殘花上翠微,　　徘回瞻景欲忘歸.

他年若也酬前志,　　高臥烟霞與世違.

라고 했다.

---

280) 금석암(錦石庵) : 고려시대 광주 무등산에 있던 절.
281) 취미(翠微) : 산꼭대기에서 조금 내려온 움푹한 곳. 당나라 시인 백거이의 「향산피
　　　서시(香山避暑詩)」에, '絲巾草履竹疎衣, 晩下香山蹋翠微.'

하-23　無得智國師戒膺, 講道外, 遊刃於文章. 睿王邀入大內苦請留, 師作詩云, 聖勅嚴明辭未得, 巖猿松鶴別江東. 多年幸免魚呑餌, 一旦飜爲鳥在籠. 無限旅愁宮裏月, 有時歸夢洞中風. 不知何日君恩報. 瓶錫重回對碧峰. 卽往太白山, 卜居將終焉. 上復遣使徵之, 屢詔不受.

　무애지국사(無㝵智國師)[282] 계응(戒膺)은 불도(佛道)를 강론하는 것 말고도 문장에 있어서도 거리낌이 없었다.

　예종이 국사를 대궐에 맞이하고는 굳이 머물 것을 청하니, 국사가 시를 지어 이르기를,

　　임금님의 명령 엄하여 사양할 수 없으니,
　　바위 위의 잔나비와 소나무 위의 학이 강동에서 이별했네.
　　여러 해 다행히 잉어가 먹이 삼키는 것을 면했더니,
　　하루아침에 뒤집어져 새장 속에 갇힌 신세 되었네.
　　궁성에 솟은 달 쳐다보니 무한히 떠나고 싶고,
　　때때로 돌아가는 꿈은 골 안의 바람과 같네.
　　언제 임금의 은혜 갚고서,
　　병석(瓶錫)[283]에 의지하여 다시 돌아가 푸른 산봉우리 바라볼지 알 수 없네.

　　　聖勅嚴明辭未得,　　　　巖猿松鶴別江東.

---

282) 무애지국사(無㝵智國師) : 고려 숙종 때의 고승. 법명은 계응(戒膺). 호는 태백산인(太白山人). 대각국사의 맏상좌. 대각국사가 입적하자 숙종(肅宗)이 그에게 법해용문(法海龍門)이라는 법문(法門)을 내리고 국사(國師)로 삼았음. 강도(講道) 외에 문학에도 능했음.

283) 병석(瓶錫) : 물 항아리와 석장(錫杖). 병은 스님의 손 씻을 물을 담는 그릇이고, 석장은 스님이 짚는 지팡이로 이는 스님들이 가지는 기본적인 도구로 무욕청정한 삶을 상징하는 말이기도 함.

多年幸免鯉呑餌,　　　一旦翻爲鳥在籠.

無限旅愁宮裡月,　　　有時歸夢洞中風.

不知何日君恩報,　　　瓶錫重回對碧峯.

라고 했다.

이에 곧 태백산으로 돌아가 은거하여 생을 마치고자 했다. 임금이 다시 사신을 보내어 여러 차례나 불러들이는 조서(詔書)를 내렸지만 그는 받아들이지 않았다.

하-24　大鑑國師坦然, 筆蹟精妙, 詩格高淡. 所過多題詠, 三角山文殊寺詩曰, 一室何寮廓, 萬緣俱寂寞. 路穿石罅通, 泉透雲根落. 皓月掛簷楹, 凉風動林壑. 誰從彼上人, 淸坐學眞樂. 作四威儀頌, 寄宋朝介諶禪師, 師見而奇之, 卽以衣鉢遙傳之. 安信居士住毗琴山白雲庵, 師嘗訪之, 題詩于板. 後有人竊此詩板欲去, 已到山下, 玄風官吏逆知之, 收在官府, 不知其眞蹟今在否.

대감국사(大鑑國師)[284] 탄연(坦然)의 필적은 정채롭고 절묘하며, 시격(詩格)은 고상하고 담백했다. 그는 지나가는 곳마다 많은 시를 읊었는데 「삼각산 문수사」(三角山文殊寺)[285] 시에 이르기를,

---

284) 대감국사(大鑑國師 : 1070~1159) : 고려 전기의 고승. 호는 묵암(默庵). 법명은 탄연(坦然). 대감은 그의 시호. 광명사(廣明寺) 혜소국사(慧炤國師)에게 심요(心要)를 이어 받았음. 예서, 행서, 초서에 능하여 해동의 서성(書聖)이라고 불렸으며, 서거정이 우리나라의 필법에 있어 김생(金生) 다음으로는 탄연이라고 하였음. 특히 중국 진(晋)나라의 명필인 왕희지(王羲之)의 서체를 잘 썼다고 함.

285) 문수사(文殊寺) : 서울시 서대문구 구기동 삼각산에 위치한 절. 일명 문수암이며 고려 예종 4년(1109)에 탄연이 창건했음.

한 방이 어찌 고요한지,

일만 인연이 모두 적막하네.

길은 뚫리어 바위틈으로 통해 있고,

맑은 샘물은 바위 사이로286) 떨어지네.

하얀 달은 처마기둥에 걸렸고,

싸늘한 바람은 숲속 골짜기를 흔드네.

누가 저 스님을 좇아,

욕심 없이 앉아 참된 즐거움 배울 건가.

一室何廖廓,	萬緣俱寂寞.
路穿石罅通,	泉透雲根落.
皓月掛簷楹,	涼風動林壑.
誰從彼上人,	淸坐學眞樂.

라고 했다.

그가 또 「사위의송(四威儀頌)」287)을 지어 송나라 개심선사(介諶禪師)288) 에게 보냈더니 선사가 그 글을 기이하게 여겨 곧 의발(衣鉢)289)을 멀리 에서부터 전해 왔다.

---

286) 바이 사이[雲根] : 깊은 산속의 구름이 이는 곳. 구름이 바위 사이에서 생겨나므로 바위를 구름 뿌리라고 했음. 두보의 「제 충주용흥사 소거원벽시(題忠州龍興寺所居 院壁詩」에, '忠州三峽內, 井邑聚雲根.'

287) 사위의송(四威儀頌) : 사위의는 행(行), 왕(往), 좌(坐), 와(臥) 등 일상생활의 몸짓 네 가지의 구별이 부처님의 제계(制戒)에 일치하도록 하는 행동을 말함. 송은 그러 한 사실을 읊은 글을 이름.

288) 개심선사(介諶禪師) : 중국 송나라의 대덕(大德)으로 광리사에 주석했음. 불도에 용맹 정진하여 세상 사람들이 철면(鐵面)이라고 불렀음.(『절강통지(浙江通志)』)

289) 의발(衣鉢) : 스님들의 옷과 식기. 선종(禪宗)에서는 이것을 불교의 법통(法統)을 전수하는 신조로 삼음. 『서언고사(書言故事)』「석교류(釋敎類)」에, '傳授佛敎謂傳 衣鉢'

안신거사(安信居士)가 비금산(毗琴山)[290]에 있을 때 국사(國師)가 일찍이 그를 찾아갔다가 시를 지어 판액(板額)에다 썼다. 뒤에 어떤 사람이 이 시판(詩板)을 훔치려는 생각을 가지고 이미 산 아래에까지 이르렀는데 현풍(玄風)[291]의 한 관리가 미리 이 사실을 알고는 그것을 거두어 관부(官府)에 두었다고 하나 그 진적(眞蹟)이 지금까지 남아 있는 지 알 수 없다.

하-25　龜山曇秀禪師, 與郭璵處士, 金洪兩學士富轍·洪瓘 等, 爲文會之交. 時睿王幸西都, 郭金洪皆扈駕, 唯曇秀不得詣行在, 有詩寄云. 靑雲二學士, 白日一仙翁. 竝筆巡遊下, 連裾扈從中. 大同楊柳雨, 長樂牧丹風. 應製多佳句, 聯篇寄驛筒.

구산사(龜山寺)[292]의 담수선사(曇秀禪師)는 처사(處士) 곽여(郭璵)와 김·홍(金洪) 두 학사부철(富轍)[293]과 홍관(洪瓘)[294]이다. 등과 더불어 글을 짓는 모임을 가져 서로 교류하였다. 언젠가 예종이 서도(西都)에 행차하였을 때 곽여, 김부철, 홍관 등이 모두 어가(御駕)를 호위했는데 오직

---

290) 비금산(毗琴山): 지금의 경북 달성군 현풍과 대구시 사이에 있는 비슬산(琵瑟山)을 이름. (『신증동국여지승람』 권27을 참조)
291) 현풍(玄風): 지금의 경북 달성군에 있던 지명. 고려 초에 현효(玄曉)를 현풍(玄豐이라고도 함)이라고 고쳐 밀성(密城)에 속하게 했으나 1941년에 달성군에 병합됐음.
292) 구산사(龜山寺): 개성의 송악산 소격전(昭格殿) 동쪽에 있던 절. 고려 태조 12년(929)에 창건하고 그 해 6월에 인도 스님인 삼장 마후라(摩睺羅)를 초빙했다고 함.
293) 부철(富轍): 고려 전기의 문신인 김부의(金富儀, ?~1136)의 어릴 때 이름. 부식(富軾)의 아우. 자는 자유(子由). 벼슬은 한림학사(翰林學士)·승지(承旨), 상서좌복야(尙書左僕射)에 올랐음. 형 부식과 함께 묘청의 난을 평정하였음. 시호는 문의(文懿).
294) 홍관(洪瓘): 고려 전기의 문신. 그의 생애에 대한 기록은 거의 없으나 예종 11년(1116)에 국자좨주(國子祭主)로 과거를 관장하는 자공거가 되어 유승단(俞升旦) 등 99명을 발탁했고, 관직은 보문각학사(普門閣學士), 좌복야(左僕射) 등을 지냈음.

담수선사(曇秀禪師)만이 왕이 행차를 따라오지 못 하고 시를 보냈다.
그 시에 이르기를

> 청운의 기개 높은 두 학사요,
>
> 백일 같이 빛나는 한 선옹이네.
>
> 임금님 행차 아래에서 붓을 나란히 하고,
>
> 함께 늘어서서 호종하고 있으리.
>
> 대동강의 버들가지엔 비 내릴 거고,
>
> 장락궁(長樂宮)295)의 모란엔 바람 살랑대겠지.
>
> 성상의 시제 받아 좋은 시 많을 것이니,
>
> 두어 편 역마 편에 부쳐주었으면.

靑雲二學士,	白日一仙翁.
竝筆巡遊下,	連裾扈從中.
大同楊柳兩,	長樂牧丹風.
應製多佳句,	聯篇寄驛筒.

라고 했다.

하-26 僧無己, 自號大昏子, 隱居智異山, 餘三十年不釋一衲. 每冬
夏入山不出, 卷肚皮在帶索中, 春秋鼓肚遊山, 日食三四斗, 一坐必浹
旬, 起行則郎吟山偈. 山四面七十餘庵, 一庵每宿, 輒留一偈. 無住庵
詩曰, 此境本無住, 何人起此堂. 唯餘無己者, 去住兩無妨. 語若踈易,
而寄意高深, 殆寒拾之流歟.

---

295) 장락궁(長樂宮) : 고려시대에 서도(西都)인 평양에 설치했던 왕의 행궁(行宮)을 가
리킴.

스님 무기(無己)는 스스로 대혼자(大昏子)라고 불렀는데, 지리산에 은거하면서 삼십여 년 동안 한 번도 승복을 갈아입지 않았다.

매년 겨울과 여름이면 산에 들어가 나오지 않고 배를 주려 허리띠를 졸라 매었으며, 봄과 가을이면 배를 두드리면서 산을 돌아다니고 하루에 서너 말이나 되는 양의 밥을 먹었다. 한번 앉으면 반드시 열흘이 지나야 일어나며, 자리에서 일어나 길을 가면 낭랑한 목소리로 산게(山偈)를 읊었다.

지리산에는 사방에 칠십여 암자가 있어서 한 암자에 잘 때마다 게송(偈頌) 한 편씩을 남겼다.

「무주암(無主庵)」296)이라는 시에 이르기를,

> 이 땅에 본래 머무는 사람 없었는데,
> 누가 이 법당을 일으켰는지.
> 오직 무기란 자만 남아서,
> 가고 머무는 일 모두 무방하네.

> 此境本無住,　　何人起此堂.
> 唯餘無己者,　　去住兩無妨.

라고 했다.

말이 정밀하지 못하고 평이하나 뜻을 부친 것이 고상하니 마치 한산(寒山)297)과 습득(拾得)298)의 부류에 든다고 하겠다.

---

296) 무주암(無住庵) : 경남 함양군에 가까운 지리산 자락에 있던 절로 상무주암(上無住庵)이라고도 했음.

297) 한산(寒山) : 중국 당나라 초기의 고승. 절강성 태주부 천태산(天台山)에 있는 한암(寒巖)의 깊은 굴속에 살았으므로 붙여진 이름임. 천태산에 있는 국청사(國淸寺)에 가서 습득(拾得)과 교유했음. 머리에는 자작나무 껍질을 고깔 삼아 쓰고 장삼을 입고 나막신을 신어 미치광이처럼 행세했음. 그가 남긴 『한산자시집(寒山子詩集)』 세

하-27　國初有亡名士, 隱居智異山, 操行高潔, 不涉人間事. 上聞之請迎, 謝曰, 外臣無所知, 王命不可容易受, 卽閉房不出. 排戶入視之, 壁上唯書一句曰, 一片絲綸來入洞, 始知名字落人間. 跡之, 從北牖而遁, 眞隱者也.

고려 초에 이름을 알 수 없는 선비가 지리산에 은거하고 있었는데, 품행이 고결(高潔)하고 인간사(人間事)에는 간여하지 않았다.

임금이 그 소문을 듣고 그를 맞이하고자 했으나 사양하며 말하기를,

대궐 밖의 신하로서 아는 바가 없으니, 왕명을 쉬 받들 수 없습니다.

고 하며 곧 방문을 닫고 나오지 않았다. 문틈으로 방문을 엿보니 벽에다 오직 시 한 구절을 써놓았는데, 그 시에 이르기를,

한 조각 임금의 조칙(詔勅)이 골짜기에 전해졌으니,
비로소 내 이름자 인간 세상에 떨어진 것을 알겠네.

一片絲綸來入洞,　　　　始知名字落人間.

라고 했다.

그를 추적하였으나 북쪽으로 난 창으로 달아나버렸으니 이는 참된 은자(隱者)라고 할 수 있다.

권에는 200여 수의 선시가 전함.

298) 습득(拾得) : 중국 당나라 초기의 고승. 고아였는데 천태산 국청사의 스님이었던 풍간선사(豊干禪師)가 주워 와서 키웠기 때문에 습득이라고 불렀음. 그도 한산과 교유하며 광인처럼 행동했는데 뒤에 한암(寒巖)에 살았음. 그는 시 300편과 약간의 게사(偈詞)를 남겼음.

하-28 鄭參政國儉知南原, 日嘗行春屬邑, 過原川洞, 洞左右壁上,
有松林寺僧正思, 大書一絶曰, 古佛巖前水, 哀鳴復嗚咽. 應恨到人間,
氷與雲山別. 翌日與老儒梁積中, 連鑣尋訪, 結爲山水友. 後每論人物,
必以正思爲詩僧中龍.

　참정(參政) 정국검(鄭國儉)[299]이 남원 고을의 수령으로 있을 때 하루
는 일찍이 속읍(屬邑)으로 봄나들이를 나갔다. 가는 길에 원천(原泉)
골[300]을 지나게 되었는데 그 골의 좌우 벽에는 송림사(松林寺)의 정사(正
思) 스님이 큰 글씨로 절구 시 한 수를 써놓았었다. 그 시에 이르기를,

　　고불암 앞으로 흐르는 물은,

　　슬피 울다 다시 목메어 울어 예네.

　　이는 분명 인간 세상에 이르러,

　　영원히 구름산[301]을 이별한 것을 한탄함일세.

　　古佛巖前水,　　　哀鳴復嗚咽.

　　應恨到人間,　　　氷與雲山別.

라고 했다.

　다음날 늙은 선비인 양적중(梁積中)과 함께 말고삐를 나란히 하여 그
를 찾아가 산수(山水)의 벗으로 우의를 맺었다. 뒤에 늘 인물을 논할 때
는 반드시 정사(正思)를 시승(詩僧) 중에 으뜸으로 삼았다.

---

299) 정국검(鄭國儉, ?~1203) : 고려 중기의 문신. 벼슬은 참지정사(參知政事)에 오름.
　　최선(崔詵) 등과 『속자치통감(續自治通鑑)』을 수정 간행했음.

300) 원천골[原川洞] : 지금의 전북 남원군 주천면(朱川面)에 있던 지명. 원천동(源川洞)
　　이라고도 함.

301) 구름산[雲山] : 구름에 덮여 아득히 보이는 산을 말하나 여기서는 고답적(高踏的)
　　인 산수풍경(山水風景)을 의미함.

하-29 檜巖寺有圓鏡國師手蹟, 在南樓東西壁及客室西偏小樓間. 寺僧云, 大定甲午歲, 西都叛時, 大金使至國朝, 患西北路梗, 從春州路導送, 一行擧入寺, 禮像設訖聚觀書, 一人曰, 貴人筆也. 一人曰, 此山人書, 蔬笋之氣頗存. 時有僧統宗呂, 在其傍以實告, 二人皆喜其言中. 乃題詩曰, 王子膏粱氣半存, 山僧蔬笋尙餘痕. 顚張醉素無全骨, 却恨當年許作髡.

회암사(檜巖寺)302)에 원경국사(圓鏡國師)303)의 필적이 있는데 이 글이 남쪽 누대(樓臺)의 동서 양 벽과 객실(客室)의 서쪽 작은 누대 사이에 있었다.

그 절의 스님이 말하기를,

대정(大定)304) 갑오년에 서도(西都)에서 반란이 일어났을 때 대금(大金)의 사신이 우리나라에 이르렀으나 서북쪽의 길이 환난(患難)305)으로 막힌 것을 염려하여 춘주(春州)306)로 가는 길로 안내하여 보내게 되었

---

302) 회암사(檜巖寺) : 경기도 양주시 송천면 천보산(天寶山)에 있는 절. 고려 때 서역(西域)에서 온 지공(指空) 스님이 이곳의 산수가 마치 인도의 아란타사(阿蘭陀寺)의 그것과 같다고 하였는데 뒤에 나옹(懶翁)이 이 절을 짓기 시작했으나 다 짓지 못하고 죽자 그의 제자 각전(覺田)이 완공했다고 함. 태조(李太祖) 이성계가 양위(讓位) 후 이 절에서 수도했던 곳으로 유명함.

303) 원경국사(圓鏡國師, ?~1183) : 고려 명종 때의 승통(僧統). 원경국사(元敬國師)라고도 하며 인종(仁宗)의 아들인 충희(沖曦)를 말함.

304) 대정(大定) : 중국 금나라 세종(世宗)의 연호(1161~1189). 갑오년은 명종 4년(1174)에 해당됨.

305) 환난(患難) : 고려 명종 4년(1174)에서부터 3년간에 걸쳐 일어났던 조위총(趙位寵)의 거병(擧兵)을 말함. 이 난은 당시 임금을 폐위시키고 문신을 학살하여 전횡을 일삼던 정중부(鄭仲夫)와 이의방(李義方)을 치고자 서경유수(西京留守)였던 조위총이 일으켰음.

306) 춘주(春州) : 지금의 강원도 춘천의 고려 시대 이름.

다. 일행이 모두 이 절에 들어와 예불을 드리고는 함께 모여 이 글을 보
았는데 그 중 한 사람이 말하기를 "이 글은 귀인(貴人)의 필적이다."고
했고, 또 한 사람은 "이 글은 스님의 글로 푸성귀와 죽순 냄새[蔬笋之
氣][307]가 남아 있다."고 했다. 그때 승통(僧統)[308] 종려(宗呂)가 옆에 있
다가 사실대로 말하니 두 사람이 모두 자기 말이 맞았다는 것을 알고는
기뻐했다. 이에 시를 지어 이르기를,

왕자 시절의 고량(膏粱)[309]기운 반나마 남아 있고,
산승(山僧)의 소박한 맛의 흔적도 아직 남아 있네.
전장(顚張)[310]과 취소(醉素)[311]의 온전한 기골 없으니,
오히려 그때 입산한 것을 한하네.

王子膏粱氣半存,　　　　山僧蔬笋尙餘痕.
顚張醉素無全骨,　　　　却恨當年許作髡.

라고 했다.

하-30　毅王近聲色好遊豫. 文忠肅公克謙, 時爲正言, 上疏切諫之, 不
從. 及庚寅秋武臣構亂, 乘輿南遷. 癸巳冬, 定山縣維鳩驛, 新修公館

---

307) 푸성귀와 죽순 냄새[蔬笋] : 이는 소순지기(蔬笋之氣)를 말하는 것으로 채소와 죽
　　 순만을 먹고 사는 야인이나 스님의 기풍을 이름. 소동파의 시「증 시승 도통(贈詩僧
　　 道通)」에, '語帶煙霞從古少, 氣含蔬筍到公無.'
308) 승통(僧統) : 고려시대 교종(敎宗)의 제일 높은 승계(僧階).
309) 고량(膏粱) : 고량진미(膏粱珍味)로 살찐 고기와 좋은 곡식으로 만든 맛있는 음식.
　　 여기서는 아직도 스님의 심신(心身)에 남아 있는 속기(俗氣)를 이름.
310) 전장(顚張) : 장전(張顚)을 가리킴. 중국 당나라 문인인 장욱(張旭)이 술에 취하면
　　 광기를 보여 머리에 먹물을 가득 묻혀 글을 썼으므로 세상 사람들이 머리꼭대기의
　　 뜻을 지닌 '전(顚)' 자를 붙여 장전(張顚)이라고 이름 불렀음.
311) 취소(醉素) : 술 취한 회소(懷素)라는 말로, 회소는 중국 당나라 고승. 자는 장진(藏
　　 眞). 현장(玄奘)의 제자. 초서(草書)에 능해『초서천자문(草書千字文)』을 남겼음.

畢, 請工施壁彩, 工當時妙手, 姓朴亡名,_{今其驛吏, 具言實事} 寢宇西壁間,
畵一白衣着笠乘馬者, 緣山路信轡徐驅, 物色凄然, 其童僕相携持轉
行. 人見之, 皆不知是何圖. 後松廣社無衣子, 壬午秋, 受請領道侶千
餘人, 將赴西原, 抵宿此驛, 見之咨嗟良久曰, 此是諫臣去國圖. 乃題
詩曰, 壁上何人畵此圖, 諫臣去國事幾乎. 山僧一見尙惆悵, 何況當塗
士大夫. 噫, 畵工之感前事寫此圖, 禪師之識舊畵, 留此詩, 與古風雅
君子無異也. 後有二過客, 次韻書壁曰, 曲堗言前不早圖, 焦頭後悔可
追乎. 何人畵此諫臣去, 滿壁淸風激懶夫. 次曰. 自衣黃帶諫臣圖, 是
屈原乎微子乎. 未正君非空去國, 不須毫底費工夫.

의종은 가무와 여자를 가까이 하였고, 즐겁게 노는 것을 좋아 했다.
충숙공(忠肅公) 문극겸(文克謙)이 그때 정언(正言)으로 간절히 간(諫)하는
소(疏)를 올렸지만 의종이 이를 따르지 않았다. 경인년 가을에 무신들이
난을 일으키게 되자 의종은 가마를 타고 남쪽으로 옮겨졌다.[312]

계사년[313] 겨울 정산현(定山縣)[314]의 유구역(維鳩驛)[315]에 새로이 공
관(公館)을 수축(修築)하여 한 공인(工人)더러 벽에 채색을 하도록 했는
데 그 화공은 당시에 훌륭한 재능을 가진 공인(工人)으로 이름을 알 수
없는 박(朴)씨 성을 가진 사람이었다. 지금 그 역리(驛吏)가 사실을 갖추어 얘기
했다. 침실의 서쪽 벽에 흰 옷에 삿갓을 쓴 사람이 말을 타고 있는 모습
을 그렸는데 산길을 따라 말고삐에 의지한 채 천천히 말을 모는 모습이

---

312) 남쪽으로 옮겨졌다 : 고려 의종 24년(1170)에 정중부(鄭仲夫), 이고(李高), 이의방
　　(李義方) 등의 무신이 주동이 되어 일으킨 난으로 이때 의종은 남쪽 변방인 거제도
　　(巨濟島)로 쫓겨 갔음.

313) 계사년(癸巳年) : 명종 3년(1173)에 해당됨.

314) 정산현(定山縣) : 충남 청양군 정산면에 있던 옛 지명. 신라 때의 열성현(悅成縣)을
　　고려 초에 정산현으로 고쳤음.

315) 유구역(維鳩驛) : 충남 공주군에 속해 있던 역명.

몹시 쓸쓸해 보였으며, 어린 종들은 서로 손을 붙잡은 채 비틀거리며 길을 가고 있었다. 사람들이 그 그림을 보고는 무슨 의미를 가진 것인지 몰랐다.

뒤에 송광사(松廣社)[316]의 무의자(無衣子)[317]가 임오년[318] 가을에 도를 닦는 승려 천여 명을 인솔하라는 청을 받고 서원(西原)[319]으로 가는 길에 이 역에 이르러 자게 되었다. 그 그림을 보고 탄식하며 이슥토록 생각하다가 말하기를,

이 그림은 임금에게 간언(諫言)하던 신하가 나라를 떠나는 그림이다.

라고 하며, 시(詩)를 지어 이르기를,

벽 위에 어느 누가 이 그림을 그렸는지,
간언하던 신하가 나라를 떠나니 나라 일 어찌 될 건가.
산중의 중도 한번 보니 오히려 애달픈데,
하물며 벼슬길에 있는 사대부임에랴.

壁上何人畵此圖,　　　諫臣去國事幾乎.
山僧一見尙惆悵,　　　何況當塗士大夫.

라고 하였다.

아, 화공(畵工)은 예전의 일에 대한 감회로 이 그림을 그렸고, 선사(禪師)는 옛 그림의 뜻을 알고 이 시를 남긴 것이니 예스럽고 풍아한

---

316) 송광사(松廣社) : 전남 승주군 송광면 조계산에 위치한 절. 처음에 길선사(吉禪寺) 였다가 개칭. 천하 3보(天下三寶)의 하나인 승보(僧寶)사찰로 유명함.
317) 무의자(無衣子) : 진각국사(眞覺國師) 혜심(惠諶)의 호. 하권 주 94)를 참조.
318) 임오년(壬午年) : 고려 고종 9년(1222)에 해당됨.
319) 서원(西原) : 충북 청주시(淸州市)의 옛 이름.

군자와 다름이 없다.

뒤에 이 역을 지나는 두 사람의 길손이 차운하여 벽에다 시를 쓰기를,

불구멍 구부려라 말하기 전에 일찍 도모하지 않았더니,320)
머리 태운 뒤에 후회한들 따를 수 있겠는가.321)
어느 누가 간신이 나라 떠나는 이 그림을 그렸는지,
벽 가득한 맑은 바람 게으른 사내를 격동시키네.

曲埃言前不早圖,　　　焦頭後悔可追乎.
何人畵此諫臣去,　　　滿壁淸風激懶夫.

라고 했다.

또 한 사람이 읊은 시에 이르기를,

흰 옷에 누런 띠 둘렀으니 이는 간신의 그림인데,
그림 속의 이 사람은 굴원(屈原)322)인가 미자(微子)323)인가.

---

320) 불구멍 구부려라 …… 않았더니 : 이는 『한서(漢書)』 38권 「곽광(霍光)전」에 나오는
　　얘기로, 곧 곡돌사신(曲突徙薪)을 이름. 이것은 미리 불구멍을 구부리고 섶을 옮겨
　　미연에 화재를 방지하라는 말인데, 미리 조심하여 사전에 예방하는 유비무환(有備
　　無患)의 뜻으로 쓰임.
321) 머리 태운 …… 있겠는가 : 위의 곡돌사신과 출처가 같은 것으로 '초두난액 위상객
　　(焦頭爛額爲上客)'의 말로서 화재의 근원을 막도록 미리 예언한 사람보다 화재 시에
　　불을 끄느라 머리를 태우고 이마를 데인 사람을 상객으로 모신다는 말임. 이는 근본
　　을 무시하고 지엽적인 것에 관심을 기울인다는 뜻으로 쓰이는 것임.
322) 굴원(屈原, BC343?~BC278?) : 중국 전국시대 초(楚)나라의 정치가이자 문인. 이
　　름은 평(平), 호는 영균(靈均), 원은 그의 자(字). 초나라 왕실과 같은 씨족으로 학식
　　이 높고 정치적 감각이 뛰어나 회왕(懷王) 아래에서 좌상(左相)을 맡았으나 궁중의
　　정적들과의 알력으로 물러나 양자강의 이남 지역에 유배되어 방황하다가 멱라수(汨
　　羅水)에 몸을 던져 죽었음. 그는 뛰어난 초사(楚辭) 작가로 그의 정치적 울분과 삶의
　　비참함을 읊은 「이소(離騷)」, 「어부사(漁父詞)」 등은 유명함.
323) 미자(微子) : 미자계(微子啓)를 말함. 중국의 고대국가인 은(殷)나라 마지막 왕 주

임금의 잘못 바루지 못하고 부질없이 나라를 떠나니,

추호라도 헛된 노력 기울이지 말아야 하네.

白衣黃帶諫臣圖,　　　　是屈原乎微子乎.

未正君非空去國,　　　　不須毫底費工夫.

라고 했다.

하-31　　惠文禪師天壽寺詩云, 路長門外人南北, 松老巖邊月古今. 天龍寺云, 地泮花新意, 氷消水舊聲. 繩鞋云, 中靑藍畝錯, 邊白雪成環. 松巖月句, 盜鄭舍人石頭松老一片月, 此宿盜也, 人莫能擒.

혜문선사(惠文禪師)[324]의 「천수사(天壽寺)」[325]시에 이르기를,

문 밖 먼 길에 사람들 남북으로 오가고,

바위 위의 소나무 늙었는데 달빛은 여전하네.[326]

路長門外人南北,　　　　松老巖邊月古今.

(紂)의 동모서형(同母庶兄). 본명은 개(開)였는데 한(漢)나라 때 경제(景帝)의 휘(諱)가 개(開)였으므로 이를 피해 계(啓)로 고쳤음. 미(微)는 나라 이름이고, 자(子)는 작위(爵位)를 뜻함. 주왕(紂王)에게 폭정무도(暴政無道)함을 간하였으나 받아들여지지 않자 나라를 떠났음. 공자가 미자, 기자(箕子), 비간(比干) 등의 세 사람을 은나라의 삼인(三仁)이라고 했음.

324) 혜문선사(惠文禪師) : 고려 중기의 스님. 자는 빈빈(彬彬). 당대의 문인, 학자들과 교류가 많았음.

325) 천수사(天壽寺) : 고려시대 경기도 개성에 있었던 절. 고려 숙종 2년(1097)에 창건. 이령(李寧)이 천수사의 남문을 그린 「천수사 남문도(天壽寺南門圖)」는 유명했음.

326) 이 연구의 전문은 『동문선』 권13 칠언율시에 실려 있는 것으로 시제가 「보현원(普賢院)」으로 되어 있어, 여기에서 천수사를 읊은 시라고 한 것과는 다름. 그 전문을 소개하면, '爐火煙中演梵音, 寂寥生白室沈沈. 路長門外人南北. 松老巖邊月古今. 空院曉風饒釋舌, 小庭秋露敗蕉心. 我來寄傲高僧榻, 一夜淸談直萬金.'

라고 했고, 「천룡사(天龍寺)」[327]시에 이르기를

땅이 풀리니 꽃은 새로운 뜻을 전하고,
얼음 녹으니 물은 옛 소리 그대로네.

地泮花新意,　　氷消水舊聲.

라고 했으며, 「미투리[繩鞋]」라는 시에 이르기를

가운데는 청남색으로 섞바꾸어 엮었고,
가는 하얗게 흰 눈 에워싸듯 둘렀네.

中靑藍畝錯,　　邊白雪城環.

라고 했다.

앞의 '송로암변월고금(松老巖邊月古今)'이란 구절은 사인(舍人)[328]을 지낸 정지상(鄭知常)의,

바위 끝의 늙은 소나무에 한 조각 달 걸렸네[329]

石頭松老一片月

라는 구절에서 훔쳐온 것이니, 이렇게 노숙(老宿)한 도둑질은 사람들이

---

327) 천룡사(天龍寺) : 이 절은 두 군데에 위치했는데 하나는 경북 월성군 내남면 용장리
　　(茸長里)에 있었고, 또 하나는 전북 전주 동쪽에 있었음. 용장리의 천룡사는 고려(정
　　종) 6년(1040)에 최제안(崔齊顏)이 중건했다고 함.

328) 사인(舍人) : 고려시대의 관직명. 왕을 가까이에서 보필하던 근시직(近侍職)으로
　　정5품에 해당됨.

329) 이 시구의 시제는 「개성사 팔척방(開聖寺八尺房)」으로 『동문선』 제12권에 실려 있
　　음. 그 전문을 보면, '百步九折登巑岏, 家在半空唯數閒. 靈泉澄淸寒水落, 古壁暗淡
　　蒼苔斑. 石頭松老一片月, 天末雲低千點山. 紅塵萬事不可到, 幽人獨得長年閑.'

쉽게 붙잡을 수 없는 것이다.

하-32　　開泰寺僧統守眞,　學博識精,　奉勅勘大藏經正錯,　如素所親
譯. 河直講千旦作詩, 并以芥子一帒見寄, 師卽次韻答之曰, 芥子吾宗
所極論, 須彌巨海摠能呑. 惠來經榻知何意, 卽事談玄報佛恩 眞老宿
道談, 今爲五敎都僧統.

　개태사(開泰寺) 승통(僧統)이었던 수진(守眞)은 박학하고 식견이 정확
했다. 왕명을 받들어 대장경의 정오(正誤)를 살폈는데 마치 자기가 직
접 역각(譯刻)한 것 같았다.
　직강(直講)330) 하천단(河千旦)331)이 자기가 지은 시와 함께 개자(芥
子)332) 한 자루를 수진에게 보내니, 대사가 즉시 차운하여 답하기를,

　　　겨자는 우리 종파에서 크게 논하는 것이니,
　　　수미산333)과 큰 바다 능히 삼킬 만하네.
　　　불전에 내린 은혜 무슨 뜻인 줄 알겠노니,

---

330) 직강(直講) : 고려시대 성균관에 속했던 종5품 관직.

331) 하천단(河千旦, ?~1259) : 고려 중기의 문신. 관직은 판위위사(判衛尉事)에 올랐
　　음. 문장에 능하여 당시의 표(表)와 전(箋)이 모두 그에게서 나왔으며, 이규보·최
　　자·김구(金坵)·이백순(李百順) 등과 함께 문명을 날렸음.

332) 개자(芥子) : 겨자씨와 갓씨의 총칭으로 아주 작은 것의 상징으로 쓰이는 말. 『유마
　　경(維摩經)』의 「불가사의품(不可思議品)」에 보면, '수미산은 지극히 크고 높으나 겨
　　자는 그 반대다. 그러나 지극히 작다는 것은 지극히 큰 것을 용납할 수 있다는 말이
　　다.'라고 했음.

333) 수미산(須彌山) : 동승신주(東勝身洲)·남섬부주(南贍部洲)·서우화주(西牛貨洲)·
　　북구로주(北俱盧洲) 등의 사주세계(四洲世界)의 중앙이 되며 금륜(金輪) 위에 솟아
　　있다는 산. 해가 이 산의 둘레를 돈다고 하는데 꼭대기는 제석천(帝釋天), 중간에는
　　사왕천(四王天)의 주처(住處)가 있다고 함.

곧 현묘함을 얘기하여 불은에 보답하는 것이네.

芥子吾宗所極論,　　　　　須彌巨海摠能吞.
惠來經榻知何意,　　　　　卽事談玄報佛恩.

라고 했다. 이는 참으로 생각이 깊고 오랜 경험에서 나온 도담(道談)으로 지금 그는 오교(五敎)334)의 도승통(都僧統)이 되었다.

하-33　知識沖歲, 初以南省亞元, 籍金閨, 卽脫身往松廣寺修眞. 晉陽公爲知奏事, 時因中使往江南者, 以書遺茶香及楞嚴經. 使將還, 請書欲報公, 師曰, 子以絶俗, 何修書往復爲. 使强迫之, 且以詩贈, 師卽次韻云, 瘦鶴靜翹松頂月, 閑雲輕逐嶺頭風. 箇中面目同千里, 何更新翻語一通. 卒不以書答, 此眞謝世道人. 雅尙不似今之以山林, 爲名敎捷徑者.

지식(知識)335) 충세(沖歲)는 처음 남성시(南省試)336)에 제2등으로 뽑혀 중앙의 부서에 적을 두고 있다가 곧 세속의 모든 것을 벗어던지고는 송광사(松廣社)에 들어가 도를 닦았다. 진양공(晉陽公)337)이 지주사(知奏使)338)로 있을 때 마침 강남으로 가는 중사(中使)가 있어 편지와 함께

---

334) 오교(五敎) : 고려에서 조선조 초기에 걸쳐 있던 불교 교파의 총칭으로 오교구산(五敎九山)이라고 함. 5교는 계율종(戒律宗), 법상종(法相宗), 열반종(涅槃宗), 법성종(法性宗), 원융종(圓融宗) 등임.

335) 지식(知識) : 고승(高僧)을 가리키는 말임. 선지식(善知識).

336) 남성시(南省試) : 고려시대의 국학인 국자감에서 뵈던 시험으로 예부시(禮部試)에 대비한 예비시험임. 여기에서 합격하면 진사가 되고, 대과인 과거시험에 응시할 자격을 얻게 됨. 고예시(考藝試). 국자감시(國子監試)라고도 했음.

337) 진양공(晉陽公) : 고려 고종 때의 권신이었던 최이(崔怡)의 봉호(封號).

338) 지주사(知奏使) : 고려 때 왕명의 출납을 맡아보던 승선(承宣)의 으뜸 벼슬로 품계

다(茶)와 향(香)과 능엄경(楞嚴經)339)을 대사에게 전해 주게 했다. 사신이 돌아가게 되어 진양공에게 사실을 알릴 수 있는 편지를 청하자 대사가 말하기를,

나는 세속과 인연을 끊은 몸으로 어찌 글을 주고받을 수 있겠소.

라고 하였다.

그러나 사신이 지나치게 조르고 또 시를 써서 대사에게 주니, 대사가 곧 이에 차운하여 시를 지었는데 이르기를,

파리한 학은 고요히 소나무 끝의 달을 기다리고,
한가로운 구름은 가벼이 산마루 위의 바람을 좇네.
그 속에 깃든 모습 천 리를 가도 한가지이니,
어찌 다시 새롭게 세속 일에 귀 기울이겠는가.

瘦鶴靜翹松頂月, 閑雲輕逐嶺頭風.
箇中面目同千里, 何更新翻語一通.

라고 했다.

끝까지 은혜에 답하는 글을 쓰지 않았으니 이는 진실로 속세를 멀리하는 도인(道人)의 자태라고 할 수 있다. 그 고결함은 지금처럼 산림(山林)에 묻혀 지내는 것을 명교(名敎)340)를 얻는 지름길로 삼으려고 하는 사람들의 태도와는 같지 않다.

는 정3품이었음.

339) 능엄경(楞嚴經) : 불경의 하나. 당나라 반자밀제(般刺密帝)가 한역(漢譯)하였는데 모두 열권임. 이는 심성(心性)의 본체를 밝힌 것으로 대승의 비밀부(秘密部)에 속함.

340) 명교(名敎) : 인간사이의 명분(名分)에 대한 가르침. 유교는 군신, 부자 사이의 충효(忠孝)와 인의(仁義), 예의(禮儀) 등의 가르침을 통하여 모든 사람들에게 이러한 실천 도덕을 올바르게 확립하게 하고자 하는 것임. 그러므로 명교는 유교의 뜻과 같음.

하-34 修禪社卓然師, 宰相之子, 筆法絶倫. 甲辰春, 自京師還江南, 道過鷄龍山下一村, 見有鵲栖于樹, 體皓臆丹尾黔, 居民長福云, 此鵲來巢已七年矣, 其雛每歲爲土梟所食, 呼訴不已, 哀感所鍾, 一年頭始白, 二年頭盡白, 三年體渾白, 及今年幸免其厄, 尾漸還黑. 然師異之, 語同社天英師, 師曰, 噫此所謂禽頭人也. 酒作詩曰, 怨氣積頭成雪嶺, 血痕沾臆化丹田. 渠如不惱他家子, 四海霜毛一日玄. 英師爲晉陽公所麋住, 斷俗爵, 禪師時年三十餘.

수선사(修禪社)[341]의 탁연선사(卓然禪師)[342]는 재상의 아들로서 필체가 뛰어났다. 갑진년[343] 봄에 탁연선사(卓然禪師)가 서울에서 강남도(江南道)로 돌아가는 길에 계룡산 아래의 한 마을을 지나면서 나무 위에 앉아 있는 까치를 보았는데, 그 까치의 몸은 희고 가슴이 붉었으며 꼬리는 검었다. 그 마을에 사는 장복(長福)이란 사람이 말하기를,

이 까치가 이곳에 와서 둥우리를 친 것이 이미 일곱 해가 되었습니다. 그런데 까치새끼가 매년 올빼미에게 잡아먹히게 되어 호소하듯 나날을 울어대더니 그런 슬픈 감정이 모여 일 년이 되자 머리가 빠져 희어지기 시작하였고, 이 년째에는 머리가 온통 하얗게 되었으며, 다음 해에는 몸이 모두 희어졌습니다. 금년에는 다행히 그 액운을 면하여 점점 머리와 몸이 다시 검어지게 된 것입니다.

라고 했다. 탁연사가 그 사실을 기이하게 여겨 수선사(修禪社)의 천영선사(天英禪師)[344]에게 말했더니, 천영선사가 말하기를,

---

341) 수선사(修禪社) : 전남 송광사(松廣寺)의 고려 때의 이름.
342) 탁연선사(卓然禪師) : 고려 중기의 승려. 호는 법운(法雲), 또는 운유자(雲遊子). 사록(司錄)을 지낸 최정빈(崔正份)의 아들로 명필로 이름을 떨쳤음.
343) 갑진년(甲辰年) : 1244년(고종 31)에 해당됨.

아! 이는 새의 머리를 가진 사람이로다.

라고 했다. 이에 시를 지어 읊기를,

원한의 기운 머리에 쌓이니 눈 덮인 산마루 같고,
피자죽이 가슴을 적시니 단전(丹田)[345]이 되었네.
그가 남의 집 자식 때문에 괴롭지 않았다면,
온 세상의 흰 머리 하루 만에 검어졌으리라.

怨氣積頭成雪嶺,　　　血痕沾臆化丹田.
渠知不惱他家子,　　　四海霜毛一日玄.

라고 했다.

천영선사는 진양공(晉陽公)에게 얽매인 바 되었다가 세속의 직위를 버렸으니 그때 그의 나이는 삼십여 세였다.

하-35　權學士適入中朝, 擢甲科, 天子嘉之, 直除華貫, 使楊球書官誥, 粧以玉軸金鈴賜之. 明年表請還, 帝許之. 將行, 相者曰, 君才高命薄, 年不過四十, 位不逾四品, 宜頌大乘經以資算祿. 學士心然之, 約三日了誦法華. 帝呼前令誦, 無一字錯謬, 帝乃嘉嘆, 賜觀音像一幀,

---

344) 천영선사(天英禪師, 1215~1283) : 고려 중기의 고승. 호는 충경(沖鏡). 진각국사 혜심(慧諶)의 수제자로 고종 3년(1256)에 조계종의 종사(宗師)로서 대선사(大禪師)에 올랐음. 시호는 자진원오국사(慈眞圓悟國師).
345) 단전(丹田) : 동양 의학의 용어. 두 눈썹 사이의 상단전과 심장 밑의 중단전과 배꼽 밑의 하단전으로 나누지만 주로 하단전을 이르는 말임. '一有姓字服色, 男長九分, 女長六分, 或在臍下二寸四分下丹田也, 或在心下絳宮金闕中丹田也, 或在人兩眉間, 卻行一寸爲明堂, 二寸爲洞房, 三寸爲上丹田也.'(진晉 갈홍葛洪 『포박자(抱朴子)』「내편(內篇)」) 단전호흡법이라 하여 정기(精氣)를 이곳에 집중시키는 특수 호흡법은 도가의 양생법이기도 함.

法華書塔一幀. 學士有二男一女, 女卽吾祖母也. 觀音像吾祖家傳之,
長子權公敦禮傳官誥, 次子爲浮屠, 而傳法華塔, 卽沒, 此塔流傳方外
人, 無知在. 子守上洛時, 新修米麵社, 請萬德山道侶設會, 一日昏詩,
忽有老僧持法華塔到門, 通謁云, 吾是權學士內孫, 與使君連戚. 自吾
傳此塔秘之久矣, 聞君創蓮社, 故來獻之. 時道侶適至鈴齋, 萬德寺主
天因在其中, 聞之驚愕, 歎未曾有, 乃作詩讚云, 如來昔在靈鷲山, 蓮
華妙法三周宣. 是時寶塔從地湧, 古佛讚歡何殷虔. 何人幻入筆三昧,
寫出塔相尤精妍. 金言六萬九千字, 字字蠕蠕如蟻旋. 鵝溪一幅高半
丈, 想見高出須彌巓. 問渠何處得此本, 流落南州今幾年. 答言學士學
西宋, 三日專精誦七篇. 玉皇案前試聽誦, 一瀉流水聲泠然. 意將多寶
同證聽, 寵賜此答嘉其賢. 一從學士上仙去, 置在僧舍無人傳. 嗟哉使
君偶自致, 此事荒怪誰能詮. 樹下探環認羊子, 甕中覓畵知氷禪. 那知
今人是昔人, 宿願未滿猶在纏. 故於此法彌篤信, 願創蓮社功垂圓. 龍
天亦發歡喜心, 靈眖仍將舊物還. 由來外物非我有, 自有眞宰專其權.
得之何樂失何慼, 過眼變化如風烟. 君看此塔別有屬, 地轉天回曾不
遷. 師年十七擢進士科, 旋入賢關, 其年冬考藝爲第一生. 卽謝世投萬
德社剃髮, 道行日進, 爲一家之法.

　학사(學士) 권적(權適)346)이 중국에 들어가 과거시험에 응시하여 갑
과(甲科)에 발탁되었다. 천자347)가 이를 가상히 여겨서 바로 화관(華

---

346) 권적(權適, 1094~1147) : 고려 전기의 문신. 자는 득정(得正). 예종 때 유학생으로
　　송나라에 가서 태학(太學)에 입학하여 수학하고, 송나라의 만인과(萬人科)에 합격
　　하여 벼슬길에 올랐으나, 1117년(예종 12) 귀국하였음. 관직은 검교태자태보에 이르
　　렀음.
347) 천자(天子) : 권적이 송나라의 문과에 급제하고 예종 12년(1117)에 고려에 돌아왔는
　　데, 이때 북송의 황제는 제8대 휘종(徽宗, 재위기간 1100~1125)이었음.

貫)348)에 제수하고, 양구(楊球)로 하여금 관고(官誥)349)를 쓰게 해서는 옥축(玉軸)과 금령(金鈴)350)으로 꾸며 하사했다.

다음 해에 황제에게 표(表)를 올려 돌아 갈 것을 청하니 황제가 허락하였다. 장차 떠나려고 하는데 관상을 보는 자가 말하기를,

> 군자께서는 재주가 비상하나 명이 짧아 불과 마흔 살밖에 살지 못할 것이고, 벼슬은 사품(四品)을 넘지 않을 것이오, 그러니 반드시 대승경(大乘經)351)을 외워서 관운(官運)과 복록(福祿)을 더해야 할 것이오.

라고 했다.

학사 권적은 마음속으로 그렇게 하기로 하고 사흘 만에 법화경(法華經)352)을 외울 것을 약속했다. 황제가 어전에 불러들여 외워보게 하자 한 자도 틀림없이 외웠으므로 황제가 감탄하여 관음상 한 폭(幅)과 법화서탑(法華書塔) 한 폭을 하사했다.

학사는 두 아드님과 따님 한 분을 두었는데353) 따님은 곧 나의 조모님이시다. 그 관음상의 그림은 우리 가문에서 전해 오고 있고, 장자(長

---

348) 화관(花貫) : 영예롭고 깨끗한 벼슬자리로 청요직(淸要職)을 이름.

349) 관고(官誥) : 관고(官告) 또는 고신(告身)이라고도 함. 4품 이상의 벼슬을 내리는 사령(辭令).

350) 옥축(玉軸)과 금령(金鈴) : 옥축은 진귀하고 아름다운 글이나 그림을 뜻하고, 금령은 쇠로 만든 방울을 가리키는 말로 이는 모두 귀한 글이나 그림을 아름답게 포장하는 것을 이름.

351) 『대승경(大乘經)』 : 대승불교의 교리를 설명한 경문(經文). 이것은 『화엄경(華嚴經)』, 『대집경(大集經)』, 『반야경(般若經)』, 『법화경(法華經)』, 『열반경(涅槃經)』 등 5부(五部)로 되어 있음.

352) 『법화경(法華經)』 : 대승경 5부의 하나. 묘법연화경(妙法蓮華經)의 약칭. 모든 경문(經文) 중의 으뜸으로 천태종(天台宗), 화엄종, 법상종(法相宗) 등이 따르는 경문임.

353) 두 아드님과 따님 한 분을 두었는데 : 『조선금석총람(朝鮮金石總覽)』 상권에 실려 있는 「권적묘지(權適墓誌)」에는 5남 4녀를 두었다고 기록되어 있음.

子)이신 권돈례(權敦禮)공에게 관고(官誥)가 전해졌으며, 스님인 둘째 아드님에게 법화서탑(法華書塔)이 전해오더니 그 분이 곧 세상을 떠난 뒤 이 서탑이 방외인(方外人)에게 흘러들어가 지금 어디에 있는가를 알 수 없었다.

내가 상락(上洛)354)에 방백(方伯)으로 있을 때 새로이 미면사(米麵寺)355)를 수축하고는 만덕산(萬德山)356)의 스님에게 법회를 청했는데 하루는 해질녘해서 홀연히 어느 한 노승(老僧)이 법화탑(法華塔)을 가지고 문 앞에 이르러 사람을 시켜 나를 만나기를 청하고는 이르기를,

소승(小僧)은 권학사의 내손(乃孫)357)으로 사군(使君)과는 연척(連戚) 관계이옵니다. 소승이 법화탑을 갊아 두어 전하여 온 지가 이미 오래더니 사군께서 절을 창건한다는 소문을 들었기에 찾아와 이를 바치옵니다.

라고 했다. 그때 스님들이 마침 영제(鈴齋)358)에 이르렀는데 만덕사(萬德社) 주지인 천인(天因)359)이 그들 속에 끼여 있다가 그 얘기를 듣고는 크게 놀라고 감탄하여 이에 음찬시(音讚詩)를 지어 이르기를,

부처님은 옛날 영취산(靈鷲山)에 계시면서,

---

354) 상락(上洛) : 경상북도 상주시(尙州市)의 옛 이름. 최자가 상주목사를 역임하였음.

355) 미면사(米麵寺) : 경북 문경시(聞慶市) 북산면(北山面) 대승사(大乘寺) 남쪽 10리쯤에 있던 절.

356) 만덕산(萬德山) : 전남 강진군(康津郡)에 있는 산 이름.

357) 내손(乃孫) : 직계 자손을 가리키는 말임.

358) 영제(鈴齋) : 고을을 책임지고 관장하는 장관(長官)의 집무실을 이름. 여기서는 최자가 원으로 근무하던 상주관아의 집무실을 가리킴.

359) 천인(天因, 1205~1248) : 고려 중기의 고승. 만덕산의 원묘국사(圓妙國師)에게서 수계(受戒)하고, 뒤에 천태교관(天台敎觀)을 전수받음. 시에 일가를 이루었음. 시호는 정명(靜明).

연화묘법(蓮花妙法)360) 세 번이나 베푸셨네.

이때 보탑(寶塔)이 땅에서 솟아오르니,

옛 부처 찬탄하심이 어찌나 은건(殷虔) 하셨던지.

어떤 사람이 붓을 세워 삼매경(三昧境)361)에 취했던가,

그려낸 탑 모양이 더욱 빛나고 아름답네.

귀중한 말씀[金言]362) 육만 구천 자363)는,

글자마다 개미처럼 꿈틀거리네.

아계(鵝溪)364)에 그린 한 폭의 그림은 반 길 높이지만,

높이 솟은 수미산 꼭대기를 보는 것 같네.

그대에게 묻노니 이 그림 어디에서 얻었으며,

남주(南州)365)에 흘러들어 온 지 몇 년이나 되었는가.

대답하기를, 학사(學士)가 송나라에 배우러 가서,

사흘 만에 오로지 법화경 칠편 다 외웠다네.

옥황(玉皇)의 안전(案前)에서 외워보게 하니,

흐르는 물 같아 거침이 없었네.

뜻은 다보(多寶) 지녔음을 함께 징험하여 들었더니,

총애하여 이 탑을 내리시어 현명함을 기렸네.

한 번 학사께서 세상을 하직하시니,

---

360) 연화묘법(蓮華妙法) : 불경의 하나인 연화묘법경(蓮華妙法經)을 이름. 석가가 영취산(靈鷲山)에서 설법한 것을 모은 것으로 7권 내지 8권으로 되어 있음.

361) 삼매경(三昧境) : 범어 Samadhi의 음역. 오로지 생각 속에 묻혀 고요히 상상하는 경지를 이르는 것으로 정수(正受), 정견(正見), 정정(正定)을 말함.

362) 금언(金言) : 황금신(黃金身)으로 일컬어지는 부처의 입으로 한 말로 영구히 변치 않는 진실한 성어(聖語).

363) 육만 구천 자 : 이는 연화 묘법경이 모두 육만 구천오백 언(六萬九千五百言)으로 된 것을 이름.

364) 아계(鵝溪) : 지금의 중국 산동성 인수현(仁壽縣)에 있는 지명. 이곳에서 양질의 비단이 토산품으로 나오므로 아계는 곧 그 비단의 이름으로도 쓰임.

365) 남주(南州) : 지금의 전북 전주에 있던 지명으로 견훤이 후백제를 일으킨 곳임.

절간에 두어 전하는 사람 없었네.

아, 사군(使君)께서 우연히 스스로 여기에 이르셨으니,

이 일 황당괴이하여 누가 옳고 그름 가려내리오.

나무 아래에서 금환(金環) 찾던 양자(羊子)366)임을 알겠고,

술에 취해 그림 찾던 영선(永禪)367)을 알 만하네.

어찌 지금 사람이 옛사람인 것을 알겠는가,

오랜 소원 이루지 못했는데 오히려 세상 일에 얽혀 있네.

그러하니 이 법도를 더욱 깊게 믿어,

절을 세워 공덕이 원만하게 드리우길 기원하네.

용천(龍天)368) 또한 환희심(歡喜心)을 발하고,

심령도 옛 물건 다시 돌려보냈네.

원래 외물(外物) 이라 내 소유가 아니지만,

스스로 진실되이 다스리니 주인 권리 얻었네.

그것을 얻고 잃음이 어찌 즐겁고 기쁜 일이겠는가,

시야 스쳐가는 변화는 바람에 날리는 연기 같은 것.

그대는 이 탑이 따로 속한 물건임을 보라,

천지가 바뀌어도 일찍이 옮기지 않았다네.

---

366) 나무 아래에서 …… 양자(羊子) : 중국 진(晉)나라 명장(名將)인 양호(羊祜)와 관련
된 고사에 근거한 것임. 양호가 5살 때 우연히 이웃 이씨(李氏)집 동쪽 울타리 아래
에서 금환(金環)을 찾아냈는데, 이것은 이씨의 요절한 아들이 잃어버린 물건이었으
므로 이 일로 인하여 세상 사람들이 양호를 이씨의 죽은 아들이 환생(還生)한 것이
라고 하였음.(『진서』 권34 「양호전(羊祜傳)」)

367) 술에 취해 …… 알 만하네 : 소나무를 잘 그렸다는 남송(南宋) 때의 스님인 석인(釋
仁)의 고사에 근거한 것임. 석인에게는 술에 취하기만 하면 무조건 소나무를 그리는
특이한 버릇이 있었는데, 술이 깬 뒤에 그림을 다시 다듬으면 아주 훌륭한 그림이
완성됐다고 함.

368) 용천(龍天) : 팔부대중(八部大衆) 가운데 용중(龍衆)과 천중(天衆)을 이름. 팔부는
이외에 야차(夜叉), 건달파(乾闥波), 아수라(阿修羅), 가루라(迦樓羅), 긴나라(緊那
羅), 마후라가(摩睺羅迦) 등으로 이들은 모두 불법(佛法)을 수호한다고 함.

如來昔在靈鷲山,　　　蓮華妙法三周宣.

是時寶塔從地湧,　　　古佛讚歎何殷虔.

何人幻入筆三昧,　　　寫出塔相尤精姸.

金言六萬九千字,　　　字字蠕蠕如蟻旋.

鵝溪一幅高半丈,　　　想見高出須彌巔.

間渠何處得此本,　　　流落南州今幾年.

答言學士學西宋,　　　三日專精誦七篇.

玉皇案前試聽誦,　　　一瀉流水聲冷然.

意將多寶同證聽,　　　寵賜此塔嘉其賢.

一從學士上仙去,　　　此事僧舍無人傳.

噫我使君偶自致,　　　此事荒怪誰能詮.

樹下探環認羊子,　　　甕中覓畫知永禪.

那知今人是昔人,　　　宿願未滿猶在纏.

故於此法彌篤信,　　　願創蓮社功垂圓.

龍天亦發歡嘉舊,　　　靈貺仍將舊物還.

由來外物非我有,　　　自有眞宰專其權.

得之何樂失何感,　　　過眼變化如風烟.

君看此塔別有屬,　　　地轉天回會不遷.

이라고 했다.

　이 선사(禪師)는 십칠 세에 진사과(進士科)에 발탁되어 바로 현관(賢
關)369)에 들었다가 그 해 겨울에 고예시(考藝試)370)에서 첫째로 합격했
다. 그러나 곧 속세를 떠나 만덕사(萬德社)에 입적(入籍)하여 머리를 깎

---

369) 현관(賢關) : 현인들이 통하는 문. 또는 현자들이 서 있는 곳. 학문이나 덕행에 있
　　어 크게 진보한 사람이 들어갈 수 있는 국자감(國子監)을 이름.
370) 고예시(考藝試) : 고려시대 국자감에서 학생들을 대상으로 정기적으로 보던 과거의
　　예비시험.

고는 도를 닦았는데 날로 발전하여 일가의 법[一家之法]을 이루었다.

하-36 尹直講于一日, 僧家詩格有三, 語涉經論偈頌體, 謂之豆湯痕, 好作生酸語, 謂之捨水滴, 僧家飯訖, 流鉢水名捨水 立語寒枯, 謂之蔬笋氣. 西伯寺僧統時義, 李史館允甫之舍弟也. 兄許其能詩, 嘗住歸正寺, 寺莊有陶工. 安戎太守求瓦樽缸, 師以詩寄之曰, 之二物身是瓦, 父於土母於火, 生與麴生善, 器使無不可, 堅貞不似鴟夷滑, 飽則坐飢則臥, 空洞皤腹容聖賢. 平生可與陶寫宜, 當錦筵奉豪士. 何抵死隨我. 山僧一瓢計已足, 用無處何汝借. 況今酒禁日來急, 無物充汝餓, 設茶湯欲供汝兮, 恐汝未慣喉吻不得過. 汝於天地間唯口腹耳, 珍重乎不我捨. 似聞戎城太守來, 萬戶流涎飲新化. 果酌芳恩尉民渴, 公餘樂賓傾玉斝. 噫汝幸生天下無事時, 往與賢太守, 飲無何醉太平樂長暇. 此詩雖使尹公見之, 必無三格之譏.

직강(直講) 윤우일(尹于一)이 말하기를,

승가(僧家)의 시격(詩格)에는 세 가지가 있다. 말이 경론(經論)에 통하는 게송체(偈頌體)의 시격을 두탕흔(豆湯痕)[371]이라 하고, 생경(生硬)하고 까다로운 말로 짓기 좋아하는 시격을 사수적(捨水滴) 승려들이 식사를 마친 뒤에 발우(鉢盂)를 씻는 물을 사수(捨水)라 한다 이라 하며, 말을 한고(寒枯)하게 이루는 시격을 소순기(蔬笋氣)라고 한다.

라고 했다.

서백사(西伯寺) 승통(僧統)이던 시의(時義)는 사관(史館) 이윤보(李允

---

371) 두탕흔(豆湯痕) : 팥죽이 묻은 흔적.

甫)의 아우로 형 이윤보가 동생이 시에 능한 사실을 인정하였다. 대사
가 일찍이 귀정사(歸正寺)에 머물고 있었을 때 절에 딸린 전장(田莊)에
서 질그릇 굽는 도공(陶工)이 있었다. 안융[372]태수(安戎太守)가 질그릇
술 단지와 항아리를 요구하자 이에 대사(大師)가 시를 지어 그에게 부
쳤다. 그 시에 이르기를,

> 이 두 물건은 바탕이 질그릇이니,
> 흙으로 몸을 빚어 불에다 구워낸 것이네.
> 생겨나자 국생(麴生)[373]과 함께 잘 사귀고,
> 그릇이 하는 일을 못하는 것 없으며,
> 견고하고 곧으나 가죽부대같이 매끄럽지 않네.
> 배 불룩하면 앉아 있고 허기지면 누워 있으니,
> 비어 있는 흰 배는 성현[374]을 용납하네.
> 평생 근심 없이 즐겁게 지낼 만하니,
> 의당 아름다운 잔치자리에서 호방한 선비 받드네.
> 어찌하여 기어코 날 따르는 것인가,
> 산승(山僧)은 표주박 하나면 더할 것 없는데,
> 너를 빌려 아무 데도 쓸 곳 없네.
> 이제 금주일(禁酒日)이 임박했으니,
> 너의 굶주림 채울 수 없으리.
> 설사 다(茶)를 끓여 너에게 주려하나,
> 더운 물에 익숙하지 못해 넘어가지 않을 것이네.

---

372) 안융(安戎) : 평남 안주(安州) 서쪽에 있던 고을 이름.

373) 국생(麴生) : 술의 이칭. 술을 누룩으로 빚기 때문에 의인화해서 국생이라고 함. 국
   선생(麴先生), 국수재(麴秀才), 국도사(麴道士)라고도 함.

374) 성현(聖賢) : 청주(淸酒)와 탁주(濁酒)를 이름. 이백(李白)의 「독작시(獨酌詩)」에,
   '天地旣愛酒, 愛酒不愧天. 已聞淸此聖, 復道獨如賢.'

너는 세상 천지에 오직 배와 귀 가졌을 뿐이니,

내가 버리지 않는 것을 소중하게 여겨야 하네.

듣기로는 융성태수가 찾아와,

만호(萬戶)와 침 흘리며 새로 빚은 술 마신다지.

아름다운 은혜 내리고 목마른 백성 위로하다가,

공무(公務) 뒤에 손님과 옥술 잔 기울여야 하네.

아! 너는 다행히 천하가 태평스러울 때 생겨나서,

어진 태수에게 가서,

취하지 않는 술 마시고,

태평가를 영원히 누리기를.

之二物身是瓦，父於土母於火.

生與麴生善，器使無不可，

堅貞不似鴟夷滑，飽則坐飢則臥，

空洞皤腹容聖賢.　平生可與陶寫宜，

當錦筵奉豪士.　何抵死隨我，

山僧一瓢計已足，用無處何汝借.

況今酒禁日來急，無物充汝餓，

設茶湯欲供汝兮，恐汝未慣喉吻不得過.

汝於天地間唯口腹耳，珍重乎不我捨.

似聞戎城太守來，萬戶流涎飲新化.

果酌芳恩尉民渴，公餘樂賓傾玉罍.

噫汝幸生天下無事時，往與賢太守，

飲無何醉太平樂長暇.

라고 했다. 이 시는 비록 윤공(尹公)에게 보게 하여도 반드시 세 가지의 시 격조에 어긋났다고 희롱당하지 않을 것이다.

하-37　陳補闕因王事, 行過雉岳西. 松杉蔭密, 水石幽奇, 心愛之. 入洞中, 有草屋兩三映隱林間, 一老僧帶兒子坐溪石. 陳下馬與語, 氣韻不凡. 遂偶坐, 見一紙扇畫蟠松, 陳取扇, 書其背云, 老僧長伴蒼髥叟, 何更移眞入扇團. 僧卽和云, 春風不到峨眉嶺, 撲地蛟龍翠作團. 陳驚愕歎服. 又贈十韻, 語義俱淸絕, 不知何許人.

진보궐(陳補闕)이 왕사(王事)로 인하여 치악산 서쪽을 지나가게 되었다. 그곳의 울창한 소나무, 삼나무 숲과 신비롭고 기이한 수석(水石)의 아름다움에 이끌려 골짜기 속으로 들어가니 초가집 두서너 채가 수풀 사이로 보일락 말락 서 있었다.

그 곳에 어린 아이를 데리고 있는 한 노승(老僧)이 계곡의 바위 위에 앉아 있어 진보궐이 말에서 내려 얘기를 나누어 보니 노승의 기상이 범속하지 않았다.

마침내 마주하여 앉아 있다가 부채 한 자루에 꼬불꼬불하게 자란 소나무를 그려 놓은 것을 보고는 진보궐이 부채를 끌어당겨다 뒷면에 쓰기를,

> 노승이 오래도록 소나무 벗 삼더니,
> 어찌 다시 둥근 부채에다 옮겨 그려 넣었는가.
> 老僧長伴蒼髥叟,　　　何更移眞入扇團.

라고 했다.

노승이 곧 화운(和韻)하기를,

> 봄바람이 아직 아미령375)에 이르지 않았는데,
> 홀연히 교룡이 푸른빛의 부채를 만들었네.

春風不到峨眉嶺,　　　　撲地蛟龍翠作扇.

라고 하니 진보궐이 놀래어 탄복했다. 또 십운(十韻)의 시를 주었는데 말과 글이 모두 맑고 뛰어났다. 그 사람이 누구인지는 알 수 없다.

하-38　三重空空, 性不檢好詩酒, 居不離京師. 雖晩歲喜與少年輩遊, 酩酊吟哦嘲花弄草, 以自放也. 常過布川, 留詩, 讚石彌勒云, 金色巍巍丈六身, 靑山獨立幾經春. 我來稽首何無語, 曩劫同修是故人. 後庾壯元碩, 以中道按廉過此見之, 代彌勒喜書云, 腰上僧形下俗身, 長安桃李眼迷春. 莫言曩劫同修善, 吾黨曾無破戒人. 空空聞之, 作解嘲詩, 上相國崔公云, 昔過布川院, 閑留一首詩. 多談彌勒在, 戲答使人疑. 公絕倒.俗以饒語者爲多談

　삼중대사(三重大師)376) 공공(空空)377) 스님은 어디에도 얽매이지 않는 성격이라서 시와 술을 좋아하고 서울을 떠나지 않았다. 그는 비록 늙은 나이인데도 소년들과 어울려 놀기 좋아하고, 술에 취해서는 시를 읊고 자연을 즐기며 유유자적(悠悠自適)했다.

　늘 포천(布川)을 지나다니며 시를 남겼는데, 돌미륵을 찬양하여 지은

---

375) 아미령(峨眉嶺) : 중국 산서성(山西省) 신강현(新絳縣)의 남쪽에 있는 고개 이름. 아미파(峨眉坡)라고도 하여 꼬불꼬불하고 경사가 심한 곳으로 유명함.

376) 삼중대사(三重大師) : 스님의 질품등(秩品等)의 하나. 고려조에 승과(僧科)를 거쳐 오를 수 있는 것으로 선종(禪宗)에서는 대선(大選), 대덕(大德), 대사(大師), 중대사(重大師), 삼중대사(三重大師), 선사(禪師), 대선사(大禪師)로 나누어지고 교종(敎宗)에서는 대선(大選), 대덕(大德), 대사(大師), 중대사(重大師), 삼중대사(三重大師), 수좌(首座), 승통(僧統)으로 되어 있음.

377) 공공(空空) : 고려 중기의 스님. 유가대사(瑜伽大師)인 경조(景照) 스님을 말함. 공공은 그의 법명. 시에 능했으며 이규보의 『동국이상국집』 후집 권11에 「공공상인토각암기(空空上人兎角庵記)」에 공공스님의 내력을 대강 기술하고 있음.

시에 이르기를,

> 금빛의 우뚝한 장육신378)이여,
> 청산에 홀로 서서 몇 번이나 봄을 보냈던고.
> 내가 찾아와 머리 조아려도 어찌 말이 없는가,
> 지난 겁(劫)에 함께 수도하던 옛 친구일세.

> 金色巍巍丈六身,　　　靑山獨立幾經春.
> 我來稽首何無語,　　　曩劫同修是故人.

라고 했다.

　뒤에 장원(壯元) 유석(庾碩)379)이 중도380)안렴사(中道按廉使)가 되어 이곳을 지나갈 때 그 시를 보고는 미륵을 대신하여 희롱하여 쓰기를,

> 허리 위로는 중의 몸이나 그 아래는 속된 몸이니,
> 장안의 도리(桃李)의 눈은 봄날에 어지럽네.
> 지난 겁에 함께 도 잘 닦았다고 말하지 마소,
> 우리 중에 일찍이 파계한 사람 없었다네.

> 腰上僧形下俗身,　　　長安桃李眼迷春.
> 莫言曩劫同修善,　　　吾黨曾無破戒人.

---

378) 장육신(丈六身) : 몸의 길이가 일장육척(一丈六尺)인 불상(佛像)을 이름. 석가모니 출세(出世) 시대의 인도인은 키가 보통 8척이었으나 보리수 아래에서 길상초를 깔고 오도하여 사체(四體)의 이치를 말하고 80년 후에 노비구(老比丘)의 몸으로 나타나 입적한 열응신(劣應身) 부처의 불상을 제조할 때 일반인의 배가 되는 1장 6척으로 하였음.

379) 유석(庾碩, ?~1250) : 고려 중기의 문신. 평장사 필(弼)의 아들. 관직은 안북도호부사(安北都護副使)에 올랐음.

380) 중도(中道) : 고려시대 행정구역인 10도(道)의 하나인 중원도(中原道)를 말함. 여기에는 충북 충주, 청주 등이 포함되었음.

라고 하였다.

공공(空空) 스님이 그 시에 담긴 내용을 듣고는 조롱한데 대한 변명
의 시를 지어 상국(相國) 최공(崔公)381)에게 올리기를,

> 옛날 포천원382) 지나는 길에,
>
> 한가로이 시 한 수 남겼네.
>
> 미륵이 있다고 요란하게 떠들며,
>
> 희롱하여 답한 것이 사람들 의심케 했네.
>
> 昔過布川院,   閑留一首詩.
> 多談彌勒在,   戲答使人疑.

라고 했다.

공이 그 시를 보고는 크게 웃었다. 속언(俗言)에 말이 많은 것을 다담(多談)이
라 한다.

하-39 華嚴月首座餘事, 亦深於文章, 有草集傳士林, 嘗撰海東高僧
傳. 時李東觀允甫言, 有黙行者, 不知族氏, 年可五十. 或爲髡, 或爲頭
陀, 不念經不禮佛, 終日宴坐瞑如也. 有候之者, 無貴賤不擧目改觀,
問其名不應, 問從甚處來亦不應. 故以黙行者, 名焉, 居歸正寺別區.
時予適在龜城, 道人存純謂予言, 行者嘗冬月敷一座具, 着一衲衣, 衲
中無蟣蝨. 坐氷埈上, 寒色不形, 學道後進, 抱冊往從質疑者, 無不委
細開說. 方大寒恐其凍也, 候出時, 遣房子, 急爇柴頭溫其埈而去. 行

---

381) 상국(相國) 최공(崔公) : 최충헌의 아들로 당시 국권(國權)을 장악하고 있던 최우
    (崔瑀, ?~1249)를 가리킴.
382) 포천원(布川院) : 지금의 충남 논산(論山)에 있던 역원(驛院)의 이름.

者來觀之, 無喜慍色, 徐出戶拾石礫, 塡堗口泥其灰塗隙而上, 宴坐如
初. 自是不復遣溫也. 嘗齋時, 食采不用醬, 又不禁午後食. 値幸則食
之, 或至七八日不食. 自言, 凡名山有聖蹟, 無不遊觀. 子往見, 不交一
言. 後乙丑歲冬十月, 遊窟巖寺, 寺僧曰, 近黙行者, 來陟鷦巖樂之, 就
石窟, 構一小庵, 躬負石築階, 新開磴道, 自山下至窟置三百餘層, 無
一石動搖者. 時聞齋鼓, 下來飯食, 至十餘日不下. 因往候焉, 片石上
有七言頌. 是行者所作, 其言頗涉神仙事. 庚午歲, 以定戎分道乘傳,
復至龜城, 問行者今在何所, 城人云, 頃往奉州三角山門巖居焉. 去歲
夏月住窟巖寺時, 謂寺僧曰, 有鬼自北方來萃此城, 因下山入城, 乘城
上巡行而出城, 人皆見之. 後有鬼火晝伏昏起, 其色靑小大不等. 或入
人家, 或聚園樹, 或飛空中. 城人擊鳴器以噪之, 守夜不眠, 如是過數
日方止. 時子之妻息下在是城, 問之果然. 後有僧益芬來告子, 近往三
角山見行者, 無恙好在, 近傍村民恐行者之去, 相與修院所住草屋, 日
夕供護焉. 將告別, 行者謂芬曰, 大都修行者, 不以寒苦易其志, 今之
修行, 必欲高樓屹殿, 庇其徒, 美食細服, 供其身. 出入公卿士大夫之
門, 諭以造寺息利爲得福多, 屠割平民, 烏在其爲修行者歟. 汝勉之無
忍也. 芬佩服焉. 東觀言如此, 因撰傳, 以補僧史之闕遺.

화엄월수좌(華嚴月首座)[383]는 불도 밖의 일인 문장에도 조예가 깊어
그가 쓴 시문(詩文)의 원고가 사림(士林)들 사이에 전해왔으며, 일찍이

---

383) 화엄월수좌(華嚴月首座): 고려 중기 화엄종(華嚴宗)의 월수좌라는 스님으로 각훈
(覺訓)을 이름. 각훈은 화엄종의 고승으로 호를 고양취곤(高陽醉髡) 또는 각월(覺月)
이라고 하였음. 이인로, 이규보 등의 문인들과 교유하였음. 그는 오관산(五冠山)의
영통사(靈通寺) 주지로 있으면서, 고종의 명에 의하여 『해동고승전(海東高僧傳)』을
저술했음. 또 다른 저서로 『선종육조혜능대사정상동래연기(禪宗六祖慧能大師頂相
東來緣起)』가 있었다고 하나 지금에는 전하지 않음.

『해동고승전(海東高僧傳)』[384]을 찬술하기도 했다.

언젠가 동관(東觀)[385] 이윤보(李允甫)가 이런 말을 했다.

한 묵행자(嘿行者)[386]가 있었는데 자신이 어느 붙이인지도 몰랐다. 나이는 오십 세가량 되어보였는데 머리를 깎고 두타(頭陀)[387]를 하기도 했지만, 불경을 외지 않고 예불도하지 않은 채 종일 자리에 앉아 고요히 명상에 잠길 뿐이었다. 그를 찾아와서 기다리는 사람이 있어도 지체가 높고 낮은 것을 불문하고 거들떠보지도 않았다. 이름을 물어도 대답하지 않고 어느 곳에서 왔는가를 물어도 마찬가지였다. 그래서 묵행자(嘿行者)라고 불렸는데, 귀정사(歸正寺)에서 떨어진 곳에서 살았다. 그때 내가 마침 구성(龜城)[388]에 있었는데 도인(道人)인 존순(存純)이 나에게 말하기를,

행자(行者)가 일찍이 겨울에 자리 하나를 펴고 앉아 승복 한 벌을 갖추어 입고 있었는데 그 옷자락 속에는 서캐라곤 없었습니다. 어름장 같은 온돌방에 앉아 있어도 추운 기색을 보이지 않았으며 도(道)를 배우려는 후진(後進)들이 책을 끼고 와서 의심나는 것을 물으면 하나도 어긋남이

---

384) 『해동고승전(海東高僧傳)』: 우리나라 최고(最古)의 승려전기(僧侶傳記). 고려 고종의 명에 의하여 1215년(고종 2)에 스님 각훈이 편찬한 것임. 전질 가운데 지금에는 제1, 2권만 남아 있는데 여기에 19명의 승려에 대한 전기가 실려 있음. 『삼국사기』, 『삼국유사』 등과 함께 고려시대에 나온 3대 역사서 가운데 하나임.

385) 동관(東觀): 궁중에서 저술과 서적을 수장(收藏)하던 곳으로 여기에서는 이곳에 종사하는 벼슬아치를 가리킴.

386) 묵행자(嘿行者): 세상 사람들에게 알리거나 소문내지 않고 홀로 고행하며 수도하는 스님을 이름.

387) 두타(頭陀): 범어 Dhuta의 음역. 번뇌의 티끌을 털어 없애고, 의 식 주에 집착하지 않으며 청정하게 불도를 수행하는 것을 이름. 두타 12행(行) 가운데 하나인 두타행(頭陀行)은 승려가 탁발하는 것만을 말함.

388) 구성(龜城): 평북 서부에 위치했던 지명. 본래는 고구려 만년군(萬年郡)이었으나, 서희(徐熙)가 여진을 쫓아내고 성을 쌓아 구주(龜州)라 했음.

없이 자세하게 일러 주기도 했습니다. 언젠가는 날씨가 너무 추워 얼어
죽을까 염려해서 그가 나갈 때를 기다렸다가 심부름꾼을 보내어 급히 불
을 지펴 방을 따뜻하게 데워 놓았더니, 밖에 나갔던 그가 들어와서 방안
을 들여다보고는 기뻐하거나 성내는 기색조차 보이지 않은 채 천천히 방
을 나가 자갈을 주워 아궁이를 막아버리고 회를 이겨서 틈을 바르고는
다시 자리 위에 앉아 처음의 자세로 돌아갔습니다. 이때부터 다시는 사
람을 보내어 방을 데우게 하는 일은 없었지요. 일찍이 제(齊)를 올릴 때
는 나물을 먹어도 간장을 곁들이지 않았고, 오후에 식사[午後食]하는 것
도 마다하지 않았다. 다행히 때를 만나면 밥을 얻어먹고 혹 칠팔 일씩이
나 먹지 않을 때도 있었습니다. 스스로 말하기를 무릇 명산(名山)에 성
적(聖蹟) 있는 데는 두루 다 순례했다고 했습니다. 내가 가서 그를 만났
으나 한마디도 말을 건네 보지도 못했습니다.」

라고 했다.

　을축년389) 겨울 시월에 굴암사(窟巖寺)390)에 놀러 갔었는데 그 절의
스님이 말하기를,

근자에 묵행자(嘿行者)가 와서 새매바위[鷹巖]에 올라가 노닐다가 곧
석굴(石窟)에 작은 암자를 지었습니다. 몸소 돌을 메어 날라다 계단을
쌓아서는 새로이 돌계단 길을 내산 아래서부터 석굴까지 쌓인 것이 삼
백여 계단이었지만 그중에 삐걱거려 흔들리는 돌이 하나도 없었습니
다. 때를 맞춰 제(齊)를 올리는 북소리를 듣고 내려와 밥을 먹었는데
때로는 십여 일을 내려오지 않는 경우도 있었답니다.

라고 했다. 이 말을 듣고 그 곳에 가서 살펴보니 조각돌 위에 칠언의 게
송(偈頌)이 남겨져 있었는데, 그것은 묵행자가 지은 것으로 그 말은 자

---

389) 을축년(乙丑年) : 고려 희종(熙宗) 원년(1205)에 해당됨.
390) 굴암사(窟巖寺) : 평북 구성군(龜城郡) 이현면 사당동 굴암산에 있던 절.

못 신선의 일을 두루 섭렵한 사람의 말이었다.

경오년[391]에 정융사(定戎使)[392]로 역마(驛馬)를 타고 다시 구성(龜城)에 이르러 묵행자(嘿行者)가 지금 어디에 있는가를 물으니, 성안 사람이 말하기를,

얼마 전까지는 봉주(奉州) 삼각산 문암(門巖)에 있었습니다. 지난 해 여름 굴암사(窟巖寺)에 머물렀을 때 그 절의 스님에게 말하기를 "악귀(惡鬼)가 북방으로부터 와서 이 성에 모일 것이오."라고 하고는 산에서 내려와 성 안으로 들어와서는 성 위를 두루 돌아다니다가 성에서 나갔는데, 사람들이 모두 그의 모습을 목격했습니다. 과연 그 말대로 뒤에 귀화(鬼火)가 나타나 낮에는 숨어 있다가 해질녘에 일어나니 그 색은 푸르고, 크기는 일정하지 않았습니다. 혹 그 불이 인가에 들어가기도 하고, 혹 동산의 나무에 모여들기도 하며, 때로는 공중에 날아다니기도 했지요. 성안 사람들이 귀화를 쫓기 위해 그릇을 쳐서 시끄러이 울리며 밤을 새우느라 잠을 이루지 못하더니 이 같은 일이 몇 날이 계속되다 그쳤답니다.

라고 했다. 이때에 내 아내와 자식들이 이 성에 떨어져 살고 있어 그 사실을 물어보니 과연 그러했다.

뒤에 익분(益芬)이라고 하는 스님이 나에게 고하기를,

근자에 삼각산(三角山)에 가서 그 행자를 보았는데 아무 탈 없이 잘 지내고 있었습니다. 근방에 사는 마을 사람들이 행자가 떠나는 것을 두려워하여 서로 힘을 합쳐 행자가 머물 수 있도록 초가집을 잘 수리하여서는 아침저녁으로 정성껏 받들어 모시고 있었습니다. 제가 행자에게 떠난다는 인사를 하러 갔더니 행자가 저에게 말하기를 '대개 도를

---

391) 경오년(庚午年) : 고려 희종 6년(1210)에 해당됨.
392) 정융사(定戎使) : 정융은 평북 의주(義州)에 있던 정융진(定戎陣)으로 정융사는 정
    융진의 부사를 이름.

닦는 사람은 춥고 괴롭다고 해서 쉽게 그 뜻을 바꿔서는 안 됩니다. 요즈음 수행자(修行者)들은 반드시 고루거각(高樓巨閣)을 지어 자신을 따르는 무리들을 비호(庇護)하려 하며, 좋은 음식과 의복으로 자신의 몸을 돌보려고 합니다. 공경(公卿) 사대부(士大夫)의 문전을 드나들면서 절을 지어 이익을 불리는 것이 많은 복을 받는 길이라고 논리를 펴지만 이는 결국 백성들을 크게 해치는 일이니 그들이 불문에서 수행하는 이유가 어디에 있단 말입니까. 그대는 열심히 수행하여 이 말을 소홀하게 여기지 마시구려.'고 하였는데 제가 그 말을 듣고 마음속으로 감복했습니다.

라고 했다.

지금까지 들려준 동관(東觀)의 말에 따라 전(傳)을 찬술하여 승사(僧史)에 빠트린 부분을 보충하고자 한다.

하-40 漆陽寺僧子林, 愚騃不可言. 來遊京都還渡臨津, 中流見一白面沙彌, 寄他船而先渡者, 心竊喜之, 比下, 度其不及, 不覺前之遠也. 騰身超之投江而沒, 偕去人歸以死報. 門人設齋追薦, 過三十七日, 忽一夕子林來室, 門人怪而問之, 子林云, 溺至底浮出, 適有船過, 船上人拯而活之. 出訖, 問沙彌所之, 追至三角山啓聖寺, 入見喜甚, 不忍捨去, 留二十日而來. 人聞之絶倒. 又月夜蟾出於庭, 僧徒聚觀之, 子林後至曰, 是何虫也. 紿曰, 此土無此虫, 近有人從宋商家就買, 欲畜之來放耳, 雖類蟾非是, 師可買畜而翫. 子林以銀盂易之, 從者曰, 此蟾也, 何以買爲. 子林曰, 無妄言沮我, 卽以蒿裹之去. 鄭侍郎子直聞之, 作詩曰, 俗習年來尙巧姦, 天敎癡絶示人間. 買蟾投水雖堪笑, 愛友輕財意可觀.

칠양사(漆陽寺)의 스님인 자림(子林)은 어리석고 미련하기가 이루 말할 수 없을 정도였다. 서울에 와서 놀다 돌아가는 길에 임진강을 건너게 됐는데 강물 중간쯤에서 얼굴이 흰 한 사미(沙彌)[393]가 다른 배를 타고 먼저 건너는 것을 보았다. 마음속으로 몰래 기뻐하여 두 배가 같이 나란히 내려가다가 각도가 서로 어긋나 그 사미승의 배와 거리가 멀어졌거나 그 사실을 채 알지 못하고 몸을 솟구쳐 그 배 위로 뛰어 오르다가 강물에 던져지듯 풍덩 빠졌다. 함께 가던 사람들이 돌아와서 그가 물에 빠져 죽었다고 알렸다. 문인(門人)들이 천도재를 올렸는데, 그로부터 삼칠일(三七日)이 지난 어느 날 저녁에 자림이 갑자기 나타났다. 문인들이 괴이하게 여겨 사정을 물으니 자림이 말하기를,

강 밑바닥에서 떠오르니 마침 지나가는 배가 있어 사람들의 도움으로 살아났다네. 배에서 내려 그 사미승이 간 곳을 물어서 삼각산 계성사(啓聖寺)로 찾아 들어가 그를 만나니, 너무 기뻐하기에 차마 뿌리치지 못하고 스무 날을 머물다 온 거네.

라고 하였다. 얘기를 듣던 사람들이 허리가 휘어지도록 웃었다.

또 달밤에 두꺼비가 뜰에 나타나자 스님들이 우르르 모여들어 구경하는데 자림이 늦게 와서 이것이 무슨 벌레냐고 물으니 거짓으로 대답하기를,

이곳에는 없는 벌레입니다. 근래에 어떤 사람이 송나라 상인을 따라갔다가 이것을 사서는 기르려고 풀어 놓은 것일 뿐입니다. 비록 두꺼비와 같아 보이지만 그렇지 않습니다. 대사께서 사서 기르시며 두고 보시지요.

---

393) 사미(沙彌) : 범어 Sramanera의 음역. 이는 남자가 출가하여 불살생(不殺生) 등의 십계(十戒)를 받고 불도를 닦는 어린 스님의 뜻으로 7~13세까지를 구오사미(驅鳥沙彌), 14~19세까지를 응법사미(應法沙彌), 20세 이상을 명자사미(名字沙彌)라고 함.

라고 하니 자림이 은주발을 내주고 두꺼비와 바꿨다.

　종자가 말하기를,

　　　이 물건은 두꺼비온데 어찌 사시옵니까.

라고 하니 자림이 대답하기를,

　　　그릇된 말로 내 뜻을 거스르게 하지 마라.

하고는 곧 쑥더미에 싸가지고 갔다.

　시랑(侍郎) 정자직(鄭子直)이 그 말을 듣고 시를 지어 이르기를,

　　　속세의 습성은 해마다 오히려 교활해지는데,
　　　하늘이 절대의 순수(純粹)를 내려 인간 세상에 보였네.
　　　두꺼비 사 들이고 물에 몸 던진 것은 우스운 일이나,
　　　친구를 사랑하고 재물 가벼이 여기는 뜻 볼 만하네.

　　　俗習年來尙巧姦,　　　天敎癡絕示人間.
　　　賣蟾投水雖堪笑,　　　愛友輕財意可觀.

라고 했다.

하-41　麟州有妓名白蓮者. 貞肅公常奉使過此州睐之, 別後寄詩云,
寄語北飛雲一片, 汝應行過大華峰. 峰頭若見玉井蓮, 說我相思憔悴
容. 後爲兵馬使, 妓以其詩進呈, 公復贈一絕云, 城南城北碧重重, 疑
是巫山十二峰. 白髮未成雲雨夢, 玉顏都不損春容. 李眉叟戱龍灣使君
慕妓白蓮云, 風暖鶯嬌客路邊, 千紅百紫競爭妍. 使君却厭春光鬧, 獨
向秋塘覺白蓮. 李詩華艷, 未若金詩淸婉.

인주(麟州)394)에 백련(白蓮)이라는 이름을 가진 기생이 있었다. 정숙공(貞肅公)395)이 봉명사신(奉命使臣)으로 늘 이 고을을 지나다니며 그녀를 좋아하였다. 그녀와 이별한 뒤에 부친 시에 이르기를,

북쪽으로 날아가는 조각구름에게 말 부치노니,
너는 응당 대화봉을 넘어가겠지.
산봉우리에서 옥정련(玉井蓮)396) 볼 것 같으면,
그리움에 파리해진 나의 모습 전해 주려나.

寄語北飛雲一片,　　　汝應行過太華峰.
峰頭若見玉井蓮,　　　說我相思憔悴容.

라고 했다.

뒤에 공이 병마사(兵馬使)로 있을 때 백련이 그 시를 바치니 공이 다시 절구 시 한 수를 주었는데, 그 시에 이르기를,

성 남북 쪽으로 겹겹이 푸르니,
무산의 열두봉397)인가 의심하겠네.
백발이 채 운우의 꿈 이루지 못했는데,
아름다운 얼굴은 전혀 봄빛을 잃지 않았네.

城南城北碧重重,　　　疑是巫山十二峰.
白髮未成雲雨夢,　　　玉顏都不損春色.

---

394) 인주(麟州) : 평북 의주에 있던 지명.

395) 정숙공(貞肅公) : 고려 중기의 문신인 김인경(金仁鏡, ?~1235)의 시호.

396) 옥정련(玉井蓮) : 맑은 우물가에 핀 연꽃으로 곧 백련(白蓮)을 가리킴.

397) 무산십이봉(巫山十二峰) : 중국 사천성 기주부(夔州府) 무산현(巫山縣)의 동쪽에
　　있는 무산의 열두 봉우리. 곧, 독수(獨秀), 필봉(筆峰), 집선(集仙), 기운(起雲), 등
　　룡(登龍), 망하(望霞), 취학(聚鶴), 서봉(栖鳳), 취병(翠屛), 반룡(盤龍), 송만(松巒),
　　선인(仙人) 등 12봉으로 중국의 절경 가운데 하나임.

라고 했다.

　이미수(李眉叟)가 용만(龍灣)398) 사군(使君)이 기생 백련을 사모한 사
실에 대하여 희롱하는 시를 지었는데, 그 시에 이르기를,

　　　바람 따뜻하고 꾀꼬리소리 교태로운 길가에,
　　　수많은 꽃들이 아름다움을 다투네.
　　　사군은 오히려 요란한 봄빛 싫어하여,
　　　홀로 가을 연못에 핀 백련을 좋아했네.

　　　風暖鶯嬌客路邊,　　　千紅百紫競爭姸.
　　　使君却厭春光鬧,　　　獨向秋塘賞白蓮.

라고 했다. 이(李)의 시는 화염(華艶)하나 김(金)의 시에 나타난 청완(淸
婉)함만은 못하다.

하-42　承安三年戊午, 司天監李寅甫, 以慶州道祭告使, 歷祀山川,
旣畢將還, 暮抵浮石寺. 有僧迎入客宇, 蕭然無左右, 忽有女, 乍見廊
廡間, 監謂爲近方州牧送妓, 未之訝也. 少選蹁躚來庭下拜之, 屈伸頗
不類倡. 拜訖, 升自階徑就室入焉, 細視之, 非烟火食者, 監雖怪之, 以
其姿色絶代, 不忍拒也. 乃攝衣出戶周覽, 獨有一古井可怪, 復坐愕然.
久之, 有一沙彌, 將主公命來報曰, 大監甚勞苦, 幸今戻止, 請臨丈室,
敢以茶湯奉之. 監不得已往, 强以女侍從, 牢讓再三, 蹕出於戶. 監與
主公接慇懃之歡, 至昏夜乃罷歸. 俄而向女復來, 監稍近狎焉, 女曰,
大官旣悉我無疑也. 妾所居去此不遠, 竊慕高義以是來耳. 其應對慧利

────────────────────

398) 용만(龍灣) : 평북 의주가 글안의 1차 침입(고려 성종 12년)에 의해 함락된 것을 서
　　희가 수복한 뒤에 용만현(龍灣縣) 또는 화의(和義)라고 했음.

甚閑. 遂同衾曲盡綢繆之意, 爲留三日而出. 止郵亭宿焉, 向之女苒苒
來之. 監曰, 已去矣, 何復來爲. 女曰, 腹有君之息一矣, 乞復添一, 所
以至耳. 仍薦枕如故. 比曉告別, 雲情雨意甚繾綣. 然行入興州將宿,
女復來入, 監自念, 若以舊好接之, 恐爲後患, 遂面之而不省, 女瞪目
良久, 怫然作色曰, 甚善, 後當不復見也. 卽出戶, 回風卷地, 擊毁廳事
間一扉, 截樹杪而去, 如以斤斧斫之. 略論曰, 李監旣知其非人, 何更
與合歡, 曲盡綢繆. 人與神物交, 至有腹息, 胡怪誕之甚. 韓子曰, 無形
與聲者, 鬼也. 人有忤於天, 有違於民, 有爽於物, 逆於倫, 而感於物.
於是鬼有托於形憑於聲以應之, 皆民之爲也. 然則惑鬼者自也.

    승안(承顏)[399] 3년 무오년에 사천감(司天監)[400] 이인보(李寅甫)가 경
주도제고사(慶州道祭告使)[401]로서 두루 산천에 제 올리는 일을 마치고
돌아가다가 저물녘에 부석사(浮石寺)[402]에 이르렀다. 그 절의 어떤 스
님이 빈객이 머무는 객우(客宇)에 그를 맞이하여 들였다. 쓸쓸히 좌우
에 아무도 없었는데 홀연히 어떤 여인이 문득 행랑 마루 사이에 보이기

---

399) 승안(承顏) : 중국 금나라 광종(光宗)의 연호(1196~1200)로 무오년은 1198년에 해
   당됨.
400) 사천감(司天監) : 고려 때 천문(天文), 역수(歷數), 측후(測候), 각루(刻漏) 등을 맡
   아 보던 관청의 종3품 벼슬아치. 고려 초에 태복감과 태사국으로 분리되었으나 뒤에
   합쳐져 사천감이 되었음.
401) 경주도제고사(慶州道祭告使) : 경주도는 고려 시대 22개 역도(驛道) 중의 하나. 중
   심역은 경주(慶州)의 활리역(活里驛)으로 경주도의 관할지역 범위는 경주를 중심으
   로 하여 영일(迎日)-영덕(盈德)-영해(寧海)에 이어지는 역로와 경주-대구, 경주-
   울산(蔚山)에 이어지는 역로에 23개의 역이 있었음. 경주도제고사는 고려 시대 경주
   지역에 제고(祭告)하기 위하여 보내던 사신임. 『고려사』에 춘추외산제고사(春秋外
   山祭告使), 지리산제고사(智異山祭告使) 등이 보임.
402) 부석사(浮石寺) : 신라 문무왕 16년(676) 경북 영주군 부석면에 의상(義湘)이 창건
   한 절로 화엄종의 도량(道場)이었음. 특히 이 절의 무량수전(無量壽殿)은 우리나라
   최고(最古)의 목조건물로 유명함.

에 사천감이 짐작하기로 근방의 고을 목사(牧使)가 보낸 기생이려니 하고 생각했다. 조금 있다가 그 여인이 너울너울 춤을 추면서 뜰 아래로 내려와 그에게 절을 하니 그 몸가짐이 창기(娼妓) 같지는 않았다. 자세히 보니 보통 속세의 사람 같지 않아 사천감이 비록 괴이히 여겼으나 하도 그 맵시가 고와서 차마 거절할 수 없었다. 이에 옷을 떨쳐입고 문을 나서서 두루 구경하는데 유독 오래되고 괴이한 한 우물을 보고 크게 놀라 주저앉아버렸다. 이슥한 뒤에 한 사미승(沙彌僧)이 주지의 명이라며 와서 아뢰기를

> 대감께서 심히 지치시고 피로하실 것 이온데, 다행히 지금 여기에 머무시게 되셨으니 장실(丈室)403)에 드시오면 차(茶)를 끓여 올리겠습니다.

라고 했다.

사천감이 하는 수 없이 장실로 들어가니 억지로 여자에게 시중들게 하자 굳이 두세 번 사양하니 방문을 나갔다. 주지와 함께 은근한 얘기를 나누다가 밤이 깊어서야 파하고 돌아왔다. 조금 있다가 아까 봤던 그 여인이 다시 찾아온 것을 보고는 사천감이 그녀를 가까이 하여 은근한 정을 보냈다. 그 여인이 말하기를,

> 대관(大官)께옵서는 이미 저를 의심하지 않으셨습니다. 소첩이 거처하는 곳이 여기에서 멀지 않아 공(公)의 높으신 뜻을 몰래 사모하여 찾아왔을 뿐이옵니다.

라고 했다. 그 여인이 사람을 맞이하여 대하는 태도가 지혜롭고 영리

---

403) 장실(丈室) : 사방이 한 장(丈 : 열 자)이 되는 방으로 스님이 거처하는 방으로 반장(方丈)을 이름.

하며 여유 있어 보였다. 그래서 마침내 잠자리를 같이 하여 그윽하고
깊은 정을 곡진하게 나누며 사흘을 머물다가 떠났다.

우정(郵亭)404)에 머물러 자게 되었는데 지난번의 그 여인이 슬그머니
찾아 왔다. 사천감이 말하기를,

그대와의 관계는 이미 지난 일인데 어찌해서 다시 찾아왔는가.

라고 하니, 그 여인이 대답하기를,

저는 이미 낭군의 자식을 하나 잉태하였사온데 다시 하나를 더 얻고자
찾아왔사옵니다.

라고 했다. 이에 전과 같이 잠자리를 같이 하였다. 새벽에 이르러 이별
을 나누게 되었는데 운우의 정(雲雨之情)이 심히 아쉬웠다. 그러나 길
을 떠나 흥주(興州)405)에 들어가 자려고 하는데 그 여인이 다시 찾아온
지라 사천감이 곰곰 생각하기를 만약 옛 정을 못 잊어 그녀와 다시 정
을 나누게 되면 후환이 두려우리라고 생각하여 마침내 그녀를 앞에 앉
혀 놓고 거들떠보지도 않았다.

그 여인이 이슥토록 똑바로 바라보고 있다가 화를 발끈 내며 얼굴색
을 고치며 말하기를

좋사옵니다. 이후로는 다시 보지 않는 것이 좋겠습니다.

라는 말을 남기고는 곧 문을 나서자 회오리바람이 일어 땅을 휩쓸어

---

404) 우정(郵亭) : 옛날 우편제도의 하나. 관청의 문서를 전하고 받아서 처리하는 곳으로
 곧 숙역(宿驛)이라고 할 수 있으며, 우역(郵驛)이라고도 했음.
405) 흥주(興州) : 경북 영주(榮州)에 있던 옛 지명.

청사(廳事) 사이에 있는 한 사립문을 쳐서 부서뜨리고 나뭇가지 끝을 꺾어 놓으니 마치 도끼나 작두로 자른 것 같았다.

대략 위의 얘기를 보면 이사천감(李司天監)은 이미 그 여인이 사람이 아니라는 것을 알았으면서도 어찌 능청맞게 그녀와 더불어 남녀의 정을 나누어 만단(萬端)의 회포를 다하였는가. 사람과 신물(神物)이 사귀어 애를 배기까지 했다니 어찌 심히 괴이하고 허탄(虛誕)한 일이 아니겠는가.

한자(韓子)가 말하기를,

> 형태가 없으면서 소리를 가진 것이 귀신이다. 사람이 하늘에 반역하고 백성을 그릇되게 하며 만물에 욕심이 지나치고 인륜에 거슬리는 일을 하면 물질적인 것에 빠지고 만다. 이에 액귀가 사람의 모양과 목소리를 빚어 응하게 되는 것이니 이 모두가 백성이 하는 것이다. 그러므로 액귀에 흘린다는 것은 스스로 속는 것이다.[406]

라고 했다.

---

[406] 이글은 한유(韓愈)가 쓴 「원귀(原鬼)」라는 글에 나오는 한 부분임. 원(原)이라 함은 물(物)의 본원이며 또 그의 근원을 찾는 일인데, 한유는 「원도(原道)」, 「원성(原性)」, 「원훼(原毀)」, 「원인(原人)」, 「원귀(原鬼)」 등 5원을 써서 원 문체의 시초를 이루었음. 「원귀(原鬼)」의 전문을 보면, '有嘯於梁, 從而燭之, 無見也. 斯鬼乎. 曰：非也, 鬼無聲. 有立於堂, 從而視之, 無見也. 斯鬼乎. 曰：非也, 鬼無形. 有觸吾躬, 從而執之, 無得也, 斯鬼乎. 曰：非也, 鬼無聲與形, 安有氣. 曰, 鬼無聲也, 無形也, 無氣也, 果無鬼乎. 曰：有形而無聲者, 物有之矣, 土石是也, 有聲而無形者, 物有之矣, 風霆是也, 有聲與形者, 物有之矣, 人獸是也, 無聲與形者, 物有之矣, 鬼神是也. 曰：然則有怪而與民物接者, 何也. 曰：是有二, 有鬼有物. 漠然無形與聲者, 鬼之常也. 民有忤於天, 有違於民, 有爽於物, 逆於倫而感於氣, 於是乎鬼有形於形, 有憑於聲以應之, 而下殃禍焉, 皆民之爲之也. 其欺也, 又反乎其常. 曰：何謂物? 曰：成於形與聲者, 土石, 風霆, 人獸是也, 反乎無聲與形者, 鬼神是也, 不能有形與聲, 不能無形與聲者, 物怪是也. 故其作而接於民也無恆, 故有動於民而爲禍, 亦有動於民而爲福, 亦有動於民而莫之爲禍福, 適丁民之有是時也.'

하-43 邊山有一老宿, 自言, 往時聞高敞縣人設燃燈會, 往觀焉. 有
一少年異於尋常者, 問諸左右, 皆曰, 不知誰之子. 及罷去, 躡其後追
至于山麓, 少年告曰, 莫我追, 我居陋不堪寄宿. 師曰, 日暮矣, 將安適
歸. 曰, 業已俱來, 不可辭以僻陋. 行有老嫗出迎曰, 咄爾兒子, 若汝兩
兄見之, 此師其爲食乎. 師至是, 知其爲虎窟, 欲出去, 嫗曰, 三子已回
來, 若强去必殆矣. 因携持而入, 少年曰, 吾恐甚, 請以師置母之後. 須
臾二虎將一兎入來, 嫗欲其不久滯也曰, 我與汝等共一兎, 其何以療
飢. 速遠出, 更求食來. 虎作人語而對曰, 母有食, 何更求爲, 卽出去.
良久復來曰, 我從山主所乞禱, 各得食, 小妹可從來, 何能忍飢自苦.
復出去, 俄有來呼者曰, 以若之子女, 婆娑於州里間, 主命罰之, 詰朝,
當往入高敞縣檻穽中就死. 少年曰, 主命也, 不可逃. 今幸逢師亦命也.
方我入檻中, 衆來制我, 恐不忍生嗔. 師宜來告衆寧却曰, 我能獨斃之,
持短槍而前, 吾出一言而死, 師之惠也. 明旦至縣, 聞檻中有虎. 師往
如其言却衆, 持短槍以直前虎, 曰, 我向某村某家, 受生爲男子, 至年
十二三時往謁師, 剃髮以度我. 卽接刃自穴其胸而斃. 後十五年, 師偶
出洞門, 見一童子拜於道左. 問之曰, 我乃某村男子也. 師憶向檻虎之
言, 而髡爲沙彌, 頗穎悟可愛, 忽遁去不知所之. 後聞日巖寺師修秘呪,
以加持力日服人, 承命赴畿內蘭若. 師往省之, 乃向沙彌也. 此說甚怪
誕, 世謂讖有虎僧之說, 惟日巖師當之, 此亦難憑.

변산(邊山)[407]에 한 높은 스님이 있었는데 그가 들려 준 얘기는 이러
했다.

---

407) 변산(邊山) : 전북 부안군(扶安郡)에 있는 산. 능가산(楞迦山), 영주산(瀛州山) 또
　　는 변산(卞山)이라고도 함.

　지난날 고창현(高敞縣)[408] 사람이 연등회(煙燈會)를 연다는 소문을 듣고 가서 참관했다. 거기에 모인 사람들 중에 어느 한 심상치 않은 소년이 있어 옆에 있는 사람들에게 물어 봐도 아무도 그가 누구의 아들인지 모른다고 했다. 연등회가 파하자 그 사람이 소년의 뒤를 밟아 산기슭에까지 따라오자 소년이 말하기를,

　　저를 따라 오지 마십시오. 저의 집이 누추하여 감히 손님을 맞아 묵어 가게 할 수 없습니다.

라고 하기에, 내가 말하기를,

　　해가 이미 저물었으니 어디로 돌아가겠는가.

라고 하니, 소년이 또 말하기를,

　　인연이 닿아서 이렇게 오신 것이오니 궁벽지고 누추한 집이라고 해서 손님을 거절할 수 있겠습니까.

라고 하고는 길을 가는데, 어떤 늙은 할미가 마중을 나와 말하기를,

　　이 어린놈아. 만약 너의 두 형이 저 스님을 보면 잡아먹으려고 할 것이 아니냐.

라고 했다. 내가 이곳이 호랑이 굴인 줄 알고 돌아가려고 하니 그 할미가 말하기를,

　　두 아들이 이미 돌아왔으니 만약 억지로 가시려고 한다면 반드시 위험한 일을 당할 것입니다.

---

408) 고창현(高敞縣) : 지금의 전북 고창군을 말함.

라고 하고는 손을 잡고 안으로 들어갔다. 그 소년이 말하기를,

저는 몹시 두려우니 대사(大師)를 어머니 뒤에다 숨겨두십시오.

라고 했다.

얼마 후에 두 마리의 호랑이가 토끼 한 마리를 몰고 들어왔다. 그 할미가 그들이 오래 머물러 있지 않게 하기 위해서 말하기를,

나와 너희들이 어찌 토끼 한 마리로 배를 채울 수 있겠느냐. 빨리 먼 곳으로 나가서 다시 먹을 것을 구해 오도록 해라.

라고 했다.

호랑이가 사람의 말소리를 내어 말하기를

어머니께서 먹을 것을 가지고 있사온데 어찌 다시 구해오라 하십니까.

라고 하고는 나갔다. 한참 만에 다시 와서 말하기를,

내가 산신령에게 빌어 우리 모두가 먹을 만한 것을 구해 놨으니 누이도 따라 올 수 있으면 오너라. 어찌 배고픔을 참을 수 있겠냐.

라고 하고는 다시 나갔다.

이슥한 뒤에 누가 와서 부르며 말하기를,

너의 아들딸이 마을에 내려와서 분탕질을 했으니 산신령님께서 너희들에게 벌을 내리라고 명하셨다. 내일 아침에 고창현에 있는, 우리 속에 판 함정(檻穽)에 빠져 죽어야 할 것이다.

라고 했다.

그 소년이 말하기를,

산신령님의 명령이니 피할 수 없는 일입니다. 이제 다행히 대사님을 만나게 된 것도 천명(天命)입니다. 내일 아침에 제가 우리 속에 들어가면 많은 사람들이 몰려 와서 저를 윽박지를 것이니 그때 제가 치미는 화를 참지 못할까 두렵습니다. 대사께서 꼭 오셔서 많은 사람들을 가만히 물리치시고 '내 혼자 이 괴물을 죽일 수 있다.'고 하시고는 단창(短槍)을 쥐고 제 앞으로 나오십시오. 그 자리에서 제가 한마디만 말하고 죽을 것이오니 제 말대로 하신다면 대사의 은혜가 크겠습니다.

라고 했다.

다음날 아침 고창현에 이르러 우리 속에 호랑이가 있다는 소문을 들었다. 내가 가서 보니 그가 말한 그대로였다. 주위에 있던 많은 사람들을 물리치고 단창을 쥐고 바로 나아가니 호랑이가 말하기를,

저는 이다음 어느 고을 모씨 집에 남자의 몸으로 환생할 것입니다. 나이가 열두 살이 되면 대사께 가서 중이 되기를 아뢸 것이오니 그때 저를 제도(濟度)해 주십시오.

라고 하고는 곧 창날을 쥐고는 스스로 가슴을 후벼 파서 죽었다.

그 일이 있은 지 십오 년이 지난 뒤에 내가 우연히 마을 어귀를 나섰다가 한 동자(童子)를 보았는데 그 아이가 길 왼편에 서서 절을 했다. 사실을 물으니 대답하기를,

저는 곧 어느 마을의 아이옵니다.

496 역주 보한집

라고 했다. 나는 지난 날 우리 속에서 호랑이가 한 말을 기억해내고는 머리를 깎여서 사미승으로 삼았다. 그가 자못 뛰어나게 총명하여 사랑을 받았는데 홀연히 자취를 감추어 간 곳을 알 수 없었다. 뒤에 듣기를 일엄사(日嚴寺)의 대사[409]가 비밀히 전수한 주문을 닦아 자신의 법력(法力)을 더욱 크게 함으로써 날로 사람들을 감복(感服)시키다가 왕명을 받들어 경기(京畿) 안의 어느 한 절에 부임했다는 소문을 들었다. 그래서 내가 가서 그를 살펴보니 곧 지난날의 그 사미승이었다.

이 말은 매우 괴이하고 허탄(虛誕)한 것으로 세상에서 말하기를, "참언(讖言)에 호승(虎僧)의 설이 있는데 이는 오직 일엄사(日嚴師)에게 해당되는 얘기다."라고 한 것은 또한 믿기 어렵다.

하-44 光火縣北有蓴池, 採蓴者往往見害. 有一民名今同, 操鎌躍入之底探焉, 入一室, 津然無水, 槩如棟宇, 明可數沙石. 見一堆穹豊然, 撥之有蛤大如拳, 掇之而出, 棄於池之濱田. 復入掇, 忽聞岸上錚錚. 跳身而出, 雷雨暴作, 遂怖懼揮鎌而去. 進士梁國元, 親見其人聞其言傳說, 衆皆異之. 有一措大在座未笑之, 作絕句贈梁進士云, 蛟龍窟穴在蒼海, 不知亦在蓴池非. 旣能探底欲除害, 何事平地怖畏歸. 此措大有志節, 不爲浮怪所, 後不知至何官.

광화현(光化縣)[410]의 북쪽에 순지(蓴池)가 있는데, 거기에서 순채(蓴

荣)411)를 캐는 사람이 종종 해를 입었다.

이름을 금동(今同)이라고 하는 어떤 사람이 낫을 들고 연못의 바닥에까지 뛰어 들어 순채를 더듬다가 한 방(室)을 발견하여 들어 가보니 그 안에는 전혀 물이 없고 집 같아 보였는데, 환히 밝아서 가히 모래와 자갈을 헤아릴 수 있을 정도였다. 그곳에서 둥그렇게 쌓아올린 한 무더기를 발견하고는 그것을 파헤쳐보니 주먹만 한 크기의 조개가 있었다. 조개를 주어서 연못가의 밭에다 버려두고는 다시 들어가 조개를 줍는데 갑자기 언덕 위에서 쨍그렁 하는 소리가 들려왔다. 그 소리에 몸을 날려 밖으로 나오니 뇌성이 치고 폭우가 쏟아졌다. 그는 몹시 두려워서 마침내 낫을 휘두르며 가버렸다.

진사(進士) 양국원(梁國元)이 직접 그 사람을 만나 자초지종을 듣고 말을 전하니 많은 사람들이 모두 괴이하게 여겼다. 그 중에 어느 한 선비가 좌석의 맨 끝에 앉아 있다가 웃으면서 절구 한 수를 지어 양전사에게 주었는데 그 시에 이르기를

> 이무기와 용이 깃든 굴 푸른 바다에 있는데,
> 교룡이 순채 연못에 있는지 없는지 몰랐네.
> 이미 밑바닥을 살펴서 해를 없애려고 했다면,
> 무슨 일로 평지에서 두려워하여 돌아갔는고.
>
> 蛟龍窟穴在蒼海,　　　不知亦在蓴池非.
> 旣能探底欲除害.　　　何事平地怖畏歸.

---

410) 광화현(光化縣) : 평북 박천군(博川郡)의 옛 지명. 일명 영삭(寧朔) 또는 연삭(連朔)이라고도 했음.

411) 순채(蓴菜) : 수련과의 다년생 수초(水草). 연못 등에 자라는데 어린잎은 국을 끓여 먹음. 중국 진(晉)나라 장한(張翰)이 고향에서 먹던 순채국과 농어회가 먹고 싶어 관직을 사퇴하고 고향으로 갔다는 고사에서 나온 '순갱노회(蓴羹鱸膾)'라는 말이 있음.

498 역주 보한집

하고 했다.

이 선비는 지절(志節)이 있어 헛된 소문이나 괴이한 일에 이끌리지 않았으나 뒤에 어떤 벼슬을 했는지 알 수 없다.

하-45　西伯寺僧統時義, 爲學者時, 與進士朴仁厚及二三子, 寓奉靈寺, 夜飮聯句. 忽窓外唱曰, 更深將罷壺中客. 其聲厲, 一座皆若以手撮毛髮而上也. 又有一士人名李植. 詣佛岬寺, 道逢一叟, 狀貌魁梧. 伴行數里, 嘯詠相得懽甚. 比至寺側, 將捨去入山, 吟曰, 松風吹永日, 蕭蕭無盡時. 其下茯苓千古在, 往來樵子未曾知. 嘗味其詩, 意雖淸婉, 不及幽獨, 君亦出塵語也. 又法泉寺僧失其名, 夜於樓上讀東坡詩, 忽有人叩門, 開視之, 冠者一人, 被髮者一人, 如舊相知握手登樓. 冠者曰, 新月一眉高可見. 僧沈思良久, 被髮者曰, 胡不道 故人千里遠難期 酬唱良久, 忽不見. 西伯華嚴宗匠也, 語此事甚悉, 然師本是迂不神者也.

서백사(西伯寺) 승통(僧統)인 시의(時義)가 학문을 닦을 때 진사(進士) 박인후(朴仁厚) 등 두세 명의 친우들과 함께 봉영사(奉靈寺)412)에 머물렀다. 밤에 술을 마시며 연구(聯句)를 짓는데, 갑자기 창 밖에서 부르기를,

　　　밤 깊은데 술자리 파하려는 길손들아

　　　更深將罷壺中客

라고 했다. 그 소리가 위엄을 갖추었기에 자리를 같이 했던 사람들 모두가 모골이 송연할 정도로 놀랐다.

---

412) 봉영사(奉靈寺) : 고려시대 경기도 개성에 있던 절.

또 이식(李植)이라고 하는 한 선비가 있었다. 그가 불갑사(佛岬寺)[413]로 가는 길에 어느 한 늙은이를 만났는데 몸집이 크고 장대했다. 같이 동무삼아 몇 리를 가면서 시를 읊조리기도 하며 즐겁게 지냈다. 거의 절간 모퉁이까지 이르러 헤어져 산으로 들어가게 되었을 때에 그 선비가 시를 지어 읊조리기를,

솔바람 쉬지 않고 불어대니,
쓸쓸한 마음 언제 다 할런지.
그 아래 숨은 복령[414] 천고에도 그대론데,
오가는 나무꾼들 일찍이 알지 못하네.

松風吹永日,　　　　蕭蕭無盡時
其下茯笭千古在,　　往來樵子未曾知.

라고 했다. 일찍이 그 시를 음미하니 뜻은 비록 맑고 아름다우나 적막하고 외로운 것[幽獨]에는 미치지 못하니 그 사람 또한 세속의 말을 표출하였다.

또 이름을 알 수 없는 법천사(法泉寺)의 한 스님이 밤에 누각에 올라 동파시(東坡詩)를 읽고 있는데 갑자기 문을 두드리는 소리가 들리기에 문을 여니 한 사람은 갓을 썼고, 또 한 사람은 머리를 풀어헤친 채였다. 그들이 서로 낯익은 사람처럼 손을 잡고 다락에 올라와서는 갓 쓴 사람이 시를 읊조리기를,

---

413) 불갑사(佛岬寺) : 전남 영광군 불갑면 모악리에 있는 절. 불갑사(佛甲寺)라고도 함. 신라 때 창건된 절로, 고려 중기의 문신인 이달충(李達衷)이 지은 「진각국사비(眞覺國師碑)」가 있음.
414) 복령(茯笭) : 담자균류(擔子菌類)에 속하는 버섯의 한 가지. 소나무의 땅속뿌리에 기생하여 겉은 흑갈색이고 주름이 많음. 약재로 쓰임.

눈썹 같은 초승달 높이 걸리어 볼 수 있네

新月一眉高可見

라고 하였다. 스님이 그 뜻을 알지 못해서 대구를 짓지 못하고 오래도
록 머뭇거리니 머리를 풀어헤친 사람이 말하기를 "어찌 대구를 못하시
오." 하고는 읊기를

옛 친구 천리 길 멀어 만날 날 기약하기 어렵네.

故人千里遠難期

라고 하고는 이슥토록 서로 시를 주고받다가 홀연히 사라졌다.

서백(西伯)은 화엄종(華嚴宗)의 종장(宗匠)[415]으로 이 사실을 아주 자
세하게 말하고 있으나 대사는 본래 세상일에 어둡거나 귀신에 현혹될
만한 사람이 아니다.

하-46 及第柳公器子源, 五歲解聯句. 晉陽公召見, 占爐字, 卽應命
曰, 爐堆鳳炭侯家暖. 公嘉之賜繪帛, 問所欲, 曰, 願除父官, 卽署爲甫
州倅. 後投禪源剃髮, 法名汝髓殤.

급제(及第) 유공기(柳公器)의 아들 원(源)[416]은 다섯 살 때 시를 지을
줄 알았다. 진양공(晉陽公)이 그를 불러 보고는 '노(爐)' 자를 내니 곧 이

---

415) 종장(宗匠) : 불가의 종사(宗師)가 불법을 잘 알아 사부대중들을 잘 가르치는 것이
  마치 뛰어난 장인이 훌륭한 작품을 만들어내는 것에 비유한 것임.
416) 유원(柳源, ?~1391) : 고려 후기의 문신. 관직은 감찰지평(監察持平), 판개성부사
  (判開城府事) 등을 역임했음. 1388년에 판개성부사로 지공거가 되어 김여지(金汝
  知) 등 33명을 발탁했으며, 시호는 양경(良景).

에 응하여 읊기를,

    화로에 봉탄 쌓으니 공후의 집 따뜻하네.

    爐堆鳳炭侯家暖

라고 했다.

  공이 그의 재주를 가상히 여겨 비단을 내리고는 원하는 것을 말하라고 하니, 대답하기를

    저의 소원은 아버님께서 관직을 얻는 것이옵니다.

라고 하니, 공이 바로 그 자리에서 서명하여 그의 아비를 보주(甫州)[417] 원으로 삼았다.

  뒤에 원이 선원사(禪源寺)[418]에 들어가 머리를 깎고 중이 되어 법명(法名)[419]을 여수(汝髓)라고 했는데 그만 일찍 죽었다.

하-47　動人紅彭原倡妓也, 頗知文句. 有一兵馬分道, 與太守圍棋, 因宿醒未解曰, 都護博州千杯酒, 醉未分東西. 動人紅在傍曰, 太守分營一局椎, 蒙不知生死. 嘗從一書生欲學韓文, 書生曰, 不作詩不敎授, 遂作八韻曰, 買酒羅裳解, 招君玉手搖. 又贈趙擧子曰, 幸逢溱洧會, 芍藥贈如何. 自叙云, 倡女與良家, 其心問幾何. 可憐栢舟節, 自誓死

---

417) 보주(甫州) : 경북 예천군(醴泉郡)의 옛 이름.

418) 선원사(禪源寺) : 강화도 남쪽에 있던 절.

419) 법명(法名) : 법휘(法諱), 법호(法號), 계명(戒名)이라고도 함. 속인이 출가하여 불문(佛門)에 들어와 득도식(得度式)을 마치면 내리는 이름. 속가(俗家)에 있는 신남(信男) 신녀(信女)에게는 수계(授戒)나 귀경식(歸敬式)을 마친 뒤에 내림.

靡他. 自叙之意, 似乎貞烈.

　동인홍(動人紅)은 팽원(彭原)[420]의 창기(倡妓)였는데 글귀를 잘 알았
다. 어느 한 병마사(兵馬使)가 길을 나누어 태수(太守)와 더불어 장기를
두는데 지난밤에 마신 술에서 깨지 못하였기 때문에 말하기를,

>　도호사(都護使)[421]는 박주(博州)[422]의 천 잔 술 마셔,
>　취한 채 동서(東西)를 가리지 못하네.
>
>　都護博州千杯酒,　　　醉未分東西.

라고 하니 동인홍이 옆에 있다가 이르기를,

>　태수는 진영을 나누어 한 판의 장기를 다투면서,
>　몽롱하여 생(生)과 사(死)를 모르네.
>
>　太守分營一局碁,　　　蒙不知生死.

라고 했다.

　일찍이 한 서생(書生)을 좇아 한유(韓愈)의 글을 배우고자 하였는데
그 서생이 시를 짓지 못하면 글을 가르칠 수 없다고 하니, 마침내 팔운
시(八韻詩)를 지어 읊기를,

>　술을 사려고 비단치마를 풀고,
>　그대 부르느라 옥 같은 손 흔드네.

---

420) 팽원(彭原) : 평남 안주군(安州郡)의 옛 이름.
421) 도호사(都護使) : 도호부사(都護府使)를 이름. 도호부는 고려시대 지방의 최고 행
　　정기관으로 고려 지방행정기관은 4도호와 8목(八牧)으로 구성되어 있었음.
422) 박주(博州) : 평북 박천군(博川郡)의 옛 이름.

買酒羅裳解，　　招君玉手搖．

라고 했다.

또 조거자(趙擧子)[423]에게 준 시에 이르기를,

다행히 진유[424]에서 만남을 가져,
작약을 주는 것은 어떠한지요.

幸奉溱洧會，　　芍藥贈如何．

라고 했다.

스스로를 읊어 이르기를,

창녀와 양가의 규수는,
그 마음의 사이가 얼마던가.
가련할사 백주의 절개[425]로,
죽어도 그님 잊지 않는다고 맹세했네.

---

423) 조거자(趙擧子) : 거자는 과거에 응시하려는 사람이므로 이는 조씨 성을 가진 과거 응시자를 이름.

424) 진유(溱洧) : 중국 춘추전국시대 정(鄭)나라 때의 2대천(二大川)인 진수(溱水)와 유수(洧水)로 모두 하남성(河南省) 개봉부(開封府) 정현(鄭縣)을 흐르고 있음. 『시경·정풍(鄭風)』「진유서(溱洧序)」에, '溱與洧, 方渙渙兮 士與女. 方秉蘭兮 …… 維士與女, 伊其相謔, 贈之以芍藥.'라고 하여 진수와 유수는 거족적인 제전(祭典)이 벌어지는 틈을 타서 남녀 간의 사랑의 교환이 이루어지던 곳이었음.

425) 백주절(柏舟節) : 백주지조(栢舟之操)를 이름. 이것은 미망인(未亡人)의 망부(亡夫)에 대한 절개를 뜻함. 공백(共伯)의 처 공강(共姜)이 남편이 죽은 뒤 재가(再嫁)에 불응한 내용의 시. 『시경·용풍(鄘風)』「백주서(柏舟序)」에서 나온 말임. '柏舟, 共姜自誓也. 衛世子共伯蚤死, 其妻守義, 父母欲奪而嫁之, 誓而弗許. 故作是詩以絕之. 汎彼柏舟, 在彼中河. 髧彼兩髦, 實維我儀. 之死矢靡他. 母也天只, 不諒人只. 汎彼柏舟, 在彼 河側. 髧彼兩髦, 實維我特. 之死矢靡慝. 母也天只, 不諒人只.'

倡女與良家,　　　其心間幾何.
可憐柏舟節,　　　自警死靡他.

라고 하였다. 이것은 자신의 처지를 스스로 읊어 숨은 뜻을 나타낸 것
으로 자신의 굳은 정절(貞節)을 말하는 것 같다.

하-48　宋學士國瞻爲察院時, 出佐西北戎幕. 龍城官妓家名于咄, 每
爲使客所寵. 燕飮中善唱和, 共歡樂, 宋獨不與遊狎. 妓乃作詩呈云, 廣
平腸鐵早知堅, 兒本無心共枕眠. 但願一宵詩酒席, 助吟風月結芳緣.

　학사 송국첨(宋國瞻)이 찰원(察院)426)에 근무할 때 서북면(西北面) 융
막(戎幕)427)의 보좌로 나갔다. 용성(龍城)428)의 관기가(官妓家)에 우돌
(于咄)이라고 하는 기생이 있었는데 그곳에 내려온 관료들에게 총애를
받았다. 잔치자리에서는 시를 잘하여 자리에 있던 모든 사람들이 즐거
워하였으나 송국첨만이 홀로 관기와 가까이 하여 놀지 않으니, 기생이
이에 시를 지어 바치기를,

　　강철 같은 광평429)의 창자 일찍 견고함을 알아,
　　이 몸은 본래 잠자리 같이 할 마음이 없었네.

---

426) 찰원(察院) : 고려 때 시정(時政)을 논의하고, 백관(百官)을 규찰하며, 기강과 풍속
　　을 바로잡고, 억울한 일을 없애주는 일 등을 맡아보았던 금오대(金吾臺)를 가리키는
　　것으로 뒤에는 사헌부로 개칭되었음. 이는 중국의 어사대부(御史大夫)·어사대(御史
　　臺)에서 유래한 것으로 송국첨이 금오대의 관리로 근무한 것을 이름.
427) 융막(戎幕) : 군대에서 상원수가 집무하는 사령부를 이름.
428) 용성(龍城) : 평북 용천(龍川)의 이칭.
429) 광평(廣平) : 당나라의 명신(名臣) 송경(宋璟, 633~737)을 이름. 광평은 그의 봉호(封
　　號). 그는 불의에 굽히지 않고 직간(直諫)을 서슴지 않았던 현신(賢臣)으로 현종을
　　도와 훌륭한 정치를 이루었던 요숭(姚崇)과 함께 요·송(姚宋)이라고 일컬어졌음.

다만 하룻밤 시 읊고 술 마시며,

음풍농월로 꽃다운 인연 맺었으면.

廣平腸鐵早知堅,　　　兒本無心共枕眠.

但願一宵詩酒席,　　　助吟風月結芳緣.

라고 했다.

하-49 唐李肇國史補序云, 叙鬼神近帷箔, 悉去之. 歐陽公作歸田錄,
以肇言爲法, 此古今儒者撰述之常也. 今此書, 非敢以文章增廣國華,
又非撰錄盛朝遺事. 姑集雕篆之餘, 以資笑語. 故於未篇, 記數段淫怪
事, 欲使新進苦學者, 遊焉息焉. 有所縱也, 且有鑑戒存乎數字中, 覽
者詳之.

　당(唐)나라 이조(李肇)[430]가 『국사보(國史補)』[431]의 서문(序文)에서 이
르기를,

　귀신을 말하고 유박(帷箔)[432]을 가까이 한 것은 모두 없앴다.[433]

---

430) 이조(李肇) : 중국 당나라 문신. 원화(806~815) 연간에 한림학사를 역임했음. 저서
　　에 『한림지(翰林志)』, 『당국사보(唐國史補)』가 있음.
431) 『국사보(國史補)』: 중국 당나라의 이조(李肇)가 편찬한 『당국사보(唐國史補)』를
　　말함. 이 책은 모두 3권으로 되어 있고 총 308조목으로 구성되어 있으며, 내용은
　　당나라 개원(開元, 713~741)과 장경(長慶, 821~824) 연간의 잡사(雜史)를 기록한
　　것임.
432) 유박(帷箔) : 휘장과 발(簾)을 뜻하는 말로서 이는 곧 여인들이 거처하는 규방(閨
　　房)을 말함.
433) 여기에서 인용된 구절은 이조가 『국사보』 맨 앞에서 기술한 「당 국사보 자서(唐國史補
　　自序)」의 마지막 부분에 나오는 것으로, 그 뒤에 나오는 내용을 소개하면, '…… 紀事,
　　實探物理, 辨疑惑, 示勸戒. 採風俗, 助談笑, 則書之, 仍分三卷.'

라고 했다.

　구양공(歐陽公)이 『귀전록(歸田錄)』[434]을 지을 때 이조의 이 말을 바탕으로 삼았으니, 이것은 이후로 고금(古今)의 학자들이 글을 지을 때 반드시 지키는 원칙이 되었다.

　지금 내가 쓴 이 글은 감히 하나의 문장으로서 널리 나라를 빛내는 데 보탬이 되는 것도 아니고, 또 성조(盛朝)의 남긴 일을 살펴서 기록한 것도 아니다. 옛날의 하찮은 글을 모아 웃음거리의 자료로 삼기 위한 것이므로 마지막 편에 몇 줄의 음란하고 괴이한 일을 기록하여 학문 연마에 어려움을 겪고 있는 신진(新進)들로 하여금 잠시나마 즐거운 시간을 가지며 쉬게 하고자 하였다.

　무질서하고 온당하지 못한 글이라도 몇 글자 중에 스스로 거울삼을 만한 내용도 있을 수 있으니 이 책을 읽는 사람은 자세히 살펴보기 바란다.

---

434) 『귀전록(歸田錄)』: 중국 송나라 문호인 구양수(歐陽脩, 1007~1072)가 벼슬을 사직하고 초야에 묻혀 지내면서 쓴 책으로, 내용은 주로 문인·사대부들의 언행과 일화와 관련된 것으로 정치와 전장제도, 문학과 예술, 해학 등 다양한 주제들을 담고 있는데, 기록된 고사는 115조목(條目)에 달함.

찾아보기

박성규 朴性奎

경남 고성(固城)에서 출생.

고려대학교에서 수학하여 학사·석사·박사학위를 수여.
계명대학교 사범대 한문교육과 부교수를 거쳐 고려대학교
문과대학 한문학과에서 교수로 재직 중 고대신문사 주간,
한자한문연구소장, 동아시아 인문사회연구원장, 문과대 학장
등을 역임하고 지금은 고려대학교 명예교수로 있음.

35년간 한문학 연구에 종사하면서 한국한문교육학회장,
한국한문학회장, 민족어문학회장을 역임하였음.

연구분야는 고려조 한문학으로
『이규보연구』, 『고려후기 사대부문학 연구』, 중·고등학교
『한문』 교과서 등 15권의 저서와 『동인시화』, 『보한집』,
『삼국유사』 등의 번역서와 60여 편의 논문이 있음.

고려시화총서 3

역주 보한집

2012년 11월 23일 초판 1쇄 펴냄

저 자 최 자
역 자 박성규
발행인 김홍국
발행처 도서출판 보고사

등록 1990년 12월 13일 제6-0429호
주소 서울특별시 성북구 보문동7가 11번지 2층
전화 922-5120~1(편집), 922-2246(영업)
팩스 922-6990
메일 kanapub3@chol.com
http://www.bogosabooks.co.kr

ISBN 978-89-8433-449-6 94810
     978-89-8433-478-6 (세트)
ⓒ 박성규, 2012

정가 28,000원